2016 中国短篇小说年选

洪治纲 编选

南方出版传媒
花城出版社
中国·广州

图书在版编目（ＣＩＰ）数据

2016中国短篇小说年选 / 洪治纲编选. -- 广州：
花城出版社，2017.1（2021.4重印）
（花城年选系列）
ISBN 978-7-5360-8177-2

Ⅰ. ①2… Ⅱ. ①洪… Ⅲ. ①短篇小说－小说集－中
国－当代 Ⅳ. ①I247.7

中国版本图书馆CIP数据核字(2016)第296139号

丛书篆刻：朱　涛
封 面 图：捣练图

出 版 人：肖延兵
责任编辑：李珊珊　欧阳薇　蔡　安
技术编辑：薛伟民　凌春梅
封面设计：庄海萌

书　　名　2016中国短篇小说年选
　　　　　2016 ZHONGGUO DUANPIAN XIAOSHUO NIANXUAN
出版发行　花城出版社
　　　　　（广州市环市东路水荫路11号）
经　　销　全国新华书店
印　　刷　北京一鑫印务有限责任公司
　　　　　（北京市顺义区北务镇政府西200米）
开　　本　787毫米×1092毫米　16开
印　　张　20.5　1插页
字　　数　300,000字
版　　次　2017年1月第1版　2021年4月第3次印刷
定　　价　39.00元

如发现印装质量问题，请直接与印刷厂联系调换。
购书热线：020－37604658　37602954
花城出版社网站：http://www.fcph.com.cn

目录 contents

序

洪治纲

　　大约自新世纪以来，中国的短篇小说创作就不太注重它的"轻骑兵"功能了，而是越来越迷恋于日常生活的微观书写。尽管也有极少数作家偶尔触及战争硝烟或底层苦难，在"宏大叙事"面前虚晃几枪，但从整体上看，杂乱琐碎而又意趣横生的日常生活，已成为作家们最为主要的叙事目标。当然，这并没有什么不好。从奈保尔、雷蒙德·卡佛到爱丽丝·门罗，他们的短篇也都是书写一些微不足道的日常生活，甚至是标准的"平民叙事"，但他们同样将各种复杂的人生况味表现得淋漓尽致。

　　日常生活看起来一成不变，似乎处处布满了经验和常识的鹅卵石，大同小异，无须细察，便了然于心。实则不然。从油盐柴米到吃喝拉撒，在看似千篇一律的日常生活中，其实蕴含了人类所有的信仰、观念、禁忌、情感和思维方式。按学者们的阐释，"要理解日常生活，我们就要明白，日常活动的形塑不仅受个人社会地位的影响，而且受人们身处其中的文化情境的影响""文化性的力量不仅控制，而且塑造人类身体。一个人童年时成长于其中，成年时生活于其中的文化背景深刻地塑造他们运用其身体的方法——即如何行走、说话、跑步、投掷、举物和其他日复一日的生活琐事。这些事情并非完全是由生物性决定的，而是由此人生活其中的社会背景塑造和影响。"这也就是说，人是一种文化的存在，日常生活中每一种看似微不足道的言行，其实都折射了人类自身文化的牵制与规约。

　　人类文化对日常生活的影响，通常是借助心理认同的方式，在潜移默化中实现其规训的目的。其中最突出的表现形态，应当就是伦理文化。所谓"伦理"，主要是指人们在处理人与人、人与社会之间关系时的行为规范和道德准则，是人类文化最为重要的表征。小到家庭内部、两性婚姻，大到行业行为、社会关系、国家关系，在不同民族或不同国家中，都拥有一系列自身独特的、约定俗成的行为规范和道德准则。这些规范和准则，通常是以观念性的形态，让人们在心理上自觉地认同或接受，否则，人的个体行为就很难受到群体的认可。因此，伦理的核心问题，在本质上就是"关系"问题，人与人、人与社会、人与国家、人与自然……每个人在面对各种关系时，都会在潜移默化中接受着各种伦理的潜在制约。

这种情形，在中国的现实生活中尤显突出。因为中国传统文化在本质上就是一种"伦理型文化"，即人们通常所说的"崇德型文化"。它主要建立在以血缘关系为纽带的宗法制度之上，并成为中国传统文化最重要的社会根基。这也意味着，我们的作家在书写日常生活时，几乎无法绕开由中国传统文化所浇铸起来的各种伦理问题。或者说，在日常生活的书写过程中，无论作家具备怎样卓越的洞察能力和叙事技能，都必须学会处理各种伦理与情感、人性乃至命运的纠缠。这种纠缠，就小说创作而言，不仅仅是故事的社会背景与人物命运之间的关系，还包括作家渗透在作品中的内在价值立场和审美意味。——很多时候，读者正是将那些渗透在作品中的文化伦理作为主要依据，才能对作品进行更为有效的价值分析和审美评判。

事实也是如此。在大量优秀的短篇小说中，作家们在书写日常生活的各种生存细节时，特别是在揭示人物内在的人性景观时，总是让其置身于各种文化伦理的观照之下。譬如莫泊桑的《项链》《羊脂球》，麦克尤恩的《蝴蝶》《立体几何》，汪曾祺的《大淖纪事》《受戒》，毕飞宇的《哺乳期的女人》《地球上的王家庄》等。可以说，没有伦理的渗透或观照，这些短篇的意味就会丧失很多，甚至会严重影响读者对作品在审美价值上的辨析。换言之，我们在阅读这些作品时，其实都会不自觉地进入作者所铺设好的文化伦理之中，在某种伦理氛围中审察人物的精神面貌，并确立自身评判的价值立场。譬如《项链》，如果没有诚信、责任之类的伦理作为支撑，我们看到玛蒂尔德的行为，或许只是觉得她为了一场虚荣的晚会而输了整个青春美貌。但是，如果我们从信守承诺、欠债必还的社会伦理上辨析，这位女人的内心中显然还有一些令人敬畏的品质，包括勇气、担当和诚实。她输掉了青春，但赢得了敬畏，无论那条项链真假与否。

我之所以绕上这么一圈，从日常生活说到文化，又从文化谈到伦理，并论及伦理与小说的关系，是因为我在阅读2016年的短篇小说时，对此感受尤为突出。在我所遴选的一些自认为较有意味的作品中，绝大多数都是书写日常生活中的生命形态，它们虽然故事情境各不相同，人物性格也各有特点，但是，它们总是以这样或那样的方式，从传统文化的层面上，与各种伦理紧密地纠缠在一起，并且让作品的内蕴迅速超越了单纯的人性指向或命运变化。打个不恰当的比喻，伦理关系就像石头上的一层包浆，其着色与厚薄，往往决定了这块石头的把玩价值。很多作家，都是通过对社会伦理或家庭伦理（包括婚姻伦理）的巧妙铺设，使作品的内涵变得颇为丰实。它使我们看到，在短篇小说创作中，伦理关系的铺设，并不仅仅是一种叙事的策略，还是一种叙事的智慧和技能。

在 2016 年的短篇小说中，不少作家都是从社会伦理入手，借助各种饶有意味的冲突方式，呈现了不同个体在日常生活中的内心之困或命运之变。众所周知，人是一种社会的存在。每个人的具体言行，既映现了社会伦理和风俗人情的基本形态，也折射出个体欲求与社会伦理的经常性冲突。对于任何一个普通的个体来说，完全膺服于各种社会伦理的言行几乎是不存在的，从人际交往到职业需要，总会出现这样或那样的冲突。正是这些或隐或显的冲突，凸现了人性的不同面貌，也规定了人物的不同命运。像徐则臣的《狗叫了一天》、弋舟的《出警》、苏童的《万用表》、王手的《阿玛尼》、杨怡芬的《有凤来仪》、高君的《来一瓶啤酒》、黄梵的《枪支也有愿望》等作品，都是以各种共识性的社会伦理作为人物言行的冲突背景，呈现了人物内心极为丰富的精神质地，以及作品特有的审美意蕴。

徐则臣的《狗叫了一天》书写的是都市底层人群无奈而又无望的生活。他们贴小广告，卖水果，养着土狗，既直面平庸和无奈，又向往天空与诗意。遗憾的是，生活的艰辛，还是让他们陷入了某种伤害的怪圈，并导致张大川夫妇的傻儿子意外身亡，而米萝等人也因此背上了沉重的道德包袱。在这篇小说中，冲突来自于一条看家的土狗，它影响了米萝等人昼伏夜出的生活，但最终却造成了小川的身亡。它让我们看到，"和狗一样歪歪扭扭的"的行健和米萝，将永远无法摆脱社会伦理的精神折磨。

弋舟的《出警》同样也在一种社会化的伦理语境中，通过片儿警的独特视角，呈现了两位空巢老人对抗"孤单"的凄凉与无奈。两位老人一实一虚，一位是底层的老奎，一位是退休校长，他们身份、修养截然不同，但遭受的人生困境却毫无二致：孤单。这是一种被世界遗忘的孤单，无人说话的凄清。所幸的是，底层的老奎碰上了片儿警老郭，尽管老郭得了绝症之后，老奎还没少折腾派出所，但他最终还是在老郭的相助下住进了养老院。"人活着就是在苦熬"，小说最后发出了这样的喟叹。它直指现代社会在伦理关怀上的缺位，也在思索人生面对孤单的艰难和酸楚。

苏童的《万用表》以颇为轻松的语调，讲述了一位质朴、木讷的乡村青年小康进城之后的人生变异。表面上看，小康的变化与大鬼的教唆脱不了干系，各种欲望言辞的熏陶和引诱，都在不动声色地蚕食着小康脆弱的道德伦理，尤其是大鬼下海经商后的"成功"，更是让小康从内心认同了大鬼的价值取向。但从本质上说，小康的人生变异，已暗含了城乡差距所引发的人性扭曲。正是这种扭曲的人性，毁灭了他的家庭和人生。作者的巧妙之处在于，他始终将小康内心的挣扎和扭曲隐藏在叙事的背后，让大鬼以城市小混混的角色，不断地捶打小康，并最终将对方击得一败涂地。

王手的《阿玛尼》则将社会伦理与国家法律置于一种两难的境地，饶有意味地讲述了一位底层母亲在特殊年代里艰难挣扎的生活经历。寡妇金龙妈为了养活病残的儿子金龙，照顾刚出狱的儿子银龙，不得不在破小的家中设了一个小小的赌桌，靠"抽头薪"维持生活。谁知警方的一次突袭，不仅击碎了她的生活梦，还将银龙再次送进了监狱。她是"中国第一苦难大妈",承受着各种隐忍的苦、坚韧的苦、百折不挠的苦,让人刻骨铭心,是一位了不起的母亲,仿佛《奇袭》里的阿玛尼,但她终究无法获得阿玛尼的社会地位,因为在法律的惩戒性后果中,金龙妈无法获得社会伦理的认同。

杨怡芬的《有凤来仪》和高君的《来一瓶啤酒》都是在演绎人性对社会伦理的挤兑,这种挤兑的方式和力度,取决于人物欲求的大小。《来凤来仪》是一篇有关"野心"的小说。它以轻松舒缓的笔触,叙述了青年女子董小如从容地游走于情场与职场之间,将男友与"汪局"都照顾得妥妥帖帖,还让"我"从"千年老二"的位置上得到了提升。尽管这位"人中之凤"精明能干,可以轻松地践踏情感伦理与职业伦理,让"我"暗自惊心,但整个叙事却在不动声色中鞭笞了这种有违伦理的灵魂。《来一瓶啤酒》以城市夜摊上聚会的小场景,呈现了人与人之间相互"算计"的心理较量。所谓"算计",说白了,就是想办法占点别人的便宜。可是,那个叫倪康的男人,占了王春来的便宜,还想从"道理"上让王春来心服口服,这就有些"滑边"了。作者正是从这种"滑边"的地方开始,以生动的叙述,在饶舌式的"说理"过程中,展示了人物"算计"的心理,怪诞之中有着几分无奈,鄙夷之中又有几分怜悯。

黄梵的《枪支也有愿望》是一篇寓言小说,它直指职业伦理与人道关怀之间的错位。陆家酷爱枪支并成为弹道专家,随着专业研究水平的不断提升,一个声音总是在提醒他,枪支研究越精深,意味着杀人越容易。陆家不断与枪支进行神秘的对话,渐渐醒悟了专业技术与社会伦理之间的巨大错位,最后让枪支"自杀"拯救了陆家心中的伦理。同样,晓苏的《除癣记》也涉及职业伦理的问题。谢去病既是一位医术不错的乡村医生,也是一位调情高手。少妇谷珍因为患癣找到了谢去病,由最初的高度戒备,却发展到最后主动去引诱对方,谷珍的这种心理变化,与其说是被谢去病的医术所征服,还不如说是被他的坦诚和率真所吸引。它有违社会伦理,也有损于谢去病的职业伦理,却又袒露了美好的人性和自然生命的情与欲。

陈河的《寒冬停电夜》所涉及的伦理冲突要复杂一些。作者凭借自己在海外生活的优势,在东西方文化相互碰撞的大背景下,从日常生活内部揭示了不同族群面对社会伦理的冲突。华人邻居阿强在自家门口或花园里挖路砍树,为所欲为,这看起来似乎是他的自由,与别人无关,但是却激怒了白人邻居泰勒夫人,并由此导致了各种磕碰,直到最后阿强入狱。在小说中,阿强因何种原因入狱并不重要,重要的是,爱管闲事的泰勒夫人有着强烈的公民意识,并对社会伦理表现出自觉维护的坚定姿态,而阿强的行为恰恰有违于社会伦理,过于放纵自我,由此引发了不可避免的对抗。作为小说的叙述者和见证人,同样是华人的"我"试图提出这样一个问题:在全球化的时代,华人与其他族群相处时,如何从公共性的社会伦理层面上,赢得自己的生活尊严?

与社会伦理相对应的，自然是家庭伦理，尤其是家庭中的婚姻伦理。它贯穿于每个人的日常生活之中，并时刻考验着每个人的内心品质和人性面貌。艾伟的《小满》和焦冲的《无花果》都是围绕着一个小生命的出生与归属，展示了家族文化伦理与母性意识的对抗。《小满》中的少女小满，在远亲喜妹的劝说下，为城里的富贵人家代孕生子。事情看起来很圆满，小满家因此摆脱了贫困，城里的先生家也喜得贵子，弥补了人到中年的丧子之痛。然而，小满内心的母性本能，却无法在这种世俗伦理中获得安慰，以至于天真纯朴的少女为此而致疯。《无花果》里的果书仙在丈夫突然离世时，发现自己怀有身孕，年纪轻轻的她当然不想让孩子生下来，但是，在家族伦理和金钱的反复纠缠中，她无力反抗，只能让腹中的生命承续丈夫家的血脉。可是，当婆家通过医院检测发现果书仙的腹中是女孩时，他们又开始放弃这个血脉，不料却激活了果书仙强大的母性意识。小说正是在这种家族伦理与母性意识之间不断纠缠，并凸现了母性本能对家族伦理的蔑视。但在金钱的诱惑之下，母性本能又变得十分脆弱。当果书仙最后含着泪光将孩子交给公公婆婆时，她赢得了人生的自由，但她的母性本能却受到了深深的伤害。在强大的人性面前，血缘伦理是如此的冷漠和虚伪，甚至不时地闪耀着刀锋般的寒光。

　　与生命的诞生相比，"死亡"同样也是一个巨大的伦理问题。盛可以的《喜盈门》和田耳的《给灵魂穿白衣》都以轻松的语调，讲述了给祖辈送终的故事。在这两部小说中，死亡总是漫长的，因为作者不是为了展示死者的痛苦，而是为了演绎生者的生活逻辑及其伦理关系。《喜盈门》中姥儿的死亡，仿佛一场戏剧表演，让大伯、二伯、大姑、小姑等人来来去去，他们各怀心思，相聚似乎是为了欢乐，只有老实巴交的父亲不断照顾着临终的姥儿。《给灵魂穿白衣》里爷爷的死亡也是如此。孙子小丁、二伯、小叔、三姑等，终于在老人临终前，其乐融融地聚在了一起。他们看似在为老人送终尽孝，其实也是各怀他想。在这两篇小说中，孝道仪式远比亲人的死亡更重要，愉悦的相聚也远比亲人的逝世更真实，它隐含了传统伦理的时代变化，也让实利化的人性不时地露出狰狞的面目。

　　双雪涛的《跷跷板》也是在一种略带欢快的语调中，叙述了长辈"刘叔"濒临死亡的故事。面对"刘叔"的绝症，女友一家心照不宣，且能坦然处之。但这并不是小说的重点。重点在于，临终的"刘叔"不断要求"我"来照顾他，并向"我"道出了一桩被埋藏了多年的凶杀案。它像一块巨石，压在"刘叔"的心头，使他无法坦然地面对死亡。这正是社会伦理的巨大威力。卸下它，又会危及家庭伦理；扛着它，又让"刘叔"死不瞑目。所以，"我"成了最好的倾诉对象。

　　钟求是的《星期二咖啡馆》和龙仁青的《转湖》都是讲述家庭伦理中的亲情故事，但构思各有异趣。《星期二咖啡馆》通过咖啡馆这个特殊的交流场景，既呈现了一对老年夫妻的丧子之痛，又折射了现代青年人的情感现状。生活总是无法把握，失去儿子的他，虽然找到了儿子眼角膜的受捐者徐娟，并慢慢建立了亲密的关系，不料一场婚变又毁掉了徐娟的人生，从而使这对夫妻仅有的心灵慰藉，从此化为虚妄。龙仁青的《转湖》叙述了一个亲情与信仰相互交融的故事。

多杰和措果退休之后，便碰上了多杰的本命年，在妻子措果的强烈要求下，他们开始为"转湖"祈福做准备。然而，一次意外的体检，却查出了措果患上了绝症。面对灾难，小说缓缓地呈现了这个三口之家彼此相爱、相互体恤的伦理情怀，以及他们在心灵上的默契。同时，整篇小说又在宗教伦理的感召下，散发着温馨而又从容的光泽。

须一瓜的《灰鲸》和刘玉栋的《南山一夜》都涉及家庭伦理问题，但它们更多地指向婚姻内部的困顿与疲乏。其中，《灰鲸》是一篇耐人寻味的小说。它将一对中年夫妻的平庸生活与珍稀的大灰鲸命运交织在一起，在一种隐喻式的叙事策略中，展示了当下普通人无序而又无奈的生存境况。这是一对极为平常的夫妻，在毫无波澜的日常生活里，过着最为平常的生活。没有期待，没有激情，没有动力，生活总是在最庸常的轨道上滑行。但是平淡也是一种重负，所有的乏味、慵懒、烦躁和疲惫，交织成一张巨大的看不见的网，让人随时感到窒息。丈夫偶尔还能在灰鲸研究中获得乐趣，包括与少年的交流，而妻子只能在这种乏味的网里苦苦挣扎。灰鲸的生活是波澜壮阔的，充满无数的悬念和悲壮，所以它变得越来越稀少；只有平庸的生命温床，才能滋生巨大的生存群体，像这对庸常的夫妻。只是悲壮也罢，平庸也罢，都有看不见的网在把守着自己的命运，或许这就是生活。刘玉栋的《南山一夜》讲述了一个"无用"男人的内心之困。物欲时代对艺术的拒绝，掏空了邱东来的生存价值。妻子离婚，儿子随前妻成长，邱东来好不容易带着儿子来乡村度假，向渐渐长大的儿子展示父亲的价值，儿子却又被夜蛇吓得住院。一切都看似平常，然而在平常的遭遇背后，邱东来的灰色人生尽显无遗。

张惠雯的《十年》是一篇心理分析式的小说。它通过一种忏悔式的心理叙事，探讨了婚姻伦理中的两性问题，并展示了主人公"痛失我爱"的心路历程，有反思，有自责，有惶恐，有赎罪，当然也有祝福。所有这些心理意愿都不太明朗，但在他的长途跋涉和随后的两次见面中，都若隐若现地流淌出来。或许，作为自尊而又自卑的孤儿，他在年轻时并不懂得真爱；或许，受传统伦理观念约束的他，无法排遣内心的耻辱感；或许，全球化生活的历练，终于让他醒悟了生命的真谛。张惠雯的魅力在于，她让一个男人通过十年刻骨铭心的思念，揭示了贞洁伦理对男人自尊的伤害，也呈现了人间之爱的微妙、复杂与宽广。

旧海棠是近年来较为活跃且风格独异的作家。她非常善于将那些沉重而尖锐的生存镜像推到叙事的背后，让故事主体呈现出某些诗意、温馨甚至欢快的主调。《天黑以后》便是如此。它将一个个破碎不堪的婚姻隐藏在叙事的深处，而故事却围绕着一场孩子的生日派对，让家长们尽情地表演着恩爱、优雅、幸福和欢乐。小说的巧妙之处在于，作者将家庭伦理置于破败的婚姻之中，让那些男人看似在努力为孩子们的成长营构一种温情的表象，却不知道这些表演性的行为，是真正的爱，还是更大的伤害？

朱辉的《要你好看》和周李立的《爱情的头发》都是讲述有违家庭伦理的婚外情之事。在《要你好看》中，快捷酒店，快捷情欲，他和她，彼此并不了解，只有欲望本能的相互满足。然而，当他试图进入她的生活时，他才发现，成功的男人总是很忙，只有他很空闲，闲得可以随叫随到。因此，他最后的"复仇"式行动，与其说是为自己挽回做男人的尊严，还不如说是被她那位不在场的丈夫彻底击败内心的自尊。这是一个男人的隐痛，也是一个失败者的又一个人生败笔。周李立的《爱情的头发》从一种精神分析的视角，借助一些微妙的、甚至是略带下意识的情节，撕开了许小言难以言说的内心痛楚。表面上看，身为年轻的护士，拥有现代观念的她，不需要承诺，不需要结局，在与已婚的方卓的情感纠葛中，体现出常人难以企及的执着和从容。然而，这些外在的强悍和执着，终究抵不过内心的虚妄和迷惘，以至于她最后走向崩溃。是对爱情的失望，还是对承诺的期许？是受伦理的折磨，还是对情感的淡漠？似乎都有。"爱情让她饱满，也让她羞耻，她不说，说不出口，而她正好善于让身体承担后果，她现在对自己下手了。"

安庆的《手指》将社会伦理、家庭伦理与人性交织在一起，让一位纯朴的乡村老父亲在社会伦理与家族伦理的冲突中，忍受着巨大的精神重负。胆小怯懦的父亲，先是被侄儿利用，帮侄儿骗取工厂的工资和福利，随后又被当了支书的侄儿为维护个人利益而取消了低保，由此陷入隐恐与愤懑的泥淖而无法自拔，直到最后自残了那根按了手印的手指。父辈们视社会伦理和家族伦理如同生命，但侄儿的心中只有个人的利益，却没有伦理的约束。这是社会的不幸，更是时代的不幸。

梁漱溟先生认为，中国民族有两大精神，一是伦理情谊，一是人生向上。所谓"人生向上"，是指中国人以是非观念取代利害观念，"一切以是非义理为准"；而"伦理情谊"则是指伦理关系，"因情而有义，父慈子孝，兄友弟恭，皆义也。所以伦理关系，亦即是相互间之义务关系。每个中国人必须各自认识其义务而履行之，却从来不许谈权利"。中国社会结构的本质，就是"非个人本位，非社会本位，乃是伦理本位。"费孝通在《乡土中国》里也指出，中国社会与西方社会的结构形态非常不同，西洋国家以"团体格局"的社会结构铸就了"团队精神"，强调的是权利和契约的边界，也更容易关注社会伦理；而我们的国家是以"差序格局"的社会结构形成了"圈子文化"，注重的是家庭伦理和人们之间的情谊。唯因如此，在中国的小说创作中，伦理问题，既是小说叙事的一个基本参照，又是确立作品价值立场的重要坐标。

十　年

张惠雯

1

　　他醒的时候以为自己仍在约翰内斯堡。房间里的摆设逐渐浮现出它们暗沉的影子，起初他吓了一跳，不知道为什么他身在一个全然陌生的房间里。等他稍稍清醒过来，才意识到自己是躺在休斯敦"假日酒店"的某个房间里。空调的声音有些嘈杂，布满暗影的房间毫无必要地大，显得空阔。他知道自己睡不着了，拧开床头的台灯。淡黄色的灯光投射在带花纹图案的、有些褪色的地毯上。他看一眼床头的电子钟，显示四点十二分，他试图推算休斯敦的凌晨四点十二分是约翰内斯堡的什么时间，但随即觉得并不重要。他把两个枕头交叠着竖起来，倚靠在床头，在仍然朦胧的意识里，觉得身在此地是件奇特的事。

　　他之前并没有做什么计划，一得到她的允许，他就这么贸然地飞过来了。二十几个小时以前，他还在约翰内斯堡，他坐在出租车里，看着窗外掠过的熟悉街景和陌生人群。现在他已经身在休斯敦，在她生活的这个城市，而且，就在昨天晚上，他们已经见过了。在这十年之中，他无数次想象过再见到她的情景，但真实的相见比想象中的情景都来得平静。他们到他住的酒店大厅来接他，她和女儿，还有她现在的美国丈夫肯尼。他们就像老友那样握手、站着寒暄几句，然后迅速走出去，钻进车里，到了一个吃得州牛排的餐馆。餐馆里灯光非常暗，她说美国餐馆里的灯光都是这么昏暗。食物价格不菲，但四周拥挤而嘈杂。在昏暗的灯光底下，他还是看出她老了一些。她的五官倒没有多少变化，但脸稍稍松了，那张原本紧绷绷的、饱满的小圆脸上的特征不那么突出、鲜明了，她年轻时那种顽皮、快乐、略带挑衅的天真神情，以及她十年前带着女儿到约翰内斯堡和他团聚以后那种紧张、憔悴但楚楚可怜的神情都被岁月磨平了，那些尖锐而生动的东西淡去了，她显得柔软、和缓，仿佛山峰变成了丘陵。他并没有失望，相反，他心里对她的怜悯又多了一层。他想，好吧，她老了，但她不是在我身边变老的，我们就这么各自老了……想到这一点，他心里突然一紧，眼睛潮湿了。但在那个嘈杂而昏暗的地方，一切都能掩饰过去。

他不抽烟，但现在如果能弄到烟，他大概会一直抽到天亮，把时间换过去。多么荒唐！他一个人躺在这个极其宽大、舒适的床上，而每一次他感到身边的空虚，每次当他在想象中要填补这空虚，他想到的总是她，只可能是她。在她走了以后，他曾认真结交过别的女人，但那个同床共枕的女人只可能是她，只有她才是他心目中的妻子。在这些年里，他曾无数次在想象中把她放置在自己身边，最初是怀着厌恶、报复的仇恨，然后是疯狂的怀念，如今，只有让人痛苦的爱和悔恨。他不可能忘记在他们还年轻的时候她给予过他的那些美好的东西，他终究不相信还能从别的地方找到这些东西。只有她那么爱过他，怜悯他这个倔强、自尊而又自卑的孤儿。

昨天夜里，他们隔着餐馆里那张长方形的、漆成绿色的木桌坐着。他看着她现在的丈夫肯尼，确信肯尼比自己显得高大、男子气。但肯尼的头发已经花白了，他猜想他比她大十岁或是十五岁。他女儿则已经完全变成一个美国少女，她不再叫"彤彤"，而叫 Summer，她说因为她是夏天生的，英语老师给她起名叫"夏天"。Summer 开朗、自信，对亲生父亲十分礼貌而热情。一开始，他还担心她面对两个爸爸如何称呼，她会不会叫他"叔叔"。但结果他发现自己多虑了，女儿叫他"爹地"，叫她的美国爸爸"肯尼"。显然，她和养父更有话说。当女儿和肯尼谈笑风生时，他觉得自己是个不该出现、坏了气氛的外人。除了她，大概没有一个人希望他出现在这里。毕竟，她们走的时候，应该说他把她们赶走的时候，女儿才四岁。他担心女儿对他冷漠甚至怀有敌意，那样的话，他完全不知如何应对。但女儿以那种美国人的自信告诉他说，母亲给她看过他的照片，所以她对他这位"爹地"并不陌生。

餐馆里嘈杂而拥挤，不断有人在周围进进出出，晚餐在昏暗的灯光里和那对父女愉快的交谈里和谐地继续。他娶过的那个温柔又快乐的小女人如今变得干练了。她肤色深了一些，头发剪短了，脸部骨骼的棱角浮现出来，穿着剪裁利落的连衣裙坐在一个美国男人身边，那个男人叫她"珍"。难以想象他们之间隔了十年的距离。十年之前，她是属于他的；现在，她属于别人。

桌子中央摆着一个细细的玻璃瓶，里面插着一枝鲜红的、孤零零的玫瑰。他隔着花，看见那个美国男人抚摸她的头发，不止一次，但每一次都有什么东西深深伤害了他。他知道那不仅仅是嫉妒，没有那么赤裸、尖锐，那里面甚至有种慨叹的情绪，念旧、感伤却又无能为力。肯尼像许多美国人一样乐观、健谈，他谈的大部分内容都是在自嘲休斯敦多么荒凉粗糙，嘲笑州政府多么贫穷，公路一塌糊涂，路面经常变成池塘……但他总觉得在肯尼的自嘲里有一种骄傲。她面对他坐在那儿，背后就是一个肥胖、金发的女人。她的脸大部分隐在昏暗里，只有一些光亮照在右边的额角和上半部分的脸颊那儿，明暗的对比令她显得有些恍惚、虚幻，仿佛她就要消融在那柔和的、无边无际的晦暗里，或是会在那束突如其来的光亮里飞走。当他和她的目光碰到一起，她就礼貌地朝他笑一下。他发现她那张消瘦了的脸上又渐次浮现出他熟悉的那种神情，温柔，仿若有点儿失神。过去，当她偶尔沉浸在自己的思绪里，她脸上便是这副神情。他想，起初一刹那的陌生竟让他以为时间终究改变了她，把他们之间的一些东西带走了，这是多么肤浅。时间不过是把某些东西隐藏得更深，或者说是他自己把它强行地按压下去，但在某个时候，当它突然浮上水面，它倒比过去更惊心动魄。

她不像以前那么灵动、爱笑了。她变得沉稳，连动作也舒缓下来。她的确老了不少，但在他眼里，她仍是美的。美是一种说不清楚的东西，他觉得那倒未必是客观的，而是和一个人心里的柔情有关。他不太在意肯尼在讲什么，即便这种用餐的情景尴尬无比，他也希望晚餐继续下去，希望时间走得慢些，好让她仍然坐在自己的对面，置身于她自己浑然不觉的虚幻的美丽之中。至今，他仍觉得一切不可思议——他又见到她了，真实的她就坐在那儿。但很快，账单送上来了，他抢着付账，却被她制止了，她笑着说不要在美国餐馆上演中国餐馆里抢账单的一幕，人家会以为起了争执。他不得不听从她。他扫了眼账单，看到四百多美金，略微有些吃惊。他听说美国人喜欢 AA，于是掏出两张百元美钞要付给肯尼，肯尼拒绝了，开玩笑说他刚来得克萨斯，必须体验“南方的热情”，但下次他不一定这么幸运了。付完账，他们还在喝着饭后咖啡，肯尼去洗手间了。他这时候才敢正视她，他发觉她不说话、不笑时依然负气似的紧抿着嘴唇，她不时抬起手下意识抚弄头发的小动作还保留着（过去他多么喜欢抚摸她的头发）……他想问她些什么，但觉得开口说话是那么困难！他发觉这种感觉是他毫无准备的：他多多少少仍把她看成是以前那个女人。

回酒店的路上，肯尼好像累了，不再开玩笑，没有人想说话，车里笼罩着令人难堪的平静。外面，道路显得蹊跷，街景平板而陈旧，大部分路边的建筑沉落在昏暗里。车子总是遇见红灯，等待的时间里，他默默听着交通灯的计时器，数着秒数，他惊愕于三十秒竟然很漫长。他坐在副驾驶座，前妻和女儿坐在后面。他想象她看着肯尼和他的背影时会做何感想，前夫和现在的丈夫，她会更喜欢哪一个？他担心自己和肯尼比显得矮小、瘦弱，像个孩子，但随即意识到这一点儿也不重要，也许她根本不再关心他是什么样子……这几乎是一定的，毕竟，他曾经那么粗暴地伤害了她。他觉得他不应该再试图从她对他的态度里寻找那种她依然爱他的蛛丝马迹，他应该感激她答应让他过来看看女儿，此外，他应该别无所求。

终于，他们又来到了酒店大厅，站在一盏巨大、耀眼的吊灯下面。从餐馆和车里的昏暗中突然钻出来、站在这个过于明亮的地方，他们都显得有点儿失措。她尽管化了妆，看起来还是疲倦了。肯尼兴致勃勃地和他分手，这时又恢复了那种"南方的热情"。女儿祝愿他睡个好觉。女儿和肯尼都用英文和他交谈，只有她仍然对他说普通话。这让他高兴，因为他觉得这显出一种私密感，至少肯尼完全听不懂。她说："好好睡，明天上午我再来接你，我来接你之前会打电话到你的房间。"于是，他鼓起勇气对她说："我明天等你的电话。我很高兴，谢谢你，你把女儿照顾得很好。"她脸上显出不太自然的表情，说："肯尼对彤彤很好。""我看出来了，真谢谢他。"他又说。整个晚上，只有这么一刻，当他们说着只有他们俩才能懂的语言，将其他人暂时排斥在外时，他才感到他们之间曾存在过的那种血肉般真实的关系。他目送他们一家离开大厅。她的背影消失后，明亮的灯光、陌生的人影和英语口音一下子朝他涌过来，他因突然意识到自己孤零零地身处异乡甚至感到一种肉体上的痛苦。

躺在这陌生的床上，浸泡在一屋子安静、寂寞的空气里，倾听着凌晨时分微弱、虚无而永不间断的城市噪声，想念着她曾给予过他的温暖和快乐，他几乎无法相信自己曾做出那么粗暴的事。他想起那天晚上，他扳过她背对他的身体，她那双很大的眼睛温柔而可怜地看着他，流露出一丝小心翼翼的欣喜。她大概以为他终于原谅她了，要爱她了。他也的确脱去了她的睡衣，但随后，他做了非常可怕的事，他说的话甚至比做的事更可怕……过后，她下床了，什么也没有穿。她在客厅的沙发上蜷缩了一夜，裹着一条沙发巾，几乎冻僵了。几天后，她给自己和女儿买了回国的机票。

此刻，他靠在床上，感到其实在哪儿都一样，除了她，他没有别的亲人。

2

九点半钟，阳光已经非常猛烈。他在太阳下走着，裸露在外的手臂上的皮肤感到灼灼发痛。他走了很长一段路，看到的仍然只是酒店、交通灯、高速公路桥、高大呆板的不知其用途的建筑、空阔的广场、还未开门的商店。他注意到街上几乎没有其他行人，于是凑到商店的玻璃门前观看，他发现就连商店里面也显得巨大而空阔，货架和货架离得那么远，仿佛相隔着一条小街道。他不想在酒店里吃早餐，但在这个他们告诉他的市中心区，他沿街走了很久，也没有找到一家可以吃早餐的咖啡馆，商店则十点钟才会开门。

　　他只好往回走，希望酒店里还提供早餐。他处于日夜颠倒造成的兴奋和一夜未眠的疲倦掺杂的状态之中，在被阳光照耀成盐白色的街上，他踽踽独行，像个漫无目的的游荡者。他想起他在约翰内斯堡的那套复式公寓，如她所喜欢的高大、美丽、白木框的窗户，阳台上盆栽的植物……他们本应在那里愉快地生活，漫不经心地度过这十年；他想起在她离开之后，他在约翰内斯堡度过的那些孤独、一成不变却安逸的早晨：同样明亮得发白的阳光，街道上同样飘浮着淡淡的尘土味儿，两边同样有破旧失修的建筑，但那里的一切仿佛是拥挤着的，而这里的一切像是相互远离的。但不管拥挤还是疏阔，喧闹还是寂静，对他来说，从某种意义上，它们都像一座空城，而他只是个在其中浑浑噩噩地活动着、生活下去的人。他想大概自己真的变老了，竟对这巨大而陌生的城市有股莫名的恐惧。如果她不在这个地方，他绝对不会来，即使他来了，他也会马上掉头离开，他没有心情冒险或是仅仅去习惯那些自己不习惯的东西。只有当他想到他和她身处同一个城市，这种忍耐才有意义。让他自己也无法理解的是，从昨夜到现在，她一直在他的意识之中，即便当他探头探脑地往关闭的商店里观看时，她也浮现在他那昏沉、时空颠倒混乱的意识里，和那些蓝灰色的、封闭在玻璃门后的幽闭空间交织在一起。他比以往的任何时候都更想念她，就因为如今他和她身处同一个城市。他知道她就在离他不太远的地方呼吸，置身于这炙烤大地的阳光和早晨的溽热之中。

　　他突然意识到他在一家商店的橱窗前站了太久，而那是一家女性内衣商店。周围没有人，但当他醒转过来、意识到自己刚刚注视着一套红色内衣发呆，他立即走开了……他记得在她二十四岁那年，某一天，他发现她穿了一套红色的内衣裤。他觉得很好笑，而她告诉他说这样可以在本命年辟邪。那时候他们还没有结婚，但她已经完全地属于他，她对他毫无保留，她曾是个敢爱敢恨的女孩儿……他们曾有过非常亲密的日子，非常亲密。这种亲密在他这方面一直延续到她告诉他那件事之前，那时他从约翰内斯堡给国内的她打电话，还会在电话里流泪。但他不知道在她那里是从何时结束的，也许是他抛下待产的她去南非之后不久，也许是在她疲惫不堪而婴儿正在啼哭的某个无助的时刻，也许是他离开之后的第二年、第三年，当那个人不断在她身边出现、在她心里占据一个地方以后……当她带着快四岁的女儿来到约翰内斯堡，她已经不再是那个和他亲密无间、无话不谈的女人了。起初，她一味迎合他、顺从他，但也只是迎合、顺从，完全失去了她的俏皮和幽默感。在她离开他的十年之中，他有足够的时间冷静思考他们之间的问题，他甚至曾交往过一个单亲妈妈，希望从她身上体会到她曾经历过的那些东西，那种艰难、无助和急于寻求他人慰藉的感觉。他几乎可以确定一切错误的根源就是他做的那个错误决定。就在她临产前的一个多月，他在南非的朋友突然来电，告诉他有这么一个不可错失的生意机会……于是，他告别她独自去南非了。他和她一开始都相信这个决定没有问题，因为生意的机会不可错失，而等他成功了，他们就可以过得更好。奇怪，他们当时那么信任好的生活会给予一切补偿。换了现在的他，他再也不会做这样的决定，人把现在抵押给未来，这是愚蠢的。

他希望给她买件礼物，同时也给女儿买一件，他匆匆忙忙赶过来，竟然两手空空。但他知道没有时间了，商店还没有开门，而他得赶回酒店，早餐后不久，她可能就来接他了。他吃力地辨认着行经的每个路口，沿着既不熟悉也无好感的面目呆板而雷同的街道走回酒店，来到二楼餐厅。他犹豫了一下，找个大厅里靠窗的角落坐下来。餐厅里没有几个人，早餐时间过了，服务生已经开始收拾没有用完的食物。他拿了粗粮圆面包、牛油、煎蛋饼和茶，除了茶，其他东西都冷了。他觉得一点儿也不饿，早餐不过是用来打发时间——她到来之前的时间。除了服务生收拾餐具的声音，大厅里几乎没有任何声音。他知道自己在心动地等待着什么——那不可能到来的什么。他凝神看着外面，心里有愉悦有忧虑甚至有怯惧，但很平静。他不知道他的心是从何时得到平静的，何以得到平静的，但如果他十年前有这么一份平静，他就不至于失去她。他能回想起那些光线朦胧的早晨，在他们那个三居室的公寓里，她总是早早醒来，无声无息地离开他身边，到厨房里为他和女儿准备早餐。他其实已经醒了，但仍然闭着眼睛，在床上倾听着她在厨房里弄出的声响，鸡蛋壳轻轻碎裂的声音，油刺刺啦啦爆裂的声音，咖啡机发出"嘶嘶"的呜咽……他知道她隐忍地做着这一切，她承担所有照料他和孩子生活的家务劳动，像是在赎罪；她不愿静下来，她不停地走动着、忙碌着，不愿在他的视线里停下来，她置身于各种声响和动作之中，像在寻求一种保护……但他没有丝毫的感激或同情，他那颗狭隘的心里只有仇恨和辱慢。那些早晨，他闭着眼倾听她弄出的各种声音，感到窗帘在轻微的气流里微微抖动，知道她已经打开了客厅的窗户和通往阳台的那扇门。她有这么一个把早晨的空气放进屋子、驱赶走睡眠气息的习惯。清晨的空气本是澄净凉爽的，但他心里却仿佛燃烧着什么，令他透不过气。

他取下眼镜，擦了擦镜片。外面阳光灿烂，过于灿烂了，使那个世界在光线里显得喧嚣杂乱。他更喜欢待在这里，阴凉、安静、无人注意。他回想昨天的晚餐，竟然对她现在的丈夫有点儿失望。他想起肯尼那粗壮的手臂、花白的头发，还有高声朗笑、身体朝后仰去的粗放而倨傲的样子。他不太喜欢那个人的样子，他觉得他对于她来说太老了，他确定这并非出于嫉妒的偏见……服务生朝他走过来，问他是否还想要再拿点儿什么吃，因为他要把剩余的食物都收起来了，他说不需要了。很快，大厅另一边的食物和餐具都收走了，他们开始更换桌布。他看看表，时间已经过了十点。他的手机就摆放在桌子上，显出一种安静等待的姿态。他迅速吃完剩下的早餐，把手机装进口袋，在桌子上留下一张五美金的钞票做小费，离开了餐厅。

将近十一点十分，他接到电话：她在酒店大厅里等他下来。他们一起走去停车场，几乎没有说什么话。她穿着一条浅蓝色的连衣裙，走在灰暗、丑陋、仿佛巨大无边的地下停车场里。不知道为什么，他觉得她比以前显得高了。只有他们两个人，走在那些静默、森然的铁兽中间。他希望这条危险的路长一点儿，希望那种仿佛在默默流淌着的无言的默契能这么延续下去……

3

在他看来，她和肯尼住的房子太大、太豪华了。但肯尼对他说，在休斯敦，要买这样一栋带花园的房子并不贵，这个地方有的是土地。他们还养了一条叫"乔尼"的米格猎犬，她说那是女儿十二岁生日时肯尼送的礼物。午餐时，她不允许女儿把乔尼带下楼。"乔尼可从来没有过这种待遇。"肯尼反对说。"我们中国人的习惯，客人来了，狗在餐桌那儿跑来跑去不太礼貌。"肯尼和女儿相视一笑，耸耸肩。他想说他根本不介意，但被她用眼神制止了。

肯尼处处表现他的大度，鼓励妻子带前夫到处看看。他表示感激。肯尼打趣说："没办法，我们美国人总是有很多'ex'，前女友、前老公、前前妻……我们得习惯和一切'ex'友好相处。"

他不知如何接话。

肯尼又补充说："如果需要用车的话，就给珍打电话，你总得买些东西带回去，到这里的中国人总是买很多东西带走。你们可以去直销店，离这儿并不远，珍经常带朋友去。我不知道约翰内斯堡有什么……"

"肯尼，南非有世界杯和纳尔逊·曼德拉。"Summer调侃说。

"是的是的，纳尔逊·曼德拉，一个伟大的人。但是世界杯，好吧，原谅我只对美式足球感兴趣，我爱看的是'超级碗'。"肯尼哈哈大笑。

"美式足球对我来说太暴力了，一群人相互冲撞，都是大块头。"她笑着看了他一眼，说。

"是啊，男子汉的运动，力的对撞，那里可没有老弱病残的空间。"肯尼说。

午餐仍然笼罩在肯尼高谈阔论的气氛之中。但他暗自欣赏着桌子上那些菜和中式的餐具。他默默享用着，心里有股泛着酸楚的感激。他回想起他们刚结婚时住在单位分给他的那间单身宿舍里，他们的房间里没有空间当厨房，大家都在楼道里炒菜。她在自己家里是个娇生惯养的女孩儿，但她还是学会了系着围裙、弓着腰在黑乎乎的过道里炒菜。他知道她不习惯，但她并不怎么抱怨，她顶多会兴致盎然地提及她在娘家时母亲下厨做的饭菜的可口。有一次，他们谈起将来的生活，她说："将来我们自己的房子里最好有一间大点儿的厨房，我现在慢慢喜欢上给你做菜了。"那时候，他们很喜欢谈未来的生活，幻想将来有了什么什么以后会是怎样一种快乐情景，似乎一旦有了那些幻想中的物件，其他的美好就有了一个安置的所在，幸福就不再动摇。那些谈话总是温暖动人的，两个人一起做仅仅关于两个人的梦。他一时想不出那是多少年前的事了，但显然是很多年前的事。他知道他现在是坐在别人家的餐桌前，被另一个主人款待。他不无慨叹地坐在那儿，和自己曾经最亲密的女人礼貌地交换寥寥数语，和自己的女儿几乎说不上话……他好几次偷偷打量女儿，觉得她那么青春、晴朗，但不及母亲柔美。他注意到她最像母亲的地方是那双眼睛里大大的、黑色的瞳仁。他大胆地把这个观察所得说出来，但他不知道英文的"瞳仁"怎么说，他只好说"大大的黑眼睛"。Summer 反问道："是吗？我的眼睛像妈妈？我自己从不知道。"而肯尼则微笑着纠正说他相信他妻子的眼睛不是黑色的，而是深棕色的。那一刻，他渴望自己从餐桌上消失。

他们谈着中国的食物，肯尼开始说起 Summer 爱吃的某种凉面。他听着，但他的意识仍在幽暗的记忆隧道里滑行。在眼前的一片光亮和声音之中，他感到自己躲避在那阴凉遮蔽的昏暗里，空空寂寂，一种拥挤、混乱、紧凑的空，一种充满往昔喧嚣的暗哑的回声的寂静……她尤其不对她的家里人抱怨，也从不邀请他们到家里来，他知道那是为什么。他去了南非以后，在女儿生下来以后，她也仅仅在娘家住了几天，然后就带着女儿搬回他们后来租的那个一室一厅的房子。那时候长途电话是那么昂贵，他只能一周给她打一次电话。电话不可能很长，一开始她总是高兴的，但后来多半会掉眼泪。他猜想每日的生活对她来说相当艰难，但他也无从问起，无从安慰，因为他不知道一个年轻的女人带着一个初生的婴儿，每天的生活会充斥着怎样的内容。他只能问她如何吃饭，孩子是否睡得好，其他的他只能够想象，在想象中，她总是抱着女儿在那小小的厅里来回走动，轻轻摇晃着，唱着歌，而那婴儿总是哭泣着。这是他从电影里看到过的镜头，不知道为什么，它倒给他一种安宁祥和的感觉。只是在他们分开以后，他才试图更详细地想象她那时的生活，想象她自己带着孩子如何一日三餐，当她生病的时候把女儿托付给谁，想象她怎么更换煤气罐，想象在停电的晚上，她抱着女儿坐在怎样的黑暗里……最初，这些想象让他害怕、难以忍受，因为在这想象的画面里，总会出现她提到的那个人的影子，他看到那个被他视为卑微、可鄙的面目模糊的人抱着他们的女儿，他看到他在大雨天从她怀里接过那小婴儿、为她撑伞，他看到他像条忠实的狗一样为她跑前跑后……但不知从何时起，负疚感压过了强烈的嫉妒，怜悯逐渐漫过了其他的一切；再后来，他似乎理解了她为什么那么做，尽管那仍然会深深刺痛他，但那个人越来越无关紧要了，淡化成一个不会引起他什么情绪的、仅仅是存在过的影迹……如今，他坐在她丈夫的对面，被那人告知她的眼睛不是黑色而是深棕色的，他竟没有丝毫嫉妒，只是感到难堪。他想，这就是时间，十年，仅仅这个数字就能狠狠地击中他，这是梦游般的十年，日复一日、无限孤寂的十年，甚至连它的平静也是虚假的，因为那不过是死灰复燃之前的平静，一旦那被他小心掩埋在时间底下的东西被什么激发，就又会猛烈地燃烧起来。它那么漫长，但又那么轻，他似乎一下子就跨越了它，来到眼前这个时间、这个地方，像一个真正的、从远方而来的客人一样端坐在她和孩子的对面，他同样也能一下子跨回去，回到他和她共同生活的昨天，它在他脑子里复活了越来越多的、鲜活动人的细节。要去想时间在哪里偷偷带走他的一切、改变了他的生活是痛苦的……

等女儿说完一句什么，他开始夸奖每道菜都好吃。肯尼说："我的朋友都说我是个幸运的丈夫，你看看我的身材就明白这一点了。"他怔了一下，而Summer已经笑出来。她这时给他的酒杯又添满了啤酒。他抬头看了她一眼，但她立即把眼神移开了。她很自然地问起他在南非的生活，还有他们过去认识的两位朋友。他告诉她说他好几年前已经从他们过去租住的地方搬走了，他现在买了一套复式的公寓；那两位朋友中的一位已经离开南非回国了，但在国内好像发展得不太顺利；另一位还在南非，日子照旧，他们来往不多，偶尔在一起吃顿饭、打打牌，他们还是喜欢去 Sandton 的那家中餐馆……她很认真地听着，偶尔从杯子里喝口白葡萄酒。她笑说她有时还想吃 African Hut 的牛肚套餐呢。她的举止里有种过去没有的从容、优雅。他想，她离开他以后显然过得更好，他们在一起时，她没有过上多少好日子，起初，她倒快乐，但很穷，只能幻想着过好生活，然后，她成了一位疲倦至极、孤独无助的年轻母亲，再后来是一个生活在惊惧和屈辱中的妻子……而今，她置身在这座华丽而毫无风格的房子里，在许多同样华丽而没有风格的装饰品之中，她显得那么温柔和蔼，但和蔼里却隐约有种高冷。她在别人面前提及他们从前的生活一点儿也不难为情，这大概说明过去既不令她痛苦，也不再让她眷恋。他想为她高兴，心里却只有酸楚。

4

他回想起那个夜里他如何走出家，在大街上漫无目的地、像一阵疾风那样走着。他感到他是自北向南走的，但方向对他来说没有任何意义。他只是一个劲儿地走，不知道穿过了多少街区。他走过那些公园黑漆漆的边缘，跨过了两座钢桥，也经过了一些霓虹灯闪烁耀眼的街道，而无论漆黑还是光明，都只是反衬出这城市在夜晚的空虚和阴沉。后来，他发现自己走到一个从未去过的地方。那是个破败的黑人居住区，照明不足的街上不时出现一些黑黢黢的、古里古怪的影子。大概因为他那副疯狂的样子，没有人找他的麻烦。他像一条游狗在残破凋敝的街区里乱窜，即便快冻僵了，他也知道自己必须待在外面，如果他回家，他那双插在外套口袋里、紧紧攥着拳头的手可能会做出可怕的事。他牙齿打战，太阳穴紧绷得发痛。那个故事的碎片在他心里翻江倒海，它大概是这样的：一个丈夫在外、只身带着孩子艰难度日的女人不断得到年轻的小区保安的帮助，日复一日，他帮她把重的东西提上楼，帮她换煤气罐，帮她修烧坏的保险丝，帮她更换灯管，帮她叫车送孩子看病……这个城里的姑娘并不爱那保安，但她知道那个年轻男人爱着她，因为感激，或者说为了报答他，她选择在某个晚上和他睡觉……那种翻江倒海的感觉一直刺激到他的肠胃，让他恶心又腹中疼痛。他只好不停走着，大口呼吸着夜里的寒气。最后，他在寂寥的、残破凋敝的街头看着天亮起来，随便搭上一辆车回到市中心。

她说她不愿一直欺骗他，选择对他坦白，而当时，这反而加深了他对她的憎恶。他想问："只是一个晚上吗？"但他不屑于问出口。他从未相信她坦承的一夜情，他也从未相信她所说的仅仅因为感激。对方那低微的身份对他来说则是另一种屈辱，一个保安，想到这他就受不了。有时他无耻地想，如果她给他换一个敌人，也许他还不至于如此憎恶她。他曾鄙夷地对她说："你真是人尽可夫。""你知道我不是这样的人。"她说。此后，他再也没有对她说过一句好话，他总是极尽可能地粗暴地侮辱她，只有她的痛苦能让他得到一点儿快感，她的哭泣再也不能感动他，他会在心里冷笑着说：虚伪！继续演戏吧。在她离开之前差不多一年的时间里，尽管他们仍然躺在一张床上，他再也不愿碰她。如果她朝他靠过来，他就厌恶地把她推开……嫉妒把他身上的其他东西都烧光了，包括欲望。他想，最后迫使她离开的也许不是他那冰冷而无形的暴力，而是他的鄙夷。

他此时独自坐在书房里。她刚刚离开去泡茶。肯尼午餐后去公司了，女儿在楼上她自己的房间。书房里只有他一个人，回忆令他凝然不动地坐着。他透过那扇门看见一段空荡荡的走廊，等他听到她清晰的脚步声，就迅速抬起手，擦了下眼睛。她的身影出现在那段走廊上，他赶忙微笑着站起身，走上去接她端的托盘。

"这间书房真大！"他赞叹地说。

"你看书架上的书了吗？"她笑着问。

"还没来得及看。"他说。

"除了生意经根本没有什么别的书。所以，这不是书房，是肯尼的办公室。有时候他不去公司，就在家里办公。"她说着，让他把茶壶和杯子放在沙发前面的咖啡桌上。他注视着那两只青色的色泽通透的琉璃杯子，它们在那张异常宽大厚实的咖啡桌上显得那么小巧、精致。

"你没有发现吗？这里的一切都是傻大个儿。"她似乎察觉到他在注意什么，有些调皮地说。

不知道为什么，这句话在他身上激荡起一股暖流。他在沙发另一头坐下来。他们俩中间隔着至少两个人的位置。她仿佛在远远地打量着他，脸上有种好奇而纯真、甚至带点儿淡淡讥讽的神情。

"吃好了吗？"她问。

"吃得太好了，很久没有吃这么好了。"他说。

停了一会儿，她轻轻地叹口气说："你看起来没多少变化，而我老多了。我觉得自己的样子完全变了。男人还是比女人耐老。"

他说："你看起来很好。我才老了，我已经开始染发了，不过，也确实到了这个年龄……都会老的，但你看起来很好。"

他似乎没能说服她。她淡然一笑，说："我只是发点儿感慨，又不是让你反驳我说我不老。人总会老的，这没什么。"

她倒了一杯茶递给他，有点儿嘲弄地说："我的头发也是染黑的，你没看出来吗？"

"没有。"他老实回答。

他的确没有看出来，他也没有想到。但当她这么说着，那头柔顺的、短短的黑发从他眼前一晃又闪开时，他呆了半晌。他搁下杯子，突然起身走到窗户前面去。他假装十分专注地看着一丛红色的藤花，问："那种红色、钟形的花儿是什么花？我从来没在其他地方见过。"

"你问错人了，我从来不懂这些花花草草的东西。应该是得州特有的吧，肯尼找墨西哥人来种的。"她说。

"他们把园子打理得挺好。"他很无聊地说。他继续打量着花园，但在他眼里的只是一些烟雾般的色彩。

过一会儿，他离开窗边，走到那张天蓝色布面的圈椅上坐下来，告诉她说他现在买的那套五居室在 Hillbrow 那里。

她说："够一家住了。"

他说："只有我一个人住。"

"你昨天说，你有个女朋友，她还有个七八岁的男孩儿？"

"她还没有搬过来住，还没有发展到那个阶段。"他说。

"恋爱的时候最好，慢慢了解吧，没关系。"她看着他说。

"还不知道会不会发展下去……"他不置可否地说。他有点儿心虚，担心她其实并不相信他所说的话。

"我真的替你高兴，你找到了喜欢的人，很快就会有个完整、幸福的家，一个人总是冷清。"

他强调说："还行吧。她对我很关心，是个善良的女人。"

"这是最重要的！"她强调说。

"她做得一手好菜。"他笑着说。

"你有福气了。"

他没说话。他欺骗了她，因为他和那个女人已经分开好几个月了。事实是，她的确对他不错，甚至有点儿谄媚，但他觉得她只是在为那孩子打算，她想为孩子赶快找个家，而他们其实互不相爱。她和肯尼是否也如此？过了一会儿，他说："可我还是喜欢吃你做的简单饭菜，也最熟悉……"

她的脸红了，低声打断他："别说这种话……"

"这只是实话，我没有别的意思。"他觉得脸热得发烫。

她不再说话。

短暂的沉默以后（而他仿佛能听见这沉默），他先开口说："肯尼对你和女儿很好，我觉得特别欣慰。"

"你完全不用担心我们。"她说。

"不可能不担心，"他说，"这些年我才渐渐醒悟过来。但是，我知道得太晚了！以前，我太对不起你们。"

"别再说这些。"她制止他说。

"我没有别的意思，你可以让我说完。老实说吧，这些年我没有遇见任何别的女人让我有结婚的欲望。"

"这是'一朝被蛇咬，十年怕井绳'吗？"她开了个玩笑。

"不是，是我没有那种准备下半辈子和谁一起生活的愿望，我想不到还会有谁……"

"我们不说这些好吧。"她又恳求说。

"好的。"他说。

稍停一会儿，他谈及另一个话题："如果你允许的话，以后我想经常来看看你们。我没别的想法……"

"我怎么会不允许呢？这又不是什么非分的要求。"她的语气缓和下来。

"除了你们，我没有别的亲人。"他有点儿激动地说。

"你可以每年来一次，就当是度假。"

"真的吗？"他有点儿孩子气地问。

"为什么不可以呢？我们是亲人嘛。"她说。

"谢谢你！"他说。

她轻轻叹口气说："真的，你没怎么变，看起来还是和以前一样，就像个大男孩子。"

"可能因为这十年来，我的生活差不多一成不变。但我不会像以前那样莽撞了，不会那么……伤人了……"他说。也许是她那种表达的诚恳让他鼓起了勇气，令他觉得只要是真实的，说出来就无妨，他又接着说："以前我真蠢，又蠢又自私，我后来发现我大概是世界上最蠢的人。"

"你并不蠢，你只是太骄傲。"

他仿佛挨了一记闷棍。他想，她早就知道，她能看见他心里最卑劣、阴暗的那个角落。

过了一会儿，他说："很奇怪，我已经不再嫉恨了，我早就不再想起那个人，那些一点儿也不重要，我不明白……"

但她又一次低声制止他说："别再说以前了。"

"好吧，我很抱歉。"他说。他本想说："我不明白为什么我当初会把他看得那么重要……"他还想说："如果说这十年让我悟到了一点什么，那就是时间会让你发现，你当初看得最重要的东西其实并不重要，而你却会因为这些不重要的东西丢掉最重要的东西……"当然，还有一些别的话，事实上他想对她说很多话，如果有机会的话……但他想说的这些颠倒而纠缠不清的话被她完全制止住，他反倒觉得释然了。

此时，他坐的椅子离她远一些，不在同一条水平线上，他得以好几次瞥视她。她刚刚显得紧张，甚至有一点儿羞怒，但现在平静下来。他觉得此时的她比以往任何时候都动人。她显得安恬、沉静、若有所思。他心底蓦地掠过一丝怀疑，怀疑她现在是否真的幸福。这怀疑不像是一道阴影，反而像一道光亮，照进了不可知的、黑沉沉的未来，在那个未来里，他或许还有一个机会弥补过失、找回幸福……他知道这些只是自私又自以为是的念头，不值得深究。但很多事是令人费解的，譬如，为何无法忍受她的一次背叛的他而今根本不在乎她是别人的妻子？譬如，究竟是什么把他从那阴沉可怕的嫉妒中释放出来？譬如，为何在十年之后，他面对她有些生疏，甚至有些胆怯，却依然那么爱她……试着去感觉这些变化倒不是什么尖锐的疼痛，那只是回望过去，发觉空空如也、恍如一梦的怅惘。

他从这思绪的旋涡里挣扎出来，转过头，仍旧隔着玻璃窗打量屋后的花园，他看到绕在一面木围栏上的、正开着的淡紫色星形的花儿，还有在阳光的金芒下面正在舒展、摇曳的矮棕榈树的叶子，天空是柔润的蓝，只有几丝云彩。书房里明净、阳光充足。他坐在扶手椅里，知道现在不会有人来打扰他们，感到他们正坐在一处，竟有种安适的、回到家的感觉。他想，他已经得到她的允许可以探望她和女儿，这对他那孤独、浑浑噩噩、毫无希望的生活而言，就是唯一的解脱。

她这时抬起头，冲他一笑，说："这次你能来真好！我也特别希望彤彤能见到父亲。现在真方便，那么远的两个城市。"

"是啊，十几个小时的飞机，想想前天上午我还在约翰内斯堡，就像做梦一样。今天早上我在房间里醒来，还吓了一跳，觉得怎么房间里的摆设全变了。"

他们俩都笑了。

"我很高兴。我不知道为什么等了这么久才来看你们。"他慢慢地说出这句话。他终于端起杯子喝茶了。他躲在那绿色的、半透明的屏障后头，感到羞惭。他发现自己竟然很爱哭。在他最愤怒或是最孤独、最思念她的时候，他也没有哭过。而现在，坐在她跟前，处在喜悦之中，他倒变得脆弱了。

楼梯上传来咯噔咯噔的脚步声。很快，他们看见 Summer 带着那条叫"乔尼"的米格小猎犬跑进花园里。乔尼开始欢跳，围着女孩儿身边做前后扑跳的可笑动作。

"她是在监督我们吗？"他开了个玩笑。

她微笑着看了他一眼，没说话。

他察觉到这个玩笑开得暧昧而又无聊。

"我很感激肯尼，他对彤彤非常好。你知道，我这样带着一个孩子在国内不容易找，我最怕就是别人因为嫌弃我而对孩子不好。那时候，我表姐告诉我美国男人不在乎带孩子的女人，她当时已经在美国了。她给我介绍了肯尼，他年纪比我大了差不多二十岁，但他人很善良。他是真的爱孩子，我觉得人对自己亲生的孩子也不过这样了，没有几个人能做到他那样。我们来美国是对的，彤彤把过去不好的事都忘了，她心里没有阴影。"

他的嘴唇抽搐了一下，想说什么，但什么也没说。这还是她第一次提及肯尼的好，也是提及她曾遭遇的困境，他感觉即使附和着说点儿什么也是自找难堪，甚至会在她眼里显得虚伪。过去很长一段时间，最困扰他的问题是：她是不是爱过那个当保安的小子！现在，他根本不敢去揣测她是否爱肯尼，那样显得太自私而狭隘，甚至恬不知耻。他抛弃、伤害了她们，而肯尼救了她们！这就是她想让他知道的。

"时间说漫长也很漫长，但回过头一看，它过得真快。这些年发生了很多事……"她叹了一口气说，"你不知道吧？我父母都已经不在了。"

"我不知道。什么时候的事？我……很难过。"他结结巴巴地说。

"我母亲过世差不多五年了，我父亲是前年过世的。"

"你回去了吧？"

"当然，我们都回去了。"

他想：当然，一定是肯尼陪她回去奔丧的。在她最难过的时候，是那个男人在她身边。这些年来，她一定走了很多路，去过很多地方，都是和那个人一起……他感到真正可怕的并非他们老了，时光流逝了，而是这十年的相隔和虚妄，是他永远无法填补的巨大空白。

他们好半天坐在那儿找不到话说。他刚才的好心情一扫而空，沮丧得无以复加。

"还是不要提这些难过的事。"她笑笑，挥了下手。

他只是有些惊讶地看着她。

"你还怕狗吗？"她突然问。

"哦，你还记得这个？"他的脸红了，"现在好多了，至少不会看见牵狗的人就绕道溜走了。"

她笑起来。

他隔窗看着女儿和那条狗嬉闹，看到她不时蹲下去，抚摸、亲吻它。某种久违的温柔的东西让他的身体抖了一下。

"你不去和彤彤说说话吗？"她问他。

"说什么呢？我担心她不喜欢听我说话。我的英语不好。我现在倒很羡慕那条狗……"他说。

"那你就告诉她你正在嫉妒乔尼吧。你的英语没问题。"她说。

5

他出现在花园里，有些胆怯地站在女儿面前，同时留意着那条在他脚边嗅来嗅去的小狗。

这里的确称得上是"花园"。在南非他公寓的阳台上，他种着许多盆栽的植物，放着一张小桌和两把花园椅。他试着把生活过得有趣些，但如果他仔细审视或是蓦然回首，他发现那始终称不上是生活。没有欢乐、没有爱的生活不是生活。那是一个人活动着、支撑着自己度日，感到自己日复一日毫无意义地变老、走向终点。而眼前的这个花园虽然鲜花盛开，他却不觉得它非常有趣。它就像它那剪得过于齐整的草坪一样，有些虚假展示的意味，在其中隐藏着平静无声的空虚和人们急于填满它的徒劳的、同样无声的努力。如果这里有什么与空虚无关的鲜活的东西，那就是这个名叫"夏天"的小姑娘和她的狗。

女孩儿穿着夹趾拖鞋，白色的、宽大的 T 恤，长长的头发有点儿凌乱地披散着，看起来懒洋洋的。除了皮肤的颜色，她看起来就像他在好莱坞电影里看到的那些生活无忧、健康开朗的美国女孩儿，她们身上散发着一股热烈而又轻盈的气息。面对女儿，他感到羞愧，因为自从她出生以来，他几乎什么也没为她做过。从她是个胎儿的时候，他就抛下她而去。他没有听到她那诞生之初的啼哭，也没有抱过幼弱的、婴儿时期的她，他也从来没有在幼儿园门口等她放学，在她母亲带她投奔他而去的那段短暂的、称得上"团圆"的时间里，他本应该让她幸福，补偿他作为父亲的所有亏欠，但他完全被自己的情绪吞没了，几乎没有注意过这个孩子。尔后她们走了，他就再也不曾看过她……现在，她是个快要十五岁的姑娘了，而她的快乐、生活的丰足，这一切都和他这个亲生父亲无关。让他感到绝望、无能为力的就是这种无法填补的空缺。但他知道，他绝非不爱她，即便她是陌生的。当他在孤寂灰暗的日子里踽踽独行，想到在很远的地球的另一端，他的女儿在长大，他会感到一种安定和温暖。尤其当生活把他推到将老的、生命的另一端，当他在年深日久的孤独和悔恨里浸泡得柔软了，他会感到血缘加之于感情的力量——她是他和他最爱的女人的结晶，她本身就是爱，即便其他的一切都变了，包括感情，她的存在依然能将他们牢牢维系在一起。后来，他千方百计地打听到她们的联络方式，他把它写在纸上，放在好几个安全的地方。在他生病时，他往往会幻想着那样的一幕：医生告诉他他快死了，于是，他终于有借口使用她们的联络方式，然后，有一天，她们突然出现在他的病榻前面，投给他温暖的目光……他知道自己曾是个多么自私、残忍的男人，但像他这样的人也会渴望这一瞬间温柔的瞥视，因为这个，他竟变得不那么害怕死亡了。

夕照的光线移过来，院子里变得有些热了。他仍然在考虑和女儿说些什么。他想知道她是否还记得自己，可他没有勇气问，他不敢想象这个当时还不到五岁的小姑娘和她的母亲匆匆离开南非时是多么迷惑、恓惶。

他并没有意识到自己的窘态，直到女儿问他："乔尼让你害怕吗？"

"不，为什么？我只是和它不熟悉。"

"这算是个很好的理由。"

"你很爱乔尼？"他问。

"是的，爹地。"

"那么我也会爱它。"他说。

"你首先要学会不怕它，然后你才能爱它。"女孩儿故作严肃地说。

"我不怕它。"他说。

"那你为什么总是向后退呢？为什么乔尼一靠近你，你就向后退呢？"女孩儿说，极力忍住笑。

他想象着在她眼里的狼狈的自己，突然觉得如果这个狼狈的自己能令她发笑，对他来说倒是件好事。他想让她快乐，没有什么是他不愿意为她们做的。

"好吧，那我坦白，我过去曾经被狗咬过，所以我怕狗。但是乔尼是你的朋友，那我就试着不怕它。"

女孩儿有点儿怀疑地看着他。

"你可以让我抱抱它吗？"他突发奇想地问。

"你确定？"

"当然，只要你允许。"

"去吧。"女孩儿一甩头发，笑了。在她的带有一点儿揶揄意味的光灿灿的笑容里，他又看到了她母亲年轻时那种骄傲的神态。一刹那，那股饱含着青春、爱情的血液似乎又从他血管里奔流了一回，昔日那种混杂着日光、尘土、树叶的熟悉气味像一股干燥、温热的风拂面而过。这些逝去的东西是极其短暂的，但似乎又是永恒的。

他发现女孩儿在打量着他，她等待着，微笑着，目光炯炯。他觉得她真的就像夏天一样。他想，至少结果是好的，她离开了冷漠的父亲，像她母亲说的那样"没有阴影"地长大了，她现在这么快乐、自信，这是他可以自我安慰的地方。

他蹲下身，看着那条在他脚边站定的小狗。小狗也望着他。他终于鼓起勇气，伸出双手把小狗抱起来，他的手和它的皮毛接触的一刹那对他来说惊心动魄。他从未摸过一条狗，更不用说抱着它，把它抱在怀里。没有他预料中的狂叫和撕咬，在惊心的一刻之后，乔尼只是平静地卧在他的怀里，把它幼小而柔软的头颅转向它的小主人。他感到他的衬衫湿了，贴在背上，但他深深舒了一口气，狂跳的心渐渐平息下来。他抱着乔尼，朝书房的玻璃墙转过身去，但他发现她已经不在窗户后面了，房间空了。

"你觉得还好吗？"女孩儿问。

"很好。"他说，仍然抱着乔尼。

"不像你想象的那么可怕？"

"一点儿也不可怕，比我想象的好多了。"

"好了，测试通过，你可以把它放下了。"

"让我再抱一会儿吧。"他恳求说。然后，他稍微调整了一下姿势，把狗抱得更舒服些。他尽力感觉着它的体温、它心房的跳动和身体的颤动。他不敢用力，但又希望它能足够紧密地贴着他。他像抱着一个脆弱的婴儿一样小心翼翼、极尽温柔地抱着那条小狗，心想这就是他错失了的、再也无法找回的东西。

（原载《收获》2016 年第 3 期）

作者简介：

张惠雯，1978 年生，祖籍河南，17 岁赴新加坡留学。小说曾发表于《收获》《人民文学》等期刊，新加坡《联合早报》专栏作家。现居美国休斯敦。

小　满

艾　伟

白天，隔壁赵老板家的姨娘会来大屋坐一会儿。喜妹不喜欢她来，她一坐下，就会讲主人家的事。

"我们家女主人昨晚和赵老板吵了一宿，"隔壁姨娘神情诡异，"晓得哦，赵老板又换了个小姑娘，才十六岁，都有了。"

喜妹的心沉了一下，目光不由得看大屋墙上的照片。照片里的年轻人微笑着，俊美的脸光亮亮的，好像上面涂了一层金子。

隔壁姨娘顺着喜妹的目光看过去，表情也变得严肃起来："你家太太——啧啧，什么年代了，叫太太，亏你叫得出口——你家太太快五十了吧？"

喜妹老派，一直叫东家为先生和太太。这是娘教她的，娘以前也是做姨娘的。先生开始不适应，说叫老白就可以，但喜妹坚持这样叫。太太倒是坦然接受了这叫法。

喜妹一脸茫然，难过地转向窗外，好像照片上的孩子这会儿正在窗外明亮的天空上看着她。二十年前，她来到大屋做姨娘，孩子是她一手拉扯大的，她在他身上花的心血比亲生儿子国庆还多。

"你们家先生是好人，不像我们家赵老板，花花肠子，只是可惜了，白白留下这万贯家产，以后给谁呢？"隔壁姨娘说。

这话喜妹不爱听，先生家的不幸轮不到隔壁姨娘来说三道四。

隔壁姨娘并没察觉到喜妹的不悦，她看着墙上孩子的照片："含着金汤匙生出来的人，可惜没福消受。"

说完，站起身夸张地掸了掸袖子，走了。袖子上并没有灰尘，好像这屋子里有晦气，怕沾染上她似的。

太太心情不好，先生带着太太去泰国塞班岛散心了。喜妹一个人守着大屋。伺候人惯了，突然闲下来，心里面空落落的。她每天打扫大屋三遍，打发时间。有一天打扫孩子的房间，她偷偷翻看一本相册，看到相册里一张孩子吃奶的照片，当即瘫倒在地。照片里那个喂奶的人只是个局部，孩子不会知道，他叼着的是她的奶子。当年她抛下自己的儿子，把奶水都给了这个孩子。她看着他长大，长得那么漂亮，可突然就不在了。喜妹一直清晰记得孩子吸她奶头的感觉，心里面格外疼爱这孩子。她替先生难过，中年丧子，谁能受得起这打击？

敲门声把她吓了一跳。她赶紧擦掉眼泪，来到大门前，透过猫眼，她看到一个瘦高个儿站在门口，由于猫眼变形，他身上的西服看上去像一件长衫，显得吊儿郎当。

她紧张地打开门，国庆鞋也不脱，大步进了屋，然后一屁股坐在沙发上。

"你怎么又来了？叫你不能来大屋的。"每次，儿子进城，她总是让儿子住在小旅馆，然后做贼似的去看他。

"白老板又不在，你怕什么？"

"谁告诉你的？"

"你以为我是傻的？"

国庆从口袋里掏出皱巴巴的劣质纸烟，摸了摸口袋，没找着打火机。

"这屋里不能抽烟。"

国庆没来过大屋，但他仿佛熟识这里的一切，他径直走进厨房，打开煤气灶，灶火很猛，儿子侧着头，点着了烟。在灶火的映照下，她看到儿子苍白的脸上有一条若隐若现的伤痕。

"又打架了？"

国庆皱了一下眉头，沉闷地吸烟，不说一句话，也不瞧一眼母亲。

"输了多少？"

国庆伸出一个指头。

"一万？"

"十万。"

"什么？你不是说会改好的吗？你怎么又去赌！"

这次喜妹再也控制不住了，她拿起拖把，打儿子。

"你个败家子，我打死你。"

国庆站在那里一动不动，任母亲打，好像他早已习惯了棍子。

最终是喜妹崩溃了，她无力地把拖把丢在一边，气得浑身发抖。

"他们在等我，"国庆指了指远处，"你不给我钱，他们会弄死我。"

"我哪里有那么多钱？你当我在挖金矿？让他们弄死你，我也好省省心。"

国庆沉默不语，嘴上的烟火亮了一下，烟头上长长的烟灰落在地上。国庆看了看大屋，指了指墙上的照片："他和我同岁？"

喜妹低头不语。

"看起来比我年轻多了，妈的。"

国庆把烟蒂扔在地上，用脚狠踩了一脚。

喜妹容不得屋子弄脏："你别乱扔，这不是乡下。"她拿起拖把擦了一把，然后去卫生间放好。出来时，儿子已经不在了。

她的心突然揪紧了。这不像国庆的做派。平常要是没从她这儿抠出钱来是不肯走的。这反常倒让她不安了。十万块，她不吃不喝得做五年。他哪里去弄这么多钱？

她的脑子里出现儿子走投无路的情形。她不敢想象他们怎么对待他。

第二天，喜妹收拾孩子的房间，发现放在抽屉里的一只金表没有了。她站在那儿，有半天缓不过气来。

一个月后，先生和太太从塞班岛回来了。太太晒黑了一些，气色也好多了。

喜妹见到主人，不由得紧张。那只丢失的金表让她觉得自己像一个小偷，做姨娘的最重要一条就是要手脚干净，要是主人发现了，她怎么说得清？一辈子的清白都没了。

这天晚餐，喜妹烧了不少太太爱吃的菜，先生和太太吃得很香。看得出来，太太的悲伤减轻了些。太太吃的时候，不时看着喜妹，眼睛亮晶晶的，还带着笑意。喜妹却不敢正眼瞧太太。

晚饭后，喜妹刚收拾停当，太太就把她拉进房间。先生出门去了，屋子里只有她俩。喜妹的心怦怦跳，难道太太发现金表丢了吗？如果太太摊牌，她不知道该如何解释。

太太没问表的事，竟问起喜妹老家的情况。太太很少问喜妹家事，喜妹担心太太是绕着弯子，最终会说到金表上。

太太说出自己的用意时，喜妹一时没有反应过来。不过喜妹是聪明人，很快明白了。喜妹长长地舒了口气。喜妹马上想到了小满，同太太说了小满的情况。太太点点头。

"明天，我们去看看。"

那个死了儿子的疯女人站在村头的香樟树下奇怪地打量着她们，脸上挂着仿佛是看透一切的笑容。喜妹对太太说，每年春天，她都要发作，很可怜。

喜妹没把太太带到家里，直接去了小满家。

小满家在一座山脚下。老家是穷地方，小满家更穷，屋子是用石块垒起来的，然后用黄泥抹了一下，屋顶的瓦也好久没整了，歪歪的，遇到刮风下雨，肯定漏水。小满有一个哥哥，三十多了，在不远处的一棵树下，面无表情，奇怪地瞅着她们。

快到小满家时，一个女孩子从屋子里出来。她穿着一件白底红色细格子衬衣，下着一条灰长裤，身材饱满，脸蛋圆圆的，脸上有一块健康的红晕。

喜妹对太太说："她就是小满。"

太太站住了，上下打量小满。

小满大概知道有人瞅着她，红了脸，低下头。喜妹叫了她一声，小满，不认识姑了？小满吃惊地抬起头来。她的眼很大，和善的眼光里有那么点慌乱。乡下姑娘见到陌生人都这样。看到这双眼睛，喜妹就踏实了。小满没变，还是从前的样子。毕竟是只有二十岁的姑娘。

小满见是喜妹，腼腆地笑了笑，轻轻地答道："姑，你回来了。"

喜妹点点头，向她介绍太太："这是我家主人。"

小满笑笑，笑得很天真，站在那里，有些局促。

太太比任何时候都和善，笑眯眯地看着小满，还拉住了小满的手，说："这孩子，真水灵。"

小满不适应这亲热，她显得既害羞又有些迷惘，一会儿看喜妹，一会儿看太太。喜妹说：

"小满，你放心吧，太太只是夸你。"

小满点点头。

太太对小满很满意，对喜妹交代了一番后，提早走了。

喜妹留在了老家。儿子还是不在家。喜妹问他爹，国庆究竟哪里去了？怎么老是不回家？老头儿一脸讨好地对喜妹笑，不回答。喜妹讨厌他这样子，同儿子一模一样，真是有其父必有其子。喜妹知道老头儿想要她兜里的钱。喜妹不给他。他一旦拿到了钱，那张脸就拉长了，像个债主，好像她这辈子都欠了他似的。喜妹知道他心里面对她挺不满的。喜妹叹了口气。

"我担心国庆。他这样下去总有一天要吃牢饭。"

老头子还是笑眯眯的，抽着卷烟不说话。

"你还有心思笑，他来大屋偷了主人家的金表，你知不知道？"

"我知道。"老头儿抽了一口烟，"他当了，值钱，回来给我买酒孝敬我呢。"

"当了？天哪！"

傍晚，喜妹找到小满爹，把太太的意思说了。昨天晚上，太太同喜妹谈，喜妹没敢告诉太太，小满是她远房侄女。她怕太太认为她有小九九，肥水不流外人田。现在，太太满意，这就不是问题了，亲戚反而好说话。

"二十万元不是小数目，有了这笔钱，你们家就发了。你这房子也得翻修了，你儿子等着娶老婆呢，再拖下去要耽误了。"喜妹晓之以理。见小满爹沉默不语，喜妹又补充道，"事情顺利的话，我家主人还会再加的。我家主人出手很大方的。"

不出所料，小满爹答应了。毕竟有这么一大笔钱，付出这点代价也是值得的。

"得问问小满。"小满爹说。

"小满孝顺，你做主就成了。"喜妹说。

喜妹觉得自己做了一件好事。这事儿可以解决先生一家的问题，也可使小满一家受益。喜妹想，她这是在积德吧。积德总是好的，菩萨看得到的。

"事情完了，谁也看不出来的。小满还像从前一样，你们家发财了，这样的好事哪儿找去？"

按预先安排好的，喜妹把小满带到了城里，把她安顿在大屋附近一间二居室的小房子里。小满很茫然，看得出来她对接下来要发生的事心里没有底。

喜妹说："小满，你住这儿，你不要慌，姑会来照顾你的。"

小满点点头。

喜妹不知道这件事别人怎么看，她觉得先生真是个大好人。这世道，她见得多听得多了，有点钱的人哪个不坏呢？像先生这样的男人不多了。这个小区都是富人家，姨娘们说起主人的事来，那真是让人讲不出口。有些男人还占姨娘的便宜呢。不过喜妹从不说主人家的事。做姨娘的怎么能在外面嚼主人家的舌头呢？

只有像先生这样的好人，才会想出这个办法。太太虽然老了，先生却从来没有花心思。本来嘛，这件事情要简单得多。要生一个孩子还不容易吗？先生有钱，先生正是盛年。但是先生要绕一个大弯子。喜妹不懂医，太太同她说时，才知道生孩子还有那么多花头，这样的事，乡下人想也想不到。太太说，医生将把先生的种和太太的种结合了，再弄到小满的肚子里。

先生、太太带着小满去了一趟上海，喜妹也跟着去了。可是到了医院，小满突然反悔了，死活不肯做，好说歹说都不听劝。她坐在那儿，低着头，死死盯着地面，好像目光变成了一只桩子，把她固定在了那儿。喜妹第一次感到小满的固执，她感到脸上有些挂不住，觉得小满太不懂事了。喜妹一把抓住小满，把小满拖进手术室。喜妹说：

"你家等着钱盖房，给你哥娶老婆呢。"

手术完后，喜妹和太太进去。先生留在门口。小满躺在床上脸色苍白，疼得满头大汗。看到喜妹，小满就大哭起来，无比悲伤：

"姑，我要死了，我疼死了。"

喜妹紧紧抱住小满："小满别担心，一会儿就好了，没事的。"

小满也抱紧喜妹，哭得喘不过气来，喜妹听到了小满的呜咽："姑，我一个大姑娘，以后怎么还嫁得出去啊！"喜妹觉得自己的心被揪了一把。

小满在医院住了三天。喜妹照顾她。小满起床，大概因为下面痛，走路都有些异样。喜妹觉得罪过，小满还没碰过男人呢，可已经不是处女了。

医生确认成功后，小满就从上海回来，住在那二居室小屋里。太太叫喜妹不要干别的事了，照顾好小满就好了。太太买了红枣、银耳、莲子等一大堆营养食品，让喜妹做给小满吃。

小满毕竟是乡下姑娘，心思简单，从上海回来后，已平静了，不再想太多，反倒是惦记起自己的肚子。

"姑，我一点反应也没有，肚子空空的，医生会不会搞错了？"

喜妹也担心这事。她不希望这件事搞砸。不希望小满这二十万元泡汤。二十万啊，哪里去赚？老实说，就是做一辈子姨娘也积不了那么多钱。小满拿到这笔钱，也该知足了。喜妹生过孩子，虽然是件苦差事，可女人健忘，你去问生过孩子的女人，哪个在乎生产的痛？若还像小满这般年纪，这好事她也愿意！

喜妹让小满不要担心，住在这里当享福好了。小满点点头。

小满没有什么好照顾的。乡下人，肚子里有货了，还得去农田劳作，哪里来这么多讲究。小满肚子里虽然有先生的种，小满还是小满，她不是千金小姐。不过做姨娘的，得听主人的话，主人把小满托付给她，喜妹得照顾好。

小满是识相的人，争着要干活儿。喜妹让她坐着，不要动。小满说：

"姑，你这样侍候我，我哪里担待得起。"

"我不是侍候你，我是侍候你肚子里的种。"喜妹说。

每天吃得这么好，睡得这么足，一个星期后，小满就胖了，脸变得细白滋润了。

"姑，一辈子没人这么宠过我。"

喜妹笑笑。

小满又问："他们真的会给我这么多钱吗？"

喜妹不高兴了，冷冷地说："不会少你的。"

小满是会察言观色的，见喜妹不高兴，讨好地说："如果他们真给我这么多钱，姑，我给你一万。"

喜妹的脸拉长了："姑不要你一分钱。"

小满露出难堪的表情，站在一边可怜巴巴地看着喜妹。喜妹知道小满心地好，只是有些傻，所以原谅了她。喜妹笑着说：

"只要你日子过得好，姑就开心。"

一天，喜妹从菜市场回到大屋，隔壁姨娘跟了进来。

"喜妹，这些天你神出鬼没的，到哪里去了？"

喜妹说："我天天在。"

隔壁姨娘目光明亮，好像眼睛里装了一盏探照灯。

"我听说你家先生养了个小？你在照顾那小的？"

喜妹吃了一惊。原以为这事捂得严严实实的，终究还是传出去了。传出去倒也罢了，没什么见不得人的，可这些八婆，什么事到了她们嘴里都会走样。

"别胡说八道，没有的事。"

喜妹不想解释。越解释闲话越多。喜妹把隔壁姨娘推出门去："我得干活儿了。"

隔壁姨娘没走，从她脸上的表情知道有话说。喜妹猜到隔壁姨娘肚子里积了一肚子赵家的私事。喜妹能管住自己的嘴，但她还是喜欢听的。喜妹假装不理她，擦桌子，但耳朵竖着。

"我们家老板外头得罪人了。昨晚回来脸都破了，身上都是血。"

"赵老板怎么了？为女人的事？"

"要是女人的事就好了。这些有钱人，你以为随随便便能发达的？都有事。"

隔壁姨娘看上去很忧虑，说话吞吞吐吐的，不如往日爽快。看来是真说不出口。隔壁姨娘目光明亮地看了喜妹一眼：

"听说你家主人是做古董生意发起来的？"

喜妹不会讲主人家的事。

"古董怎么来的知道吗？坟头挖来的，伤了阴德。"隔壁姨娘看了看墙上的孩子，"难怪儿子出这种事，好端端的，被汽车撞死。"

听了这话喜妹不高兴了。她听不得别人这样议论孩子。这次，她板起脸，说：

"别胡说了，不作兴在大屋说这话。"

隔壁姨娘撇了撇嘴，讪讪地往门外走。

屋子暗了一下。门口出现一个高瘦的身影。喜妹抬头一看，是国庆。好久没见到儿子了，喜妹愣了一下。国庆这次穿得很体面，上身的衣服是金色的，亮得刺眼，还戴了一副墨镜，左手中指上套了一个大大的金戒指。

隔壁姨娘问："你是谁啊？"

国庆抽了一口烟，吐到隔壁姨娘脸上："你管得着？"

隔壁姨娘用手扫了扫眼前的烟。隔壁姨娘走远，喜妹才说：

"你终于来了，我到处找你。"

"找我干吗？"

"我怕你变成死鬼。"

国庆不吭声，走进屋子，抬头瞧了瞧那年轻人的照片。

"你收拾收拾，跟我走。"

喜妹看了眼儿子，脸色十分严肃，有些装腔作势，似乎他转眼之间成了一个大人物。

"为什么要跟你走？"

"我养你啊。我发了，你不用再做姨娘了。"

"拉倒吧。瞧你那样子，跟你走我只能喝西北风。"

国庆皱了一下眉头。喜妹伸出手："还我？"

"什么？"

"金表啊，你偷走的金表。"

"我没偷。"国庆微笑着撇了撇嘴，指了指墙上的照片，"是他手上的那块？"

"你要是不还回来，我怎么向先生太太交代？"

"有你什么事，又不是你偷的。"

喜妹气得浑身发抖。这事儿她落了心病了，总觉得对不起主人家。

"你怎么这么说话？你还要不要脸？"

国庆冷冷地看了看喜妹，把烟屁股丢到窗外。

"你真不想跟我走？"

喜妹一脸悲伤："我怎么生了你这个无赖。"

国庆不高兴。他阴沉着脸，又看了看墙上的孩子，回头淡淡地说：

"你难道想在白家待一辈子吗？我告诉你，有钱人没一个好东西。"

那块金表成了喜妹挥之不去的心病。有一天，喜妹见太太在孩子的房里整理床铺。喜妹进去，泪流满面。太太问，怎么啦？喜妹把丢了金表的事讲了出来。太太一脸迷惑，说，我记得那只金表是随葬了的啊。喜妹愣了一下，不再吭声。

小满的担心是多余的。四十天后，小满就激烈反应了。

她看见什么都觉得恶心，什么也不想吃。她时不时冲进卫生间，对着马桶，差点把苦胆都吐出来了。

"姑，先生太太待我这么好，我没福气，把一个月吃进去的都吐出来了。"

"傻丫头，做女人都这样的，熬一熬就过去了。"

喜妹把喜讯报给太太。太太很高兴，当即要去看小满。

太太进门时，眼睛是亮晶晶的，盯着小满的肚子看。小满的肚子当然还是瘪瘪的。没那么快的啊。太太坐在椅子上，让小满过去，然后伸出手去摸小满的肚子。小满的肚子上起来一层鸡皮，汗毛一根根竖起来。

太太说："你想吃什么，尽管说，你不想吃，也要吃点下去，吃下去才有营养。"

小满点点头。

"这件事辛苦你了。你一定要把肚子里的孩子照顾好。好在我们是亲戚，有什么话都可以沟通。我和老白真的非常感谢你，小满。"

小满被太太的诚恳打动了，眼中有雾一样的东西洇开来。

喜妹连忙说："小满你可别哭，要高高兴兴的，当心动了胎气。"

太太似乎真的过意不去，幽幽地说："我年纪大了，生不出来了，实在是没办法，让你受苦了。"

先生也来看过小满一次。先生独自来的，她们没任何准备。小满只穿了件棉毛衫，因为孕期，小满的胸有些涨，没戴乳罩，小满的胸绷在那里。小满难为情了，慢慢地把身子缩进被窝里。她大概怕自己形象不好，下意识去理乱蓬蓬的头发。小满的发质真是好，乌黑闪亮，一理就整整齐齐的。

先生一直看着小满的肚子，没有说话。先生在大屋话也不多。不过他是个温和的男人，脸上总挂着淡淡的笑意。喜妹喜欢先生的笑容。喜妹见到先生的笑容就有满心的暖意。

先生走了之后，喜妹和小满经常谈论先生。喜妹喜欢谈论先生，喜妹觉得先生什么都好。以前先生会瞒着太太偷偷塞点钱给她，她受宠若惊，幸福得颤抖。先生品性好，乐善好施。有了一个话头，日子就好打发了。

"他做什么生意？"

"先生做的生意大了去了。洋房、商店、服装，什么都做的。我也说不清。"

"那他是不是百万富翁？"

"他哪里只有百万，他如果只有百万，他会给你二十万？"

"他有多少钱啊？"

"我不知道，我听隔壁的姨娘说，我们家先生比香港的大老板还有钱，城里最高的大楼就是我们家先生的。"

小满叹了口气，说："天哪，这么多钱。"

"哪天我带你去看看大楼。"

"先生就住在大楼里吗？"

"有钱人不住大楼，住小洋房。"

"要是我就住大楼，最高一层，可以看得很远，兴许能看到我们村子呢。"

"傻瓜，怎么看得见？"

小满像是为自己的想象迷住了，独自傻笑起来。

"先生以前也是很穷的。我听太太说，先生以前帮人做古董生意，刮风下雨去乡下搜集古董，虽然很辛苦，但也只得到一点工钱，大钱都让老板挣去了。后来才做起生意，发了。"

小满听得入迷，看着喜妹，希望喜妹说得更多。

"先生苦出身，所以很节约的，连吃剩的菜都舍不得倒掉。"

"他赚了那么多钱，吃也舍不得，要那么多钱干什么？"

"我不知道。有时候我想先生是个小气鬼，可有时候又觉得先生也是挺大方的，他捐了好几座学堂呢？"

"先生这么好心啊。"

"如果不是好人家，我会把侄女介绍给他们吗？"

小满不自觉露出受宠若惊的表情。

"等你把孩子生下来，先生高兴了，让他出钱给村里造一条马路。"

"嗯。"

有一天，她们谈先生的时候，小满问："先生多大了？"

"五十多了吧？"

小满惊叹道："天哪，真看不出来，他好年轻啊。"

喜妹给小满带去先生的年轻时候的照片。

"先生年轻的时候还挺好看的噢，帅小伙呢。"小满由衷道。

"这人吧，有没有福分，面相上是看得出来，小满你以后找男人，要找面相周正的，跟着贼头贼脑的男人，肯定要吃苦的。"

此刻喜妹脑子里浮现儿子的面容，叹了口气：

"姑是过来人，见多了。"

虽然先生太太让喜妹只要照管好小满就可以了，她还是两头跑着，一头也没有落下。

赵老板家进了"小偷"，把隔壁姨娘给杀死了。是太太告诉喜妹的。太太说，邻居们都在传，是仇杀。赵老板早先得罪过人，黑道找上门来了。

"隔壁姨娘很忠心，死活不肯放过小偷，结果被捅了几刀。"

这天，太太有点恍惚。太太坐在沙发上，手握遥控器一次次换台。平时太太可不是这样的，她喜欢看戏剧台，电视机总是飘出京腔。做姨娘的平时不好看电视的，但喜妹喜欢老戏，在干活儿时这样听听也是好的。太太今天是怎么了？她这样换台弄得喜妹也心神不宁起来。

一会儿，太太说："最近这地儿老是出事。"

太太看了看喜妹，欲言又止。

太太又换了一遍台，然后关了电视，转头问喜妹："你相信报应吗？"

喜妹点点头。她不清楚太太为什么问这个。太太看上去心事重重，脸上又出现了孩子刚死时的那种阴郁。

喜妹替太太找来小满后，太太和喜妹的话比先前多了，有事也找喜妹商量，所以喜妹斗胆问："太太，有心事吗？"

太太拉住了喜妹，说："我想去一趟寺院，但我不懂怎么拜佛，你教教我怎么做。"

喜妹点点头。

太太是知识分子，城里人，不知道佛事的规矩。喜妹从小看着娘做的，知道这一套。

"求什么呢？"

太太摇摇头，说："我心里慌。"

准备去寺院的祭品时，太太断断续续同喜妹讲了一些过去的事。

太太说："先生早年同人做古董生意时，曾遇到过一件怪事。一个下雨天，是晚上，先生一个人在山路上走。夜很黑，连雨丝也是黑的，先生打着手电。这时，有一个人突然跟了上来……"

喜妹听到这儿，不知怎么的想到了鬼，她问："是谁呢？不会是鬼吧？"

太太愣了一下，先是点了点头，然后又摇头，说："那个人要抢先生的东西，和先生打了起来，后来那个人从山谷滚下去了。"

"死了吗？"

"不知道。"

"后来呢？"

"后来，先生常常觉得那人跟着他。"

不知怎的，听到这儿喜妹汗毛竖了起来。她说：

"我们挑个好日子，去寺院拜拜吧。"

小满听说喜妹要陪太太去寺院，也想跟去。虽然喜妹每天傍晚陪小满在屋外走，但大多数时间是在屋里，日子长了闷得慌。喜妹同太太说了，太太爽快地答应了。

先生的司机开车送她们去寺院。小满本想坐在前排，太太却一定要小满同她一起坐在后排。山路不太平，汽车有点颠。太太的手紧攥着小满，唯恐小满动了胎气。太太要司机开得平稳一点儿。喜妹说，小满，太太就是对你好。小满乖巧地点点头。

寺院在离城不远的一个山谷里面，香火很旺。喜妹喜欢闻香火气味，闻着觉得自己的经脉都疏通了，满心欢喜。太太的脸上有些恍惚，又有些盼望。喜妹让太太和小满在寺院门口等着，自个儿去买香具和香火。喜妹觉得白家备个香具是好的。

拜佛的时候，太太显得很笨拙，小心地模仿着喜妹的动作行礼，生怕有一点差错。这让喜妹感觉很好，仿佛在佛爷面前她成了太太的东家，一下子气势逼人了。小满倒是挺熟练的，拜得虔诚，头都磕出了红印子。喜妹不知小满在求什么，她只求小满肚子里的孩子健康出世。最好生个男孩，这样白家就有香火了。

有一个小和尚来到她们边上。小和尚一眼看出三人中太太最贵。他对太太说，刚才大和尚路过，大和尚有话和太太说。

太太不知如何是好，惊慌地看着喜妹。喜妹笑眯眯道，好事儿，太太的心事和尚会点化的，会会大和尚是好的。太太不愧是太太，这会儿的表情是喜妹熟悉的模样儿了，压得住阵脚。喜妹想，这表情做姨娘的一辈子学不来。

她们跟着小和尚穿过一道狭长的回廊，再向左穿过一个小天井，然后到了一座小楼。一个大和尚闭着双眼在那儿打坐，四方脸，大耳垂，肤色红润细腻，宝相庄严。

大和尚见三人进来，态度和蔼。大和尚让她们坐下，然后说，刚才看见你们，想同你们说几句话。

太太客气地说："请师父指点迷津。"

大和尚呵呵一笑，道："你家先生身体不太好，让他看开些。"又指指小满，"这肚里的孩子可了不得，将来大富大贵。"

小满听了这话，脸上放出光来。她不自觉摸了摸自个儿的肚子。小满的肚子还没显出来，这和尚竟看出来了，必定是高人了。太太是亦喜亦忧的表情，想对师父说什么，又欲言又止的样子。喜妹明白太太不想当着她和小满的面讲，喜妹就对小满说，我们出去吧。大和尚也没留她们，态度和善地站起来送喜妹和小满。小和尚也跟着出来，然后轻轻关上了门。

走到半道，喜妹发现忘了带装香具的香袋，刚才进小楼时她放在门外的，就折了回去。刚到小楼前，听到太太在哭泣。喜妹隐隐约约听到太太在和大和尚说先生的事，那个雨夜，从山谷滚下去的是先生的老板，先生拿走了老板的东西。

喜妹听得心惊肉跳，连声说"阿弥陀佛"。

过了半个钟点，门又开了，太太出来了，她的目光有些闪烁，没有和喜妹交集，脸上的表情像做梦一样，好像她的灵魂被那大和尚掳走了。

她们快出寺院时，太太站着愣了会儿，说："我再去烧炷香。"

小满有些不解，说，刚才不是烧过了香了吗？喜妹说，太太自有她的道理。小满不再吭声，跟着去了。

这次太太熟练多了，礼佛的动作有模有样。跪拜完毕，太太往功德箱塞了厚厚的一沓钱。

上小车时，太太比来的时候平静多了，还是要小满坐在她边上。汽车在山路上开，一路无话。坐在前排的喜妹通过车内后视镜看到小满摸着自己的肚子，神秘地笑着。

小满的肚子终于隆了起来，眼睛里开始流露出做娘的样子。她站在镜子前，把衣服撩开，转来转去看，眼睛亮晶晶的。她看着微微隆起的肚子，对喜妹说：

"姑，大肚子也蛮好看的噢。"

"丑死了。"

"姑，你说我儿子会像谁？"孕检时，医生已告知是个男孩。

"他不是你儿子。"

"你说会像谁嘛。"

"当然像先生啊。"

"也许像我呢。"

"你别胡说。"

正说着话，小满突然捧着肚子，一动不动，然后一惊一乍道："姑，动了，动了，小东西踢我呢。"

听说小满有了胎动，先生在太太的陪同下，过来了。这是先生第二次来小屋。

那天先生的眼睛放着光，似乎又有点不好意思。太太让先生去听小满的肚子。先生显得有些束手束脚。小满倒是大方，站在那里，笑吟吟地撩起自己的睡衣，露出雪白的大肚子，连奶子都露出半只。喜妹连忙把小满的奶子遮住。

"听到了吗?"太太问。

先生摇了摇头。

这时,肚子里的小家伙踢小满了,大肚子鼓出一团。小满一脸幸福,说,他踢我呢。先生看到了,在一旁竟流出眼泪来,连声说,好,好,小满是白家的有功之臣。看到先生这么高兴,喜妹也差点掉泪。

先生从口袋里拿出一个玉手镯,递给小满。一旁的太太有点吃惊。太太手上戴着一只玉镯,和先生送小满的一模一样。太太不解地看了看先生,有些不悦。小满不好意思接受,看着喜妹。喜妹说,小满,这么贵重的东西,要不得。先生硬是塞给了小满,小满怯生生地接受了,看得出来她的喜悦,只是遏制着。喜妹是有些嫉妒的,自己在大屋辛苦了快二十个年头,先生没送过她这么贵重的东西。

那天,先生和太太走后,她们又议论了先生半天。喜妹说,小满,你生下这个儿子后,你以后也是贵人了,先生不会亏待你的。小满一脸憧憬地点点头。

有一天,喜妹和小满闲聊。小满说起那次寺院之行。小满说:

"姑,和尚说我肚子里是个贵人,你说我儿子将来会干什么?"

"小满,我告诉你,肚子里不是你儿子。"

"瞧你,你就是认真,不是这样说说吗?我知道啦……姑,你说他将来会干什么?"

"他啊,是含着金汤匙来世上的,干什么都不用我们想的。"

"你说他会当县官吗?戏里的县官老爷多威风啊。"

"白家的孩子,将来当市长也不奇怪。"

"天啊,当市长?这么多人都归他管,那他要忙死了。"

喜妹发现小满戴上了玉手镯后一举一动学着太太的模样,不过学得不像,喜妹觉得有些可笑。太太有一次来小屋,见到小满这模样,脸黑了。不过太太就是太太,说话依旧是笑眯眯的,她说,小满,同你商量个事,这玉镯虽然是先生送你的,不过原本是我从娘家带来的……

没等太太说完,小满当即从手上把玉镯摘下来还给太太。太太一时尴尬起来,推托了一下,但最终还是收起来,太太说:"家里还有一对南红的,我过几天拿来送你,也很值钱的。"

小满沉着脸,低头不语。

过了几天,太太送来一对南红。小满把南红放在一边,再没戴上。有一天,喜妹看到垃圾桶里有一对砸碎了的南红。喜妹感到惋惜,这么好的东西,小满不识货。不过她假装没看见。下午，小满对喜妹说：

"姑，我不喜欢太太。"

"要死了，我们做姨娘的不可以这么说主人的。"

"你是姨娘，我不是。"

"太太待你这么好，要记恩。"

"我不喜欢她，我替先生憋屈，守着这么个老女人。这女人命硬，把自己亲生儿子克死了。我担心以后对我儿子不好。"

"小满，不要乱讲，肚子里不是你儿子！"

小满突然生气了，她端着架子说："姨娘，我想吃红烧狮子头。"

"反了你了。"喜妹说。

一次，喜妹替小满整床铺，发现在小满的床头下压着先生的照片。喜妹慌了，心里直叫罪过。这是最要不得的，做下人的不可以有这样的心思。小满真不懂事，她是来挣钱的，不是来动感情的。不过，几个月来，她们成天谈先生，先生毕竟是个男人，小满又怀着先生的种，小满有些想法也是正常的。以后不能再谈先生了。

可能是小满吃得太好，肚子大得吓人。小满担心自己怎么把这么大家伙生下来。喜妹安慰她，肚子大不一定孩子大，里面都是水。喜妹还说，我从前生国庆时，倒不是太显肚子，后来生出个大胖小子。

也就是在那几天，喜妹接到国庆他爹的电话，说国庆被人打残了一条腿，没把命丢掉算万幸。喜妹想，她整日整夜担心的事还是发生了。她急得不行，回了一趟老家。国庆一条腿打着石膏，脸上也都是伤痕，头发还沾着好多血迹。看到国庆这个模样，喜妹挺内疚的，长年在城里做姨娘，真的没好好管教过儿子。喜妹泪流满面，可说出来的却是狠话：

"为什么不被人打死，打死了就用不着我操心了！"

时间过得飞快，转眼就到了冬天，小满怀孕也有八个多月了。小满提出想去大屋看看。喜妹知道小满一直有这心思，她很想知道先生家是什么样子，想知道肚子里的孩子以后住什么样的地方。喜妹犹豫了一下，答应了。反正先生和太太也不在家，要是邻居问起来就说是亲戚。

先生家的豪华超出了小满的想象，把小满吓着了。那天，小满一进门就显得有点儿畏畏缩缩的。

"天哪，这么大，就他们两个人住？"

"马上会有宝宝住到大屋里来了。"

后来小满坐在先生家的客厅里，沉默不语。偌大的客厅里，她几乎是蜷缩在那里，既暗淡又渺小，好像这会儿她变成了客厅里看不见的尘埃。看着她这样子，喜妹有点可怜她，但转眼一想，也好，省得她有什么痴想。

喜妹没想到太太回来了，看到小满，脸色大变。她把喜妹叫到一边："你怎么能带她来？她以后找上门来怎么办？"

喜妹没想到太太想得这么深，一脸愧疚。

小满惊骇地朝她们看。喜妹想，太太刚才的话她一定听到了。

回到小屋，小满一副闷闷不乐的样子。那天中午，喜妹做年糕给小满吃。小满不吃。喜妹命令道，白家的宝贝可在你肚子里，不能饿了他！小满白了喜妹一眼，犟道，我饿死他。喜妹教训小满：

"别说不吉利的话，对你有什么好处，你记住白家只是花钱买了你的肚子。"

小满不服气："他是我儿子！"

喜妹说："你昏了头了。"

小满说："他就是我的宝宝。"

喜妹回了趟大屋，回来后发现小满不在小屋里。喜妹急死了，她在小区四周的街巷，附近的公园，满世界找，没有小满的影子。喜妹只好回家等着。直到天黑，小满才回来。喜妹长长地松了一口气。

小满生孩子的日子到来之前，天下起了雪。过了一夜，整个城市白皑皑的一片。先生安排小满住进了妇儿医院的一个包间。这包间非常安静，外人也进不来。小满搬去那天，天气很好，雪已停了，太阳照在雪地上，整个世界亮得晃眼，亮得让人心里暖和。想起一个孩子将要降临到这世上，喜妹就欢喜。想当年，喜妹生儿子时是多么欢喜啊。她不知道小满是什么感觉，小满看上去似乎有些惊恐。

一切顺利，小宝宝顺顺当当生了下来。喜妹跟着先生和太太进入产房。是个大胖小子，躺在医院的一只育婴盒里面，先生和太太看着小孩一脸欢喜。喜妹看到先生太太这么满意，比什么都高兴。先生和太太的注意力都在婴儿身上，喜妹看到小满疲倦地躺在床上，喜妹说，小满，你立功了。小满闭着眼睛，不说话。这时孩子哭了，喜妹连忙把孩子抱起来。小满睁开眼，让喜妹把孩子放床边，也不顾先生在，拿出奶子让孩子吃。孩子在奶子上拱了会儿，叼着奶头，不哭了。小满又闭上眼睛，不再看任何人。

太太原本想另请一个奶娘来乳孩子，让小满回家。喜妹怕新来的奶娘取代她，对太太说："小满年轻奶水足，换一个人未必有小满好。再说小满总归要坐月子的，现在回老家给人说三道四也不好。"太太想了想，决定让小满乳一个月。

　　先生和太太每天来小屋看孩子。他们一见到孩子就欢天喜地，眼里除了孩子，就没别人。中年得子，有谁不是这样的呢？小满不服。小满说，先生高兴的时候还看我一眼，那黄脸婆一眼不看我，不把我当人。头一个礼拜，小满还忍着，只是脸拉得长长的，看上去既落寂又不甘。后来，每次先生和太太来，小满就乳孩子，太太想抱抱也不能，抱起来，孩子就大哭，只好交给小满，弄得太太老大不开心。喜妹知道小满是存心的，先生和太太回家去后，喜妹骂道：

　　"小满，你这样让我怎么做人？"

　　"我不喜欢她，不许她碰我儿子。"

　　"你搞搞清楚，这孩子同你没一点关系，他是先生和太太的种。"

　　小满一脸不屑："我不信，她生得出为什么自己不生？"

　　"你脑壳敲瘪了是吧？你瞧瞧，孩子眉眼同太太一模一样。"

　　"我没看出来，他像我。"

　　小满抱着孩子，在孩子额头亲上一口："宝宝像我，像妈妈，嘻嘻。"

　　喜妹听得汗毛一根根竖起来。

　　小满毕竟年轻，身体好，坐月子闷死她了，快满月时，小满想抱着孩子去外面走走。要抱孩子出门，喜妹决不同意，孩子是白家命根子，万一有个闪失，谁担当得起？喜妹警告她，不好好坐月子，当心落下病根。小满反倒攻击起喜妹来，你每天做的什么菜，猪都不吃，还说这个营养好，那个催奶。喜妹说，你嘴吃刁了，太太都没你挑剔。

　　小满趁孩子睡着，去外面逛。也不知她去哪里，喜妹也不去管她。喜妹是寸步不离孩子，即使孩子睡着也要有人守着。有一天太太来时，刚好小满不在，也顾不得孩子在熟睡，当即抱在怀里。太太那个慈祥，那个满足，喜妹是多年未见了。后来太太要抱着孩子去外面转转——太太又有了个儿子心里一定是骄傲的。喜妹想跟着去，太太说她想一个人和孩子静静待一会儿。

　　那天小满回来，买了一堆甘蔗。小满说一个冬天没吃甘蔗了，馋死了。喜妹说冷东西，月子里不好吃的。这时小满看到婴儿床上孩子不在了，脸色大变，宝宝呢？宝宝哪里去了？喜妹说，你急什么呀？太太抱着外面去了。

　　小满像一只没头苍蝇一样，奔下楼，在巷子里高叫："宝宝，宝宝。"

　　喜妹跟着小满。小满的叫声引来路人好奇的眼光。喜妹说，小满，你不要叫，你是不是脑子搭牢了？

　　小满不理，还是叫。

　　这时深巷里传来婴儿的哭声。小满耳朵竖起来，辨认哭声的方向。小满说：

"我的儿，我的宝宝。"

小满往哭声奔去，太太背对着她们，在哄孩子。小满一把把孩子夺过来，拿出乳头就喂："哦，宝宝饿了，妈妈给你吃哦。"一点不顾太太的脸色。

太太虽然大肚大量，终于也忍不住了。太太觉得不能再留小满了。她把喜妹叫到一边，让喜妹收拾小满的行头，明天就送小满回乡。太太说话的时候，原本和善的目光变得像一根刺。喜妹很不自在，连连点头。

喜妹带着小满回到小屋。小满太过分了，喜妹不想再理她。喜妹黑着脸，不声不响整小满的行头。小满抱着孩子，蜷缩在沙发上，目光一直打量着喜妹。一会儿，行头整好了，喜妹放到桌上。

"姑，我要走了吗？"

喜妹没回答。小满低着头，盯着地板，显得既无助又固执。喜妹想总有这一天的，小满应该想得通。

既然明天要走了，喜妹打算从菜场买点好吃的回来，给小满好好做一顿饭。看到小满刚才可怜的样子，喜妹有点于心不忍，月子都没坐满呢。算是给小满送行吧。

喜妹从菜市场回来，发现小满和孩子不在了。喜妹的心都跳出来了。喜妹坐在房子里，静静等着。她清晰地预感到小满不会再回来了。这段日子小满这么反常，应该想到呀。这怎么向白家交代呢？不过小满的行头还留在桌上，喜妹存着侥幸，也许小满只是抱着孩子去外面走走。到了傍晚，小满没回家，喜妹只好报告先生和太太。

喜妹带着先生太太到了老家。小满没回去过。小满爹急得不行，拉着喜妹问，小满出事了吗？喜妹冷冷地说，小满这孩子，真不懂事，偷了孩子跑了。小满爹说，喜妹，我好好一个人给你，钱没见到一分，人不见了，这事怎么说？

一个星期后，警察找到小满和孩子。小满躲在永江边的一间废弃的闸门房里，因为是冬天，小满穿得少，孩子倒是被她包裹得很紧。她把身上的衣服都脱给了孩子，整个人在瑟瑟发抖。江风很大，孩子细嫩的脸红扑扑的，皮肤都被吹皱了。见到先生和太太，小满紧紧地搂着孩子，像一只母老虎一样保护着幼崽，眼中带着敌意。

先生叫来厂里的保安，把小满绑了起来，然后带走了。喜妹不知道先生把小满弄到哪里去了，听说去医院了。喜妹心里不踏实，耳边全是刚才小满的尖叫。第二天，先生说，要把小满送回老家，让喜妹陪着一起去。

先生亲自开车去的。小满坐在车上，比昨天安静不少，不过神志有点不太清醒。可能是躲在闸门间那一周，她的脑子有些搞坏了。那些日子她吃的东西都是从别人家里偷来的，几次被人当作小偷抓住，免不了被揍，吃了不少苦头。喜妹想，过些日子小满就会平下心来的。

先生的车在快到老家时停了下来。村路太窄，车开不进去。先生从汽车后备厢内拖出一只麻袋，扛在肩上，向村子走去。乡下的雪比城里的厚，雪地上留下三串歪歪斜斜的脚印。村头那个疯女人不在了。以往即便在冬天她也是安静地立在村口的，对所有人微笑。后来喜妹听人说，那疯女人死了。

先生到了小满家，迅速打开了麻袋。喜妹这才知道里面装的都是钱。小满爹第一次见到那么多钱，把他的眼睛都刺痛了，他微闭眼睛，眼缝里露出一丝少见的光亮来。小满爹咽了一口水，好像他此刻渴得要命。他愣在那儿不知如何反应。先生把麻袋推给小满爹，让小满爹收下这钱。

"以后就是亲戚了，有什么困难来找我，找她姑也可以。"

先生看了小满一眼。小满一直安静地在旁边傻笑，好像那堆钱在她看来非常滑稽。

送走小满后，太太担心小满会来大屋，决定换地方住。"好在我们还有别的房产。"太太说。

喜妹跟着先生太太搬到了城西。

白家又有了欢乐。这欢乐是小家伙带来的。他真是个可爱的宝宝，皮肤白里透红，眼珠子黑漆漆的，乍一看还真有点像小满呢。但在这屋子里小满是一个禁忌，没有人提起。

国庆又来城里了。自从被打残了一条腿，他老实了许多，不再来白家。喜妹去他住的旅店看他。一见到国庆，她就知道国庆又在赌了，国庆的目光里重有了贪婪的盼望。喜妹心痛得像被针扎了一样。喜妹想，国庆这辈子改不好了，他会死在赌桌台上。她真是觉得做人没有意思。

喜妹照例在给钱前骂了儿子一通。儿子也随她骂，不回嘴。骂够了，娘儿俩闲聊了一阵。国庆竟说起小满来。

"娘，小满现在每天站在村头。"

"为什么?"

"她脑子搭牢了，她爹管不住。"国庆说，"村里的孩子捉弄小满，小满就说，我儿子将来要当县官老爷的，你们可得待我好一点。"

喜妹一时不能接受，她慢慢把脸转向窗外，眼中酸涩。

（原载《作家》2016 年第 3 期）

作者简介：

艾伟，一级作家。杭州市作家协会主席。主要作品有长篇《爱人同志》《越野赛跑》《风和日丽》《南方》等，小说集《乡村电影》《水中花》《小姐们》《水上的声音》等。曾获《当代》文学奖等多种文学奖项。

无　花　果

焦　冲

　　夜半醒来，果书仙将胳膊伸出被子外，习惯性地摸索着，却抓了个空。空气中的如水凉意浸透肌肤，让她分外清醒，干脆睁开眼，慢慢坐起，抬手往耳后拢了拢长发。月色和星辉把窗棂的影子印在纱质窗帘上，横一道竖一道交错而行，织成一张硕大的网，罩着整个房间。她往前挪了挪，伸手捏住拉绳，小幅度拽着，生怕吵醒了自己似的。锁扣摩擦轨道，随着断断续续的吱吱咯咯声，窗帘像帷幕一样徐徐而动，退向两侧，如墨夜空渐次呈现，仿佛一幕话剧的布景。月牙缀在西天，许是露气较重，宛如蒙了面纱，显出橘红色，像一块掰开的烤红薯，却早已凉透，甚至结了冰碴子。

　　可怜九月初三夜，她想起一句诗，遂拿出手机查了查，农历十月初八凌晨三点五十二分。五天了，时间过得真快，韩志杰出事那天正好是初三。刚才她又梦见了他，真是奇怪，明明对他没有那么深的喜欢，更谈不上爱，顶多也就是因为他对她好才投桃报李般生出的好感，为什么念念不忘呢？后背有点凉，像有个雪人在后面哈着气，她拉过毯子，披上，双手抱膝，盯着窗外。毫无睡意，这两天多少还好了些，前几天根本无法入睡，一关灯，眼前就出现韩志杰死不瞑目的样子。惊恐而又充满怨恨的双眼睁得大大的，嘴角淌着血，好像要质问她，跟她索命一样。其实，他的死完全是自找，冤枉可惜是事实，但赖不上别人。

　　事情很简单，后果却非常严重，对韩家人来说就像天塌了。初三那天，韩志杰开着才买不久的奥迪 A6 去县城和狗友们聚会，本想带着果书仙，但她身体不舒服就没跟着。中午喝了点儿酒，晚上估计又喝了点儿，结果回家路上，迷迷瞪瞪中撞到了路边的白杨，那棵树只擦破了皮，而巨大的冲击力使得奥迪车几近解体，被发现时韩志杰已断气多时。

　　作为新婚还不到三个月的妻子，果书仙不仅需要守灵，还目睹并触摸了韩志杰的遗体。那双一直睁开的眼睛，他的爸妈合了好几次都无济于事。于是就有人出主意说，让他最喜欢的人弄吧，他还没看见她，舍不得闭眼啊！这一说，在场的亲戚们都掉下泪来，也不知是哪个长辈，便把果书仙推到了韩志杰的遗体跟前。她哆嗦着抬起手，屏住呼吸，忍住恶心和恐惧，摸到了他的眉骨。那个以往搂着她睡觉的人此时已经成为一摊僵硬的死肉，她闭上眼，手往下移，终于成功将他的眼皮抹下来，盖住了暴突而浑浊的眼球。

有人便感慨找对了人，说韩志杰的在天之灵感应到了，于是又安排她给亡夫穿寿衣（其实就是婚礼时他穿的那套西装）。她觉得丈夫的这些至亲对她成为寡妇表面上装出可怜的样子，实际上是恨她的，怨她为什么当时没有跟着他，如果去了那说不定韩志杰就不会喝酒，不会出车祸，就算喝酒出了车祸，还有她陪葬，不至于他一个人孤零零地奔赴黄泉路。他们看她一个人活着就不舒坦，只能变着法儿折腾她，让她难堪，以求得心理平衡。她这么认为不是没有理由，毕竟从谈恋爱开始，除了韩志杰，整个韩家就再也没有人真心接纳她。

韩家的二层小楼建在临溪镇西边，毗邻蓝泉河畔，是镇上第一座小楼，比镇政府和诸多乡镇企业都要早上三五年。之所以选在这里，一是因为韩志杰就在附近的村庄出生，尽管后来一家人全搬到了镇里，却忘不了童年的记忆；还有就是随着镇子四周不断建起各种工厂，唯有这一片交通不甚发达的地界还保持着早年的好水好空气，没有被污染。但如今，越来越多的农田被养殖场、造纸厂、水泥厂、橡胶厂和碎石厂等占用，这最后一方净土终将不保。每当东南风一刮，水泥厂和碎石厂的粉尘，养殖场的臭味便乘风而来，笼罩着小村，而造纸厂的废水早已通过沟渠排放到了蓝泉河，河水再也不复当年的清澈，散发着隐约的腐臭。

离小楼最近的工厂是碎石厂，在以量取胜的策略引导下，几乎日夜生产，从不停歇。每当夜阑人静，碎石机哗哗啦啦的操作声便愈加清晰，好像一个怪物在不断咳嗽。此刻，果书仙便听到了，说实话，她已然习惯。就在和韩志杰好上两个月后，她才得知这厂子是他爸开的，除此之外，老韩还有个造纸厂和水泥厂。她只知道老韩是镇上最有钱的人，但并不知道他家有多少钱和产业，她根本不关心。乡镇企业快速发展的那几年，她刚好在县城上高中，每个月最多回来一次，其余时间全都交给学习。可即便如此，最终她还是没有考上心仪的学校，只有个专科可以进。那两年，父亲养猪没赶上好时机，赔了不少钱，还欠了债，没能力再供她继续复课，她只能辍学。

像她这种一瓶子不满半瓶子晃荡的文化水平，落在乡村，和初中毕业便辍学的姐妹们无甚区别，不过是在家待两年，找个好人家嫁过去。若不想闲着，就到县城里或附近的工厂找个活儿干，挨到适婚年龄再出嫁。女孩儿能选择的工厂多是服装厂和粉笔厂，可这两样她都不想干，她不想高中学的东西白费。在县城里转了几圈，无非是售货员收银员服务员，只好又回家，正决定要去服装厂时，有人给她介绍了工作：在水泥厂当出纳。这个水泥厂便是韩志杰家开的，尽管空气不好，但不是体力活儿，最重要的是能用上一点儿学问，她便去了。每天上午八点半上班，下午五点半下班，中午可以回家吃饭，也能去镇上的小饭馆对付一口，每月工资虽然不多，但满足一个十八岁乡下女孩的日常开销绰绰有余。

在买奥迪 A6 之前，韩志杰的座驾是一辆军绿色皮卡。他像大多数土财主家的公子一样游手好闲，却并不拈花惹草，还从没对哪个女孩儿动过心，也很少出没声色场所，最大的爱好是狗，车则是为狗服务的。对于熟悉他的人们来说，韩志杰不是在遛狗就是在开车兜风，而车里一定少不了狗。他从小就不爱学习，曾和果书仙是初中同学，但并非同班。初中毕业后，先后养过金毛、萨摩耶、边牧、黑背等大型犬，后来开始养藏獒。遇见果书仙那阵儿，正对细狗着迷。细狗的脸尖尖的，垂着两片长耳，身形细瘦挺拔如鹤，动作灵敏，但转弯能力差，因此适合平原地区养殖。韩志杰养了两只，一只纯黑，一只白底黑花。细狗属于狩猎犬，最喜欢的猎物是兔子，乡间有细狗撵兔的说法。如今乡下的野兔很少了，但韩志杰还是希望他的爱宠们有用武之地，便整日驱车载着两只狗到野外寻觅追赶野兔，偶尔倒也有所收获。

家里的事情，韩志杰根本不管，他只负责花钱玩乐，很少去厂里，所以直到果书仙在水泥厂工作了三个多月，他才发现这个美女。果书仙小时候并不显得多好看，有些僵巴，像生长期缺了水分没长开的瓜果，可高中三年，女大十八变了，出落得越发动人。不光身材好，皮肤好，五官也比以前从容许多，各自散开，站到了最合适的位置。特别是她有着镇上女孩儿都缺少的一种书香气，这可能得益于多年的求学历练，让她从内到外散发着知性美。韩志杰整日浪荡于乡野，所见的不过是俗艳村姑野丫头，这般出尘绝色还是头一次见，就像尹志平见到小龙女，少男的懵懂情欲被唤醒，全部心思顿时从狗身上转移到了果书仙这边厢。

到底没有经验，全凭着一股热情去追求"真爱"，韩志杰有些捉襟见肘。他不过比果书仙大了一岁而已，男孩本来就比女孩发育晚，开窍也迟，根本没什么技巧和门道，只是一味对她好，缠着她。比如一大早开车等在她家门前，要载她去水泥厂，她上班的时候，他便去办公室找她聊天，话题也没有目的性，想到什么就说什么，下班了再把她送回家。一开始，果书仙拒绝得很明显，她不喜欢纨绔子弟，更看不上乡野糙汉，她喜欢有知识的人。可她的事并不由自己做主，各路亲戚都眼巴巴等着她嫁到韩家，不只她自己有了着落，生活用度再也不用发愁，就连七大姑八大姨也能沾沾光，父母更是虚荣心作祟，尽拣韩志杰的好处在她耳边唠叨。另外，像她这种高考落榜的女孩儿要想找到情况差不多的男孩儿确实有困难，别说高中生，就连好多初中毕业生也都争相到城里打工，导致了本地适龄男子稀缺。

尽管有诸多客观条件在起作用，但最终让她下定决心接受这个扫帚眉男孩儿，是因为一桩意外。去年秋后，韩志杰开着皮卡，她坐在副驾驶上，两只细狗在后面的车厢中。对他来说，这大概是人生最幸福的时刻之一，最喜欢的人和东西都在身边。玉米和大豆收完了，单等来年春天再种小麦，广袤的平原连着北边的燕山。汽车行驶在田野腹地，他有意将车速放慢，这样，细狗一旦看到猎物就会跳下去追赶。正当两个人聊天时，两只细狗几乎同时跳下了车，朝东疾速奔跑。韩志杰立马转向，跟在后面，他和果书仙都看到了一只奋力跳跃的土黄色野兔。兔子跑得快，狗也跑得快，眼看就要追上时，野兔一个急刹车，突然掉头向北。那只纯黑的细狗跟得太紧，一时没反应过来，加之它本来转向能力就差，而前面正好竖着一根电线杆，结果悲剧了，它一头撞在电线杆上，当即晕了过去，便再没有醒来。韩志杰跪在地上，紧紧搂着爱犬放声大哭，悲痛之状如丧考妣，泪水很快就湿了前胸和狗的遗体。果书仙不禁被感染，同时也对他有了深层的认识，觉得像这样善良的男孩儿一定不会是坏人，于是她第一次主动抱住了他。

天快亮时，果书仙又眯了一觉才醒来洗漱。站在窗前发呆片刻，直到楼下有人喊她吃饭，才小心翼翼下楼。公公老韩正慢条斯理喝着小米粥；婆婆老梁坐在对面，低眉垂眼看着碗内的米粥，上面凝固了一层粥皮。咸菜丝、酱豆腐、拌小葱，还有一碟酸黄瓜条，像韩志杰还在世时那样摆放着，却没人伸筷子。果书仙站在楼梯上俯视几秒钟，确定沉闷死寂的气氛没有好转才来到桌边，拘谨地坐下。

今天让你妈带你去县医院做检查。老韩喝完粥，揪出一张餐巾纸擦擦嘴道，等我到厂里，小黄就开车过来接你们。果书仙短促地嗯了一声，给自己盛一碗粥，看几眼小菜，最终将筷子伸向了酸黄瓜。其实不用检查，她也知道自己怀孕了，尽管她没经历过，可没吃过猪肉还没看过猪跑吗？这点儿常识她还是有的，不光因为这几天吃不下饭，总是恶心想吐，更有力的证据是十天前就该来的例假一直没来，不是怀上又是什么？只不过她不愿承认，并不希望是事实。丈夫英年早逝，一个寡妇有了身孕可怎么办？生还是不生？生下来又算谁的？

她原本想找机会独自去检查，如果属实，便做掉，留着是祸害，是累赘，倒给自己找麻烦。可葬礼那天，韩志杰的诸多亲戚也都发现了她的异样。韩志杰有个姐姐，他是家里唯一的儿子，他死了，早已结扎的老梁不可能再生，她都五十多岁了，前两年便已停经。韩志杰死了，可他的种子却留了下来，因此势必要保住这棵尚未出生的幼苗，以延续这一支香火。于是，老梁几乎二十四小时盯着果书仙，不让出门，不让回娘家，甚至连打电话都被偷听，简直像被软禁了一样。考虑到这两个送黑发人的白发人很可怜，她没有发作，没有反抗。

吃过饭，果书仙将饭桌收拾干净，回到楼上换衣服。等她下来时，老梁还像没有魂魄的雕塑一样坐在那儿。车子还没来，果书仙想把碗筷洗了，刚打开水龙头，就听老梁幽幽地说，狗还没喂呢。她道，一会儿我去喂。老梁没反应，少顷才起身，离开椅子，去拿狗粮。她慢腾腾地动作着，走起路来也不稳，似乎随时都会倒下。果书仙怕她出什么意外，就跟在后面去了狗舍，除了幸存的细狗，还有一只五六岁的松狮。松狮叫"公主"，老梁将狗食撒进食槽，魔怔似的自语道，公主你怎么不吃？想小杰了吧？我也想，别着急，过几天他就回来看咱们，要好好吃，吃胖胖的，和他一块儿玩。阳光照在果书仙后背，已有了热度，花叶上的白霜化成一层细密的水珠。老梁的话让她觉得一股寒意忽然袭来，不禁哆嗦了一下。

县医院不远，四十多分钟的车程。小黄的车开得很稳，见他第一眼，果书仙觉得似曾相识，但实在没闲工夫去回忆里倒腾，只偶尔从后视镜中看几眼，却每次都被他撞个正着，遂将目光转向窗外。老梁上车后就闭着眼，也不知睡没睡着，反正车一停，她就睁开了眼。一路无话，到了县医院，因某个医生是老韩的熟人，便没挂号也没排队，直接到妇产科做了检查。没用多长时间，结果出来了，果然有了，已40多天；各项指标都正常，只是稍微缺钙，医生让她适当锻炼，多吃些含钙食物，多晒太阳。老梁一听，露出难得的笑容，连声对医生说谢谢，好像果书仙肚子里的孩子是她装进去的。这么多天来，她的眼睛似乎第一次有了光，盯着儿媳妇的肚皮。

打算先回家，出了医院大门，老梁说，等我一会儿，我去解个手。果书仙便和司机小黄站在大门外等她。阳光有点儿刺眼，逆光中，看不清小黄的表情，只听他问，你是果书仙吧？她稍显尴尬地说，你是？他嘿嘿一笑道，真想不起来了？贵人多忘事！我家黄土坎的。他提醒着，她哦了一声，移动位置，以便能看清他的长相，不太确定地问，黄小宇吗？他露出一口整齐的牙齿道，还是有点儿印象嘛。她彻底想起来了，那时她五年级，他六年级，他喜欢她班上的一个女生，每天放了学和一群男生骑着自行车，一只脚支着地，在学校门口等那个女生，而果书仙正好跟那个女生顺路。不过，她记得他那时不怎么好看，而且有一口龅牙。他好像猜中了她的疑惑，又道，我做了牙齿矫正。她不好意思地笑笑，转而道，杨爱学已经结婚了。她记得当时他追的那个早熟女生，他曾写过一封情书，让她转交给杨爱学，里面有几个错别字。他一副往事不要再提的口吻道，那时候不懂事，就是觉得好玩。她还想说什么，眼角的余光发现老梁出了医院，正在下台阶，看上去矫健如常，好像来一趟医院是为了给她治病，让她恢复了元气。她别过脸，不再看小黄，好像刚才两人根本没说过话。

闺女，有啥想吃的没？从超市过的时候咱们买点菜，我看你爱吃那个酸黄瓜，想吃酸的对吧？老梁靠在座背上，双腿尽量往前伸，她穿了一身灰不溜秋的衣服，犹如一截枯木。脸上的表情却比来的时候放松了不少，仿佛已置身超市内，正在尽情挑选。果书仙说，就是不想肉吃，别的都行。老梁陷入回忆道，我怀小杰的时候你知道我想吃啥吗？糖葫芦！大伏天的，上哪儿去找？就连新鲜的山里红都没有，好在有罐头，连着好几天当饭吃，结果吃伤了。对于婆婆的记忆，果书仙能有什么感觉呢？但又不好驳长辈的面子，只嗯嗯哈哈地附和。说罢往事，老梁又开始憧憬未来，道，以后你啥活儿都别干，好好养胎，想吃啥就跟我说，让小黄开车去买，现在不比从前，只要有钱，啥都能买到……以后呢，一个月就来医院检查一次，我听那大夫说还要补点叶酸维生素啥的，赶明儿搞清楚了，让小黄帮着问问，看哪个药店有就买点……

我不会生下来的，果书仙说。她觉得如果不表达一下意愿，婆婆还真就把她当成傻子牵着鼻子走。他们想得倒美，完全站在自己家的角度异想天开，摊上这种事，她没有一走了之，葬礼完了还待这么久已经够仁至义尽啦，他们却还想得寸进尺。是，我是跟韩志杰结了婚，可他死了，婚姻关系自然就不存在了，凭什么还给老韩家传宗接代？果书仙愤愤地想，话说出来也冷冷的，声音不大，却足够暂时浇熄身边这段燃烧的朽木。

婆婆果然噤声，惊愕的目光里透着一股老人特有的可怜劲儿，寻找着儿媳妇的眼睛，企图与之对视。果书仙低着头，故意躲着，却仍觉得不舒服，犹如湿答答的口水糊了一身。车内空间逼仄，她无处可逃，干脆挺胸抬头，望着挡风玻璃外不断铺展似乎永无尽头的公路。眼皮上挑，瞥见后视镜中的黄小宇，嘴角若有若无一弯浅笑，似乎还朝她挤了眼睛。她赶紧扭头，正好撞上婆婆浑浊眼睛里的那一抹精明，用母亲的话来形容，就是"傻奸傻奸的"，把算计别人的那点儿聪明全写在了脸上，以为别人都比她傻。

与儿媳妇对视几秒钟，老梁抓住机会道，闺女，别怕，你把孩子生下来给我们养，你该走道儿走你的道儿（意即改嫁），我们不拦你，也委屈不了你。果书仙心里哼一声，装出不可思议的表情，仿佛自己受了很大伤害似的，微张着嘴，半天才道，我明白您和小杰他爸的心思，也理解您二老的处境，可我要把这孩子生下来，我还能找到对象？您也替我想想，我还不到二十岁，路还长着呢。

跟可怜的人讲条件，只能让自己显得更可怜，果书仙不想针尖对麦芒，于是也像婆婆一样以情动人。她觉得婆婆和公公对此事肯定早有商量，即使没结果，也有基本一致的看法，她不想先发制人，要等对方亮出底牌再找来父母一起来应对，她不可能单枪匹马与两个老狐狸斗智斗勇。

老梁貌似听懂了果书仙的意思，但也许对小黄在场有所顾忌，或者她也当不了家，只先稳住果书仙，拍拍她的手道，放心，肯定不让你吃亏，咱们到家细细谈。果书仙点点头，对婆婆如摇尾巴狗般谄媚的表情礼貌地报以克制的微笑。

老果家离老韩家并不远，接到女儿的电话后，两口子便骑着电动车赶来了。午后的热度冲淡了初冬的些许寒意，白亮亮的阳光闪烁在河面上，好比他们此刻跳跃不定的心情。自从女婿遭遇横祸后，女儿的处境便成了悬在老两口儿脑袋上的一个铁圈，能否套中想要的还在其次，何时平安落地才是他们最关心的。按理说，作为妻子的果书仙应该能分得一部分财产，即使过门才仨月。然而，两个人虽有夫妻之实，夫妻之名却尚未来得及申办，因他们皆不够法定婚龄。没有那一纸凭证，根本不受法律保护，即使打官司也不会有人受理。在乡下，人们为了早点儿看到孙子辈儿，普遍先上车后补票，往往等孩子出生了再去补办准生证，就算罚点钱他们也甘愿。况且，老果一家并不想此事闹大，顶多也就是自认倒霉，带女儿回家。如果早知道韩志杰是个短命鬼，就算他家再趁钱也不会把女儿往火坑里推啊。这都是命，紧赶慢赶就赶上了这遭，逃都逃不掉。如今，女儿又怀了韩家的骨肉，情况变得更为棘手。

推车进院儿，矮墙内的风失了方向，胡乱吹着，在墙角打转儿，像家养的牲畜透着人情味儿。狗听见脚步声，轻吠几声，应付差事般不了了之；一声鸡鸣遥遥地传来，KEY起得高了，喊到一半便戛然而止。老韩和老梁推开门，让正站在院里逡巡的老果夫妇进屋，果书仙站在公婆身后，朝父母咧嘴一乐。进屋，坐到沙发上，果书仙给爸妈倒了茶水。老韩和老果点上烟，淡蓝色的烟雾袅袅升腾，逐渐笼罩住五颗脑袋。老果的老婆端详了几眼女儿道，没睡好吧，黑眼圈都出来了。果书仙道，还可以。老梁瞅了一眼亲家母道，你放心，小仙儿在这儿保证睡得舒服，那床垫花了五六千哪。

老韩从牙缝里吸口气，又重重地吐出来道，老果啊，咱们有什么说什么，也不是外人，小仙儿肚里的孩子不能打啊，那是我和老伴儿唯一的念想了，要是连这孩子都留不住，我们活着还有什么奔头？生意场上混惯了，老韩总保持着乡镇企业家的派头，明明令人悲伤的话被他说出来也少了感染力，却比常人多了几分威慑，像谈判似的。老果呷摸着，认真听完，刚想开口，老韩做了一个勿打断的手势，继续道，我们也知道这对小仙儿来说不太容易接受，也不公平，但我们会尽量做出补偿，尽可能少耽误她，大家怎么想的，都说出来，有什么要求尽管提，别不好意思，你也知道，我们家就是有点儿钱，可人不在了，这么多钱又给谁花？到头来还不是一场空。

这事儿，说不好办还真不好办，要是咱们开诚布公，说透了，其实也不难。老果做过十多年的村支书，一说起场面话来便文绉绉的。将烟头在玻璃烟灰缸里碾灭，搓搓熏黄的手指，他接着说，从我闺女的角度考虑，这孩子不能要，先不管别人的风言风语，对她今后的生活也有很大影响，可话说回来，咱们毕竟亲戚一场，俩孩子也做了那么久的夫妻，情分还是有的，搁在过去，她就是韩家的人，但现在是新社会，你们也得想想她，小杰解脱了，可我闺女还得好好地活哪！

日头下移，阳光变成了微弱的暖黄色，一只猫卧在墙头，猫影、树影和院子里的月季花影皆投在屋内的墙壁上，宛若近年来流行的沙画。屋内人的上半身沐浴在佛光般的夕照中，平添一份神圣的滑稽。果书仙从坐在身边的老梁看过去，将四个人逐一看了个遍，才道，就算我把这孩子生下来，我也不会养的，拖着个孩子，再想嫁人就更难了。婆婆立马接过话道，这是肯定，孩子生完给我们，我和老韩就只当老来得子，又当了一回父母，我也不希望你还跟这孩子有瓜葛，你就踏踏实实过你的生活去，就当没生过他。

老韩接过话道，话说得有点儿绝情，可这样做对谁都好。

这可真是好！好人你们做，好事你们占，骂名让我们闺女背。果书仙的母亲拉着脸，控诉似的说，明白的知道我们心眼儿好，为了你们着想，大部分不知道内情的，还不都戳我家闺女脊梁骨，落下一个抛弃孩子的名声，叫她以后还怎么找婆家？

亲家母，你想得太严重啦！老梁露出不以为然的表情，继而装作掏心掏肺地安慰道，现在的人哪还有那么老封建，明眼人一看就能猜到是你家闺女善良，懂事，说不定还都抢着要呢！再说，就算近处的人知道，可以去县城啊，城里人明事理，不在乎这些个，我和老韩都有亲戚在城里，让他们帮忙留意有没有合适的，就凭小仙儿这模样，没有哪个男的不稀罕。

真要有那么容易，我们也不愁了。老果又点了一支烟道，你们也知道，小仙儿的哥考学考出去了，一年到头也就过年回来，身边就这一个闺女，可不想她嫁得太远，会想的，当初要不是你家小杰看上她，我还想着招个女婿呢，一个女婿半个儿，你对他好，他多少还是会知恩图报，比远在天边的儿子用着及时。

你就省省吧！老果的老婆白了一眼老伴儿，嗔怪道，倒插门的哪儿有什么好货，都是山旮旯儿的苦孩子，图你这儿吃得好干得少，没见过啥世面，一说话俹掉裤腰带，能配得上闺女吗？想让本地的孩子倒插门，除非有钱，你一个刨土坷垃修理地球的，又不是大老板，人家凭啥扔下自己的爸妈，巴巴儿地跑这儿来伺候你！

你看你，我不就说说嘛，又不是真想这么干。老果解释道。

老梁朝老韩使了一个眼色，做得漫不经心，可还是被果书仙发现了，她低下头，假装没看见。只听公公清清嗓子道，好啦，听我说，小仙儿肚里的孩子就当卖给老韩家了行不？等孩子生下来，小仙儿该走走，孩子留下，给她20万，从此两不相欠，可好？

这……老果和妻子几乎同时抬起头，迎着老韩的目光，讪讪的，显出被戳中心事的窘迫。这不好吧？交换目光后，老果的妻子道，说出来多难听，卖孩子似的，成了什么人？

没啥不好意思的，老妹子。老梁歪过身子，拉过果书仙的手，攥在手里道，我们要是没钱，也不会提这种要求，这事儿又不犯法，你情我愿，心理负担别太重。婆婆的手又瘦又柴，手心凉凉的，没有汗毛的那种滑腻，像生了青苔，像蛇，让人觉得不舒服。

20万有点儿少。果书仙适时抽出手道，生个孩子对女人来说付出的代价可不止这个数，现在才一个多月，就难受得不行，至少还得半年多才能生，顺产当然好，要是剖腹产还会留疤，那可是一辈子的事儿，况且这段时间我肯定得补充营养，吃得又好又多，不发胖才怪，要恢复身材还得几个月，里外里得遭一年多的罪，这点儿钱也就刚够付出的成本。

那你想要多少？婆婆用温情的商量语气说出硬邦邦的话。

我并不指望这个赚钱，可也不能白白地给你们韩家当生孩子工具，以后咱们谁还认识谁？见面抬头顶多问声好，话说得有点难听，理却不糙，既然说到了这份儿上，再加10万，行就行，不行我明天就去医院打掉。果书仙心里舒了一口气，终于提到了价码，她当然要争一争，如果他们说什么就是什么，以后不定怎么压价欺负人呢！

老梁倒吸一口气，嗞嗞牙花子道，闺女，咱做人厚道点行不？30万到医院可以买五六个孩子了，还随便挑。

再怎么挑也挑不到韩志杰的孩子，对不？果书仙将她堵了回去。

行！就这个数。老韩拍板儿道，不过，生的得是男孩。

这又不是我说了算。果书仙望着窗外，日头已经移到了墙头之下，屋内暗下来，她起身开了灯，没有坐回沙发，站在窗户旁，像女主人一样看着四颗头发灰白的脑顶，接着说，生男生女还不都是韩志杰的，有什么不一样？

我儿子要活着，男孩女孩都一样，反正可以再生，可这是最后的机会，我和你婆婆都五十多了，等这孩子长大成人，我们七老八十了，是个女孩，总归要嫁出去，跟我们韩家有什么关系？还不是白费心血。老韩扭过头，看看儿媳妇，说到一半，觉得累，又转过头。

老韩说得在理，费那么大劲儿养个丫头没啥意思。老梁的手插进干草一样的头发里划着。

沉默。

起风了，绳子上晾的鸳鸯戏水图案的床单飘起来，又落下去。

我们也希望生个男孩，可这事儿又不能提早知道，万一生个丫头怎么办？老果发出疑问。

当然可以提前知道，三四个月的时候做个 B 超，就能看出来。老梁说。

那要查出来是女孩呢？果书仙对于在座几个人的性别歧视有些不满，她能看出来，包括父母在内，也都是喜欢男孩子的。没等他们回答，她又问，打掉吗？

老韩说，只能这样。果书仙话赶话道，那这三四个月怎么算？我就白受罪了吗？果书仙的母亲插嘴道，人家医院有规定，不让随便透露男女。老梁道，那是钱给得不够，塞个红包就能问出来，毕竟咱们情况特殊。果书仙也道，这不重要，我就想知道万一是女孩，这几个月的损失怎么算？她靠在门框上，盯着公公。老韩说，是女孩就打掉，10 万你拿走。老梁想说什么，老韩示意她别再讨价还价，10 万块对他来说小菜一碟。

自从入冬，还没下过雪，几乎每天都是大太阳。阳光明晃晃地照进来，车里的温度迅速升高，果书仙昏昏欲睡。怀孕后，她的睡眠时间明显比以前增加了。奥迪报废后，老韩买了辆别克作为家用，坐车的人一般是老梁和果书仙，小黄负责开车。除了每月定期去医院检查外，时不时她就想出去转转，买点吃的穿的，总在家中面对婆婆太闷。老梁和老韩并不限制她，现在的她简直就是公主，是王妃，天天好吃好喝，出门逛街还有专车接送。除了去医院老梁会跟着，逛街的话她是不去的，老胳膊老腿禁不起折腾。每次出门，老韩和老梁都要交代小黄多照看着儿媳妇，别出什么意外。他笑着答应，分外尽职尽责，过马路时帮她留心乱开的车，提着她买的东西，上下车时帮她开关门，几乎成了她的私人保镖。

肚子渐渐隆起，得买几件孕妇装换着穿才行，这是今天此行的由头。去县城的路上会经过一段塌陷区，由于煤矿不加节制地开采，导致此处方圆二三里比其他地方低了约莫两层楼的高度，且崎岖不平。尽管小黄放慢速度，可依旧止不住颠簸，熟睡的果书仙被摇醒了。身子一歪，一把抓住小黄的胳膊，脸也顺势贴到他的肩膀上。小黄歪过头，在她的额头蜻蜓点水般亲了一口，余光瞥见几枚雀斑浮在强光照耀下通透的鼻翼上，仿佛风一吹就会消失。她闭上眼，红的绿的黄的圆圆的光斑，仿佛转动的万花筒，闻着他身上淡淡的烟草味，觉得这一刻真幸福，每次出门为的就是能和他幽会。他不在乎她结过婚，不嫌弃她要给老韩家生子，就像不在乎妓女出身的痴情书生，誓要等她履行契约后恢复自由身，再与之双宿双飞。

小黄虽不是果书仙理想中的类型（理想中的完美伴侣怕是这辈子都不会碰到），却也不错，不只会甜言蜜语玩浪漫，认真起来更有男人性感的一面，不像韩志杰，完全就是没长大的孩子。再说，像她这种情况，想找到称心如意的对象简直不可能，尤其是在乡下。先不说自己是二手货，光是她的遭遇就得被许多人说三道四，虽然韩志杰的死不是她的错，但一定有不少人认为她命硬，说她克夫，认为她是天生的扫把星，除了饥渴的老光棍或者离异丧偶的男人，谁会要她呢？能被黄小宇这种清清白白的没有婚史的适龄男子看上，她已经很知足，况且他对她那么好，又体贴又温柔，让她真正体会到什么叫两情相悦，什么是恋爱，而不是和韩志杰在一起时那种过家家的感觉，她有什么理由不快乐，不对他付出真心呢？

回家路上，过了镇子，还有十来里地就能到家了。小黄突然提议从黄土坎村路过，稍微绕一下远。果书仙虽不知他打的什么主意，却也没阻止，反正不过多花十几分钟，何况黄土坎村挨着国道，比乡间石子路好走得多。

原来小黄为的是让她认认他的家，那是一座盖在路边的红砖瓦房，有走廊，塑钢门窗，大块玻璃窗，从外面看还很新，像是近年才建的。小黄说，咱们结了婚就住这儿，我爸妈会搬进老房子。她的目光从瓦房上逐渐收回来道，挺好。他说，真的吗？她道，骗你干吗！他将车速调回正常道，我怕你住楼习惯了，看不上瓦房。她切了一声道，我出嫁前可是一直住瓦房的，还是我小时候盖的那种老样式，我也没觉得不好。他道，那就好，等咱们结了婚，我就辞职，不开车了。

她问，那做什么？他说，开个超市，除了日用品，还卖菜卖肉卖鱼，就和小型集市差不多，正好挨着大道边，各种做生意的，人流量不小，加上附近几个村里都没有超市，顶多也就是小卖部，我要开一家，正好补了缺。他的回答颇流畅，多半是谋划已久了。她道，想法不错。他说，到时候我进货，你看店卖货，实在忙不开，再找个帮手。她问，开个超市得要多少钱？他道，十来万吧。她略微惊讶道，要那么多？他说，是啊，主要是得买个进货的车，盖房子也是大头，进货成本倒要不了多少。她心里算了算，还真得小十万块。他注视了她几秒钟，露出难为情的神情道，这两年攒了点儿钱，结果盖这房子都花进去了。她明白了他的意思，敞快地说，等生了这孩子我就有钱啦！他尴尬地说，我不是这个意思，我不想——她靠在他的肩膀上，撒娇道，别说了，我的就是你的。他果然没再多说，拿下巴蹭了蹭她的额头。

三个月的时候照过一次 B 超，虽然给医生塞了红包，却没有结果，医生说目前还不能确认是男是女，让他们下个月再来试试。春节过后，果书仙怀孕已满四个月了，记不清从哪个清晨开始，她第一次感受到了明显的胎动。这个小生命在她的子宫内进行各种运动，有时她能感觉到翻滚、牵扯，那说明胎儿在翻身；有时又会觉得肚子被撑大，震颤着，据说那是胎儿在伸展四肢或者踢腿打拳。每当这时候，果书仙都会难以抑制地激动，不管身边的人是谁，她都会毫不顾忌地分享感受，脸上洋溢着发自内心的喜悦，显出妈妈的柔情。老梁听得多了，便道，准是个男孩，这么好动！果书仙的妈妈瞧着她的肚子说，圆圆的，恐怕女孩的多。可是她一直想吃酸的，对辣味儿倒没兴趣，从这一点来说又是男的。老韩说，别瞎猜啦，下周再去照照，不就知道了吗？要相信科学。

过了元宵节，老梁和老韩陪着果书仙去医院做 B 超。上车后，果书仙便沉着脸，她有些不想去检查了，对结果如何不仅不抱有兴趣，反而烦躁不安，就好像高考前几天那种状态，根本无心复习，看什么都无端来气。老梁和老韩的脸绷得紧紧的，仿佛才拉过皮，脸皮不够用，一不小心就会裂开似的。她从后视镜里悄悄看了几眼小黄，他几乎面无表情，一副置身事外与己无关的模样，只专心开着车。她想，他应该是假装的吧，毕竟老韩就坐在副驾驶，老梁坐在他后面，所以他才故意躲着她的窥视，仿佛不认识她一样。

做完检查，结果马上就能出来，顶多也就等上几分钟。因上次给医生塞过红包，况且像老韩这样的人物，在县里即使不认识他的人也听说过他的大名，想找机会巴结还来不及（虽然这辈子都不一定能用得上，可对于有钱人，人们习惯于趋之若鹜），当然不需要再次贿赂。医生认真地看了看片子，得出结论道，是个女孩。犹如等待审判的老韩和老梁先是松了一口气，随即便双眉紧锁，生出疑问道，不会弄错吧？医生确定道，这种事儿出错的概率很小，从片子上看，还是比较清晰的。像是每次考试都能得高分的尖子生突然得知这次没及格一样，老两口儿愣了好一会儿，才把目光转向果书仙。她听得很真切，说实话不管哪种结果，她觉得都需要时间接受，不过看公婆的意思，是要马上安排手术。

按照约定，理当如此。由于胎儿已满四个月，医生建议引产。果书仙机械般地走出门诊，进了手术室。她觉得大脑一片空白，什么主意和思想也没有，仿佛灵魂被掏空了。医生和护士悉数进来，一声响，关了门。果书仙换了手术服，躺到手术台上。无影灯开了，清亮得刺眼。主刀医生走到她跟前，戴上口罩对她说，别紧张，就是个小手术，先打麻药，不疼的。果书仙没回答，铁器掉在盘子里，当啷一声，使她歪过头循声查看，发现一支闪亮的碎胎剪，散发着冰冷的光芒。她下意识地捂住肚子，这时，子宫内的胎儿仿佛有了预感，在里面又蹬又踹。果书仙觉得喘不上气来，大口呼吸了几下，突然诈尸一样坐起来。医生道，别害怕，没事儿。果书仙跳下手术台，躲开注射麻药的针头道，我不做了。

要将女婴生下来的决定遭到了公婆和父母的一致反对。公婆搬出当初的约定，说女孩对韩家来说毫无用处，劝她尽快做掉，别耽误了最后时机。果书仙却铁了心要生，她说，放心吧，不用你们养，这孩子跟你们韩家一点儿瓜葛也没有，她就只我这一个妈。见她心意已决，老韩威胁道，你要生下来，那就是毁了当初的约定，我们一分钱都不出。他的眼睛里燃烧着怒火，仿佛下一秒就要把她拉到医院，强制她堕胎。果书仙却不知哪里来的勇气，义无反顾地回道，不给就算了，我一个人照样把她拉扯大。老梁露出恐慌的眼神道，小仙儿，你不是要把她生下来，将来跟我们分家产吧？你要是嫌十万少，就直说。果书仙不屑地白了婆婆一眼，当即收拾好东西，临出门时说，我不会再踏进这个家，你们跟你们的钱过日子吧！

回到娘家，父母也劝她别一时糊涂误了前程，赶紧打掉是正经。果书仙把母亲的手拉过来，放在肚皮上自豪地说，您摸摸，她在动呢！母亲抽回手道，我又不是没生过孩子，我当然知道啥感觉。果书仙道，所以，您更应该理解我才对，我现在打掉她，就是杀人犯，一辈子不得安宁。父亲道，你要生下她，一辈子都别想舒坦，本来死了老爷们儿就够晦气了，再带一个拖油瓶，还想嫁人不？母亲也道，就是这么说，再想嫁个好人家多难啊！不是亲生的，谁会对她真心实意地好？你也得为这个孩子想想，她活着注定比别的孩子苦，从小就得受欺负。果书仙一时语塞，她确实没有想那么远，只是觉得该把她生下来，让她到这个世界走一趟，人生虽然艰难，可也很过瘾呢。

于是她说，我一个人照样把她养得好好的。同时，她想到了黄小宇，不知他还愿不愿意接受她和肚里的她。又过了几日，猜他也许从老韩家得知了事情的最新进展，她才试着和小黄联系，给他发信息，但他一直没回，于是她又打电话。

他接了，只听见春风的声音伴着他的呼吸，两个人像比赛定力似的，谁都不说话。怕他挂掉电话，她终于先开口道，你干吗呢？他说，你真想把孩子生下来？她回答，你要是想劝我不要生，趁早挂了。他叹气道，一点儿商量的余地都没有？她沉思几秒，闭了一下眼睛道，对，这个孩子我生定了。他道，你要这么倔，那咱们就没戏了，就算我不在乎，我爸妈也不会同意。她心想你要真喜欢我的话你就不能努力一下吗，不过她明白他想要的和自己想要的终究不是同一种生活，瞬间释然道，好吧，我清楚，那没什么好说了。他说，等等，要是哪天你想通了再找我。她心里哼了一声道，行，不过我劝你还是别指望了，赶紧找别人吧。说完，手机从太阳穴处滑下来，她盯着屏幕，又过了四秒钟，被他挂断。

天气渐暖，河冰化了，小草破土，燕子衔泥，麦苗返青，桃花盛开，累累榆钱压得树枝弯下了腰。阳光暖暖地晒着脸、露在外面的半截胳膊，还有春衫之下的大肚子。每天午后，她都要到河堤上走一走，为的是过几天生孩子时能容易些。孩子和她一切正常，她选择顺产，据说这样生下来的孩子抵抗力天生就比剖腹产的强。尽管有许多糟心事在不远的未来等着她，比如孩子的户口，找工作赚钱，以后还得搬出父母家，最好离开这个村子，不让老韩和老梁看到这个孩子，但她尽量先不去想，或者安慰自己车到山前必有路，总归有办法，生活就是不断解决麻烦的过程。至于再嫁人，她不是没想过，倒也不算事儿，不接受孩子的她不会接受，这是先决条件，而且近几年她不会考虑此事，眼下最要紧的只有孩子。她忽然觉得自己仿佛一夜之间长大了，满满的责任感。

生孩子还是去的县医院，虽然父母不愿意，可也不能扔下她不管，预产期前两天便带着女儿去了，结果孩子比预产期提前一天出生了。因胎儿个头儿挺大，即使顺产，还是动了刀子，会阴侧切，婴儿顺利产下，之后马上缝合。全程不过三个多小时，见到婴儿，老果夫妇松了一口气。下体稍微有些撕裂的痛感，果书仙虚弱地躺在产床上，睡了半个多小时才醒。只见父母眉开眼笑，左右各坐了一个，见她醒来，马上问她饿不饿，想吃什么。她倒不饿，只觉得口渴，喝了点儿水。母亲和父亲相互看看，像有什么话要说，果书仙没有力气问话。最终还是母亲说了，她兴奋地说，你猜怎么着？是个男孩！果书仙满脸惊愕，父亲道，看来机器也不靠谱儿，得亏闺女有主心骨，要不然一个大胖小子就被做掉啦！母亲道，做掉也不可惜，又不是咱家的。父亲道，到底还是流着闺女的血呢，就算他姓韩又怎样？母亲道，还能怎样？那两口子知道了肯定要过去。父亲道，要就给？想得美。

男孩？果书仙闭上眼睛，再也听不进父母说的什么，搞不清是医生还是命运在不断拿她开涮，好不容易死心塌地接受了一个现实，并且依此做了人生规划，可上帝他妈的随便一翻手，就把一切全搞乱了，之前付出的纠结和煎熬都成了毫无价值的无用功。怎么办？老韩家不可能不知道这个结果，就算医生不会多嘴多舌，可是几天后回到家呢？南北二庄住着，离得那么近，孩子的哭声被风一吹就到了他们的耳朵里。除非就此远走高飞，到一个他们不知道的地方，可这只能是异想天开的逃避，虽说人挪活树挪死，但真要在一个人生地不熟的地方开始新的生活，其难度可想而知，再说，这么做又有什么意义？就算让这孩子一辈子不见老韩家的人，总有一天得把真实身份告诉他吧？到那时，他会不会恨自己的妈妈？难说啊！心乱如麻的果书仙决定不再去想，听天由命也许是最好的选择。

果然，第二天，老韩夫妇就来了医院。赔着笑脸和果书仙说着好话，即使言不由衷，却由于表演用力，让人觉得足够真诚。婴儿就在果书仙旁边的小床上，老韩夫妇来的时候，他正在睡觉。婆婆笑逐颜开，一张老脸仿佛被阳光晒蔫了的花，对老韩说，你看，那眉毛，那嘴巴，简直就跟小杰一个模子刻出来似的。确实，小孩儿长着一双扫帚眉，嘴巴有点儿地包天，脸形也是韩志杰那样的冬瓜形状。果书仙靠着床头，枕头倚在后背，她冷笑着瞟了公婆一眼。老韩笑着对果书仙说，这孩子是个小男生啊！公公学肥皂剧里的腔调说出这种话也真是难为他了，果书仙笑着点头，什么都没说。老果夫妇也只是面露笑意，之前早被女儿告诫了什么都别说。公公只好道，小仙儿，按照之前的约定，这孩子是男孩，就要交给我们呀！果书仙面无表情地说，可我记得你们一直让我打掉呢。婆婆涎着脸道，那不是医院搞错了嘛！果书仙道，那也不能你想怎样就怎样吧？有了好事你们闻着味儿就来了，风险我一个人担。公公道，还是按照之前的约定办，多给你点儿钱还不行吗？果书仙道，你把我当成什么人了？卖儿卖女？婆婆劝道，置气的话就别说了，之前是我们不好，我们给你赔个不是行了吧？至于钱，我们给你这个数。说着，婆婆张开一只手。

五十万？果书仙问，她的表情和语气证明她动了心。眼见儿媳妇松了口，老韩又道，对，真的不能再加了，你也得体谅一下我们，多出的二十万就当我们为之前的不当之处做的补偿，不管怎么说，还是非常谢谢你的坚持，要不然我们韩家真要绝后了。果书仙没有当即表态，她说要考虑一下，让他们别再来医院了，等她过几天出院回了家再具体商谈，其实她心里大体上接受了，这毕竟比自己把孩子养大合算得多，想要孩子，以后尽可以再生，可这么多钱，恐怕就再也没有第二次机会了。

孩子满月后的第二天，老韩夫妇带着五十万现金来到老果家。闲聊了一会儿，老韩让果书仙当面把钱点清。她数了数，一共五十捆。老梁说，我们就不多待着了，把孩子抱上吧。送老韩夫妇俩出门，果书仙抱着孩子，走至车门前。婆婆道，给我吧。这孩子一点儿不认生，笑呵呵地躺进了老梁的怀里。果书仙眼里噙着泪，不敢眨眼睛。你要是想他了就来家里看吧，没事儿，我们不介意，婆婆说完就钻进了车里。开车的是小黄，他颇有内容地看了果书仙一眼。轿车启动，开走了。果书仙像个稻草人一样站在原地，眼泪早已披了满脸。

小黄打来电话的时候，果书仙正在院子里收拾花草。无花果树手掌形的叶子郁郁葱葱，一片片朝天撑开，像是为挤在枝头刚钻出来的青涩果实保驾护航。小黄几句客套话之后，问她有没有时间出来见面。果书仙干脆地说，没时间，我不在家。小黄问，在哪儿？我去找你。她道，我在省城，上技校。小黄失望地哦了一声，不知再说什么，便挂了。果书仙确实要去读技校，报的是最热门的数控专业，据说毕业后非常容易找工作。但还要等上几天才走，她的奶水还很充沛，总是动不动就溢出来，弄脏衣服，就像她的眼泪一样不受控制。

（原载《人民文学》2016 年第 9 期）

作者简介：

焦冲，1983 年生于河北玉田，2008 年开始写作，著有《男人三十》《段子手》《旋转门》等长篇小说七部，另有中短篇若干见于《当代》《人民文学》《山花》等杂志，现居北京，从事新媒体运营工作。

万 用 表

苏 童

1

大鬼第一次看见小康，是在红旗瓷厂的宿舍里。

小康当时正站在窗边。大鬼推门的动作很野蛮，吓到了小康，他的身体颤了一下，脑袋向后转，转一半，又坚定地拧回去，对准窗外了。看小康的身形，还是个少年。一头乱发灰扑扑油腻腻的，脖子细长，背部稍显佝偻，他穿着肥大的深蓝色西装，衣袖是挽起来的，手在西装的口袋里掏，掏出了一个东西，是小孩子吃的那种彩色果冻。大鬼看着小康用牙齿咬开塑料封纸，吐掉，然后是哧溜一声的吸食，那一小团橙色立刻消失了，剩下一个空瘪的果冻壳，被他随手扔在地上。大鬼叫起来，往哪儿扔？小康僵住，慢慢蹲下来，捡起果冻壳放在墙角的字纸篓里。大鬼哧地一笑，说，你是小弟弟还是小妹妹，喜欢吃果冻的？

等不到小康的回应。大鬼坐下来换鞋，瞥见对面的床铺已经铺好，花布被子和花布枕头，都是用旧了的色泽，看起来脏兮兮的，枕边放了一只铝皮手电筒。床底下已经塞满，两双旅游鞋，一双黑色的在地上，里面窝着袜子，一双白色的应该是新鞋，隆重地放在纸箱上。有一只鼓鼓囊囊的红白条蛇皮袋很抢眼，袋子中央用墨汁写了个大大的"康"字。大鬼咳嗽了一声，说，你就是老康的儿子？到窑上做加料工？好，你前途无量么。小康在吃另一个绿色的果冻了，又是哧溜一声，他似乎在犹豫是否要回应这次搭讪，大鬼已经失去了耐心，拍一下桌子：你是哑巴还是聋子？你他妈的只会吃果冻，不会说话的？

小康终于回过头来，目光像一只惊鸟撞过来，撞在大鬼的脸上，稍作停留，又匆匆飞走了。大鬼听见了小康的嘟囔声，说什么？我不说话的。

并不像他父亲。小康的面孔算得上白净、清秀，唇上一圈又黑又密的胡须，不知道是刻意蓄的，还是因为懒得修剪，看起来那是男性荷尔蒙张贴的告示。他的无礼，甚至是那圈胡须，都冒犯了大鬼，但那张脸上的少年稚气无可隐藏，它提示大鬼，对方几乎还是个孩子，不必过于计较。

说几句话会把你累死？大鬼脱下袜子，在空中啪啪地摔打，他说，老康是你爸爸不是？老康那么懂礼貌，见人三分笑，怎么会教育出你这么个儿子？你是扮哑巴还是学高仓健？你到底是不是老康生的？

这次，小康说话了，小康对着窗外说，驴日的二球货。

大鬼确定小康是在用方言骂人，只是不太相信自己的耳朵。他走到窗边朝外面瞟一眼，窗外并没有人迹，大鬼搭住了小康的肩膀，问，你刚才在骂我？二球货，是你们那边的骂人话吧？

小康要扒开大鬼的手，没有成功。手放开。小康说，我没骂你。我没跟你说话。

你没跟我说话，那你在跟树说话？你没骂我，那你在骂树？树是驴日的二球货？我请教你，什么驴能日出一棵树来？

小康转过脸，避开大鬼的眼睛。我没跟树说话。他说，我也没跟你说话。

窗台上放着一只搪瓷碗，面条早被大鬼吃光了，汤和葱花还在碗里，大鬼端起来闻了闻，怪笑一声，我们食堂的面条汤，很香吧？猝不及防地，大鬼将搪瓷碗扣在了小康的脸上。面汤四溅之际，小康愣在窗边，大鬼甚至有时间欣赏酱色的面汤在小康脸上流淌的辙痕。大鬼说，怎么样，香不香？小康的嘴边有一撮葱花，他对着地上啐了一口，忽然跳起来，像一头疯牛朝大鬼俯冲而来。小康的脸像一块石头，尖锐而沉重地撞在大鬼的手臂上。

而且，小康咬了大鬼一口。

咬得很深，也很精确。小康的牙齿似乎长了眼睛，恰好咬在大鬼的刺青部位上。事情顿时就严重了。大鬼的刺青在瓷厂是著名的，它是上下结构，内容互相冲突。上方一只虎头，下方一个文字：忍。它们代表虚无的荣耀，也是最通俗的座右铭。现在，一排牙痕镶嵌其中，虎头开始刺痛，荣耀在破碎，忍字开始刺痛，座右铭在摇晃。大鬼把小康推到了门边，轻易地掐住小康的脖子。从小康脆弱的喉结上，大鬼感受到了自己非凡的腕力。小康挣扎了几下便不再抵抗，他在窒息中流出了眼泪，目光绝望地瞪着大鬼的手臂。大鬼不清楚小康是在欣赏自己的牙痕，还是在品味刺青的意味。虎头。忍。大鬼说，现在，你还能不能好好说话了？小康的喉结在大鬼手里蠕动，大鬼听见他艰难的声音，我，忍。大鬼说，不是你忍，是我在忍。我问你，你到底为什么不跟我说话？大鬼看见小康闭起了眼睛。

再睁开，那双眼睛里的泪水已经干涸，小康的怒吼冲出了大鬼五指的封锁，我偏不说话，驴日的二球货！

2

大鬼在瓷厂当电工，已经很多年了。

他的家在城北桑园里，离瓷厂不算很远，照理说没有资格住集体宿舍，但他自称家庭关系不睦，看见父亲就想骂，看见弟弟就想打，家里不宜久留，总是赖在厂里。他原本带了条毯子在各个宿舍打游击，东睡西卧，是模具工老秦给了他机会。老秦患了白血病，常年住在医院里，大鬼趁机占了他的床铺。那间宿舍还住着杨会计，人很文静，又要求上进，平素醉心于各种自学考试。他不敢驱逐大鬼，只能向有关领导诉苦，说跟大鬼住一起，他度日如年，已经连续两门自学考试没有通过了，再这样下去肯定影响工作，瓷厂的账目若是出了差错，怪不得他。厂里的领导对大鬼都有所忌惮，不想惹他，又格外器重杨会计，便专门在阅览室里为他隔出一个小房间，供他学习。杨会计起初是回宿舍睡觉的，回宿舍便会受到大鬼的骚扰。有时候骚扰以谈论国家大事为名，有时候是黄色笑话，有时候是半夜咕咚咕咚喝啤酒的声音。最离谱儿的一次遭遇，缘于杨会计不屑于回答大鬼的一个问题，大鬼问他，你怎么不交女朋友？问了三遍不回答，当天夜里大鬼便动手，扒了杨会计的内裤检查，说，你问题不大，就是包皮过长，割了就可以了。杨会计忍无可忍，第二天就把床铺被褥也搬去了阅览室。过了很多天，杨会计没有回来，也没有其他人愿意做大鬼的室友，大鬼便用红色墨水在宿舍门上写了两个大字：鬼屋。既是宣示产权，又威胁了别人。久而久之，别人的集体宿舍，便被大鬼独占了。

小康搬进来之前，后勤科来过人，带来一瓶油漆，刻意用白色油漆刷了宿舍的门。"鬼屋"两个大字被盖住了，门板上隐隐泛出些红色，像是两朵被埋葬的大红花。大鬼没有追究此事，他心里清楚，这个小康无处可去，从此以后，他必须与小康朝夕相处了。

他们之间的敌意是一场暴风雨，来得猛，去得也快。应该说，这是大鬼的功劳，他觉得与小康这种山里人较量，总归是杀鸡用牛刀，还落个欺负人的名声，没意思。大鬼当时正与东方电影院的一位女售票员恋爱，那姑娘有个美妙的绰号，叫东方梦露。每逢周末他都要去与东方梦露约会。这样的早晨，他的心情总是很好，盥洗完毕便来到小康的床边，用牙刷刷小康的唇须，嘴里还用英文喊早安，古德毛宁！古德毛宁！那把牙刷被小康打飞了好几次，直到有一次，小康不再还手，只是在枕头上转过脸来，打量着大鬼脚上锃亮的尖头皮鞋以及身上时髦的丝光 T 恤衫，突然问，你女朋友，见过你的刺青吗？大鬼一愣，说，你难得说句话，我怎么听不懂？小康转过脸去说，要是在我们那儿，正经姑娘不敢跟你的。大鬼明白过来，咯咯笑起来，真是乡下人。刺青算什么？人家是东方梦露，该见的不该见的，都见过啦！

大鬼对小康的热络，多少显得鲁莽。这一点，大鬼自己也是清楚的。他的与人相处之道一向怪诞，若是作恶，一切便自然而然，若是善意或友爱，偏偏就表达不当，弄不好就令人生厌，成为别人的负担。对于小康来说，这负担便是骚扰式的交谈。小康终究不是哑巴，渐渐愿意跟大鬼说话了，只是谈话不对等，通常大鬼说了半天，只能等到小康的只言片语，不是否定，便是拒绝。大鬼最擅长的黄色笑话，有一半小康听不懂，再三提示解释之后，才能勉强博他一笑。大鬼觉得无趣，邀请小康一起到别的宿舍打扑克，小康说，不打。大鬼说，你不会打扑克？小康说，你们赌钱，我不赌。又邀请他一起去外面的卡拉 OK 唱歌，小康摇头说，我不会唱歌。大鬼说，你不是陕西的吗，陕西人不会唱歌？山丹丹开花红艳艳不会？小康茫然，谁说陕西人都会唱歌？我就从来不唱歌。我们那里，男人不唱歌。大鬼同情地看着小康，问，那你会什么？看电影总会的吧，我陪你去东方电影院？美国的中国香港的，枪战片警匪片武侠片什么都有，不花你一分钱。小康想了想，似乎有兴趣，最终却还是摇头，反正都是瞎编的，算了。小康说，我明天还要上班。

遇到发薪水的日子，大鬼都要出去与东方梦露约会，有一次不知为何留在了宿舍里。他邀请小康一起去瓷厂后面的新丰村走一趟。小康说，去那儿干什么？大鬼对他挤眼睛，那儿有个洗头房，叫夜巴黎，对面还有一个维纳斯，洗脚的，你不知道啊？小康说，花钱去洗头？花钱去洗脚？不去。大鬼怪笑起来，你是真纯洁还是装糊涂，你不知道夜巴黎维纳斯有小姐？小康眼睛一亮，闪避着大鬼的目光，你去过了？犹豫了一下，又问，你跟你女朋友，吹了？大鬼挥挥手说，小姐归小姐，女朋友归女朋友，你别管我，我看你憋了一脸青春痘，为你考虑呢。看小康僵在窗边，大鬼先发制人地说，别再跟我说不会不会，打炮你总会吧？这件事情，你总会的吧？小康对着窗子说，不打，我的钱不往那儿扔。大鬼说，我就知道你不舍得钱，我请客，你出炮我出钱，这样总行了吧？小康拿起窗台上的水杯，咕咚咕咚喝了一大杯水，忽然正色道，请客也不行，犯法的，我不做那种事。

大鬼很失望。无论是作为他的马仔，还是作为他的哥们儿，小康都没有培养前途。毕竟不是一路人。大鬼对小康有一种恨铁不成钢的遗憾。有时候他尝试与小康认真地说说话，谈谈瓷厂的前景，谈谈各自的前途，谈谈爱情的困扰，甚至严肃地谈谈女人的肉体，一看见小康多疑而警惕的目光，他就泄气了。他知道自己在小康的眼里，已经丧失了严肃与认真的资格。

3

窑上有人告诉大鬼，说小康已经结了婚，老婆在老家的山村里，是个民办教师。还说看到过他们的结婚合影，小康的老婆虽然土气，但有一双乌溜溜的大眼睛。

这个消息让大鬼很惊讶，在他的眼里小康还是个少年，怎么也没想到，小康竟然已经结了婚。大鬼多少有点怅怅然，想想别人居然能够看到小康的结婚照，他跟小康朝夕相处，他待小康那么友好，却享受不到任何信任。小康那天下班回宿舍，顺手从桌子上拿他的香烟抽，大鬼拍了下桌子，那是谁的烟？要抽烟自己买去！小康不知所措，看看他的脸色，又把那支烟塞回香烟盒里去了。大鬼冷眼注视着小康，这样过了几秒钟，他的表情缓和了一些，但也显出一丝异样的严峻，他说，小康，我要和你好好谈谈。小康眨巴着眼睛打量大鬼，眼神里渐渐有了一种惧色，他下意识地转过身，嘴里嗫嚅道，谈什么？你能跟我谈什么？大鬼怪笑一声，谈你，谈你的事。大鬼走过去，一只手重重地搭上小康的肩膀，小康慌张地甩脱了他的手，但大鬼的手不依不饶，又在小康的头皮上拍了一下，然后手掌摊开，对准了小康的脸。结婚照拿出来！大鬼以命令的口吻说，你的结婚照，还有你的老婆，拿出来让我欣赏一下！

小康的表情与其说是腼腆，不如说是一种不安。他垂首思考，起码过了一分钟，从墙架上抽出一本杂志，抖出来一张彩色照片。看就看吧。小康的目光在照片上一跳，弹起来投在大鬼的脸上，忽明忽暗的，像是在期待什么，也像是躲避什么。

但大鬼用手掌把照片捂住了。大鬼闭上了眼睛，一副享受悬念的样子。听说有一双乌溜溜的大眼睛？大鬼夸张地做着呼吸的姿势，啊，激动人心的时刻到了，我要深呼吸。小康的脸已经涨得通红，要看就看，少来那一套，你女朋友是东方梦露，我老婆一个山里女子，土里土气的，有什么可激动的？

说不定你老婆是山里梦露呢。大鬼盯了小康一眼，嘴角上仍有笑意，但揶揄的目光几乎有点凛冽了，小康，你要跟我比老婆吗？小康一惊，想说什么又没说。他紧张地瞪着大鬼的手，目光缓缓爬行，爬上大鬼手臂的刺青部位。虎头。忍。昔日的牙痕已经消失不见了。小康抱住了脑袋，喉咙里咕噜一响，他说，不该给你看的，你快点啊。

大鬼的手慢慢移开了，他低下头，以一种庄严的姿态欣赏照片。是那种典型的县城照相馆风格的结婚照，背景是一片蓝色幕布，有两根白色罗马柱，一片粉红色的玫瑰，两个飞翔的小天使悬在空中，手里拿着爱神之箭。他看见小康穿着那件肥大的深蓝色西服，喜悦之色被拘谨与腼腆遮蔽，看起来接近无助的状态，他的脸上当时没留胡须，显得格外稚气。旁边的姑娘穿一件红色的呢子大衣，黑色健美裤与白色球鞋，怀里抱着一束鲜花，仔细看，她烫了头发，戴了一个红色的发箍，容貌稍显老气。两个人站在一起，是各自僵立，谈不上甜蜜，也谈不上亲密，似乎一切都只是强人所难。姑娘的一双眼睛确实很大，很黑，但因为紧张地关注着摄影师的镜头，眼神凝滞，并没有多少神采。大鬼是忽然狂笑起来的，乌溜溜的大眼睛？乌溜溜倒是乌溜溜，眼袋怎么这么大？你养过金鱼吗？那是乌溜溜的大水泡啊，哈哈，山里梦露！她只比你大一岁？你要不说，我还以为是你妈！

只是一刹那的震惊。小康瞪着大鬼，面孔发白。他在辨别什么，很明显他从大鬼脸上发现了某种深刻的恶意，但并不确定它的来历，这使他的眼神出现了短暂的迷茫。那一丝迷茫很快消退，有一片隐隐的泪光，交织了羞耻与痛楚，开始在小康的眼睛里涌动。小康突然朝大鬼扑过来，夺下了大鬼手里的照片，小康嘴里发出一声莫名其妙的冷笑，你们这些二球货，我骗你们的。这不是我老婆，是我姐姐！

4

大鬼知道自己伤了小康，伤得不轻。

做错了事，他心里有歉意，只是没有道歉的习惯。照片事件过后的第二天，他特意买了一包中华烟，趁着小康上班时放到他的枕边。傍晚，那包香烟原封不动出现在桌子上，大鬼猜小康是不接受他的歉意，不接受他就自己抽，拆开烟盒抽出一支，叼着香烟去食堂吃了晚饭。等他回到宿舍，发现桌上那盒香烟不见了。他好奇，擅自去检查小康的抽屉，抽屉上了挂锁，勉强还能打开一条缝，大鬼看见了那包中华烟，它已经躺在了小康的抽屉里。

锁好了那包香烟，并不代表小康接受了大鬼的歉意。小康变回了哑巴，好多天没与大鬼说过话。直到有一天，大鬼下班回宿舍，发现小康正摆弄他忘在桌上的万用表，神情专注，像一个孩子在钻研新鲜玩具。大鬼莫名地高兴，说，这是万用表，要不要教你用？小康没有搭理他，过了一会儿，突然丢下万用表，轻蔑地说，不就是测个电吗，凭什么叫万用表？

大鬼本能地维护起万用表的名誉，凭什么？我告诉你，这玩意儿不光能测电，它什么都能测，所以才叫万用表！

小康笑了笑，笑声也是轻蔑的，他懒懒地躺到床上，用左脚挠着右脚，还能测什么？好人坏人能不能测出来？穷人富人能不能测出来？谁要是得了癌症，能不能测出来？

很少听到小康一口气说这么多话，口齿如此流利。大鬼依稀觉得小康在发泄什么，影射什么，同时，似乎向他发起了某种挑衅。他不习惯这样一个小康，先是有点恼怒，继而莫名地亢奋起来。万用表还能测什么？大鬼的想象力经过了一番茫然的飞翔，之后忽然下坠，大鬼的目光也下坠，嗖地滑向了小康的裤裆，测那些有什么意思？大鬼说，我先问你，你搞过多少女人？

小康愕然，怒声道，你问这个干什么？

我研究这个。大鬼说，其实不用你告诉我，你搞过几个女人，自己说了不算，我拿万用表一测就知道了。

你自己测自己吧。小康冷笑了一声。

看起来，小康再也不会上他的当了。大鬼拿着万用表在小康身边绕了几圈，没有造次，最后将万用表的端子搭在了自己的两侧腹股沟上，你看着，我很诚实的，不像你假正经。大鬼一本正经地说，你看你看，看见了吧？我搞得太多，一测就爆表了。

小康当时就笑了，只是笑得不甘心，为了不让大鬼看见他的表情，他朝墙的一侧翻了个身，并且补充一声：二球货。大鬼听见他又在骂人，这次是笑着骂人，大鬼没有计较。不管怎样，他在小康面前的表演总算成功了一次。

说起来，那是大鬼在瓷厂的最后一个春天了。

最后这个春天，大鬼失恋了。他与东方梦露的恋爱开始得容易，结束得更加容易。为了一只来自法国的包包，他们在百货公司赌气分手，分手以后东方梦露就再也不愿见大鬼了。大鬼痛定思痛，将一切归咎于他拮据的荷包，他动了下海经商挣大钱的念头。曾经有几次，大鬼很想与小康探讨女人的心，探讨下海挣钱的各种方法，但只要他正经起来，小康便高度防范，用戒备的眼神告诉他，别来这一套，我不上当。有一次他拿出一张裸女照片，试图让小康辨认，那是夜巴黎还是维纳斯的小姐，小康居然从抽屉里拿出一张纸，用圆珠笔写了几个字，谢绝交谈！一眨眼，那张纸已经被小康张贴在宿舍的门背后了。大鬼一时张口结舌。小康的目光从他脸上一掠而过，眼神里是刻意张扬的厌恶之色。大鬼清楚地意识到，那不仅仅是冒犯，更是一种绝交的宣誓。他当时心寒，说了声好吧，走出宿舍去厕所撒了一泡尿，撒尿的时候他嘴里还骂骂咧咧，之后就想通了，想想这个春天他不仅放弃了爱情，还准备放弃工作，难道还在意放弃一个小康吗？

大鬼骗取了病假单，跟着几个朋友到广东福建的沿海地区走了一趟，在广东的时候他有心贩卖电磁炉，转到福建晋江一带，他决定参与朋友们的走私服装生意了。回到瓷厂已经五月将尽，他径直去了厂部办公室，办好了停薪留职的手续。之后，大鬼到宿舍去收拾他的东西，首先发现了门的变化。他不知道门上的油漆为什么会发生如此奇异的剥落现象，白漆到处都是好好的，唯有"鬼屋"那两个字，脱颖而出了。大鬼看着自己当初的杰作，一时竟然有点心惊。他把耳朵贴在门上，听了听里面的动静。对于大鬼来说，这是一个极其反常的动作，大鬼自己都难以解释，那动作代表了对小康的关注，还是意味着某种忌惮。他甚至不清楚，自己到底是希望小康不在，还是希望遇见小康。

迟疑了一会儿，大鬼终于拍了下门，大声问，屋里有鬼吗？

小康一定在窑上上班。宿舍变暗了，也变乱了。凝滞的空气里弥漫着一股浓烈的香烟味，混合着腐烂的水果与运动鞋散发的臭气。一条破床单被两颗图钉钉在窗框上，强充了窗帘。大鬼留在床底下的一双名牌新运动鞋，虽然还在原处，但鞋头反了，他敏锐地发现了问题，摸一下鞋垫，还湿湿的，很明显，那是被小康穿过的。大鬼有点惊讶，半个月的工夫，小康成功地把这间宿舍变成了他一个人的世界。大鬼去扯窗上的床单，发现窗玻璃上多了一张电影海报，是玛丽莲·梦露撅着臀部，在风中捂着裙子。梦露。好莱坞的梦露。大鬼有点惊讶。他不清楚小康的动机，他把原版的梦露请到窗玻璃上，是为了瞻仰她，还是为了亵渎她？是为了比较什么，还是为了反省什么？大鬼走到门背后，摘下他的电工包，发现那张纸条还勉强地粘在门背后，"谢绝交谈"！四个大字仍然透出一股锐利的寒意。大鬼心里忽然有点难受，难受过后是愤懑，他揭下那张纸团了团，扔到小康的床上。纸团落在小康的枕边。大鬼看见自己的万用表替代了原先的手电筒，它正静静地躺在小康的枕边，闪烁着一小片矩形的幽光。

大鬼有点惊讶，他不明白小康为何对万用表如此着迷。万用表总是有用的，他决定把它带走，留作纪念。大鬼拿过万用表扔到电工包里，食指上黏了一根软软的乌黑发亮的头发。毫无疑问，那是小康的头发。大鬼对着头发吹了一口气，那根头发飘进了他的电工包，仍然黏在万用表上。应该说就是一根柔软的头发，让大鬼动了恻隐之心，他最终把万用表放回了小康的枕边。

5

大鬼的创业生涯是从锦绣街开始的。

锦绣街在我们这个城市算得上是个热闹去处，大鬼随时随地都会遇到瓷厂的熟人。熟人们给他带来瓷厂的种种消息，大鬼并不在意，一切都与他无关了，小康也淡出了大鬼的生活，但偶尔有人谈起小康时，大鬼还是有兴趣听。人们告诉大鬼，他一走，小康就跑到厂部要去顶他的缺，厂里当时没有答允，后来听说是送了礼通了关系，现在他跟着贾师傅到处爬上爬下的，开始做电工了。人们指着大鬼脖子上的金项链说，小康脖子上最近也开始挂金项链了，不知是真货还是地摊货。有人断言大鬼是小康心里的偶像，小康从发型到穿着都模仿大鬼，甚至走路的样子，现在都有点像了。大鬼摇头说，怎么可能？我老寻他开心，他都恨死我了。但持此观点的熟人越来越多，大鬼相信了，得意之外多少有点迷惑，说，那他不是不学好了吗？他原本可是好孩子啊。

夏天的一个黄昏，大鬼在锦绣街的时装店里看店，发现玻璃门外有一对打扮时髦的年轻情侣，对着橱窗里的模特指指点点的。男孩女孩都面熟，他先认出了谈小菲，她是瓷厂医务室的护士，因为大鬼不正经，她曾经拒绝为大鬼注射青霉素。然后，男孩摘下了墨镜，也就是这个瞬间，大鬼几乎惊叫起来，那个染了一绺金发的墨镜男孩，那个穿着红色无袖衫和夏威夷短裤的时尚男孩，竟然是小康。

大鬼不敢相信，他的离开如此有效地改变了小康，甚至加快了小康的成长发育。小康长高了，变魁梧了，大鬼清晰地看见小康结实的大臂肌肉，上面文了一个醒目的硕大的刺青，是彩色的，是一条张牙舞爪的飞龙。

他迎出去的时候，谈小菲的身影在旁边的巷口一闪，不见了。小康也想走，一条腿跨下台阶，身体却留在台阶上，转过来面对着大鬼。有一丝不自然的表情在小康脸上掠过，很快他就坦然了，主动向大鬼伸出手掌，生意怎么样？大鬼潦草地碰了下小康的手，问，谈小菲呢？她跑哪儿去了？小康的微笑看起来有点狡黠，什么谈小菲？大鬼指着小康，脑子里蹦出来一句老话，他说，士别三日真要刮目相看吗，他妈的。

他们在店门口站了一会儿，谈及瓷厂的现状和未来，小康说，瓷厂迟早要倒闭，我也准备不干了，到时候来给你看店，混口饭吃怎么样？大鬼笑起来，你要给我看店，我不也没饭吃了？做服装生意，赚少赚多全凭一张嘴巴，你不是谢绝交谈吗，怎么替我做买卖？小康略显尴尬，眼睛看着橱窗里模特身上的一条裙子，欲言又止的样子。大鬼说，谈小菲现在越来越漂亮了么，很多人追她追不上，没想到看上了你，这不是鲜花插在牛粪上吗？小康不接话茬儿，眼神里有掩饰不住的骄傲，他的手在牛仔裤口袋里掏了一会儿，又空手而出，手指弹了几下橱窗，问大鬼能否把橱窗里那条裙子先给他，等下个月发薪水再把钱送来。大鬼慷慨地答应了，他把那条裙子包好交给小康，小康抓住塑料袋，他抓住了小康的胳膊，这么大一条龙，让我欣赏一下。大鬼说，我要好好欣赏一下。

大鬼记得小康的大臂肌肉当时绷得很紧，那条龙的眼睛便一下瞪大了，看起来很凶恶。大鬼说，这么大一条龙？不是贴纸？文得还很细，是东门卷毛的手艺吧？小康说，怎么样？刺了二十天，把我的钱都刺光了。大鬼不置可否，忽然捏了一下龙的眼睛，捏得很重，小康一下便把胳膊抽回去了，面露愠色，你捏我干什么？大鬼笑了笑，我没捏你，我捏的是龙，龙眼睛。大鬼端详着小康，神色渐渐严峻起来，我劝你以后注意一点，这么大一条青龙文在胳膊上，出门要小心了，你知道我现在为什么穿长袖吗？大鬼拍了拍胳膊上的刺青部位，声调听起来很诚恳，懂我的意思吗？我知道你是个老实人，别跟人学坏了。小康看着自己的胳膊，伸出左手，揉了揉龙的眼睛，目光斜斜地升起来，射到大鬼的脸上，我跟谁学坏了？你怎么知道我是老实人？大鬼讪笑起来，挥挥手说，我才不管你要做什么人，我现在做服装生意，提醒你一句，你要是到北门一带，千万别穿这种无袖衫，北门的三霸你听说过的吧？他说遇到你这样的人，见一个收拾一个。

小康愣了一下，低头注视着自己的刺青，突然一笑，说，怕个球，我最近在练散打，我的堂兄是陕西省散打冠军。

整整一个夏天，大鬼都没有等到小康。倒是谈小菲爱逛锦绣街，大鬼在国庆假期期间见过她一次，身边的人不是小康，是一个胖姑娘。谈小菲从邻近的服装店袅袅婷婷地出来，几个购物袋都在那胖姑娘手里提着。路过大鬼这里，她们欲走还留，目光在橱窗的模特身上一番流转，看见大鬼出来，谈小菲脸上浮现出一种嫌厌的表情，扭身便走。大鬼对她喊，你跑什么？我又不找你打针！小康呢？谈小菲头也不回，是那个胖姑娘站住了，愤愤地朝大鬼翻了个白眼，什么小康大康的？我们不认识他！

大鬼没有想到，小康后来真的惹了麻烦。当然他也没有料到，小康遇到了麻烦，会来向他求助。离开瓷厂宿舍两年之后，他终于获得了小康的信任，或许小康最终把他当成了一个朋友，遗憾的是，大鬼不再是瓷厂的那个大鬼，小康怎样看待自己，大鬼早已经不做计较了。

是十月里的一个下雨天，锦绣街上人迹寥寥，大鬼在店堂里与人下棋，忽然有个人头顶一摞报纸，湿漉漉地走进来，站在门边对他哈腰，说，鬼哥，我来还钱了！

又见到了小康。他穿了一件条纹衬衫，手臂上醒目的刺青被遮蔽了，脸上却多出一只大口罩。大鬼注意到他的眼角上有明显的瘀青，过去摘下他的口罩，发现小康鼻青脸肿。大鬼下意识地问，你去北门了？遇上三霸他们了？不听我的警告，吃苦头了吧？小康颓然地坐在一只纸箱上，说，我没去北门。是我老婆。我回了一趟老家。让我老婆打了。大鬼想笑，忍住了，观察着他的神色，你回家做什么，去离婚了？为了谈小菲？小康不说话，似乎默认了大鬼的猜测。大鬼说，你老婆用什么东西打你的，打得脸上这么花哨？小康沉默几秒钟，说，万用表。大鬼一时反应不及，什么表？小康叫起来，万用表，我们的万用表啊！大鬼一愣，然后便没心没肺地大笑起来，笑过之后想想此事蹊跷，他又追问小康，我还是糊涂，她为什么要用万用表打你？小康迟疑着，他眼角的瘀青在店堂的灯光下泛出紫色的光芒，我们村里的人没见过万用表，我带回去了，给他们看个新鲜。小康开始躲避大鬼追询的目光，他转过脸看店堂里的试衣镜，捂住了脸孔，又掉转脑袋，望着门外的锦绣街，锦绣街上仍然一片雨雾。我骗她了。她不肯离婚。小康说，谁让她不肯离婚？我测了她，我用万用表测她了。大鬼心里已经猜到了什么，嘴里还是忍不住问，测她什么？小康终于低下头，用手捂住脸，过了一会儿抬起头，用一种怪诞的眼神看着大鬼，测那事。她自己让我测的。小康说，是她自己嚷嚷要测的，还让我当着家里人的面测，说她清清白白，测一百次也不怕。小康抱着脑袋思考了一下，喉咙里似有一阵哽咽，又很快恢复了镇定，我不是故意给她栽赃，我就是想跟她离婚。小康的目光热切地投在大鬼脸上，眼睛开始释放求助的信号，她疯了。昨天她找到瓷厂来了，她要把我拽回家，去给她恢复名誉。我也要被她逼疯了。

　　大鬼打量着小康，脸上的笑意慢慢地冻结。他的棋友已经离去，留下一颗烟蒂，还在烟灰缸里燃烧。大鬼穿越店堂，走到小桌边掐灭了烟蒂，他看着残存的棋局，忽然说，小康，不是我把你教坏的吧？

　　鬼哥，我没那么说。我从来没那么说过。我是来找你还钱的，那条裙子的钱，还记得吧？小康的表情看起来有点卑下，又有点可怜。他跟到大鬼身边，看看棋盘，看看大鬼的面孔，从口袋里掏出几张钞票，压在棋盘下。鬼哥，你不是认识三霸吗？能不能帮我个忙？小康又掏口袋，这次掏出一盒皱巴巴的中华牌香烟，递一支给大鬼，我老婆最怕三霸那种人，鬼哥你能不能让三霸到瓷厂跑一趟，吓唬吓唬她，让她别闹，赶紧回家去？大鬼斜睨着小康手里的那支香烟，哧地一笑，你好聪明，可惜生意太小，三霸不会做的。小康说，怎样才算大生意？多少钱以上才算大生意？大鬼冷冷地看了小康一眼，动刀子，做掉，都是大生意，做掉你懂吗？大鬼说，你要不要把你老婆做掉？

小康打了个冷战，大鬼清晰地看见他打了个冷战。不，不动刀子，不做掉。小康的声音已经发颤，他说，只要吓唬吓唬她就行了，她一个山里女子，就是犟一点，吓唬一下她肯定就走了。大鬼笑了一声，推掉小康手里的香烟，说，自己吸吧，我现在不吸烟，只喝茶。然后大鬼开始动手泡茶，他只泡了自己的一杯，呷了一口说，普洱茶，养生的。小康茫然地瞪着他茶杯里深红色的茶汁，好，养生好。大鬼又呷一口茶，说，我好像是把你带坏了。你是不是要让我对你负责到底？我就负责到底，干脆我去瓷厂跑一趟，亲手把你老婆做掉，怎么样？店堂里的空气顿时凝固，小康手里的那支香烟掉到了地上。小康瞪着大鬼，似乎在竭力判断那是不是大鬼对他的又一次作弄。大鬼在微笑，那种微笑持续了几秒钟，渐渐露出讥讽的端倪，带着些蔑视，还带着些厌恶，然后大鬼在椅子上欠了欠屁股，对不起，大鬼说，我要放个屁。喝了普洱茶，我老是放屁。

大鬼知道他在刹那间压垮了小康，不仅靠那句话，不仅靠那一个屁。小康忽然蹲在地上，号啕大哭起来，我知道你在耍我，我就知道你又耍我，你这个二球货，驴日的二球货！

6

大鬼没有见到小康的老婆。

后来，他也没有再见过小康。

听瓷厂的人说，见到过小康老婆的人寥寥无几。他们只是听见过那山里女子沙哑的哭声，她从早到晚待在小康的宿舍里，从不出来，唯有哭声确凿地证明了她的存在。偶尔几次，小康夫妇用家乡方言激烈地争吵，大多内容是能够听懂的，住在隔壁宿舍里的人，能分析出女方此行的目的，她誓死要把小康带回老家。至于那对小夫妻之间到底发生了什么事情，为什么小康刚回来又必须回去，当时整个瓷厂无人知晓。

有人八卦，以为小康的老婆会去医务室大闹一场，但这样的热闹并没发生。医务室离集体宿舍其实不远，谈小菲也曾经听到过小康老婆的哭声，她还问别人，那是猫在叫，还是有人在哭？有人机智地开玩笑，谁知道，那儿不是有间鬼屋吗？说不定真的是闹鬼了。当时有很多人在场，听到了那个精彩的玩笑。很多人后来都为谈小菲做证，说要相信谈小菲，她与小康不过是普通的朋友关系，什么都没有发生。

大约是一个礼拜之后，鬼屋终于安静，一切都平息了。那天天蒙蒙亮的时候，两个食堂女工去市场买菜归来，看见小康拉着一只漂亮的拉杆箱，铁青着脸走出瓷厂的后门，后面跟着一个穿红色呢子大衣的女人，左手右手各提了一只纸箱，对他们谦恭地微笑。食堂女工眼睛打量着她，嘴里问小康，这就送老婆走了？不留她多住几天？小康没有说话。那女人说，不住了，我在这儿待不惯。低头走了几步，忽然对着食堂女工说，我不是小康的老婆，我是他姐姐呀。

瓷厂的人们后来都在谈论这件事。两个食堂女工口径不同，一个说小康的老婆当时流着眼泪，另一个则坚持，小康的老婆说那句话时，脸上挂着不正常的笑容。大家不知道该相信哪一种说法，想想她能说出这样的话，无论是哭是笑，都是正常的。

还有人在她到达瓷厂那天见过她，说那山里姑娘的水泡眼，或许是哭得太多的原因，如果忽略了水泡眼的得失，她看起来并不丑，精神似乎也是正常的，只不过，相比如今的时尚青年小康，那样子确实是有些显老，有些土气了。

没有人料到小康会一去不返。走之前他跟瓷厂请了五天假。五天以后，他打了长途电话给厂里，说家里出了点事，还要过五天才回瓷厂。此后就没有音讯了。瓷厂的生产经营当时已经很不景气，常常发不出工资，少一个人，便少一份负担，所以并没有人去过问小康的下落。过了好久，有个小伙子穿着硫酸厂的工作服，跑到瓷厂的集体宿舍来，说是小康的表兄，受小康委托来收拾东西。人们问他小康为什么不回来，表兄说是家里人不准他回瓷厂了，看别人茫然不解，又补充一句，小康在瓷厂学坏了。有人打听小康家里出了什么事。表兄说，他老婆跳了崖，没死成，落了个全身瘫痪。人们一片惊叫，急着追问究竟。表兄摇头，似有难言之隐。拗不过众人热切的目光，他勉强开口，这件事也不好说，清官难断家务事。表兄说，反正家里人都怪小康，是小康不好，他在瓷厂学坏了。

小康留在宿舍里的东西，都被表兄扔进了一个蛇皮袋里。最后撬开了小康的抽屉，一眼看见一个万用表，静静地匍匐着。表兄也没见过万用表，拿起来问，这是什么东西？是听音乐的吗？旁边有人说，那不是听音乐的，是电工用的万用表。又提醒表兄，那不是小康的东西，是厂里的公物。表兄的手像是被烫了一下，把万用表扔回了抽屉，是公物我就不收拾了。他说，麻烦你们，把它交还给厂里吧。

大鬼有一阵子老是接到一个莫名其妙的电话，对方从不说话，偶尔可以从电话那端听见狗吠鸡鸣之声。查找来电区域，应该来自陕西。大鬼猜到了对方的身份，不知为何发慌，再也不敢接听。有一次恰逢酒后，酒意为大鬼平添几分勇气，他接了电话问，你是不是小康？又变回哑巴了？那边还是沉默。大鬼说，你什么时候回来我给你接风，先喝酒吃饭，再去水晶宫洗桑拿，怎么样？也就是这时候，大鬼听见那边有什么东西掉在地上了，咣地一响，发出清脆的震颤，然后是杂沓的来回穿梭的脚步，伴随着一个女人的哭声。大鬼拿着电话听，一边耐心地等待，终于等来了小康，准确地说，是等来了小康的呼吸。小康急促的呼吸慢慢转变为压抑的哭声，他在哭，哭得越来越响，像个伤心的孩子。酒意让大鬼的心肠变得很软，平生第一次，他的眼睛也湿润了。小康，你又不肯说话了？大鬼说，你不肯说话就别说了，我替你说，大鬼是二球货，大鬼是个驴日的二球货。

大鬼掐掉了电话。从店堂的试衣镜里，他看见自己的面孔，有点苍白，有点浮肿。他喝了一口普洱茶，想起电话那端咣的一声脆响，是什么东西掉在地上了呢？不是万用表。那不是万用表。大鬼思索了半天，断定那是一只搪瓷扁马桶的声音，是一只搪瓷扁马桶掉在地上了。

（原载《钟山》2016 年第 1 期）

作者简介：

苏童，1963 年出生于江苏苏州市，童年及其青少年时期在苏州度过。1984 年毕业于北京师范大学中文系。大学期间开始学习创作，1983 年发表小说与诗歌处女作。主要代表作有中篇小说《妻妾成群》《红粉》《罂粟之家》《三盏灯》，长篇小说《米》《我的帝王生涯》《河岸》《黄雀记》，另有《西瓜船》《拾婴记》《白雪猪头》《茨菰》等百余篇短篇小说。

作品曾获得第三届曼亚洲文学奖、第八届华语传媒文学大奖以及鲁迅文学奖、茅盾文学奖等。

灰　　鲸

须一瓜

晚上吃什么？

简单点吧 ——哦，曼虹带孩子来参加钢琴比赛。晚上陈远他们要请饭，可能我推不掉。

哪个人？……谁啊？

电话里传来丈夫轻微叹息的声音：我们的班花杨曼虹啊。

妻子点头。电话里看不见她的点头，只传递出意义不明的无语。丈夫说，陈远也有叫你……

妻子说，今晚我要去健身。我的年卡快过期了。

丈夫的叹息，变化成一个波澜不兴的深呼吸，浅浅慢慢地嘘了出来，他说，好累啊。

妻子有感触地微微点头。电话空白了一会儿，彼此都接收到一种体贴与默契。他们就不再说什么，一起挂了电话。

这是一对平常夫妇。平常的工作、平常的样貌、平常的生活态度、平常的生活品位，经济状态也很平常，儿子上的也是平常的大学。

灰鲸却是不平常的。尤其是西太平洋雌性灰鲸，因为全世界只有三十多头。不比东太平洋灰鲸，西太平洋灰鲸雄雌合计，也不过一百三十多头。作为鲸类研究者，那位妻子的先生，他一直以为这辈子不可能见到灰鲸了。十个月前，那只大灰鲸尸体横"海"而出时，他的同事小吴触摸着灰鲸布满藤壶的身壁，泪水满眶。他倒没有这么显露的情感，但是，他心里有惆怅：从业二十年，终于见到真身了。从今往后，这辈子，是不可能再看见灰鲸了。他的手掌也在大灰鲸粗粝的皮肤上，情感复杂地抚摸着。二十七吨重灰鲸的体表上，长着当地渔民叫火山口的贝壳状物，这个学名叫藤壶的东西，是节肢动物门曼足下纲的小动物，长得就像一座座坚硬的小富士山，它在灰鲸庞大的身躯上，尤其在其头胸部、胸部，星罗棋布，成为灰鲸著名的身体花纹。所有海洋动物、鱼类，恐怕只有灰鲸，能够容忍小动物们在自己皮肤上安营扎寨。而灰鲸的天敌，虎鲸，就没有人敢上去太岁头上动土。即使虎鲸不动杀机，它身上黑白两色的色块，也足以令人不安。是不是这样，你就对随和的灰鲸印象良好？

其实不是的，谈不上谁好谁坏了。

杨曼虹又问，那么，灰鲸是吃素的？

不不，它吃鲱鱼卵、群游的鱼类，也吃海胆、海星、寄居蟹……

杨曼虹的声音是她全身唯一没有变老的部分。遥想当年，他一听到她的声音，就会掌心出汗，如果，声源就在他身边，汩汩出汗的掌心仿佛连接着滴水泉。他对自己失控的手掌，沮丧甚于尴尬。其实，这有什么呢，但这就是他的沮丧之处：他从来不觉得那是爱，他只是被她天籁般的声腔惊扰了。当然，如果对方即时回访，是可能会演变成小爱情什么的，但对方自然没有。直到岁月流逝，他更确信当年不过是年少易惊罢了。现在，他的掌心已经干涸。很多人事，都不再令他掌心潮湿了。很多人很多事，永远不见也永不想念。大学同学会，他都意兴阑珊，何况高中同学会。接到陈远的电话，说了老家三十年高中首次同学会的策划。陈远兴致高亢地介绍了组织筹划情况，他要他短信发去准确的地址电话，以建立同学通信录。他觉得好像是遥远的无聊事，但他一直点头，说，好，好的。好，好的。

睡觉的时候，他对妻子说，陈远叫你也去呢。他老婆也去。说四个人正好开一辆车。三小时车程也不累。

神经病。妻子咕哝了一声，我又不是你同学！

他知道，妻子一直不喜欢发达嚣张的陈远。

他睡意阑珊的时候，听到妻子说，还有兴致搞高中会，真是神经病。都是老嘎嘎的大肚汉、黄脸婆，相见不如不见呢……

妻子的话，像闪光灯，一激灵把他从睡眠的沉沦中突然曝光出来，他有吓一跳的感觉，但瞬间又沉沦而去。耳边依稀有声音在念叨：他不就是要召集同学们，看看现在他是多么有钱多么成功吗？他那个老婆，天还不冷就穿过膝的貂毛大衣，耳朵吊的、脖子挂的、手腕戴的、指头套的、脚踝圈的，哎呀，这人就是个移动当铺，见一次烦一次……

声音像远方的雾气，缥缈迤逦，他仿佛记得他有低声回应那个雾气一样的声音：……嗯……人家也不容易，一个高中生……打拼房地产……

但其实，妻子没有听到他任何回应，她知道他睡过去了。她自己也很快睡去了。

他是一个人和陈远夫妇回到熹城，参加了同学会。

同学会大会在熹城一中旁边正在申报五星级宾馆的熹晟国际大酒店举行，这是一个同学的阔佬舅舅新投资的项目。在一个教室大小的会议室内，本地的同学还张罗了个大红横幅：熹城一中 高二（六）班的三十年大聚会。

班主任是被同学们用轮椅推来的。数学老师英语老师，因为健在，也都衣着整齐、颤巍巍地来了，表情就像孩子过年。有两个女人小心翼翼地踩在墨绿色的吸音地毯上，用眼神窃窃交换了第一次进这么高档的场所的不自在。三三两两进来的女人们，让鲸类专家的他，暗自诧异。几乎进来的都是陌生妇女，因为知道她们是同学，他就在记忆的大海里勉力打捞，这样才能在她们的脸上，找到一星半点过去时光中的少女影子。这些中年女人几乎都变得异常活泼，主动招惹出击男同学；而男同学们几乎也都形体松如发糕，不是眼皮浮肿，就是臀肥乳厚，不是头发稀疏无神就是目光稀疏无神，一个个远不是当年骨骼清健、肌肉紧实的高中男生。除了阵阵夸张的寒暄问候之外，放眼都是一派西风凋碧树的感伤景致。杨曼虹坐到他身边的时候，如果不是她令人心醉的嗓音未变，他决不能相信她就是杨曼虹。她就像一棵被三十年的时光腌制的大头菜，当年与她流光溢彩的声音相辅的黑眼睛，不只眼角下挂，还透着一种活泼的凶光，抑或是不耐烦，里面流转的波光早已风干，还有那个曾经精美逼人的下巴，陷落在仿若发面似的脖子与下颌间。那条依然挺秀的小鼻子，却毫无作为地混迹于平庸的脸上。不过，她的身形大抵还行，胸臀有致，虽然第一眼也知道她梗着脖颈子挺拔过分。其实，也不单是杨曼虹，几乎所有的女同学的下巴颏儿，都发酵似的膨松了，有的人直接变成了由字脸、冬瓜脸。一张张无力的大脸，透着对生活的厌倦与妥协。当然，这种久别重逢的兴奋也是真实的。

鲸类专家选了一个角落位置，安静地看着活跃的陈远在热烈接待中。看来本地高中同学也不是很经常见面，所以，他们彼此寒暄得也非常热烈；而一进来，本地组织者就在开篇告知大家，本地同学扣除两个在服刑，一个被那个（枪决），一个出差，一个病逝，其余的都来了；在外地工作的十一个同学，除了出国的三个，中风偏瘫的一个，也都来齐了。也就是陈远在开场白时说的，能来的全都来了，高二六班的同学们！我们大团圆啦——

迟到的杨曼虹直接走向他的座位，坐在了他的旁边，随手的小夹包还快乐地打了一下他的头。那种只有同学才有的欢心的亲切，其实也令他有点感动。杨曼虹告诉他，梁柳莉最惨，也最蠢！你想不到吧，一个小小的科级，居然受贿七百多万！回头看，真可悲。杨曼虹说，她受贿那么多钱，不过就是让她老公儿子在澳大利亚逍遥，现在只剩她自己在监狱里哭！一个女人，图什么呀！杨曼虹又说，我那天整理家，竟然看到曹子祥给我刻的印章，他给我刻的是寿山石啊，可不是普通的橡皮擦。他是偷他爸爸的石头！你还记得吧，那时他特喜欢刻印章，好像给全班的人都刻过橡皮擦印章——他有没有给你刻过？鲸类专家还没来得及追忆，杨曼虹就接着说，我就是不理解，你说，他那么一个文静忠厚的人，心怎么会那么狠？就算你遭遇了城管、工商、居委会呀什么的，很不公平的待遇，你也不可以拿放学的小学生报复社会呀！七八个小孩当场就死了，受伤的十几个，这不是疯了吗！所以，他枪毙的时候，我没有去看望他妻子孩子，我觉得他太狠了。我反正不能原谅他。柳莉被判刑的时候，我去看她爸爸妈妈的，我觉得柳莉是个愚蠢可怜的女人。

鲸类专家一直点头。他没有看杨曼虹，是出于对那些在发言的同学的尊重，一直点头，也是对杨曼红的悄然呼应。杨曼虹也知道他虽然只盯着桌上的茶杯，但一直在专注听她说话。当知道他的工作性质后，杨曼虹压低嗓子问了他很多问题。她说她的孩子非常喜欢鱼类，但鲸类专家马上就忘了她的孩子是男孩还是女孩。他反复告诉她，鲸是动物，不是鱼类。她也一样马上忘记，还是问鲸鱼怎么地又怎么地又又怎么地。同学们在轮流讲话，话筒由一个同学颠东跑西地快乐传递。三位老师说话的时候，同学们还是比较安静，之后，是同学们自由发言。陈远他们规定每人发表感言不超过五分钟。但拿起话筒，总有人忘记时间，有人有莫名的空洞激情，尤其是个别有职场管理经历的人，一见会议的阵势，不由自主地就话痨；也有人有了一些参与各类社团的经验，要大家和自己分享这个分享那个，然后不断合掌感恩；更多的人不知所云、拉拉杂杂地漫谈，总之，滥用配时也无人制止。所以，一些感到发言无趣的同学，就会与邻近者悄声说着久别重逢的小话。

同学们忽然哄堂大笑，陈远可能说了个黄段子。在杨曼虹不提问的时候，鲸类专家支着耳朵，听了几个同学的发言。这几个男女，都是傻笑着接过前面同学用完的话筒，也基本在复印前面人的话：今天我特别高兴。看到大家心情很激动。我也不知道说什么好。祝老师同学们身体健康、心情愉快、心想事成、合家幸福、万事如意！云云。后面接过话筒的，也大致这么说，或者，换一句祝词。再后面，接过接力棒的同学，也大同小异地这么说。

三十年过去，这些人好像变得脑子简单、表情拘谨，或者是比本来的木然与羞涩更加木然羞涩；三十年前的青葱年华里，一个单纯羞怯的表情，会赢得好感和寄望，而三十年后，生活已经把你腌制如咸菜，依然还是一副简单羞涩的纯真表情，那不是迟钝吗？再怎么也有两句被生活针砭针灸过的酸甜苦辣的味觉痛觉啊。至少你有磨砺过的复杂与斑驳。

哎，你刚才说，杨曼虹压低嗓子，那只大灰鲸的标本做了四个月？要这么久吗？

不是四个月，是十个月。光分离灰鲸的尾部骨肉，就用了三四十小时。

你是说，用那个高温电箱烤化它的皮肉？

只融化肉。皮是我们先用解剖刀一点一点剥下来的，真皮加表皮，都小心翼翼地剥离下来。我们后来做了两个标本，一个是皮囊的，一个是全骨架的。

那多难弄回来呀，十四五米长，要多大的车呀！

不，不，是拆开运回来的。骨头一块块的，我们回来再重新组装；皮，经过浸泡、脱脂后拿回来，也是一块块缝制起来的。一般人看不出来。

真想带孩子去看看啊！哎，你刚才说它的脂肪很厚，脂肪不就是鱼油吗——哦！那是不是就是营养品深海鱼油啊？

哦，不是……

有人在大喊，全班同学冲着他们笑。有个外号叫赞比亚的热心女同学，把话筒塞在他手上。有几个声音在交错地呐喊，美女！美女！美女！更多的声音在爆笑，大家又回到了高中时光。有一个声音在高叫：——我是为了认识太阳而来的！立刻有更多的声音在响亮重复这句话。欢叫声此起彼伏，屋子里到处都是太阳波光。三十多年前，好像还是初中，他的确说过这话：我出生，是为了认识太阳来的。当时，他非常喜欢这一句，出于虚荣心，他并不告诉同学们，这是一首诗上看来的。既然是他的原创，自然就招惹同学们更有兴趣的、欣赏式的嘲笑。三十多年过去了，还是有人没有忘记它。

陈远在主持桌上，敲着鲜花铺满的桌子：喂！同学们！从一进门，那两个美女就一直在开小会，嘀嘀咕咕不停。晚上是不是该罚酒？！

大家都叫嚷着——要！！

美女，是他高中时的外号。那时候，只要有人叫，他就恼羞成怒，但他个子小，没有反抗和教训人的实力。他当然不是美女。学生时代的绰号，大多都是羞辱调侃人的。他的确有一双比女人还美的眼睛，睫毛又浓又密，尾梢还带翘，再下面是细腻有致的颧骨，但是，再再下面，就是一张肝破裂一样的厚黑大嘴，门牙缝还大得可以双向进出蚂蚁。他的下半张脸，不说一副肮脏相，也的确乏善可陈，自己看着都经常生厌。所以，当同学叫他美女的时候，他有强烈的被嘲讽感。当然，这是三十年前的感觉了，现在，这些都不能让他情绪起伏了。就像，要让他再手心出汗，已经是一件比较不容易的事。

他拿起话筒，环视着大家，其实，他谁也没有定睛细看，他知道他细看也看不出更多点什么。他有礼貌地笑着，最后把眼光虚停在陈远的秃顶上。他说，三十年变化真大，我知道我们大家内在的改变，远比外面看到的还要大，因为有的同学看上去永远不老（一片夸张的笑声，彼此在半开玩笑地恭维身边人）。他让大家胡闹了十秒钟，接着说，我当然也不是三十年前的我了，那个时候，我以为我来这个世界，就是为了认识太阳的（同学们看到了他的自嘲的笑，又是一片哄堂笑声）。现在，我早已不这样想了。所以，我想，同学聚会最大的好处，就像标杆一样，帮我们确认我们的改变。好吧，我祝愿大家，节哀顺变，力争越变越自在——哀字用重了，我的意思你们懂的。

杨曼虹瞪大了她的眼睛，她推了鲸类专家一把，看起来有点娇嗔。这亲昵的任性让他几乎起了些微排斥。这一丝反感又立刻让他内疚慈悲。他想，如果时光倒转三十年，他的手心肯定要汩汩出汗的。生活的流年过去，回头看，满地都是水草、泡沫块与肮脏陈旧的珊瑚尸骸，谁的身后还有干净的海滩，撒满退潮后的美丽洁白贝壳？

杨曼虹后来说，她先打他的电话，因为她想带儿子在比赛前先看看他们研究所的灰鲸馆。后来，饭桌上，那少年说，他需要去问候一下灰鲸，考试才能发挥好。结果，他没有如愿。所以，他考得一般般。可是，考前，鲸类专家的确没有接到她的电话。那几天，他都在海上，在做例行的野外海洋调查。按说，海上通信信号还是稳定的，能通话、能接发短信，只是他们在海上四个队友，两两一组，轮流在观测台观察、记录。注意力都比较集中，所以，都不会玩手机，但电话是会接的。但是，电话确实没有接到。他不明白为什么接不到她一直打的电话。也不好把困惑摊给她看，不然她只会更费解。

那几天天气不算好。风大，忽阴忽阳的。海洋调查，每月必须至少一个航次，一个航次就是在海上四五天，观测范围要覆盖整个南甲海湾，包括东港、石舫岛、安水湾和连云群岛的大片海域。当然没有灰鲸，主要就是白海豚。本来上旬他们小组出海了，但是，第二天就忽遇不测的暴风雨，观测船就近靠岸。随后气温骤降，冷空气南下了。野外调查暂时搁浅，一直拖到下旬，直到前几天，一头白海豚浮尸海面。那是谁？资料库里一比对就查出来了。这么多年每月观察记录积累的数据不是放着玩的。他们很快就辨认出来了：青灰底、头部和右腹部有雪花斑点、背鳍有小缺刻，没错，南湾种群的一头青年白海豚，NJ 037。新机场的爆破清礁，位于安水湾海域的建设用地，处于白海豚保护区。所长怒发冲冠。建设单位说，协议好的，施工方必须使用国际最先进环保的疏浚工艺，使用绞吸式挖泥船挖岩，保护海洋环境，不知怎么落了空，他们还是使用了破坏力最大的炸礁方式。NJ037 是一头活泼的家伙，没想到就这样夭寿了。去辨认尸体的时候，他以为小吴会哭。结果还好，他只是鼻子红了，恶狠狠地一句连一句地咒骂粗话。五大三粗的小吴，偏偏生了一颗林黛玉的心。南甲湾这五十多头白海豚，每一头海豚个体特征都有详细档案。而对于小吴，它们仿佛就是他豢养的宠物。第一次发现新人小吴情感脆弱，是第一次带他野外调查。那天风浪并不大，新人却吐得抱着船上棕色的塑料桶不放，小组老人都以为他没力气折腾了，这时候，在天猫屿附近，他们看到了一群白海豚。开始以为它们在嬉戏，一头纯白的海豚，一直用自己的背部，把一只幼海豚托出水面。其他成年海豚似乎也在为这个游戏助兴，甚至帮忙托出小海豚。他们在望远镜中观察了不到两分钟，就取得了共识：是海豚妈妈在救小海豚，而且，能够判断，小海豚已经死去多时。这一个种群，不是在嬉戏，也不是进行葬礼，是在努力救援，它们不承认小海豚已经死去，至少，海豚妈妈不同意，所以，它们集体坚持着，以帮助小海豚浮出水面呼吸。

小吴扔下塑料桶，挤上观察台，抢过望远镜。最后，他们的观测小船慢慢靠近了这群海豚。那个距离，肉眼都看得很清晰了：那只深灰色的小海豚，显然才出生几天，能看得出它小小的躯体正在腐烂边缘。他们的船小心靠近后，一个人把那只依然在妈妈背鳍上的小海豚取了下来。他已经忘了是谁帮忙取下的，但记得是小吴接过了那只软塌塌的小尸体。那个牛高马大的新人，来不及说什么，跪下来就吐得泪眼婆娑。再相处一段，风雨同舟，野外小组成员就都知道那天他的呕吐物里，不仅有胆汁还有些泪花。这个专业的人，比一般人亲近自然动物吧，但是，伟岸的身体突然来了个林妹妹的心，大家还是有一点冷不防的感觉。那天，观测船带着小海豚，带着白海豚种群的心愿，告别海豚群，慢慢驶远。野外小组成员海葬了那只小海豚。整个过程，所有人都一声不吭。伙伴们都是默契的。小吴似乎一直在呕吐，抑或垂泪。

自从那个时候起，老鲸类专家的他，觉察到了自己的老态。十几年前，他应该也会兴致勃勃、情绪饱满。那是呕吐摧毁不了的、超越风浪的"我与你"的连接。现在呢，有点疲惫了，见惯不惊了，有点淡漠了。甚至灰鲸来到。不过，灰鲸那天出现的时候，大家看着发到所长手机里的求证照片，都被惊喜震骇到了：灰鲸！这是他妈的灰鲸啊！

连续驱车四五个小时，野外小组连夜赶到了邻县的大渔村，并于凌晨来到了大灰鲸的身边。它的熟人来了。抚摸、感慨。解剖、去脂。处理好的大灰鲸，被迎回来的时候，得到了一个以它为主的隆重聚会。就像为它置办一个人间派对。这起于他们所长的花哨意志。其实就是一个隆重的葬礼，但所长不好意思承认。它这条生命可不容易。所长说，它死于当地渔民在海里安置的定置网。被定置网缠住的大灰鲸，窒息而亡。解剖结果也证实了。它的肺部有水。

所长是这么开始致辞的。鲸类专家一直不讨厌也不喜欢那个嗜酒如命的所长，他不讨厌也不喜欢所长酒后自恋轻狂；他也一直不讨厌所长酒后对女人、对美、对其他物种生命的珍视把赏的奇崛姿态；但他一直觉得，酒醒的所长是虚张声势、天真郑重的。但是，这次，所长要给灰鲸一个告别仪式，或者说一个不知所云的仪式，他内心是宽慰的，说正中下怀也可以。他甚至认为自己一直是蛮喜欢所长的。所长似乎代表了所有那些，他喜欢的、但不敢冒犯的做派。

聚会仪式在新办公室二楼的大会议室进行。大灰鲸的遗骸摆在职代会主席台的位置，都是标本散件，骨骼、皮肤、须板。摆出了它生前十四米八的长度。环绕灰鲸的，是一大圈随意铺放的怒放的鲜花，百合、康乃馨、松针之类。灰鲸头部骨骼前，还点燃了三支杯口粗的奶黄色的艺术蜡烛。整个研究所人员，都被办公室短信提示：请穿深色正式服装，但不勉强。本地所有的媒体都偷偷来了。他们认定这是灰鲸追悼会。

所长穿黑色西服致辞。

大灰鲸：

你好。对于一辈子只能见面一次的相遇而言，见面即永别，是一件残忍的事。我们以这个方式聚会，令人悲哀。我谨代表人类，向你表示沉重歉意。

除了比人类篮球场还大的蓝鲸，你们是最壮观的地球生命；在这个世界上，你们还是迁移距离最长的伟大动物，可是，沿海港湾两万公里的洄游，每天近两百公里的跋涉，北上、南下，沿途有多少渔网在等着你们啊。一个伟大的海洋动物，竟淹死于大海——真让人羞于公布你的死因。地球是我们的家园，更是你们的家园。

作为西太平洋朝鲜种群，你们比尚存两万多的东太加州种群已濒危至极。国际捕鲸委员会AWC宣布灰鲸为全球最为濒危的大型鲸类种群。我们甚至至今没有找到你们的繁殖场。我们只找到你们夏季在萨哈林岛的摄食场。偌大的地球上，你们仅剩130多头。今夕一见，此生再难。

再见，大灰鲸。

沉痛致礼，让我们，向一个伟大的生命——致礼。

所长放下稿纸，走出致辞台，向地面的大灰鲸深深鞠躬。

记者堆里有个扑哧的笑声弹出来，尽管忍俊不禁者立刻嗓子刹车，但是，全场还是有点凛然地寂静了一下。他也想笑，但又笑不出来。他看到所长鞠躬动作的僵硬与笨拙。也许他这辈子第一次使用鞠躬大礼。他看到所长的西服腋下侧沾满白色狗毛。所长有两只银狐犬，一年换两次毛，据说，每次换毛季，他们家都很像是在过圣诞节，客人闻风逃逸。鲸类专家的笑意像一个水中的气泡，上升着，但还没有升上水面，就消遁无踪了。他领会着狗毛与笨拙鞠躬后面的真诚。此外，还有一种氛围，也许和弥漫低回的音乐有关，会议室里始终弥漫着雾气般的、哀伤难言的背景音乐，这音乐让他呼吸破碎。正痛苦地琢磨着是谁布置了这么贴题的旋律，就听一个记者模样的小个子，正和小吴窃窃私语，他们在谈论的也是背景音乐，那记者恍然大悟地说：啊，《远离地球》？谁的曲子？

他就走了出去。拔着头发离开地球。他脑子里突然冒出这句话。

包间里，陈远夫妇坐一边，杨曼虹和那个十三四岁的少年坐餐桌另一边。他因为迟到，反而坐到了主位，后来那个少年和妈妈换位置，和他相邻而坐。因为少年要和鲸类专家一起坐。陈远太太说，你夫人怎么又不来？见她比见市长难。他笑笑说，在加班，赶报表呢。

陈远太太笑，说，他夫人很像安吉丽娜·朱莉。

真的耶?！杨曼虹表情很夸张，说，班会的时候，我求他给我看老婆照片，他竟然说他手机里没有！——原来是怕我们吃醋啊！

就是！陈远太太说，她嘴巴！嗯，那嘴唇特别像！

陈远说，所以嘛，他总是舍不得把夫人带出来。

鲸类专家随他们说笑，脸上也配合着愉快的表情。他心里知道，其实说的人、听的人都知道不是这么回事。他妻子和朱莉有云泥之别。嘴唇是厚的，而且经常忘记闭拢，露着一小块整齐的门牙。这是他很不喜欢的，和性感完全扯不上。他喜欢自然闭合的嘴巴。但是，想到自己肝破裂一样的嘴，便也没有了五十步对一百步的纠正之心。

杨曼虹的这个孩子是二婚还是三婚的结晶，他模糊了，反正同学会就说过了。他也不好再问，也没那个好奇心。少年的钢琴比赛成绩似乎很糟糕，杨曼虹不愿接陈远太太反复牵起的话头多谈钢琴赛。对于钢琴比赛，少年满不在乎，说他发挥很好，就是水平比其他参赛者差。他毫不见外，居然劝杨曼虹想开点。他甚至说，他根本不是来参加什么破比赛的，他就是来鲸鱼馆看大灰鲸的。少年宣称：我出生就是为了来问候鲸鱼的。因为它是地球上最了不起的动物！知道虎鲸吗？少年问所有人，最后把葵花子似的小眼睛，盯在他脸上。他点头。少年说，虎鲸最大的特点你知道是什么吗？海上一霸！超级群居！

少年撇着嘴巴，态度倨傲：海洋唯一霸主！没有之一！如果世上有我妈说的轮回，那我下辈子就当虎鲸！

大家都笑。受到鼓励的少年说，虎鲸是超级话痨！这点像我。因为没有文字，它们就经常开会，信息通报会或问题研讨会。话不投机，它们就吵架，还会讥讽挖苦。你们科学家已经分析出，虎鲸会骂粗话：麻辣戈壁什么的，你们科学家还分析出，如果年轻的虎鲸，合作不到位导致捕猎失败，技术娴熟的虎鲸就会满嘴都是：呼——啾啾——哧！翻译成人类的语言，就是——SB！虎鲸的声音可以传播百里，所以，协调围捕的时候，满大海都是虎鲸的命令、咒骂声——了不起吧！波澜壮阔吧？

他也笑，假装知道是这么回事地笑着，其实，他一无所知，就像在听虎鲸的八卦。杨曼虹歪着头，以少女的神态向他求证：真的吗？

少年代他回答：当然！这是科学研究发现！

我再跟你们说灰鲸。很奇怪的，鲸类肯定是人类的远古亲戚，除了误伤，所有鲸类，几乎都不吃人。人类多好吃啊，随便弄一个尝尝，都是自带调味品的。但它们不吃。相反，只要人类救了它们，它们就很眷恋人类。呃——去年吧，东南海边有几个渔民救了一头搁浅小灰鲸，费了九牛二虎之力，潜水员啊、冲锋舟啊，他们好不容易把小灰鲸推回深海时，那小灰鲸居然又游回岸三次，一副眷恋感恩的样子。

他依稀记起多年前有这个事，是哪本专业杂志上看到的花边，似乎没有少年描述的生动。但少年再说的，他又一无所知了。少年说，灰鲸语言很单调，只会"哼哼"，有时一小时哼五十多下，二十到二百赫兹，频率强度达到160分贝！哼什么呢，听上去是叹息和嘟囔。你们科学家就分析说，是群内交流信号，或气象预报，还有就是失偶、失恋的叹息，要不就是愤懑发泄。灰鲸的天敌是虎鲸，知道吗，如果灰鲸一家子遭到虎鲸围剿，爸爸必定战死。为什么呢，因为灰鲸很奇怪，它们是——男的疼女的，男女疼小的，然后，女的、小的都不疼男的。所以，灰鲸群一旦发生危机，雄灰鲸一定会奋不顾身勇救雌灰鲸、小灰鲸，但是，一旦雄灰鲸落难，就无人可救了，除非它有好基友。

一桌人又笑了。你懂什么好基友！杨曼虹佯怒地拉人来疯的亢奋少年坐下。陈远太太说，我看辛达雨才是真正的鲸鱼专家呀。少年腾地从座位上站起，军人般以手碰额：NO！辛雨达！

陈远摇头叹息：哥们儿，原来我们都是雄灰鲸啊，一年到头忙来忙去，女的不疼小的不爱，一有危险，死得最快。

死得最快？陈远太太笑着，我们还在解放路居民楼的那次，半夜小偷进屋，是谁用被子盖头，悄悄说要看你去看的？——谁是雄灰鲸呀？

少年大拇指按鼻孔，四指朝下猛烈扇动，驱屁似的，对陈远做了个无比蔑视的表情。杨曼虹一掌盖打在少年的后脑勺上，出手真重，少年的头前送了一下，又故作洒脱地弹起。这回杨曼虹是真的发怒。陈远有一点难堪，但很轻微，因为夫妇俩经常调侃这个话题，他们一次次回到这个话题，太太的笑容包容慈爱，陈远的笑容诙谐宽厚。陈远太太可能也感到自己有点过分，便嬉皮笑脸地对少年说，你陈叔叔也喜欢鱼，我们家养过金鱼、锦鲤。哦，还有更可笑的，知道吗——陈远太太是真的觉得好笑了，而且她的目标受众是大人。她想消除刚才对丈夫损害的影响。她巡看着桌上的大人们，春风拂人地笑道，你们知道吧，昨天我们家保姆在清理视听室时，陈远突然拿起本来要丢弃的一堆唱片中的一张，放进 CD 机，然后，就反复播放其中的一首歌。保姆转了一圈提着垃圾袋回头，说，那这张就不扔了？陈远说，扔！就是要扔我才再听两遍的！我们家保姆说，你好像就听一首歌啊。陈远说，不，我就爱听里面的一句歌词——你们知道他听什么？陈远太太尖声尖气地唱出来：我愿是鱼儿在你的荷塘，只为陪你守候那皎白月光……

哦——杨曼虹夸张地拖长音，看不出啊，陈远还有这么浪漫的一面，他为谁守候皎白月光呀！

陈远拿起酒杯，示意少年喝一口，说，小伙子，你看，我也曾经是有梦想的一条鱼呢——干杯！

少年满不在乎地喝了一口，说，我是可以喝酒，我老妈不让！

大家又笑。

少年站起来，转而向他敬酒。虽然是相邻，少年还是郑重地起身正对：叔叔！我最崇拜的就是鲸类专家！

他跟那个少年碰杯。少年把杯子里的可乐一起喝光，又亮杯底给他看。他有点喜欢上这个大脑门、眼小如葵花子的臭显摆的单纯少年。本来今晚真是一点都不想出来，但是，这个少年让他的应酬感不那么强烈了。

城市的另一头，那鲸类专家的妻子，在天尚未黑的时候，进了小区。丈夫的同学夫妇叫吃饭，她从来就不想去。虽然同城就他俩是高中同学。说起来，人家夫妇也从没待她不好过，平时挺客气的，也爱招呼吃饭，有时还送优质大米、进口干果之类。聚会了几次，她就尽量逃避。没有什么原因，就是她自己看不惯人家。反正就是不想去，她也知道丈夫是不乐意去的。这一周，他搞海上调查，在租来的渔民小船上，吃的都是面包、方便面；她正好在赶报表，加班总是晚归。所以，最近夫妻俩都吃得潦草没营养。今天，本来计划弄点鲜鱼、时蔬，做一顿可口干净的菜，也可以小酌一点红酒，但是，又不能了。他自然是推脱不掉，还是去了，她也不拦，人家有那个班花呢。上次同学大聚会回来，看得出丈夫有些微的惆怅：大家都在岁月中变丑、变老、变乏味。彼此都是镜子，照出了大好年华都过了保质期。结实有力的身体、披荆斩棘的理解力、灵敏的感觉、过剩的精力、美好的好奇心。说不清哪一天起，就一样一样统统蛀蚀光了，像一篮子迟早要坏掉的蛋。

妻子开门的时候，预想起丈夫聚会归来的困顿失落的小眼神，不由笑了一下。不过，这只是心底里的微澜，但对门邻居顾姐，却站在家门口，迎接了她心里的笑。顾姐一手拿着煎饼锅子，一边笑吟吟地说：我马上要做韭菜鸡蛋摊饼了，等一会儿，送你尝尝！

不不不，我马上要出去！谢谢了。她连忙摇手，另一只手在急促地掏钥匙，因为着急，门锁对了好几次才准。一进门，她毫不客气地马上关门。她知道，稍微慢一点，芳邻顾姐就会很自然地进屋，很自然地跟她谈安利的新产品，就像她以前很自然亲切地让他们夫妇俩买走两份养老保险一样。说起来，这是全小区对她最友善最温暖的人，可是，她一见到她就想躲避。

进门前，她就想好了，先做饭，很简单。西红柿蛋饭，燕丸葱花酸汤。冰箱里有备料，现成的。然后，把两人堆积一周的衣服，涂一下衣领净，塞进滚筒洗衣机慢慢洗去。饭后，她要去嘉庚公园边的那个静心堂别墅，练练瑜伽。她买了年卡，已经快过期了，却总共才去过六七次。今天要去拉拉筋、出出汗。

开门而入，一股不算好闻的，但也绝不难闻的家的气味，扑面而来。她感到自己很想摊手摊脚地歇歇，就像藏身于无人打搅的子宫。今晚就她一个人，有大把的时间呢。可以稍微休息一下吧。不要马上出去，说不定顾姐大门还没关，想着堵她再卖点安利什么的。想着，她去更衣室换了宽松的起居服，顺手抄起扔在床头柜上的 iPad，窝进了客厅大沙发里。先休息十分钟吧。上上网，看看微博，松弛一下身心。只是她没想到，从 iPad 上再抬头时，窗外已是乌漆麻黑，居然一下过去半个多小时了。房间里，只有 iPad 在荧荧发亮，她得去开灯，可是，开关在门那里，真懒得起来了，晚饭呢，计划好的西红柿蛋包饭，好像也没有那么想吃了。算了，叫外卖吧。还有衣服！唉，还有一大堆脏衣服没有洗啊。

说起来，这些天加班，吃外卖真有点腻味了，觉得吃了很多地沟油之类的化学毒物。不过，吃外卖可以省下不少时间，吃了还要去练瑜伽呢。瑜伽也不能吃太饱，弄一份沙县小吃的扁肉汤拌面就好。这么想的时候，她发现自己的手机在电视机柜上充电，要叫小区外面的那家沙县小吃送餐，必须起身去拿电话。必须爬起来，必须走三四米去拿，唉，算了算了，她给了自己一个懒动的理由：让电话再充一会儿吧，免得去练瑜伽，电不够用。

她又心安理得地拿起荧荧发亮的 iPad。屋子里只有那一点荧光勾勒着家具线条，还像闪光灯青森森地映照着她的大白脸。时间不知不觉地又被刷掉二十多分钟。好玩的微博、熟人的微博，都看完了，没多大意思，一个脚印都不留；新闻也看完了，包括最容易让人匪夷所思的社会新闻，真的是无聊透顶了，连 iPad 的荧荧屏幕光，她都觉得扎眼了。她闭起眼睛，有气无力地揉了揉太阳穴：真累呀。要不要叫外卖呢？其实也不饿，不吃晚餐也没什么不好，养生呢，再休息一下，我直接去练瑜伽吧。再赖几分钟，就起来换衣服，走。练瑜伽回来，再一起洗衣服吧。

又好几分钟过去了，沙发好像一个柔软的吸盘，牢牢地吸附着她懒洋洋的身子。她有点怜惜起自己来，我真的是累了，没日没夜，键盘敲得我手臂都抬不起来，颈椎僵直，也许我该去牵引了。瑜伽也是很累人的，老师们总说累得舒服，她没有感觉。有个老师结束的时候，总要学员围坐分享感受。那些汗如雨下的学员，总是像个心灵大师，分享自己身、心、灵的种种变化与觉悟。她没有。好不容易，那个星期天的早晨，老师让他们把瑜伽垫子直接铺在院子里的草地上，在最后十分钟仰躺在草地上放松冥想的时候，老师在她的眼睛上，各盖上了一片树叶。分享的时候，她发言说，这个叶子感觉太好了，扶桑叶的气味，让我想起童年。希望每次都这样结束。老师宽容地微笑着，点头。她不明白老师为什么不欣赏这些话，她又想到每次练完筋骨的疼痛与酸胀。其实，练瑜伽是个受刑的活儿啊，想到这一层，她发现自己其实是不太愿意去练的，是不是正是这样，她才会快过期了，还没有去过十次？累呀，心里烦躁得很。不过，前几年，工作压力比现在大，为什么还没有这种焦躁感呢，一个月不过才忙这几天，前两年，工作量是现在的三倍呢。唉，再躺一会儿起来吧。今天本来是想和丈夫一起吃点干净的东西，如果他在，两人一起吃了饭，再一起看两集美剧，有点事做，也就过去了。一个人闲着，好像不行，闲着就生锈了。爱疲倦、总焦躁、懒应酬，见什么都烦。是什么毛病吗？反正不是抑郁，她上网做过抑郁测试，她不是，她也从来没想到自杀什么的，甚至每年单位组织的体检，也没什么大毛病。

又是一个半小时过去了，她既没有去取手机，也没有去叫外卖。其间，仿佛听到过敲门声，是那种很礼貌的、有节制的敲门声。笃、笃、笃，当然，也许是错觉。她总觉得顾姐不会轻易放过她的。她完全可能虚掩着门，等着她"马上出去"的身影。说不定还有一大盘煎好的韭菜鸡蛋饼？舌下与腮间，涌出一点津液，她觉得是有点饿了。但她依然不想动。是啊，不吃晚饭也没有什么，就当减肥清肠胃吧。很多养生的人，都不吃晚饭呢。有很多出家人过午不食，人家也活得好好的。唉，再休息五分钟就起来吧！

她换了个卧姿。等一会儿就起身吧，去个厕所，需要立刻马上去厨房接一杯水喝。是挺渴的，怎么这么渴呢？这么想的时候，她的手指还在刷屏。她又换了个蜷卧的姿势。所以换姿势，是膀胱已经压力大得不行了。就在这时，电视地柜上充电的手机响了，是电话，不是短信，在黑灯瞎火的这段时间里，短信提示音已经响过七八次，她懒得接，但是，电话响，她不能不接了。怕单位、怕丈夫有什么急事。

一骨碌爬起来，爬得太急，还趔趄了一下。抄起手机一看，竟然是婆婆的。

真是太讨厌啦，她抑制住满心的不耐烦，接通了电话。

喂，她皱着眉头。

菲呀，我摘了点八角丝瓜，趁新鲜啊，你赶紧过来拿去吃！婆婆笑呵呵，听得出非常开心。她重重拔下充电器：不用不用！我们都不在家做饭的！

不值钱的，你跟我们客气什么！

不！真不需要！她气鼓鼓地去门边开灯。灯光有点扎眼。

公公婆婆在天台，种了七八箱的泡沫箱有机绿色蔬菜，每天种菜收菜、翻土施肥捉虫，自得自豪得不亦乐乎。要是送了点菜，就好像给了人多大好处似的。这会儿，她恨透了这个恩惠。

少在外面吃，婆婆在电话里说，自己做饭健康。这些菜是绿色有机……

妈！谢谢了。我好多事呢……她想挂电话，但努力克制住：你和爸爸留着吃吧，我们真不用。要不送邻居也行。她看了下时间，八点十五分。没想到已经这么晚了，就是去瑜伽房也练不了多久了，而且也没有健身的心了。不出门了！没时间啦！还有一大堆衣服没有洗！她把怒气没来由地怪罪到婆婆的电话上。但暗暗地又有点轻松，等下就有正当理由，回到沙发上了。也许看两集美剧？

邻居他们哪有少吃我们的菜啊，这次的又……

婆婆的固执，非常非常可恶。她觉得自己要尿失禁了。她的声音有点大声了：

真的不用了！最近很忙，天天加班……或者您先放冰箱，我让你儿子有空的时候过去拿吧。她尽量克制自己的冷淡与烦躁。

婆婆仍然沉浸在大丰收的喜悦中：角瓜放久了就老啦，要不这样吧，我让你爸给你们送过去，等一下给你打电话，你到楼下来拿一趟就行了。

哎！不用不用！她有些惊慌了，我这会儿不在家！

没事，我们有你们家的钥匙，让你爸爸直接给你们放到家里。

她完全傻了。

挂了电话，妻子发了几秒钟呆，心里充满怨恨。同时，她也非常清醒：她必须迅速出门。立刻离家。因为，骑电动车的公公，最晚十五分钟，肯定进门。这大晚上的，她狼狈逃离自己的家，这太荒谬了，但似乎又是当下唯一的选择。

外面有些冷。这么晚了，到处弥漫着一股烧塑料垃圾的臭味。她不知道该去哪里，选着树影灯暗处走着，怕公公或什么相关熟人看见。她心里空落落地生恨。路过小区大门外沙县小吃店的时候，她发现自己并不怎么饿。她更担心在里面吃面，万一被眼尖的送菜老头儿看见，才真叫倒霉。走着、想着、烦躁着，感到越来越冷，应该带件外套的！她的手指头都冷得有点发麻。该死！今天是计划好要练瑜伽的，应该去的！如果现在直接开车过去，晚课最多迟到一点点，可是，刚才惊慌出门，没有带年卡，也没有带瑜伽服。再折回家取也来不及了，公公随时会出现在家里。

她非常懊恼，极度愤恨，想吼又吼不出来。她不明白自己的生活，为什么好端端就遭到摧毁。她怒火中烧，却不知道该对谁发脾气。踽踽独行的她，在横过小区门口的不明不暗、不冷清不热闹的大路上走了两圈，她不知道公公进她家没有。为保险起见，还是等等再回去。大街的两边，很多店面已经关门，即使开张着，也都是无趣的小店。五金水暖、电气设备、升降衣架、办公文具、装修瓷砖，还有一个永远点着灰溜溜日光灯的便利店。都是很无趣乏味的破店。混杂其中，略微光亮的就是靠小区大门口的沙县小吃店。店外的水池边，一个女孩，就着昏昏路灯光，恹恹地洗着一大捆葱。也许是尾市收来的烂葱。她看着那恹恹的女孩，觉得更冷了。她身子一紧，打着响亮的喷嚏。翻了一遍手机上的通讯录，竟找不到想与之聊天的人。她深深吸了一口带雨雾的气，又吐出了一口浊气，她闻到自己肺部深处逸出的难闻化工气息。

下雨了，难怪天比傍晚时冷。她把袖子和领子扣子全部扣上，还是冷。如果是白天，就能看出是那种阴沉沉让人想钻被窝、吃火锅的阴惨雨天。雨倒是一直不急，但阴冷茫茫绵绵不绝，把人的热气慢慢抽光。刘海儿已经湿了，肩膀也潮潮的发冷。后颈因为寒气生痛僵硬。她只好靠在一个打烊的什么店的卷闸门前避雨。开过去的车前灯光，不断照亮她靠的那个卷闸门前的样子，多辆车的灯光，照明白了卷闸门上用喷漆写的狂乱大字：愁你个鬼。她满脑子里想着，等丈夫回来，她一定要歇斯底里发火，狂风暴雨地发作一下：

告诉你妈，再也不用送菜来了！浑蛋！我不要她那些破菜！鬼菜！我不稀罕!! 她心里想着，丈夫被自己骂了不敢回嘴的样子，感觉舒服了一些。

在冷飕飕、阴沉沉的昏暗路边，又坚持了半小时，她决定回家。她想好了，老人肯定走了。而万一他腿慢，正好和她遇上，她一身风雨，刚加班回来，也说得过去；如果，他比她还晚进门，那她就可以嚷嚷说，哎呀，这么晚！早知道不如我下班拐过去一下，省得您这么辛苦！——太冷了！再不回去，非感冒不可。赶紧回去！

家里居然没有人，和她匆忙撤退时一模一样。她从客厅找到厨房，找到阳台又找进冰箱，到处都没有发现公公送来的菜。还不及她发怒，就在这当儿，她听到门外有钥匙开门的窸窣声。她想也没有想，拔脚直接蹿进卧室，几乎是身体的自作主张，她躲进了衣柜。拉柜门的时候，因为动静大，吓得她能听到自己好一阵明显的心跳。

进来的动静，停在客厅。肯定不是丈夫，他总是懒得自己掏锁开门，虽然，丈夫进门也是一声不吭的。她凭直觉知道，就是公公送菜来了。她竖起耳朵，又悄悄拨开一点柜门，能捕捉到公公在客厅走动的声音，他似乎把雨伞弄倒了，有啪的一声响，闷闷的。脚步声似乎走进了厨房，很快又退出，然后，好像在客厅盘旋着。她听到茶几抽屉拉开的声音，那两个大抽屉，一个放茶，一个放些糕点小食品。抽屉被很重地关上了，这个熟悉的声音，她确定公公开了他们的抽屉。她很不快，但几乎同时，那个脚步声，正在往卧室而来。她一下子停止了呼吸，骤然笼罩的恐惧与慌张，让她一脑子空白。脚步声进来了，他会不会开衣柜的门？

灯亮了。做儿媳的女人死死抓住脖颈，严防死守自己几乎控制不住的尖叫。但脚步声静止了，也许它的主人在巡视他们的床，或者墙上的风景画。那个脚步声，一直是停止状态，而这泯然无声的时间里，一秒钟简直长于一日。柜子里的女人，被这个莫测的寂静，快给逼疯了。

实际上，脚步声的主人，只是停留了一分钟多一点，那个令人窒息的脚步，终于把它的主人带向了客厅，最终，随着大门开启与哐当闭合，它彻底消失在了大门外。

柜子里的女人，从柜子中噉地扑到自己床上。随即弹起，奔向客厅。角瓜在厨房灶台上。突然，她想起公公进屋时，会发现屋子里客厅、厨房、阳台开着灯。我们不是都没有回家吗？公公会怎么想？难道他刚才开茶几抽屉、越界进入卧室，是在抓小偷吗？她心里堆积着又惊又气羞愧又沮丧的情绪，嗯，还有很不痛快的愤怒。

她回到厨房，拿起那筐子丝瓜，直接走向后阳台，手起包落，一整包丝瓜，连着尼龙袋子，一起被甩下了楼。那是一片配电房杂草地。

酒店外夜雨蒙蒙，马路两边的路灯下，都团着白雾。

葵花子眼睛的少年，突然跟他说，叔叔，明天上午我就走了。你带我去看看你们的灰鲸馆好不好？

他瞠目结舌。杨曼虹反应很快：想死啊你！光想着玩！人家叔叔不要回家休息了?!

他说，不不，我没关系，只是展馆人员五点半就下班了，我们进不去的。

咦？不是你们研究所自己的展馆吗？拿钥匙开门进去呗。少年说。

杨曼虹又打了他的后脑勺一掌，气势粗野，但少年只当风吹帽，根本不看他老妈一眼：我非常非常想看看灰鲸，叔叔！我非常非常——

呵呵，理解。只是，展馆部和我不是一个部门的，我不知道钥匙在哪里，也没有那边负责人的电话……

叔叔！我到这个世界上，就是来向大鲸问好的！

他看着少年似笑非笑。众人都觉得他的表情苦涩而推诿，却不知鲸类专家为少年少不更事的一句话，魂魄依稀回到自己青涩饱满的旧时光，他发现自己手心有点潮了。

少年沮丧垂头，马上又亮起小眼睛：叔叔！那带我去看看你的办公室！少年竖起一根细长的指头，目光殷切而狡黠：看一眼就好！就一眼！然后我打的自己回酒店！就一眼！我死而无憾！

少年又开始满嘴过山车一样说话。果然，后脑勺又吃了他妈妈一掌。少年照样无感。看起来，母子经常这样不对称地交流，母亲粗鲁溺爱，儿子轻蔑自负。鲸类专家说，走，跟叔叔走吧。

少年和鲸类专家，冒着霏霏细雨走进海洋研究所大楼前的木麻黄林荫道。昏暗的木麻黄林荫道上，陈远夫妇的车灯雪亮地远去。他们把杨曼虹送回酒店。门岗老阿伯并不诧异这么晚了有人进院子，但是，三栋大办公楼，几乎都是黑的。少年说，那个，灰鲸的追悼会是在这个楼开吗？

他摇头，手指另一栋楼：那边。少年说，哈，你看过《海豚湾》吗？

他一时没反应过来。少年说，就是那个偷拍日本人疯狂捕杀海豚的——没看过？少年收住脚质询他。哦，是在日本和歌山县太地町吗，美国人路易·西霍尤斯拍的？最后那些勇敢的志愿者把偷拍片子直送到联合国会议现场的——是不是？

少年赞许地点头，收回了一触即发的蔑视：我说呢，你不可能不关心这个——哼，不算鲸，日本人每年杀死海豚就有两三万条，在那个小小的太地町每年要杀掉一千五百多条！海水都红了。难怪杜鲁门说：把日本人干掉！——没错，干掉日本人，为海豚报仇！

你喜欢钢琴，喜欢鲸类，还喜欢什么？

最讨厌钢琴！我只喜欢鲸。

能来参加比赛，应该是学得不错啊。

那是当然。有天赋，没办法。但我是被逼的。我老爹老妈附庸风雅——靠！这就是你的办公室?! 你们鲸类专家的办公室就这么小？我靠！

还可以啊。

长手长脚的葵花子眼少年，仔细巡看办公室墙上的鲸类照片、进化图表。随后又弯下腰研究他们摞在柜子边的一摞采样箱。鲸类专家打开一件礼品纸箱，抽出了一个有机玻璃相框，那是专家们拍的各类海洋生物照片，他送那少年。少年接过礼品，表情却十分无赖：叔叔，带我进展馆吧！我想看真正的大灰鲸！

你看到的，隔壁大楼都是黑的。进不去。

求你啦，叔叔。此生只为这一天！

少年对他激烈拱手：明年我就初三了，想来也不可能了！叔叔！

这一个晚上，他感到自己一直被少年牵着鼻子走。但隐约又觉得是走在二三十年前熟悉的小道上。就在妻子郁闷地在昏暗的小区外大街焦躁游走时，他和少年拿着手电筒，来到了灰鲸展馆所在的大楼。楼道是有灯的，他原计划只是看看是否能从窗子里照进去，也许能满足少年的欲望。就在他们挨着窗子，拿着强光电筒往里面照时，意外发现拉窗没有扣死。两人爬了进去。

一千多米的展馆灯，包括各种射灯，被全部打开了。

少年在巨大的骨架标本和巨大的真皮标本之间，兴奋地来回嗷嗷叫。他甚至趁主人不注意，翻进标本护栏，奔向大灰鲸。那只擅弹钢琴的超长巴掌，飞快地摸了一把长满藤壶的灰鲸皮，还提了一下搁置在地上的骨色巨大鲸须板。在鲸类专家不及反对的时候，他拥抱了一下灰鲸，又迅速跳出护栏，若无其事。

不要触摸!!他臭着脸,厉色地瞪了少年一眼。少年嬉皮笑脸,说:手感不错,不知道含不含真皮层?

他轻微点头。少年看自己触摸过灰鲸的手,搓捻自己的指头,仿佛追忆着刚才的触感。少年食言了,他并未真的看一眼就走,看过灰鲸的真皮标本之后,他又在大灰鲸巨大的骨架标本前,连续绕圈子,嘴里念念有词,有几次偷眼看鲸类专家是否注意他,他估计他稍有疏忽,少年就会再跳进围栏,去抚摸灰鲸骨头。

对它,你们有什么研究发现吗?少年老练地问询。

有的。他答。我们发现了它有独特的基因型。这个基因型在西太平洋种群中,还没有发现过。

是和东太平洋种族串了?

嗯,有可能,也有可能是过去采样的样本量不够。总之,在学术上,这个发现,是个很重要的补充。

鲸类专家忽然意识到自己像在论文答辩。而少年也真像个导师一样,闭着葵花子眼,庄重点头。鲸类专家由衷地笑了。

少年狐疑地看着他。他目光狐疑的时候,孩子气尽显:你笑什么呢?

鲸类专家说,你以后就懂了。

灰鲸专家回到家的时候,妻子已经穿着睡衣在看《唐顿庄园》。

怎么吃饭吃那么久啊。快十一点啦。妻子说。

是啊。真累。他准备去洗澡。

你今晚脸色不错呢。喝什么酒?妻子说。

我没怎么喝。

你爸妈送他们种的八角丝瓜来了。我直接送人了。我们反正很多。

嗯。好。他说,然后就去了浴室。

妻子把电视关了。她觉得自己心里又有一种堵滞的感觉,今晚过得沉闷而空虚,非常空虚,可是,那么空虚,为什么又那么滞重感呢?她丈夫一回来,那种沉闷感变得很压抑人。她不知道怎么办。

她到浴室门边,怕他在里面听不到,所以用加大的音量说:叫你爸妈不要再送菜来啦!!下雨天,阴冷得很!!

听到里面似乎嗯了一声。她又大声说:你们吃了饭去唱歌了吗?

里面的声音说:什么?没有。我带那孩子去了灰鲸馆。

半夜去灰鲸馆参观?晚上不是闭馆了吗?

妻子觉得心口又胀又闷，她抓起洗漱台上的筒梳，梳自己的头发。她喊：晚上不是闭馆了吗，你们怎么去看啊！

浴室里传来的声音说，爬窗。

妻子梳理着自己开始发白的头发，说，班花爬得进吗？

里面没有声音回答，只听到莲蓬哗哗的水声。

你要帮她，她才爬得进去吧。

什么？

妻子突然大声喊问：她爬得进去吗？

里面说，我们都是爬进去的……

浪漫啊……妻子在外面轻声说，真是浪漫啊。

里面又没有声音了。

等他吹干头发，回到卧室，妻子已经上床了。面朝里而睡。他本来想跟她聊几句那个有意思的少年，但看妻子已经睡着的样子，便把手机调了闹钟，关灯睡去。感觉他自己快要睡着的时候，妻子的声音突然响起，又是那种吓一跳的感觉，仿佛被人从悬崖边猛力拽回，他说，什么？

妻子说，没想到呢，你这么不浪漫的人，居然……

没觉得啊……怎么还不睡啊。

妻子在意他的回答，所以，一时之间，她琢磨不出怎么回应他好。就这点空隙，男人又在睡意中迷蒙远去，像风筝一样地飘远了。突然，他的腰上多了一条腿，这条腿带着怒意，显得很重。他翻了个身，想离开一点，但身上反而又多一条腿。……快睡吧，我困了……他含混不清地嘟囔着。

妻子觉得自己疲乏得毫无睡意，胸腔里有股若有若无的浊气无处发泄。今天这一个晚上都是怎么了？她也不明白自己。懒得见人、懒得起沙发、懒得吃饭、懒得喝水、懒得小便、懒得做瑜伽。懒得接受八角丝瓜。懒得见公婆、懒得见自己。这还不够，还有不对劲的地方，是的，她不可告人地贪污了一段涉及别人的历史，这不单单是懒得说的问题。真是烦躁疲惫啊。为什么我们住这么偏远的小区，市政的灯，到这里都是最不亮的；如果不是刚才用热水猛冲，今天肯定会感冒；瑜伽老师的身材非常好，看她年龄也不小了；班花长没长白头发？身材是不是真的像水桶？水桶还能爬墙翻窗吗？他怎么还有这么浪漫的时候呢？一起生活这么多年了，怎么看不出这些呢？

妻子伸手按开了灯。

他的眼皮呼吸都没动。她便又推了他一把。没怎么反应。这对普通夫妇，像夜色中所有普通夫妻那样，是都该睡入梦了。可是心里有些杂草丛生的妻子，就是不舒服。她当然了解自己丈夫平淡无奇的模样与情怀，就像了解自己的平淡无奇一样，这份彼此的平淡无奇，建立了彼此毫无想象力的信任感。怎么不是过呀？日子一天是一天，乏味的平安也是福报呀。她宽慰着自己，终于让自己起了些睡意。她重新关灯，像猫一样，蜷缩在丈夫若有若无的鼾声里，她最后意识清晰的是，想起了他们唯一的浪漫往事。

那真是莫名其妙的浪漫。这么莫名其妙的浪漫，一度让介绍人以为他们一见钟情，其实，他们自己知道，根本不是这么回事。像他们这样的普通男女，哪有什么一见钟情的本钱，无非就是那一个时间段里，他们同频共振了。

浪漫的底牌，真不浪漫。就是那天，介绍人带着他到女方家，女方的妈妈正在将一个五公斤的方形白油桶里的茶油，分装到几个一斤装的小瓶子里，娘儿俩老是瞄不准，油多次要漏出来，只好赶紧停住。油桶又非常重。小伙子进来，这个粗笨体力活儿自然就由他来援助。小伙子提抱起油桶倒，姑娘扶地面小油瓶。一切准备就绪。没想到，小伙子很费力地提抱着油桶，正斜着大油桶，对准小油瓶口，敛气专注地要往里倒，姑娘突然扑哧一笑。这一笑，小伙子手控的那个茶油细流就歪洒了，小伙子赶紧住手放下桶。

两人清清嗓子，严肃地再来。好容易上下都对准了油瓶口，双方都屏声静气，大油桶也斜得角度很稳了，那姑娘突然又笑了。是那种憋不住的、喷出来的笑声。小伙子立刻又岔气，连忙住手。姑娘为自己不负责任的行为开脱说，我就是觉得会瞄不准……结果，再来。再再来。每次对准了，还没开始倒，她就爆笑。最后，小伙子自己也忍不住笑，两人跟轮流爆胎似的，总有一个止不住。到后来，两人只要一抱起油桶，就笑场。地下接油的小瓶子也碰倒了。这个相亲的序幕，没有任何语言，就是反复笑场。有一次，他们彼此肃穆坚定，油已经准准倒入小油瓶有十来秒，但是，姑娘的阵线又垮了，她到底没绷住，她一笑，油立刻歪洒到瓶口外面了，姑娘笑得歪坐在地上。

最后，连介绍人、姑娘姨姨等一拨儿严肃而困惑的人马赶将过来，考察、整风、助势，没想到，也是看那上下油瓶对准的架势一眼，那些气势凛然的人中，就总有一个人"扑哧"而笑，最后一个个笑得靠门扶膝，刚裹挟而来的满怀魄力，立刻分崩离析。小伙子再也无法提抱起大油桶，尽管他一再振作精神，但只要一提抱起油桶，必定有更多的人憋不住笑，哪怕没有声音出来，那个快乐发抖的肩头，也会有开心的超声波荡出来，大油桶就怎么也瞄不准那个油瓶口，阵线就垮掉了，结果，好容易屏住气的人们，又一个个哈哈呵呵嘎嘎，仿佛突然都进入了生命不可遏制的喜悦狂欢中。

谁也没有想到，一对普通人的普通婚姻，就这样匪夷所思地笑成了。甚至介绍人还没有出手。

所以，成为夫妇的那个妻子有时会发问：哎，如果那天，我们家不是正好在倒油，你说，我们会走到一起吗？

鲸类专家每次都会在心里回答：不会，肯定不会。但是，他一般还是会自欺欺人地说，会吧。我们有缘。妻子往往会说，我觉得不会。因为，我们都太平淡了。我们这种人，看上去一点意思都没有。

有时候他就会接着说，那为什么倒油就可以呢，难道我们彼此都变得不平淡了吗？

女的就说，是呀，我们都在笑的样子，可能很有意思吧。你笑的样子，让我感到贴心合辙。结婚十多年后的有一天，她才告诉他，那天，我妈妈给你和介绍人陆老师煮了酒酿蛋花汤。我把你的碗和我们家的碗，叠在一起放进洗碗池洗。陆老师的最后洗。

他听出来，这是说，笑过之后，她对他就毫不见外了。但是，结婚十年的妻子又说，嗯，也许那天，随便一个男人，只要他和我一起那么笑，我可能都会把他用脏的碗和我的碗放一起洗，也许，我都会愿意嫁给他吧。

他听了也败兴。但反过来想想，不正是那个无穷无尽的笑场，让他毫不设防地接受了女人的平凡平淡？甚至，那个他一贯蔑视的、总不闭拢的厚嘴唇，他也始终没有一点敌对意识升起。如果没有那场上帝安排的笑呢？天知道，他们彼此也知道——两散的结果。

这个细雨霏霏的夜晚，妻子因为心里总是憋闷，总想和丈夫说两句。她蜷缩在丈夫并不伟岸的后背，脑子里盘旋了一句：哎……你说，二十年前，如果，大油桶倒小油瓶，我们很严肃，倒得很准，你说，我们会结婚吗？

可是，她还是懒得问了。

两人渐渐起了均匀的睡眠呼吸声。丈夫一个翻身，一把卷走了大部分的被子，她在拉扯被子中，隐约听到一声含糊的咕哝：灰鲸……

（原载《花城》2016 年第 2 期）

作者简介：

须一瓜，现居厦门。著有《淡绿色月亮》《提拉米苏》《蛇宫》《第五个喷嚏》《老闺蜜》等中短篇小说集，以及《太阳黑子》《白口罩》《别人》等长篇小说。获华语传媒大奖、人民文学奖、小说选刊、小说月报奖，及郁达夫文学奖、柔石文学奖等。多部作品进入中国小说学会年度排行榜。

喜　盈　门

盛可以

　　姥儿（方言：曾祖父）要死了。他的泥屋里头一回充满了欢笑。附近的乡亲，一拨儿接一拨儿踏进门槛。爷爷在地上烧了一堆旺火，火光造出很多影子，好像屋里的人翻了倍。人们围着火堆，额头慢慢渗出汗来。火舌缓慢、耐心地舔着秋天便已锯好的枣树杆，偶尔哑出声来，迸溅几点火星，灰烬像蚊子在空中飞着，落在谁的头发或肩膀。

　　姥儿躺在床上，再过十天是他百岁生日，这生日仿佛床头柜上的茶杯，伸手就拿得到，可他够不着了。熏得发黑的蚊帐已经取走，剩下几根竹棍，搭瓜棚似的架着。姥儿身上铺着脏污的棉被，衣袖上结了一层厚厚的油腻，火光在他焦干的脸上闪烁，突起的颧骨使他看起来傲慢冷漠，塌陷的腮窝放得进一只鸡蛋。他努力睁开被眼屎糊住的眼睛（虽然他已经看不清东西），双手在空中抓来抓去，影子映在胡乱钉着纸壳子、蒙着纤维袋子的墙上，像演皮影戏。

　　姥儿连续几天不进食，呼吸上气不接下气时，爷爷赶紧打了一通电话，我那些一年到头碰不着面的亲戚，从各自工作的地方回来给姥儿送终，姥儿却吃了一碗速冻饺子，自己走到地坪里晒起太阳来。我那些亲戚，主要是我大伯、二伯、大姑、小姑，以及我的堂表亲，宰鸡剖鱼饱吃一顿，欢乐地搓了半宿麻将，第二天一早就回城了。到夜里姥儿又坏了，嘴里胡言乱语，大便拉在裤裆里。爸爸像擦洗一件农具，闷声不吭将姥儿清理干净，给他涂了润肤霜，穿上烤得热乎乎的裤子，像伺候一个婴儿，连眉头也没有皱一下。

　　爸爸干农活儿也是一把好手。妈妈在城里做零工，当她叫爸爸离开这个"穷坑"，进城"随便干点什么"时，爸爸不愿意，怕别人侵占宅基地，怕老鼠睡了他的窝，怕野草长到门槛边。妈妈像赌气似的，很快跟了别人，很快生了儿子。我那时还小，只有四岁，现在我九岁了。爸爸本来话不多，从此更像个哑巴。那些在外面做事的人都愿意把田地甩给他。当他开着插秧机驶过辽阔无人的田野，那片水白眨眼变绿；稻谷成熟时，他驾驶的收割机在金色的海洋里乘风破浪。我觉得爸爸挺威风的。但爷爷不这么看。大伯二伯在城里头搞得家大业大，连自己的店铺门面都有了，忙得奶奶的生日都没时间回，那才叫出息哪。

　　姥几那间泥屋，像只老鼠洞巴在楼房边。唯一的窗子用塑料蒙住了，矮门边贴着春节的新联，姥几自己写的。我从没见过爷爷和姥几说话。这时候他更关心屋里的火，不时用火钳拨弄一下，架根新的干柴，紧紧地盯着火光，脸上毫无表情。在给姥几选坟址，看风水师转动手中的罗盘，有人说起姥几过去的趣闻，爷爷也没有笑一下。他就是一个没有笑容的人。

　　姥几隔一阵就喊"呷旯"（方言：喝茶），声音忽强忽弱。有经验的人说，临死的人口干，他顶多再熬一夜，赶紧通知其他人回来吧。爷爷打了一圈电话。亲戚们很快又挤满了泥屋。我嘴里嚼着大姑给的朱古力，夹在亲戚们中间，我感觉他们和我一样兴奋。

　　姥几手在空中乱薅，"我要妈妈"，声音像一只小鸟。亲戚们笑了起来，好像在动物园看动物表演。

　　姥几又喊"呷旯"。大姑端着空杯子去找水。二伯表情很知识分子："看样子至少还要两三天，再喝水，这口气不知道要吊多久。"二伯母附和她的老公："我翁妈（方言：奶奶）死之前，也是只喝水，拖了半个月才断气。"二伯是家里唯一上过大学的，毕业后分到国营酒厂，酒厂倒闭下岗后，就跟没上过大学的一样了，甚至更差，那份大学生的骄傲妨碍了他吃苦耐劳，反而没有大伯的一步一个脚印。只有爷爷还认这个，爷爷怕有知识的，他看重二伯的想法；二伯母又是天生的城里人，爷爷对她也另眼相看。

　　二伯母妖里妖气，眼圈涂得像熊猫，尤其爱穿动物皮草，一身羽毛，虎斑、豹纹、莽蛇皮……据说有一次，她穿着貂皮大衣，被动物保护主义者揍了一顿，揍完发现她穿的假貂皮，又赶揍了她一顿。从此二伯母的梦想就是买一件真貂皮，这个梦想压得二伯直不起腰。据说二伯母趁二伯弯腰之际，和一个小厂老板去北方旅行了一趟，在那小厂里当过一阵秘书，那时候奶奶一边给我喂饭，一边跟爷爷聊二伯要离婚的事，眼泪直往下掉。奶奶天生不喜欢破碎的东西，可是，妈妈和爸爸离婚的时候，奶奶自己的心破碎了——幸好二伯和二伯母很快又甜蜜了。二伯母至今没穿上貂皮，她已经过了四十，她的儿子——我最小的堂哥，没考上大学，她现在操心的是，怎么攒钱给儿子买房子娶老婆。二伯的腰还没伸直，买房子这块大石头就压了上来，但这巨石是蜜糖做的，二伯有时还会伸出舌头舔一舔。

邻居们填补了最后的空当，屋里转不开身。姥儿又喊"呷儿"。大姑挤不进来，茶杯转了几手，经过我的头顶，到大伯手里，大伯又递给爸爸。大伯和爸爸长得最像，瘦脸尖鼻子，遇到问题时眼睛眨得飞快，像在迅速翻书找答案。爸爸把水杯递给爷爷，姥儿"跟死人一样重"，他一只手扶不动他。姥儿的脑袋缩在油腻发亮的衣领中，水倒进他的嘴里，从嘴角溢出来——他咽得太慢了，也许是没力气。爸爸把姥儿放平，他无牙的嘴张开，黑洞洞的，像一个壶口，爸爸知道怎么将水灌进壶里。

姥儿死死地躺着，右手紧攥着一沓钞票——他全部的财产，那只手一直没有松开过。

"李嗲赌一世的博，有一分输一分，这几张票子冇丢到牌桌上，那要搭帮他动不得了。"

"早几十年打牌，别个都在桌子底下搞鬼；这十几年，别个在桌面上换牌，他也不晓得。"

"过年挨家挨户送春联，他还是想搞点子弹，准备正月间在牌桌上战斗。"

"那些跟他玩牌的也不是东西，这不是从老人家口袋里掏钱吗？"

"过去的年轻人还只是偷鸡摸狗，现在是吸毒、抢劫、偷盗，为了钱，他们什么都干得出来。"

"这回啊，你们得给他多准备几副牌带走，等他到那边继续打。"

几张嘴巴在我头顶上喷着烟雾，发出烟熏过的沙哑笑声。

姥儿安静地躺着，脸和死人一样，一条膝盖却弯起来，将被子顶成一座山，看上去很悠闲。

到了睡觉的时间，我也不想上床，挤在火堆边，听亲戚们聊天，说的都和姥儿有关。他们说一阵，笑几声。有时也沉默。最后大家打着呵欠陆续散了，临走前看姥儿一眼，手指探到他鼻下，确定他是否断气。爷爷想留下来守着这堆火，二伯说："你也七十多岁了，守一夜，哪里锵（方言：承受）

得住？我们弟兄几个轮班。"他们很快排好了值班表，没有我。我倒是喜欢烧火，爱闻烧橘树杆时散发的橘子味道，看潮湿的木柴两端冒着水汽，发出嗞嗞的响声，有时候还可以煨一个红薯，烤一块糍粑。姥儿经常这么做，并且将烤熟的东西掰一半给我。

姥儿的脸在火光中像一截很好烧的木头。他一动不动。

我醒来时，地铺上的亲戚们正穿衣起床，他们说我胆子大，晚上在一个就要变成鬼的人的脚头睡着了。

吃早饭时，爸爸趿双拖鞋，踮着脚尖，脚上缠了纱布。原来在下半夜，姥儿发了一阵狂，他掀了被子，在床上发疯，力气很大。他认出了爸爸，说他这两天死不了，死了不要花钱，不要买棺材，用席子卷了埋掉。过一会儿又对着爸爸喊爷爷的名字，说"做鬼都不放过你"，然后拉了一裤裆褐色的糊糊。爸爸给他换洗完，拎了脏衣服出去扔掉，回来看见姥儿倒在火堆边，裤子都烧着了。爸爸救姥儿时踩到火，受了伤。每次给姥儿屁股上那片没有皮肤的红肉涂药膏时，爸爸的眼睛就眨个不停。

二伯母舍不得店铺连续关门，"等他真正落气了再回来，嘻嘻"。二伯母的尖笑声很哆，像她的超短裙那样努力天真。我的那些堂表亲吃了午饭也离开了——姥儿不死，他们留下来也没有意义。大伯跑外面，订千年屋，买香蜡纸钱，寿衣寿鞋，烟花鞭炮；大伯母不是在菜园里，就是在厨房；小姑总在打电话，或者盯着电脑敲敲打打，"公司一摊子事"。爷爷屋前屋后瞎转，好像在寻找什么东西。灰狗巴顿不停地吠。

"李嗲还不落气，莫不是心里有什么事没安排好吧？"

"拖十天半个月那是正常的，我翁妈那次也拖了好久，最后没办法，给她吃了几片安眠药。"

"也是的，拖来拖去，都受罪。"

乡亲们在我家屋门口聊天。

后菜园里摘菜的邻居扯着大嗓门和奶奶聊天："还有几天狠的搞啵？"

"哦呀，这几天还不得落气，茶端慢了还骂人呢。"奶奶回应，"主要是他们都要上班，耽误他们的工夫。"

姥儿拖着不死，这件事就过了新鲜劲，泥屋里不再挤得满满当当的，村里人只等着喊吃丧饭了。

大姑自觉地承担着某种责任，隔一阵就进来，拿起姥儿的手看来看去，好像鉴宝一样——她相信人是从手指尖开始死的。大姑读书少，但在这方面见多识广，她婆家那边不少老人去世，她都送了终。不过，她也承认有的人从额头开始死的。所以大姑还会不时检查姥儿的额头。但她始终没有得出确切的结论——姥儿的表现太反常了。大姑没有泄气，相反兴趣更大，她专门打了一盆热水，给姥儿洗了几十遍脸，双手也是擦了又擦，那盆水都洗黑了。我没见过大姑父，我出生之前，大姑就离婚了。据说他们一起生活的时候，天花板上总有拖鞋印，他们经常打架，武器乱飞。每隔段时间就要刷一遍墙。屋里到处都是修补的痕迹，纱窗打着补丁，遥控器用透明胶黏合，茶几缺了一只角，冰箱凹进去一块，连大姑的额角都留着疤印。

二伯不靠近姥儿，好像嫌恶。二伯值班。爸爸临睡前，给姥儿洗了伤口抹了药。二伯先用绳子稳住姥儿，将他的两只脚和竹柱子系在一起。姥儿喊"呷兒"，二伯就像没听见，只是用火钳戳着柴火上烧黑的部分，火星迸溅，火苗蹿起来，带起尘烟。

"你喜不喜欢姥儿？"二伯问我。

这个问题很新鲜，没有现成的答案。我想起姥儿拄着拐杖站在苦枣树下，挥动他从镇里买回的红色玩具汽车向我招手——姥儿从来不踏进我们家半步。

"他对儿子、孙子都没有感情，更何况你们这些曾孙子。"二伯对着火说。

我不知道"感情"是什么意思，二伯也没有进一步解释，我只好默默地看着火舌舔来舔去。

姥儿哼了几声。屋子里有股药味和脓臭味。

过了两天，阳光明媚，泥屋里只剩姥儿和那堆灰烬，大家都在外面晒太阳。棺材架在凳子上，爸爸和大伯已经给它刷完漆，崭新的，在太阳底下闪闪发亮。这个里红外黑的木盒子，比起姥儿的泥屋漂亮多了，尤其是后来铺上金黄绸缎的时候，我都想躺进去舒服一会儿。二伯也不那么急躁了，他是有学问的人，知道姥儿不吃不喝成不了仙，终究要死。他甚至动员大家干点体力活儿打发时间，把围住地坪的那道矮墙拆了，免得人来人往不方便。于是我们一家人撬啊，锤啊，敲啊，铲啊，叮叮当当地忙起来，场面十分欢乐。

我第一个发现姥儿站在泥屋门口。他摇摇晃晃地走了两步，爸爸赶紧跑过去扶住他。大家都停下来，吃惊地看姥儿坐在椅子上"晒太阳"。

椅子上根本不是一个人，是件肮脏连帽的破风衣歪搭在那儿，脑袋支不起，垂在胸口。姥儿这副滑稽的样子让大家笑起来。他们说他回光返照，耗掉最后的精力，明天肯定要放铳报丧了。我想起姥儿平时坐在这张椅子里读书，看到我，他会放下书，盯着我，好像要跟我说话。我有时凑过去，蹭饼干糖粒子吃，姥儿趁机跟我讲会儿书里那些会武功的人，他们打架很有意思。

我没有笑。姥儿那两只拿书的手，像蜘蛛脚一样僵硬，指甲里有黑垢，掌纹全是细细的黑线，手背像一块皱抹布。两只肿脚鼓圆了袜子，像两截出了土的树蔸子，脚指头像根须戳破袜子，脚指甲一百年没剪过，长成了弯弓，和灰狗巴顿的脚指甲一样。

姥儿堆在椅子里，对外界毫无反应。爸爸和大伯把他架回床上。我们又叮叮当当地干起活儿来。

天黑前围墙全部拆除，周围也打扫得干干净净。夜里气温低，泥屋里重新烧了一堆旺火。姥儿回光返照之后，就闭着眼，嘴巴半张，再也不喊"呷儿"了。

大家兴致勃勃地守着那堆柴火，商量怎么办丧事。大伯二伯和爸爸都同意按照经济实力来办，不跟别人攀比豪华，也绝不让别人说风凉话，就是比上不足，比下有余的意思。爷爷说不行，姥儿的丧事要办得比谁家都好。

"你打算花多少钱？"二伯问爷爷，"自己有多少存款？"

爷爷不吭声。

"要是打肿脸充胖子，还不是我们这些做儿女的受罪？"二伯又说。

"我们省吃俭用，存了一万五千元，就是给你爷爷办丧事用的。"奶奶替爷爷回答。

"去年村里办得最气派的那桩，花了十五万，"爸爸说，"三天三夜的道场、六天大戏，海鲜席，五粮液，蓝蒂巴的芙蓉王……"

"确实没有必要，现在挣点钱不容易。"大姑穷，说话像个外人一样客气。

"莫说没那个经济实力，就算有那些钱，我也不赞成大操大办。"小姑笑着说，"如果生前亏欠了他，给他烧一百栋别墅，送一百亿冥币也没用。"

爷爷的脸色顿时比姥儿的还难看。

大姑揪了一下小姑的耳朵。

二伯有文化，小姑有钱，爷爷从不对他们发火。

大家沉默下来，仿佛都在体会小泥屋里的那股压抑。二伯率先走出去，他打开门，冷风扑进来，烟在屋里乱窜。大伯也起身去搬柴火。爸爸飞快地眨巴眼睛，清了清嗓子，什么也没说。

"要说舒服，村里哪个老头子有他舒服呀？我可是一日三餐送到他手上，"奶奶说道，"他要是在外面打牌，饭就给他热着，等他回来再端给他吃。"

爷爷挺起腰杆来，接着奶奶的话："整整给他端了二十年饭……他呢，他为下面的人做了什么？我六岁就没了娘，在外面放牛打工，冬天连棉裤都没有……"

爷爷把自己说哭了。女人们跟着抹眼泪，除了小姑。

"爸，那些旧社会的事情就算了。爷爷就要走了，不应该让他也带着怨气走。他是你的父亲，我建议你跟他认个错。他听得见的。"小姑说。

没干透的木柴嗞嗞地冒着白汽。火和烟各玩各的。偶尔一声炸裂，像是谁在咳嗽，溅出一群唾沫星。

爸爸使劲眨巴眼睛。

一会儿人都走了，只剩爷爷一个人坐在火堆边思考。

烤地瓜已经散发香味，我用火钳将它拨到一边，等地瓜皮烤得焦黄再吃。

这时候，爷爷站起来，走到床边，抓着姥儿的手，又摸了摸姥儿的脸，像个瞎子似的。然后弯下腰，凑到姥儿耳边喊道："爹啊，你听得见不？我是你儿子呢！"

老子老得起不了床，儿子老得直不起腰。

"我对不住你，我错了，你莫怪我了啊爹。"

"爹啊，你要呷儿不？肚子饿不哪？想呷点么子东西？"爷爷有点糊涂了，手也没地方放，像一个忘了台词的演员。他想了想，接着说道，"爹啊，你要保佑子孙平安啊！莫牵挂了，只管放心去吧。"

姥儿嗓子里发出下水道的声音。

又过了一天，姥儿没有好起来，也没有坏下去。一条腿弯着，仍然拱起一个"土地庙"，不时还挪一挪屁股。有人进门，他甚至还会抬起脑袋，看一看是谁。奶奶说姥儿筋骨生得硬，一世人没生过病，没吃过药，肯定比一般人熬得久。我的亲戚们就像卡在半山腰，进退两难，只好不断抱怨鬼天气，都快三月了，还这么冷，这么冷还盖不住水沟里的猪屎臭。啊，乡下的时光真无聊啊，好像他们不是乡里长大的。大姑和小姑翻出羽毛球拍，没打两下，球就落到姥儿的屋顶上去了。二伯摸着胸口蹀来蹀去，带灰狗巴顿到菜园里转了转，最后跑到代销店娱乐室和别人斗了半天地主，赢了五百多块钱，顺手买了些鱼肉丰富晚餐。奶奶打算给姥儿装点饭菜，拿起碗又放下，笑话自己二十年的习惯，一时改不过来。我的亲戚们说，这回子姥儿一死，奶奶就解放了，进个城也不用急着赶回来怕姥儿饿肚子，至于姥儿那间小屋嘛，可以用来放农具，或者做成娱乐室。筷子碗欢快地碰撞。我的亲戚们一边描述爷爷奶奶的新生活,一边吃光了所有的菜。

小姑唉声叹气,回来之后,公司那边很多事堆在一起,都是火烧眉毛的事情。小姑住得最远,路上又是汽车,又是飞机,要花费整整一天。二伯店铺虽有二伯母看着,但他不在,每天损失也不小呢。大伯一家也是干一天,得一天钱,大伯和大伯母虽没怨言,但谁都看得出他们心里着急。只有爸爸没事,反正是农闲时节,反正他天天在家里。

爷爷好像为姥儿拖着不死感到抱歉。他已经给姥儿道过歉了,姥儿并没有安心死掉,证明他不肯落气并不是因为这个。那他为什么不落气呢?我的亲戚们拧紧眉毛,压抑的情绪像夜色一样围拢过来。

晚上照例在姥儿屋里烤火,等姥儿死。大家烤得一身落满灰,脸皮干燥,但也没别的地方去。等烤到昏昏欲睡时,就陆续钻被窝里去了。今晚轮到爸爸值班。我很高兴爸爸允许我留下来睡在火堆边,因为楼上阴冷,大伯老打呼噜。爸爸给我弄了两张椅子,我就半躺着,被子垫一半,盖一半。爸爸往火堆上架了两截巨大的木头,我看着它们变黑,出烟,燃了一小片,就暖暖和和地睡着了。

我是热醒的。我掀开了被角。迷迷糊糊中,只见姥儿双手在空中乱蒢,嘴里不停说话:

"我的崽那天打我呢……推得我绊了一跤,屁股现在都疼。"

"王老倌欠我八百块钱,没还……帮我找他要回来。"

姥儿咳了几声:"我要呷旮。"

爸爸从抽屉里拿出姥儿的洋铁皮罐子,犹豫片刻,慢慢伸手进去,捏了几粒白东西放进茶杯里,用调羹慢慢搅,眼睛拼命眨,手搅得越慢,眼眨得越快,最后手好像停了下来,眼睛眨得像没睁开。

前几天姥儿喊嘴里没味,大姑给他含姜片,现在爸爸给他加糖呢,姥儿爱吃甜食。

爸爸扶起姥儿,拿调羹一勺一勺地喂。我听到瓷勺儿(方言:勺子)舀到杯底的声音。

"洗砚之时曾染指……种花以外不低头……虎虎啊……我活不得蛮久了,我没办法教你写诗了呢……"姥儿长叹一声,好像很舒服。

姥儿终于睡着了。火光一摇一晃。屋里暖融融的。

"嗲嗲……对不起,莫怪我啊。"爸爸低声念了一句,双手将自己的脸揉成一团。

早上醒来，我睡在床上，肯定是后来爸爸抱我上来的。我睁眼就想到昨晚烤的地瓜还在火盆里，不知道是不是烧成了灰。周围静悄悄的。我下了楼。姥儿的屋子里也静悄悄的。所有人都在。姥儿两条腿伸得笔直，手放在胸口，下巴抵着的纸筒使他闭紧了嘴巴。他眼睛微阖，好像在看我。

"已经走了。"大伯探了姥儿的鼻息，把了脉。

爸爸的眼睛飞快地眨巴。

屋子里的茶杯、桌具，以及塞在窗缝里的瓶瓶罐罐全都目瞪口呆，它们瞬间变成遗物。它们也没有哭哭啼啼，就像我的家人们一样，平静地立在原地，落着灰尘或者污渍。

所有人同时松了一口气，产生出很响的呼吸流，声音很大。爸爸打开门。专办丧事的薛老爷随着冷空气涌了进来，他的脸墨黑，似乎只有黑成那样才适合和死人打交道。

薛老爷二话不说，挽起袖子，很权威地吩咐我那些六神无主的亲戚。

"快，打盆热水，还有毛巾，肥皂。"

"寿衣拿来。一会儿手脚硬了，就不好穿了。"

"准备香烛、纸钱、长明灯。"

我的亲戚们应声散开，各自忙活。

外面，薛老爷的儿子开着手扶拖拉机停在路边，车厢里装得满满的，一架绿色的电铳炮，炮口对着天空。

薛老爷的三个儿子跳下车，手脚麻利地卸货。搬出大喇叭，这个即将在夜里通宵鬼嚎吵得我睡不着觉的东西；抬出冰棺，一会儿他们会把姥儿放进去。我们小孩子围着东看西看，都很兴奋，还为了争地方打了起来。我长到九岁，家里从没有办过什么大喜事，没人出嫁，没人结婚，也没有人死。我很骄傲这一切发生在我家里。

"放铳喽！"薛老爷在门口朝他儿子挥手喊了一声。

铳炮"砰"地响了。没有火药味。我们赶紧跑开。身后一连响了六发。

姥儿的泥屋里金黄明亮，散发出一股奇怪的味道，别人家办丧事时我闻到过。我站门口朝里看，里面一个人也没有。姥儿躺得比床还直，埋在鲜艳华丽的红绸缎底下，脸上盖着那本他经常翻看的武侠书《碧血剑》，脚底那双崭新的鞋底在蜡烛和长明灯的照耀下比雪还白。我想象干净富贵的姥儿站起来在屋里走动，他一定会高兴得合不拢嘴——以前他穿得太脏污，太破旧了。

我盯着红绸缎，姥儿薄薄的身体动了一下，似乎还喊了声"呷儿"。烛火跳了两下。不知为什么，我哭了起来。

接下来我们家就成了战场，乱七八糟的。铳炮声持续不断。大喇叭里的音乐听起来很喜庆。各路人马在我家进进出出，男男女女嘻嘻哈哈，搭灵堂，摆桌椅，运来锅碗瓢盆。从姥儿落气的当天中午开始直到下葬，每逢吃饭时间，就会有很多人围在那几十张桌子前吃得嘴皮油亮，满脸通红。

丧事总指挥斜挎着黑皮包，里面装着丧事的总开支，他严格按我家的预算来花销。首先成立治丧委员会，下面分工负责，做酒席的后勤，抬棺材的金刚师，以及道场、戏班子联络。东家什么也不用管，只负责出钱，以及腾出闲情来悲伤。爷爷总担心别人吃得不愉快，不和伯伯们商量，告诉总指挥，白沙烟上升到金芙蓉，每桌酒席添加一只脚鱼、一盆螃蟹，酒也由金枝换成泸州老窖。这就大大超出了原定的五万元的预算。我的亲戚们心里不舒服，但一想到整个丧事办得喜庆圆满，在折腾了一天一夜之后，姥儿被顺利放进那个一米多深的坑，也没有多说什么。据说这是我们整个家族迄今为止发生的最为光彩的事件。人们后来评价，说我们家的丧事办得最大方，酒席是全村最好的，味道好，分量足，有几桌原封未动的菜送给了左邻右舍，更是博得了村人的称赞。爷爷很长一段时间都沉浸在这种骄傲当中，把这场丧事当作此生打的最后一场漂亮仗，他昂起头，好像胸前佩着勋章。

躲过了过年的那口肥猪，这会儿被几个壮汉控制在案板上，叫得格外不甘心。屠夫那把一尺多长的刀子捅进猪颈窝，一股冒着热气的血喷泉般准确地落进脚盆里。

我们就是在肥猪的阵阵嗷叫声中，换上了白大褂，个个像医生，头上裹块白布，白布垂下来飘在背后，又像唱戏的。事实上也是，接下来的时间，我们在薛老爷的指挥下不断表演，磕头，下跪，烧纸，念经。由于没有经验，我们弄了很久，才将那块白布稳在头上。二伯母笑嘻嘻的，对着镜子照半天，从白布中拨弄出一绺刘海儿，顺了顺鬓角，使自己显得更美。小姑的白布整了几个角，像护士帽子。奶奶裹得像个修女。大伯母脑袋小头发少，白布总往下滑，大姑用发卡帮她固定了。我们男的简单，扯住白布角在后脑勺打个死结。这块白布使我们一下子与普通人区别开来。有时候，我觉得我们就像一群劫富济贫的白衣教徒，骑着快马，手挥长刀，就要嘶喊着冲下山去，身后的白布飘起来。这块白布后来的作用很多，比如擦一擦冷风催下的清鼻涕，下葬时接风水师撒发的发财米，尤其是还有保暖效果，让我总觉得热。

午饭后，戏班子来了。敲锣鼓，吹唢呐，嘎胡琴（方言：拉二胡），很快吵成一锅粥。

"要唱孝歌子喽，来来来，孝子孝孙们，都过来跪下。"薛老爷安排我和我的亲戚们按老少次序围着姥儿的冰棺跪下，嗑瓜子、嚼冰榔的观众立刻将我们围得水泄不通——据说这是丧事过程中最有趣的环节——看人悲伤，陪人哭。化好了妆的女人穿着戏服，手里拿着麦克风和我们这些白衣教徒的名单，笑哈哈和围观的人说话，大嘴巴像吸血鬼。

爷爷奶奶跪在姥儿脚前，"啊——呀！"戏子一声哭叹，张开血盆大口唱起来：

"爹啊，我的爹啊，你为什么就这样走了，从此以后……我再也有得最亲最爱的爹了啊……"

戏子哭得要断气似的，声音通过麦克风，从那个大喇叭扩散到阴暗的天空，有种天崩地裂的感觉，连她嗓子里那丝细小的抽泣声被大喇叭扩大之后，也变得像刀片那样锋利。我感到我的心被割疼了。

戏子的眼泪顺着粉妆流下，就像小溪淌过雪地。

爷爷奶奶垂着头，各自从口袋里掏出十块钱，放进戏子脚边的草帽里。

戏子擤了一把鼻涕："爹啊，爹啊，我苦命的爹啊……"

"行了，他们一把年纪了，跪不得太久，你差不多就行了。"薛老爷对戏子说。

爷爷奶奶给姥儿敬酒，磕头，又从口袋里掏出十块钱放进草帽里，起身腾出地方。

轮到大伯和大伯母了。大伯一跪下去就掏口袋，围观的笑了起来。

"嗲嗲（方言：爷爷）啊，我的嗲嗲啊，孙子不孝啊，一年四季在外面，对你老人家照顾得少啊……"戏子换了台词，看样子很了解我的亲戚们，"你一世为了我们，辛苦操劳啊……"

戏子哭得很认真，脸上泪痕混乱，看起来就像有鸡群在平整的雪地上打过架。嘻嘻哈哈的人很快安静了，一些女人跟着哭起来。一时间全世界都悲伤了。我们家的人却没有眼泪。这让我感到惭愧。

我隔着玻璃看了一眼冰棺中的姥儿，他的脸小了很多，颧骨突得更高，腮帮子放得进拳头。姥儿十多天没吃东西，他是饿死的。

"虎虎，来，给我再装碗饭去吧。"那年我五岁。姥儿已经吃掉两碗米饭，一堆红烧肉。奶奶觉得他不晓得饱足，怕他被饭撑死，所以扣下了那只饭碗。

我空手回到姥儿身边，他似乎也忘了吃饭这回事，问我："你妈妈蛮久冇回来了吧？"

"妈妈和爸爸离婚了。"我说。

"我像你这么大的时候，就冇得娘了。"姥儿试着将我抱到他腿上，但我太胖，他抱不动，于是放弃了，指着泥屋里很占地方的那张桌子，说，"去，打开中间那个抽屉，把洋铁皮罐子和最上面那册练习簿拿过来。"

姥儿揭开罐子，捏了一块很大的冰糖给我，盖好盖，让我放回抽屉。我含着冰糖，看姥儿翻开练习簿，想想哼哼，哼哼想想，然后在簿子上写了一些长度相等的句子。抽屉里那一摞练习簿，里面全是一截一截的句子。我后来才知道这叫诗。等到烧姥儿的东西时，这些练习簿被抢来抢去，识字的大声朗读姥儿写的诗，个个笑得要死。

"写诗儿好啊（方言：很好）……你太小了，只怕我等不到教你的那天呢。"姥儿的字规规矩矩地待在格子里，就像人躺在棺材里一样。

我开始抽抽搭搭地哭，可是戏子的声音太大，我感到压抑，于是昂起头，像挨了揍那样号哭起来。

没有人管我。大伯掏出了一张五十元的绿票子。观众发出了惊嘘声。

草帽的底慢慢被钱盖住了，唱到小姑这儿，已经蓬松地堆了起来。因为戏子知道二伯一家在城里做生意，一直咬住他们唱。二伯也逗戏子，不紧不慢，掏很多一块钱的零钞。围观的乐坏了，笑声一浪接一浪。戏子聪明，心知斗不过二伯，主动放弃，留了精力在小姑这儿捞最后一笔。

这时，戏子的眼泪已经干了，鸡打过架的雪地上结了冰。

"哆哆啊，我的个好哆哆啊"。戏子转了调，用了新的唱腔，声音颤抖着，旋转着，像个电钻一样直往人心里钻。喉咙里那股气像一只小鸟冲进云雾不见踪影，她的嘴张开，舌头僵在那儿，直到小鸟飞回来，落在舌尖，重新激活了她。

所有的人都捏着一把汗，要是那只小鸟一去不回，就要出新的人命了。

唱了太长时间，戏子的嗓子已经不像开始那么敞亮，声音哑，困在喉咙里出不来，听起来更悲伤，好像马上会死于心碎。一阵呼天抢地，满头大汗，戏子缓口气，转了唱腔：

"你这个小孙女长得乖哪，心事儿（方言：心地，良心）好哇……年纪轻轻自己就开了公司啊，有啊……有出息啊……"

小姑给姥儿上香，敬酒。

"你的哆哆晓得，你是个孝顺的孙女儿……他老人家一定会保佑你发大财啊……我也晓得你是个大方的有钱人哪，你袋子里的红票子一张张只管拿出来哪……"

人们大笑，跟着起哄。

小姑随戏子去唱，磕完头，往草帽里丢了两张百块子，起身走了。

孝歌唱完了。有些人围着满头大汗的戏子，帮她数钱。

人们像鞭炮屑覆盖着地坪，不时有笑声炸响，好像没放完的鞭炮，纸屑飞起来，旋几圈落下。唱孝歌子的一个人赚了一千八，做道场的几个法师上来，就更有看头了。我的亲戚们这才知道，接下来的道场、出殡，那才是重头戏，你从口袋里掏多少出来，大家都看着的，总不能比唱孝歌子的低。大伯母着急，赶紧打散百块子，换成十块二十块的。二伯母嘻嘻笑："别个爱说说去，又说不掉我身上一块肉。"

奶奶开始处理姥儿的财产，就是他一直攥在手里的那些钱，按家族户头算，每家分得八十块。奶奶嘱咐这是发财钱，不要花掉。我的亲戚们并不觉得这八十块钱与别的八十块钱有什么区别，除了被姥儿攥得一股汗酸味之外，所以后来全扔进了道场先生的法事钵里。

天气虽然寒冷，十几个藕煤炉子（方言：烧蜂窝煤的炉子）分散在地坪上，热乎乎的，每个人的脸上都带着两坨红。藕煤孔里伸出绿舌头，瓜子壳吐进去，就冒出一股青烟。闲聊的妇女们围着炉火，一会儿烤脚，一会儿烤手，有时还要烤屁股，似乎不这么翻动自己，就对不住那堆火。

没有人看姥儿一眼。那个大冰棺，像一件用了多年的旧家具。

做道场的几个来了。他们似乎早已心中有数，满脸愉快，像鱼儿划过水波似的，穿过人群。他们喝一杯芝麻豆子茶，戴起高帽，穿上花花绿绿的袍子，挂出他们的鬼画符，敲击木鱼，吹响喇叭，摊开爷爷交给他们的家谱，口齿不清地哼哼叽叽，唱经作法。

一会儿，道场先生们敲锣打鼓，在地坪里快步转圈，在桌子间穿梭，我们几十个白衣教徒跟在后面，按辈分年龄排序，爷爷奶奶打头，队伍像条受伤的白龙痛苦地扭动身体。

"来来来，孝子孝孙们，"薛老爷在桌子上搁了一个竹篾篮子，"钱只管往这里面放。"

围观的人拍脚拍手笑。

我的亲戚们备足了子弹，只要经过竹篾篮子，就有票子飞进去。反正天气冷，多转几圈没坏处，所以我的亲戚们挺高兴，像上体育课。

悠闲地转了二十分钟之后，竹篾篮子看不见底了。

道场先生好像知道里面没有红票子，加速念经，嘴里快得像狗抢屎，乐器敲击声像开了锅的粥，脚步不断提速，20迈……30迈……40迈……突然，他们帽子后面的两根飘带浮起来，我的亲戚们那垂下的白布像旗帜一样，被风扯横了，抖出飕飕的声音。我们不是碰到桌子，就是磕到凳子，跌跌撞撞，呼哧呼哧喘气，一面笑得要死。那些看热闹的更是哈哈不断。这时候，薛老爷扯住爷爷奶奶，拉出队伍。他俩坐在椅子上，好像不甘心在游戏中出局，张着嘴，好久都没缓过来。

我们继续奔跑。我们成了白衣仙子，完全飞了起来。观众的脸越来越远，越来越模糊，他们的笑声也被风吹得七零八落。二伯母撑不住了，从口袋里掏出所有的钱，扔进竹篾篮子，她慢慢降到凡间，钻进人群中。

篮子里已经有点料当（方言：意思是有货，有实质内容）了，明显看得见红票子。大伯弹尽粮绝，再加上薛老爷在喊香烛先生，大伯趁机离开队伍。长龙越来越短。短得不成样子，最后只剩下我和我的堂表亲们跟着道场先生，我们这些曾孙辈，有体力跑，有兴趣玩，但是口袋里没钱。于是，道场先生帽子后面的飘带落下来，我们都回到地面。据说刚才我们送姥几走了一百里地，晚上还要再送他过"奈河桥"，让他顺利回阳世投胎。

竹篾篮子里的钱很快清点完毕。道场先生喝水润喉，眯眯笑，仿佛长了四道眉。

按薛老爷说的，等到晚上送姥几过"奈河桥"时再披麻戴孝。我和我的亲戚们卸下了孝衣，像是憋得太久，缺氧似的大口呼吸。周围的人全是红光满面。地上一层瓜子壳纸屑槟榔渣。屋角塘边的那堆熊熊大火，正在燃烧姥几用过的东西。泥屋里已经搬空了，又迅速被厨房办酒席用的柴火、碗筷、蒸柜等器物填满。

姥几躺在堂屋的冰柜里，他一定闻到了他屋里飘出来的扣肉香。

姥几的东西不经烧，很快只剩下床骨架，以及垂死挣扎的火苗。这时候，给姥几备置的东西运回来了。那是一幢金光闪闪的纸楼房，比我还高，一共三层，堂屋里停着一辆奔驰汽车，几个筐里装满了钱。从窗口望进去，房间里宽敞得可以跑马。家具也是金光闪闪，成套成套的，床上铺着华丽的被子，鞋柜里摆着数不清的新鞋子。

干净富贵的姥几坐在书桌前写诗，他很年轻。

"虎虎，过来。"姥爻看见了我，高兴地招手。我走过去，倚在姥爻身边，他身上的新衣新鞋散发香烛的味道，"我这一世最喜欢的那两句诗：洗砚之时曾染指……你还记得下一句不？"

"种花以外不低头。"我说，"洗砚……砚是什么东西？"

"砚啊，就是石头做的，写毛笔字时，用来磨墨的……"

屋突然在晃，所有的家具在颤抖，发出沙沙的响声。

"这个灵屋子扎得好啊！蛮结实的。"薛老爷的儿子使劲摇这栋纸楼房，"狗肏的，舍得犯本（方言：舍得花钱）哩。"

我回头望了眼姥爻的泥屋，一缕青烟从那扇唯一的小窗飘出来，羞答答的。

村里的军乐队这时杀了过来。十几个红衣红帽白短裙的村妇，敲着大军鼓，齐声喊着一二一，踩着地坪上的杂屑灰尘，将队伍跺成方形。她们个个描了眉，画了眼，嘴皮子鲜红。有几个怕丑的，低着头笑。男人们大声议论，说她们脸上刷了墙面漆。

领队是个强壮的女人，挥动系着红绸的鼓槌，向军乐队大喊："一送哩个红军……预备……唱！"

烂铁皮鼓声和村妇们豁出去了的喊唱惊天动地。一首《十送红军》，又一首《咱当兵的人》，然后变成一唱一和的口号：

"孝子孝孙们听分明啊！"

"好的啊！"

"红包给得早，你屋里个个日子过得好！"

"好的啊！"

"红包给得多，你屋里读书当官的一窝一窝啊！"

"好的啊！"

……

她们闹翻了天。长明灯里的油快要燃干了。烛光一跳一跳。我讨厌这支军乐队，她们会吵醒冰棺里的姥爻。

吃晚饭的时候，高音喇叭停了，铳也不响了，只剩下人们哑巴和说话的声音。加菜，添饭，喝酒碰杯，喜气洋洋的。火锅炉子冒着白汽，远看像云，一朵一朵地浮着。脚鱼被迅速消灭了，人们站起来抢夹脚鱼汤煮下的白菜，筷子直打架。

屋里光线模糊。姥儿的冰棺陷入昏暗，黑白遗像在蜡烛和长明灯的映照下十分醒目。他冷冷地望向地坪，鼻孔里喷出的呼吸令烛光摇曳。

男人们饭还在嘴里，就开始搭建戏台，他们越是快乐，越是吆喝，骂粗口，钉锤子敲得叮当响。高音喇叭又唱起来。我那些酒足饭饱的乡亲，屁股掉转方向，就地抢占看戏的好位置。大姑端着托盘给大家发茶水，瓜子槟榔。爷爷奶奶坐在第一排。戏子一上场，他们的嘴就张开了。在一起生活了那么多年，他们已经长得像双胞胎，表情，牙齿，皱纹，以及微昂头看戏的姿势，都一模一样。

此刻，他们完全沉浸在自己家门口看戏的幸福中，我从来没见他们这么满足过。戏子一个亮相，奶奶突然开怀大笑，那张长期阴霾的脸上，顿时阳光灿烂。她雪白的牙齿，像穿透阴云的光芒——过去她总是抿着嘴，很少说话——嘴角的酒窝此刻仍在皱纹里出没，像小兔子在草丛中跳动。人们都说我长得像奶奶，我的嘴角也有酒窝，我的牙齿又白又整齐，我也阴着脸不爱说话不爱笑。

有一段时间，总有媒人来给爸爸介绍对象，话是这么说的——小孩没妈可怜，关键是给虎虎续一个妈。爸爸一个也没答应。

有天晚上乘凉，我和爸爸坐在河堤边。爸爸问我想不想妈妈，我说不知道。爸爸说，只要心里想，有一天她会回来的。但是我不想妈妈，她很少来看我，她就像我那些一年到头碰不着面的亲戚一样，并且越来越像一个远亲。

戏没意思，什么《刘海砍樵》《五女拜寿》，早跟爷爷奶奶看得滚瓜烂熟了。我坐不住，到处跑，那些看我们家的戏，吃我们家瓜果的小孩子，都在讨好我。我故意走到堤坡往下看，我们家灯火通明，全村的人都集中在我家地坪上。可惜女姥儿（方言：曾祖母）早就死了，不然我们家可以多热闹一回。

戏散得快，因为送姥儿过奈河桥的时间到了，耽误不得。道场先生撑开一架梯子，搁在路中间，他爬上梯子，爸爸跟在后面，上一级阶梯唱一阵，一级一级唱上去，在梯顶唱了很久，翻过梯子，又一级一级唱下来。我以为去奈何桥要走很远的夜路，没想到就是这样翻张梯子。我和我的亲戚们跪在路边烧纸钱，一边当火烤，一边配合道场先生，把姥儿喊"回来"。

二伯母胆小，觉得后背凉飕飕的，直往人中间挪。

"你们只管大声喊啦，哭啦！"薛老爷说。

我的亲戚们好像都很怕丑，他们一张一张点燃纸钱，咻咻地笑。

"要是不大声喊，他回不来的。"薛老爷又说。

我好像看见姥儿拄着拐杖从堤坡上走下来，一眨眼又不见了。黑暗中只有树影子在晃。

姥儿要是回不来，就会掉到血河里去。

我想象血河里的毒蛇和怪虫。"姥儿，姥儿啊，你快回来喽——"我使劲喊，叫得一声比一声大。

我的亲戚们笑了一阵，也放开嗓门喊了起来。

我和我的亲戚们穿着白衣，在黑夜里一声接一声地喊着，北风呜呜地吹，我们更像找不着家的鬼魂。

我们的声音劈开黑暗，传到很远的地方。

这时我听见了哭声。是我。我在哭。

道场先生说姥儿是听到我的哭声，才顺利过了奈河桥。他夸了我一番，然后卷起所有的东西离开了我们。帮忙的人也都回家睡觉去了。高音喇叭继续吵。我累得要命，睡在地铺上，我的亲戚们在姥儿身边搓麻将守灵，他们有说有笑，迷迷糊糊中，我听见二伯母尖声叫道："胡了！哈哈，哆哆保佑，豪华七小对！"

"虎虎，快点哪，虎虎啊！"姥儿喊我拿砚给他写对联。我睁开眼睛，却是大姑在推我："虎虎，快起来，姥儿要出殡了。"我卡在梦和现实之间，半天才想起姥儿死了。

天刚刚亮。光秃秃的树枝在摇晃。小雨夹雪飘向窗台。天气似乎比昨天冷。我下了楼，昨天消失的一切又恢复原状，人们各就各位。油毡布雨棚几乎盖住了整个地坪。铺着金黄丝绸的棺材搁在那儿，姥儿穿着那身新衣躺进去了。遗像、烛火和长明灯依然摆在脚那一头。一群金刚师整装待命，腰间都纳着一条毛巾，他们有不少是从城里赶回抬丧的。所有人都在嚼馒头，喝豆浆。我的亲戚们个个一身雪白，艰难地吞咽从镇里买回来的早餐，这使他们显得很悲伤。如果不是军乐队里的妇女和金刚师们打情骂俏，这个早上的气氛简直比八磅大锤还重：

"噫，曹堂客，平时冇注意，你化点妆也算看得哩。"

"哦哟，看得看不得，关你什么事，我夜里又不是跟你睡一张床。"

"哈哈，莫得（方言：万一）有机会呢？"

"你想都莫想，曹堂客的男人会剐了你的皮。"

"他在街上做泥水匠都不回来，晓得个鬼。"

下了一阵雪粒，油毡布上噼里啪啦像爆豆子。

那个叫曹堂客的女人突然指着堤坡那边："娥嫂！"

所有人都望过去。我看见娥嫂——我妈，穿一身黑衣，停在那儿。

大姑和大伯母带着妈妈走进地坪。妈妈跪下给姥儿磕了三个头。站起来，局促不安。她的眼睛和嘴角瘀血有伤，像是被人揍过。她那只受伤的眼睛先看见我，然后那只好眼睛也跟着红了起来。她仿佛要开口跟我说话。我躲进那群散发脂粉香的妇女中。

爸爸背对着我们，看着远处，好像那边有什么东西吸引了他。

邻居那栋废弃的老屋，一身青苔。窗框上长了野草。树从房子里长出来，冲破了屋顶。

"娥嫂真是有情有义。"

"换了我，我是冇脸回来的。"

"莫这样讲。听说她在那边生的儿子去年死了。"

"啊……"

村妇们低声吃馒头嚼舌头，将塑料管吸得吱溜溜响。

关于是否让妈妈披麻戴孝，爷爷和亲戚们起了争执，他认为妈妈不配穿孝衣。

妈妈像个做错事的孩子，垂着头，谁也不看。

"孝子孝孙们，都准备好没？"薛老爷喊道。

爸爸没说话，径直拿出了白衣白布头，亲自给妈妈穿戴好。

我和我的亲戚们站成一堆，等候薛老爷的命令。

"要会亲不？"薛老爷问。

"不用会了吧。"爷爷说。

"不看最后一眼了？"薛老爷有点惊讶，"一旦封棺了，想看都看不到了噢！"

"那就会吧。"爷爷说。

我和我的亲戚们围着棺材转。

"转慢点，好好看亲人最后一眼。"薛老爷喊。

我又羞愧起来。我的亲戚们只顾走路，甚至都没往棺材里看。姥儿全身埋在灰中，脸上罩着玻璃罩子，像要上太空的宇航员。他安详，宁静，似乎第一次睡上安稳觉。

"好了，会亲完毕，孝子孝孙们跪下！"薛老爷手一挥，"封棺！"

金刚师抬起棺盖。钉长钉。我们紧挨着跪下。妈妈和爸爸并排，衣摆连衣摆，肘碰肘。

"一封天官赐福，二封地府安康，三封生人长寿，四封白煞潜消，五封子孙时代昌。"薛老爷一边撒米一边念。

我见过别人家办丧事，这种时候会有惊天动地的哭声，甚至有人趴在棺材边，不让盖棺。下葬的吉利时辰，以及田野里新挖的坑都在等待，我的亲戚们一点也不想妨碍薛老爷的工作，静静地跪着，连呼吸都屏住了。

雨雪停了，天有点放晴的样子。但还是冷。我的亲戚们抓着自制的跪垫，立在一边，看金刚师将雕着龙头的长柱绑紧棺材，抬上四轮拖车，准备游丧。我骑着棺材，腿间搁着一袋米，我牢记薛老爷说的，米要保证撒到坟地，不能半路就撒没了。

现在，我比谁都高，看得比谁都清楚。妇女军乐队排在最前面，粗壮的小腿肚子歪歪扭扭；接着是我雪白的亲戚们。大伯高举招魂幡，二伯手捧遗像，爸爸抱着灵牌，剩下的人则像一群毛茸茸的小鸡东挤西挤。一声铳响，旗帜飘飘，军乐队敲响铁皮鼓，征战队伍缓缓出发。我周围的金刚师们手搭着木架，松松垮垮地走着。花花绿绿的道场队伍跟在后面，各自吹拉弹奏，摇头摆尾。最后面是薛老爷的儿子开着手扶拖拉机，嘭嘭嘭嘭，上面装满了香烛纸钱烟花鞭炮。

一路上鸣炮奏乐，浓烟翻滚，我们冒着炮火前进。火药味呛人。我的亲戚们时隐时现，仿佛在云中穿行。拖车像蜗牛似的往前滚。专门从城里赶回来的高个儿金刚师扯着嗓门说城里的事：

"有天夜里睡不着，在街上乱转，一个穿超短裙的女的从树背后站出来，要拉我做生意。我一看有点面熟……我说，你是牛八儿的堂客吧？那女的一愣，赶紧跑了。"

金刚师们大笑："你真的冇跟她去？说老实话，保证不告诉你的堂客。"

"你们脑子里一天到晚只有乱搞。看看三波，都等了五年了，"高个儿金刚师侧过身，朝我挤了挤眉眼，"我看娥嫂迟早会回来……有没有谁跟我赌一包蓝蒂巴（方言：香烟过滤嘴，或烟屁股）芙蓉王……"

这时，金刚师领队打出手势，停止前行。我的亲戚们突然转身朝我们跪伏，仿佛皇帝驾到，白压压的一片。大伯和大伯母小跑过来，跪谢每一个金刚师。丧事总指挥塞给金刚师领队一个红包和一条烟。

队伍重新挪动。我憋着一泡尿，坐立不安。冷风吹得清鼻涕直流。抹一下鼻涕，撒一把米，手上粘了一层米粒，往身上蹭了蹭，白衣上留下黑印疤。有一阵我忘了撒米。

爸爸踮着伤脚，拉着妈妈一起给他们下跪的时候，嘻嘻哈哈的金刚师们突然安静下来，好像有点惭愧。

"虎虎，冷吗？"妈妈最后昂起头，手只能摸到我的鞋子。

我低着头不说话，也不看妈妈的脸。

金刚师一路不断"罢工"。不多久到了姥儿的墓地。拖车停在大路上。出力的时候到了，金刚师紧紧腰带，往手心唾口痰，搓出一阵糙声。只听见一声"哦嗬"，金刚师们抬起棺材，踏进收割过的稻田，快速前进。铳声、鞭炮声、道场先生的喇叭、钹，军乐队的烂铁皮鼓，集中发力，敲烂了天空，阳光从破洞里迸射出来。我们像一只龙舟在水里飞驰。像一只蜈蚣虫在禾蔸子中间逃窜。风削过我的耳朵。不知什么时候，我已经尿了一裤裆。棺材放进深坑，他们往姥儿身上填土的时候，我一直沉浸在尿裤裆的羞耻里，下半身仿佛泡在冰水中。

我和我的亲戚们围在墓边，跪成一个 U 字形。一个雪白的 U 字，写在黄土上。我们很安静。田野的风从远处扑过来，揪着枯草和树叶。鞭炮烟雾匍匐前进。隔着棺材，我看见姥儿睡熟的样子，泥土一锹一锹泼撒在他的脸上。我好像听见爸爸在低声念经："对不起了，嗲嗲……对不起了啊，嗲嗲……"

妈妈两只手深深地抠进黄土里，慢慢地攥紧，一些散土从她的指缝里挤出来。风吹乱了她一行一行流下来的眼泪，脸上湿一片干一片。她没发出声音。鼻涕吊在鼻尖上。她好像在回忆什么，表情十分遥远。她咬紧嘴皮子。她憋红了脸，脸上的伤好像获得了新的生命，变得更加鲜亮。

"啊——"一只关不住的野兽突然撞开妈妈的嘴，窜出来，嗷嗷地在田野上撒野。她的号哭声震得一切都静止不动，连风都停止了奔跑。

姥儿的坟高高地堆起来，像一只大奶子。我和我的亲戚们一边脱孝衣，一边往家里走。回到家，太阳已经出得满满的，照着我家的楼房，也照着姥儿的泥屋。地坪上空空荡荡，油毡棚拆了，桌椅也撤了，到处扫得干干净净。姥儿的遗像挂在堂屋中间，香烛燃得正旺。灰狗巴顿不知从哪里钻出来了，摇着尾巴迎接我们，表现久别重逢的狂喜。奶奶叠着左右手站着，想到再也不用给姥儿送饭了，那双手既觉得如释重负，又觉得无所适从。奶奶近乎炫耀地展示雪白的牙齿和嘴角的小酒窝，好像是彻底和大家分享这个珍藏了很多年的秘密。

太阳就像一个刚刚烤熟的馅饼，热乎乎的。我的亲戚们开始脱去外套或者毛衣。

爷爷戴了老花镜，拿出办丧事的账本，召集大伯二伯，要算一算给姥儿花了多少钱。

爸爸低头使劲擦皮鞋，看样子是要用他的摩托车送妈妈进城。妈妈软在椅子里，仿佛刚才的号哭耗尽了她全部的精力。

我已经换了干净裤子，我的亲戚们开始拿我取乐，笑得茶水喷了一地。我随他们闹，只顾翻着姥儿的练习簿，我从火边抢出来的，有的已经烧掉了角。后来，我抱着姥儿的洋铁皮糖罐子坐到苦枣树下，擦掉外壳被火熏过的黑灰，揭开罐盖。里面有半罐冰糖，还有几颗我从未见过的小糖粒子。我捏出一粒放到嘴里，当我意识到这粒糖不但不甜，反倒有丝苦味的时候，它已经滑进了我的喉咙。我又找了一块冰糖嘎嘣嘎嘣地嚼着，慢慢翻看姥儿的练习簿。太阳暖融融的，树影子在本子上摇晃，我听见马蹄声嘎嘣嘎嘣，练习簿上的字化成一群武林高手，他们骑着马挥着砍刀，腾云驾雾般冲杀过来。

（原载《人民文学》2016 年第 4 期）

作者简介：

盛可以，1979 年生于湖南益阳，90 年代移居深圳。著有长篇小说《北妹》《水乳》《道德颂》《死亡赋格》《野蛮生长》以及短篇小说集《留一个房间给你用》等。

给灵魂穿白衣

田　耳

　　一路颠簸，小丁不免对小赵心怀歉疚。小赵一直将摄像机抱紧，担心机子被山路抖坏。山路颠簸，小丁常走，开车依然小心。车程一个半小时的鹭庄，显得格外遥远。手机断了信号。前方那一带山壁呈现大片青灰色调，将整个视野修饰成傍晚来临的样子。

　　昨晚接小叔的电话："小丁啊，你爹在吗？"

　　"不在，开会去了。"

　　"你爷爷又差不多了，就这一两天。你们都过来一趟。"小叔又补充说，"这回真差不多了。"

　　去年五月直到现在，报病危的电话，小叔打来四五次，都说老人家看样子快不行了，叫他们回鹭庄接气。小丁父亲丁正钊头两次去，结果小丁爷爷挣扎一番又活过来。那以后再有报病危电话，丁正钊就不肯轻易耽误时间，支使小丁先回鹭庄探看情况。丁正钊交代，真差不多了，赶紧打我电话！

　　父亲眼里有内疚，同时又摆出毋庸置疑的神色。父亲每天要赶赴多场会议，办许多事，见许多人。某些场合，他喜欢在洒金宣上写下相同的两句诗：何时得遂田园乐，睡到人间饭熟时。

　　这次小叔又将电话打来。小丁已经没法和父亲联系，但父亲提前交代过，若去鹭庄，带上电视台小赵同去。

　　鹭庄是个长满古树的村庄。鹭鸶是一种呆鸟，十年以前，它们一堆一堆盘踞在枝头。如果树上有七只鹭鸶，一枪打去，如果这枪打虚，树上还有七只；如果打死一只，树上还剩六只。现在鹭鸶已经没了，古树也所剩不多，鹭庄还叫鹭庄。

　　进门就看见爷爷，躺在老床上，呈弥留状。小丁走近叫唤几声，老人的眼睛就亮了，眼仁子从堆堆叠叠的眼皱以及白翳底下翻出来。

爷爷问："是丁小唐？你爸怎么没来？"

小丁说："他忙。"

"他总是很忙。"稍后，爷爷又说，"总是让你空跑。"

"累了就睡！"小丁不难看出来，爷爷为自己几番眼看就要死了、最后又活过来而内疚不已。

"小丁你来了，我看见你，又做完一件事。你爸不来，丁正钊他不来，我也不怪他。我不能因为他老不来，就老是赖着不走。村里人已经在看我笑话。他们背后笑话我怕死，我的脖颈儿就会一阵阵发冷，像是有小鬼在吹阴风……"

耳畔，又是一阵大声的咳嗽。

小丁岔了神，忽又记起奶奶临走的样子。奶奶转眼走了十来年。这里有个习惯，人死之前要为他（她）接气——所有的亲人都围在临死的人身边，讲许多告别的话，再讲许多鼓励的话。

奶奶走的那天，小丁听见亲人们口舌混杂地跟奶奶说话。

爷爷说：你先去，过几年我就来陪你。

林贵叔公说：今天选对日子了，今天日朗风清，适合出远门的。

孤老福久摆出羡慕模样说：你是有福气的人，你的崽女都来齐了，都百般孝顺，都来为你接气哩。我走的时候哪有人送我？知足吧！

接气那天，通常要有一名老道士。道士也凑过来搭腔：走就走吧，就那回事，要不然你崽女又会哭，让你挂牵。走咯，走咯…………他的口气和每个人都不同。别人在送别，道士像要带着奶奶往前走，催促她别耽搁。

道士站在奶奶和那些亲戚背后，细致观察着奶奶的脸色。看看时间差不多了，道士就开口说话。他只说一句话，可以了。亲戚们的啜泣和轻声呼喊，像从一个个水嘴里流出来的一样。道士再一发话，马上又能停住，人闪到一旁，看道士手中多了一个方木枕。奶奶头朝向的那一边被抬高，方木枕枕在床脚下面，床的一侧垫高有二十厘米。小丁很怀疑那块木枕头的效用。他想，那一块木头就能把人平静地打发走？

那一年父亲同样没赶到鹭庄为奶奶接气送行。他嘱咐小丁多拍几张照片。"我对不起你奶奶，你多照几张照片拿给我看。"电话那头，父亲忽然哽咽。当时倒也情有可原，奶奶死得痛快，头一次报病危就走了，而父亲正带团在新马泰考察，想赶也赶不及。

那一年，老家的房子还没有翻修，屋子被经年柴烟熏得漆黑一片。屋内暗淡的光，加重了奶奶对死亡的恐惧，她用力吸着浑浊的空气，喉咙里堵满黏液。她上半截身体随着喘气的频率抽搐着，下半截又纹丝不动。从那天清早到中午时分，奶奶一直保持这状态，眼里不停流泪，需要人不时地擦一擦。她一句话都说不出来。

道士眼睛盯着奶奶，手在挪动木枕位置，像是调频找电台一样。奶奶的脸纹忽然舒展了些，道士赶快停手，让木枕定在那里。小丁看出来，那是木枕起了作用，惊讶不已。所谓安乐死，在乡间只需一块木枕就能完成？他怀疑道士确有几手法术。他这才仔细看看那个乡村道士，道士当天穿一件脏兮兮的中山装，正吸着自卷的大炮筒。他告诉别人，道袍洗了，还没晾干。

小丁坐柴堆上，斜眼看着道士。他知道，道士手一挥，就将宣告奶奶的离去。他有一种怕感，不想看见道士那只手，但余光又牢牢黏在上面。

过一刻钟，奶奶就彻底死了。

所有亲戚涌进房里。小丁记忆异常清晰：那一刹，奶奶的嘴唇突然变色，从赭红变成了灰白。当然，他没搞明白那是光线的作用，还是自己内心某种情绪的映射。

道士扔下烟头过去查看，然后手有力地一挥，跟所有人说："行了，哭吧。"大家放声哭泣的时候，外面有人放响了爆竹。小丁走上前去，揣着几分担心看向奶奶的遗容。他担心奶奶会被爆竹的声音再度弄醒。但这样的事并没有发生。小丁给奶奶的遗容照相，闪光灯把暗屋子强烈地晃了一下，把大伙的哭声中断了数秒。间歇过后，哭声越发恣肆。

当天，小丁也哭，别人很快停下，他也跟着停下，哭声成了一种合奏，小丁将哭声融进合奏，当别人停歇，他也不由自主地闭了嘴。小丁一扭头，见爷爷站在床头，口中念念有词，正对奶奶的遗体说些什么——也许，是唱些什么。作为一个山歌手，老人拙于言说，喜欢把心事唱成山歌，歌词可以即兴编排。随着嘴唇的蠕动，爷爷脸上很快变得平静，没有哀怨，没有悲伤，有的仅仅是一些怅惘。

小丁此前没有为将亡者接气的经验。那年他二十岁，二十年里直系亲戚里头没有死去一个，外公外婆都还咬得动牛板筋，离死去还很遥远。他以为任何一个亲人的离去，都会带来摧肝裂胆般的痛苦，都会让自己长哭不起。奶奶是头一个死去的至亲。当天的情况，让小丁感受到一种意外——一切都不同于他先前的想象，哭几声就停止了，像交了差事。有些人在哭，更多的亲人已经在把堂屋打理成灵堂，贴上"当大事"的字幅。一切有条不紊，仿佛奶奶的死只是整个活动中的一环。

小丁过去捏了一下奶奶的手，还有些虚热。

半夜的时候小丁忽然哭了。当时他躺在一张椅子上准备守夜，但不小心睡着了。他梦见奶奶躺在床上又一次重复着死亡的过程。当奶奶在梦中第二次死去时，他哭了，也就醒了。

爷爷说，他并不是怕死，只是舍不下每一个亲人。又说："小丁，你都还没结婚呢，真让人着急。我爷爷死那年我都有三个崽了。"小丁知道，爷爷羞于承认怕死，而对死的恐惧又这样直白地写在脸上。年轻人可以怕死，可以流露出来，但上了年纪，似乎应该摆出一种顺其自然安于天命的态度。

小叔虚报几次病危，也有怨言。进城跟小丁父亲喝酒时说："爹胆子就是小，怕死得很，几次差不多了，到最后又不肯死，不像娘那样胆气足。"

丁正钊皱皱眉头说："话不能这么讲。"

"本来就这样。一个乡里人，又没有医保，赖在床上不死，自己也受罪不是？"

丁正钊也不好多加指责，毕竟，守在父亲身边的是这小弟。在鹭庄，一个老人到了年纪老是不肯死，乡亲们就拿这当笑话讲。丁正钊又说："毕竟娘管了爹一辈子，家里女人顶梁，轮不着爹胆子大。在我们看来他是爹，在娘看来他就是大儿子。"

两兄弟都说得笑起来，接着喝。

以前奶奶也老跟人说，爷爷从来都是胆小鬼。奶奶比爷爷还大几岁，两人成亲那年，爷爷才十七，是家里满崽。新房离茅厕很远。夜晚，豺狗子的嚎叫随风一阵一阵钻进耳朵眼儿，爷爷尿憋了想去茅厕，却不敢，脸憋通红。奶奶看出来了，带他走过那段黑路。当时，奶奶还跟爷爷说："呃，夜路你都不敢走，以后有什么用咯。"

爷爷丁先存嗓门奇高，是块唱山歌的好料，二十啷当岁，就唱得远近出名。到他晚年，常有地方上的演出邀他露脸，也有文联干事搜集他编的山歌。一本《土家歌王丁先存山歌集》作为县里文史资料的一辑早已编好，但因资金紧张一直压着。领导们的回忆录总是插队，赶前面印。

看看泛黄的照片，小丁不难想象，爷爷年轻时是个风流俊俏的家伙。他编的歌词记载了当时的生活场景，就像有文化的人记日记。其中一首歌这样唱："砍柴要砍竹子柴，砍了竹竿笋又来。相亲要相两姐妹，姐姐不肯有妹妹。砍柴莫砍倒钩藤，相亲莫相寨子人。下午才得吵一架，晚上舅佬打上门。"奶奶和爷爷是同村人，据说奶奶还有一对五大三粗的双胞胎弟弟，解放前失踪一个，紧跟着又死一个。小丁听着爷爷唱起这样的歌，就想笑。他想象遥远的某天，爷爷对别家妹子唱了几句稍带撩拨意味的山歌，妹子忍俊不禁笑起来。当天下午奶奶拿爷爷的错，爷爷竟然顶嘴，结果，晚上奶奶那两个弟弟就找上门来。

爷爷唱的山歌总这样信手拈来。

在山歌里，爷爷仿佛对死有种超脱的态度。比如说另一首，他拿死亡任意编排："看见什么唱什么，看见灵魂换穿着。看见尸首洗尸脚，尸脚试鞋大小合。看见鬼爹笑呵呵，看见鬼妹害娇羞。从此鬼府添一口，耕种鬼田多双手。"他毕竟一辈子土里刨食，在他想来，死也就是去另一个地方娶妻生子，照样耕田种稻。从这个地方到那个地方，怀揣的是一种对新生活的喜悦。但是，真要去另一处地方，又不是他歌里唱的那样超脱。亲人给他接几回气了，甚至有次，道士已给床脚垫上木枕，老人还是把牙一咬，活了过来。

那次道士觉着丢了大脸，因为他蛮有把握地说出"差不多了"。每个行当都自有一套行规和操守，下次再请那道士，他不来。爷爷活过来后，不敢看别人失望的表情，像是平白无故地耍了别人一道。这次只好请另一个，还是原先那个道士带出的徒弟。

晚饭时，爷爷竟能垫着枕头在床头稍稍坐直。小叔给他煮了一碗糯米粥，爷爷说，加点辣椒。小叔就往粥里加了辣椒末。他把粥喝得一点不剩。吃那么多东西，不但饱了肚肠，对老人内心也是安慰。爷爷脸纹敛开了，喘着粗重的气，告诉小丁："晓得吗，我二十来岁的时候，已经死过一次。"小丁赶快点点头。他希望爷爷最好是节省点力气，少说话。多说两句，他又会急喘。

那故事小丁听了不下十遍。爷爷能唱上千首山歌，但能讲出来的故事，翻来覆去只那几个。爷爷口拙，从不讲别人的故事，只讲自己。

"其实走夜路，我一贯都很小心，出门前要念一通'三收诀'。没想到，三收诀能收老虎、蛇和鬼，却不能收狐狸。结果那一晚赶巧就碰上了狐狸哭坟。你晓得么，有时候狐狸往凶死的人的坟前走过，灵魂会被狐狸抓住，让狐狸哭坟。人死了，自己儿女经常是在假哭，心里面喜悦，这样哪能哭出悲调调？只有狐狸哭坟，哭得伤透了心，哭得真是好。"爷爷的故事总是这样开头，然后满怀悔意地说，我年轻时候干过不少蠢事，尤其不该打那只哭坟的狐狸啊。

他说自己二十二岁那年，秋天的某个夜晚他从奶奶娘家帮工回自己家，路过丝瓜冲下面一片坟地。正走，听见哭声从坟地传来。有两股哭声纠合在一起，此起彼伏，非常凄凉，让人毛骨悚然。他想，谁在这时候哭坟呢？天上正好有月亮，借着月光，他壮起胆子绕到一块碑石后，循哭声看去。月光下，两只狐狸蹲在另一块碑前哭泣。狐狸半蹲，前爪作揖，长长的尾巴轻轻抖动，光亮的皮毛反射着暗淡月光，显现出缎子般的质地。他听道士说过，见狐狸哭坟，必须把它们打死，要不然，家中必遭灾难。他逼不得已摸起一块石头，冲上前朝其中一只狐狸砸去。另一只被吓醒了，一头扎进坟茔深处。

那只狐狸还在地上，盘虬着身子，拼命挣扎。他狠了狠心又砸下一石头。

"吃了狐狸肉，就病了，怪病，躺在床上不能动。我这人被病劈成了两半，右半边已经死了，左半边还有气。我和别人讲话，动的都是左边半个嘴巴。去问道士，道士说，要把那两只狐狸都打死，病才消解。丁家的堂兄弟邀来一帮猎户，牵着十几条赶山狗，把鹭庄周围所有的山都清了一遍，打下一大堆狐狸。另一只哭坟的狐狸也没躲过，不晓得是哪只，反正，它肯定被打死了，这样，我又活了过来。"

爷爷还说："造孽啊，那以后我们鹭庄很少看见狐狸了。后来想想，狐狸能给人哭坟，有情有义的活物，不是孽障，我凭什么砸死它？"

说这一阵话，爷爷累了，很快睡去。他睡去的样子很安详，安详得不可能是去了梦境。看着爷爷酣睡，小丁心中一凛。他再次提醒自己，爷爷就要走了！他想起过往的事情，和爷爷在一起的情景，时间没了先后，一齐浮现脑海，又瞬间消失，眼角忽已濡湿，就像蠕虫爬过。

小丁偏过头去，见衣柜的穿衣大镜被线毯罩住了。他拢过去想扯开线毯，才看见线毯被小号铁钉密集地钉了一圈，钉死在衣柜的木门上。

"是你爷爷要我钉上的。"小叔告诉小丁，"去年就钉上了。你爷爷总是跟我说，天要黑的时候，他就不敢看镜子。他讲，老是觉得有个人从镜子里面很远的地方朝他走来。我问，看见那个人是谁。你爷爷说看不清楚，反正不像是他自己。"小叔说到这里就笑了，说老小老小，人老了也就像小孩一样，会怕一些讲不出所以然的东西。

若要爷爷不照镜子，就和奶奶戒除酒瘾一样，着实不易。既是小有名气的山歌手，爷爷比一般庄稼人注重仪表。他爱穿白衣，喜欢人家称他为"白衣丁先存"；还喜欢照镜子，甚至不避讳在别人面前照来照去，和镜中成像挤眉弄眼。

奶奶娘家是酿米酒做醪糟的营生，所以奶奶酒瘾很大。奶奶在世的时候，爱取笑爷爷照镜子的毛病。那时爷爷也已七十多岁，每天起早，仍对着镜子摆弄穿着。整个鹭庄，男人们都不屑于用镜子来映照自己的灰头土脸，爷爷是唯一的例外。村里人拿爷爷照镜子的事当笑料，从解放前直到前不久，这笑料抖了几十年。现在讲出来，还是会有人发笑。一个爱照镜子的老头儿，天天老来扮俏！一说照镜子，又会理出爷爷的身世，他本是流浪儿，被小丁的太爷抱回家里，取名"先存"，意思是先存在这里，亲生父母找来了，就还给他们。但没人认领，就一直先存着，一天天长成人，为人夫，为人父，后来成了小丁的爷爷。

村里老辈人一直认为，丁先存定是周遭哪家富户走丢的小少爷。

爷爷一直嫉羡奶奶的酒量。他也时常想喝一点，干了活儿以后，逢年过节的时候，心情好的时候，还有心情一团糟的时候，他都想陪老妻喝几盅。他身体对酒精的过敏反应过大，稍微来些酒，脑袋就天旋地转，过后皮肤还会出现油芝麻大小的红疹。爷爷没法去碰酒这东西。

现在，爷爷也不敢照镜子了。小丁很想知道爷爷去年在镜子深处，看到了谁。他有些怀疑，爷爷是看见了奶奶，而且奶奶仍想和爷爷唠叨一番。但爷爷如果看见奶奶，又有什么好怕的？

爷爷再次醒来，气息浊重地喘了一通。他深陷的眼窝里储满了液体，小丁拿干毛巾搌去眼窝里的积液。

"我梦见她了，她喊了我几声，把我喊醒。"爷爷虚弱地说，"可能，也就这几天……你奶奶已经给我报得冥信了。"

小婶娘说："爷（音 Ya，阳平）哎，不要乱想。你脑子还蛮清楚哩。"

"不清楚，老糊涂了。"说着，他眼窝子重又湿润起来。小丁递去了湿帕子。爷爷抹抹眼窝，又抹了抹整张脸。他换了一种斜躺的姿势，眼睛睁开，看向屋顶。现在住的屋，是丁正钊从城里请来建筑队修建的。村里同姓的人对这事有意见，说乡里乡亲的，其他的事帮不上，建幢房屋还要去请城里人，这是打血亲族友的脸。房屋建好，他们便不作声了。那是一幢欧式风格的房子，有穹顶，又结合了中式的琉璃瓦。爷爷说，要贴大块的洋瓷砖。于是墙体贴了大块瓷砖。爷爷说，瓦檐下面最好是画些画，这样显得热闹。于是丁正钊请了庙里的画匠，在爷爷指定位置画了福禄寿喜梅兰竹菊，还有戏文画。

房子落成，爷爷便对邻居说："我以前根本不敢想，自己能死在这么好的房子里。"别人也承认，鹭庄的泥瓦匠可造不出这样的房子。他们都恭维地说，你是有福气的了。

爷爷看着屋顶，屋顶是简易的石膏吊顶。屋里是雪白的颜色，爷爷说："这让我安神一些。"搬进新屋，他不再烧柴，怕柴烟熏黑了墙壁和屋顶，改用煤炉，用白铁的转角烟囱把煤烟送到屋外。

新屋建成，爷爷用不着去别家打牌。入了冬，备好炉火，每天都有人来家里找座。都是老人，搓麻将嫌累，只打纸牌，输赢几角小票，一月下来进出不过一两百。丁正钊晓得这情况，欣慰，电话里指示小叔："爹打牌的钱都算到我头上……你想想，就算每月都输两百，但总有三四个人成天守着爹，你我出外也放心不是？"此后，小叔每每提起这事，都要撅起手指说："三哥厉害，坏事经他一说马上变了好事，所以人家活该当官。"

其实爷爷牌把式稳当，年纪是大点，脑子不糊涂，经常能小赢几块。老光棍福久输得多，常为赖几块钱抬屁股走人。爷爷好脾性，无所谓。林贵叔公有次急了，说："你光棍一个，到死的那天帮你接气的人都没有，还把钱看得比命大，有什么意思？"福久屁股离了板凳，边走边说："没人接气，也就没人逼我上路，清净是福晓得啵？"

福久的老宅地卖掉了，也输光了，在鹭庄没了家，后来住进镇上养老院。见不着福久，爷爷时常想起他。那个老光棍，无牵无挂，扛着脑袋来，抬起屁股走，脸上随时开着笑颜。谁挨近他，谁就得来无尽乐趣。

"……不要给我接气，让我清净死一回！"爷爷冲着婶娘，语气有些铿锵。为讲这句话，他肯定攒了一把力气。小婶娘赶紧往地上吐了口唾沫，并用鞋底一擦，说："爹你又说胡话，把病养好，你照样唱你的歌。"

小婶娘出去淘米做饭。爷爷长久地盯着吊顶，又瞥小丁一眼，喃喃地说："你奶奶大我三岁，要是不去，再过几天，就满了七轮。"

爷爷奶奶一起生活了五十九年。奶奶死的那年，爷爷非常惋惜地说，挨到明年多好啊，走得这么急。他非常想把两人共同生活的年限凑个整，一甲子。小丁估计爷爷和奶奶属于那种互补型的夫妻。奶奶年轻时脾气很不好，这也难怪，婚后二十年里她拉拉杂杂生下十几个孩子，成天老大哭号老二闹，老三撒尿老四泡，这状况，没法让奶奶脾气好起来。爷爷恰巧是没脾气的人，除了唱歌，脸上成天弥勒佛似的堆着笑。

爷爷以前常跟人说，这叫一个榫头一个眼，一把钥匙一把锁。我跟我家老婆子，活上千年难撞到，就该是一对人。她要是嫁一个脾气大的男人，两人肯定见天打架。她脾气纵是大，终归是女人，真动起手来哪能不吃亏？说到这里，爷爷脸皮一搐，仿佛老婆子已被想象中的那男人暴打了一顿。

爷爷忽然说，热！又说：贴身的衣服像被汗水濡湿了。小丁扶他坐直，用手探向后背，还好，老人枯树皮般的身体生不出水分。既想换衣，小丁就帮他找衣服。拉开柜门，一堆衣服尽是白色。老人喜欢穿得自己一身白，多少年来没变过。当全国人民一片绿的时候，一片灰的时候，直至全国人民五颜六色的时候，老人都一成不变地穿白衣。他老说，穿上白衣，唱歌才好扯开喉咙。

小丁没看过爷爷穿白衣上台对歌，但每年祭祀或是向傩神还愿，爷爷在神像前做祭礼或者是祷告，口中念念有词，一脸的虔敬。他想，当年爷爷上台对歌应该也这样，两眼微合，很快进入心无旁骛的境地中。

小丁找了一件对襟布钮的，刚要给爷爷换上，小叔拦住。他说："爹，你哪有汗水？你哪还出得出汗？自己想多了。"

爷爷眼睛盯着那件白衫。小叔示意小丁将衣服塞进衣柜。爷爷也不吭声，现在小叔照顾他起居，小叔说话算数。

稍过一会儿爷爷睡去，小叔将小丁拉到屋外："他这几天情况很不好，换衣这些事你不熟，不要乱弄，要等我来。现在就算换身衣服，也可能耗掉他身上最后那一把力气。"小叔这么解释，小丁倒吸一口凉气，暗怪自己年轻不晓得。若真的像小叔所说，换衣服时爷爷突然一口气提不上来，死在自己肩头，如何是好？他还没准备好应对这种事。按说，爷爷应该死在父亲、小叔的肩头。依此类推，等父亲成了爷爷，自己成了父亲……

其实小叔真正的想法，不便讲出口。前几次，他眼见老爹快要蹬腿走人了，忽然挣扎着说要换白衣。小叔慢慢摸索出经验：老爹前几次都是穿着深色衣服时进入弥留状态，一换白衣服，脸上立现生机，浑身又多了几把活下去的力气。

傍晚爷爷醒来，把小丁叫到床前，艰难地说："明天能不能把你爹叫来？我自己知道，明天后天，我肯定是要走。我好久没见着他。"

小丁敷衍似的应和着。他知道父亲不可能来，父亲现在正被要求交代问题，没把所有问题交代清楚，就出不来。小丁知道，交代清楚了，一般也出不来。

来鹭庄之前，小丁想去学习班看看父亲，但没得到许可。前不久，丁正钊忽然很怀念自己的老家，掐指一算，竟是有四年没回老家了。丁正钊那天表情依然严肃："鹭庄坐车也就一个多小时，早该……"他发着感慨，在屋子里踱步。他忽然跟小丁说："小叔再打电话来，如果我去不了，你就把电视台小赵叫上。"

"怎么了？"

"让他……全都拍下来。"父亲的手一抽，就势比画了一下。

现在面对爷爷，小丁才意识到，当父亲想起爷爷，其实是预感到某些无可逃避的事情即将来临。

来鹭庄之前，小丁打电话给小赵，他当然一口答应。小赵能进到电视台工作，丁正钊替他攒了一把劲的，这是他投桃报李的机会。

乡村的夜晚比城里黑，看样子，爷爷又挨过了这一天。小丁带小赵去溪口镇吃夜宵。镇上只有一两家夜宵摊子，生意清淡，啤酒也是越喝越冷。远远飘来卡拉 OK 的声音，听得出音响有多么山寨，话筒说不定布满锈迹。喝了酒，小丁想拽小赵去 OK 一把。这次来，还不知道要耽搁小赵多少时间。

"不去了，早点休息。"小赵把啤酒瓶喝空，咂咂嘴，终于说，"丁哥，我们台里最近忙……我是说，机子我可以留一台给你，但我恐怕不能一天天守在这里。你家老寿星，我看气色不错。要不，我明天教你怎么用，你自己随时可以拍。现在，这些机器都是傻瓜机，比唱卡拉 OK 还容易。"

小丁只好点点头。

爷爷一夜好睡，次日早上九点多睁开眼，阳光照进房内，大块大块光斑铺在地上、墙上，也有几块爬上床头。这是令人愉悦的天色，阳光让人产生许多明朗的念头。

小叔又把道士叫来。这天道士一身道袍有模有样，不至于让人把他和和尚混淆。道士进屋转了一圈，看看爷爷的气色，就跟孝子贤孙们说："他这口气顺过来了，你们不要守，该干活儿干活儿。"

众人散去，小叔看小丁守着，就说："那我去给秧田放水，我都好多天没去田里侍弄了。"小丁点点头。

小赵架起三角架，把摄像机安上去，准备给小丁上一堂速成课。一开机，电源灯就亮了，虽然灯光微弱得有如秋夜萤火，爷爷却像是被闪了一下，慢慢睁开眼看着不远处摆着的机器。

"是摄像机?"他问。

小丁点点头。爷爷认得。他是个农民，也是远近有名的山歌王，曾经接受过采访，采访时，也有摄像机对准他。面对镜头，爷爷得来从未曾有过的体面，他知道，能上电视的都是人物，每天上县台新闻的大都是县领导，省台的新闻，也差不多是省领导的工作日志。儿子丁正钊虽难得见上一面，但老人经常在电视上看见他晃来晃去。

"是拍我? 拍我怎么死吗?"

小丁摇摇头，坐到床头想跟爷爷解释，一时语塞。小丁心底涌过一阵内疚。当一个人发现自己的死亡正在被别人记录，那会是怎样的心情?

这时候，爷爷却又变得异常清醒："正钊有什么事来不了，叫你拍下我怎么死的，对么? 有什么事?"

"……出国了。"小丁喃喃地说。此时，他觉得什么都瞒不住爷爷，爷爷的眼光洞察世事，没有丝毫浑浊。

"出国了?"爷爷想侧过身子面对摄像机，小丁帮了他一把。他身子忽然抖不停，小丁赶紧将他放平。爷爷眼睛盯着天花板，慢慢想起什么来。他又说："是的了，老婆子死的时候，正钊也在出国。"

小丁示意小赵将摄像机拿到屋外去，爷爷再次发话："就放在那里，就这样……我差不多了。"

"爷爷!"

爷爷呼吸变得粗重，稍过不久，突然陷入谵妄状态。小丁感觉到不对劲，凑近他的耳际大声地喊了两声，没见反应。这一刹，小丁分明感到爷爷正在离自己而去。虽然他身体还横在眼前，但他体内的某些东西正往某个不确定的地方飘逸，像是蒸汽或者光柱里悬浮着的尘埃。他分明触碰到了这种流逝。小丁再喊一声，喊出来全是颤音。爷爷脸纹也开始抽搐，嘴角流涎，像皮筋一样弹几弹。

小丁赶紧去找小叔，小叔进屋看了一眼，就跑到屋外，手作扩音筒状召唤道士。道士进来时紧了紧眉头，再打量床上老人。他问："怪事，怎么突然就这个样子了？"小叔解释："没有原因。"道士有些气馁，刚才遣散众人，他还把话说得相当肯定，简直就是打自己的脸。

"应该……快了，就是今天，就是……马上。"道士说话时犹豫，但仰起头，脸上又是不容置疑的表情。小叔赶紧去叫人，道士看了看小丁和小赵，随后看看那台摄像机，眼角闪过一刹那的疑惑。小丁头皮倏地一麻，突然省悟：前面几回，爷爷也不是怕死，而是不想死得如此无声无息。而现在，在镜头面前，他找到某种庄严之感，有了这种庄严，死起来就变得从容了。

是这样吗？爷爷已无法回话。

小叔很快叫来二伯、五叔、六叔，还打电话给嫁到洞井村的三姑。洞井村在坳上，鹭庄在坳下，两袋烟的路程。

小叔给道士递去一支烟，并问："那么，可以接气了？"

"说不准。"道士夹烟的手势独特，用的是无名指和拇指。他看了看墙上的挂钟。其实那钟早两年就不能动弹了。

逐渐到来的亲戚们都被安排在堂屋歇息。堂屋的火塘里有块子柴，正慢慢燃起势。二伯趁这工夫讲起了新蒐来的笑话。二伯是木匠，游走了不少地方，会讲每个地方的笑话。

小丁和道士、小叔、小赵四人留在房内。小赵已开始拍摄，他往透进光的那窗口上掐了约八秒钟的起幅，然后将镜头缓缓移至老人的脸上。老人那张脸上，两处深深的眼窝在镜头中显得很有层次感，眼眶上的褶皱犹如经过长时间摆放的纸花，质地焦燥、易碎。他的嘴唇还没有瘪下去，牙床上保留有十几粒牙齿，这些牙齿把那嘴唇勉强撑了起来。

道士又看一眼那摄像机，附耳跟小叔嘀咕起来，小叔又耳语着向道士做解释。这时，小赵有意把镜头移偏，朝道士罩去。那道士镜头感很不好，浑不自在。那副拘谨模样，使得小丁怀疑他的功力。镜头很快移回原处。小丁这时觉得，爷爷那张脸像是出土的陶器，尘埃感十足。

窗外的天空有了云翳，光线陡暗。老人这时忽然睁开眼，看着摄像机，表情竟似有些惊惧。小叔也看出情况来，冲小丁说，把机子关一下。他还做了个手势，提醒小赵。小赵把机子移开。稍后，爷爷又恢复了睡态，面部肌群虽然时有抽搐，但比刚才已经平静许多。那眼窝幽邃的样子，让小丁怀疑，刚才他并没有把眼睛睁开过。

道士这时候说："可以换衣了。"

换衣是个信号，兆示着接气仪式将接踵而来。小婶娘从衣柜底脚处的抽屉里拿出老早就缝好的寿衣。那又叫棺材衣——面料是黢黑色的，里衬是洋红色，用色和棺材漆别无二致。据说，临死前给人换一身寿衣，会起到静心安神的效用，使得人这一路上走得平稳一些。小丁却觉得，那两色反差过大，搭在一起，让人产生难以扼制的紧张和厌恶。

二伯和小叔翻动着爷爷的肢体，换衣服换得并不利索。爷爷对此有了反应，他蹙了蹙眉头，还好，最终没有睁开眼。道士切了切脉象，然后说："可以把亲戚叫进来了。"说着，他往床底下一摸。那木枕赫然滚了出来，不知何时已备在床底下。

堂屋里那些亲戚鱼贯而入。二伯给每一个人安排位置，有些亲戚按辈分必须站在床头这侧，有些只好站在床尾。

小赵继续操起摄像机，抓拍整个场面。爷爷穿着寿衣，脸色也变得黯淡。谁都能看得出来，老人在阳世的时间只能以分秒计算。

这时小丁手机在响，他看了外屏上显示的号码，是他母亲打来的。

小丁出去接了一通电话。他知道父亲坐那个位置，肯定犯下事体。这些年，他能从一些细致入微的地方感受着父亲的变化。没想，事情比预想的严重许多。

"你爷爷怎么样了？"母亲抽泣着说完父亲的事，忽然想到这个。

"还是那样！"

小丁关掉手机，吐了口气回到房内，见爷爷竟然睁开了眼，还盯着自己。这时，老人的眼神，不像一个垂死的人，他还奋力要坐起，终于，问出一句话："正钊怎么了？"

爷爷不可能听见电话里讲了什么。小丁想，也许，这就叫心灵感应吧。就像童谣里唱的，父亲的父亲叫爷爷。父亲永远都是爷爷的儿子。

众人安抚着老人。爷爷这才发现，身上已换了寿衣，情绪有些激动。那种很虚弱又很激动的样子，让人难以面对。

"……给我换衣服。"爷爷讲得很吃力，但把字音咬得奇怪而清晰。他断断续续地说："我死后，再换上寿衣。现在我要穿那套白衣。穿这黑衣服，灵魂怕是消散不掉，我也实在落不下这口气。"

小丁叫小赵把机子摆到稍为隐蔽的地方，继续拍摄。

"灵魂"这词，让小丁觉着有些刺耳。这词本身没什么问题，但从爷爷嘴里吐出来，却让人感觉不伦不类。这地方的语言习惯，灵和魂从来都是分开着讲的，要么灵，要么魂，没人会把这两字凑成一个词。偏偏爷爷爱这样用，多年来，他让"灵魂"频率极高地出现在他的那些山歌里，这个词对于他来说，仿佛是盐，往哪盘菜里都可以搁一点。小丁老早注意到爷爷的措辞，为此还查了一些书，大概能将两个字稍加区分：灵，是居于躯体内并主宰躯体的精神体；而魂，是精神体脱离躯体以后的独立存在。小丁想，在爷爷的见识里面，灵魂到底是怎样一种东西，又有什么样的面目？

爷爷这时现出愤怒的样子，冲二伯和小叔说："给我换白衣，我保证今天死，保证马上就死！"

二伯和小叔商量着，找出一件白色衣服给老爹换上。这是他老人家以前上台唱歌时穿的，一换好，他气色果然好些了。他攒了一把气力，往柜头上指了指。那里有一台卡式收录机。

小丁率先弄明白爷爷的意思，他想听听自己曾经唱出的那些山歌。柜子里一盘盘磁带全是爷爷自编的山歌，自然也由他本人唱。此前，有小贩找来废旧磁带，消了磁，录上爷爷清唱的山歌。赶集的时候，小贩把这种磁带摆着卖，一摞一摞，像卖水果一样摆在地摊上卖，两三块钱一盘，盒内附有白纸片，上面通常写着：白衣丁先存山歌集，甚至还夹上一张照片当封套。

附近几个县的山歌手，都被录了这样的磁带，在地摊上排开了卖。录有爷爷山歌的磁带，据说卖得最好。

山歌总是一个调子，只有唱词换来换去，多听几支难免枯燥。

爷爷听着自己的歌声，人就舒展了。他听得一阵，又用眼睛瞪着小丁。小丁看出来，爷爷还有话说。小丁俯下身去，老人咽了一阵唾沫，发出微弱的声音："能不能在电视上放？让我看着自己走的时候，是什么样子。"

小丁把视频接上，找来个茶几，把摄像机固定好一个位置。电视里面光斑一阵闪动，终于跳定，然后，爷爷的图像就出现在荧光屏上。爷爷侧过了身体，竟然能看清楚。他说："反了。"电视机里，爷爷是反向睡着。小丁摇了摇头，他告诉爷爷，那不是镜子。他说了几遍，爷爷终于听明白，眼神古怪地盯着电视。

他最后说："好了，你们都出去，我一个人走。"他说完了所有的话，显得精疲力竭，但另有一种轻松。他确实没什么可交代的了。

叔伯们有些犯难，不知道是不是该听父亲的话，老老实实走出去。他们把眼光都投到那个道士身上。道士轻轻地说："死者为大，按他讲的办。"

按道士说来，老人已经是个死人了。

道士安排着把床脚垫高，然后才出去。出去时轻轻地带上了房门。

亲戚们都在堂屋或者院子里等着那一刻到来。道士独自站在窗外，朝里间窥望。他负责通报老人的情况。他似乎是很负责的一个人，卖力地干着这事，眼珠子几乎不转。时间稍微长一点，道士也显得紧张，他的一只手无意识地举了起来。当他不小心把那只手放下来的时候，三姑就哭了。三姑以为道士的意思是，老人家走了。

道士回过头看看三姑，告诉她说："还没呢，慢点哭。"

道士意识到那只手可能传达了错误的信号，干脆把手揣进裤兜里面。

爷爷的底气比一般的濒死者要长。亲戚们等待得过久，开始说起话来。他们认为，这可能是老人唱了一辈子歌，拓展了肺量。

屋外陷入奇怪的静寂，远处几声狗叫也沉闷无力。有一刹，小丁清晰意识到，现在进去，马上进去，还可以守候爷爷最后一息。时间稍纵即逝，再慢几拍，将永无机会！他想站起来，身体异常软，他的脚被现场那气氛定住。往往这种时候，一个人会猛然发觉，好多事情——好多看似极简单的事情，也完全不由自主。

近处，二伯和小叔聚在一起抽烟。小叔讲起刚才的事，他也看出来，老爹的死和那台摄像机关系甚微妙。"……我们去接气，爹不想死又活过来，但摄像机给他接气，他不敢不死。爹以前就喜欢摄像机拍他，一拍，他就来劲，今天他被摄像机一拍，死也不怕了。道士那一套有点过时，我们还是要相信科学。"小叔这么解释。二伯点点头，又想到自己岳父也差不多了。二伯冲小丁说："哪天我岳老子到时候了，你也带摄像机过来帮帮忙。"

小丁没吭声。

道士迟迟没有报丧，这种等待让人心力交瘁。小丁找一把椅子坐下，合上眼皮养神。他知道，不定哪一分哪一秒钟，道士就把一只手举起，短促有力地往下一挥，并用他洪亮的嗓音宣告：

"行了。哭吧!"

（原载《江南》2016 年第 1 期）

作者简介：

田耳，本名田永，1976 年生，湘西凤凰人。1999 年开始小说创作，著有长篇小说《天体悬浮》等。中篇小说《一个人张灯结彩》获第四届鲁迅文学奖。现居广西。

狗叫了一天

徐则臣

　　给天空打补丁这事，只有小川干得出来。他站在我们的屋顶上，左手钉子右手锤子，往天上敲。一片云来了，他说，打上了；一架飞机经过头顶，他说，又打上了。张大川和李小红说，看，咱们儿子多聪明，就知道针和线缝不上去，往天上打补丁得用锤子和铁钉。他们站在院子里仰脸朝天上看，在北京难得的蓝天白云下，八岁的小川高举锤子和铁钉，怎么看都像一个伟岸的英雄。在他们的视野里，我也同样高大，为了保护小川的安全，我也站在屋顶上，不离小川左右。

　　小川是个傻子。张大川和李小红是卖水果的，每天开一辆带驾驶舱的三轮车早出晚归，苹果熟了卖苹果，橘子熟了卖橘子，西瓜熟了卖西瓜，偶尔也卖香蕉、芦柑、菠萝和梨。最贵的东西是樱桃。李小红说，不知道城里人为什么爱吃这么小的玩意儿，贵得要死，他们非叫它车厘子。小川喜欢跟着我，哪天我不出门贴小广告，张大川和李小红就会一手领着小川一手攥着两个苹果橘子，来到我们的院子里：小川，跟木鱼哥哥玩。当然，他们还会用饭盒装好小川的午饭，中午我帮着热一下。如果我的同屋行健和米萝也在，他们会多拿两个苹果或橘子。然后他们突突突发动三轮车，对口袋里装着锤子和钉子、歪着脑袋流口水的小川说：

　　"乖儿子，跟爸爸妈妈再见。"

　　我要说的不是小川，也不是张大川和李小红，更不是他们一天到晚穿行在北京的大街小巷装满各种水果的机动三轮车。我要说的是狗，张大川和李小红养来看家护院的。他们租了我们隔壁的小院，两间屋，一间住人，一间放水果，狗拴在水果屋门口，小偷小摸的进不去。我们烦死了那条狗，三轮车一响它就叫，三轮车跑远了它也叫，三轮车不知道钻到北京的哪条小巷子里时，它还继续叫。

"早晚收拾了这狗日的。"行健和米萝说。

早上狗醒得早，我们连个懒觉都睡不好。我们仨都是打小广告的，基本上是昼伏夜出，经常大清早才能爬上床，狗日的开始狂吠。如果夜里没出门，中午我们也会眯一会儿，它冷不丁来一嗓子，让你脚心都上火。早晚收拾了你个狗日的。

那天我们没出门。午饭后，我带小川在平房顶上往天上打补丁；行健在研究《周公解梦》，夜里他梦见一头面带桃花的白猪敲响了我们的房门，他开门，然后醒了；米萝在给昨天写出来的一段话分行，他觉得自己没准儿可以当个诗人。他们想午睡，根本睡不着，狗一直在叫。一直叫，一直叫。一直叫。不知道哪根神经搭错了。我在屋顶上都听见他们俩骂骂咧咧。三轮车地动山摇的发动机声由远及近，小川举着多少天来的同一把锤子和同一根钉子说：

"我爸，我妈。你看，是我爸我妈！"

张大川和李小红又回来了。

行健和米萝从屋里出来，对我说："让他们把小东西带走！"

"我带他玩，不打扰你们。"

"那也不行，"行健说，"那狗日的烦死我了！"

"听着他们家狗叫，"米萝说，"还得帮他们带个傻子，没这道理。送他回去！"

三轮车停在院墙外，张大川和李小红一脸的笑，一个上午一车橘子卖光了，他们打算再装一车货。

"乖儿子，玩得高兴不？"张大川说。

李小红说："记着叫哥哥。"

我只好对他们撒了个谎，我得去一趟姑父那里，拿刚印制出来的小广告。我说陈兴多赶上时髦了，一个办假证的也整了张名片，以后我直接把他的名片到处撒就行了。所以小川我得还给他们。

张大川两口子有点不高兴，但坚持没让腮帮子挂下来。又不是别人儿子。狗还在叫。李小红把她儿子从屋顶上接下来，撇撇嘴，饭盒得还给她。"你是不是惹人不高兴了？"她小声问小川。小川歪着头扭过身看我，伸出舌头笑，说：

"哥哥喜欢我。"

他的两只眼永远对不到一个焦点上，这经常让我着急，我觉得他在跟我说话的时候看的其实是另外一个人。但我的确喜欢他，他从不说假话，想干什么就说什么，他还没学会说假话。这一点张大川不如他。张大川总在跟你说，他们两口子如何爱这个傻儿子，所以至今没有决定好是否再生一个。按政府说的，他们完全可以再生一个。"可是，再生一个小川会不高兴的。"张大川笑眯眯地说。他从李小红的手里接过儿子，掐着小川的胳肢窝，一把扔到驾驶舱里。力气够大的，我都听见小川脑袋撞到挡板上咚的一声。张大川的脸摞下来，皱着眉头低声呵斥：

"不许哭！"

车开到院子里，装满橘子、苹果和香蕉，突突突开走了。小川坐在张大川旁边，李小红坐在车帮上，屁股底下是一堆硬邦邦的苹果。狗叫得更欢了。两口子从外地来，可能跑的地方多了，口音也串了，你听不出他们说的是哪个地方的普通话。张大川没事还加几个儿化音：一群儿人排队儿买咱的果儿呢。一听这腔调行健就生气，操，丫也不撒泡尿照照，队儿队儿是他娘你丫说的么！

他把对张大川说话方式的不满转嫁到他们家的狗身上了。

"还叫！个狗日的！"行健说，"老子弄死你！要是条德国黑背，你叫就叫了，你他娘的连条京巴都不是，就是条土狗，你还有脸了！老子弄死你！"

说干就干，他跟米萝从屋里出来。两个人火气都挺大。不单是睡不着的问题，我怀疑《周公解梦》上的答案不太好，米萝的分行事业搞得也不太顺。把狗弄死肯定不行，太容易露馅了，他们俩决定折腾它，折腾一下算一下。米萝手里端着一碗吃剩下的排骨汤，因为天冷，浓郁的油汤呈半凝固状态。

"你，继续到屋顶上待着，"行健吩咐我，"听见车回来赶紧告诉我们。"

我拿了本旧书摊上淘来的《天方夜谭》爬上屋顶。

没有比屋顶上更好的看书地方了。西郊的平房和生活低伏在地面上，因为坐得高，似乎也将这个世界看得更清楚了；也因为坐得高，理解一本书比过去坐在教室里好像更容易了。我在靠近巷子边的屋顶坐下来。狗叫得更凶了，他们俩翻过了墙头。米萝夹出一截排骨扔过去，狗哼叽了两声立马不叫了。

那条狗的确没啥出奇的，一条土狗而已。皮毛只有黑白两色，现在黑不是黑，白不是白，随地乱卧，身上沾满了泥土和便溺。风餐露宿在门前简陋的狗窝里，冷惯了，一趴下就习惯性地缩成一团。我怀疑它从没吃饱过，瘦得弧形的肋骨都快戳到了皮毛之外。那狗的名字就叫"狗"。张大川和李小红招呼它也是这个字：狗。狗，过来！狗，叫什么叫！狗，死过去！个死狗！它两只前爪抓住排骨，激动得不知道怎么啃才好。行健和米萝从墙根处搬来两只小马扎，坐在旁边看着狗哆哆嗦嗦地吃那块排骨。行健回头对我打了个响指，下午的阳光弱下来。狗的影子在地上艰难地蠕动成一团。

"先让它尝到滋味。"米萝对我说。

《天方夜谭》是本好书，尤其在屋顶上，我更觉得它是本好书，它让我迅速地从低伏在大地上的生活里跳脱出来。我随手翻，翻到哪页看哪页。

狗花了很大的力气也没能把骨头嚼碎了咽下，急得像哮喘病人一样哼哼。又舍不得那点骨头，它就翻来覆去地叼住了吐出来，吐出后又塞进嘴里。行健伸出右手食指挑了一些汤汁，放在鼻子上闻，眯缝着眼，陶醉的模样那条狗肯定看懂了，突然安静下来，慢慢走到行健跟前，温顺地趴到地上。行健抬抬下巴，对米萝做了指示。米萝站起来，上去踹了狗一脚。那狗没反应过来，立马跳起来，刚叫了一声又安静下来，重新趴到了地上。米萝对着它屁股又来了一脚，狗再次跳起来，扭头看看米萝，叫声变成了愤怒的哼哼声，拖了一个奇怪的尾音，犹豫了五秒钟，趴下来。米萝看看行健，行健坏笑着点点头，米萝对着狗的肚子踢了第三脚。这一次狗真被弄恼了，原地又蹦又跳转了好几圈，行健和米萝本能地往后挪了挪身体和马扎。不挪也没关系，狗脖子上拴着根链子，它已经到了可以活动的最大半径。狗又叫了，但这一次叫声行健和米萝不烦，他们俩转身对我笑起来。

"你也来一下？"米萝招呼我。

"你们在干吗？"

"放心，逗狗日的玩呢。"米萝说，对着狗屁股又来了一脚。

那狗终于要被惹毛了，挣得铁链子哗啦啦响，行健及时抠了一块凝固的汤汁甩到地上，那狗一头撞过去。味道肯定很好。它用舌头把那块地面都舔干净了。吃完了，咂着嘴，缓慢地趴下来，脑袋搭在两条前腿上呜呜地叫。叫声里充满了绝望与哀求。行健把碗递给米萝，拎着马扎挪到狗身边，像亲人一样抚摸起它的皮毛，从脑袋梳理到后背，再到屁股。那狗闭上了眼。从我的角度看，行健本来打算对着它脑袋挥上一拳的，但他拳头握起来后又松开了，他可能也看见了那条狗殷勤摇动的尾巴。他再次抚摸它，从脑袋开始，到瘦削的后背和嶙峋的屁股，然后，他的手落到它的尾巴上，从尾根慢慢梳理到尾梢。他站起来。

"看看，车回来了没有？"行健问我。

我站起来，稀薄的影子铺在屋顶上，宽大又长远，一直覆盖到了屋顶的尽头。这样的下午太阳跟病人一样虚弱，打几个喷嚏力气就没了。远处是平房，再远处还是平房，也有树，再远处是一片铅笔画出来似的树梢，如同地平线，偶尔有一两座高楼，太阳随时都可能掉到高楼和树梢上。我探出脑袋往巷子尽头望，没有车，连个行人都没有，好像这北京西郊突然变成了一座空城。我对他们摆摆手。

"别看你那破《天方夜谭》了。"行健说，"就你这样，下辈子也撞不到个神话。哥让你开开眼！"

他对米萝比画了一番，接过了碗。活儿由米萝来干。他把手伸进碗里，捞了一把膏状的排骨汤汁，抹到了狗尾巴上。那狗闻到了味儿，激烈地叫起来。

"叫什么叫！"行健踹了它一脚。

狗把叫声压低，开始扭着身子去找。排骨汤汁的确很香，我在屋顶的冷风里都闻到了。一架飞机从天上经过，小川的一块补丁。几只鸽子和麻雀从半空飞过去，也是小川的补丁。如果不看小川无法聚焦的两个眼神，不看歪着的脑袋和漏口水的嘴角，你不会相信他是个傻子。他比正常人有想象力多了，比《天方夜谭》的想象力都多，谁能够想象还可以给天空打补丁呢？谁还能知道针和线是派不上用场的，只有锤子和铁钉可以？

狗在绕着圈子找自己的尾巴。拴它的铁链子一次次绊住它的腿，它急得想不起来抬脚越过链子，更想不到转过身把链子放在一边。有几次它舔到尾巴尖，从它的急迫和突然就张大的嘴巴推测，它也觉得味道好极了。这激起了它更大的食欲。

我们都见过狗咬自己的尾巴，但从没见过如此笨拙、慌乱和章法尽失的追逐。看得我们一起笑。那狗一边转着圈去舔自己尾巴，一边哼哼唧唧地叫，老是舔不到的时候它就会大声吠叫。慢慢地，它发现了窍门，它把腰部猛地一对折，嘴就很容易地够到了尾巴尖。它一下下舔光了尾巴尖上的排骨汁。

行健和米萝争论起来。显然，再往尾巴尖上抹汤汁跟直接送到狗嘴里已经没什么区别了，这么干下去一点都不好玩。两人很快达成共识，把汤汁一点点往尾巴上方抹。看它能舔到哪个位置。

汤汁抹得越往上，狗的难度就越大，它得把自己对折起来。到后来对折起来都不行，怎么都够不着。铁链子也跟着捣乱，绊得它踉踉跄跄，有一次终于被绊倒了，费了半天劲儿才把身体从对折的状态恢复过来，恨得它牙根痒痒，一口咬住铁链子摇头摆尾地撕扯。链子影响了它的发挥。行健和米萝只顾看笑话。得承认，这样的笑话难得碰上。我站在屋顶上喊：

"把链子给它解开！"

我提醒了他们。行健在地上丢了一小坨汤汁，趁狗去吃的当儿，米萝解下了狗的项圈。

新的一轮逐尾游戏开始了。膏状汤汁越抹越高。那狗摆脱了项圈和铁链子的羁绊，其实并未获得多大的自由，但它以为得到了，当真是越发努力，独自一个绝望地战斗。自己跟自己的较量，基本上就是一条狗的极限挑战。我不知道一个人绝望时会发出什么样的声音，那狗舔不到沾有汤汁的那一截尾巴时，发出的狂躁、滚烫的声音，有一瞬间我觉得那完全就是人声。那声音让我浑身发冷，仿佛吹过我的不是黄昏时的冷风，而是一层层一片片凉水。我觉得游戏做过头了。

冷风带过来柴油发动机的声音，我侧耳倾听，又没了。但分明又在。我想提醒行健和米萝，差不多得撤了。他们看着推磨虫一样转着圈子的狗，前俯后仰地大笑。那狗突然凄厉地叫了一声，身体以超乎想象的幅度对折了一下，它肯定也被自己弄烦了，它一口咬住了自己的尾巴。那一口咬得如此痛切，它都无法及时地撒嘴，整个身体首尾相连地原地起跳，在空中停留了两秒钟然后尖锐地摔到地上，骨头撞击地面的声音我几乎都听得见。它松开了自己的尾巴，更加凄厉地叫了一声，跳起来往院门处冲。

老式院子，院门是对开的两扇板门，张大川上了锁。因为门大，三轮车可以直接开进院子里，两扇门之间的空隙就大，但也没大到一条狗可以随随便便就跑进跑出的程度，即使它瘦得皮包骨头。在平常，那条狗肯定有这个判断力，但那天它丧失了这能力，没钻出去，一头撞在门板上。它兜回一个圈子再冲刺，撞到了另外一扇门板上。它再次兜了个圈子，从院子的另一端围墙边开始助跑，快到院子中间时起跳，借助一棵死掉多年的香椿树桩，两条前腿蹬了树桩一下，成功地越出了院子，扑通一声，骨头和肉结结实实地掼到了水泥路面上。

"快撤！"我对行健和米萝喊，"他们回来了！"

柴油发动机的声音已经进了这条巷子。张大川的三轮车，不会错。行健和米萝显然也被那条狗震到了，张口结舌半天才回过神，赶紧去翻墙。

那条狗爬起来，歪歪扭扭地跑，尽管步态像个醉汉，速度依然很快。对面刚拐进巷子里的三轮车开得意气风发，下午的水果卖得也好，一车又空了。那狗以迎接亲人的狂乱节奏飞奔向三轮车，这种举动和速度肯定超出了张大川的意料，狗快迎面撞到前轮的时候他才想起来要躲开。猛踩刹车时他扭了一下车头，三轮车翻了。狗在叫，人也在叫，有男声，也有女声。

等我从屋顶上下来跑到翻车地点，悬在半空的三轮车前轱辘早已经停止转动。那条狗瘫倒在路边，依然在叫。李小红跪在翻倒的车前号哭，她要从侧面钻进驾驶室里，敞开门的那侧车门对着夜晚即将来临的天空洞开；另一边，不知道经历过何种鬼使神差的过程，傻子小川被夹在那扇车门里，半个身子在车里，半个身子在车外；在车外的那部分身体上，卖光了水果的空三轮车的重量正一点点分摊过去。车底下一摊红黑的血曲折地流出来。

李小红声嘶力竭地叫着小川。小川一声不吭。一点声音都没有。张大川肩膀扛着三轮车的一侧，想把它掀过去，让悬空的轮子全都实实在在地落到路面上。我把肩膀凑上去，跟他一起扛。狗还在叫，声音怎么听都不像一条狗。

夜幕降临，天黑下来。从昏暗中走过来和狗一样歪歪扭扭的两个人，行健和米萝。他们也把肩膀凑了上来。我听见张大川气急败坏地说话。

"李小红，别哭了行不行？"张大川气急败坏地说，"这下咱们正好可以再要一个孩儿了！胳膊腿儿都好使儿的，脑子也好使儿的！你不用担心对不起他！你也不用担心咱们养活儿不了了！李小红，我让你别哭了你听见儿没！"该用儿化音和不该用儿化音的地方他全用上了。

半个月后，我在一个旧书摊上乱翻，看到一本书里说，狗尾巴的作用之一，是保持身体平衡。"尤其在高速运动时，直线加速或匀速向前时，尾巴会向后伸直，转弯时会有突然的摆动，减速时会快速地画圈，相当于飞机降落时打开的减速伞。"我使劲儿想，终于清晰地看见了那个傍晚，张大川家的狗狂奔的时候，尾巴是耷拉着的，像一截破旧的鸡毛掸子。

我在旧书摊上乱翻的时候，那条狗已经死了。它不停地往门上冲，最后把自己撞死了。张大川和李小红也回了老家。他们老家在哪儿，我们都不知道。

（原载《收获》2016 年 1 期）

作者简介：

徐则臣，1978 年生于江苏东海，北京大学中文系毕业，文学硕士。著有长篇小说《夜火车》《水边书》，小说集《跑步穿过中关村》《天上人间》《人间烟火》《居延》，随笔集《把大师挂在嘴上》等。曾获华语文学传媒大奖·2007 年度最具潜力新人奖、庄重文文学奖、小说月报百花奖等。部分作品被译成德、韩、英、荷、日、蒙等语。

跷 跷 板

双雪涛

刘一朵指着床尾的摇柄对我说，摇六下，是仰卧，能喝水。摇十二下，能坐直，他坐不直，往下出溜，你给他垫个枕头。我说，你铺垫了吗？她说，你自己跟他说一下。我说，还是应该铺垫一下。她说，他现在疼得一会儿明白，一会儿糊涂，你自己铺垫。

刘一朵比我高，大概高十五厘米，主要是高在腿上，上半身我和她差不多，脖子我比她还长一点，主要是腿，腿长，胳膊也长。所以据我目测，我一下摇不了她那么瓷实，可能得七下，十三下。这是一间单人病房，窗帘和沙发是蓝的，上午的太阳一照，好像在透视。茶几上摆着几个橘子和一只细口花瓶，花瓶里没有花，暖气太热，一般花都死，刘一朵买了一盆仙人掌，放在花瓶旁边，像是一个自卑的胖子。夜里守夜的是刘一朵她妈，我叫阿姨，为了显得亲切，我不说你妈，一般都说我姨。此时我姨已经回去，睡在她家那张巨大的床上。床有四柱，上有木顶，极像轿子，床体极大，两米乘两米五，放于主卧。白天是刘一朵的班，她请了四个月假，遵医嘱，四个月差不多，顶多五个月，我叔也该走了。晚上有时我住在刘家，家的面积有点大，楼下一层，楼上一层，还有个天台。刘一朵说自己住，放个屁都有回音。我们几乎每晚做爱，就在她父母的那张大床上，乐此不疲。

这天是刘一朵的单位要年终考核，她非得回去做个陈述，要不上半年干的活儿就有点吃亏，如能评个先进，奖金也多了几千块，钱是小事儿，主要是一张脸。她在一家银行上班，事儿倒不多，每周还有瑜伽、攀岩、远足，活动不少。行里头有食堂、澡堂、乒乓球案子、台球桌、中央空调。只是沉闷，不太适合她的性格。相亲时听说她是银行职员，心里有点抵触，一是怕悬殊，二是怕无聊，见面之后发现大出我意料，说话像连珠炮，还能喝酒，喝完还酒驾。她把我送到楼下说，总结总结。我说，总结啥？她说，总结总结今天。我说，我是个工人，一辈子挣不了你这么一辆车。她说，你庸俗。我说，介绍人不靠谱儿，差距太大，我不是庸俗，我父母都是工人，我爸说过一句话，人穷志短，马瘦毛长，以前不知道啥意思，今天坐在车里，知道了。她说，我爸过去也是工人，做手扶拖拉机。我扭头看她说，是吗？她说，什么是吗？我小时候还开过，三个挡位，柴油的，一开直颠，跟骑马一样。我说，什么厂子？她说，小型拖拉机厂，后来改叫金牛机械厂，后来黄了。我说，我知道，在新华街上，现在厂房还在，好大一片，据说是工人不让拆，自己凑钱雇人，在那儿看着。她说，就你知道。我爸原来是厂长，那人还是我爸找的。我就在那儿的幼儿园长大的，幼儿园院子很小，没啥玩具，只有一个转椅，不知是哪个工人车的，喷成好几个颜色，转起来极快。我就爱坐那个，有一次掉下来，头顶磕了口子，现在还有疤。你摸摸。我伸手摸了摸，不太好摸，摸了半天，果然有，在头发中间，有一个肉的凸起。她说，头发都让你摸乱了。她摘下皮套，把头发披在肩上，皮套套在手腕，手腕纤细，腕骨清晰，成掎角之势，如同瓷器。她照着后视镜，把头发重新扎起来。我说，我开吊车。她说，你吃饭的时候说了。我说，三十几米高，上面就我自己，没人跟我说话，冬冷夏热，但是我爱开。她说，喜欢受罪？我说，安静。还能俯视别人，都比我小，我一个不注意，就能砸死俩。她说，当自己是上帝了是吗？我说，就是有时候高，待在高处，感觉特别。她说，你一个月挣多少钱？我说，三千七，五险一金，如果我从吊车上掉下来摔死了，能赔二十万。她说，比我想象的多。我说，我开得好，你把瓶起子绑钩上，我能给你开啤酒。她说，我从那个转椅摔下来之后，我爸打个电话，把那个转椅拔了，换成了跷跷板。我说，嗯。她说，我没坐过跷跷板，我讨厌让人撅起来。嗯，长大了想法有点变化。我说，我妈那个厂子有个秋千，我……她说，你家有人吗？我说，有，我爸妈都在，估计在看电视。她说，下车吧。我拉开车门走下去，冷风一吹，顿觉刚才话多了，牛逼吹得也有点大。她摇下车窗说，明天你给介绍人拿条烟。说完把车开走了。

我叔在睡着。他不知道刘一朵今天要去单位，我当班。他过去见过我，在他家楼下，我站在那儿等刘一朵去看电影，这是我和刘一朵共同的爱好。确定关系之后，我想送个信物，既特别又不腐坏，如果有一天分手，让她还能记得我。我让厂里的车工给她车了一个铁花，铁玫瑰，那哥们儿问我，用喷点红漆不？我说，不用，就这铁色儿。他看着锋利的花瓣，说，这玩意儿过不了安检。我说，你他妈操心的还挺多，我骑车送去。刘一朵拿在手里看了看，说，看过《第五区》？我说，是，你就不能假装不知道？她说，走，看电影去。我和刘一朵看电影就是看电影，不吃爆米花，也不接吻，就是坐着看，看完吃饭。那天我等刘一朵下楼，先看见刘一朵，然后看见我叔，刘一朵看见我使了个眼色，我刚想溜，我叔说，找你的？刘说，是，我单位司机，一会儿我要出差。我叔微胖，穿着皮夹克，没拉拉划儿，肚子略显立体，腿短，也比刘一朵矮半头，可是腰板笔直，手里拿着翻盖手机，看上去能接通不少人。他走过来同我握了握手，说，那你辛苦。我说，没事儿，没事儿。他说，那我先走，路面有雪，慢点开。我说，您放心。老司机了。他朝我们摆摆手，朝另一个方向走去。那时他并没生病，或者说已经有了病灶但并不知晓。他三十几岁就戒了烟，很少喝酒，每周打羽毛球，理应对身体充满信心。

　　我叔动了动，应该说是蠕动了一下，手指的监控夹松了，我帮他紧上。监控器上的指标刘一朵教我看了一遍，心率正常，主要是注意血压，最近肿瘤顶破了十二指肠，有点便血。屁股底下垫了尿不湿，头顶上挂着一只血袋，这边拉，这边灌，有点像小时候的数学题。他的肿瘤原发于胰腺，这事情比较难办，癌喜欢开拓，胰腺又是枢纽，癌细胞从胰腺开始向上，攻陷了肺和淋巴，正在迫近南京，人类的大脑。最初的症状开始于几个月前，是丝丝拉拉的疼痛感，他跟我姨说，最近不知咋了，老爱岔气，肋叉子疼。岔气并不是疑难杂症，喝点热水放几个屁便好，可是人开始消瘦，肚子瘪了，腮帮子也像是秋天的山岭一样清癯起来。有几次岔气岔了一夜，没有屁，只是疼。我叔是条硬汉，听刘一朵说，年轻时有次在厂里让铲车撞出五米远，腰已不会动，还紧急给几个班长开了一个会，谈了一下安全生产的问题，到医院时，大夫说错位得厉害，人都快两截了，怎么还能自己走来？可是那一夜岔气，他疼得想给肋叉子一刀，我姨觉出不对，送到医院就没让走，直接住进了单人病房。晚了，手术已无意义。可是他自己并不知道，这个保密工作做得之好，全赖刘一朵的缜密，每一个来探视的人，她都要走一遍戏，对一下台词。我叔知道得了癌，但是很轻微，手术都不用做，化疗一下就能回家。刘一朵跟他说，咱家到医院有两站地，大夫说，做完两个疗程，你能自己走回去。那时我叔双腿已瘦得如同秸秆，他说，我想骑自行车，我挺长时间没骑自行车了，想骑自行车。刘一朵说，那就说定，等你好了，你骑自行车驮我回去。刘一朵跟我讲这个故事的时候没穿衣服，身上有细汗，她说小时候都是我叔驮她上学，后来下海经商，再没驮过她。

　　我叔又动了，哼了一声。我赶忙站起来，听他说啥。他的脸皮脱落了大半，颜色深浅不一，如同得了癣。我对刘一朵的行径深不以为然，我觉得应该把真实情况告诉我叔，万一他想周游世界啥的，你这么欺瞒，也许会留下遗憾。可是刘一朵说在她小时候，我叔老骗他周末会回家，可是老不回来，但是她还是每次都信，她觉得我叔骗她是对的，让她有个念想。后来我便不与她争论，毕竟是人家的家事。

他睁开眼睛看了看我，说，护工？我说，不是，我是一朵的朋友，今天她单位脱不了身，我照顾您。他看了我半天，说，司机？我说，您还记得我。他说，你瘦了。我想了想说，最近晚上睡不好，老起夜。他说，年轻人要注意身体，要不老了全找回来。我说，您说得是。他说，你把我摇起来点，我喝口水。我走到床尾，摇了七下，看他要歪，又跑过去给他垫了个枕头。保温瓶里的水足够，我递给他，他说，抽屉里有吸管，我得用吸管。我找出吸管放在水瓶里，他喝了一点递给我。他的嘴唇都枯了，好像树皮，水喝了一点，有一半都渗进了嘴唇里。他说，有点不太好意思，上次你见我时，我还有头发。我说，您没头发看着挺精神，也省事儿。他说，是，不用洗，拿抹布一擦就干净了。我乐了，他没乐，他知道他说了个笑话，可是不乐，双手交叉放在腿上，虽是瘦得像纸片一样，可是还是有种威严。他说，一朵有点脾气，你多担待，她有啥说啥，这点倒是好，比闷声让你猜强。我有点不知该说啥，也许他第一次见我就已经识破了。他说，你做什么工作？我说，您英明，我不是司机，我开吊车，在铁西的钢厂。他说，我知道，第三轧钢厂，我回城分配还考虑过那儿。现在效益怎么样？我说，还行，光吃饭够用，现在厂子少，活着的都能勉强坚持。他说，受累，我得上趟厕所，自从得了病，喝点水就上厕所，肠子跟直筒一样。我说，你要是嫌费事，就尿尿不湿上吧，我不嫌费事，就是怕您累着。他说，有时候控制不了，就那么着了，这自己都知道了，尿被窝里还是有点不习惯，你架我一下。厕所离床大概十米，我们大概走了五分钟，我一手提着他的吊瓶架，一手支着他的腋窝，我感觉他在浑身用力，可是效果并不明显，好像这副骨架并不听他摆弄。而且我感觉到他疼，说不清是哪儿，但是肯定有地方在疼痛，他站在坐便前面尿了一会儿，尿了几滴，然后我们原路返回，他开始出汗了，双腿也开始发抖，在他坐在床沿的时候，我一手扶着他，一手给他换了个干净的尿不湿，他躺下时，准确地说，有点像把自己摔在床上，然后歇了半晌。我觉得这么老盯着他不太礼貌，就站起来走了走，摆动摆动茶几上的报纸，给仙人掌浇了点水。他在我身后说，你叫什么？我说，我叫李默。他说，小李，我最近忘了不少事情。我回过头，看他正在看架子上的血袋，还有半袋子血，鲜红黏稠，不知是谁的。我说，您别费劲想，说不定什么时候就想起来了。他说，可能是化疗的副作用，记性变差了，我上午一直在想当年我车间的那个看门人，怎么也想不起来他叫什么。我说，看门人？那很正常。他说，那个看门人是跟我一起下乡的知青，算上下乡，算上回城，在一起待了十几年，可我想不起来他叫啥了。我说，我也经常想不起初中同学的名字，有次在红旗广场碰着一个，说啥想不起来，就记得他有个绰号，叫八戒。他说，八戒？我说，是叫八戒，刚开始还挺不乐意，后来老自称老猪。他说，我想起来了，那个人绰号叫"干瞪"。因为眼珠有点突出，一半在外面，又看门，所以叫"干瞪"。我说，这外号，形象。他说，想起来了，他大名叫甘沛元，父亲是粮食局工会主席，母亲在百货商店，他姐是变压器厂的电工。我说，您看，这不全想起了。他说，我有次发现他偷车间里的零件，就说了他两句，晚上他把我们家窗户全砸了。我说，后来呢？他说，我累了。我眯一会儿。我帮他把床摇下来，瞥了一眼心率，略有点快，平躺之后好了一些。他说，小李，你把窗台那只鸟放出去吧。我说，鸟？他说，窗台有只鸟，在那儿半天了，飞不出去，你给它放出去吧。窗台空无一物，窗帘堆在一侧，今天天气很好，虽冷，午后阳光还有，照在窗台上，好像一层黄色的细沙。窗外是停车场，一只鸟也没有，大小车辆停在白线里，几个人在车旁边握手。再看他已经睡了。

我坐在椅子上，也在发困，很想出去抽支烟，又怕他的滴流断了没人知道。早上我陪刘一朵过来，先在走廊抽了支烟，一个中年女人自己举着滴流瓶子，在那儿吸烟，她的肿瘤在肝脏，她告诉我是喝酒喝的，医生不让喝酒，赶忙学会了抽烟，儿子在外地，她没敢告诉他自己得病，正是晋升的关键时刻。她戴着绒线帽子，努力跟每一个陌生人交谈。我捏了捏脸颊，掀起被子看了看，没有排便，也没有出汗。血袋要没了，我按了按铃，没人来，只好自己走到医生办公室。一个大夫正在电脑上下处方，我说，502三床的血袋没了。他回头看我说，刘庆革？我说，是。他打了个电话给护士站，让她们去换血袋，然后从抽屉里拿出一张CT图说，这是昨天照的脑部CT，不太乐观，你看这片阴影，边缘不规则。我说，他刚才跟我说，在窗台看见一只鸟，可是窗台没有鸟。他说，肿瘤已经到了脑部，症状因人而异，有的是疼，有的是健忘，有的是幻觉，也有的是都有，你明白吧。我说，明白。他说，你爸这状况，坚持不了多久，也许会昏迷，如果不昏迷，可能会非常痛苦，要有心理准备。已经坚持这么久，实属不易，你爸的求生欲望很强。我说，他不是我爸，我是他女儿的朋友。他说，哦，我是值班大夫，对家属不太熟，等他家人来，让他们来一趟。止疼药这么打下去，跟毒品差不多，有钱也不是这么花的。我说，知道了。

晚上刘一朵来了，我跟她说了一下，过了一会儿我姨来了，她们俩一起去了医生那儿，谈了半天。我叔醒了，看我在，说，你开几吨的吊车？我说，二十二吨半。他从被里面伸出手与我握了握说，我有事先走，雪天路滑，慢点开。然后又闭眼睡了。

刘一朵并没有告诉我谈话的结果，只是跟我说，她租了个床，这几天晚上也在这儿，让我先回家。我知道也许有了新情况，可是也没必要多问。除我之外，刘一朵有几个暧昧的对象，我是知道的。有天我在她微信里看到，一个人跟她说，二垒时间太长，想三垒。我也没问，这在我意料之中，只是下班之后推说有事，跟几个同事去洗了个澡。我总不能和她结合，虽说床上和谐，可是在某种层面上，友谊大于爱情。同事里有跟我要好的，女的，我也没事过去她工位看看。她是个钳工，比我矮一点，年年先进，就住在我家对面，鞍山人，我和她每天在一起吃饭，她能做极好的炸黄花鱼，每周末都做几条，分我半数。我喜欢吃鱼，如果老婆能烧一手好鱼，可能这一辈子就能坚持下来。但是我还是有点踌躇，刘一朵现在家里摊上了事儿，很多问题需要这件事情过去之后再谈。

两天过去，刘一朵都没跟我联系，有几次我拿起手机，又放下，在这个关系里，还是让她主事比较好，其实我想问问我叔咋样了，可是这句话像客套，容易让她觉得我是在关心她，可是其实真的就是字面意思。她能把自己照顾得很好，这点我深信不疑。第二天晚上，我和钳工去看了一场电影，她睡着了，电影有点科幻，有点闹，3D眼镜让人头晕。故事发生在未来，很老套，大概是从未来回到过去，为了更改现在，可是现在正在发生，我总怀疑已经被更改过多次。那又如何，不还是现在？结束之后我叫醒她，把她送到楼下，没有上楼，但是我们第一次接吻了，感觉很好，她的嘴唇结实，双手紧紧抓住我的衣肘，洗衣粉和我用的是一个牌子。回到家我爸正在用我的电脑下棋，他和我妈都已经退休两年，其实退休之前的二十年已经下岗，做过不少小买卖，在街边流窜，被驱赶，与城管厮打，争夺一口苞米锅，终于到了两年前，可以安心养老。我妈此时应该正在马路上和一群同龄人暴走，一路从和平区走到铁西区，可是效果并不明显，眼看胖了起来。我爸学会了用电脑下棋，还学会了下载作弊器，预感要输，退出了也不减少积分。等到开春，他就会回到路边摊，那并不只是下棋，还有许多话可以跟棋友说，有时候心理战比棋艺更重要。两人过去是战友，如今各玩各的，倒疏远起来，峥嵘岁月恍若隔世，闲时总是争吵。我洗了个澡，躺在床上玩手机，发现刘一朵在半小时前给我打了十几个电话，我在电影院开的是静音，没有发觉。我打回去，刘一朵说，你死了？我说，没，睡着了，没听见电话。她说，我爸闹了一夜，非得要见你，非得要你陪护。我说，我何德何能？她说，你他妈还端起来，来不来？我说，我打个车，也许我到了他就睡了。她说，我等你。

我到了之后发现门口围了一群人，年龄都和我姨相仿，应该是我叔那头的亲属。我姨说一句话就哭一声，几个女眷也在抹眼泪。主治医生站在门口，正和他们小声商谈。医生说，你是小李？我说，我是。他说，谁也不让近前，就让你进去。也不知是哪来的劲儿，刚才把枕头扔我脸上了。我说，你脸没事儿吧？我进去看看，等他睡了喊你们。刘一朵罔顾医院的规定，正在抽烟，她推了我一把说，你为什么不接电话？我说，真没听见，我打电话有时候你也没接。大夫说，都别着急，今晚应该没事儿，家属该休息休息，我今晚值班，放心。隔壁一个家属推开门探出头来，说，你们还有完没完，就你们家有病人？已是子夜十二点多，护士站就剩一个护士，眼皮发沉，正在用 iPad 看美剧。刘一朵走近我，把我抱住，说，想你了，等他睡了，你让我进去。我拍了拍她的后背，然后推门走了进去。

我叔坐得挺直，正在用手够桌上的橘子，我把橘子递给他。他把橘子扒开说，给你吃。我说，我刚吃过饭，吃不下。他把橘子皮放回桌子上说，不吃也行，橘子这味也挺好闻。我在床边的椅子上坐下，说，叔，你困了就睡会儿。他说，我不困，想跟你聊会儿天，你困吗？我说，我睡得晚。他比我想象的平静，枕头在他身后，没有要飞出来的征兆，床边的吊瓶架上没有血袋，已经换成葡萄糖。他说，我跟你聊的事情，你不要跟一朵说，不要跟任何人说，永远别说，能答应我吗？我说，我就见过您一面，我答应了您也不一定相信。他说，我力气有限，没用的话不要讲，我知道你，你也知道我，跟别人聊不上。我说，好，如果您看得起我，您就说，我不说出去。他的样子没怎么变，只是眼睛比过去大了，通红，好像内心被什么催动，眼仁儿烧得如同火炭。他说，我有个军大衣，过去厂子发的，跟一朵说了，给你穿，吊车上冷，现在这些新东西都不如军大衣暖和。我说，谢谢您，就缺这么一个东西。他说，等我好了，你再还给我。我说，好，等您好了，我给您洗干净拿回来。他说，在柜子里，你自己拿。我怀疑是他的幻觉，如果没有会很尴尬，可是他在盯着我看，我不打开柜子恐怕是不行。柜子里果然有一件军大衣，洗得有点旧，不过一点没坏，我拿起穿上，大小正好，又暖和又敦实。他说，你转过身来我看看。我转过身去，他说，你很像我年轻的时候。我说，您抬举我。他说，我有个儿子，自从我病了，从来没来看过我。我心想，这倒是情理之中，钱这么宽裕，有个把私生子不足为奇，原来这就是他要跟我说的秘密。我说，您儿子在哪儿工作？他说，在银行，我给办进去的。我听着有点奇怪，说，叫什么？他说，叫刘一朵，姓刘的刘，一二三四的一，花朵的朵。我知道他是想串了，说，现在年轻人都忙，等您好了好好批评他。他说，桌上有个止疼贴，你给我贴一下。止疼贴上没有中国字儿，但是上次架他去上厕所，看见他大腿上有一个，所以大概应该是贴到动脉上。我刚想掀被，他指了指太阳穴，说，贴这儿。我说，恐怕效果不好。他说，我头疼得不行，但是想把话说完，你给我贴上。止疼贴是个圆片儿，贴上之后搞得我叔有点滑稽，像是天桥上的瘪三。

他说，上次跟你说到甘沛元，这两天我又想起点事情。我说，您说。他说，1995年厂子不行了，我拉了一伙人自己干，但是肯定不能全叫着，养活不了那么些，就得先让一批人下岗。甘沛元是我发小，一起长大，我养了他这么多年，也算够意思了，就找他谈了一下，让他买断，钱比别人多五千，这钱我自己掏。他不答应，四处告我，说我侵吞国有资产，威胁我要杀我全家。告我没用，那是大政策，不是我发明的，厂长都这么干，但是我发现他跟着一朵，那时一朵上初一，并不知道有人跟他，有一天我把他叫住，他从皮包里拿出一瓶硫酸，在我面前晃了晃，然后走了。我说，您歇会儿。他的心率增加，已经到了一百六。他说，我一口气说完，害怕忘了。我想找人把他做了，可是想来想去，还得自己来。快过年了，厂子已经放假，我约他在车间办公室见面，给他拿点年货，谈一下把他招过来的事儿。我用扳子把他敲倒，然后又拿尼龙绳勒了他的脖子。他一个人过，爱喝酒，孩子跟前妻，父母也早不理他，他不是管他们要钱，就是从家里偷东西。我确定他死了，眼睛比过去还突出，舌头也咬折了，我就把他拖到厂子尽里头的幼儿园，用铁锹挖了个坑，把他埋了。就在院子里跷跷板的底下。说完，我叔闭上了眼睛，满脸都是汗，枕头湿了一片。我说，您喝点水吗？他摇了摇头。我想走，但是他好像没睡，这时候出去，恐怕会让他觉得我有点懦弱。他闭着眼睛说，我这两天做梦老梦见他，说我的行为他理解，可是能不能给他迁个地方，立块碑，没名字也行，这么多年老被孩子们在上面踩来踩去，有点不好受。我说，您放心，我给您办吧。他点点头说，动静要小，那厂子我找人看着呢，这么多年我花了不少钱，等我好了，我去给他烧纸，你是司机，你开车带我去。以后你就给我开车吧。我说，好，老司机了。

他终于睡熟了，呼吸极其轻微，我掀开被，看见尿不湿上一大片黑血，帮他换了，他也没醒。我盯着他看了一会儿，他的胸口在起伏，有时候突然吸进一大口气，好像要吞掉这个病房的空气一样，然后慢慢地，游丝一般地呼出来。我推开门，发现人都已经散了，只有刘一朵靠在走廊的墙上，闭目沉思。她睁开眼说，睡了？我说，睡了。她说，我妈去买寿衣了，免得到时候抓瞎。我说，一点希望没有了吗？她说，他的身体里已经快没有血了，你明白吗？没有血了。她拉着我的手，走进病房，洗手间摆着她的护肤品和牙具。她洗漱完毕，脱光自己，抱着我钻进病房一角的行军床，军大衣我盖在暖气上，房间里实在太热，能遮一点是一点。我们抱了一会儿，谁也没有说话，我能听见我叔的呼吸声，或者说我小心翼翼地听着他的呼吸声，监控器时不时发出一点微小的声响，那是血压在缓慢地掉下来。她在我下巴底下说，到我上面来。我说，睡吧，叔能听见。她没有答言，伸手脱掉我的内裤。我翻起身压住她，她的眼睛里都是泪水，我抱着她，一动不动，她的眼泪蹭了我一脸，过了一会儿，她推了推我的肩膀，翻身冲外，没有了动静。

我醒来的时候，已经是凌晨两点，口干舌燥。刘一朵睡着了，身体蜷成一团。我穿上衣服走到我叔的床边，在他的保温瓶里喝了点水，水尚温，我叔微张着嘴，一动不动，裹在白色的寝具里，我趴在他耳边叫他，叔？叔？他没有反应。我等到他又吸上一口气，披上军大衣，离开了医院。

出租车司机开得飞快，冬天的深夜，路上几乎没有人，路边时有呕吐物，已经冻成硬坨儿。树木都秃了，像是铁做的。他认识小型拖拉机厂，说没人不认识，那曾经是效益最好的大工厂，现在没拆，一直烂在那里，地皮的权属不清。我站在大门口，发现厂子比我想象的还要大，如同巨兽一般盘踞于此，大门有五六米高，只是没有牌子，也没有灯。我从大门上面爬过去，跨过锋利的铁尖，刚一落地，门房的灯亮了。一个人拉开窗户探出头来，此人也许五十岁，也许六十，头发没白，可是脸上都是皱纹，下巴上全是胡子茬儿，瞪着一双突出的大眼，看着我，手里拿着一只甩棍。他说，爬回去。我看着他的眼珠，一半在里头，一半在外头，好像随时能掉在地上。我说，甘沛元？他说，你谁啊？我说，"干瞪？"他说，哥们儿，你认识我？进来坐坐。他的屋子很小，从窗户里望，有一个煤炉子和一个小电视，煤炉上搁着水壶，墙上都结了冰。我呼出一口气说，我是刘庆革的司机。他说，你是庆革厂长的司机？他现在怎么样，每个月往我卡里打钱，好久没见过他了。我说，他挺好，老提起你，就是忙。我进去走一圈，一会儿回来我们聊聊。信得过吗？他说，大半夜的，就是走一圈？我说，就是走一圈，然后回来跟你喝点酒。他说，成，我把酒温上等你。

厂区的中央是一条宽阔的大道，两边是厂房，厂房都是铁门，有的锁了，有的锁已经坏了，风一吹咯吱咯吱直响。有的已经空空如也，玻璃全都碎掉，有的还有生锈的生产线，工具箱倒在地上，我扶起来一个，发现里面有1996年的报纸。我顺着大路往里走，车间的墙上刷着字，大都斑驳，但是能认出大概，一车间是装配车间，二车间是维修车间，三车间是喷漆车间，一直到九车间，是检测车间。路的左侧，跟车间正对，有卫生所和工人之家，卫生所的地上还有滴流瓶子，上面写着青霉素，工人之家有个舞台，座椅烂了大半，东倒西歪。我走到路的尽头，右面挂着一个牌子，上面写着：子弟幼儿园。走进去，看见一栋二层小楼，楼门紧锁。楼前的土地上，有一个跷跷板。我在跷跷板上坐了一会儿，虽然锈了，可是还能撬动，只是对面没有人，只能当椅子。坐了大概五分钟，我回到二车间，找到一根弯曲的铁条，回到跷跷板开始挖。土已经冻了，非常难对付，累得我满头大汗，大概挖了一个钟头，已经有了一个半米的小坑，什么也没有。我歇了一会儿，抽了支烟，发现汗要凉，赶紧继续挖。又挖了半米，看见一串骨头，应该是脚趾，我顺着脚趾往宽了挖，很小心，怕把骨头碰坏了。又花了大概四十分钟，看见了一副骸骨，平躺在坑里，不知此人生前多高，但是骨头是不大，也许人的骸骨都比真人要小。他的骨头里面夹杂着几块破布，是工作服。我盯着骨架看了一会儿，想了想城市周围的墓地，也许东头的那个棋盘山墓园不错，我给我爷扫墓去过，如果能订到南山的位置，居高临下，能够俯瞰半个城。

墓碑上该刻什么，一时想不出，名字也许没有，话总该写上几句。我裹着军大衣蹲在坑边想着，冷风吹动我嘴前的火光，也许我应该去门房的小屋里喝点酒暖暖，人生有时候就是这样，痛快地喝点酒，让筋骨舒缓，然后一切就都清晰起来了。

（原载《收获》2016 年第 3 期）

作者简介：

双雪涛，1983 年生于沈阳。出版长篇小说《翅鬼》，小说集《平原上的摩西》。曾获首届华文世界电影小说奖首奖、"紫金·人民文学之星"短篇小说佳作奖、西湖·中国新锐文学奖等。

星期二咖啡馆

钟求是

对他来说，昆城是卧在时间里的。它只属于每个月的第一个星期二。

这样的星期二当然与别的日子不一样。天刚获得一点亮色，他便被自己催醒，吃过冬媛备好的早餐，然后搭地铁到火车东站，准时坐上 7 时 18 分的高铁。上午的车厢是惺忪的，声音并不显闹，如果他愿意闭上眼，可以将扣减的睡眠补回来一些。过了 3 小时 2 分钟，列车在昆城站歇一下脚，停留的时间刚够他将自己送到站台上。出了车站，他坐一小会儿公交车，又步行 100多米，便看见了那座棕色门台的咖啡馆。

此时的咖啡馆开门不久，厅堂里顾客稀少，气息还有些懒。他在窗边一张小桌前坐下，从包里掏出一本书搁在桌上，然后安静等着。过了片刻，一位携着托盘的清瘦姑娘站到他跟前，轻着声音说："方叔叔，我知道您今天会来的……还是一杯绿茶吗？"他点点头——虽然在咖啡馆，喝茶仍是他的一贯选择。姑娘离开很快又回来，将一只盛了绿色的杯子放到桌上，又轻着声音说："天气有点凉了，阿姨的身体还好吧？"他让自己笑了笑："还是那样……她身上的力气老是不够用。"

起初几次，冬媛是伴着他一块儿到昆城的。两个人坐在咖啡馆里，虽然不多说话，神情到底是相互支援的，而且还可以在镇子里住一夜，当作每月一次的放闲。但冬媛的身子已变得薄弱，一想事心里又容易晃动，3 小时的旅途便成了畏途。有一回临出门，她脚一软坐在门口地上，样子有点儿童。他递手拉她起来，她摆摆手，说让我想一想。想了一分钟，她说："我不去了，老方你去吧。你一个人去。"他说："我一个人坐在那儿会有点傻。"她说："不傻不傻，你把儿子的书带上。"

儿子的书叫《查拉斯图拉如是说》，浅灰的封面显着哲学的脸色，现在就摆在桌上。灯光有些暗淡，不过因为近着窗户，眼睛是舒适的。他打开书本，翻到上次阅读停止的地方，便找到了新的一节"山上的树"。在这一节里，查拉斯图拉与一位少年展开了对话。查拉斯图拉告诉少年："人与树是一样的。他越想向光明的高处升长，他的根便越深地伸入土里，黑暗的深处去。"少年说："我改变得太快了，我的今日推翻着我的昨天。我上升时，我跳过许多梯级。"少年又说："当我在高处时，我觉得我孤独。"查拉斯图拉说："我心痛极了。你的目光诉说着你所冒的危险比你的语言还清楚些。"

他有些恍惚。他每次读这本书的时候都有些恍惚。他的底子是工科，往细里说是冶金工程，虽说后来转行做了单位的内刊编辑，但与哲学的文字仍是错道的。他还不明白的是，儿子是学计算机的，与哲学的距离差着一丈远，最后却偏偏贴近了这种虚飘的书。他揉揉眼睛喝一口茶，起身去了一趟洗手间。返回时经过留言墙，他停一下脚。这是一块随心所欲的语言集聚地，上面贴满了各种纸条。一张纸条上留字：乳房是手的故乡，我的手游走在他乡。另一张纸条写：Lxd，你猜猜你那天酒后说了什么？算不算数呀？还有一张纸条写：到底有没有来世呢？有一个人答应来世嫁给我！这些文字差点把他逗笑了。他想，这墙上的纸条与哲学没有关系，但同样制造虚飘。随后他又注意到一张纸条，上面的文字倒不虚飘：我要点赞3号服务员徐娟，她的服务态度好！这句话让他受用，因为徐娟正是轻声与他说话的清瘦姑娘。

午饭时间到了，厅堂里的顾客在增加。他合上书本抬起脑袋，那位清瘦的徐娟姑娘很快来到跟前。和往常一样，他点了一份扬州炒饭和一碟水果。在英文名曲的舒缓音乐中，他吃掉了炒饭，又吃掉了水果。

午后的时光有些柔软，吃客们的身影已经离去，忙碌的声响静伏下来，而傍晚的热闹几个小时后才能到来。这是一天里他最想等到的时刻。在这段闲淡的时间里，徐娟姑娘会放下服务姿态，乖巧地坐到他对面。

他很想给徐娟姑娘添一只茶杯，由他来买单。不过他又知道，对方是不会接受的。她是服务员，坐下来聊话必须是临时的样子。

他已预备了一些话，但这些话并非要紧，所以口气也是淡散的。他问她的近况，譬如周末安排、追星变化、微信交友什么的，她便顺着问话说过去。她说："方叔叔你忘啦？我没有周末的，我只有周四一天轮休，我一般把这一天用来睡懒觉逛商场听歌曲。"她说："我喜欢的歌星是周杰伦，听说他结婚生孩子了，不过我也没有难过。"她说："我在手机里装了计步软件，每天在大堂里走来走去，嘻嘻，微信群里谁也走不过我。"她一边说着一边时不时地努一下嘴，眼睛里有流动的光亮，这让他忍不住地暗笑。他不在意她说了什么，只是喜欢她说话的样子。

如此说了一回，他的手翻一翻桌上的书又合上，然后话题会来到儿子身上。这时她便静了脸，摆好耐心听讲的准备，这多少鼓励了他的嘴巴。他先点评儿子的喜好和脾性，又发展出儿子的一些趣事。这些趣事以前并不有趣，现在想想真是沾着可爱。譬如高中寄宿学校，儿子不屑于管理自己的卫生，脚臭名震全楼。一天他正在寝室看书，不知门外已聚了一群男生，他们在打赌谁敢进去待上十分钟，以挑战那双著名的脚丫子。有赏之下，一名男生昂然走进门去，但五分钟后崩溃而出。又一男生很不服气，用棉签塞了鼻孔挺身而入。十分钟后，众男生心生敬佩正要庆祝，不料房门猛地打开跑出光丫子的儿子，说里边有个人不知怎么突然晕倒了。徐娟姑娘便笑，说："这故事是演绎的吧？"他说："上了大学，有同学写逗乐文章，把儿子的逸事挖了出来。"徐娟姑娘说："我能想象，他是个好玩的人。"他点点头补充说："不仅好玩，还阳光。他是个脸上老有阳光的人。"这么说着，才发现桌上有半截淡淡的光影——窗外的阳光已经西斜。这是结束见面、搭车回返的提示，他喝掉杯中余茶，跟徐娟说告别的话。在这时，他会让自己的目光在对面的目光里多停留几秒钟。

在许多时候，儿子的目光是顽皮不羁的。他打小喜欢旁门，喜欢顶撞，喜欢玩游戏，让人看不准他的前景。幸运的是，大学计算机专业把他的缺点招安了，他的不良脾性与电脑鼠标一结合，产生了左冲右突的想象力，这是软件设计所需要的。大学毕业时，他成了一个自信的计算机青年，并很快被一家不错的软件开发公司所接纳。工作了不到两年，他的收入已比父母两个人加起来的工资还要多。这个数字对比进入母亲的记账本，似乎成了她津津有味想解开的数学题。

去年四月的一个傍晚，儿子下班后没有直接回家，先拐进一家新华书店买了一本《查拉斯图拉如是说》。没人知道他为什么这么做，也许那些日子正好喜欢上了空灵的思考，也许只是路过书店时的心念一动。离开书店，他携着书本回家。穿过一条马路时，绿灯已经亮起，他的脚步没有犹豫。正是在这时，他与一辆轿车相遇。那辆车子力气太大了，让他一下子躺到离斑马线七八米的地方。

医院电话打来时，几只兴高采烈的盘子正摆到桌上，晚餐的气氛已经形成。但只需几秒钟，所有的温馨在一声通知中戛然而止。他们匆匆赶到医院，才知碰到了无法对付的事情。在以后的日子里，他们曾小心翼翼地回想那天在医院里的具体情景，但记忆是那么摇晃，让人实在追捕不住。他脑子里只存着一些破碎片段：自己硬着身子坐在椅子上，坐了很久很久；后来有人过来跟他说话，他点了头；又有人拿来一些白纸让他签字，他写上了自己的名字。还有，他没有忘记一个镜头：他抱着迷糊的冬媛，听一个医生说话，那话里有伤人的请求，将儿子的眼角膜移植给别人。但那时他似乎没有犹豫，硬是用崩散的脑子做出了一个理智的决定。

一年后的一个深夜，他被冬媛推醒。冬媛坐在床上，幽幽地说："老方，我做梦了，我梦见儿子的眼睛。"他"哦"了一声也坐起来，在暗色中找到冬媛脸上的惨白。过了半晌，他说："那咱们去见见那个姑娘吧。"在此之前，他们只知道眼角膜的受益者叫徐娟，并见过她的照片。照片里的姑娘来过两次电话，说一些感谢的话，但那会儿在他们的耳朵里，没有一种声音是动听的。这些感谢的话掉到他们寂寞的日子里，就像几颗水珠落在干枯的石板上，停留一下便消失不见了。他们的脑子和身子似乎很懒，不愿意接收外来的任何信息。在很长一段时间里，他们最需要的是安静。

现在，一个梦终于在一年之后前来提示他们：在一个不算太远的地方，儿子以某种方式等着他们；或者说，日子原来并不是封闭的，还留着一扇窗口可以跟儿子相处和说话。

第二天，他们找出手机号码，给照片里的姑娘打了电话。对方的声音轻细并且礼貌，对他们见面的要求没有不高兴。她说："你们星期四来吧，星期四我休息。"他们这才知道，徐娟姑娘在一家咖啡馆上班，一周只轮休一天。对他们来说，这个时间倒不成问题。打儿子出事后，冬媛办了病退，他也处于半上班状态。他们已做不到在单位撑着心劲做事了。

星期四那天，他们坐上了去昆城的高铁。冬媛坐在窗边，玻璃上飘过各色景物，又叠映着她稍稍不安的脸。他知道，冬媛在心里已对这次见面预设了伤心和激动。到了昆城，找到徐娟家已近中午，其父母已备好饭菜，这使一见面就很快进入有点欢快的吃喝场景，仿佛亲戚间热乎乎的相遇。他看得出来，冬媛的筷子有些心不在焉。用过餐，两家人又坐下来喝茶聊天，话题远远近近的，却不轻易往儿子身上靠。正这么拖沓着，那徐娟姑娘也许有点犯困，不经意用手指揉了下眼睛。冬媛见了，赶紧凑上去说："怎么啦怎么啦？"徐娟姑娘说："没什么。"冬媛不放过机会，伸手捧住徐娟姑娘的脸，细看她的眼睛。徐娟姑娘露了羞涩，目光软软的，冬媛突然送出嘴巴，在那眼眸上吻了一下。屋子里一时静住，气氛似乎有些尴尬又有些忧伤。

这次见面时间不长且带点儿生涩，却打开一道闸口，让他们对儿子的念想像流水找到方向一样，有了投奔之处。分别时徐娟姑娘送他们出门，走到巷口，冬媛迟疑一下，说出一个月来一次的打算。冬媛说："我们有时间，我们不怕麻烦。"冬媛又说："下次不占用你轮休日子，我们只去你的咖啡馆坐坐。"

冬媛没有享用几次咖啡馆的日子。一月一次的旅行会引起心念的起伏，于是也带来体力的加倍支出，她的力气不久便跟不上了。之后的这一天她就留在家里，等着晚上他带回一些东西。一些东西是指见面情景的再述和因此产生的儿子之气息。

再述是一种复习，似乎加强了他的记忆。他便一月一月在心里积攒着见面的细节。

其实见面的情景每次都是相似的，不一样的主要是他嘴里讲出的儿子逸事。坐在咖啡馆闲静的木桌前，对着一张耐心倾听的脸，他总能在脑子里找到儿子的生动片段。譬如又有一次，他讲了儿子踢足球的事。他说儿子足球踢得不错，是班里的主力队员。高二时学校举办联赛，他代表班级出战。一场场球打过去，进入了半决赛。那天全班男女同学倾巢而出，站在场边为自己的球队加油。比赛打得很胶着，双方都进不了球。到了下半场接近尾声，队员们精疲力竭又异常卖力，禁区前不时有拼抢纠缠的场面，终于有一回儿子为了解围，将球使劲回传给守门员，也许是儿子力道拿捏得不好，也许是守门员有些分神，那球在空中走出一道漂亮的弧线，却在守门员的指尖上方掉进自己的球门。整个球场一半寂静一半欢腾，一大群目光拥向儿子，儿子孤零零地站在那里，汗水顺着耷拉的头发淌下来——那是一个让全班同学难以忘记的镜头。他说这场比赛让儿子很难过很难过，儿子是个善于幽默的人，但几年过去，每当提到那个乌龙球，他仍不能将失误转为自嘲或嬉笑，眼里总会露出孩子般的伤感。

到了下一次，儿子的恋爱故事在他嘴里出现。他说儿子上了两年大学没碰到情事，大三那年学校在图书馆门口搞书展，儿子买了一堆打折书抱在怀里往外走，下台阶时发现右脚鞋带松开了。他停住身子准备放下书本，这时旁边一位女生看见了，问一句我可以帮你吗？便蹲身替他系上鞋带，然后抬头冲他嫣然一笑。儿子愣怔着，觉得心里被什么东西击中了，但等他回过神来，那女生已不见其踪。儿子回味了一天，知道自己遇到了爱情。在接下来的时间里，儿子开始了在校园里的寻找——他不知道她的名字班级，记住的只是她一笑的脸。他时常在图书馆游走，在食堂里游走，在商店服务区游走，有时远远看见有点像的，就赶紧凑上去辨认。对他来说，这是一次辛苦又有味道的寻爱过程，但直到毕业，他没再见到存在脑子里的那张脸。

他讲儿子的大学情事时，是秋尾的星期二下午。窗外有风走过，玻璃上时不时贴上一枚树叶。徐娟坐在对面，目光有些走神。他注意到这一点，话语渐渐收住。徐娟轻叹一声说:"后来他一直没找到那张脸吗?"他说:"没有,校园里的女生太多了,再说也许是大四学生不久就毕业了呢。"徐娟说:"如果找到了,两个人会好吗?"他说:"也许会好,也许好不上,还得拿到一个缘字。"徐娟努一下嘴,慢慢地说:"方叔叔,这个缘字我拿到了,我找到了一张我喜欢的脸。"他吃一惊,说:"你恋爱啦?"说完马上笑了,"你说这话我不该奇怪的。"徐娟说:"本来要迟一点告诉你的,今天我没忍住。"他想一想说:"好到几分了?"徐娟又努一下嘴说:"好到几分在那上面呢。"她抬手指了指留言墙。

他站起身走到留言墙跟前,举着目光在众纸条里找。纸条们没有纪律,一大堆句子在墙上挤来挤去,不知道谁对谁说的。驳杂之中,到底发现了一张纸条:xj,如果你是咖啡,我就是开水,我要泡你!依此线索,他又找到几张以拼音开头的纸条。一张写着:xj,举起手来,你已经是我的俘虏!另一张:xj,我要把你带回家,成为新房子里的生活必需品。又一张:xj,你就学一回明星帮我签个名吧,在结婚证上。

他回到座位,微笑着说:"瞧着拼音,我像是在偷看你们的私语。"徐娟点点头说:"他是写给我一个人看的,不过我也想让你看到。"他说:"觉得出来,他是个幽默的人。"徐娟说:"不仅幽默,还浪漫,还聪明,还体贴人。"他说:"呵,看来你挺喜欢他。"徐娟说:"不是喜欢他,是爱他!如果他的鞋带松开,我也会蹲下来替他系上。"他心里晃了晃,说:"他经常到咖啡馆来吧?我能不能遇上?"徐娟说:"有时也来,不过都在晚上。"又轻声一笑说:"我们在准备婚礼了,在婚礼上你能见到他。"他说:"都靠近婚礼了,这么快。"她说:"也没那么快,下次你来我才给你请柬,请柬上会写着你和阿姨的名字。"他欢了脸说:"听到这样的消息,阿姨会很高兴的。"

晚上从昆城回到家照例已是八点多钟,他把徐娟的好事说了,冬媛果然高兴。两个人洗漱完了坐在床上,忍不住又把刚才的话题续上。说了一会儿,冬媛出来一个想法:"婚礼的事可不是小事,咱们该送她一份礼物的。"他"嗯"了一声——其实他也想到了,只是不知送什么好。两个人便商量礼物,从床上用品、十字绣挂品,到手表、女包,再到珍珠项链、艺术摆品,一路说过去又说回来,竟未遇到特别合心的。摁开手机百度一回,搜到七嘴八舌的建言,也没一样中意的。俩人觉得累了,收起讨论躺下睡觉。

第二天上午起床吃过早饭,他按例捏了拖把拖地——这活儿本是冬媛干的,自打她丢掉力气,便由他接手了。正在客厅里忙乎着,听见冬媛在卧室呼叫一声,他放开拖把奔过去,却见她脸上渗着笑意。未待他问话,冬媛先开了口:"老方你没想到吗?有一样东西适合做礼物。"他说:"说说看。"冬媛说:"擦地机,机器人擦地机。"机器人擦地机是新鲜玩意儿,电视里老打广告。他刚伺候地板时,冬媛有些过意不去,想找地址寄钱买一个。他犹豫一下投了反对票,理由是反正拿着一把时间,打理家务正好活络身子。现在听冬媛一说,倒觉得是不差的主意,只是不如送玉器或书画那么雅致。冬媛说:"什么雅致不雅致,那昆城是个县城,用上这东西也算是领了新潮。"又说:"做着新娘最怕眼前多出一堆杂活儿,有了擦地机,心宽了一半。"他嘿嘿笑了,说:"你这话像广告语。"

定下目标,他们便携了兴致到淘宝网去找,很快看中一款 Braava380,美国设计中国制造,虽然价格有点凶,到底符合心念的。几天后货件寄到,打开一看,样子端庄可爱。充了电在地板上试用一回,果然忙碌而灵活,显得很积极。

下一次去昆城时,他将礼物带上了。坐在车厢内,他脑子里出现了几个小时后的婚礼请柬,又出现了若干天后的婚礼场面。冬媛已跟他说好,婚礼那天怎么也要到场。那时候,他们俩将身着鲜衣,先静静坐在亲友群中,看着一场热闹在眼前一步一步展开。然后呢,也许他会扔掉斯文,将酒瓶拖到身边,一杯追着一杯地饮酒。他的酒量并不可观,但若得了机会,他知道自己愿意跌入昏醉的。他甚至觉得,坐在那热闹地方一杯杯往醉里饮,冬媛不一定会劝阻,因为他的酒也是替她饮的。

窗外的景物向后移去,阴淡的天空已显出初冬的样子。他算了算,从初次拜访昆城到接收一张婚礼请柬,花掉了九个月时间。九个月中,他的日子因为多了一家咖啡馆而变得不再摇晃。摇晃,那是多么不好的感觉呀!这么轻叹着,他又一个月一个月往回追想,把一些有意思的星期二拣出来,在脑子里慢慢回放一遍。

车抵昆城,他照例坐一段公交车,又步行一百多米,迈进开门不久的咖啡馆。厅堂里身影稀少,气息闲适。他走到窗边小桌前放好礼物纸箱,坐下掏出那本《查拉斯图拉如是说》搁在桌上,然后安静等着。过了一小会儿,一位携着托盘的陌生女侍站到他跟前,说:"先生,您要点儿什么?"他心里奇怪着,说:"咦……徐娟呢?"女侍说:"先生,您找徐娟吗?她不在。"他说:"她今天迟点儿来?"女侍说:"她今天不来了,她好几天不来了——先生您要点儿什么?"他"哦"了一声说:"她请假了,这些天她应该会很忙。"女侍说:"她没有请假,没有请假她就不来了——先生您要点儿什么?"他不解地瞧着对方,嘴巴茫然报出一句:"一杯……绿茶。"

待绿茶端上来时,他心里已攒了不安。他想一想,起身凑到留言墙跟前,

星期二咖啡馆 149

去找"xj"打头的纸条。纸条们多而散漫，一批话语骑着一批话语。他先用眼睛搜阅一遍，又用手翻看一遍，没有遇到要找的文字——就是一个月前那几张曾读过的纸片也像入冬的树叶飘失不见。

他回到座位，脑子里跑出一个仓皇的假设。他摁了呼叫键招来刚才的女侍，松一松脸，问徐娟到底怎么啦。女侍说："先生，我可以不说吗？"他说："你应该能认出来，我每个月都来店里与徐娟见一面。"女侍点点头说："我认得您，可我不知道您是徐娟的谁。"他说："我像一个心藏恶意的人吗？"女侍说："那好吧……徐娟跟男友掰啦，不能结婚了。"又说："掰就掰呗，男人又不是稀罕东西，哪儿没有，可她偏急，偏跟自己较劲，偏要丢下这份工作……"

他收回耳朵，从兜里摸出手机查徐娟的联系号码。他很少打她的手机，总觉得平时不打扰、隔一个月在咖啡馆见面才是贴切的。女侍在旁边说："我们也打她手机了，打打打总是打不通。"他没有停手，将找到的号码拨出去，得到的是关机的提示。他不甘心地又拨一次，提示的声音再一次响起。

他收了手机合上书本，将礼物纸箱拎到女侍跟前，请她暂时保管。女侍瞅一眼纸箱，说："可以的先生，我把东西存在收银台。"

他走出咖啡馆来到街上，左右瞧一瞧，脚步一时有些迷茫。他决定去一趟徐娟的家，可又记不起方位——距离第一次上门已经很久了。踌躇之中，他想起家里似乎存有那住址，便给冬媛打了电话。冬媛问："怎么啦？你干吗去她家？"他说："她请假了……这些天她不是要忙事吗？"说完便郁郁等着，目光在纷杂的街道上无趣地溜达。过一会儿冬媛回来电话，报了徐娟家址，又塞他几句偏题的叮嘱。他嗯嗯应着，一边抬手招来一辆人力三轮车。县城其实不大，车子卖力地东走西拐，不多时便将他送到目的地。

对着曾经拜访的楼房，他记忆回来了。他走进楼门上了三楼，才想到此时正是午饭的点儿，但他顾不上那么多了，瞅准了一个房门伸手去敲，"咚咚咚"，屋内没有反应。他迟疑一下，增加了手上力量，敲出"砰砰砰"的声响。这回门开了，不过是旁边的邻房，一位大妈站在门边瞧他。他赶紧说："我找徐娟，她不在家吗？"大妈说："您是哪位？您不知道她不在家吗？"他说："我不知道……我刚从杭州来。"大妈说："杭州……可是个好地方，我去过一回，那还是十多年前……"他说："徐娟去哪里了？她家里人呢？"大妈"唉"了一声说："听说徐娟躲起来了，不愿意见人，连爸妈也联系不到她。"他说："这有几天了？"大妈说："好几天了，开始她爸妈不在意，后来慌了，怕女儿想不开做傻事，就出门满世界地找她。"他说："镇子又不大，她能躲哪儿呢？"大妈说："屋子里掉东西都不易找呢，何况一个镇子……这会儿她爸妈只怕又去了婚房，那儿没准儿有啥消息。"他赶紧问婚房的地址，大妈表示自己记忆不好，但能记住那个地方，因为叫高兴大楼。大妈说："高兴大楼让人不高兴，那婚房收拾熟了都用不上。"大妈又说："一个楼里出了稀奇事，你去了一问准能问出哪个屋门。"

大约是里边有人招呼，大妈收住话语回了内屋。他静一下脸，转身下楼向外走去。出了巷口，是一条布满商店的主道，不过因为阴天，街上看上去热闹但不热烈。他捉住一个人打问高兴大楼，对方用嘴巴和手臂指示了方向。他便朝着那个方向走，走了一会儿，遇着一街心休憩区。此处养了几片花坛，又摆着几张木椅。他一眼扫去，心里忽然弹跳一下——一张木椅上坐着一人很像徐娟的身影。他吸一口气，缓着脚步走向木椅，转过角度，那身影长出一张陌生的脸。

他暗叹一声，靠着街边继续往前走，过一家点心店时，一缕肉香提醒了他，这才觉出肚子是多么的饿。他拐进店门，坐下点了一碗排骨米线，然后手扶脑门，让自己松一松神儿。此时已过了忙碌时间，店厅里显着闲淡，倒是墙上挂着的小电视机正积极地播放广告。那广告很顽强，东一榔头西一棒槌的，时而汽车时而服装又时而饮料。不一会儿，米线端上来了，他开始吃起来，吃了几口，电视里开始播出一个街访节目。他注意地抬起脑袋，看见一位采访者将话筒伸向路过的年轻女子。采访者的话题是：如果发现你的男人（男友）对你不忠，你会拿出什么态度？因为是拦路突问，便回答得形形色色且雅俗不一。一位年轻女子说："我先要查明白是什么原因，万一是我不可爱了呢？"另一位年轻女子说：："他才不敢哩！他真敢，我也带一男人到他跟前去。"一位胖黑女人一边笑着一边吐出狠话："还能有什么态度？一旦发现，我立马摘了他的桃子！"一位戴眼镜的女生说："我会流泪吧，流一公斤的泪，再在微信群里放一首伤心的歌。"随后镜头给了一位长相清秀的姑娘，她认真着脸说："耳听是虚，眼见为实，我不搭理别人的嘴巴，只相信自己的眼睛。眼睛是用来审美示爱的，但真让我瞧见了丑陋东西，我会很愤怒！"采访者问："愤怒中你会做什么呢？"姑娘说："我不知道，但那时候的我和现在的我一定是两个人！"

不知怎么，他一边举头看着一边心里有些黯淡。这时街访画面跳到播音室分析，他撤回目光，发现手中的筷子停在嘴巴前。他回过神似的轻咳一声，催促自己将碗中的米线赶紧吃完。

从点心店出来，他又问一回路人，然后快了脚步往前走。不多时，"高兴大楼"四个字出现在眼前。这是一幢商住结合的高楼，底层是服装店加文具店，转到背面进去，有一个不大的门厅，一位保安模样的人坐在那里喝茶。

他上前问了两句，又强调了自己找人的心情，那保安明白了，说这屋子有故事哩，不过这会儿你遇不到人。他说："我心里着急，来了总得瞧一瞧。"保安细看他一眼，似乎没看出坏意来，便报了房门号，又叮嘱道："屋子门锁撬坏了，出来时记着把门带上。"

这句话含着屋子先前争吵的信息，此时却像是对他辛苦走来的补偿。

他进入电梯升到六楼，很快找到一扇新鲜的房门。房门像是紧闭着，轻轻一推，果然松开了。他在打开的门上敲出两声，里边没有回应——看来徐娟爸妈没到这儿来。走进门去，迎面先是一间客厅，沙发茶几已经就位，窗帘吊灯也已布上，墙上还挂了一幅复制油画，缺的大约只是电器什么的。踏入侧门，是筹备中的卧室，一张宽床居中摆好，旁边立着浅色衣橱。衣橱上有一面镜子，映出半截房间，也映出他的身子。他忽然注意到，镜子上画着几个字，有点像留言板上的短语。走近了看，竟是用唇膏写出的四个字：我看见了！

他愣了愣，使劲盯住镜子上的字。她看见了！她看见了什么？什么东西进入了她的眼睛？他想稳一稳脑子，里边却已跳出好几个猜想的念头，相互拥挤着，同时一组街访画面醒目飘过，像是不甘落后地做着提示。

正乱着神儿，他瞥见镜子里的墙角立着一只镜框。他转身走过去，看到这是一幅双人合照，玻璃已经碎了，框中的照片被手撕开，裂线从两人的脸上横跨走过。他蹲下身子，默默瞧着徐娟，瞧着徐娟的那双眼睛。静寂之中，他觉出心里被什么扯了一下，丝丝的痛。

他收一口气，伸手取了照片，将裂缝彻底扯开，再细细地撕了几下，手里只剩下包含徐娟半张脸和一双眼睛的相纸。他把这张巴掌大的相纸近到眼前，很慢地看一会儿，然后小心放入自己衣兜里。

他回到咖啡馆。

迈进去后，弹簧之门甩回原位，把街上的喧闹挡在了外面。正是下午的柔懒时间，厅堂里保持着惯有的暗淡和轻闲。他仍然走到窗边的小桌前坐下，静一静，取出那本《查拉斯图拉如是说》搁在桌上。不一会儿，上午服务过的那位女侍站到他跟前，说："先生，您找到徐娟了吗？"他摇摇头，说："我要一杯绿茶，我在这里再坐一坐。"女侍不再说什么，离开又过来，端上一只玻璃茶杯。

他翻开书本，找到新的一节开始阅读。读了一会儿，他看到这样的文字：给你目光不是为了看到不好！查拉斯图拉刚说了这句话，他跌倒了，如同一个死人，如同死了一样，躺了很久……最后，在七天之后，查拉斯图拉从床榻上起来，拿一个红苹果在手里，吻它，并觉得它的味很香。于是他的动物们想着这是对他说话的时候了。"哦，查拉斯图拉哟，"它们说，"现在你已经闭着眼睛躺了七天：你自己不再站起来了吗？"

他的目光离开书本，看向桌上的茶杯。茶杯光溜，让他的目光打滑——其实他的视点是虚飘的，他在计算儿子跌倒之后已躺了多少个七天，或者说，他在计算儿子的视力交给徐娟已多少个七天。这不是个困难的算术题，但他算着算着，脑子有些恍惚又有些潮湿，似乎里边渗出了泪水。

这时那位女侍又来到他身边，将上午寄存的礼物纸箱搁在桌上，说："这东西还给你啦。"他点点头。女侍又说："这是什么玩意儿？箱子上写着机器人擦地机，我可没见过。"他说："就是帮人干活儿的擦地器，可以在地上跑来跑去。"女侍说："它没有眼睛，怎么能认得路呢？"他沉默一下，将箱子打开取出擦地机。这是一台白色的方形机器，擦布已经装好，他抚摸一下放到地上。

到了地上的擦地机马上进入不错的工作状态。它先兴冲冲地爬出一条直线，碰到墙壁后一个转身，又稳稳地笔直爬回来，中途遇到一条桌腿，灵活地躲闪一下，立即调好身子开始了在桌子底下的清扫。它不大的声响在安静的厅堂里仍然醒耳，几位客人低了脑袋好奇地盯着它。

在一群目光中，擦地机从桌子下边钻出，直溜溜地奔跑过来，在那位女侍的脚上磕了一下，再不好意思地离开。女侍嘻嘻笑了起来，说："这愣小子有趣，像个真人似的。"

（原载《人民文学》2016 年第 5 期）

作者简介：

钟求是，男，1964 年出生，毕业于中央民族大学经济系和鲁迅文学院第三届高级研讨班。现供职于浙江省作家协会《江南》杂志社，中国作协会员。

来一瓶啤酒

高　君

　　他们是晚上八点半到的，一条街就像一张流水席。烟气里仿佛布满了无数的小钩子，勾引着人们肚里的馋虫。这叫什么？倪康说，瘾，看了就想，完了就后悔。李军嘿嘿笑了两声：别三句话不离本行。倪康说他娘的，我算看透了，早死早托生，这年头致癌的东西多了，何止这小串串呀，闭眼睛剐吧！

　　没有空位，一连走了好几家。倪康边看表边骂骂咧咧。李军顺口开了个玩笑，说大长夜，忙的是啥，又不是赶着去投胎。

　　如果不是马六临时摊上点事，那天晚上王春来本应是休班的。

　　马六凌晨四点下班，骑一辆刚买的N手破摩托回出租屋，在小区里碰上几个酒棍，甬道被趴窝的汽车挤成了一条缝儿，他在他们屁股后弯弯曲曲地跟了一段，在即将迎来短暂的开阔之时，他一打喇叭，"嘀"的一声，就把人给吓着了，然后就被拽下来，挨了一顿胖揍。

　　没怎么的，一只眼底出了血，歇两天就好了。

　　许春姣下午刚被老板娘夸了一下，回头不到一小时就被骂了一顿，原因是刚来了一桌，她忘了把陈货和新货搭配在一块儿，而是全出的新货。

　　她被表扬是因为鹌鹑杀得好。她手小，铁笼门只须打开一条缝，伸手抓出来一只，尾巴根儿一剪子，腿腕上一剪子，脖颈子再一剪子。然后两手揪住脖根上的一块皮，使劲往两边一裂，一团粉嘟嘟的肉便抽搐着跳将出来。

　　就跟剥葡萄粒似的，老板娘夸道，溜溜光，一棵毫毛都不带。

　　你个心狠手辣吃里爬外的小贱×，他们是你大爷？……

　　之后她就开始气不顺，嘴噘得差不多都能挂上一只啤酒瓶。她正想跟王春来诉苦，对方一甩烟屁：赶紧，来人了！

两人一高一矮，一胖一瘦。

先把桌子收拾干净喽！高个儿的说着把T恤短袖往上挽了挽，又卷起底边，亮出一条白亮的肚腩。

桌子上有一桶一次性方便筷，四套塑封餐具。高个儿的拿过来一套，从桶里抽出一支方便筷，往塑封膜上一捅，"啪"的一声：这儿几个人？许春姣立即撤走两套，又搬上来一个烤炉。这么热的天，赶紧拿走！许春姣刚走，立即又被叫住：

油，你瞅瞅这桌面上的油，都快赶上他娘的脚后跟厚了，过来擦呀！哎我说，你这小丫头是不是有点反应迟钝哪？

得了得了，自己来！矮个儿的说着从口袋里掏出一包面巾纸。

出于感激，许春姣回头看了一眼对方，抓了一把餐巾纸送过去。

两人先点了十个腰花十个鞭十个肥瘦相间十个骨肉相连，许春姣说还有羊腿和猫腿，都是现杀的，来一个尝尝？

尝？白尝，不要钱哪？赶紧上酒！高个儿的唆了唆牙花子，刺溜挤出一干唾沫：他娘的真是江河日下，连逮耗子的猫都拿来烤了。

小巫见大巫，你没听说广东那边，连肚里的胎儿都拿出来煲汤喝了。

嘿，那倒可以尝尝。

王春来抬头，朝这边看过一眼。

要啥酒？许春姣捏着菜单，立在一旁。

你怎么说话呢，要酒？要，你们给吗？

……请问喝啥酒？

你说喝啥酒？这么热的天儿，白的？六十度？你想看我俩玩自焚哪？！

哎我说老倪，你今儿是不是撞上鬼啦？——啤的，凉的，先来俩。矮个儿的说。

瞧不起我？来一提溜（六瓶）！

先喝着，都上一会儿就不凉了。

许春姣转身走了。

王春来看了看递上来的生串，几乎全是陈货，于是，特地多抹了一些鸡油，多撒了一些孜然、辣椒粉、姜粉、花椒粉和大料粉。

喝酒的嘴都是屁眼子！在排烟机马达似的声音里，许春姣突然恶狠狠地说道。

王春来眯缝着眼睛，歪着脖子躲着腾起的烟气，心想，这小丫头不光手黑，嘴也够黑，一句话骂了一条街。继而又把她和自己放在一块儿想了一下，立即"切"了一声。

现在，王春来的心情不错。

一是再挨仨小时自己就下班了，回去冲个澡，下楼再找个小摊儿整两瓶。一般情况，他们都不会在自己打工的店里喝酒，这是只可意会不可言传的原则和规矩。午夜十二点以后是学徒工顶班，后半夜不忙，但却熬人，关键是来的和剩下的没几个是正常人。应对这些自然非学徒工莫属。想到此，王春来的心情立刻又明亮了一层。就像已经坐在了某个摊位上。酒一定要在冰柜里镇了一天的，拿出来瓶子上缠着一缕白烟儿，一会儿瓶壁便挂上一层水珠儿，砰地掀去瓶盖，咕咚来一大口，唰啦一下，从脑瓜仁儿直凉到脚后跟。一个字儿，爽！

另外是他连续买了仨月的大乐透彩票，昨天中了一个六等奖，奖金二百块。奖是小了点儿，但毕竟是中了。这是个好兆头。王春来已经把自己给看透了，他觉得这辈子唯一翻盘的机会，只能靠中彩票了。否则就死定了。他常常被报纸、电视上那些中奖消息，弄得心惊肉跳，寝食难安。一老农花四块钱买了两张大乐透，结果竟中了一个亿！我的天！扣除百分之二十的税，还剩八千万！八千万，就算自己再活一百年，每天就有两千一百九十一块七毛八分多。比自己黑白颠倒一个月挣的还多……如果放进银行或是买个理财产品，那又是多少？何况就是打死自己也不可能再活一百年，那么……王春来简直不能再想下去了。

还有就是因为许春姣——这小丫头最近确实有些点儿背，前两天一女的吃烤鸽子硌掉一块板牙，捂着嘴破口大骂，没给钱，结果就把账记在了她头上——这有点儿卑鄙和说不出口，可是，凡人就有这么份儿鬼心思，就是自觉不自觉、有意无意，就把自己的快乐建立在他人的痛苦之上。就像本能、嫉妒心，和唯有洼地方能衬出高山一样。这和同情并不矛盾，谁说同情就不含某种成分的幸灾与乐祸呢？

长期以来，他的心情就类似那种既不下雨也不见出太阳的假阴天。他在城市已经闯荡很多年了，什么活儿都干过，什么滋味都尝过。他来"五毛撸"的目的就一个：练手。至于练完手之后何去何从，他并不清楚。留，他不想。走，干啥？光小吃铺就已经干黄两个了，没本钱再投，也不敢再投了。

现在吃的这行越来越不好做了。人们好像突然、一下子都变得节俭起来，也因此格外计较起来，挑肥拣瘦，分毛必争。主要是风气好了，开发票的人没了。他记得上中学时老师曾形容某些不思进取的同学，叫作当一天和尚撞一天钟。现在他就如此。

忙活了两个多小时，暂且告一段落。王春来点着一根烟，拽过来一只塑料凳子。

他看见靠边一高一矮那两人好像在辩论着什么，高个儿的一边比画，还一边直踱酒杯。他的T恤短袖已经挽到膀子根，下摆则撸到了胳肢窝，这让他看上去非常奇怪，仿佛一个被捆绑了的什么肥胖的动物。他是干什么的呢？机关单位的小头头，还是做投机生意的小老板？矮瘦的那个呢，是他的朋友还是部下？

在这方面，王春来自恃还算有些经验，此时却犯了踌躇。

再看近旁一位女士，刚来时还是一副淑女模样，脸如凝脂，唇似烈焰。高傲得仿佛来自星星的你。点完单还很不放心地过来视察一圈儿，肉怎么发黑呀？呀，作料罐子咋这么脏！脏？王春来心说，不脏还整不出这味儿呢！干净？眼不见罢了！

通常情况，在烧烤摊儿、小馆子，一旦发现菜里多出来个苍蝇、头发什么的，经验是不吵不嚷，蔫不唧儿叫来服务员退单就完了。千万别嚷，更别让换，换回的十有八九还是原装，无非是倒锅里扒拉两下，没准儿还会加上一口唾沫或一口痰。多少与吵嚷声成正比。这方面，王春来有发言权。

这位女士开始时吃得特别优雅端庄，仿佛一个大家闺秀，翘着兰花指，捏铁扦就跟捏一枚绣花针，还像怕扎着似的，叠一小块纸巾包上；再叠一小块纸巾在铁扦尖部擦了又擦，然后揪下一块，直接送进口腔，连门牙都不碰。

这会儿桌上摆了两溜儿空酒瓶，剃盘子头的男子已经走了。她还在喝，目光凄恻，好像就要喝醉了，嘴唇上的口红已残缺不全，头发也被风吹乱了。更为严重的是，一边胸罩吊带秃噜下来，大半个乳房从连衣裙里跑出来——这种情况常有，马六管这叫"放鸽子"——为什么叫放鸽子呢？应该是剥鸽子才对。

王春来"切"了一声，甩了烟屁，起身去了厕所。

方便时他又想起那俩男的，特别是那高个儿胖子。今晚真是怪了，那胖子就像从他心里长出来的一墩抓根草。他到底是干什么的呢？

等他回来，矮个儿的已经不在了。

九号桌果然出了状况。一男一女只点了一盘炒蚬子，眼看要吃完了，里面却突然多出来东西，不是头发、苍蝇，而是一只绿豆蝇。那只绿豆蝇好像是跨年的，膘肥体壮，个头奇大。许春姣首先被叫了过去，王春来也凑了过去，凑过去主要是看热闹，至于是否捎带着调停两句，要看事态发展。蚬子不是他炒的，是内厨小胡子师傅。

说说你看了心里是啥滋味？飞机头发型男问。

挺恶心的。许春姣答。

恭喜你答对了，说咋办？

还不知道。

叫你们老板。

老板不在。

这你就不实在了，我都看见了，就刚才那女的。

她不是老板，是卖肉的。

卖肉？哈，好玩儿，卖什么肉？

什么肉都卖。

包括人肉？

你说是就是。

痛快，去叫你们师傅。

王春来立即后退两步。

不必了。

想耍赖？

没有。

那把这桌单给我们免了。

不行。

哈，还挺倔呀，那你说咋办？

好办——说着许春姣捏起那个东西，头向上一扬，倏地一下把它扔进嘴里，然后开始细嚼、慢咽。一颗花椒粒儿，许春姣说，好了，大哥，这盘算我的了。

那男的半天没合上嘴，好久才妈呀一下：今儿还真碰上猛女儿了，得，哥现在就从了！

有人喊道：来一瓶啤酒！

王春来回头，高个儿胖子已经走了过来。

先放那儿，我去放放水，卫生间？

王春来顺手一指。出于对许春姣义举悲壮的理解和同情，他立即拎了两瓶啤酒过去，转身又回来：

小胡子呢，猫起来了？

没他的事儿，刚才是我上的手，我想学学回去给自己炒一盘吃。

那你真吃啦？

拜托，打住——说完，许春姣挎上包就走了。

老板娘走出来：一帮二货，你以为她会真吃？小骚×，还捎带把我给骂了，把人给我放走了，现在怎么办？小胡子你俩顶吧！

我？

对，就是你，有人喊道，过来！

我刚才是咋说的？高个儿胖子一脸严肃道。

你不是说先放这儿吗？我刚给你起开呀。

起开几个？

两个呀。

这就对了，我说要几个？

……

我说要一瓶，你为啥拿俩呀？

我寻思反正一瓶你也不够，就一块儿拿俩。

你是说看我像酒包？

不不，没那意思。

我要一瓶你拿两瓶，完了还都给起开了，说说，这算不算强买强卖？

没那意思，就是一顺手，一捎带。

一顺手，一捎带？你要是一顺手捅我一刀，一捎带砸我一酒瓶子，我还完蛋了呢！

大哥你可真会开玩笑。

玩笑？我没跟你开玩笑。我说你一块儿都起开，是不是嫌磨叽和怕麻烦呀？

没，没有，顾客是上帝，怎么做都不麻烦。

这还差不多，坐下吧，把那瓶整了。

大哥，我们班上不让喝酒，再说我还得干活儿呢。

那咋办？我要的可是一瓶。

要不这的吧，这瓶算我的。

哎，我说你咋说话呢？骂人呢？你是说我一瓶酒钱都花不起？

不，不是——

那坐下，把那瓶整了。

夜里十一点，是烧烤街最火的时候。该来的差不多都来了。今天是周末，人比平时多两倍。保鲜柜里积压了好几天的陈货全都抖搂净了。新货也剩不多了。刚才，许春姣又独自摆平了一个麻烦，老板娘这会儿高兴得就像中了彩票似的。现在，就是他王春来要提前走，估计她都不会说什么。但王春来还是觉得不自在，尤其是跟一个八竿子都打不着的陌生人，而且是坐在这里喝酒。他想赶紧把这瓶啤酒喝了走人。他承认是自己有不是在先，否则怎么会和这个有点儿无赖的人喝酒呢？不光破了规矩，是有点儿活见鬼了。

其实，他是完全可以走开的，顶多是付一瓶酒钱，实在不行，就再费一些口舌。

一开始他是担心来大桌，鹌鹑、鸽子保鲜柜里还有，要猫要狗怎么办呢？这些东西平时都是马六杀，他连看都不敢。太吓人了。他虽当过兵，摸过枪炮，但的确没杀过生。他想必要时就去对门串借一下，可有人就是要吃血淋淋的。坐这里，就可以把这些都推给小胡子了。

另外是他对这个人感到好奇。为什么——这种人在酒桌上他见多了——他说不清。真是有点儿活见鬼了。

这个人居然叫了个车名，还是一款不错的车。有点糟蹋了好东西。不过，由车王春来马上就想到了一样东西，然后他的目光开始变长，并渐渐发飘，连身体也跟着一块儿发飘了。

就是啊，赶明儿我要是中了一个亿，那还在乎啥呀？还规矩呢，把定规矩的人都给买喽，把整条绿柳胡同都给买喽，把这帮夜不归宿的鸟人都轰了，把这些污染空气的店铺都关喽，人员给遣喽；把在街边打立正的小牲口们，能放的都放喽，不能放的就圈养起来，精草细料地伺候着，没事儿牵出去溜溜。对了，就让许春姣做饲养员。不干？拿钱砸死她！

至于眼下这个人，完全就是他妈的空气——

哎我说，你啥眼神儿呀？

王春来一惊，目光从对方的胖脸上一下子跳开。

领导啊？这么居高临下，我看你这是没瞧起我呀！

没没，我在听他们说话。这么一支吾，那些声音立即就像重启并恢复了似的，从四面八方涌入他的耳朵。

那好，你先听着，我去方便一下。

王春来还是头一回坐在"五毛撸"摊位上喝酒，刚才他还只是看，现在是既看又听。

两个中年妇女正为时下蹿红的两个小鲜肉掐嘴架，不一会儿，就变成诽谤和人身攻击。连对方到底是不是男的都成了问题。有两个词听起来特别新鲜："小鸡嘴""蛇精脸"。

另外一对看上去像恋人。他俩的话题有点儿奇怪，是在说一个人腿的长度，这个人王春来知道，就是让当下无数中国女人夜里失眠盗汗的韩国男人。

你知道李敏镐的腿有多长吗？

多长？

一米一二。

他妈的这么精确，谁给量的？从哪儿算的，裤腰还是裤裆？

……

知道他第三条腿多长吗？

肯定比你长。

错！身高和那东西并不成正比，长度跟硬度也不成正比，没准儿还正好相反呢，知道这叫什么吗？

什么？

死屌。

滚——

一个戴耳机的长发男孩儿拿方便筷敲着酒杯，用山东腔在唱"回家看看"——

找点儿空闲，找点儿时间，开着公车，出来转转。带上罚单，带上证件，揣着棍棒，马路上看看。上午没收了一车红薯，中午混来了一桌好饭。收来罚款给领导数数，扣押皮鞋让领导穿穿。常出来转转，出来转转，哪怕掀个摊子砸个碗，政府不图咱为城市做多大贡献呀，一辈子不容易就欺负个小商小贩——

这时，倪康不知从哪儿拎回一篓啤酒，瓶壁果然挂着一层汗似的水珠儿。王春来一下竟有些感动。

这破店可真不行，连凉啤酒都没有。说心里话，我今晚绝对是看你面子，不然我非好好折腾折腾他们不可，你瞅瞅这是什么串，狗都不吃，我怀疑是不是从美国倒腾来的上世纪的死牛肉。我跟你说，我那哥们儿就一口没吃。

王春来笑了一下：我说他咋走了呢。

回家喂老婆去了。

你俩一个单位的呀？

啥意思，想查户口啊？

没那意思。

那就喝酒。

王春来拿过酒起子，刚要起酒，立即又被制止：得，我看在这儿你也整不进去，单我买了，走，咱哥俩换个地儿，让你见识见识啥是真正的肉串。

王春来犹豫了一下。

我跟那小娘们儿打过招呼了，走吧！

这家串儿店叫"忘不了"，在一个小院里。门前一棵一人合抱不过来的老榆树，长得就跟迎客松似的。伸出来的枝丫上吊着几个日式的白灯笼，两只小射灯从草坪里交叉射出去，就像劈头在树上打了一个大×。树下有两张石桌，一边各两只石凳。客人不多，都在屋里。

你前走，咱俩进屋，倪康说，外头有小咬。

老板是个男的，四十多岁，刀条脸儿，身子骨就跟穿串儿的扦子似的，一脸的不阴不阳。见人进来，瞥一眼，又看电视上的足球去了。倪康扔过去一支烟，喊了一声人呢？直接奔进后厨。

王春来坐下，感觉浑身不舒服，就像去哪儿白讨吃喝一样。再看那两桌客人，也都是不言不语地吃，就像生怕惹着谁似的。便越发觉得压抑或待的不是地方。想走，又不知该怎样跟倪康说，左右权衡了一会儿，觉得还是去院子好些。

菜品却很丰盛。先上来一托盘大羊肉串，接着又上来四条烤鲫鱼、十个煎生蚝、六只酱羊蹄，还有一钵锡纸烤牛肉。倪康一手拎一提溜啤酒过来，说还有两样镇店之宝——小笨鸡蛋糕、麦穗疙瘩汤。

太多了吧？

吃不了给你打包，倪康摆了下手，赶紧趁热剋，完了再喝。你看看这串儿，一个能顶你家十个。

那人为啥这么少啊？话一出口王春来就后悔了，于是往回拉道，你知道现在肉多贵不？

人家不指这个，找小姐不为打炮，就图乐呵。

那他还有买卖呀？

当然，你看他像干啥的？

王春来摇摇头。

说说你在城里混多少年了？

十年了。

白混了，看着——倪康把鼻子凑近锡纸烤牛肉，刺溜刺溜吸了几下鼻子，仰起头，闭眼说道，还有问题吗？

王春来感觉有一滴湛凉的露水从树上掉下来，直钻进脖颈里，他立即打了个激灵。

来，今晚咱哥儿俩也是缘分，走一个！

王春来似乎还未缓过劲儿来。

你刚才说到哪儿啦？对，肉，我给讲个笑话：

猪想用20万盖个猪圈，狼说违章不允许，须购买商品猪圈。王八贿赂狼20万取得开发权，又用50万买狼一块地，花10万盖好猪圈。200万卖给猪，猪没这么多钱，狗借给猪200万，连本带利300万，20年还清。狼、狗、王八都挣发了，而猪穷得连崽也不敢生，猪在减少，狼担心没肉吃，于是调控。

我有点儿听糊涂了，王春来笑说，可你说的不像肉啊。

对方要求他也来一个。王春来犹豫了一会儿，说：

昨天"老刘头儿"串店把羊给杀跑了，那羊淌了半盆血，都翻白眼根子了，没想到解开绳子，一趔趄又站了起来，然后"妈"的一声炮了，冲进拐弯儿那家服装店，直接就钻进老板娘的裙子里，然后你猜咋的了，顶着老板娘就出来了。听说老板娘裙子里啥都没穿，全给顶坏了，现在还在医院的ICU病房里躺着呢。

这下那老板可赔了，倪康说，再杀十头也不够。

那老板娘是他媳妇。

你这说的也不是笑话，不算数！

一个记者去采访一个精神病院的院长，记者问：你们用什么方法确定患者是真正康复了呢？院长说：我们给他做一个测试。我们在一个浴缸盛满水，旁边放一个汤勺和一个大碗，让他们把缸里的水排出去。

那当然用大碗了！倪康说。

王春来看了他一眼，端起酒杯，说，正常人都是拔掉塞子的。

倪康大笑，说你小子也不老实啊，蔫儿坏。

两人你来我往，酒渐渐喝得畅快起来，不光酒，关系也似乎近了许多。几瓶过后，王春来还是忍不住问：大哥你是干什么工作的？

你看呢？

看不出来。

那该我问你了。

你还没回答我呢。

我干什么跟咱俩喝酒有关系吗？

那你问吧。

你知道穷人和富人最大的差别是什么吗？

一个有钱，一个没钱。王春来回答得非常痛快。这是个脑筋急转弯儿，许春姣考过他。

这是结果，我是问你原因。

这个他可不知道——反正应该很多。

一共七十一条，回头我微信给你。现在我跟你说几条关键的：一、富人用脖子以上挣钱，穷人用脖子以下挣钱；二、富人买时间，穷人卖时间；三、富人做事业，穷人做事情；四、富人想我要怎样做才会有钱，穷人想我要有钱了我会怎么做；五、富人有目标，穷人爱瞎想；六、穷人学手艺，富人学管理。

王春来觉得就像心口被什么东西给撞了一下，不疼，但很闷。倪康则勾着下巴，双眼用力向上盯着他，灯光在他黑眼珠上划出一道线，就像一把小刀的刀刃。好像一只射灯不容分说、长驱直入地探照进他的内心，让他感觉好比在陌生人面前亮出自己的身体一样，不是不舒服，而是极其别扭。

难道他是富人？王春来的脸色阴沉下来。

哎我说，你还挺敏感的呢。

太晚了，我得走了，明早还得值班呢。

我还真没看走眼，你小子还真是个老实人，撒谎都撒不圆乎。谁家烧烤店一大早就开门？你糊弄我外行啊？

好像又被揭了一回私处，王春来彻底拉下脸：反正我得走了。

坐下，倪康一只手伸过来按住他的肩膀，另一只手随之把酒倒满，我话还没说完呢！

王春来几乎、相当于是被他按回石凳的。他觉得今晚自己的好心情就像一片云彩，被眼前这个人给搅了。这是个什么人呢？简直是个魔鬼。

说吧。

好，先说咱俩今晚为啥喝酒吧。

不就因为一瓶破啤酒吗？你要一瓶，我给你拿两瓶。

问题就在这儿。这叫什么？往小了说，叫不讲信誉，往大了说，就叫违约，违反合同。你看，我要买一瓶啤酒，你也同意卖我一瓶啤酒，这在法律上，就形成了一种契约关系，也叫合同关系。接下来，你我——买卖双方——应该把这种关系固定下来，也就是说要恪守承诺。而你是怎么做的呢？你拿来两瓶。这已经是违约了。接下来，在没征得我是否同意变更合同的前提下，你又一块儿起开，这就更严重了，这相当于你单方面、强行撕毁合同。而合同是绝对受法律保护的，任何一方违约都要承担相应的后果责任。

王春来一下子变得张口结舌，半天才缓过劲儿来：你可真逗，还上纲上线儿的，你这是高射炮打蚊子，小题大做。

我跟你说，我还真没跟你闹着玩儿。

那咋办，大不了我付那瓶酒钱。

这是两码事，打个比方，比如你一棒子打死个人，事后再想让他起死回生，这可能吗？关键是你当时并没付那瓶酒钱。

得，那我现在就给你。

哎我说你咋就听不明白中国话呢？事后诸葛亮有用吗？哦，知道尿炕就不睡觉了，可是，你睡了。

那你痛快点儿，说咋办？

这不是杀人，后果当然没那么严重，所以当然也是可以补救的，前提是我同意。

求你了，别磨叽了，说吧！

去把这桌单买了。

瞧你吓得那样儿，脸儿都白了。坐下，老实儿地陪我喝酒。

我说大哥，你不上班儿啊？

怎么，又要查户口？

我是说，天儿这么晚了。

晚？离太阳出来还早着呢。你再整两瓶，正好凑十块钱儿的。

那我去方便一下。

刀条脸儿男人斜了一眼，把单扔过来。王春来看完心里一哆嗦。

谁买？

……等会儿，他。

他是你朋友？

不，嗯……

我看你是吃不下也喝不下了，对吗？倪康用小刀片似的眼睛盯着他。

咱们还是走吧，改天我请你。

在你那破店儿？

哪儿都行，你选。

撒谎，我一眼就看出来了，你恨不得抬脚就走，然后转身就不认识我，得，我出道选择题，买单还是陪我喝酒？你选。

我没带钱……王春来嗫嚅道。

那还不赶紧把酒起开！

刀条脸儿男人出来时，倪康已经趴在石桌上睡着了。这之前王春来踅摸了一圈儿，没找到任何出口，大小门都已经上锁了。把人都搬起来了，对方也没醒。就像一摊去筋剔骨的肉。最后，王春来用求救般的口吻征求刀条脸儿男人，让他看着自己打开他的包。刀条脸儿男人用鼻子"嗤"了一声：我看你是干费事——

一兜子花花绿绿的小广告单。没钱。

王春来觉得眼前一暗，抬头，两个铁塔似的大汉矗立在面前。

并没挨宰，跟刚才看到的一样。刀条脸儿男人还好心地抹去二十四块三毛的零头，只收四百。

四百，相当于白中了两回大乐透六等奖，五分之一的月工资。王春来禁不住在心里又把它和一瓶啤酒的价钱除了一下。人顿时变得异常虚弱，连胳膊腿都跟着一块儿虚弱起来。关键是，这个人非朋非友非知交，他妈的是谁?!

刀条脸儿男人边冲灯光验钞票边说，要是他少一个纸儿都不好使，现在他他妈还挂一大堆单呢!

一出门，手机就在兜里响了。

嗯？谁的手机……倪康如梦方醒道。

王春来厌恶地看了他一眼，果然在玩最低等的小伎俩。

手机里传来了KTV叮叮咚咚的声音。

在哪儿呢你？赶紧过来! 小胡子说。

限你十分钟，不来就走人了! 许春姣说。

王春来强挑起眼皮，立刻又像急需补救和被捞一把似的精神起来，边走边问地点和包房号，倪康一手拎着一瓶啤酒，从后面晃晃荡荡地追上来：带我一个。

回去睡你的觉去吧。

睡好了。

是吗，那也不带你。

为什么?

不为什么。

得，我看出来了，你还真是小心眼儿，不就一顿酒钱吗，我兜里现在没了。

你去干什么? 他们又不认识你。

你带我去不就认识了? 我看你就是心疼这顿酒钱了。其实你用不着不平衡，之前那顿是我请的，这顿理应你请，这叫一来一往，两不相欠。但是，那之前呢？那笔账呢？我要一瓶，你拿两瓶，这叫什么？对，叫违约；完了你又一块儿给起开了，对吧，这叫什么？强买强卖，严重违约——

你快给我闭嘴吧，你都磨叽一晚上了，把我的头都给磨叽炸了。

炸？炸也是这个理儿。

求你了，别磨叽这茬儿了，行不行?!

不行，因为你觉得心理不平衡。

我已经平衡了。

撒谎，你根本就没平衡。

给我滚开！王春来回手推了他一把，对方向后猛地一趔趄，手里的酒瓶随之往前一悠荡，王春来顺手接住一瓶。

呦嗬！你还要动手？还想打人？理亏心虚了是吧？今晚儿我还真豁出去了，正好酒菜还没收拾，咱俩接着整，接着论，看看到底谁是谁非，免得你一肚子怨气。大长夜，有的是工夫，一遍不行就再来一遍。他娘的，我就不信整不出个黑白里表！他边说边往回拽王春来。回来，你给我回来！咱俩就从那一瓶啤酒——

话还没说完，王春来回手就将手里的啤酒抢了过去。

这是一瓶还没开封的啤酒，抢起来的时候，王春来感觉很沉，就像在抢一枚小钢炮。随着一记闷响，王春来突然灵光一现，脑洞大开——他觉得那若干差别里一定还有这么一条：富人算计比自己更富的人，穷人则算计自己和比自己更穷的人。

（原载《作家》2016 年第 10 期）

作者简介：

高君，男，1969 年生。著有散文集《多年以后》，中短篇小说集《段落》《荡漾的背景》《父亲》，长篇小说《底色》《大声歌唱》。获 2007 年度鸭绿江文学奖，第二、三、四届吉林文学奖，第九、十一届吉林省政府长白山文艺奖，第三、四届长春文学奖。小说集《段落》入选"21 世纪文学之星"丛书 2007 年卷。第七届鲁迅文学院高研班学员。中国作家协会会员。

寒冬停电夜

陈　河

那天夜里我从梦中醒来觉得房间里的温度降了很多，暖气机好像不在工作。我伸手去开灯，灯没有亮，我明白是停电了。在这样一个零下二十多度的严寒夜发生停电，真是一件要命的事情。

好不容易挨到了天亮，拉开窗帘一看，外面一片奇特景色，所有的树木都变得像水晶珊瑚一样好看。昨夜里一直在下一场雾状的冰雨，临界点的冰雾一遇到树枝，就凝结成了冰，后来的冰雾落在先前的冰枝上，滑坠之中又成了冰，结果所有的树枝上都挂着沉甸甸的冰坠子，看起来漂亮极了。沉重的冰挂使得许多树枝折断，有的整棵树被压倒。而可怕的是那些电线，每条电线下面都黏附着比电线重十几倍的冰缀，结果很多电线都压断了。屋里没有了电，就看不到电视新闻。好在手机还通。我看到了多伦多市政府发布的冰雪灾难消息，说整个安大略省南部都停电了，有几十万户家庭失去了电力供应，短时间内无法恢复供电。

我妻子上个礼拜回国看老母，家里只有我一个人。没有了电，炉子生不了火，早餐做不成了。我无事可做，穿着防高寒的"加拿大鹅"牌羽绒衣，坐在屋里发着呆。没有热早餐和暖气还可以忍受，但没有了电就没有了互联网，这让我难以安宁。于是我决定到对面的 MALL（大型室内商场）里面看看，顺便把手机和电脑带去充充电，也许还可以到苹果专卖店蹭点免费 Wi-Fi。

我走出了室外，外面空气冷冽新鲜。出门后我看到了左手边的邻居泰勒夫人。她穿着一件大衣，头发凌乱，脸色苍白，缩着脖子在快速抽一根烟。她是法国人，她丈夫是德国人。她的年纪并不很大，六十来岁，可很奇怪地保持了一个古老的习惯，下午五点就关门不见人，六点就上床睡觉，早上四点起床，在屋里打扫卫生，擦地板。她大部分时间都在屋内，但是她抽烟的时候就会到室外去，就像海底的鲸鱼定时要浮出海面吸几口气。这个早上她看起来被冻坏了。

"早上好！又回到冰河时代了。"我向她打招呼。

"大灾难，地球末日。"泰勒夫人恶狠狠地说。

"不知道什么时候才会有电。"我说。

"天知道。但愿会在我被冻死之前。"她说。

我转身向右边走去。经过隔壁台湾人戴姐家门口时，看到屋外车道上泊着戴姐的儿子阿强的白色本田车子。阿强的车子改装过，加了个炮筒一样的排气管，开起来放炮一样吵。戴姐家门口那棵曾经非常漂亮的北美海棠树上挂满了冰缀，但是现在一点都不好看。这棵树被砍掉了了许多，断胳膊断腿似的残缺。这屋子原来是白人斯沃尼夫人一家住的，前年才卖给了台湾人。我想要是斯沃尼一家今天还住这里的话，眼前这花园一定是一片冰雪美丽童话世界，而不是像现在一样一片狼藉。

我很快就走到了 MALL 里面。这里有地铁通到市中心，有 Silver city 电影院，有数不尽的快餐铺和餐馆。当我写作写得心情烦躁，或者觉得无聊寂寞时就来这里喝杯咖啡，坐在高凳子上看各式各样的人：黑人白人、额中点红砂的印度人、穿着长袍包着头巾的穆斯林。今天由于外面都停电了，MALL 里的人比平时要多。这个 MALL 自己有大型发电机，停电后自己发电供应了内部所有商店和设施。我看到每个墙角和柱子底下都围着人群，那些地方有电插座，所以很多人来这里给手机电脑充电。我手机和 iPad 暂时还有点电，需要的是网络信号，所以就先到了苹果专卖店门口，一试果然有免费的 Wi－Fi 可用。我就在这里停下来，连上了网络上起网来。过了一会儿我也加入了围着柱子充电的人群中。每个柱子底下只有两个插座，所以等充电的人一个个都耐心等着前面的人。也有人自己带了接线板，上面有很多个插座，大家就分着用。后来人越来越多，接线板上再接上接线板，散开来很多人可以用。由于这里的人们没有随地吐痰习惯，地面很干净，大家都席地而坐，看起来很友好快乐。

这天我在 MALL 里用苹果店的 Wi－Fi 把早上拍的冰凌树和结冰电线照片发在微博上，坐在地上和远在国内的妻子说了话，还和几个朋友聊了天。之后我还在一家希腊快餐铺吃了羊肉饭。下午时分，我回了家。

当我接近到家门时，看到了泰勒夫妇都站在门口。我还看到戴姐家门口阿强的车不在了。泰勒夫妇看到我远远就喊了起来。

"斯蒂芬，你去哪里了？"

"我在 MALL 里，你们干吗站在外边，莫非屋里已经比外面还要冷了吗？"我回答，斯蒂芬是我难听的英文名字。

"你要是早个十分钟回来就好了，就能看见刚才的一幕了。"

"究竟发生了什么事情？"

"刚才有一大队特别警察包围了你邻居的房子，把那个家伙抓走了。"

"哪个邻居？哪个家伙？"

"就是你右边那家那个整天在闹腾的坏小子。"

泰勒夫妇还在激动中，有声有色地向我复原了刚才特种警察包围隔壁台湾人房子的情形。他们说自己当时还在屋内，听到屋外传来轰轰隆隆的车辆马达声，起初他们以为是电力公司的工程队来修理电线。但拉开窗帘往外一看，看到马路上排满了闪着警灯的警车。他们赶紧打开了门，看到在一辆辆普通警察巡逻车之外，还有好几辆巨大的特别车辆，从里面下来十几个穿着重型防爆防弹衣具的警察，举着狙击枪把台湾人的家包围了。尔后有一个行动小组举着盾牌，逼近了台湾人家的屋门。装甲车里面有警察对着屋子喊话，让里面的人马上开门并举手接受逮捕。屋里面的人一开始没有反应，警察便派出了一个持有巨大撞门装置的组合准备强行破门。这个时候门开了，屋里的年轻人阿强走出来，手抱在脑后，没有反抗。警察给他锁上了手铐，然后进屋搜查，足足搜查了两个小时，搬走了很多东西。

听泰勒夫人这么一说，我觉得问题严重。警察出动了这么大的力量，说明这屋子里面一定会有什么重大威胁。泰勒夫妇很肯定地说，台湾人从搬进来之后一直在折腾着，挖来挖去，把外面搞得一片狼藉，原来是在掩护屋里的犯罪活动。泰勒夫妇早就对阿强很不爽，所以现在他们处于一阵出了恶气的快意之中。

我回到了屋子，外面又下起了冰雨，天阴沉沉的，早早就黑了下去。屋内的气温继续下降，温度计显示已经接近了零度。我把一支蜡烛点亮。平时我都没点蜡烛，是没有情调的人。现在停电了只得点上蜡烛，才发现蜡烛的光很柔和很温馨。我的电脑已有 MALL 里充来的电，可以打开电脑写点东西了，但我的思想老是跑到隔壁阿强被警察逮捕的事情上。也许他们家里面真是一个犯罪的窝点？我想来想去觉得他们家确实有些奇怪的事情。

台湾人戴姐一家是两年前搬进这个屋子的。之前，这里住着白人斯沃尼夫人一家。斯沃尼夫人在我搬进这屋子不久后因患西尼罗症去世了，她的家人继续在这里住了很多年，但终于在前年挂出了售屋子的牌子。我十几年前搬到这条小街的时候，是斯沃尼夫人第一个送饼干到我家祝贺。斯沃尼夫人死后，我一家和她的家人都一直友好相处。这些年来，从亚洲来的移民纷纷买下这条街的房子，把这条街的房价抬得很高。原来住在这里的白人隐隐感到了喧嚣和不安，陆陆续续卖掉了房子搬到北边安静的地方去住。在这个下午，当我看到斯沃尼的家人挂出了卖房子的牌子，我并不吃惊，只是心里有点伤感。

卖屋牌子挂出后的周末，就开始了 Open House。所谓 Open House 的意思就是"开门售屋"，任何路过的人都可以进屋参观，而平时想来看这屋子的人则要经纪人陪同和预约。Open House 那天看屋的人络绎不绝，路边都停满了车。各种各样的人进进出出，大部分是华人，也有些棕色皮肤的印巴人，偶尔也有个把伊朗人。我看见了邻居泰勒夫人站在她自己家门口观察看房的人。泰勒夫人此时正在抽烟，平时她吸过烟之后，就会心满意足回屋子里。但我这回看到她有点心神不宁站在外面，连续抽了好几根烟。我正好去整理草地，和她打了招呼，开始说起隔壁卖屋的事。

"干吗要卖掉屋子呢？要是我就不会卖掉这屋子。"泰勒夫人说。

"是啊，这么漂亮的房子卖掉真可惜。不过听说他们家在北边买了很大的新房子。"我说。我想起当初我买下我的房子的一个重要原因，就是因为喜欢隔壁斯沃尼夫人家门口那一棵开满紫色花朵的北美海棠树和树下的花园。

"我不去北边住，我不会卖掉房子。这里是我的家，我不会被赶走的。"泰勒夫人说。看得出来她情绪有点激动。

"不知道是谁会买这个房子。希望会有个好邻居。"我说，想尽量安慰她。我有点吃惊她说出了"不会被赶走"这样的话。

"买这屋子的人会不吉利，我觉得斯沃尼的鬼魂还在里面。这屋子是她母亲留给她的，她会不愿意离开这里。"泰勒太太说。

"你怎么知道？"我说，心里有点毛毛的。

"前几天，我的垃圾桶里突然有一条很大的三文鱼。"

我不明白泰勒夫人为什么会说垃圾桶里的三文鱼和斯沃尼夫人的鬼魂有关系。我知道斯沃尼一家在北部的大湖边有别墅，他们一家都喜欢钓鱼。的确有一回，斯沃尼的大儿子让我看了一条他钓来的大西洋三文鱼，有三十磅重。毫无疑问，斯沃尼家是个好邻居。她家在每个节日都会把屋子打扮起来，尤其是万圣节，她家的花园会变成鬼怪世界，在屋里还会举行鬼怪派对，邀请邻里来参加。她家门前的花园是我们这条街的一道风景，那棵姿态优美亭亭如盖的北美海棠树开花的时候，很多人都会来这里拍照片留念。如今这些都要结束了，我心里隐隐有一种抱歉的感觉，总觉得白人的离开是我们这些新来的人造成的。说得更严重一点，就是刚才泰勒夫人所说的是我们"赶走"了他们。

在某个早上，我看到售屋的牌子上面又加上了一块写着 SOLD 的小牌子，意思是卖掉了。我很关心的是什么人买了这房子。我看到了斯沃尼的儿子，问他。他说买家是一个华人。他对华人的概念很模糊，分不清大陆人香港人台湾人，就像我们看不出非洲黑人中喀麦隆人和几内亚人的区别。但不管怎么样，我知道了是个华人。

从这天开始我就对接下来的屋主充满期待。屋子卖成之后到交接还有一段时间，斯沃尼一家还继续住在这里，还在照料草地和花木。终于到了他们搬家的一天，他们很安静地走了。屋子空在那里，不是马上有人搬进来。过了好几天，新的屋主终于出现了。

那是在一个暮色已经降临的黄昏，我和妻子在窗内看到一个亚洲女人走进了隔壁的屋子。黄昏时的光线似乎含有一种溶剂，把人的轮廓都溶化掉了，人会显得像是纸板做的一样虚幻。但我还是看到她的神色坚毅，脸上皮肤发黄带着油性，头发剪平，颧骨高眼睛微陷，一看就知道是个台湾岛上人。任何事情的第一感觉都十分神奇，不知怎么的，我竟然把这个买了斯沃尼家房子的女人和一个先前住在这里的斯沃尼夫人亲戚联想起来，觉得她们很像。而且这个念头马上又转到了泰勒夫人提到的斯沃尼夫人鬼魂一说上，好像是斯沃尼夫人的鬼魂借着这个台湾女人的躯壳回到了她自己的家里。

在我还没缓过神来的时候，我看到隔壁的女人从屋子里出来，径直朝我家走来。是我妻子去开了门。一开门，就听到她带笑的声音。她是那种自说自熟的人，我妻子很快就和她聊了起来，并邀她进屋坐。她说刚搬来，和新邻居先打个招呼。她说自己姓戴，是台湾花莲人。她送了一包从台湾带来的凤梨酥，是花莲的名产，手工做的。我妻子推辞了一下，她一定要留下，说完她就走了。我妻子把这包凤梨酥放在桌上，这让我想起当年我们搬进这屋子的时候，在信箱里看到隔壁的斯沃尼夫人放的一包饼干和一张祝贺我们搬入新居的贺卡。这里的习俗是新邻居搬进了，隔壁的人要送点礼物以示欢迎。但这回反了，新邻居一来就给我们送礼物了，这让我们有点不好意思。我还记得斯沃尼夫人那份饼干的乳酪味道，这就像《追忆逝水年华》书里玛德丽娜小点心的味道会留在记忆里一样。我把凤梨酥打开，这正宗的东西和超市买的不一样，入口即化，圆润甜美。这味道盖过了我记忆里的斯沃尼夫人的饼干味道，但是又把那个记忆改头换面延续了下去。

接下来的一天，我看到了戴姐的儿子阿强，这个年轻人显得很结实有力，脸部的皮肤像柑橘的皮，加上一对猪眼。我现在记忆里的他是和那部宝马车连在一起的。那部黑色的宝马跑车不知是开进来的还是拖进来的，反正我看它一直停在车道边，从来没有挪动过。然后那车的轮圈里面的刹车盘一天天变锈，还从里面长出草来。戴姐的儿子阿强没有车开，又租了一辆车。我妻子听戴姐抱怨过这件事。戴姐说这车是儿子不久前买的二手车，买来不久就开始有毛病。戴姐劝儿子把这车赶快卖掉。但是戴姐说儿子根本不听。儿子的意思是让她闭嘴，不要烦他。他就喜欢这辆宝马车，不管它能不能开动。

　　一开始，我还觉得戴姐的儿子阿强是个勤快的年轻人，因为他马上开始动手对房子进行维修改善。我记得他第一件做的事情是把车道沥青挖掉，铺上砖块。在我们这边的房子，铺砖块的车道比铺沥青的档次要高一些。我妻子一直有个理想，想把我们家的沥青车道铺成砖块。因此当阿强开工时，我妻子是他的粉丝，有空就站一边看，好像想从他那里把技术学过来，当然，她得把学到的技术再传授给我才能有作用。阿强开工第二天，就买来了一台切割机切割砖块。切割机的声音非常凄厉，会产生超高频的次声波，让人非常难受。那些日子我整天在忍受着切割机的声音，盼望隔壁的小子早点完工。几天后那种切割的声音变了调子，还是切割的声音，但是不那么难受了。我出去一看，原来阿强把地面干了一半的活儿搁置了，开始用汽油锯锯树。他举着汽油锯，像孩子拿着玩具，对着树木随心所欲锯几下。他家的花园和我家花园之间有一排小松树，直径只有茶杯粗细，阿强几乎没花什么气力就把这排小松树放倒了。他锯了两天的树，把花园里大部分的灌木都锯掉了。这以后他完全忘了车道铺砖头的活儿，想起了地下室里漏水的事情。他不知从哪里拖来了一条小型怪手挖掘机，开始沿着地下室的窗户往下挖。这里正是前些日子他铺砖块车道的施工位置，他刚刚在窗边位置浇注了钢筋水泥保护圈，现在他用挖掘机把这个窗户的保护圈整个挖了出来。有一天我看到了那挖掘机还在突突响着，看不见阿强。走近一看，那窗边的土坑挖得很深很深，阿强钻到了一人多深的坑底下，独自在干活儿。我觉得要是那边上的土塌下来，他非被活埋了不可。几天后，阿强完工了，把土重新填了回去。我不知道地下室漏水有没有堵住，只是看到那些土填回去之后多出来很多，像个小山一样堆在车道上，一下雨，全变成了泥浆，流淌在车道上，殃及了我们家。这以后，阿强似乎失去了控制，变成一个随心所欲的破坏狂。之前斯沃尼夫人家风景树下面是个树荫花园，种植了好些时令花卉，陪衬着一种不开花的草。每年春天到来时，我看到了斯沃尼夫人戴着遮阳帽子，在傍晚时种植着这些非常好看的花草。但是戴姐家接手这屋子花园之后，不知怎么去打理这花园，那些陪衬草就开始失控蔓延开来。戴姐有很多时间想把这些陪衬草控制住，用手工在拔除。但阿强让戴姐走开，他开始用挖掘机在花园里清除陪衬草。他用挖掘机的巨爪把花园的表土翻了一次，陪衬草被刨掉了，可斯沃尼家里原来埋在地下的电线和公用的电视电缆和电话线全给翻到了地面，看起来非常怕人。我经过时都提心吊胆的，生怕不小心踩到有电的电线被电死。好在他还没挖到地下煤气管道，要不然会引起大爆炸。

阿强这些破坏性的行为让我隔壁的泰勒夫人非常愤怒。上面说过，泰勒老两口晚上六点钟就要上床睡觉。而阿强经常会在下班之后开始切割砖头，那凄厉的切割声打乱了他们的生活习惯。我不止一次地听到泰勒夫人愤怒地抱怨，说自己的血压都升高了。我们家和泰勒一家相处很好，圣诞节都会互送礼物。但是我最终发现洋人的脾气是摸不透的。他们要是较起真儿来，会翻脸不认人的。前年我们家买了新冰箱，把旧冰箱放到了后园用来放园艺小工具。泰勒夫人在她家窗口能看到这个旧冰箱。大概过了一个礼拜，她就告诉我妻子她每天站在窗口看到我家花园里放着个旧冰箱心情就会变得很坏，花园又不是厨房，怎么可以放冰箱？她要求我们把旧冰箱搬走。我当时想冰箱是放在我家后园你怎么管得着？我磨蹭了几天，但最后自己觉得不自在，还是把旧冰箱搬到路边让专门的收集车收去了。

　　我搞不清为什么泰勒夫人老是爱管我家后院的闲事。我十几年前刚搬入这个房子的时候，后园长着一棵巨大的枫树。当时是秋天，枫树红得像一把火一样好看。几年后的一天，泰勒夫人对我说：看，你家的树生病了。我顺着她所指方向一看，果然看到枫树的北侧有好些树枝枯干了。她说你应该叫树医生过来看看，电话号码可以在电话黄页上找。我后来还真的找到树医生给他打了电话。他很客气地说可以出诊，出诊费为 500 加元，治疗费得等诊断后才知道。我挂了电话没有理睬他。谁会出这么多钱给一棵树看病？难道它是一棵摇钱树吗？

　　又过了好多年，有一天我妻子告诉我后园的大枫树裂开了。我过去一看，两个大枝杈间真的裂开一条大缝，里面黑乎乎地蠕动着好些虫子。那几天风大，风一刮来，树一晃动，那裂缝就会变大。我知道这树有可能会被风刮倒，要是倒了就会压坏我家屋顶，需要马上砍掉。我查了市政府砍树的规定，凡砍掉二十厘米以上的树木必须向市政府申请许可证，需要三到五个工作日，还需要交 200 加元的手续费。但是，如果在紧急情况下，可以先砍树后申请。我请一个华人开的砍树公司过来，忍痛支付给他们两千加元的砍树费用（比起白人的砍树公司他们的报价便宜了一半）。在砍树之前，我请泰勒夫妇一起过来察看我家的枫树随时会被风吹倒的状况，希望他们会证明我是在紧急情况下才未经审批就砍掉树的。泰勒夫人对我早前没有请树医生给树做治疗感到不满，此时看到树的内部的确已经朽烂，也只好同意立刻把树砍掉，但是她要我砍了树后必须补办手续。我在砍掉树之后那几天特别忙，有意无意地把去市政厅补办手续的事给忘了。可后来每次遇见泰勒夫人，她都投来质疑的眼神。这让我知道无法蒙混过关，只得又掏了 200 加币去补办了许可证，并出示给泰勒夫人。这样我后来看见她才不会觉得欠了她什么。

话说远了，现在再说戴姐家的事。戴姐肯定知道儿子的行为是冒犯了邻居的，她也尽力想补救儿子对花园的破坏。她经常在黄昏时分戴着帽子在花园里劳动，坐在小凳子上用一把锥子挖杂草。但是相对于她儿子的破坏力，她所做的事完全是徒劳的。她经常会送一些东西给我们，除了每次台湾回来必送凤梨酥，还会送来一些当地农场种植的有机玉米、蔬菜。她这些农场产品是她上班的时候顺便买来的。她搬来不久之后就开始上班了，干最基本的人力活儿，听说是在一个西洋参包装厂。这让我有点困惑，我觉得戴姐是个家里有钱的人，年纪也比我们大一些，怎么会去做这种基本人力工？她去上班是和别人拼车的，我经常看到早上有车接她走，晚上送她回来。戴姐和我妻子相处得不错，她比较主动些，有时会主动邀请我妻子一起去购物。她会说我妻子买衣服的眼光如何如何好，说得我妻子很高兴，因此对她儿子的行为变得很宽容。

　　有一天，我发现了隔壁的屋子有个矮矮的男人出没。我妻子告诉我这就是戴姐的老公，以前是做挖地基工程的。现在台湾经济不好，做地基没生意，他改为在花莲乡下种芭拉和芒果了。我和他只在车道上对面遇见过一次，他是个典型的热带海岛男人，个子矮，颧骨高，和他的儿子阿强一样长着猪眼。当时他在前面的花园里和儿子一起锯树，我不明白这家的男人为什么这样喜欢锯树，他们合力把那一棵很值钱的日本细叶红枫树拦腰锯了一半。我们并没有看到台湾邻居一家人团聚的欢喜，那几天戴姐都没有出现。阿强父亲只待了个把礼拜就走了，他走了之后戴姐才再次出现。不知为什么，第二天戴姐和阿强吵了一次架，戴姐似乎很伤心，到我妻子这边哭诉。这天她透露了一个秘密，原来她和老公早就离婚了。她说老公很早就有了小三，和她分居了，从此后她带女儿生活，儿子跟着老公。老公一直带阿强上挖地基的工地，没有让他好好读书，各种机器成了他的玩具。他成了一个没有头脑的人，三十多岁了还像个孩子，全凭冲动。她说现在儿子平时都不和她说话，她要是说他几句他马上会和她吵架。她在家里非常烦闷所以会去外面打工。

　　戴姐的故事曾让我同情感动。但是没有几天，我就发现了戴姐说的事情是个谎言。阿强现在对我妻子很信任，有什么事都愿意对她说。我妻子听阿强说，他母亲在他还上小学时和一个同事偷情私奔了，一段时间全不顾家。后来他父亲和她分居，父亲带他长大。他小时候没有母爱，又不爱读书，跟着父亲在怪手挖土机中成长。现在他长大成人，母亲才良心发现，想赎回内心的不安。所以他很反感母亲，叫她回台湾去，不要在这里影响他的生活。我妻子劝阿强不要这样想，他母亲对他很好，总是考虑给他做好吃的，回台湾之前都会给他做好很多食物放冰箱里。阿强说他不喜欢吃她做的东西，那些东西大部分他都会扔掉。

在这个停电的寒夜里，我想着这些事情，越想越觉得台湾人的家庭情况复杂。我总觉得阿强那些刺耳的切割声来自于他内心对于母亲的愤怒和嘶喊，但转念又想莫非这些凄厉的声音下面真的掩盖着什么犯罪活动？最可怕的联想是用电锯切人体。我从来没进过他们家的房子，不知这屋里会不会是种大麻，或者是个毒品仓库？和这样一个危险家庭居然做了近两年的邻居，而且我太太还几次进入过他们的屋子，真的让我有点后怕。我这样想着，朝外边的窗户看了看，看到了一个人影从戴姐的屋前闪出来。这人手里拿着个包，看样子好像是租住戴姐家那个房客。他一定是受了惊，拿着包包到别的地方去住了。我不知道这屋里是不是还有人，也不知道戴姐是不是还在里面。这么冷的天气，她要是还在里面真会冻坏了，而且她一定是受到了严重惊吓。

窗门外面冰雨在继续，天气越来越冷。这个时候，我想起该开开水龙头，看看有没有结冰。可我打开水龙头，意外发现水龙头里还有热水，而且温度和停电前一样。我想了想，明白过来家里的热水炉是使用煤气的，停电了还能继续烧水。这一发现改变了我愁苦的境遇，我在浴缸里放满了热腾腾的水，把自己泡在里面，像是《野生动物》节目里日本雪猴子泡在雪天森林的温泉里一样。温热的水使我紧张的情绪慢慢舒展开来，我先是打着盹儿，后来在温泉般的热水里睡着。这时有一个美丽的女孩子形象出现在我松弛的意识里，我又醒了过来。

我刚才意识里出现的女孩子是真实存在的，几个月之前就住在隔壁台湾人家里。那是在一天的早晨，我看到了戴姐和这一个女孩从外面回来。她们穿着宽松休闲的衣服，戴着遮阳帽，像是散步回来。下午的时候我又看见了这个女孩一次，当时我从外面回来，在车道上和她相遇。这女孩显得有礼貌，主动微笑打招呼。第二天我又看到了戴姐和这女孩一起外出购物，回来的时候看到了她们带来好多的蔬菜。傍晚的时候，我还看到女孩和戴姐在花园里一起拔杂草。我妻子当时一直猜测着这个女孩的身份，显然，她是住在戴姐的屋子里面的，很有可能是阿强的女朋友。可是我们没有看到阿强和她单独外出，所以又觉得有点不像。可是有一天，我妻子发现这个女孩的肚子在一天天变大，她已经怀孕了。所以我妻子就肯定这是阿强的女友。

这一回我的妻子猜错了。过了几个月之后，有一个相貌十分英俊的大男孩出现了，谜团就全部解开了。他才是女孩子的男友，是她肚子里面胎儿的父亲。大男孩来了之后，带着女孩进进出出，显得很放松，很快和我妻子也相熟了。原来他是阿强小学中学时期最好的同学，他的女友是到加拿大生孩子来了。因为在加拿大生了孩子就获得了当地出生证，以后就自动成为加拿大公民。但是这个大男孩却不是从台湾来，而是从巴拿马来的。他对我妻子说自己在那边做生意很多年了。

我妻子夸奖这个大男孩很勤快，一到这边就和阿强一起整理花园。但是我很快发现这家伙和阿强是一个类型的人，都喜欢拿电锯当玩具锯树，前后花园的树木再次被狠狠地锯了一次。但和以前不同的是，这男孩锯掉树木之后会把现场清理得干干净净。小一点的树已经没有可以锯的了，有一天我看见阿强和他的帅哥朋友爬到后院那棵斜着长的大橡树上，想把一个巨大的枝杈锯掉。但那个枝杈非常大，斜着长，遮盖着他们家后园大半，一直到我家屋顶上方。他们整整锯了两天还没把树锯断。就这个时候，女孩的分娩期到了，开始了宫缩阵痛。大男孩从树上爬下来，送女孩到医院，生下了一个体重达五公斤的巨婴。一个礼拜之后，我从妻子口里听说这一对俊男靓女已经走了。他们是突然说走的，那女的产后还虚弱，所以是买了可以躺下来休息的商务舱机票回台湾了。

按我现在的想法，这一对俊美的年轻人的短期居住是这座房子被戴姐买下后所发生的最有意思的事情。他们住的时间很短，女孩大概住了三个多月，那个男孩则大概只有十几天。我现在都无法回忆起他们的真实面容，只是能感觉到这个大男孩就像古希腊大理石雕塑一样的俊美。他的身材健壮高大，脸上的笑容动人，非常有礼貌。甚至他的声音也特别好听，如银铃一样，说的是马英九一样的标准语。我还能感觉到，当女孩出现的时候，台湾人屋子开始出现了一种美好而动人的童话气氛，开始像个家园了。我虽然没有看到阿强和这个女孩有什么互动，但是看到那段时间这个家伙不显得狂躁了，没有开动那喧嚣的切割机，没有乱挖地，没有把车轮碾过我家的草地，还把那辆轮子长满了草的宝马车卖给了车行。我发现女孩出现在花园前的时候，那棵残缺的北美海棠树也变得好看了。那些停在树枝上的鸟，啃着松果的松鼠，还有路人牵着的小狗都朝她看。而最奇怪的是戴姐，那段时间她显出了真正幸福的表情。她和一个子宫里有膨胀胚胎的女孩子一起，像是一个保护者，一个熟悉生育之道的母亲。她大概是很想儿子很快也会有一个怀孕的女友，或者她有错觉这个女孩肚子里的婴儿就是她儿子的。她可能因为小时候抛弃了儿子对儿子怀有歉意，现在很想抚养儿子的子女来弥补以往的过失，所以会移情到这个怀孕的女孩身上。她带着女孩在花园里拔草，那真是一幅其乐融融的画面。戴姐在这一段时光里才享受到了买下这个房子的价值和欢乐。而那个大男孩的突然而至到突然消失只有短暂的时光。由于他太像一个古希腊雕塑，所以我总觉得他是不真实的，是一个幻影。还有他所来自的国家巴拿马的背景，让我感到有一丝不祥之兆。

在大男孩女孩带了婴儿匆匆离开之后，发生了这么一件事。大男孩和阿强在女孩分娩那天锯了一半的树在大风到来时摇晃得很厉害。要是那个大枝杈倒下来，会压到他们家屋顶，甚至我家的屋顶也会连累到。阿强决定独自把这棵锯了一半的树锯下来。他的策略是这样，先从高处把大部分的小枝杈锯掉，然后再一段段锯掉树干部分。他从一家叫 HOME DEPOT 的大型建材连锁店里租到一个升降平台，这样他就可以坐在平台上，控制着操纵杆上升到可以锯切树杈的高度。我看到那天他把机器拖回来了，那上面有几套曲臂，顶上有一个可站人的平台。他灵巧地升了上去，像是电影《变形金刚》里那个机器巨灵一样神气。我看到他升到空中后发动了汽油锯，开始锯树。我把所有窗户关起来，不让那噪声干扰我的工作。大概是中午时分，我听到我妻子喊我，说阿强在空中下不来了，让我去看看。我到隔壁一看，看到烈日之下阿强在高空平台上，脸孔晒得像煮熟的龙虾。他说上午升到空中不久之后就控制不了机器了，摆弄了好几个小时都无法动弹。我说我能帮上什么忙吗？他让我在底下的机器操纵板上帮他按几个开关，这样曲臂平台就会降下来。我非常小心地检查了一次，确信按下按钮不会把他突然摔下来。可是按下按钮之后，平台却依然不动。我按照他的指示把所有的按钮都按遍了，还是无法移动平台。折腾了一个小时，都不管用。这时他就动了自己从平台上爬下来的想法。但是我告诉他这样做有生命危险，还是打电话请消防队的人来把他从高空弄下来为好。阿强不会英语，只得我来打电话。一会儿消防队的大车就来了，用高梯子把他弄了下来，还让他签了字。这样的事情消防队会给他寄一张 500 加元的账单的。

这天阿强下了地之后，发现机器没有毛病，只是他把一个开关关死了。他把那开关打开后，马上就很轻捷地可以操纵机器了。租机器一天的费用要六百加元，所以他下午又开始了把自己举到高空，拿着电锯准备锯树。但是这回他遇到了一个对手。隔壁的泰勒夫人一直在盯着他，从上午起就盯着他，只是上午他被困在上面，汽油锯都没有发动，泰勒夫人才没出击。据我后来所知，泰勒夫人早在阿强锯第一棵树的时候就已经监视他们。最初看到他们锯的都是二十厘米以下的树。虽然她很生气，可市政法律规定房主不经审批就可以锯除二十厘米以下的树，所以她只能看着着急，无法出手干涉。在她发现阿强和台湾大男孩一起开始锯那歪脖子橡树的大树杈时，她目测那树杈有五六十厘米，肯定是超过了要审批的尺寸。但是她遇到一个难题，因为他们要锯的是一个枝杈，不是整棵树。泰勒夫人为此拿不定主意，特地出门坐出租车到市政厅咨询，得到一个官员的回复说这么大的尺寸即使是锯掉一个树杈也要审批的。当她搞清楚了这件事，那个台湾大男孩因为妻子分娩，已经和阿强停止了锯树行为。泰勒夫人也就失去了敌手。

泰勒夫人这个早上在自家的院子看到阿强升到了空中，马上像一台雷达发现了目标一样警觉起来。她发现阿强升到空中之后，像是中了邪一样在树顶上手足无措，被毒日烤得大汗淋漓。她看着独自偷着乐，可惜后来消防队把这小子救下来，她心里只觉得还没过瘾呢。下午她听到电锯刺耳的声音又响了，看到阿强再次像变形金刚一样升空了。此时她觉得到了该出手的时候了。为了自己有足够的胆量和力量，她一口气喝了一大杯威士忌，这就应了我所知的一句中国谚语：酒壮怂人胆。然后她红着脸膛迈着大步冲到阿强的机器平台下，用一根木棍敲打着机器，大声命令他下来。她说根据多伦多市政府的法令，私自锯掉大树是非法的。要锯树必须获得市政府的许可证。如果阿强不马上停止，她就要打电话报警。泰勒夫人的气势压倒了阿强。虽然他不懂英语，但能明白大概的意思。他觉得好男不应该和老太婆斗，尤其是不能和一个喝过酒的白人老太婆斗。于是他认输，按下开关下到了地面。用自己的车拖着升降机器送回给 HOME DEPOT 了。

我泡在热水里想着这些事情，开始的时候还蛮舒适，可水慢慢开始冷了，于是就赶紧起来穿上了衣服。停电夜时间好慢，我都以为是深夜了，看看还不到十点钟。我找到了一个烧火锅的小煤气炉，烧了点热水泡茶。又点上一根蜡烛，准备继续写点字。桌上的小温度计已经指向零下二摄氏度，窗玻璃上结了厚厚一层冰花，我冷得无法集中思想写作，所以就准备铺床睡觉。我把家里最厚的几床被子拿出来，这些被子还是刚移民加拿大的时候从中国带来的。到了这边之后因为屋里暖气充足，一直都用不上，想不到今天倒是用上了。就这时，我突然听到楼下门铃叮咚响了一声。在这个深夜，门铃的声音在屋里回荡着，特别响亮。不知怎么的，我对于这一声深夜门铃并不是特别惊讶，好像我早意识到它会响起，或者我正在等待着它。我想起了大学时那个教写作的老师示范过的一个微型小说，全文只有十几个字：世界末日之后，地球上的最后一个人听到了敲门声。

我拿着手电筒从楼上的房间来到了楼下，透过门窗的玻璃看到是戴姐站在外面。我把门打开，戴姐此时苍白的脸像个女鬼，带着一种不自然的笑。她问我一定知道白天发生在她家的事情了吧？她说自己今天上班，家里发生事情的时候她不在场，但她对发生这样的事情惊动了邻居感到很抱歉，所以特地来向我道歉。我以为她不知道警察带走她儿子的经过，就把我从泰勒夫妇嘴里听来的警察如何包围了屋子并准备强行破门的过程都向戴姐复述了一次。戴姐很认真地听着。但是我最后发现她对警察带走她儿子的细节经过都十分清楚，比我从泰勒夫妇那里听来的要清楚很多。戴姐向我说明了警察抓走她儿子的原因，是因为海关里有一起从台湾运给他儿子的货物，中间夹带着一批手枪和子弹。警察根据记录查到之前有一批同样的货物已经送达他儿子手里，所以会派出重装备的分队来搜查武器。戴姐说这件事情的起因在于前些日子在这里带女伴来生孩子的那一个男孩。他在巴拿马做过武器生意，所以想让阿强快速发财。他对阿强说加拿大的中国台湾黑帮需要武器，可以用阿强这样没有案底的清白户头运点枪支过来。阿强并不知道这有多危险，还觉得很酷。那个男孩在得知第一批货物出运之后，立即就带着女伴和婴儿飞走了，生怕有了风声会走不掉。现在他已远走高飞，阿强将担起所有后果，事情显然非常麻烦。

戴姐说完这些事情，又说今晚屋子里冷得无法忍受，她要先去朋友家里住，让我在恢复供电的时候打电话告诉她一声。从现在起，她要和律师一起开始工作，第一步是先把儿子保释出来。我发觉戴姐现在已经显得冷静镇定了，她的笑容也自然起来。我目送她走出我家车道，看到了路边有一辆车等着她，是一辆高级的好车。我知道台湾人在这里有强大的社会网络，而戴姐也是个能做事情的女人，经历丰富，朋友众多，任何事情都能对付。在这个极其寒冷的停电夜，她显得毫无冷意。我看到她上了那辆停在路边的好车，车子开走了。在一片黑暗中，我的视线出现了错觉，好像看到戴姐不是坐车走的，而是飘了起来，在夜空中飞行而去。

夜在继续，屋内气温继续下降。我裹在厚羽绒被里，只听得外面有冰崩裂的细微声音。我后来入睡了，进入了深度睡眠。不知是过了多久，我在梦里被一个声音惊醒。我张开眼，发现窗外有云影，冰雨大概已经停了。但是我觉得有什么显得不正常。突然我看到窗户外面好像有个巨大的怪物的影子在朝窗内张望，这让我有点毛骨悚然。我盯着它看了几分钟，那影子是静止的。我起床过去看，原来是阿强家那棵锯了一半的大树杈被冰挂压断了，树干倒在他们家的屋顶，一个枝杈正压到我家窗口。

（原载《收获》2016 年第 2 期）

作者简介：

陈河，浙江温州人，现居加拿大。海外新移民代表作家。作品曾获首届"郁达夫小说奖""华人华侨文学奖主体最佳作品奖"等。

除 癣 记

晓 苏

1

阴历六月份，天气刚热起来的时候，谷珍回到了娘家。她是一个人坐班车回来的，手上拎了一大包换洗的衣裳。

谷婶当时正在堂屋里给孙子洗球鞋，看见谷珍一个人进门，顿时感到有些不大对劲。谷珍以往回来，都是和丈夫一起。丈夫开摩托车，谷珍贴在丈夫背后，双手箍着他的腰。在谷婶的印象中，谷珍还从没一个人回来过。女婿呢？谷婶表情严肃地问。谷珍露出一丝苦笑说，他忙。谷婶没信谷珍的话，直直地看了她一眼，觉得她好像心里有事。不过，谷婶没再往下问。她连忙丢下手里的鞋和刷子，起身给谷珍倒了杯水。

谷珍一边喝水，一边观察谷婶的表情。她发现谷婶的脸上充满了疑惑。谷珍嫁在邻县远安那边，丈夫是个修摩托车的。那地方离油菜坡有一百多里路，谷珍出嫁后回娘家的机会不多，一年只回两次。一次在春节后，来给母亲和哥嫂拜年，另一次是中秋节之前来为母亲祝寿。

谷婶洗完鞋晒好后，搬一把椅子坐在了谷珍身边。她先用奇怪的眼神看了看谷珍，然后锁着眉头问，你怎么现在有空回来？

谷珍没马上回答。她把喝完水的空杯子从一只手换到另一只手上，犹豫了好久才说，我病了，想回你这儿住一段时间。

什么病？谷婶一惊问，眼睛猛然涨大了一圈。

浑身长癣。谷珍说，边说边伸手隔着裤子在腿上抓了两下。

谷婶赶紧侧过身子，仔细打量谷珍。谷珍上身穿着长袖衬衣，下身穿着齐脚的长裤，浑身裹得严严的，只有脸和手露在外面。谷婶在谷珍的脸和手上看了半天，一个癣也没见到。怎么没看到癣？谷婶问。谷珍说，都在身上呢。

谷珍想把裤脚掀起来，让谷婶看一眼她腿上的癣。可是，她刚把手伸到脚那里，八岁的侄儿秋子突然从对面杂货铺里回来了。他手上拿着一根火腿肠，正一边走一边吃。一见到秋子，谷珍急忙把手缩了回来。谷婶接下来也没再说要看她的癣，谷珍也就算了。

秋子很懂礼貌，见到谷珍就喊，姑姑，你回来了！谷珍问，你怎么没上学？秋子说，今天星期天呢。这时，谷珍忽然想到了哥嫂，便问谷婶，哥嫂最近回来过吗？谷婶说，没有，他们过完年一走就没影子了。谷珍又问，他们还在广东打工？谷婶还没开口，秋子抢着说，不是广东，是东莞。谷珍浅笑了一下说，秋子真聪明！她说完抬起一只手，想摸一下秋子的头。但谷珍没有摸，她的手刚抬起来就放下去了。

时间已快到中午，气温越升越高了。外头的阳光像火，把堂屋烤得热烘烘的。秋子虽说穿着背心和短裤，额头却还在流汗。他靠在门上，一边吃火腿肠，一边眨巴着眼睛观察谷珍。

姑姑，你穿那么长的衣裳不怕热吗？秋子歪着脑袋问。

谷珍愣了一会儿，有些无奈地说，我不怕热。

谷珍显然说的是假话，说完就掏出一块纸巾擦了一下刘海儿下面的汗珠。事实上，谷珍的衣裳里早已焐满了汗。汗水像蚂蚁一样在她的癣上蠕动，她感到奇痒无比，简直难受死了。

秋子很精明，当然不会相信谷珍的话。他停止了吃火腿肠，用大人的口气对谷珍说，你要是怕热，就把长衣裳脱了吧，也像我这样，穿背心和短裤。

谷珍听了很感动，眼眶里顿时闪出了泪花。但是，谷珍不能按秋子说的那样去做。全身都是癣，颜色暗红，像铜钱那么圆，仿佛遍体都盖着印章。谷珍不好意思让别人看见，还担心吓坏了别人。再就是，谷珍也不敢穿背心和短裤。她是一个很守旧的女人，从来不敢穿得稍微露一点。沉默了一会儿，谷珍对秋子说，我真的不热。

谷珍和秋子刚才说的话，谷婶都听见了。但她却装作没听见，始终没插一句嘴。后来，谷婶转身进了她睡觉的那间西厢房，找出了一把蒲扇。她二话没说就把蒲扇递给了谷珍，同时还给谷珍递了一个眼神。

谷婶的这个眼神有点儿复杂，但谷珍一眼就能看懂。谷珍这么守旧，与谷婶从小对她的严厉管教是分不开的。

打懂事那天起，谷婶就对谷珍说，女娃儿要自重，衣裳要系得紧紧的，千万不能让那些臭男人看了便宜。读小学三年级那年夏天，城里来的表姐给谷珍买了一条裙子，可谷婶死活都不让她穿，说把两截小腿露在外面丢人现眼。上初中的时候，谷珍在课间和两个女生跳绳，旁边有几个男生围观。正跳得起劲，谷珍的裤带突然断了，裤子滑落到了地上。谷婶听说后火冒三丈，不仅打了谷珍一巴掌，还强迫她中途退了学。

谷珍一边摇着蒲扇，一边回忆往事，有点儿哭笑不得。谷婶找出蒲扇后，就进厨房去料理午饭了。厨房里很快飘出了油盐的香味。

要说起来，谷珍心里并不怨恨谷婶，相反还能理解她。满五岁那年，谷珍的父亲就被谷婶撵走了。父亲属于上门女婿，也称为倒插门，老家在一个叫毛湖的地方。他是个篾匠，长年走村串户帮别人编筐织席。有一次，父亲去邻村望娘山为一户人家打背篓，女主人总是穿一条花裤衩在他眼前晃来晃去，两条大腿白花花的。父亲经不起那两条大腿的诱惑，扔下篾刀就和女主人好上了。事情败露后，谷婶毫不留情地把父亲撵了，让他当天就滚回了毛湖。从那以后，谷婶一见到穿得少的女人就气不打一处来。看到谁穿着露一点，她就骂别人不要脸。

吃过午饭，秋子丢下碗又去对面的杂货铺。那里人来人往，秋子总爱跑去凑热闹。不过，杂货铺的两口子为人挺好。他们年近五十还没生孩子，总喜欢别人的孩子去玩。

屋里只剩下两个人时，谷婶起身把大门关了，回头对谷珍说，你把衣裳掀起来，我看看你的癣。谷珍犹豫了片刻，把两只袖子扯上来，让她看了看两只胳膊。胳膊上的癣密密匝匝的，谷婶看了不禁浑身发麻。天哪，好厉害啊！谷婶感叹道。谷珍说，别的地方还厉害一些。但谷婶没说看别的地方，好像是不敢再看了。

过了一会儿，谷婶埋怨道，你的癣长成这样，不好好待在家里治癣，跑到我这儿来做什么？谷珍解释说，我在那边治了大半年，把远安所有的医院都跑遍了，钱也花了一两万，可身上的癣一点儿也没见好。实在没办法，我才决定回娘家来治一治。谷婶瞪大双眼问，远安都治不好你的癣，难道我们这个小地方能治好？谷珍顿了一下，有点儿神秘地说，听说油菜坡来了个除癣专家，没有他除不了的癣。据说，他还发明了一种除癣膏，擦半个月就能把癣除尽。

谷婶一听，突然冷笑了一声说，你说的该不会是谢去病吧？

谷珍兴奋地说，就是他！远安那边的电线杆子上，贴满了他的广告。

谷婶扩大嗓门说，傻丫头，电线杆子上的话你也相信？我告诉你，谢去病是个跑江湖的骗子，除了骗吃骗喝，他哪能除什么癣！

真的吗？谷珍将信将疑地问。

谷婶说，当然是真的。听村里人说，谢去病不光骗吃骗喝，还骗色呢！他是个流氓，在我们这一带，没有哪个女人敢去找他看病。

听谷婶这么一说，谷珍顿时感到很沮丧。这次，她完全是冲着谢去病回来的，对除癣抱着蛮大的希望。没想到，她刚一来，谷婶就当头给她泼了一瓢冷水，泼了她一个透心凉。

<h1 style="text-align:center">2</h1>

谢去病租住在苏家老院。那是油菜坡仅存的一栋带天井的旧宅。院子里有一棵百年老槐树，树已冒出天井，枝繁叶茂，像从院子里撑出去的一把巨伞。院子的主人进城定居了，谢去病托人将它租了下来，然后在门口的柱子上挂了一块招牌，上面写着：谢去病诊所。

诊所离村小学不远，有一条窄窄的石板路与学校连着。谢去病在院子里晒药时，能听见学校的铃声。隔三岔五，谢去病会去学校走一走。他带些甘草片给学生娃娃们吃，同时让他们放学后帮他散发小广告。谢去病戴一顶礼帽，下巴上留一撮山羊胡，学生娃娃们都喊他爷爷。事实上，谢去病的年纪并不大，还不到五十岁。他把自己打扮成这副老相，是想让别人更迷信他的医术。谢去病这个名字，也是他来到油菜坡以后才改的。以前在老家铁厂垭的时候，他叫谢上君。

这天上午，十点钟的光景，学校课间操的音乐刚停不久，秋子突然跑到了谢去病诊所门口。

谢去病正在院子里晒党参。见到秋子，他不禁一愣，奇怪地问，你来做什么？秋子气喘吁吁地说，我姑姑让我来帮她买两袋除癣膏。他说着从口袋里摸出一百块钱，递向谢去病。谢去病没接钱，盯住秋子的脸问，你姑姑是谁？秋子说，她叫谷珍。谢去病摸着山羊胡说，我来这里半年了，怎么从没见过她？秋子如实回答说，她家住远安那边，昨天才来我们家。谢去病说，难怪呢。

秋子这时把钱伸到谢去病的手边，催促说，你快点儿把除癣膏卖给我吧，我还要赶回学校上课呢。谢去病却仍然不接钱，不慌不忙地问，你姑姑买除癣膏做什么？秋子说，她身上长癣。谢去病蹙着眉头问，她长癣，怎么不亲自来？秋子犹豫了片刻说，我奶奶不让她来你这里。

为什么？谢去病大吃一惊问。我奶奶说，她说……秋子支支吾吾。谢去病赶紧问，你奶奶说什么？秋子迟疑了一下，索性大声说，我奶奶说你是个流氓！谢去病一听，顿时变得脸红脖子粗，额头上汗都出来了。他连忙取下礼帽，当扇子对着自己的脸扇风。

扇了一会儿，谢去病认真地说，秋子，你赶快回学校上课吧，我不会卖给你除癣膏的。秋子瞪圆眼睛问，为什么？谢去病说，你回去告诉你姑姑，要想买我的除癣膏，她必须亲自到我的诊所来。

秋子一下子急了，高声说，你怎么这样？是我奶奶说你流氓，我姑姑又没说！谢去病一笑说，我不是这个意思，即使你奶奶没说我是流氓，我也不会把除癣膏卖给你。秋子问，那是为什么？谢去病说，只有见到病人，我才能对症下药。

秋子没有立刻回学校。他一直把那一百块钱伸在谢去病面前。过了一会儿，他又央求说，你就卖两袋除癣膏给我吧，我姑姑痒得太可怜了。昨天夜里，她不停地往身上擦酒精，可痒还是止不住。谢去病说，别再白费口舌了，你就是把天说塌下来，我也不会卖给你除癣膏。有些话，我跟你说不清楚，你还是回去让你姑姑自己来吧。

这时，学校的上课铃响了起来。秋子一听见铃声，扭头就离开诊所，沿着那条石板路飞快地跑了。

下午三点钟的样子，谢去病刚送走一个胃病患者，正要进药房去碾三七粉，诊所门口出现了一个三十五六岁的女人。她身材匀称，穿得整整齐齐，白净的脸上带着一丝忧郁。一见到这个女人，谢去病马上呆住了。那只正要跨进药房的脚，也一下子僵在了门槛上，进退两难。

你是谷珍吧？谢去病试探着问。

谷珍惊奇地说，你怎么晓得？以前我们从没见过面呀！

谢去病急忙挪着双脚迎到门口，有点得意地说，我猜的。谷珍随口问，你怎么这样会猜？谢去病说，自从秋子上午走了以后，我就在猜你长什么样子。还别说，你的样子和我猜的八九不离十。谷珍不冷不热地说，是吗？谢去病说，不过，我没猜到你这么快就会亲自到我诊所里来。谷珍脸一红说，我本来不打算来的，可身上的癣痒得我实在难受。

谷珍一直站在院子外面。谢去病热情地说，赶快进来吧，让我看看你的癣属于哪一类。谷珍干笑了一下说，我就不进去了，请你把除癣膏卖我两袋吧。我在远安看过你的广告，听说你熬的除癣膏效果很好，我想买两袋回去擦擦看。谢去病一怔，怪笑一下说，对不起，我的除癣膏不随便卖。谷珍问，为什么不卖？谢去病解释说，我熬的除癣膏有好几种，首先我必须看清是哪一类癣，然后才能确定擦哪种膏。

谢去病说得很诚恳。谷珍想了想，觉得他说得有些道理，犹豫了半天，终于鼓足勇气走进了院子。

院子里的老槐树正值花季，谷珍一进门就闻到了一股清香。这是什么香？谷珍耸耸鼻头问。谢去病说，槐花。谷珍马上仰头去看那棵老槐树，果然看见了满树的花朵。她还看见了数不清的蜜蜂和蝴蝶，它们正绕着槐花唱着舞着。

门诊室在药房旁边，摆着一张古老的书桌，桌子的一边放着一把旧式圈椅，另一边竖着一只高高的木凳，也是旧式的。谢去病把谷珍带进门诊室，指着木凳说，坐吧，把衣裳解了，我看看你的癣。谷珍小心翼翼地环顾了一下四周，默默地在木凳上坐了下来。但是，她迟迟没解衣裳。

快把衣裳解了。谢去病催道。

谷珍磨蹭了一会儿，慢慢掀起衬衣上的袖子说，你看吧。

谢去病走近谷珍，低下头仔细看了她的两只胳膊，然后一边摸山羊胡一边说，你这是金钱癣，属于最顽固的一种。谷珍急切地问，这种癣你能除吗？谢去病说，没有我除不了的癣。谷珍说，但愿如此。她说着就麻利地扯下袖子，把癣又盖上了。谢去病问，其他地方没有吗？谷珍说，全身都是。谢去病说，也让我看看，我看是否都是金钱癣。谷珍愣了一下，弯下腰把两只裤管往上提了提，露出了两条小腿。谢去病弯下腰去看了看说，也是金钱癣。谷珍赶紧放下裤管说，别处就不必看了，都是一样的。

谢去病直起腰来，将谷珍浑身上下打量了一遍，十分诧异地问，你身上的衣裳怎么裹得这么严？谷珍红着脸说，习惯了。谢去病说，像你这种全身长癣的人，压根儿不能把自己这么严地裹起来。裹严了焐汗，潮湿，不透风，癣会越来越厉害。你应该穿少一点，最好穿吊带衫和短裙。谷珍的脸红得更加厉害，嘟哝着说，可我习惯了。

脸上恢复平静后，谷珍从包里掏出一张钱对谢去病说，现在，你该可以卖给我除癣膏了吧？谢去病绕到书桌后面，先坐到圈椅上，然后不紧不慢地说，卖是可以卖，但我实话告诉你，我的除癣膏只能由我亲手给病人擦，从来不让带出诊所。为什么？谷珍感到莫名其妙。谢去病说，除癣膏是我根据祖传秘方熬成的，一共用了二十四味中药。这配方，我必须保密。别人如果有了除癣膏，他就会想方设法把我的配方化验出来。要是这样的话，那我的饭碗就被人抢了。

谷珍冷笑道，照你这么说，我和秋子一样，又是白跑了一趟。谢去病连忙说，怎么会白跑？你买了除癣膏，我可以帮你擦呀！

谷珍用异样的目光看了看谢去病，满脸狐疑地说，难怪我妈在背后说你呢，看来她没说错啊！谢去病敏感地问，她说我是流氓，是不是？谷珍反问道，难道不是吗？谢去病有点赌气地说，流氓就流氓吧，随她怎么说。再说了，我又不强迫你买我的除癣膏，这完全是姜太公钓鱼，愿者上钩。

谢去病话音未落，谷珍已站了起来，转身就走出了门诊室，连招呼也没跟谢去病打。谢去病稳稳地坐在圈椅上，对着谷珍的背影说，不送！

然而，谷珍走到院子中间时，猛地停在了大槐树跟前。谢去病想，她可能是被槐花的香气拖住了。大约停了两三分钟，谷珍蓦然回过头来问，我买两袋除癣膏，你能不能只给我擦擦胳膊和腿？谢去病没料到谷珍会产生这种想法，好一会儿才反应过来，不无惊喜地说，当然可以！

谷珍又回到了门诊室，重新坐在了那只木凳上。谢去病匆匆去了一趟药房，拿来了两个鼓鼓的塑料袋，像两包洗发精。谷珍这时已把胳膊和腿露了出来，等着谢去病为她擦药膏。谢去病先把药膏挤到手指头上，然后一点一点地往谷珍的癣上擦。药膏刚从冰箱里取出来，涂到癣上有一种凉飕飕的感觉。谷珍感到舒服极了，情不自禁地闭上了眼睛。

蹲下去擦腿时，谢去病问，你妈不许你来我这里，那你怎么还是来了？

谷珍说，我是硬着头皮来的，身上痒得要命啊！

来的时候，你妈没拦你？谢去病问。他擦得很仔细，一处擦好几遍。

我是趁她出门打猪草时偷着来的。谷珍说。她仍然闭着眼睛。

擦完后，谢去病走到水池边去洗手，边洗边对谷珍说，一袋除癣膏只用了一半，另一半我给你放进冰箱存着，你隔天再来擦。坚持擦个四五次，我保证把你胳膊和腿上的癣除尽。谷珍一边答应着一边掏出钱，朝谢去病递过去。谢去病却没接钱，诚恳地说，钱你别慌给，等除完癣一起付。谷珍说，你还是先收下吧，欠着不好。谢去病说，有什么不好？我还怕你跑了不成？听谢去病这么说，谷珍只好把钱收了起来。

谷珍很快要走。谢去病说，再坐一会儿吧。谷珍说，不啦，我要抢在我妈打猪草回来之前赶回去，以免挨骂。

谢去病一直把谷珍送出了院子。分手时，谢去病嘱咐说，你一定要把袖子和裤脚卷起来，这样癣才好得快。谷珍说，好，我听你的。谢去病又说，这两天不要洗胳膊和腿，一洗药效就没了。谷珍说，行，这我能做到。谢去病最后说，后天，你记得再来擦药膏，最好上午就来！谷珍想了想说，我争取吧。

3

这天，谷珍一吃过早饭就打算去苏家老院找谢去病擦药膏。除癣膏效果不错，两天来，谷珍的胳膊和腿一次也没痒过，癣的颜色也淡了一些。她决定接着去擦。

可是，谷婶一直待在屋里，谷珍始终找不到机会出门。

谷婶已经晓得了谷珍去找谢去病这件事。那天，谷珍回来晚了一步，刚到门口，谷婶也扛着猪草筐回来了。谷珍当时正卷着袖子和裤脚，两只胳膊和一双小腿都露在外面，还散发出一股硫黄的气味。谷婶眼尖，一眼就看出谷珍去了谢去病的诊所。她当场就发了火，骂谷珍不听话。谷婶还要谷珍赶紧放下袖子和裤脚，斥责道，一个女人，露那么多肉在外头，也不害臊！谷珍没还嘴，却没把袖子和裤脚放下来。谷婶很不高兴，瞅着谷珍的胳膊和腿说，你要不把袖子和裤脚放下来，就每天给我老老实实在家待着，对面杂货铺也不许去。

谷珍一连两天都待在屋里，四门没出。但到了第三天，她再也待不住了。谷珍记着谢去病的话，今天该去擦药膏了。

早饭刚吃罢，谷珍就盼着谷婶出门打猪草。她说，妈，你快去打猪草吧，碗筷我来收拾。谷婶看出了什么，厉声问，你是不是想趁我出门打猪草又溜到谢去病那儿去？谷珍索性说，是的，我还有半袋除癣膏存在他那儿。谷婶正色道，你不要再去找那个流氓了。你不害臊，我还怕村里人戳我的背心沟子呢！

谷珍扬起脸来问，你凭什么说人家是流氓？谷婶说，我当然有根据。听杂货铺的两口子说，有个女人去找谢去病治感冒，谢去病让她把舌头伸出来看看舌苔。那个女人刚把舌头伸出来，谢去病就用自己的舌头把人家的舌头舔了一下。你看看，世上哪有这样看舌苔的？真是个流氓！

谷珍不以为然地说，你这是听人家说的，又没亲眼看见，谁晓得是真是假？反正我那天去诊所，谢去病对我规矩得很。谷婶剜她一眼说，我看你是病急乱投医，什么都不顾了。但我跟你说，你别想再去找谢去病，今天猪草我也不打了，专门在家看着你！谷珍噘起嘴说，你看着吧，看着我痒死算了！

临近晌午，气温骤然升到了三十八摄氏度，谷珍浑身都出了汗。汗一出来，谷珍身上的癣便开始发痒，好像全身都爬满了毛毛虫，恶痒难熬。实在没办法，谷珍只好把手伸进衣裳里到处乱抓。她像发了疯一样，抓得咬牙切齿。

谷婶见状说，你痒成这样，不会再去擦些酒精？谷珍一脸痛苦地说，那瓶酒精早被我擦完了。谷婶不相信，马上进到谷珍睡的东厢房去找。出来的时候，她手上拿着一个空瓶子。真的没有了。谷婶红了一下脸说。谷珍没搭理谷婶。猛抓了一阵子，她身上终于好受了一点。

谷珍把手从衣裳里抽出来时，发现每个指甲上都黏着血，像刚刚涂了一层红指甲油。谷婶见到血，不禁有点儿头晕。沉吟了一会儿，谷婶自言自语地说，等吃了午饭，我再去老垭镇卫生院买一瓶酒精回来。

午饭刚吃完，开往老垭镇的班车就来了，停靠在杂货铺门口。谷婶丢下碗筷，匆匆忙忙往对面跑。可是，她刚跑出几步就停下了，回头对谷珍说，好好在屋里待着，哪里也不准去！谷珍小声嘀咕说，你干脆找个链子把我的脚捆住！

班车开走一刻钟的样子，谷珍刚把碗筷捡好，一个戴黑色礼帽的人突然出现在门口。谷珍举头一看，竟然是谢去病。

天啊，你怎么来了？谷珍吃惊地问。

谢去病取下礼帽一边扇风一边说，等了一上午不见你去，我只好来找你了。

你不怕我妈骂你吗？谷珍睁大眼睛问。

谢去病摸了一下山羊胡说，看见她上车走了，我才进来。

谷珍把谢去病让进堂屋，麻利地给他倒了一杯凉茶。递茶时，谷珍若有所思地问，听你刚才的话，好像你来很久了？谢去病喝了一口茶说，我来了半个多钟头了，一直潜伏在屋旁边的黄瓜地里。谷珍微微一笑说，难怪你肩上有黄瓜花呢。谢去病伸手拍了一下肩说，你妈种的黄瓜真是诱人，水灵灵的，我当时恨不得偷吃一条。谷珍说，黄瓜有什么好吃的？

放下茶杯后，谢去病把目光集中到了谷珍的胳膊和腿上，看了一眼说，已有好转。谷珍由衷地说，你的除癣膏对我有效。谢去病问，那你上午为什么不再去我那儿擦？谷珍说，我想去，可我妈看着不让我出门。谢去病说，我猜到就是，所以亲自出诊上门了。

谷珍欣喜地问，难道你是来给我擦药膏的？谢去病说，当然，我把除癣膏都带来了。他边说边打开随身携带的一个小包，从中掏出了几个塑料袋。谷珍顿时很感动，柔声说，真是难为你了！

谢去病走到谷珍跟前，正挤出药膏要擦，谷珍让他等一下。她快步走到门槛边，伸手把大门掩上了。

擦药膏的时候，谷珍又把眼睛闭上了。谢去病的手指头又轻又柔，像一丝微风在她的皮肤上缓缓游走。她感到太舒服了，有一种说不出来的快感。自从身上长癣以后，谷珍就没再享受过这种快感。

感觉怎么样？谢去病边擦边问。

谷珍情不自禁地说，太爽了！

谢去病趁机说，要是全身都擦，你会感到更爽。

我想也是。谷珍脱口说。

擦完胳膊和腿，谢去病认真地说，怎么样？把全身都擦了吧？谷珍睁开眼睛，仿佛突然从梦境回到现实，有些不适应。沉默了一会儿，谷珍说，我也想全身都擦，但我不敢。谢去病问，你怕什么？谷珍说，我一个女人，在一个男人面前解完衣裳，那多不好！我妈要是晓得了，非打死我不可！谢去病说，半个小时就能擦完，你妈不会晓得的。谷珍勾下头说，即使我妈不晓得，我也会感到不好意思。谢去病想了想说，这就是你的不对了，你是病人，我是治病的，你不能把我当个男人看，只能把我看作医生。你说，病人在医生面前，有什么不好意思的？

　　谢去病这么一说，谷珍就无言答对了。她感到谢去病说得在理。怎么样？我今天带来了好几袋除癣膏，你干脆把全身都擦了吧。谢去病鼓励说。谷珍的脸一下子涨得通红，勾下头说，这，我再好好想想。

　　谷珍埋头想了半天，却迟迟不吱声。谢去病性急地问，想好了吗？谷珍慢慢地抬起头，气息不匀地说，除了两处，其他地方都可以擦。谢去病摸着下巴上的山羊胡问，哪两处？谷珍瞪他一眼说，你晓得的。谢去病猛地拍一下脑门说，哦，我明白了！停了一下，谢去病有点儿遗憾地问，为什么不一起都擦了？谷珍说，我很封建，一下子实在放不了那么开。谢去病说，好，我不强迫你，那两处，你说不擦就不擦吧。

　　谢去病很快又打开了一袋除癣膏，扭头看着谷珍问，还是在堂屋擦吗？谷珍神情慌张地说，就在堂屋吧。她说完再一次走到门槛边，索性把大门闩上了。闩上大门回头时，谷珍突然改变了主意。她有些不安地说，干脆进东厢房去擦吧，那里隐蔽些。谢去病说，我听你的。谷珍说，我先进去准备一下，你过两分钟再进来。她说完就进了东厢房。

　　谷珍一进东厢房就脱掉了长衣长裤，身上只剩下了胸罩和裤头。外面的衣裳一脱，谷珍顿时感到凉快多了，像一下子从夏天回到了春天。她多么想就这样只穿两件内衣啊。但谷珍不敢，也不习惯。她赶紧跑到床头，匆忙从枕头下面找出了一个胸兜和一条短裤。她想赶在谢去病进来之前把它们穿上。

　　然而，谷珍正要往身上穿，谢去病已推门进来了。她吓了一跳，赶紧弯下腰，生怕谢去病看见了她的胸罩和裤头。谢去病不屑地笑笑说，别躲了，我什么没见过？赶快擦药膏吧，再不抓紧你妈就回来了。待了一会儿，谷珍渐渐直起腰来，还想把胸兜和短裤穿到身上。谢去病快步走上来说，别穿了，穿上这些还怎么擦药膏？他边说边从谷珍手里夺过胸兜和短裤，随手放在了床上。

　　刚开始擦药膏时，谷珍感到十分紧张，浑身像打摆子似的抖个不停。谢去病说，你别害怕，我不会吃了你！擦了一会儿，她就平静了。可是，擦到乳房附近时，谷珍又抖了起来。谢去病说，你真的不要害怕，我不会把你怎么样的。他这么一说，谷珍才又平静下来。后来，快擦到肚脐一带时，谢去病有意把谷珍的注意力转移开了。谢去病说，我这除癣膏，只要坚持擦五次，就能把癣除尽。要是除不尽，我一分钱不收。等谷珍注意到时，谢去病已擦到她的大腿下面了。

擦完药膏，谢去病没作停留。谷珍说，我妈快回来了，我也不留你了。谢去病说，你留也留不住，我要急着回诊所，说不准已经有病人在那儿等我了。

谷珍套上胸兜和短裤把谢去病送到了堂屋。临出门时，谢去病交代说，你记住两点：第一，再不要穿长衣长裤，就穿你现在这身儿。这样通风，透气，癣才除得快。第二，每隔一天就去我那儿擦一次药膏，无论如何也要去。要是不坚持，前头都白费了。都记住了吗？谷珍点头道，都记住了。

谢去病出门后，刚走出两三步，谷珍突然要他等一下。谢去病问，还有事？谷珍说，我给你摘几条黄瓜。她说着就去了黄瓜地，回来时手里拿了好几条黄瓜。谢去病接黄瓜时说，今晚我可以吃刀拍黄瓜了。

4

十天后的一个早晨，谢去病一起床就听见有喜鹊在大槐树上喳喳叫。看来有客！谢去病一边开院子的门一边喃喃自语。开了门往回走时，谢去病突然想起来，谷珍今天又该来擦药膏了。一想到谷珍要来，谢去病就有点儿兴奋。

洗罢脸刷过牙之后，谢去病没和以往那样去厨房弄早餐。他先进到药房忙了一阵子。头天晚上，谢去病又熬了一批除癣膏。他想把它们先放进冰箱冰着，待会儿谷珍来了好擦。这批除癣膏是他专门为谷珍熬的，里面多加了一些陈皮。谷珍内火过旺，亟须降火。在这之前，谷珍已来擦了四次药膏，除了身上的几个特殊部位，其他地方的癣已除得差不多了。

在药房忙了半个钟头，谢去病才去弄早餐。他煮了一碗面条。坐在院子里吃面条时，谢去病一边吃一边把目光投向了那条石板路。他想，再过一个小时，谷珍就会沿着石板路朝他的诊所走来。谢去病还想，今天来的时候，谷珍可能会穿上一件火红的吊带衫和一条雪白的短裙。这是谢去病昨天上午专门去老垭镇为谷珍买的，昨天傍晚就让秋子带给了她。

谢去病正这么想着，石板路的那头突然出现了一个人影。他以为是谷珍提前来了，可等那人走近一看，却是秋子。

秋子，你这么早来我这儿做什么？谢去病问。秋子伸出一个纸包说，我姑姑让我给你送一千块钱来。谢去病忙问，为什么送钱？秋子说，我姑姑一共擦了你二十袋除癣膏，这是她付给你的药费。谢去病惊奇地问，你姑姑呢？她今天不来擦药膏了？秋子说，来不成了，她刚才已搭上班车回远安了。谢去病圆睁双眼问，为什么？她为什么突然回去了？秋子低下头说，我奶奶把她撵走了。她上车的时候还在哭呢。

沉吟了良久，谢去病向秋子打听谷婶撵走谷珍的原因。秋子说，谢去病买给谷珍的衣裳被谷婶发现了。谢去病责怪秋子，问他为什么不把衣裳偷偷交给谷珍。秋子辩解说，他是偷偷交给谷珍的，没想到谷珍一收到就躲进东厢房去试穿，刚穿上身就被谷婶从窗外面看见了。

秋子说完，猛地把钱塞在谢去病手里，然后扭头走了。谢去病捏着一沓钱，呆呆地看着秋子越走越远，心里像打翻了五味瓶。喜鹊这时又在大槐树上叫了两声，谢去病仰头骂道，叫你妈个鬼！

这天上午，诊所一连来了好几个病人，把谢去病忙晕了头。刚把病人打发走，又来了一个送锦旗的。这个人家住南漳，也是浑身长癣。谢去病帮治好了。送锦旗的人走后，谢去病把锦旗挂在了门诊室的墙上。刚挂好，院子门口来了一个打遮阳伞的人。谢去病定睛一看，竟是谷珍。

谢去病惊喜万状，赶紧从门诊室跑到了院子外面。你不是回远安了吗？谢去病问。谷珍说，我只坐到老垭镇就下车了。谢去病急忙把谷珍迎进院子，还将她的伞收起来放到了门后面。谢去病说，你转来是对的，癣已除了九成，再坚持几天就会除净。你在这个节骨眼儿上说走就走，太不应该了！谷珍说，我也是这么想的，越想越不甘心，就折身转来了。谢去病问，你转来后去了你妈那里吗？谷珍说，没去，我不想让她晓得。

谷珍又穿上了长衣长裤，全身都汗湿了。谢去病批评道，你怎么又穿上了这身儿？谷珍说，今天上车前，我妈硬逼着我穿长的，差点儿把我闷死了！谢去病说，你快去卫生间洗个澡，赶紧把身上的湿衣裳换下来。谷珍点点头，快速进卫生间去了。

从卫生间出来，谷珍换上了谢去病送的吊带衫和短裙，看上去完全变了一个人。谢去病一下子傻掉了，不住地用手捋山羊胡。

你怎么这样看着我？谷珍问。谢去病说，你穿这身儿太好看了！谷珍说，可我不晓得怎样感谢你！谢去病说，你能半途转来，就是对我最好的感谢！谷珍的脸陡然红了，像打了胭脂。停了一下，谷珍走近谢去病说，你再给我擦药膏吧。谢去病忙说，对，除癣才是正事。

谢去病让谷珍先进门诊室，自己去药房拿除癣膏。谢去病拿着除癣膏来到门诊室的时候，谷珍已把吊带衫和短裙脱下，身上只剩下了胸罩和裤头。我还主动吧？谷珍笑笑说。谢去病说，一般吧。谷珍调皮地问，那我还要怎么样？谢去病说，你要脱光，那才算真正主动。

谷珍没再接话，脸一下子红到了耳根。谢去病也沉静下来，埋着头专心地给谷珍擦药膏。擦到胸前时，谷珍以为谢去病的手指头会一不小心碰一下她的乳房。但谢去病没碰，手很快就跳过去了。谷珍不禁有一丝失望。

过了一会儿，谷珍猛然对谢去病说，有一件事，我一直想问你，但总不好意思开口。谢去病问，什么事？谷珍说，听说有一次你给一个女病人看舌苔，结果用自己的舌头把人家的舌头给舔了，有这回事吗？谢去病毫不隐瞒地说，有。谷珍一惊问，你为什么要这样？谢去病说，是她愿意让我舔的。谷珍问，此话怎讲？谢去病说，我给她看舌苔时，她说她的舌头好苦。我说苦不苦我哪晓得？她说你舔一下不就晓得了。她这样说，我才舔的。谷珍感叹说，原来是这样！

擦到腰间时，谢去病说，说句正经话，你真应该把全身脱光让我给你擦一擦。谷珍问，为什么？谢去病说，要是这两个特殊部位上的癣不除掉的话，其他地方即使除尽了也会复发。而且，这两个部位的癣特别顽固，传染性又大。

谷珍一时不晓得怎么回答，既想答应，又不好意思答应，心里很矛盾。谷珍正犹豫不决，一抬头看见了墙上的锦旗。这锦旗是谁送的？谷珍问。谢去病骄傲地说，南漳的一个病人，也是长金钱癣的，一个月前在我这儿擦了十五天除癣膏，身上的癣除得一个不剩，回家后也没复发，就给我送来了一面锦旗。谷珍说，看来你真能把癣除尽啊！

谢去病接着说，那个南漳人在我这里除癣时，经常一丝不挂坐在院子里吹风晒太阳。谷珍问，他为什么要这样？谢去病说，长癣的人大都是把身体裹得太严了，遮着，掩着，披着，藏着，吹不到风，晒不到太阳，时间一长，身上就发潮，就生霉，就长癣。要想从根本上除癣，就必须把全身打开，让风吹，让太阳晒。谷珍听愣了，眼睛一眨不眨。停了一下，谢去病问谷珍，你浑身都长癣，为什么脸上和手上却没有？谷珍说，我不晓得。谢去病说，原因很简单，脸和手没被裹住，一天到晚露在外面。谷珍点头说，有道理。谢去病说，我再问你一个问题，你身上的癣哪几处长得最厉害？谷珍红着脸说，胸，还有屁股。谢去病紧追着问，这是为什么？谷珍说，可能是这几处裹得更严吧。谢去病说，你说对了。

谢去病给谷珍擦好药膏，时间已到中午。谢去病留谷珍吃午饭，谷珍没有推辞。他们一起进入厨房，做了四个菜一个汤。谢去病每餐都要喝一瓶啤酒。开饭时，谢去病对谷珍说，你也来一瓶吧？谷珍说，我长癣，不晓得能不能喝？谢去病想了想说，喝啤酒问题不大。谷珍说，那我就陪你喝一瓶吧。

谷珍以前没喝过酒，一瓶啤酒没喝完就有点醉了。放碗时，谷珍对谢去病说，完了，我头好晕。谢去病说，院子对面有间客房，你去那里躺一下。谷珍朝对面看了一眼，踉踉跄跄地去了。

谢去病在厨房收拾碗筷，刚收拾好，谷珍在客房里喊了他一声。谢去病匆匆来到客房，看见谷珍侧身躺在床上，正用两只明晃晃的眼睛迎接着他。谢去病走到床边问，你喊我做什么？谷珍用异样的声音说，我的舌头好苦。谢去病说，你舌头苦不苦，我哪晓得？谷珍说，你舔一下不就晓得了！

谷珍说完就把舌头伸出来了，等着谢去病去舔。但谢去病却愣着没动。谷珍问，你嫌弃我吗？谢去病说，不是，我怕你妈说我是流氓。谷珍说，是我自愿的。谢去病听了大吃一惊，半天不说话。谷珍这时降低声音说，自从长了癣，我丈夫就嫌弃我了，大半年都没碰过我。谷珍话没说完，两颗泪突然从眼角滚了出来。谢去病顿时心一软，马上把自己的舌头伸出来，在谷珍的舌头上舔了一下。

谢去病一舔谷珍的舌头，谷珍就猛然激动起来。她张开两只胳膊，发疯似的抱住了谢去病。然而，谢去病却使劲地推开了谷珍，同时后退了一步。

你还是嫌弃我！谷珍伤心地说。

谢去病摇着头说，不，我不想别人说我是流氓！

我没说你是流氓，都是我自愿的！谷珍说。

谢去病说，你自愿的也不行，至少现在不行。

为啥？谷珍睁着泪眼问。

谢去病严肃地说，现在你是我的病人！

停了一会儿，谷珍又问，那啥时候才行？谢去病想了想说，等你的癣除尽了再说吧。谷珍眼睛一亮说，好！说完，她嘴角还露出了一丝笑意。谢去病趁机说，要想把癣除尽，你必须脱光衣裳，让我用除癣膏把你全身擦遍。你最好还能跟那个南漳人一样，每天一丝不挂地坐在院子里吹风，晒太阳，闻槐花香。谷珍一边点头一边说，好的，只要能把我身上的癣除尽，我什么都听你的！

过了十天，谷珍身上的癣果然除得一干二净了。不过，谷珍把癣除尽之后没有立即回远安，她又在谢去病诊所待了整整一周。

（原载《人民文学》2016 年第 6 期）

作者简介：

晓苏，华中师范大学文学院教授，博士生导师。中国作家协会会员，一级作家。先后在《收获》《人民文学》《作家》《花城》等刊发表小说五百万字。曾获湖北省第四届"文艺明星"奖、首届蒲松龄全国短篇小说奖、第二届林斤澜短篇小说奖、第十六届百花文学奖、第三届、第四届、第五届湖北文学奖、第六届屈原文艺奖。《花被窝》《酒疯子》《三个乞丐》分别进入 2011 年度、2013 年度和 2015 年度中国小说排行榜。

阿 玛 尼

王 手

【1】

我初中毕业的时候是十八岁。这个年龄，细心的人一看就明白，这厮，一定有什么说说的，要么是长不大的"螺丝钉"，书读得迟；要么是"蒸不熟的黄馒头"，在哪个年级里"回炉"了。也确实，一年级的时候，5颗纽扣分3份，我分不出来；五年级的时候，"读书是学习，使用也是学习，而且是更重要的学习"，这"而且"是个什么东西？为什么这么重要？我就搞不明白。等我读了初中，母亲就吓唬我，叫你爸早点做辆板车起来，言下之意是，我学校里一出来，就可以去做苦力了。

借我母亲吉言，我确实也做过许多苦力，打桩、做泥水、拉板车，或者，被人呼来喊去地打架。这些信息也告诉别人，这厮有蛮力，或者说，头脑简单。同时，别人也由此知道，我有很长一段时间找不到事做了。一个人有力，没事做，都会想着去学一门本事，什么本事？打拳！就算你自己没想到，别人也会惦记着你，我父母就说，没事去学门功夫起来，不打人也可以防防身嘛。那些打拳老师也会找你，到我这里来吧，到我这里来吧。有点像现在的"星探"和"引进人才"，嘎嘎。

我们家对面山上就有个拳坛，老师叫龙海生，也有人叫他南拳王的。是拳王，一般都有些传说。传说一，说有一天有人找他单挑，他说可以，也不问要比试什么，不动声色地自顾扎下马步，运足气，然后发力身体一坐，脚下的地砖就像开了片的瓷板，嘎嘣嘎嘣地裂开来；还有个传说更有趣味，说他弟弟要"上山下乡"，明天就要走了，他表示对政策的不满，早一天夜里把解放路上的垃圾屋全部踢倒。垃圾屋都是水泥的，一路上有几百个，先不说垃圾屋牢不牢、重不重，但一路踢来不歇，这脚力也是可观的。

就这样，我拜了龙海生为师，学两样东西，一是齐眉棒，二是板凳花。齐眉棒讲究左右开弓，板凳花的特点是进退自如，两者都是攻守兼备、实战型的功夫，我喜欢。我不看好死板的、程式化的套路，我觉得，没有器械，光是拳，力是打不出来的。

【2】

有力，就会有人请。请我的是附近的金龙妈。金龙妈我不认识，但我母亲认识她。母亲说，金龙妈很苦的，她有什么事叫你，你只管应来。我就应了。金龙妈找我不是一般"推拉抬担"的小事，而是委我以"重任"。什么重任？这个说来话长。现在，我撑着肩、自我感觉良好地往金龙妈家去。我以前读小学时，每天一早从家里跑出来，像一条关了一夜出来撒欢儿的狗，跑得很快，还会张开双臂做飞机飞翔状，嘴里还配以"呜啦呜啦"的叫声。叫声像犬吠一样引出了其他同学，他们一个个钻出家门，一会儿就会集起七八个，像一群互相追逐的狗，兴奋地向小学跑去。金龙妈家就在小学的附近，一个裁缝店边上，一条小弄堂进去，里面有很多人家，像某些景区，外面一点也不起眼，里面都是风光。我们这里有很多这样的弄堂，像一个篆书的"竖心"，由几条枝杈权组成，金龙妈就住在最里面的那间。到了这里我想起来了，金龙，还有银龙，我们应该还是校友呢，这个也等一下再说。

这条弄堂，我以前来过，是初中时随"红卫兵"进来夜巡。巡什么？巡有没有"犯罪"的隐患。小路弯弯，路边有许多物件，是边上的住户随意摆出来的，水缸、鸡鸭笼子、花草罐罐、水泥洗衣台、晾衣的竹架子。我喜欢掉在队伍的最后，最后，等于没有了督促，我可以随机而肆意。用耳朵贴近屋门，听屋里的窃窃私语；在窗前的黑暗里凝神屏气，想象着屋里的大致轮廓；马上，私密一点点地被我嗅出来了。有一下，我还偷窥到露在床外的四只脚，我当时很费解它的样子，后来被同伴"走啦"的叫声拉了出来……现在想来，当时那来不及稳妥的四只脚，可能是在偷情。

金龙妈家是两间平房，一间金龙妈住，一间两个儿子住，还有个半间在弄堂尽头搭出来，做厨房和柴仓。光线很暗，从瓦缝里漏进来的光都是灰尘。儿子的屋里很简单，一张床，一个五斗柜。金龙妈的屋里稍稍复杂一点，一张八仙桌，一爿三门橱，一座老式的踏床，可见金龙妈过去也是有"规格"的。还有个角落用布帘拉起来，不用说我也知道，是屎盆间。我还可以想象，屎盆是带架子盖的，不然，它弥漫出来的气味要浓郁得多。

金龙妈想叫我合伙做一件事。什么事？摆赌庄！抽头薪！为什么摆赌庄？没什么更好的事可做。她一个女人家，大儿子金龙，傻的；二儿子银龙，劳改回来的；她要养着傻儿子，又要安顿好刚回家、找不到事做的二儿子，只有摆赌庄最容易启动。那么，找我合伙就更加简单了，她需要一个愣头青、有点"杠"的人来维持秩序。我前面说过，我长得五大三粗，显得比实际年龄要老；我又在拳坛混过，打齐眉棒和板凳花，那都是在逼仄空间里擅长的功夫，属特殊武艺，再小的余地也可以施展。至于抽头薪，则是对金龙妈提供场地的回报，和对我服务的认可。反正这阵子我也没什么事做。

【3】

赌博是一门学问，也是技术活儿。说学问，是这个门类里面样式多、框框多、要求多，掌握起来不容易；说技术，是要求当事人脑子快，能判断，记性好，会计算，不仅运筹帷幄，还要战略战术兼顾。还要有身体天赋，比如眼明手快，像我的手指，石头里凿出来似的，肯定不行。

赌博赌博，赌后面为什么要加个博？说明它深奥。想想也是，任何和博字沾边的词，都和广大、深远、丰富有关，比如博览、博物、博大、博学、博爱等。那段时间，我们听到最多的就是基辛格博士，他的称谓里就带个博字，就是那个中美关系的破冰者，他的职位实际上就是个安全事务助理，来中国却是周恩来陪着，毛泽东会面，可见，后面多了个博字，就不一样了。

金龙妈的赌庄就这样摆下了。

赌桌摆在金龙银龙的屋里，桌是金龙妈那张八仙桌，凳是散凑的，有条凳、圆凳，也有花鼓桶替代的，有一张竹椅搁在桌子边上，是供撤下的人休息的。说是休息，其实心思仍吊在牌上，都还在桌子上激战呢。

开始的时候，赌博的形式是"十三张"，这种玩法的过程比较慢。摸牌靠运气，但决胜靠智慧。我不懂拼牌，但也站在边上煞有介事地观看，边看边学，几天之后，总算把大小搞清楚了。十三张的编排有主有次，上面三张是次，中间五张是辅，下面五张是主，相互比每个层面的大小，大小以组牌的难度衡量。比如，最大的是"同花顺"，依次是"四条"（四搭一）、"伙儿"（三带二）、"没有顺序的同花"、"不讲花色的顺子"、"三条"（三不带二）、"两对"、"单对"、"全散"。大小主要看下面，比如下面很大，那上面哪怕很小，也可以自保。这真是一段非常自由、非常惬意的好时光，我就这样看着，也算是一份工作，说是维持秩序，其实很多时候都还是相安无事的。

后来形式又有了提升，主要是嫌十三张太慢，麻烦、费神，打赌人喜欢速战速决，于是就选择了"两张牌"。两张牌比大小，简单，不用动脑筋。但两张牌有难度，扑克54张，要拿掉22张，剩下的32张作为作战的武器。拿掉的是：除黑桃外的其余三张A、除黑桃外的其余三张3、两张花魁、四张K、两张黑的Q、两张黑的J、两张黑的9、两张黑的5、两张黑的2。红多黑少，好看。两张牌有口诀："天地人和梅长板"，老听打赌人挂在嘴上，不知道什么意思。若说是什么比喻，好像解释不通；若说是大小的顺序，好像也不是那么回事。最大的是"双天"（两张红Q）、第二是"双地"（两张红2）、第三是双皇帝（黑桃A与黑桃3），下面依次是：两张红8、两张红4、两张红10、两张红6、两张黑4，对应"口诀"上的"人和梅长板"。红Q和红9叫"天九王"，红Q和红8叫"天降"，听起来就很有气魄，在单张组合中算大的。牌里也有粗话，比如摸住了"红10和黑10"，叫"通奸"，就像我们现在说的"AV"，其实，单张凑成10的都有这个意思，算倒霉的臭牌。其他各种各样的组合就更多了，这里说不尽……

【4】

赌庄可不是一般人能够摆的，要有好的场地，还要有隐蔽的环境。金龙妈有场地，她的家原来还算殷实，只是后来败了，但空余的屋子还有，在居住条件都很逼仄的当时，她的家算很好了。那个"竖心"弄堂的环境也不错，像《地道战》里的地形，适合躲藏和疏散。当然还有服务。金龙妈自己就会服务，她无业，又能干。打赌是个拉锯战，像跑马拉松。赢的人觉得手气好，不肯歇下；输的人着急想翻本，不肯退出，牛皮糖一样；这就要求金龙妈管饭。饭还不能是粗茶淡饭，要吃得可口爽心，肉类不买骨头，水产不买鱼蟹，都是不脏手不烦嘴的东西。在赌博的间隙，金龙妈还会端上一盆爽口美味的榨菜条，那时候吃水果奢侈，吃榨菜条差不多，切得大小适中，适合直接下手，正所谓：睡不如瞌，吃不如撮。所以说，金龙妈的服务是恰到好处。还有技术保障。坐地参与者，是要有名气指数的，聚人气也好，招赌手也好，蛇洞蟹洞，路路想通，银龙是最好的人选。他的脚有点瘸，据说是抓赌时跳楼摔的；他被劳教，据说是因为"出老千"；所以，由他来坐镇赌庄，正好是学以致用。还有就是我。赌庄是个有争端的地方，有为脾气争的，有为言语争的，有为一个交流的眼神争的，也有为一个不必要的手势争的，这需要有个人调停处理，这个人就是我。我不光是有力气、有功夫，主要还是有背景。我师父是龙海生，拳坛摆在后面山上，那里人多势众，个个身怀绝技，说句难听的话，就算我在这里吼不住，到后面山上去打一个呼哨，我的师兄弟们就会拍马杀到。从这一点上看，金龙妈还算是个明白人，知道"寸有所长，尺有所短"的道理，知道这件事独食吃不了，知道只有我们联手了，才能够真正相得益彰。

金龙妈那天叫我来熟悉屋子，有意在强调一些细节。比如，厨房的柴仓很大，柴火很蓬松，她是不是在暗示，这里可以藏身？比如，两间屋子都有独门出入，但床后面还有互通的便道，她是不是在说，需要的话，这里也可以回避？比如屎盆间，和我之前的想象一样，撩开厚厚的布帘，里面就是那个屎盆盖子，堂而皇之地摆着。屎盆盖子的功能很科学，一是遮丑，二是捂气味。背后是一张老年画，画的是"桃园三结义"，这个作用也很妙，美观，掩饰，其实后面是一扇气窗。气窗外是一条野路，往左往右最终都通往山上。这一带的民居都有点依山而建的味道，之间有蜿蜒的小路，感觉上狭小拥挤，实际上都四通八达。事后想想，金龙妈说这些的意思，是要告诉我，在关键时刻，这里还可以"曲径通幽"，不至于走投无路。

她倒没有说打赌不允许，或说这事有危险，她是怕我打退堂鼓吗？这个我才不以为然呢，没什么大不了的，我既然同意了加盟赌庄，心里早准备好了。我倒是考虑了自己的能力，比如，能不能胜任这些场面？人家会不会买账什么的……

【5】

金龙妈摆赌庄完全是出于无奈。听我母亲说，金龙爸原来是菜场打肉的，当年张秉贵在北京称糖"一把抓"的时候，他在我们这里打肉也是"一刀准"，相比之下，我觉得，打肉比抓糖的技术含量更高，因为那时候打肉都是几角几两的。金龙爸后来是吐血死的。我母亲说，他得的是肺痨，每天大口大口地吐血，人身上的血是人体重量的十分之一，他最后吐了一脸盆，生生把命给吐没了。金龙妈很早就是一个人带着金龙和银龙，辛苦从她的腰上就可以看出来。她的身体看起来很结实，是那种长年累月干活儿的结实，但她的腰已经完全地坠了。一般人的腰都是在肚子上面的，但她的腰已经坠到骨盆了，再也上不去了，看起来好像也孔武有力，但已经不是那种挺拔的有力。金龙妈的辛苦还体现在精神上。我现在想起来了，金龙在我们学校也算是半个"名人"的，他说起来比我大那么几岁，但大家都知道，他在我们这个年级也停留了好多年。他不是不聪明，不是读不了书，就是傻。读书是学校照顾他勉强跟跟的，给他一个去处，不然他只能待在家里了。他不是那种一眼就能看出来、全世界都长得一模一样的"唐氏"，他的样子看不出来，该像爸像爸，该像妈还是像妈，他只有笑起来的时候，才看出了他的傻。他为什么傻，我们不知道，他这个叫什么傻，我们也不会说。但医生知道，所以医生给他吃一种特制的米、特制的面、特制的奶，吃得很单调。他不能吃其他食品，吃了会越来越傻，甚至有生命危险。因此，我们常常拿好吃的去诱惑他，一块饼干一块糖，都可以让他去扫一个教室。

他弟弟银龙倒是聪明，尤其手巧。银龙说起来也比我大一二岁，但和我同届，在隔壁一个班，也多少有点面熟。说他聪明是有例子的，说下乡拉练时，同学们都被铺干粮的大包小包，但银龙从来不带，没心没肺地跟着，肚饿了蹭饭，想睡了蹭铺。手巧开始是传他会装电灯，会搭半导体收音机，后来长时间没看见他了，问起，才知道他参与赌博，手又快又巧，会出老千，被派出所抓进去了。这又记起了银龙被判的那天，人民广场开公判大会，他虽然还够不上量刑，但公告上有他的名字，排在最后。公告贴在学校门口的那条路上，引得放学的我们堆在一起围看。开始的时候，我们不知道有银龙，我们感兴趣的是一桩流氓案，据说是"鸡奸"！鸡奸是什么？我们不懂，还以为是有人着急了拿鸡做事，新鲜，好奇，所以我们要看看。但另一桩聚众赌博案中有银龙，我们看时，金龙就过来推搡，说不看了不看了，有什么好看的。情急之下，还追打我们。金龙傻就傻在这里，他这样莫名其妙地推搡追打，说明"此地有银"，等于泄露了他的秘密，我们就更要看了，结果就看到了公告上的银龙。

（多年后我才了解到，金龙的病叫"苯丙酮尿症"（PKU），是一种常见的氨基酸代谢病。人体在苯丙氨酸代谢过程中发生了酶缺陷，使得苯丙氨酸不能转变为酪氨酸，导致苯丙氨酸及其酮酸在体内堆积，并从尿里排出。所以，要控制饮食或限制苯丙氨酸的摄入，只能吃一些特制的"食物"，实际上相当于药物。在遗传方式中，金龙的病属于染色体隐性遗传，临床表现主要有，智力低下、精神神经症状、色素脱失、皮肤长期湿疹、甚至身体鼠臭。）

现在我们知道了，金龙妈是多么辛苦。她不仅要积攒金龙的药费，还要每时每刻留心着他的嘴巴，不能让他乱吃东西。还要千方百计地替银龙操心。

现在，银龙劳教回来了。他这样的人，出去没人要，做别的也很难做，帮妈妈摆赌庄倒是轻车熟路，是最便捷的选择。

而我，除"自己动手丰衣足食"外，也算是助金龙妈一把"绵薄之力"吧。

【6】

抽头薪是打赌人都知道并乐意接受的事情。这个头薪可以有多种解释，也可以有多种理解。可以当享受这个环境，可以当租张凳子坐坐，可以当吃饭或点心，也可以当洗脸喝茶及金龙妈的服务；也可以当维护秩序的保障，也可以当调解争端的辛苦费。总之，这个设置是合理的，需要的。至于每次抽多少头薪，这要看我们心凶还是心平。金龙妈说，我们意思意思，我们细水长流。头薪的抽取具体由我来执行，我知道，这事不能强行，强行了打赌人就不舒服。最好是挑在数额较大的时候、气氛较好的时候、端上美味榨菜条的时候，这样的时候，打赌人心思都不在钱上，我就瞅准了时机恰到好处地抽吧。我抽头薪也是很有讲究的，要抽得少抽得勤，专抽零星碎钱，不做"一锤子"买卖。至于我和金龙妈的分成，我是这么想的，首先我体谅她的难处，其次她是看得起我，她虽然必须用得上我，但也是照顾我一条赚钱的生路嘛，所以，留出金龙妈买菜烧饭的费用，我们对半分。

当然，抽头薪的可行性，主要是建立在解决纠纷的基础上。平安无事，和谐健康，我的存在就毫无意义，所以，我也是很巴望他们出事的，有事了我的价值也凸显了。

打赌的人都是五花八门的，有的是慕名来的，有的是朋友带来的。若都是附近面熟的人，一般也就没什么大事了。如果这天的赌庄夹杂了生人，如果这天的赌牌摸得别扭，这就要格外留神了。任何引爆，都要有一个导火的过程。如果这一天生人多了、手气又背了、无端地挑剔关系了、开骂爆粗口了、或摸了牌故意唱牌了，那这条导火索就要燃着了。比如，一般人摸了牌都是很隐晦的，不管好坏都装得讳莫如深，但这天他们不矜持了，有意唱牌了，装着大大咧咧要放弃的样子，其实是故意在怄脾气。摸到了 4 和 6，就说"通奸"；摸到了 6 和 9，就说"婊子"；摸到了 10 和 A，就说"嫖客"，这就有点想闹场的兆头了……

争端的发生往往是在庄家改旗易帜的时候，要打扫战场和清点战果的时候，各人把记账的"火柴梗"数出来，居然有人甩出了几根半折的火柴梗！疑问立即像砖头一样抛了出来，怎么有半根的？有声音讪讪地说，就是有半根的嘛！那半根算什么呢？算半脚嘛！我们什么时候玩过半脚？前面就玩过嘛！小儿科啊？过家家是吧？风背手烂的时候有啊！废话，想搅屎就明说，别瞎来这一套！这就点着了火药桶。这就起了争执。话题开始还围绕着输赢，渐渐地游离了赌博，跑到"手脚"和"做人"的上面，这又牵涉到了"诬蔻"。就像消防队碰到了火灾，值班员赶上了小偷，我既然来了，也需要这样的契机，我得对得起金龙妈的邀请，别让人觉得我徒有虚名！

我介入了他们的现场。我双手摁住了桌上的火柴梗，我说，都看在我的面子上，听我一句话，算了。众人仰起头盯着我，一个说，凭什么呀？一个说，你谁呀？算老几呀？我也耐下性子，我说，这是我的场子，我的场子我做主，你们真的要听我的……。我其实平时是比较口讷的，更没有什么理论素养，这时候要说服赢家或输家都是相当困难的。当然，我也知道，这样的场合不能摆道理，跟打赌人摆道理没用，我得来狠的，以我的方式，来他们没见过的。我回头招呼金龙妈，你家里有尖刀吗？尖刀没有的话螺丝刀也行！金龙妈一头的雾水，但还是很快找来了螺丝刀。现在，雾水来到了众人的脸上，他们疑惑了。我说，大家都还想玩的话，那场子就请继续；如果谁一定说是少了钱的，那算我欠你的怎样？有人冷冷地说，不欠。我说，那好。我把左手臂搁在桌子上，右手的螺丝刀戳住了左臂的皮肤，我有戳下去的意思，但众人似乎不信，觉得不会，这样干吗，吓唬人的。我就砰的一声戳了下去。螺丝刀立刻嵌入了我的手臂，皮肤变了色深深地往下陷。人的皮肤其实是很厚的，不说比猪皮厚，但起码也会比羊皮厚。我们平时稍稍割破就渗血的那是表皮，表皮下面才是真正的人皮，有一定的硬度和厚度，所以它才会砰的一声。现在，螺丝刀戳在我的手臂上，因为压迫得紧皮肤上并没有出血，看起来并不可怕，倒像是变魔术。这不行，这不是我要的效果。这样想着我就顺势拔出了螺丝刀，血像一颗红豆一样从皮肤内升了上来，晶莹闪亮，接着马上又从手臂挂到了桌上，这才使众人啊了一声，身体也不约而同地仰了一下，并且杂乱地说，这样干吗？这样干吗？我说，还要玩别的吗？有面子的话，这庄就这样吧！我又对那个赢钱的家伙说，对你来说，110 和 100 有区别吗？没有。都是信手拈来、不费吹灰之力的事，何乐而不为呢？说着，我一边用嘴舔去手臂上的鲜血，一边没忘了抽取这一庄的头薪。总之一句话，我喜欢蛮干，蛮干有蛮干的效果，有人好言好语不听，但这一手一般人都会吃的。

【7】

金龙也被安排起来帮忙，他的任务是"望风"。他傻，行为怪诞点没人在意，金龙妈就让他在这个"竖心"的岔路口待着，至于做什么，都可以。玩玩水可以，逗逗鸡也可以，就是别忘了正事，有"敌情"时发个信号。

"平安无事噢"的信号，用金龙的话回馈给里面就是："妈，肚子饿了！"

这句话体现在金龙身上显得尤为经典。一般来说，傻人爱吃，傻人贪吃，傻人是吃不饱的。而金龙喊肚子饿恰巧又是"名正言顺"的。他那个什么苯丙酮尿症，一辈子就这么吃了。吃的什么呀？乱七八糟，一塌糊涂，那些特制的东西，说是食品，实际上就是药，就像掺了水的果汁，分了油的奶，索然无味，越吃肚越荒。所以，金龙时不时的这声"肚饿了"，没有人会觉得突兀，而里面赌庄听起来，就像辰夜里的梆声，让金龙妈觉得踏实又可靠。

可是有一天，金龙被人家"摸了哨"，赌庄被联防队端了窝。

那天晚上，联防队悄无声息地摸进了"竖心"弄堂。他们也许是接到了举报，也许是早有耳闻。一个联防队探子首先发现了煞有介事的金龙，他也装作神神道道地问，金龙，你在这里做什么呀？金龙愉快地回答，我妈叫我在这里放哨。探子说，放的什么哨呀？你又不是儿童团。金龙兴奋地说，里面地下党有活动，我在给他们望风。探子说，现在天都黑了，还望什么风呀，你肚子不饿吗？金龙说，我刚吃过，肚子还不饿。探子说，你那叫什么吃呀？你吃吃我的看。说着探子拿出了两个饼，三分钱一个的葱酥饼和五分钱一个的芝麻饼。黑暗里，金龙的眼睛倏地一亮，嘴里也明显地咝的一声。探子把两个饼塞给金龙，顺便也搭着他的肩走出了弄堂。等在外面的联防队蜂拥而入，像游击队员一样潜进了里面。金龙妈本想用金龙的傻做个障眼法，但她忽略了金龙的软肋是贪吃，两个饼就把他收拾了。我觉得联防队有点不厚道，和金龙的较量也不公平，更不能拿拙劣的手段欺负人，就像和结巴的人吵架，吵赢了又有什么意思呢！当然，这是我后来听说的。

我当时正在赌庄上，正沉浸在"八鸡三扣天二"的氛围中，突然断喝声响起，神兵犹如天降——都把钱放在桌上，把手倒背到脑后，乖乖地一个个走出来！就像战争片里解放军攻占了敌人老巢。大概也就是停顿了几秒钟，三秒或者四秒，突然间，电灯暗了，一暗就是我们的地盘、我们的机会。电灯是谁拉暗的不说你也知道。银龙还坐在赌桌前，他举着双手，像个束手就擒的俘虏。他是主人家，他反正逃不掉。其他人，那就听天由命了。外面有多少联防队我们不知道，但听声音弄堂里已经堵死了。堵死不可怕，只要地里黑，地黑就有希望。我的脑子里飞快地闪烁着逃跑的念头，现在躲柴仓已经不可能了，眠床下也来不及藏了，我悄悄地矮下身，往床后的便道挪去，那里通向金龙妈的屋子，也许还能在什么地里藏一藏。就在这时，黑暗里有一只手捉住我，推了我一把，把我推进了屎盆间，这肯定是一只熟悉的手，但在那一刻我已经无暇顾及了。眼前是金龙妈说的那个屎盆盖，它犹如一张凳子，接着我就嗖地跃了上去，那张"桃园三结义"的年画，此刻正像一盏闪闪的明灯，照亮了我的前程。我撩开年画，实际上是一把扯下，后面是一扇气窗，气窗不算大也不算小，但已经足够了，我抓住窗架拼命地把头伸了出去，脚下一蹬，身体就像蛇一样游出了外面。这不是我有多大的功夫，这是我训练板凳花的结果。板凳花有一个最典型的动作，双腿一撒，身体从板凳下矮了过去，形成变防守为进攻的正面握凳姿势，这需要柔软的腿功和坚韧的腰功，有这两手，我从屎盆间的气窗上逃脱，就一点问题也没有了。

气窗外是卵石铺成的绵延小路，有一点点坡度，这告诉我它正是往山上的方向。我还记得前方有一个叫作碗瓦槽的地方，那是个长年不竭的暗井，从它的右边拐出去，就像遁了地一样，就进入后山了。我飞身疾步，一下子消失在黑暗中。

【8】

第二天，我伏在家里不敢轻举妄动。第三天，母亲问我，你今天怎么没打拳啊？她不知道我在金龙妈那里摆赌庄、抽头薪，她要是知道了这件事，也不会让我做的，她以为我只是帮金龙妈干个重活，以为我一直就待在龙海生的拳坛上。她还知道，前些日子里，有上海的跤手过来切磋过。我就说，这几天龙老师到上海回访去了。母亲说，那你怎么不跟去学呀？我说，去上海坐轮船要八块钱，你舍得给我八块钱吗？母亲不响了。

这天晚上，我还是去看金龙妈了，前两天风声鹤唳，我蛰伏不动，相信金龙妈也会谅解我的。

我走进那条"竖心"弄堂，不知怎么的，我突然有一种"方勇"去见"阿玛尼"的感觉。对，我仔细想了想，是这个感觉。这是电影《奇袭》里的一个片段：方勇带领小分队要去炸掉康平桥。这一带有曾经救过他的阿玛尼，他要去看看她。镜头回放是这样的：阿玛尼在为受伤的方勇喂食、外面传来了李匪军搜查的声音、阿玛尼赶紧藏起了方勇、阿玛尼嘱咐儿子引开李匪军、儿子往后山跑去、李匪军向后山追去、阿玛尼焦急的表情、画外，后山响起了清脆的枪声，意味着儿子被打死了，阿玛尼痛苦地揪着心，身体摇晃了一下……。阿玛尼是著名演员曲云演的，她不愧为中国第一苦难大妈，她演的是那种隐忍的苦、坚韧的苦、百折不挠的苦，让人刻骨铭心。现在，回想起前天晚上的赌庄被端，我觉得金龙妈也是这样的。弄堂里布满了联防队员，门也被堵得严严实实，屋子里一片混乱，打赌人慌乱无序。就在这时，金龙妈不动声色地拉黑了电灯，打赌人训练有素的特质瞬间显现了出来，就几秒钟，毁证的毁证，藏钱的藏钱。我虽然不沾手钱物，但也在那一刻窜到了床后，想借助便道溜到隔壁，后被一只手推进了屎盆间。这只手肯定是金龙妈，也只有她，会在这时候及时、熟悉地出手相助。也只是在几秒钟后，在一片嘈杂响亮的叫唤声中，手电照过来了，火把烧起来了，那些打赌人也乖乖地举起手，像老鼠一样被串在一起，银龙也被捉走了……。我想，那一刻，金龙妈一定也像《奇袭》里的阿玛尼一样，揪着心里的痛，身体摇晃了一下。

现在，我敲开金龙妈的门。金龙非常老实地坐靠在自己的床上，前天晚上的端窝，和他的"失职"有关，所以他也非常沮丧，看上去像一个真正的病人。金龙妈倒是已经在桌上糊纸盒了，我知道，是光明火柴厂的火柴盒，一百个一块钱，那时候很多人在家里都做这个。我们坐着，相对无言。金龙妈只管自己做手中的生活，我也机械地看着她在劳作。想起其他打赌人的"凛然"，我越发觉得自己窝囊和猥琐。我对金龙妈说，那天真不好意思……金龙妈打断我的话，说，你就是要跑的，你不能让他们抓住。我说，幸亏你推了一把，我才……金龙妈说，不说这个，应该的，我把你叫进来，是让你来帮我，帮我还让你受罪，这怎么行。她这样说了，我就更加惭愧，赶紧转移了话题，我问起银龙，金龙妈说，他没事的，反正他也就这样了，就是在外面，他有什么事好做呢？进去了我还省点心。你不一样，你是一张白纸，进去了，白纸就留下污点了。我说，那还有那些人呢？他们怎么样？金龙妈说，他们没什么，他们油得很，才不怕这些呢。我停了很久，心里五味杂陈，甚至有些疼痛。看着金龙妈利索地在糊火柴盒，脑子里不断闪现出"阿玛尼""阿玛尼"，从《奇袭》里的阿玛尼，闪回到《苦菜花》里的母亲，又闪回到《药》里的母亲，都是些苦难的母亲。我说，你接下来有什么事，只管说，只管叫我。金龙妈说，嗯，现在没事，我糊火柴盒也挺好，就是慢一些，图个轻松，下礼拜我又接了些尼龙袋……我深深地叹了一口大气，烫尼龙袋，我知道的，那也是个细碎的活儿，一分钱烫十个，烫一百个一角二。我母亲在家里也烫过。

【9】

我这人长相老，尽管只有十八岁，但做的都是与年龄不大相仿的事，我母亲也觉得我应该就是这样的。其实，过去的人都这样，出场早，做事大，样板戏《红灯记》里有一句话，叫"穷人的孩子早当家"，说的就是这个意思。

我一生做事无数，这和我母亲有关。应该说，我母亲还是很英明的，她知道我读不了书，就早早地叫我爸准备了板车；知道我力气大，就叫我学了点武功。现在看来，这些多少还算得上是些财富。比如，我步入社会后，这些财富就发挥了很大的作用。那段时间，我时常被人家请来请去，请去做什么？调解各种纠纷；为什么请我？就因为我力气大。那时候在社会上立足不靠文凭、不靠素养，就是靠力气。什么在路上被人无端地看了一眼、什么隔壁的屋檐水滴进了我家的院子、什么上坟的时间被人家抢了点，坏了彩头；这些事，都是为了一口气，都是要斤斤计较的，都是不能妥协的，于是就争吵，就打斗。但打斗又是多么麻烦和消耗啊，这就有了请人调解摆平这一说。这是何等风光和惬意的一档事，我们被人请着，尊为上宾，说吃吃，说赔赔，如果赔出的金额可以摆一桌酒或听一场戏，那我们肯定就是坐酒席上方和坐前排中央的贵人。

可是，好景不长。1980 年前后，地方上刮起了"严厉打击"的台风，"飞马牌供销员"毙了，"专刺女人大腿"的毙了，"盗撬保险箱"的也毙了，有一个还是和我做一样的营生，也是调解摆平的，不过是名声大一点，事件响一点，给他挂的牌子是"地下公安局"，这意思是说，公安都解决不了的事情，他能。这不是给政府拆台吗？这还得了，一粒"花生米"就把他给打发了。我母亲说，你看你看，还好你接的都是小事，你要是和他一样，肯定也要吃"花生米"了！俗话说，吃坏了只用一口。而枪毙一事，一下子把我吓伤了。

尽管这样，我还是会碰到一些朋友找我做事。有人找我做托运，我犹豫，那可是要和人拼线路的；有人找我做歌厅，我担心，公安要是查来了怎么办；有人找我做拆迁，我不敢，弄不好会拆出人命的；后来，有人要找我做混凝土，这事利益更大，房产、道路、水库、机场都用得着，虽然都是些好赚钱的生活，但都得要通天的本事与人纠缠，与人争斗，一想起我就心慌，就气短。我母亲说，你还是少吃轻走吧。其实不用她说，我也会马上就想起金龙妈来，想起她当年在混乱中的暗助，想起黑暗中、屎盆间里及时一推的那只手。我会想，我是被金龙妈救下来的，我等于赢来了一条生路，我可不能乱来，不能随随便便地把生路挥霍掉。设想，那天晚上，在那个赌博的现场，我做"保镖"抽"头薪"，这样的角色，要是被联防队抓进去，不知道会是什么样的后果，我的人生也许就被颠覆了。我也许是在劳改农场里做砖，也许在做订牌鞋；也许和狱友打架了，也许还把狱友打死了；就算我有幸从里面出来，我也无脸见人，人们也看不起我；我既找不到要做的事情，在社会上也没有立足之地；我在人们眼里就是个人渣，我母亲也早被我气死了……不管怎样，我现在还是好好的，毫发无损。本分的人，都是一生平安的，但也一定是没有出息的。说句不厚道的话，金龙妈保住了我的"名声"，但也抽走了我的骨头，我再也不会好高骛远了。我母亲说，已经很好啦，很好啦。

倒是银龙，我一直也是看不明白的。那次"进去"之后，他被判了五年。给他的判词叫"聚众赌博""屡教不改"，其实，我们附近的邻居都知道，他家有特殊情况。后来银龙出来了，我们都为他担心，他现在会有人要吗？他往后还有饭吃吗？但银龙似乎一点也不害怕，整天把自己打理得光可鉴人，游来荡去，一副不缺钱花的样子。后来我们知道，他机灵、聪明，在"里面"把老大伺候得舒服，老大就带出话来，要外面的朋友把银龙罩着。

这时候的社会，形态发生了很大的变化，是热闹的，也是混乱的，是前进的，也是跌跌撞撞的，风雨交加，泥沙俱下，价值观也在剧烈地摇晃。就像那句话说的：世界之大，无奇不有。偏偏就有那么些事，就是留起来给银龙这号人做的，一般人还都做不了，像前面提到的那些事，银龙都做得游刃有余，如鱼得水。从里面出来的人都这样，虽说有这样那样的"缺陷"，贴了标签，有了符号，但似乎也优势明显，天不怕地不怕，胆大做将军。

现在，顺应时势，银龙又做起了"担保"，就是过去的"高利贷"。这些以前被人诟病和嗤鼻的行当，现在都有了新的政策和堂而皇之的途径。但这些生意又不是政策和途径能够保障的——压在他那里的资产"满当"了怎么办？联保的关系户破产了怎么办？到期了不还钱，死猪不怕开水烫怎么办？还得靠胆量、手段、势力！前段时间，就有人借了钱玩失踪。这种事，办法当然是很多的：软禁那人的家属、占领那人的房子、冻结那人的户头、再把他打入"黑名单"。银龙说，我们是做生意的，哪还有时间陪他玩这个啊。

他先是放出线人找那人的"玛莎拉蒂"，人逃，车是没法逃的，尤其是豪车，开哪里都是个惹眼的东西。当初那人就是拿了这车的八百万发票来抵押的。三天后，线人在军分区车库里找到了那辆车。银龙就约了交警过去，带着八百万的发票把车拖了。银龙说，我有办法把他的车挖出来，也就有能力把他的人找到。我之所以没有急吼吼地找他人，还让他留在外面，就是想他还能够活络起来，活络了，他才能把钱转起来。我要是把他逼急了，逼进了死胡同，那他还不是去跳楼啊，我希望他能够领会我的良苦用心，相信他缓过劲来会来找我的。语气和意思都是斩钉截铁的。真是经历锻炼人、造就人哪。

哦，顺便说一下。前段时间，地方上号召治水，银龙甩手就捐了五百万。再顺便说一下，银龙有时候也给我照顾点生意，诸如"拖车""搬运"类似的业务。我们算有来往的。

金龙今年有六十了，还活着，也还傻，这都是金龙妈照顾得好，现在更有了银龙在经济上做后盾。医生说，这种病，没别的办法，但按时"吃药"，器质上、生理上是不会有什么影响的。

金龙妈应该也有八十六七了吧，脑子身手都好，平日里喜欢窝着搓麻将，伙计是年龄相仿的隔壁邻居。她一般搓123，也就是说，如果设定每张是一块钱的话，第一庄一张，第二庄两张，第三庄就是三张。她一世辛苦操劳，还有这样的岁数，我只能说，仁者寿。

（原载《收获》2016 年第 1 期）

作者简介：

王手，男，浙江温州市人。文学创作一级。1981 年开始发表小说，作品散见于《收获》《人民文学》《当代》《十月》等刊，有中短篇小说集《火药枪》《狮身人面》《柯依娜一个人》，长篇小说《谁也不想朝三暮四》《在迷乱中生长》《一段心灵史》等。小说多次进入中国小说学会"中国小说排行榜"。

要 你 好 看

朱 辉

　　他朝门口摇了摇手，她眼一扫，看到了，款款走了过来。她扭头看看周围的环境，坐到了他对面。这是他们第三次上茶馆，第一次只到茶馆坐了坐，第二次他们从茶馆出来后去了宾馆，后来再见面茶馆的环节就省略了。按理说，男的应该很喜欢这种省略，但这次到茶馆却是他约的。他觉得他们应该说说话。

　　这茶馆他也是第一次来。他坐一个小时高铁，然后坐出租车，随意看着车外，说一声停，就进来了。他给她打电话。电话里他听出她有些诧异，也有些迟疑，但还是答应来了，来得还挺快。透过落地窗看见她从出租车下来，据此他推测她家离这里并不很远，但等她坐下来，他又觉得这也未必。她的头发比上次见面时短了很多，显然刚打理过，还散发着淡雅的护发素味道，焉知她刚才不是在美容店里，正巧弄完头发呢？

　　"你这样，也挺好看的。"

　　"是吗？你是说头发？天热了，我喜欢清爽一点。"她让服务员加了个杯子，等他斟上红茶，说："我每年都是这样的，天热了就剪短发。等长长了也就冬天了。"她轻轻晃了晃脑袋，会聚在下颌处的头发随着晃动向两边抬起来，脸瞬时小了。她微笑着说："明年这时候，你就会知道我说的是真的。"

　　"好吧。明年。"

　　茶馆里不热，也很安静。这是下午，一大半的桌子空着。一眼扫去，客人们全都是一男一女两两相对，除了一桌打牌的；即使打牌，也男女均衡，两男两女。他们很安静，听不见争执，轻轻地叫牌落牌。捉对厮杀，他竟然想起了他和她在某个情境下用过的这个词。打牌的人他们捉对，却不是捉对厮杀。他轻轻笑了起来。

　　"你笑什么？"

"没什么。我笑这里男女各百分之五十。一比一，基本正是人类的比例。"

"你挺会琢磨的。你还琢磨出什么？"

"我什么也琢磨不出来了。你，做什么工作？家里到底什么情况……"

"现在查户口？晚啦。"她"切"了一声，"告诉过你的，我下岗。"

他看看桌上她的包笑道："是啊，我还听说过有人开着宝马去当保姆呢。对了，那也是个女的。"

"那好，那你这个男的告诉我，你做什么工作？家里到底什么情况？"

"我的工作我说的是真的；家里的情况你没有问过，不过现在也有了变化……"

他沉吟着等着她问，但她不问。于是自己说："我离了。现在一个人。"

"哦，你自由了。"

他接口道："你也可以自由的。"

"我？"她似乎没想到有这一说，"难道，自由还能传染吗？"他不说话。她微笑道："我抵抗力很强的。"

他转动着手里的杯子，脸上有一点失落的表情。茶馆和客房不一样，确实是个谈话的地方，但他的话题显然还是冒失了。至少她觉得冒失。如果不是他在网上跟她试探过这个话题而她总是不领会，顾左右而言他，他也不会觉得他们有面对面聊聊的必要。这算是明确答复吗？不管怎么说，他这是受挫了。有点丢脸。好在这里没有人认识他们，他们的声音也很轻。他确认自己这不是求婚，顶多算是求爱，再爱一点。他只是在试探一种可能。他给她的杯子里斟满了茶，一时默然无语。

这茶馆原是个老私家洋房，叫船厅。屋顶雕梁画栋斗拱飞檐，呈船篷状，门口还摆着一只硕大的铁锚，极似一艘船。当年也许是地形所限不得已而为之，现在看来倒显得匠心独运了。镂空隔断把里面的空间分隔开来，也是船舱的模样。茶馆的地势高出马路，透过垂满藤蔓的落地窗看出去，是马路，车水马龙。他慵懒地看着窗外的车流，感到这船正在向前方行驶；可是把目光抬高一点，马路对面的车流却告诉他，他其实和船的行驶方向相背。

他收回目光，船不动了。很安稳。她安静地坐在他对面，啜着茶。半空传来了球赛的声音，那是悬着的电视机，正在转播欧洲的联赛。他的目光刚转过去，她就问："你喜欢看球？"

他笑笑，无所谓的意思。"你喜欢看，肯定也喜欢踢。"她看着他的手臂，这是他除了脸之外唯一当众裸露的肌肉，她说，"你很结实，我喜欢。"

他含笑看她一眼。她以前就夸过他的身体。他当然也夸过她。这样的夸赞有客房的气息。球场上是两个豪门俱乐部，你来我往正在厮杀。她看得挺入神，她入神的样子很好看。这时他们两人都侧着脸，仿佛目标一致眺望前景的样子，但其实不是。有人大力射门，球偏了，划门而出，她"吁"了一声，很惋惜的样子。他问："你，知道场上一边多少人吧？"

她嗔了他一眼，意思是小瞧人。他说："看看他们，我觉得自己很自在，很自由。"他用调羹搅着茶，叮叮当当地脆响，"他们一共 22 个人。你要知道，这 22 个人挣的可都是欧元，他们都是亿万富翁。22 个亿万富翁在那里汗流浃背，争着抢着表演给我看，你说这是什么待遇？"他身体往椅子上再松松，"而我，清凉，悠闲，云端里看厮杀，我喜欢这样。"

"你可真是自我感觉良好。他们有钱，你有闲。嘿嘿，你可真是有闲，总是有空出来见女人。"她约他见面，他似乎随时都有时间，果真也从不爽约，只是开的房都是快捷酒店，有方便面的味道，不上档次。她讥诮地扬扬眉道："人家下了球场，马上开豪华车，回海边别墅，漂亮的妻子在等他。男人就该这样。"

"哪怕他终年四处征战，你大部分时间独守空房？"

"是啊。这没什么。他下了球场就回家，我不在乎等他。"

"我知道了，"他冷笑道，"他就是这样的人。我说你丈夫。他也是个大忙人，成功人士，对吗？"

她默认。继续沉默。他眼睛掠过她那昂贵的包，心里涌起一团怒火，被藐视的愤怒。他似乎看见了她丈夫的样子，衣冠楚楚，肥胖，手臂上不见肌肉。忽然间觉得好笑，那胖子在外打拼挣钱买包包，她在家给他织帽子，绿帽子。他差点说出什么来，突然心中一凛，被自己的恶毒吓住了。这太过分了，她织帽子，而他自己就是那个送帽子的快递员。他吓得不敢说话。半晌，他正要开口，却看见她木着的脸上突然有了变化，似笑非笑。循着她的视线看过去，电视上激战正酣。那评论员亢奋到极点："……球被守门员挡向边路，落在 9 号脚下，插入，很坚决，好！进去了！再射——"远处的牌桌那边哄笑起来。

他莫名其妙，立即也回过味来。这是第二次射门。此前评论员的声音就已经失控："……中路插入，大力射！哎呀，机会不好，他射早了。"牌桌上的两个男的笑得把牌都摔了，女的矜持些，抿着嘴，乐不可支。他忍不住扑哧笑了。

他们不经意间对视一眼，瞬间闪开目光。这评论员的嘴里无论怎样跑马，评论的也不是他们两个，但想到某个场景，他不由得有点心旌神摇。"这评论员明天一定火了。"她说，"网上放不过他的。"

"嗯。火了不好吗？"

"不好。这样火起来，你觉得好？"

"是是。"他说，"他嘴里乱射。乱射哥。"

她含笑瞪他一眼。那边牌桌这么一笑开来，声音也大了。"我单张。""你有老婆，单什么张！我跟，我比你大。""大起来。""我又粗又大，大鬼！"另三人齐声说："你流氓！"又哄笑起来。

他也笑。刚才有一阵子他有点局促，甚至想过提前离开，这会儿松弛了。这是评论员的功劳。他是特邀的，不是老手，大概耳机里导演提醒他了，他再不乱射，拘谨了，基本不出声，该说也不说。"你看那边那个女的，也是短发。"他努努嘴，示意她看，"不过你比她好看多了。"她听到赞美依然不予理会。于是他说："我突然想起一个人，我很羡慕他。"她抬眼看看他，不动声色。

"我想起了你丈夫。"

她斜睨他一眼。

"我很羡慕他，因为他有两个老婆。"

她坐直了身体，忍不住眼睛瞪大了。

"是的，真的两个。不骗你。"

她瞪着他，立即又把目光闪开，以示不屑。

"真的两个哩。热天一个，冷天一个，"他坏笑着说，"一个长发，一个短发。"

"滚你的！"她把杯子往桌上一顿道，"这话一点也不好玩！不幽默！没有幽默感的男人不可爱，装幽默的更讨厌！你啊，也可以有两个，谁都可以。"

"可我连老婆都没有了。我离了。"

"你又来了。我连你是不是结过婚都不能确认，当然不可能谈得上叫你离婚。"她宛若举着盾，同时端着矛，稳固而尖利地看着他，"这是你自找的。"

他哑然，遂自嘲说："不过这样也好。我至少可以有机会多见见你。怎么样？"

"什么怎么样？我没说过不见你。不过——你更有机会多见见其他人。其他，网友。"她哧哧笑了。

"你是说你自己吧。你不要说你只见过我一个。"

她立即说："我就只见过你一个。"她的语气不容置疑，但他认为这句话只是她预制在心里的回答。他正要说他不信，一声汽笛声突然响起，由弱变强，停顿，然后又是一声，一声。这是报时，这个茶馆独特的花样。他略一错愕，她面前突然嘀嘟了一声，桌上的手机活泼地振动起来。这是微信在工作。她拿起来看一下，摁掉。她平静的表情是在申明，这不是什么网友，是亲友，但亲友她为什么又不搭理？

不远处的牌桌有个男的叫道:"我拖拉机!"其他三个都哑住了,大概没想到他来这一手。"你狠。我不要。""过。"最后那个女的叫道:"什么拖拉机,现在这叫拖油瓶!你拖家带口的,一点都没错!"说完怪笑起来。

他想拖油瓶确实比拖拉机狠,是坦克,孩子是副驾驶,轻易别去惹。那边男的又叫牌:"一个对子。"有人跟:"大对子。""小对子。""不要。我就缺对子。形单影只,苦啊。"

她终于憋不住,噗地笑出几星茶来。他擦擦自己手臂说:"他们这几个,还真不知道是怎么配对的。我是说,关系复杂。"他视线无意间扫向窗外,有一男一女前后过来了。他们并没有并排走,但某种说不清的东西告诉你,他们肯定是一个对子。

他们沿着通往茶馆的栈道往上走。栈道用木材铺就,人走在上面微微颤动,还咯吱咯吱地响,其实更应该叫栈桥。他们走过栈桥,进了茶馆,找个位子坐下了。那位子不靠窗,偏僻,显然他们要谈的是私事。这对男女坐下后很快就开始说话,他们声音抑制,很私密。牌桌那边心无旁骛,自己玩自己的。

他说:"这船其实是个岛。它永远在这里搁浅。有人上来,然后,下去;然后又是另一些人。到了晚上,一个人都没有了,这船就空了,夜泊枫桥了。"

"好,你开始抒情。我知道你文笔好。"

"不是抒情,是观察。"他续道,"到这个地方来的,我是说茶馆,如果是一男一女,绝大多数是两种情况,一种是初识,譬如相亲,要么就是分手。喏,你听那两个。"

那一男一女已开始争执,他们压低了嗓子,但已经带了火气。他刚才已注意到这两人上栈道的时候,那个女人走在前面,男的跟着,这说明他是被拖着来的,不情愿。看起来,分手也是那女的主动。他显然自得于自己的结论,问:"你说对不对?"

"这有什么?小儿科。"她讥诮地说,"要我说,宾馆也有规律的。有那么一天,特别明显。"

"你是说——情人节?"

"对啊。这一天高档酒店基本没人,因为情人不敢去,学生们去不起。"她顿一顿,还是说出来,"学生只能去钟点房或者快捷酒店。"

她看他一眼。她以前含蓄地调侃过快捷酒店,但他这会儿似乎没在意,他侧头想想说:"有道理。"

必须承认，她脑子是清楚的，对未来，对她自己目前的生活，都有稳固的定力。"看起来，头发长见识短，还真有道理。我是说，你头发剪短了，思路更清楚。"

"这下领教了吧？不过我一直这样的。"她被夸了，有点刹不住，"我头发留长了，思路更顺畅。到时你再看。"

他注视着她活泼的短发，看得她疑惑起来。她伸手捋捋，抖了抖头。他说："可我不见得就能看到。"

她怔住："哦，你想分手了？"她一脸意外，转瞬间就平静了，"怪不得你刚才说，茶馆不是初识就是分手。"

"不不，我不是这个意思。你知道，我到这里不是要分的。"

"好吧。你也知道，是你叫我到这里来的。我可没想来。"她妩媚地笑道，"我恐怕还是长发好看。对吧？"

他直愣愣地看着她，沿着她询问的眼神说："哎，你知道吗，长发有的时候很麻烦的。我上高中时，有个女生头发很长，留了两条长辫子。我那时候不知道用功，特别调皮。"他还没有说下去，脸上就露出了顽皮甚至是促狭的表情，"我喜欢捉弄她。她讲话细声细气的，很秀气——"他看着她，停住了。她挑挑眉说："别说她像我。"

"不怎么像。你是狐狸眼。我很喜欢她的长辫子。想摸，不敢；想用火燎一燎，更不敢。有次上课，我悄悄把她两根辫子梢绕过椅子背上的木撑，并起来，用细铁丝拧死。后来老师喊她回答问题，她一站起来，呵呵！"

两人都笑。她指着他说："你喜欢她。喜欢辫子是表象，其实喜欢这个人。后来呢？就恋爱了。"

"嗯。"他陷入回忆，"整个高中阶段她不理我，我也不理她，但彼此的眼神都懂得。后来考大学，我们在一个城市，就好上了。"

"然后。"

"然后就分手了。那个人条件比我好。当时很痛苦。"

"你不必遗憾。如果你们真的成了，未必就美好。老话说，不做夫妻是好夫妻。真的在一起也就那么回事，这个你得看破。最美妙的分手就是永不再见，又永生难忘。你们就是了。"

"是吗？不过当时还真是挺痛苦的。我……"他犹豫着要不要说下去。描述痛苦似乎没必要，也说不清。正沉吟间，身后突然传来"砰"的一声，回眼看去，隔着花窗看不真切，但声音隔不断。那女的说："你不要太过分！"然后是一连声的斥责。那男的起身，搂住女的身子，想让她轻一点。女的声音是小了，但霍地起身，坐到另一面，继续斥骂。牌桌上全住了手，往那边看。

女的开始哭，边哭边说。男人嘴里嘟哝着一连串东西的名称，还有一些数字，大概是价格。"你这是干什么？我没有跟你要这些东西。"他再次起身，走到女的身边，把桌上的一些什么东西往女的包里塞。女的一动不动，任他忙活。牌桌那边不知谁说了什么，嘻嘻地笑。

他的预判果然不错，这一对是分手的。那对男女暂时平静了，那女的坚持着什么，男的还在温言劝说，甚至哀求。"这真是弄的哪一出。痛苦！"她捂嘴笑，有点幸灾乐祸的意思，"他们肯定是哪一个以前话说得满了。你，还是接着说说你吧。"

"我？我什么？"

"你分手后痛苦。"

"哦。"他犹豫着似有难言之隐。抬眼看看电视机，正好一个特写。光头裁判很酷。他笑了："没什么的。痛苦。然后，我就把自己头发剃了。"

"剃了个光头？哈哈，你这是剃头明志呀。厉害。别说，你光头倒不难看。"她端详着他，眼睛在他头上扫来扫去，看得他局促起来，"不过我肯定，她再也不理你了。"

他苦笑："是。"

门口的风铃叮叮当当一阵乱响。一个男人铁青着脸进来了。他摆手屏退服务员的招呼，把各个隔断间巡视了一遍。这是来找人的，而且没有找到他的目标。风铃又是一阵乱响，他出去了。茶馆很多，他肯定很累。

这人进来时，他还略有些不安。是她的淡定安抚了他。于是他问："奇怪，他怎么不打电话？"

"谁？"

"你家那个。"

她摆弄着手机说："你还真是会操心。没事打什么电话？他信任我，从来不查岗。"

"你也不查他的岗？"

"对。'将在外军令有所不受'。为什么总想把别人搞清呢？我们家各司其职的。"他插话说："我知道，他负责赚钱养家，你负责貌美如花。"她说："差不多。"她笑得有点没心没肝，不过很娇媚。可他忽然觉得心里窝得慌。

她手上的手机响了一下。还是微信。她看都不看，不理。他说："我记得，我就是被你摇出来的。"

"什么？你赖皮。是你摇我的。"

"好吧。一起摇的好吧。"他看着她凹凸有致的曼妙身材，心里的某种欲望慢慢燃了起来。"茫茫人海，我们漂泊。在各自的地点，在同一个时间，我们摇到了一起……"他正要说"我们摇到了这艘船上"，她打断他说："又抒情了。你漂泊，我可是停泊着的。"正要再说什么，那边分手的男女又弄出了动静。椅子在地上划出一道响，很难听。接着是牌桌那边啪一声甩牌的脆响，一个女的说："交枪！我抠底了！——你们别装呆！"她拍着桌子道，"看这边，这边！"

牌友们都在看戏。那边，分手的男女终于还是崩了。咣当一声，女的推翻了椅子，昂然奋起，鞋跟笃笃地过来了。她回身把一个纸团狠狠砸向身后跟着的男人："你记着，不要后悔！"她丰满，身量挺重，走过桌边时桌面都在震动。三级地震。那男的嘴里说着什么，刚要抢上前去挽留，女的已出门了。他快步跟过去，服务员伸手拦住他："先生，您还没结账。"他尴尬地站住了，掏钱包。

牌桌边的人全站着。一个男的啪一声扔下牌，怪声道："你确实抠了底啦。我投降！哈哈！"

掏钱包的男人恨恨地瞪他们一眼。他急于脱身，但他包里很乱，越急越不行，十分狼狈。好不容易摔出一张钱，飞快出门。几个风铃被他的头撞得动荡起来，当啷啷好一阵脆响。"你看出来没有？"她说，"女的怀孕了。"他一直有点发蒙，怎么就抠底了。这下明白了。他就没看出怀孕，女人的眼光就是厉害。

那桌牌索性不打了，嘻嘻哈哈地商量着叫简餐。有个男的大声道："还是我们这样好啊，对不对？简餐，简单，别那么麻烦嘛。"牌友们都嬉笑着附和，说大餐不是随便吃的。他们说的当然不只是吃饭。可以肯定的是，他们是老牌友了，也许曾经关系复杂过，但现在早已删繁就简了。

门口的风铃声密集了，不绝如缕，不断有客人进来。不经意间，他察觉背景音乐也变了，是《泰坦尼克号》的主题曲。很缠绵、很深情的旋律。如果这旋律早一点响起，在那对男女争吵高潮时响起，会是什么效果呢？他哑然失笑。这一笑他倒想起了，刚才他们吵架时也是有音乐的，《人鬼情未了》，一样哀婉悱恻，只不过被球赛和争吵淹没了。他看看刚才拦住那男人要求结账的小伙子，无端觉得这里的音乐一定就是他操的。这是个调皮机灵鬼。他鼻子嗤了两声，笑了出来。

她诧异地看看他。他说："你也饿了吧？到饭点了。"他朝牌桌那边吸吸鼻子。她嗯了一声，但是说："这个时候再熬一熬，可以消耗脂肪。"

"你不需要再瘦了。你现在正好，哪里都正好。"

她领会了，暧昧地朝他横横眼。他随手拿起自己手机，在屏幕上点点画画，再点一下。他皱起了眉头。"你知道我们现在的距离吗？"他把屏幕对着她，"300米！它说我们现在相距300米！"

"是吗？"她摆弄一下自己的手机，"呵呵，我这里是500米。可见这东西有多不靠谱儿。"

"不啊。可见这东西多精确，不虚夸。它是说虽然我们面对面，但其实相距遥远。是步枪的射程。真的，我能看见你，但你的容貌还不如我梦里那么清晰。"

她手指往嘴上一竖道："不要抒情。"

他说："你的显示500米，我的300米，这说明你和我彼此的感觉不一样。"

"你又开始深刻了。"

"这东西叫'附近的人'，其实我们要找的都是远处的人。可远处的人即使坐到你对面，就像我们这样，至少也还是几百米。"

"你没完啦？"她有点不耐烦了，"太深了，女人不喜欢！"

他一愣，笑了。她羞怯地笑，花枝乱颤。她的胸部在衣服里颤动。他的心随着跳动起来。他越笑越乐，终于笑出声，哈哈大笑。

汽笛响起，迎头撞上笑声，他的笑声沉没了。这是船，会沉的船。但其实这船筑在土堆之上，砖木结构，它永远都不会起航，也永远不会沉没。这周遭唯一真实的东西就是那只巨大的锚，它稳重而诚实。他们出门去吃饭，走过锚的身边，他忍不住摸了一下。无数的手抚摸过它，光滑，尚余太阳残留的温热。

下得栈桥，他们发现，船头方向的不远处就是一家好餐厅。他们点了不少菜，还喝了酒。他说他酒量差，倒是劝她喝了不少。吃完后他看着她酡红的脸，含笑道："我累了。你不累吗？"他们第二次喝茶后他就是这么试探她的。"还真的有点累了。"她当时这么回答。现在她不理他。是的，现在已不需要回答了。他们上了出租车，按他的指点飞驰而去。

他们靠近了。他把她拉过来，依偎着自己。她喝了不少，酡红着脸，微微发烫。"我们现在零距离，"他悄声说，"一会儿我们的距离会更加靠近，靠近成负数。负距离。"

"臭流氓。"她攥紧了他的手。

他贴着她耳边说："他，你丈夫，他突然看见你的短发，肯定很惊喜。"他抚弄着她的短发，"我也很惊喜。"

"短发泼辣啊，我辣妹子。"她吹气如兰似的吹着酒气，"你们这些男人。哼，你就等着吧。"

车停了。还是一家快捷酒店。上楼梯的时候，他说："快捷，就是一夜情的意思。"

她一愣："我们不是第一次。"

"我们是多次的一夜。"

她不答话。这有点煞风景，但她必须承认这是事实，而且也是她自己愿意要的。于是她立即不再计较他这话。这是个定义，但这个定义没有败坏他们的欲望，他们进程更快捷了。

她显然大有酒意，可这酒意加上那定义，也远不如欲望强大。她很快洗了澡，躺到了床上。然后是他，飞快洗好，微笑着向床走去。

玉香温软。大汗淋漓。

最活泼的果真是她的头发。短发果然另有别样的灵动与活跃。现在她似乎已耗尽了力气，连头发都累了。她的脑袋引领着短发贴在白枕头，宛如白桌上摆着一个黑盘，盘里是艳丽的桃李，惊心动魄的美丽。她闭着眼，显然已不胜酒力。他让她睡一会儿，自己坐到小沙发上端详着她，脸上似乎爱怜横陈。她笑着说一句你还是身体太好，打好手机闹钟，很快就传出了轻微的鼾声。

他走过去，轻轻掀开薄被，站远些，用目光抚摸她的身体。他赤着脚，把房间所有灯都打开了。床头灯直射在她脸上，应该刺眼，但她依然沉睡，没有反应。他再次靠近她，坐到床边，摩挲她的头发。头发有点湿，是疯狂后的汗水。恰到好处的湿度让他穿过头发的手感到十分顺滑和舒服。他摇摇她，她嘟哝一句什么，顺势平躺着。他站起身，一个个按动开关，只留下墙角的一盏落地灯，然后，从旅行包里拿出了电动剃须刀，又一次走向了她。

剃须刀蜜蜂般嗡嗡作响，侧光下，他手臂结实，动作温柔。他意外地发现，有些事远没有想象的那么难。片刻间，她的头发全部落到了枕头上。她的头真圆，脱落的头发依然保持某种形状，宛若某种圆形果实被剥离的须。他把头发仔细收起，抓在手上。他用力聚拢，看起来那么多的头发原来也不过盈盈一握，放到装拖鞋的塑料袋正好一袋。他把塑料袋装进了自己包里。

拿剃须刀前他就预先穿好了衣服。除了代替房卡插电的身份证，再无遗漏。虽然这身份证绝对无所谓，他还是抽走了。他拎上包，悄悄出了房间。

临出门时，他忍不住再看了她一眼。

（原载《作家》2016 年第 1 期）

作者简介：

朱辉，男，江苏省作家协会专业作家，现居南京。

出　警

大学四年，从警五年，算起来，迄今人生已经在架子床上断断续续睡了九年。没什么意外的话，可能还得隔三岔五地睡九年。躺在上铺往窗外瞧，夜色氤氲，所门口的警灯无声闪烁。对面超市门前的投币木马也旋转着同样的彩灯。没谁玩，它也播放着儿歌。这让人产生错觉，仿佛我们是一家游乐场的守夜人，身后有摩天轮隐现或者七个小矮人出没。

此刻要是从宿舍冲进夏夜，不啻于跳进沸腾的大锅。和冬泳一个道理，那得有点儿勇气。楼下值班室的电话响个不停，好在没什么大事需要出警。但谁也说不准。外面太热，晚上好像更甚。地面蓄积了一天的热力开始蒸腾。暑气弥散，像是黑夜对白昼的反攻倒算。还好所里给装了空调。去年夏天，宿舍还是靠风扇降温的。

报纸上说这个夏天的高温破了六十年的纪录。我还不到三十岁。反正长这么大我没被这么热过。小吕却认为这在他们家乡根本算不得什么——如果他们家乡的夏天是一百度，现在我们承受着的，顶多才六十度。小吕是新疆人，住在火焰山脚下。那儿真会这么热吗？他的说法让人感觉大家是被扔在同一口大锅里的青蛙，但一般苦，两样愁，有人已经将要被煮熟，有人却还在惬意地蛙泳。

我还是挺爱值班的，因为接着可以休息一天。再过一周，我就要去封闭集训。市局组织篮球赛，我被挑中了。那样一来，就有段日子不能回家了。小吕和我心思一样，他是想值完班就能多出一天时间去陪女朋友。小伙子正在热恋，女孩刚刚大学毕业，还没找到工作，有大把的时间需要有人陪着。而我是想在家多陪陪我妈。

我们每隔四天值一次班。我是主班，小吕是副班，还带着几个协警。他警校毕业分配到所里，我们就成了搭档。我算是他师父。值班当天，小吕会提前准备好休息日的便装——这像是吹响了他约会的预备哨——牛仔裤什么的，能让他摇身一变，精精神神地去约会。他长得帅，个头和我差不多，要不是单薄些，肯定也会被抓去打篮球赛。因为个儿高，有几次我俩还被法院临时借去押嫌疑人上庭。都是大案子，电视台要播新闻，两个高大的警察上镜，将嫌疑人夹在当间儿，那效果不言而喻。

值班的时候小吕很快活，一副随时会唱上几句的高兴劲儿。其实我也是这样的心情，一般早早地就让妻子做好了我妈爱吃的东西。这种精神状态不会影响工作，因为我们都感觉有了个近在眼前的盼头，心里得到了鼓舞。人的盼头很多，但近在眼前的却很少。

那天一共接警二十多起，跟高峰期比要少得多。按规定，要是没有突发事件，我们可以在夜里十一点睡觉，凌晨五点再爬起来出警。那时我们已经躺在宿舍的架子床上了，我跟他聊起片区的老奎——就是被报社记者写进文章里的那个主角。小吕听了我讲的一切后，陷入了沉思。他肯定受到了不小的启发。后来他就跳进了外面那口沸腾的大锅。等他回来，晨光微曦，黎明已近。他好像完全忘了还要摇身一变这档子事儿。

我们这一行也是师父带徒弟。我的师父是老郭。他教会了我怎么做警察，可惜三年前查出了喉癌，提前退休了。前段时间我去看他，老头儿看来已经挺不了多久了。整个人出气多，进气少了。我进所的时候他可健康着呢，黑脸，皱纹像是用刀子削出来的，胸脯拍上去，让人相信能听见金属发出的咣咣声。我觉得他长得很像写《白鹿原》的那个作家，都是那种典型的关中老汉的样子。

老郭烟瘾大。后来满世界开始禁烟，所里也禁，他得空只好跑到院子里，找个拐角蹲着抽几口。有时候太忙，他忘了这茬儿，嘴里不小心叼上了烟，结果被所长撞到，挨了批评还得罚款。这规矩不太通人情。要说喉癌可能跟吸烟会有点关系，可我觉得要是放开让老郭抽，他没准儿现在还带着我巡街呢。烟就像是老郭的口粮。每天在所里抽根烟都跟做贼似的，可能就叫度日如年了吧。真是委屈了老郭。他在所里干了一辈子，架子床可是没少睡。

我们这个派出所在城乡结合部。高楼大厦的背面弄不好就藏着块儿菜地。咖啡馆里坐着的，经常是光着膀子打麻将的人。一开始，要是老郭不带着我，到片区走一趟，我肯定得迷路。那就是一个迷宫。有的窄道楼挨着楼，只容得下一个人通过。如果迎面也有人走进来，脾气不好的话，往往就会形成对峙的局面。搞不好还能腾挪不开地打一架。上帝说通往天堂的是窄门，每次从这种窄道挤过去，我都幻想会有一个天堂等在前面。有一回，一个女孩走进窄道里，没遇到歹徒，却遇到两条流浪狗。一前一后，前后夹击，预谋好了似的。女孩被吓惨了，打电话报警。等我们赶过去，她都尿裤子了，裙子湿漉漉的。于是我挥舞着套狗杆，又充当了一回打狗人。对付流浪狗，也是我们的工作。

我师父老郭跟谁都熟。谁见着他都会给他让烟，有点儿妇孺皆知的意思。很多不吸烟的人，见了他也能摸出一根皱巴巴的来，像是专门为了见他备好几天似的。他有一个铝制的烟盒，上面刻着天安门前的华表，看上去恐怕有些年头了。收了递上来的烟，他就放进铝烟盒里。巡逻一圈回来，差不多能装满一盒。他也给别人让烟，但收到铝烟盒里的他不会再让出去，递给对方的，肯定是他自己的烟。这里面就有了原则和讲究，是一种德行，也是一种从警之道。我觉得，我就是从这种你来我往的让烟里，开始领悟做一个警察的真谛。老实说，这和我入行时的想象不太一样。我师父老郭穿上警服也还是个大爷。何况，现在跟警服差别不大的制服也太多了。所里的协警，超市的保安，跟我们站一起，没点儿专门知识，你分不清谁是谁。巡逻的时候我腰里会有警具，可保安的腰里也有根棍子呢。

每个辖区都会有几个狠角色，我们的专业术语叫"重点人口"。对这些人，你得盯着点儿。老奎就是这么个人物。我到所里时他已经七十出头了。在我眼里，他要是还能算得上"重点"，顶多也就是上路碰个瓷，伏地不起，讹点儿钱什么的。可我师父老郭不这么看，他跟我说："别看这老汉走得慢，腰里别的都是万。""万"就是"万货"，方言里指"东西"和"玩意儿"。好像老奎腰里缠了一圈暗器，随便亮出一件，就能耸人听闻。

我觉得老奎和老郭长得也有点儿像。第一次老郭带着我上门"认人"，我都以为他俩是亲戚。他们两个对坐在老奎家被烟熏得四壁焦黄的客厅里，彼此互不搭理，都埋着头使劲抽烟。烟是老奎自己卷的。他把烟丝铺在两指宽的报纸上，搓成棒，用舌头舔一遍，递给老郭。老郭接了，点上，反手也给他递根自己的烟。老奎应该比老郭大个二十多岁，但除了腿脚没老郭利索，背驼得厉害，看上去两个人没多大差别。也不知道是老郭显老还是老奎显小。可能关中男人上了岁数都像是一个模子倒出来的吧，跟兵马俑一样。他让老郭坐在沙发上，自己搬张板凳，矮上那么一截地坐着。老郭跟他介绍我，他瞟了我一眼，就像瞟了眼他的孙子。他可没孙子，就是一个孤老头。

按制度，对重点人口，每个月走访一次就行。可老郭基本上每周都会带着我上老奎家转一趟。有时候巡逻遛到了老奎家楼下，他也要上去歇个脚。我猜老奎沾着唾沫卷出的烟，挺对我师父的口味。

他们第一次当我面说起老奎的案底时，我已经不算个新人了，已经习惯了偶尔上街去打打狗什么的，也不再盼望窄路的尽头就是天堂。老奎闷头抽烟，突然来了一句："早知道当年把人弄死算逑了，活着就是受罪么！"这话跟他嘴里的烟一同喷出来，格外呛人。他的老底儿我知道，故意杀人，致人残疾，被判了十八年。可我没料到时隔多年，他还能放出这种狠话来。

老奎说完扔了手里的烟卷，伸出穿着懒汉鞋的脚使劲碾。旁边就有烟缸，可他故意这么干，说明他是意欲摆出一个凶狠的态度。我静等老郭发话。我猜他会训一顿老奎，至少脸色会严肃起来，低沉地说："你这么想不对，想早死也不能拿别人的命垫背么。"老奎呢，就会垂下脑袋说："对么，你说得对。"因为我已经训过不少家伙了，基本上没遇到过跟我顶着干的。我想，此时老奎要是不垂下脑袋挨训，我会让他把刚刚掐灭了的烟头捡起来吞下去的。然后老郭会说："有问题就跟政府说么，你现在有啥困难？"然后老奎就会诉诉苦：肉价太贵，假货满天飞，乃至人心不古，女孩子穿得太暴露什么的。老人们经常就是这么跟我抱怨的。疏导民意也是我们的职责，这么一番对话，是我心里的套路。我算是个内心戏比较多的人。

可老郭压根儿没接茬儿。他只是递了根烟过去。然后就聊起医保、天气和附近即将拆迁的居民楼。老郭平时也不是个话多的人，这有些难为他了。他有一处没一处地说，老奎有一句没一句地听。说什么可能也不重要，就是有人说话有人听。说到拆迁，老奎身上也有劣迹。他家老屋拆得早，是这一带最先被开发了的。也就两间小平房，当年硬是被他置换成了两套一居室的楼房——不能得逞的话，他扬言就要再杀一次人。说到做到，他天天敞胸露怀坐在自家门口，地上摆着把杀猪刀，随时要给谁开膛破肚的架势。这都是老郭告诉我的。

那天老郭跟他东拉西扯了半天，临走还给他扔下半包烟。出门时我回头看了眼老奎，怎么看，埋头坐在小板凳上的这个老恶棍，都只是个与世无碍的废物了。脊柱都像是被重锤给敲弯了，还咋呼什么？

从那以后老郭带着我去的次数更多了。隔三岔五就得去看看老奎。在我看来，这事好像被搞颠倒了。老奎放了句狠话，老郭没教育他，反而像是被他吓住了。退休前老郭还专门叮咛我，让我没事也多去瞅一眼老奎。后来我一个人上门，老奎听我说老郭得了癌，那眼神，就像是挨了一棍子似的。他当时的表情，让我相信了，这厮其实早就被我师父驯服了。

我不抽烟，跟老奎没法坐一块儿。我师父跟他坐一块儿，即使没话，也是心照不宣和意味深长。我跟他可没什么默契。他干脆连句狠话也不给我撂。我自然也就没去落实老郭的叮咛，顶多每个月去看一眼，例行公事而已。

我太忙了。派出所警察干的事情，说出来你能当笑话听。更多的时候，我们就是个片区里跑腿的，而且谁都能使唤我们。没了老郭带着，同样的事，我干起来手忙脚乱。那些鸡零狗碎的小案件、小纠纷，老郭处理起来就是烟来烟往，举重若轻，可是让我来，怎么就有了疲于奔命的感觉？如今我成了小吕的师父，我该拿什么给他言传身教？

小吕这个人挺爱自己琢磨事，责任心也挺强，就是跟我才入行时差不多，想象力还没落到地面上。在他心目中，警察就该是神探，破大案，捕顽凶，除暴安良，跟打狗赶鸡没半毛钱关系。我想这可能跟他正在谈恋爱有些关系。男人在谈恋爱的时候，可不都会把自己想象成一个英雄吗？否则好像就配不上一个美人。这情绪我也有过。直到今天，我也不太跟妻子说我每天都忙活些什么。我不做英雄梦了，但希望我妻子还接着做。那样回了家，我才可以心安理得地喊累。所以有时候遇着邻里纠纷之类的事儿，我都不忍心让小吕去处理。我怕这会过早地消磨了一个男子汉的英雄气。小吕和我不同，我是跨了专业，半路出家，考公务员干上的警察，他却是从火焰山脚下走出来的正规警校毕业生。我愿意看到他成长为一个我从前想象过的那种警察。

把那天我俩的值班情况掎一掎，你就能明白现实跟梦想之间有多大的差距。

早上八点半报到，户籍室打来电话，要进行境外人员办证提醒。这事让小吕来，他英语不错。但是有个别电话已经停机，只有等方便的时候上门找人了。

打完电话开始巡逻。一看油表，发现油箱存量不多，先开到加油站加油，免得在半路上抛锚。我可是吃过这种亏。

十点多，接到报警，公墓边上的苗圃有人打架。到现场才知道，昨天早上两个工人为小事动了手，其中一个吃亏大点儿的，睡了一夜气不过，醒来后索性报案。秋后算账，当事人都是一副养精蓄锐后的样子，精神头儿十足，谁也不让谁。只能拉回所里处理。回去后跟他们掰扯了半天，两人还是要较劲。我当然又想起了老郭。可能这事他用两根烟就打发了，而我就得把自己弄得口干舌燥。

正感慨，有人报警，说是接到了反动电话。我让小吕出警，过了会儿他把人也带回来了，是个满头大汗、一看就知道警惕性很高的那种大妈。询问，登记。兹事体大，要向上级汇报。

处理好已经过了饭点儿，食堂打饭的窗口空无一人。幸好食堂阿姨还在，不然又得上对面的小饭馆吃油泼面。那面不好吃，就是便宜。

刚端上碗，接到有人打架的报警。我让小吕接着吃，自己带了几个协警过去。路远事急，报案人情绪激动，像是要出人命的架势，于是上车后一脚油门踩到底。边儿上的协警落实当事人的具体方位，对方却报出了临近派出所的辖区。这叫错报，汇报给指挥中心，掉头回去接着吃。

也就是刚放下碗，所长指示：最近辖区盗窃案件多发，最好召集几个小区的物业开会通通气，想想对策，同时给居民拟一份"警方提醒"。这活儿我干吧。说实话，我不太好意思让小吕去趴着写安民告示。

才开了个头，接到报警，某公司门口发生纠纷。小吕跟着我一起赶过去。烈日之下，一派安宁，压根儿没什么状况。街面上几乎没有人影。别说人影，连阴影都没有。正午的艳阳直射着，马路明晃晃的宛如一匹发光的银练。跟公司的门卫打听，原来人已经走了。"就是小两口儿闹别扭。"门卫的答复听上去还有点儿幸灾乐祸。

回到所里，有报案人等着，是个姑娘，说是"心爱的"电动车被盗了。她说不出电动车的型号，只说得出电动车对她的重要性——男朋友送的生日礼物，"是世界上最漂亮的电动车！"小吕耐着性子做笔录，我继续写安民告示。

刚写好，有人报警在饭馆被偷。还没赶到现场，又接到报警，一家塑胶公司发生了纠纷。兵分两路，小吕去处理饭馆盗窃案——好歹这也算是个刑事案件。我到了塑胶公司，却是一场劳务纠纷。打工的觉得老板给得少了。双方不同意调解，我只好告知他们可以到劳动仲裁部门处理。

回所的路上接到社区的电话，说他们晚上有个群众活动，可能参与的人比较多，需要我们帮助维持秩序……

差不多就是这些事。

黄昏的时候稍微消停点儿，小吕自己去了片区。他手头有个案子。有人报警说邻居在家里制毒，我没怎么考虑就把这案子交给了小吕。开始他挺兴奋的，像是张网以待，翘望已久，终于来了条大鱼。涉案的那栋楼我知道，教育局盖的，里面住的都是中学老师。报案人是位退休的校长，信誓旦旦地说，以他对化学知识的丰富掌握，完全能够通过阳台上飘来的怪味儿做出判断。他的邻居也是一对教师，两口子带着个十多岁的孩子，女主人倒还真是个教化学的。可查来查去，一点儿证据都没有。小吕不太甘心，加上老校长半年报了五十多次警，这个案子就成了小吕的心事。他不觉得我们就只能写写安民告示、追回一辆"世界上最漂亮的电动车"。也倒是，前几天别的片区还发生了大案子，几个女孩把个酒吧老板捅了足有几百刀。

回来后小吕眉头不展。他说他又趴在老校长家的阳台上闻了半天，隔壁飘来的只有红烧肉味儿。我想的却是这会儿的阳台上怕是得有五十摄氏度的高温。不知怎么，在这个夏天我总是觉得夜晚比白天更难熬。白天的热正大光明，不由分说，但晚上的热却显得没有道理。没有道理，就热得更加令人不堪忍受。

那天晚上社区的活动就是广场舞表演。实际上围观的人并没有他们想象的那么多。他们高估了自己的风头。过去后看了看情况，安排几个保安维持秩序，我和小吕徒步去人员密集的场所巡逻。小吕懂事，他以见识过真正酷暑的火焰山人的善意，让我尽量钻到商场里去，巡街的苦差由他来干。真是热啊。巡逻时还得扎起腰带、戴上帽子。从商场走到街上，我感觉会被烫一下。从街上进到商场，我又感觉会被冻一下。每次进出，心里都一惊一乍，让人畏缩。我本来是农大毕业的，"解民生之多艰"是我们的校训。眼下干的活儿，冷热交替，打摆子一样，让我觉得真是"多艰"。

那天算得上是平安无事。我们本来可以睡个好觉。顺利的话，第二天早上八点半交了班，小吕就能摇身一变，去会女朋友了。我也可以带着冻好的饺子去看看我妈。我爸去世得早，年前我妈起夜时摔了一跤，摔断了股骨头，手术后就卧床不起了，只好找了个小保姆陪着。结果当我说完了老奎的事，小吕又跑出去忙活了大半夜。他不在，我也没睡踏实。一开始他可能并没留意听我说话，躺在下铺憧憬第二天的约会。可我是故意要说给他听的，就一直往下说。他果然听进去，领会了我的苦心。我只是没想到他会那么雷厉风行，当机立断就跑去印证自己的猜测了。

老郭退了休，我按部就班，每个月顶多到老奎家转一圈。后来有一次我再去的时候，家里却没人了。我当时也没怎么放在心上，下楼顺便问了句，一个老太太告诉我有日子没见着老奎了，"不知道死哪儿去了。"她这么一说，我就有点担心。老年人鳏寡孤独，死在家里都没人知道，这事也不是没发生过。回去跟所领导做了汇报，我喊来锁匠打开了老奎的家门。屋里空空荡荡，家徒四壁，死的和活的都没有。但看得出有日子没人烟了。

老奎他失踪了。

这看上去也不能算是件事儿。老奎有老奎失踪的自由，谁也没规定他只能窝在屋里卷烟抽。我猜他没准儿出门旅游去了。他的经济状况还过得去，有套房子出租给别人。如今这一片的房价可不低。我让锁匠师父换了新锁，给邻居留了话，关上了老奎的家门。

我去看我师父老郭时，把这事跟他说了。他一听就有些要跟我急的样子。"旅游个屁！他老奎要是会去旅游，我就会去逛窑子了！"老郭冲着我吼。我一下子没太听明白，但我不想惹老郭生气，他正在进行保守治疗，效果如何，谁都没底儿。"你去申请协查一下，看看市里有没有发现无人认领的死尸。"他这么说我就听懂了，他是担心老奎真的死在外面了啊。"也去收容站问问，人老了糊涂，说不定遛个弯儿自己就找不回去了。"老郭接着指示我。

回去后，这两件事我一一落实了，但都查无其人。就在我发愁该给老郭怎么交代时，半个月后，老奎自己冒出来了。而且冒出来的方式完全出乎人的意料。一天夜里，他竟然打报警电话，说是自己在家摔倒了，现在根本爬不起来。赶过去的路上我还纳闷儿，新锁的钥匙在我手里，他是怎么进的家门呢？

老奎家的门虚掩着。我推门进去，以为会看到卧地不起的老奎——年前我妈摔断腿就在地上躺了一夜。我妈常年独居，电话又不在手边儿，第二天早上邻居听见屋里有人哭才发现出了事。看到我后，我妈委屈得像个孩子那样号啕不已。我从没见我妈哭得那么凶过。她真是伤心极了。可是老奎佝背坐在小板凳上。客厅灯泡的瓦数太低，就照亮着他头顶那么一圈，其他角落一派昏暗。他就像是孤零零坐在一个黑暗的舞台上，被追光灯示众般圈定着。

老奎三十岁才娶上老婆。当时这块地方还是一片良田。他可能压根儿就没干过什么农活儿。换一个时代，他能在梁山上谋个差事。入狱前他就是村里的混混。三十五岁的时候，他终于把自己混到大牢里去了。十八年后回来，老婆孩子都没了。二十多年过去，良田变成了高楼，姑娘们的裙子越穿越短，当年的村霸一个人坐在了三十瓦的灯泡下面，就这么苟延残喘着老去了。

他并没摔跤，更谈不上爬不起来。说白了，老奎报了个假案。可我不知道他意欲何为。看到我，他也没话，并不解释自己的作为。我拉下脸批评了他几句。他就那么听着，过了会儿，开始卷烟。卷好后，下意识地给我递过来。我猜他把我当成老郭了。递烟的手在半空有个停顿，随即他醒悟过来，缩回去塞到了自己嘴里。点火，手哆哆嗦嗦，看着让人着急。想到了老郭，我就对他客气点儿了。问他这段日子跑哪儿去了，他也不吭声，就是埋头抽他的烟。间或把一口痰吐在地上，然后用脚蹭。我没话找话，问他怎么进的家门。他不屑地回我一句：开个锁费啥劲么。我去看了看，门已经换了锁。这钱我得给他，毕竟前面那锁是我给他换的。他不说要，也不说不要。我没什么耐心了，塞给他二十块钱。我的手跟他的手相触的那个瞬间，他连钱带手一起抓住了我，像是激起了某种动物性的应激反应。可能不到一秒钟的时间，但我有着突然被什么抓牢了的感觉。

这事还不算完。几天后老奎又报警了。还是说他摔得起不来了。即使知道这回八成还是个假案，我也得上门去看看。果然，老奎照旧坐在小板凳上，腤眉杳眼，像个坐在黑暗舞台中央的老猿猴。不同的是，这回他竟然泡好了茶等着我。茶泡在一只破搪瓷缸子里，我闻了闻，可能是那种需要熬制的砖茶。我像是能听到熬茶时发出的噗噗声。那么好吧，既然请我喝砖茶，老奎你总得跟我说说干吗老折腾我？他不做说明，倒是跟我聊起他前段时间跑出去干吗了。我从来没听过他说那么多话。其实，我差不多就没怎么听过他说话。但这天晚上他却对我打开了话匣子。

老奎说他是去找自己的闺女了。

他先去了重庆的云阳县。循着记忆，他看到的却是一片滔滔江水——当年这里不是连绵的青山吗？那一刻，他以为自己真的是老糊涂了。原来那里如今已是三峡库区，昔日的村落十几年前就搬迁了。这就叫天翻地覆，沧海桑田。老奎不甘心啊。他走了那么远的路，孰料已经换了人间。他在江边硬是坐了三天，好像那样就能等来一个水落石出的奇迹。三天后，他动身前往上海。他打听到了，当地的移民都是迁到了上海的青浦镇。上海滩带给他的冲击恐怕不亚于滔滔江水。想必那里的一切对于他来讲，就是光怪陆离的另一个世界。撬门溜锁他不在话下，可是要在上海找到个人，这事儿他根本办不到。青浦镇倒是找着了，但当年移民来的人，十有八九继续流动，早已四散。他还是不能甘心。青浦镇西面是上海最大的淡水湖，十万亩烟波浩渺，他又在湖边对着水面海枯石烂地坐了三天。他没找到闺女，感觉是从天而来的大水带走了所有的人间消息。

我对他的家事没什么兴趣，也搞不懂他干吗跟我说这些。但我看出来了，可能说什么对他也没那么重要。重要的是说话本身。他的嘴巴就像是台生锈了的老机器，重新运转，吱吱嘎嘎地颇为费力。而这费力的运转，却能带给他不一般的快感和惊喜。他矮一截地坐在我对面，边说边吞咽口水，润滑着他喉咙里那尘封已久的轴承。他的眼神浑浊而又迷乱。没错，他有点儿亢奋。我在想，这老头儿大概有许多年没这么滔滔不绝地跟人说话了吧。他都快把自己给说醉了。一边说，一边打着气味难闻的醉嗝。为此，我耐心地喝了两缸子茶，权当自己听了个没多大意思的故事。我猜，最后他会提出要求，让我们帮着他找闺女。他要是真这么要求，我就又多了件事。我都想好了，回去先跟上海警方联系一下。但临了他也没跟我提这茬儿。

破天荒的，这回我走的时候老奎还送了送我。他趿拉着懒汉鞋，颤巍巍地踅到门前替我开门。手伸出去，捞一把，又捞一把，第三把才捞到门把手上。我就知道了，这老头儿是真的老到头了。明摆着的，身体已经不听使唤了。

又是几天过去，还是在半夜，老奎的求助电话又来了。他好像专门找我值班的日子这么干。我让一个协警过去看看。小伙子回来跟我说，老奎点名要我去。这我的气就不打一处来了。问明白他没什么事儿后，干脆就置之不理了。

谁知第二天一大早老奎竟然找上门来。

我刚在值班室坐下，打算整理一下头天的值班记录，一抬眼，看见老奎隔着窗子矮一截地出现在我面前。他不说话，我也懒得理他，自顾干事。过了会儿他敲了下玻璃。我抬眼看到他翕动着嘴在嘀咕什么，模样就是动物园里跟游客隔窗龇牙咧嘴的大猩猩状。我低头继续忙活，他继续敲玻璃。这下我听见他说什么了。我以为自己听错了，歪着头瞅他。他的嘴在张合，但隔着层玻璃，让我感觉那是声腹语。一只看不见的手把老奎的肚肠搅和得翻腾不已，发出了不受他支配的神秘气声。他又咕哝了一遍。没错，他就是说"我要自首"。

不管真的假的，事儿来了。

我用手示意他进来说。隔着窗子，我看他扶着墙往里走的时候，脸上竟然有股掩藏不住的幸福感。

直接说了吧，老奎二十四年前从监狱里一放出来，转身就把自己的闺女给卖了。

就在老奎出狱的前一年，他老婆跟人跑了。对此我挺怀疑的。那个时候，老奎已经五十多了，他老婆也不会年轻到哪儿去吧？谁会带着她跑呢？要跑，也是自个其他跑了的吧？可老奎认定他老婆就是"跟人跑了"。好像不如此，不足以强调他内心的愤怒。可即便这样，他被强调起来的怒火也还是难平。坐了十八年的牢，他肚子里可是没少憋着邪火。所以他才有资格做个"重点人口"。这种家伙仇视万物，是该盯着点儿。老奎重返社会，举目四望，十八年过去，世界变得跟火星似的，让他老虎吃天，根本无从下嘴。但他有邪火，要抗议。没个泄愤的地方，就盯上自己闺女了。

老奎的闺女那年二十三岁。你都能想到，这种家里长大的孩子会有什么好？倒不是说那女孩品行不端，她挺好的，就是太单纯孤僻。怎么能不单纯孤僻呢？她爹坐牢，她娘撒手跑了，换了谁可能都一样。女孩小学毕业就辍学了，在路边摆了个菜摊，冬天还卖烤白薯。按说老奎回家了，当钉子户搞到了两套房子，守着闺女过日子也挺好，可他偏不这么干。人性不就是这么叵测吗？否则也用不着警察这个行当了。我听说南方有钱人还盛行吃婴儿呢。虽然我每天面对的都是些鸡零狗碎，走的路也多是窄道，但仔细想想，世态炎凉，里面确乎有惊涛骇浪。比方说，妻子跟踪丈夫，丈夫跟踪妻子，这些事儿，让你都不知道世界到底怎么了。但你能感觉到，它们正在改变那些赋予你生活意义的重要信念。

老奎在监狱里有个狱友是重庆云阳县人，服刑时跟他开过玩笑，说出去后要把他闺女买了当老婆。想到这茬儿，邪火攻心的老奎开了窍。他联络上了这个人，带着闺女上路了。坐了两天两夜的火车，到了地方，老奎一看，山清水秀，适于人居——这可能是他最后的一点儿良心了——当即拿了那人两万块钱，撂下闺女就走了。他跟我说他压根儿没打算在那人家里过夜。我想我明白他的意思。他的邪火发到这儿就算到头了，再烧下去，会把他也活活烧死。两万块钱多吗？这恐怕不是个问题。钱不是他的目的，没准儿两百块钱他也要这么干。他就是想报复，至于报复谁，他都说不清楚。人性中那块最为崎岖陡峭的暗面，早把他黑晕了。他想要报复的对象，是他老婆，是带走他老婆的某个人，是世道和人心，没准儿，连他自己也能算在里面。那是种连自己都一并仇恨厌弃的情绪。他跟我说，那钱直到今天他都没动过。当年他转身而去，走在山路上，脚底发虚，轻飘飘的像是腾云驾雾。后来还跌进了沟里。旷野无人，他在野地里昏睡了一宿。醒来后，山风浩荡，感觉像是死过了一回。

当年老奎的女儿不见了，群众都想当然地认为女孩是找自己的亲妈去了。谁知道背后藏着个天大的秘密。

不折不扣，这是罪行。

可是怎么处理呢？却非常棘手。拐卖人口罪，最长的追诉期是二十年。不放心，我还特意又查了下刑事诉讼法。就是说，时光已经赦免这桩令人发指的罪行了。如果要把老奎绳之以法，得报请共和国的最高人民检察院核准。他肯定还够不上这资格。我做完笔录，让老奎按了指印，上楼去给领导汇报。出门时老奎喊住我，问我干吗不把他铐起来。我瞅了他一眼，用指头点点他，意思是你给我等着。至于等着又如何，我也不知道。在我眼里，他当然是个浑蛋。可是我还没见过这么老的浑蛋。不是吗，一个浑蛋老到这种地步，浑蛋的程度都要打折扣了。

所长听了我的汇报，跟着我去了值班室。他也只能歪着头瞅了半天老奎。但毕竟是领导，一开口就问出了我心里面纠结的疑惑。

"我说老奎，"所长捏着自己的下巴问，"你咋今天才想着要来自首呢？"

老奎活动着嘴。刚才他说了不少，肯定也说累了。但他只是活动嘴，像空转着的马达，就是不启动，让人干着急。

他是为了逃避打击吗？那么他压根儿就不需要跑来认罪。是他的良心终于发现了吗？看起来也不像。你从他脸上根本看不出痛苦和悔意，反倒有股兴奋劲儿。就像那天晚上他跟我滔滔不绝后一样，脸上洋溢着的，是一股

"可是给说痛快了"的惬意。我都想踹他一脚。

所长拍板，让老奎先回去。他却不走了，无论如何也要让我们把他先关起来。关起来谈何容易！对于这种根本不能批捕的案子，你没法把人送进看守所去。留在所里更是不可想象，等于是弄来了个祖宗，得专门派人伺候着。怎么办？急中生智，我想到了老郭。

一段时间没见，我师父老郭真的瘦成了一张纸片。他像是飘到所里来的，让我不禁一阵心酸。看到老郭，老奎一下子就蔫了。刚才他看上去还得意扬扬的——好像回光返照，又成了当年那个臭名昭著的滚刀肉。但老郭只给他递了根烟，他就像条老狗似的，佝背塌腰地跟着老郭走了。他们一同消失在派出所的门廊前，飘进炽白的光里，就像是羽化成仙，遁入了虚空当中。

我以为这事就算完了，至少是可以暂时搁置起来了。但过了大概有半个月，报纸上居然登出了报道，题目是——老浪子昔日卖女，今日终于投案自首。还配了照片，老奎在镜头里正说得眉飞色舞。然后就有不明就里的群众往所里打电话，义愤填膺地质问我们干吗不把这没人性的老东西逮起来。所长被搞得恼火，指派我专门答复这样的质询。好像这事儿是我惹出来的一样。我当然更恼火，每天的琐事已经够多的了，还得在电话里苦口婆心地普法。同事们也故意逗我，一接到这种电话，就大呼小叫地喊我。

是老奎自己跑到报社爆的料。他像是专门要给我找事。

这事闹了有小半年，我被折腾得够呛。后来有一天我在家休息，中午时老郭给我打来了电话。他让我找辆车，马上到老奎家去。我到了的时候，他们已经等在楼下了。两个老头儿都蹲着抽烟，旁边撂着一捆包袱。老郭得病后就戒了烟，我看出来了，这会儿他也就是做做样子。好像不做做这个样子，就不能跟老奎打成一片。

上了车，我才知道这是要把老奎送到养老院去。地方是老郭找的，离得也不算远，还在我们派出所的辖区里。这家养老院是私营的，规模不小，据说条件不错，住进去不容易，有的老人已经排了两年的队。天知道老郭是怎么搞定的。我想这事儿，怕是不会让两根烟那么轻而易举。这就是我师父。他除了跟老奎长得像点儿，两人之间既不沾亲又不带故。再说了，他已经退休了，自己还在跟喉癌死磕。

两个老头儿都不说话。我偶尔回头，看到坐在后排的他们，居然手拉着手。两只满是老年斑的手彼此扣着，像盘根错节的枯树根咬合在一起。车里有股老年人身上特有的怪味儿。这气味还带着颜色，青灰，又泛着点儿苔藓长着毛的墨绿。没错，你也可以说那就是死亡的味道。

到了地方，老奎却不想进去了。老郭也不劝他，让我跟他在院门口等着，自己蹒跚着进去找人办手续。老奎的包袱扔在地上，他一屁股坐了上去，从口袋里拿出只铝烟盒。这只铝烟盒我太熟悉了，现在竟然到了他的手里。铝烟盒里装着烟丝，估计不够他抽几回的。也就是说，用这只铝烟盒来装烟丝，实用性不大。它更像是个装饰品或者是纪念物。不知为什么，我还觉得拿在老奎手里，它也像是个女人用的粉饼盒。尽管它也算不上太讲究，但对于老奎来说，还是精致了点儿。

他开始卷烟。我跟他说这家养老院有多好。我也知道，我的话他压根儿没往耳朵里进。他抽着烟，眼睛空洞地望出去，像是曾经望着滔滔的江水。最后我还是忍不住又问了那个问题。它挺困扰我的，我当时想的是，我要是再不问一下，可能就永远不会得到答案了。我装作漫不经心地问老奎——为啥要在一把年纪了的时候想到来自首？老奎不搭理我，抽他的烟，望他的水。问完我才明白，其实我也没那么想得到个答案。这世界上说不清的东西太多了，而有答案的东西却太少。法律写得倒是清楚，那也可能是一部分答案，但如果世间的问题犹如滔滔江水，法律的答案扔进去，顶多是颗微不足道的石子。明白了这点，你大概才能当好一个警察。

"就是孤单么，想跟人说话。"冷不丁，老奎来了这么一句。

我听见了。但当时像没听见一样。随后我才意识到，"孤单"这个说法，我压根儿就没跟他挂上过钩。这个词不该在他老奎的词库里。我认为有些情感是他无从觉醒到的。哪怕它们已经实实在在地攥紧了他的心，疯狂地荼毒他。就好比如果他真的被"孤单"所煎熬，恐怕他也只会本能地有所不适而已——那情形完全是生理上的，在他，可能就像是嗅到了一股令人反胃的恶臭。他没法将之上升为一种情感。所以，我以为听见了另外一个人说话。

他还是不看我。但我没看错的话，他的眼角有浑浊的老泪。你见过人的眼泪像洗过抹布的脏水吗？当时我就见识了。他还能流出脏水一样的眼泪，这算是上帝对他的一个优待。你知道，动物们只能干瞪着眼睛默默承受。不过这可不像一辈子都让上帝头疼的那个老恶棍。他敢杀人，敢卖闺女，敢当钉子户，可是不敢承受老了的"孤单"。

他坐在那儿，整个人蜷缩着，像是被人扔出去时还揉成了团的废纸，你要是想重新弄平整，得用熨斗使劲熨才行。报纸卷出的烟卷都快烧到他指头上了。有一阵，我甚至动念，是不是想办法帮他把闺女给找回来。但这念头立刻打消了。还是算了吧。有什么好说的呢？你要是也被自己的亲爹卖过一回，你就会明白我的意思。

"从上海回来，咋就觉得屋里更空了？"他说，"我都后悔为啥非要那么大的房子，不如回监狱去待着。"

那房子并不大，一居室而已。凑合着住倒是够了。可已经放不下一个老浑蛋的"孤单"——这玩意儿好像有体量，而且呈弥漫状，随物赋形，无孔不入，能把整个世界都塞得满满当当的。

老郭在院子里朝我们招手。我把老奎拎起来，还替他拎起了包袱。这两样都不重，轻飘飘的。不是的，我没有同情他的感觉。或者说，仅仅光是同情他并不足以说明我的情绪。我只是被更加虚无的东西给裹住了。就像是掉进了云堆里。怎么说呢？嗯，我是有点儿伤感。

我师父老郭站在不远处。几个统一穿着橘红色马甲的老人在窗口探头探脑。条件再好，在我眼里，这里也是生老病死的所在，是荒凉之地。但你无能为力。可能最后我也得把我妈送进来。可能最后我自己也得被人送进来。我们向老郭走过去，我突然觉得我师父也是轻飘飘的，大概也已经瘦到了能被我一只手就拎起来的地步。时值仲秋，天高云阔，但那一刻，我的感觉并不比待在六十年未遇的酷暑中好受多少。

那是浩渺的炽灼跟微茫的薄凉交织在一起的滋味。

本来小吕是要求睡上铺的，他觉得下铺是我应该享受的待遇。但我还是坚持睡了上铺。我觉得在那样一个上不着天、下不着地的高度躺着，人像是躺在了另外的一个维度里。这能让我有种无从说明的平静之感。我说过，我是个内心戏比较多的人。我睡在上面，看不到下面的情况，说话就像是自言自语了。说完这些后，下面半天都没声音。我以为小吕已经睡着了。

"孤单。"他突然发出了一声叹息般的回味。

我探过头，看到小吕的头枕在自己胳膊上，一脸若有所思的样子。又过了一会儿，小吕就跳了起来。临出门他还没忘记戴上帽子。他就是这样，注重警容，比我强，是个当警察的好苗子。他没跟我说要去干吗，但我大致能猜出来。我从窗子望出去，看见他跑进夜色里，于是开始将他想象成一只在六十摄氏度的水温里畅游着的青蛙。

我想睡，但是却不怎么能睡得着。夜深人静，万籁俱寂。连值班室的电话都不再响了，对面超市门前的木马却还在唱着儿歌。我也想过要提醒超市的老板夜里就把它给关了，费电，可能也有点扰民。但我没那么做。我想，这世上的人干世上的事，恐怕都有他自己的理由。如果对别人妨碍不大，就由他们去吧。儿歌里唱到"天上的眼睛眨呀眨，妈妈的心呀鲁冰花。"我开始想我妈。我想，她老人家现在孤单吗？

小吕出门时替我关了灯。外面旋转着的警灯把斑斓的光投射在天花板上。我举起手，光着的胳膊被照进的彩光裹缠，红红绿绿，像是文了身。这一刻，我又想到了我们农大"解民生之多艰"的校训。随后，我也感到了那大水一般漫卷着的孤单。

天边露出鱼肚白的时候小吕才回来。我迷迷糊糊地被他吵醒，看见他兴奋地趴在我床沿上，腋窝下全是汗渍。

"没错，老校长承认是报假案了。"他说，"本来问清楚我就打算回来，可老头儿硬是拽着我说了一宿的话。他儿子去美国三年了，平时连个说话的人都没有。"

小吕的眼睛里有血丝，不像青蛙，着实像兔子了。

"他那是诬陷，"我说，"涉嫌犯罪了。"

我当然早料到了，否则干吗半夜跟他聊老奎？

"我教育过他了。"他说，"老头儿就是见不得邻居一家三口其乐融融的样子，说是看了堵心。"

小吕的口气里有着替人辩护的味道。我想我没看错人，这小伙子没铝烟盒，也能当个好警察。

我翻下床准备洗漱。洗澡间在对面食堂的楼上，从宿舍走过去，盛夏清晨的空气都开始隐隐发烫。冲澡的时候小吕一直围在我身边说东说西。这个晚上，可能让他有了不少感触。为了让他更高兴些，我在水花中拍了拍他肩膀。

再有半个小时，五点半，就得在值班室里就位了。但愿八点半交班前不用出警。不是厌战畏难，是天太热，都破了六十年的纪录了。人活着已经是在苦熬。

（原载《人民文学》2016 年第 7 期）

作者简介：

弋舟，1972 年生。著有长篇小说《蝌蚪》《战事》《青秋误》《我们的踟蹰》等，中短篇小说集《我们的底牌》《所有的故事》《弋舟的小说》《平行》等，作品入选多种文学选刊、选本与排行榜。曾获百花奖等多种文学奖项。现居兰州。

天 黑 以 后

旧海棠

鹤舞很漂亮，长发过肩，齐刘海儿，弯睫毛，黑眼睛。脸形嘛，说起来也怪，跟爹妈都不像，像姑姑。你走大街上眼观六路看到的一个个小女孩儿的好看模样都在她身上了，现在正读幼儿园大班，跟大人说话时仰着脸，黑眼睛闪动，一脸的天真，样子很是好看。而这个年岁所有孩子的天真烂漫她也都有。

小伙伴们都吃饱了，服务员也已收拾好桌台，这会儿正在上冰激凌。鹤舞在小朋友堆里突然恼了，跑过来问妈妈："妈妈，我是爸爸送你的小天使变的对不对？"

鹤舞妈妈在眉飞色舞地跟其他小朋友的家长聊天，听鹤舞这么问便停下来，马上明白了这个与孩子之间隐蔽的小秘密。这是个有点让人尴尬的小秘密，但这会儿当着这么多人的面也只好装作若无其事大方地回答女儿说："是呀。"

这时档又跑来一个小男孩，不服气地说："所有的小孩子都是妈妈生的，不可能是小天使变的。"说话的口吻气壮山河，要征服全世界。

"我就是小天使变的。我就是小天使变的。"鹤舞不服输。

"你也是你的妈妈生的，天下的小孩子都是妈妈生的。"来的小男孩也不服输，彼此架势都像红孩儿斗孙悟空，要一举把对方拿下。

小男孩是客，妈妈过来跟他说小男孩应该绅士点，要让着小女孩，说今天还是人家鹤舞的生日呢。小男孩听妈妈这么讲气势小点了，可还是要跟妈妈确认他是不是妈妈生的。妈妈肯定地说，当然了，你当然是妈妈生的。说，妈妈给你看过肚子上有个刀口的。这位妈妈说着用手比画着刀口的长度，小男孩一直盯着妈妈的脸看，直看到这里视线转到手上，才满意地熄了火气。

那边鹤舞也被妈妈耳语安抚好了，回了座位上等冰激凌。

大人也有一份冰激凌，都认真吃着，又一个小女孩过来，她的样子不像前两个孩子，她是低声下气的，柔柔弱弱的。她问妈妈："妈妈，我也是妈妈生的对不对？"

"对啊，你也是妈妈生的。"

"大家都是妈妈生的，Sophie 为什么是小天使变的呢？"

"这个嘛，我等会儿问问 Sophie 的妈妈是怎么回事，你先回自己的位子上吃冰激凌吧，你看，冰激凌都要滴到新衣服上了。"

小女孩走后，她妈妈问鹤舞的妈妈："你怎么跟孩子解释的？ Sophie 坚持是小天使变的以后肯定还会跟小朋友争执的，这么大了，该试着跟孩子说明白些。"

"哎呀，怎么说嘛，你要是告诉她是妈妈生的，她又会问，怎么生的，问了怎么生的又要问从哪里生的，问了从哪里生的还要问妈妈肚子里怎么会有小 baby——哎呀，我不就告诉她是爸爸送妈妈的小天使变的了！"说完，鹤舞妈妈暧昧地笑一下，对方以差不多的表情回笑了一下。这么彼此笑完鹤舞妈妈似乎觉得哪里还没有说清，接着又说："我跟你说啦，解释不清。我老大当年快把我问死了，我吸取了教训才这么跟 Sophie 说。难道你们的孩子不会问从哪里生的、小孩子是怎么进到妈妈肚子里的吗？"

"会啊，就跟她说等她长大些了妈妈会慢慢告诉她的，现在说了她也理解不了，反正就是妈妈生的不会错。这个信息肯定要给到孩子。这关系到她对自己的身份认定。"

"Sophie 很固执，什么事都是马上要知道，以后再告诉她这道理讲不通的啦。"鹤舞妈妈一口的港台腔，"啦"字拉得很长。话末又反问刚才说话的那位家长："孩子要是非打破砂锅问到底，她怎么会到妈妈的肚子里的，你怎么说？"

"我跟孩子解释，在她很小很小的时候，还没有拇指姑娘大的时候，爸爸把她放到妈妈肚子里的，然后在妈妈的肚子里慢慢长大。我给孩子看过鱼卵的成长视频，她看后就理解了人也是那么长大的，先是一个小圆球，然后长出手手脚脚。总之我是坚持跟孩子说真话，实在不能讲真话的时候，至少要告诉她接近真相的话。"

话说到这儿，鹤舞妈妈听了就不说话了。她还想反问对方，孩子难道不会问她小小小小的时候是从哪里来的吗？不会问爸爸是怎么把她放到妈妈肚子里的吗？算了，一个个都是不服输的人，不管对错气势都扎得很大，争下去又有什么意思？一个人本能会有对身份认定的精神意识她也懂，但这话题太大了，这种场合又怎么适合讨论？她甚至觉得在这样庸常的日常生活中提这么重大的问题是轻浮的。

　　鹤舞的生日 party 结束后，大家各自分头取车回家。其实大多是住一个小区，因为在必胜客包场过生日，都是开车来。车也都是好车，宝马，雷克萨斯，大奔，丰田，年轻文艺些的父母也有开斯巴鲁一类的城市越野车，好像还有一家开宾利。反正都是中产阶级以上，因为孩子是国际班的同学，彼此捧个场，一起给孩子过个生日。反正是为了孩子嘛，谁也都有生日，你捧了别人的场，别人回头也捧你的场，人情都是这样相互捧来捧去暖热的。现在的家庭大多是独生子女，为了孩子不那么孤独，不单是才艺，情感投资也成了父母考虑中的必要部分。

　　鹤舞妈妈相对鹤舞同学的家长年纪要大些，但容颜似乎差别不大，若推算起年纪怎么说也得大上一轮。鹤舞在家里是老二，她的哥哥已读大三了，这样论起来鹤舞的妈妈怎么着也要四十开外了。

　　鹤舞的爸爸是机师，飞国际线，鹤舞妈妈常随机去世界的另一头玩，去得多了，鹤舞妈妈觉得美国好，所以，儿子在国内还没读高中就送去了美国。而她也是在美国陪读时怀上了鹤舞，鹤舞也就成了美国人。一位做她车险的家长介绍鹤舞妈妈时常用一个语气：香港超生洒洒水啦，跟尼位妈咪比起来都弱爆啦，人地嗨去美国生嘅啦！

　　鹤舞妈妈呢，听了这话总是呵呵一笑，有谦虚也有得意，说："哎呀，也是没办法啦，在国内生我老公就得下岗啦！我是提前退，我老公可提前退不了——要是下岗了，别说生老二，我们老大在美国读书看他就不方便了嘛！"

　　嗲。鹤舞妈妈嗲起来的样子比小她半轮一轮的妈妈们还要小女儿状。再说，嗲俨然已是这个时代的女性的生理常态，谁都可以嗲，不分贫富，不挑场合，谁想嗲就嗲呗，嗲完再讨论其他的话题不迟。反正关于鹤舞的出生话题对外都是这么说的。

　　虽都是住一个小区，家境并不相同，有住小户型的，有住复式楼顶的，还有嫌一套房不够住把两套打通用的。因为政策，房地产开发商为避大户型税费，把紧挨着的两户做成联通的，看似用水泥和砖砌着了，整面墙推掉并不影响房屋承重。打通了用也就成了两百平方米左右的豪宅了。鹤舞家就住着二百一十七平方米的房子。同小区中这样的住户不少，约占总小区住户的46.5%，鹤舞的同学中也有几家这样的。这么打通用，除了一次性付款的，大家心照不宣地还有一个默契不说——为了住这样的豪宅，为了避二套房增长的贷率，夫妻俩是离了婚的。大家对这事意见也一致，怎么不离呢，能省下好几十万呢！

离了，拿了房产的红本，前夫前妻又再结回去，反正又不费什么劲，领个结婚证不过九块钱的成本，电话预约个号，抽个上午就把事办了。结（离）婚登记处在出台购二套房贷率增长的规定后门口比以前多竖了个大牌子，红纸黑字写着：购房有风险，离婚须谨慎。来离婚结婚的人看到这牌子就笑，购房有什么风险，胡扯淡。

这自然是当事人的态度，闲话聊起来，也能听说有把假戏真做的，本来双方协议好的离婚买房，等房买了还有不愿再结回去的。不愿意的那个人话说得也有意思，说真弄出一场像回事的离婚多伤和气，好歹也是过了多少年的夫妻，又没有大怨，但正是因为过了这么多年，你才知道，两个人之间是真没有感情的，若已经醒悟了，还得装着，多累人？多买套房，真真假假地离了就离了，离了就一身轻了，不累了。当然也有觉得上当了哭鼻子抹眼泪闹上吊的，针对这情况自然也有会说话的人发言，说，只能说你得承担风险，不贪便宜也就不吃大亏。其实想想，人活一辈子，生活的难度也就在这里，每活到一个生命阶段都有等在那里的事故或难题，不是物质的就是精神的，不是这样的就是那样的，不是天灾的就是人祸的，总之它等在哪里，等着你。

鹤舞妈妈跟鹤舞爸爸也是离了婚才买下现住的两套房，房产证上一个是鹤舞爸爸的名，一个是鹤舞哥哥的名。鹤舞妈妈没资格再买了，她名下有二十几套房，早在九十年代初她就开始了购房储备，那时候还不限购，把早期买的几套去银行抵押了又买了后来的十几套。后来人们把这一招比喻成"空手套白狼"。反正她那时就是个有钱人了，她的舅父是国土局×区的一把手，她是银行职员，因为长期稳着国土局几个亿的存款，鹤舞妈妈从柜员一路升到支行副行长，她几乎不用上班，在家炒着股就能稳当拿着不菲的业务提成，副行长的职位年薪也不低，所以，鹤舞妈妈在很早的时候已积累下千万财富。鹤舞爸爸的高薪呢，自从他跟鹤舞妈妈结婚后他的工资全部用在了鹤舞妈妈购第二批单身公寓的贷款。原供十五年，在 2012 年已经被鹤舞妈妈用卖掉的一套鹤舞爸爸名下的学区高价房还清，从此他的工资再也不用交给鹤舞妈妈了。他们离婚的时候，鹤舞爸爸算是净身出户，他的名下除了一部宝马 X5 没有什么财产。当然，当时他们这么写协议鹤舞妈妈说是为了简化手续，鹤舞爸爸对此说法并没有异议。都知道的，财产过户很麻烦，二十几套房中哪个出点问题都要跑死人。鹤舞爸爸净身出户后，名下无房，购现在他名下的这套房时，鹤舞妈妈付了四成的首付，月供还是由鹤舞爸爸来供。但不过万的月供对鹤舞爸爸的高薪来说算不得什么，鹤舞爸爸现在仍然算是从结婚以来个人经济最自由最富裕的时候。

他们是相亲结的婚，当时鹤舞妈妈二十几岁，中专出来就参加了工作，在社会上闯荡已有六七年，觉得该结婚了。鹤舞爸爸那时刚参加工作不久，性质上还在培养期，遇着年轻有为二十五六岁就当了副行长的、且有车有房的鹤舞妈妈，几乎是一拍即合，结成夫妻。鹤舞妈妈二十六岁时生下鹤舞哥哥，四十二岁时生下鹤舞。现在鹤舞也已经是读幼儿园大班的孩子了。

放学接送，孩子聚会，很少见到鹤舞爸爸，大家对他的印象除了高大、黑黝、平头，常年身穿笔挺的制服，几乎说不出他的性格。哦，挺爱笑，笑起来露一口工整白牙。

大家分头取车，分头回家，到了小区停车库，就又见着了，然后小朋友又互相打招呼，扭打在一起。分乘不同电梯上楼的时候，鹤舞突然对熊威说："我爸爸晚上回来，会从美国给我带一个很大很大的芭比哦！"熊威说："我有托马斯，是我舅舅从英国买的。"这是攀比，双方还没分出胜负就被家长拉着走向不同的电梯间。

进了电梯，鹤舞突然又不确信自己说过的话一样问妈妈："妈咪，爸比今天真的会回来吗？"鹤舞妈妈说："当然，爸比当然会回来，今天是 Sophie 的生日呀！"鹤舞听妈妈这么说便满心的欢喜，对着电梯里刚擦过油光亮如镜的不锈钢墙面就扭了起来。

回了家，鹤舞打电话给姑姑，告诉姑姑今天是她的生日。姑姑祝贺她，告诉她早就给她准备好了礼物，等周六了带过来给她。

鹤舞还告诉姑姑今天爸爸会回来，姑姑说，哎呀，那可真好，要是爸爸带好吃的回来了，要给她留一点。一般大人这么说是为了逗孩子玩，可孩子对这种分享却是真诚的，高兴地答应姑姑。

姑姑是广州一家试管婴儿医院的专家，在一定程度上说，鹤舞算是她的成功产品，所以对于鹤舞，她不是简单的姑姑，还是她的出品人，她的健康成长见证监管人。鹤舞喜欢这个姑姑，常念叨："鹤芬，鹤芬，鹤芬是鹤舞的姑姑。"

打了电话，妈妈还在卸妆，鹤舞去厨房看她的蛋糕。厨房很大，三门冰箱在中岛台的旁边，鹤舞交代阿姨把蛋糕放在冷藏区的最下面一格。这么交代也不为她自己能拿到，就是觉得放在她能看到能伸手摸到的地方心里踏实。阿姨是香港那边的中介介绍过来的菲佣，有极好的职业操守，主仆分寸非常有度，能讲流利的粤语，按照主人的要求，跟鹤舞妈妈讲粤语，跟鹤舞讲英语。平时没有事主人不发话，多是在她自己的房间。房间也开阔，当初就讲好条件的，不能住库房，房间要有窗，要有电视和网络。鹤舞妈妈觉得这些都不是问题，不就是个相互尊重吗，她能满足和做到。事实上她也有意培养鹤舞独处的能力，所以交代菲佣，尽量让鹤舞单独玩，不敲门叫她不用出来。鹤舞妈妈个人方面也需要独立的空间，她喜爱干净整洁，但也不能接受总是有个人在她面前忙东忙西，在她的要求下，用人做事要论点，要有有效处理事务的次序和方法。所以，基于这个要求，菲佣的做事效率确实很高，而她给菲佣使用的房间也是个带阳台的房间，这样能减少菲佣在房间里闷出来透气的次数。反正屋子大，房间多，光带阳台的房间就有四个。

八点准时，阿姨出来给鹤舞备好卫生间帮她洗澡。可是鹤舞今天不想这么早洗澡，她还在等爸爸回来，她想等吃完了蛋糕再洗，不然洗得干干净净的妈咪又会不让她跟爸比用蛋糕抹花猫脸。

鹤舞不想洗，嘟着嘴窝在沙发里，阿姨也不催促，拿着鹤舞的发套坐在旁边等待她。等半晌，鹤舞还是闹脾气，阿姨便拿起电话拨了内线："太太，Sophie还唔仲意洗澡，嗨不嗨晚嘀时间洗？"不知那边怎么回的，鹤舞见阿姨向她走来，要抱起她。鹤舞是个机灵的孩子，阿姨这样做便知道是妈咪下了命令，嘴还嘟着，也只好配合着让阿姨抱起。

洗头洗澡，吹发，小孩儿的这一套生活程序很快也就结束了，等穿着浴衣出来，妈咪也才刚洗漱装扮好坐在客厅里看电视。

"妈咪，爸比什么时候回来？"

"爸比没有打电话回来说时间，你先去换衣服出来再给爸比打个电话。"

鹤舞小跑着去房间换衣服，很快换好一套芭比的粉色裙装、手拿着发饰出来。她直接跑到电话机旁。

电话接通，原来爸比还在机场，好像也没有打算回来的意思，鹤舞就发脾气了："爸比，今天是我生日，你怎么能当成是明天过呢？"

电话那头说着什么，像是安抚着，过了一会儿鹤舞便挂了电话。

妈妈问她怎么啦，鹤舞说："爸比说以为我明天过生日。"说完话，样子很委屈，站在妈妈面前揉眼睛。妈妈知道孩子这样是想她抱抱了，便把鹤舞揽在怀里，然后才轻轻地问孩子爸比要不要回来。鹤舞说："要啊，当然要回来，爸比说马上回来。"

"那就好啊，不要哭，哭肿了眼睛不漂亮了。你是在美国出生的，按日期是中国的今天，但美国晚中国十二个小时，所以他以为要明天过也是对的。你知道的，爸比记性不好。"然后说，"爸比从机场回来走北环最快也要四十分钟，妈咪给你梳个漂亮的公主辫怎么样？"

"好呀！妈咪给我梳个漂亮的公主辫。"还只是个孩子，还是爱重复大人的话来表达她小小心灵的认同和欢喜。就是个复读机。

一家三口的生日 party，妈妈是导演，爸爸负责录像，舞台是鹤舞一个人的，又跳又唱，很是高兴。

　　鹤舞最终还是跟爸比两个人涂了花猫脸。一个大花猫，一个小花猫。鹤舞第二天醒来，爸爸已经走了，鹤舞已经习惯了这样，并没有问爸比去了哪里，她歪了歪小脑袋看着窗外的蓝天白云能清晰地记得昨天是爸比陪她睡着的，给她用中英文分别读了《芭比和胡桃夹子的梦幻之旅》的故事。芭比的故事她每一部都滚瓜烂熟了，她记得爸比说过，童话里的故事总在天黑以后展开。她今天已经是六岁的大姑娘了，她觉得她突然懂了什么是童话，就是天亮了有些人就没有了。

　　吃过早餐阿姨陪着下楼玩，翻过一个小山坡遇着熊威跟他的爸爸在荷花池边打羽毛球，正是盛夏，荷花开得很高兴，很粉很大朵。鹤舞站在旁边跟其中的一朵比了比谁高，转身走过来帮着熊威捡球，后见熊威没有停下来要跟她一起玩的意思，就牵着阿姨的手走开了。边走边跟阿姨商量等会儿去超市买什么水果。她的姑姑今天会来，她知道姑姑喜欢吃什么水果的。她常说"Sophie 喜欢吃的，姑姑都爱吃"。姑姑也常回她"鹤芬喜欢吃的鹤舞都爱吃"。

　　姑姑来她家，一般是中午饭后，然后在她家住一夜，周一早上送了鹤舞上学才回广州。

　　一起买过东西，阿姨提着菜把鹤舞送到会所二楼的英语学校，阿姨也不用进去，鹤舞轻车熟路去按了指纹到班级报到。她们这个班只有五个孩子，不是没人学，是小班制，手工课题组一个班最多就招这么多的孩子。报读这个小组至少要在这个学校上了一年以上口语的孩子才行，日常口语都没有问题了，才能选读自己感兴趣的手工小组。手工兴趣小组上课从来没有课本，一个学期只能选一个主题，这学期鹤舞选的是糕点制作，做各式各样的蛋糕、点心。鹤舞对做蛋糕简直着了迷，经常是上完课回去还要跟阿姨一起再做一次。好吧，进入教课现场后，每双小手都要用消毒泡沫水泡过，然后从打鸡蛋开始两个小时的蛋糕制作和分享过程。每个孩子喜欢的口味和造型不同，蛋糕制作成功后，个个都是既骄傲自己的成果也羡慕别人的成绩。都想尝尝对方的，这即是分享会。鹤舞今天的主题是胡桃夹子在天黑后苏醒大战鼠国，造型老师帮了些忙，蛋糕的整体感还不错，她一点儿也不舍得破坏，她要留给姑姑。她答应同学下星期做个一模一样的再跟大家分享。就这样，因为她一个人不同意分享，其他四位同学的也都没有把自己的分享给大家，老师只好把分享部分改成了各自成果介绍，这学期来的第一次，大家都是捧着完整的蛋糕回了家。

食过午饭，午睡醒来，姑姑已经到了家里，有三个月没见到姑姑了，鹤舞高兴得一下子扑在姑姑的怀里，她亲完姑姑，还没等姑姑亲完她，就挣开姑姑的怀抱跑去冰箱拿上午制作的蛋糕。阿姨在厨房忙，了解她的脾性，见她跑着进来，知道她是要展示自己的作品，忙协助她把蛋糕捧出来。

姑姑走了过来，在厨房的中岛台上打开了纸盒看鹤舞制作的蛋糕，劝她还不急着吃，再等一会儿一起用下午茶。鹤舞同意姑姑的话，说我不是让你现在吃，我是先给你看看。很会为自己解围的小姑娘。

九寸的蛋糕，黑巧克力打底，胡桃夹子的身子用的朱红和土黄的奶酪制成，腰间佩着木剑，还没有被解除魔咒。

姑姑拍着手赞扬了鹤舞的手艺，样子馋得口水直流。这时鹤舞妈妈也从客厅过来了，只是笑，并没有加以评论。

看过蛋糕，姑姑和妈妈回到沙发上继续聊天，鹤舞把电视后面的屏风推到一侧，开始弹琴，她要弹一首《天鹅湖》给姑姑听。可能刚学，弹得不怎么流畅，但多少也能听出来是《天鹅湖》的段落。

下午茶、晚餐，很快过去，晚睡时鹤舞让姑姑陪，她说姑姑的声音里有大海的声音，最喜欢听姑姑的声音讲故事了，还要求姑姑跟她一起睡，不要她去睡客房。这些要求，妈妈和姑姑都是应的，很多时候大人有大人的默契。

安抚完鹤舞睡觉，姑嫂俩照旧聊聊孩子的话题，妈妈表示孩子没有哪里不适，与常人完全无异，姑姑似乎也就放心了，但照例还是在一个精致的小羊皮笔记本上记些东西。

约在七八年前，鹤舞爸爸提出过离婚，鹤舞妈妈不同意，她被这个事情一下子弄蒙了，他们有那么多的财产，孩子也都十几岁了，一家人一辈子吃用不愁，老公为什么要跟她离婚？多少年的相处，知道对方都是务实理智之人，过得也都是中规中矩的生活，怎么就突然要离婚呢？起初鹤舞爸爸几次试着解释这个问题，都被鹤舞妈妈压下去了，她只要一听到那些话就恼怒，有些失去理智。事由鹤舞爸爸引起，他不能恼，面对鹤舞妈妈的情绪他要是也恼，事情就会糟糕到不可收拾，左邻右舍、楼上楼下，跟他们一样问题的借鸡毛蒜皮之事大打出手的夫妻不是没有。

有次鹤舞妈妈恼到极致没哭反笑了，说绝不会离婚。当她一个人冷静时想想说过的话，以为自己这么强烈的态度只是不想付出一半财产的代价，多少年后才明白那时还没有意识到人在突然的意外中可能会遇到突发的精神问题，精神崩溃或反常的自我保护意识——"没有什么道理好说的，我绝不离婚！"

　　也就在那段时间，因为情绪波动得厉害，身上长疱疹，去医院检查却查出子宫癌。虽然庆幸还不是晚期，但这结果也是要马上摘除子宫的。性情各异的两个人的婚姻到这时其实已经走到了尽头，但这会儿因为鹤舞妈妈的这场意外，鹤舞爸爸之后再没有提出离婚的话头。日子还像以前一样不停地互相妥协看似风平浪静地过着，甚至比以前还祥和，但其实两个人再明白不过这里面的煎熬和困顿。鹤舞姑姑这时被广州一家单位从美国聘回来，姑嫂一次聊天，鹤舞妈妈知道一个女人只要卵巢还在，即使没有了子宫还是有希望要孩子的。鹤舞妈妈切除了子宫后，正应了那句：人缺什么就想要什么。这时的鹤舞妈妈跟自己身体里少一样女人专有的器官较上了劲，甚至照镜子都质疑自己不像个女人。这样极端的情绪下，她想到再要一个孩子，她想再体味一次一个女人生育孩子时老天赋予她的坚强笃定的生活信心。她求了鹤舞姑姑帮忙，嘴上的理由是想为儿子在这个世上留个伴，将来他们老去，这个世上依然有至亲的感情依仗。小姑子除开专家身份，对嫂子这话还是赞赏的，要知道她那个儿子也是她们鹤家的人，是她至亲的侄子。又或者基于女人之间某个神秘的心领神会，鹤舞姑姑答应鹤舞妈妈的请求尝试劝说鹤舞爸爸配合完成她的这个愿望。事情揣测时似乎很难，不想鹤舞姑姑一开口鹤舞爸爸就同意了。是的，他们又不是养不起一个孩子，为什么不多要一个满足她这个愿望，也让儿子将来有个伴呢！也或者这其中还有鹤舞妈妈潜意识里觉得要失去鹤舞爸爸了，多要个孩子对他做最后的挽留。说不清，有些事情就是这样，看上去有很多的理由，往往可能就是一个人某个时刻突然而来的念头做了决定。谁又能说这不是一种放手呢！

　　因为鹤舞姑姑的专家身份，很多事情处理起来非常顺利，当分别提取的精子和卵子形成胚胎后，鹤舞姑姑和鹤舞妈妈随即携带着冷冻箱去了美国准备代孕。鹤舞出生五个月后她们回国，鹤舞妈妈也故意吃胖了些，看她那样子谁也不会怀疑这个孩子不是她亲自生育的。为了防止鹤舞的身份遭议，她们在国内重新制作了鹤舞的出生证明，孩子还是美国生的，从这份证明上看一切并没有什么问题。

　　姑嫂二人也会聊到将来如何向孩子解释出身的问题，但怎么想都不过是设想，孩子将来能否接受，还得看她们接下来如何一步一步教育孩子，输入给她的世界观。

　　鹤舞出生后，他们的平静生活又过了几年，鹤舞妈妈独自的时候偶尔会把离婚的事拿出来想想。在这样冷静的回想下，鹤舞妈妈也重新看待了这个问题，她记得在她把查出子宫癌的事说出之前，鹤舞爸爸还是找机会解释了他要离婚的想法。他说："我知道你不愿意听，我们也都不想吵架，为了避免争吵起来，这样，你讲话时我不出声，你想说什么说什么，我保证耐心听完。同样地，我讲话时你也别动气，耐心听我说完一次。即使不谈离婚，我们总还是要沟通的，总还是要找出能沟通的方式出来。"说完这些，鹤舞爸爸也不看鹤舞妈妈，但他的心里是能感应到鹤舞妈妈的情绪的，觉得她这次还算平静可以继续说下去，干脆就把心中多少年的话和盘托出。"要不我先说，你有什么想法和要求也提出来。"鹤舞爸爸继续说，"我天天在天上飞，关于人生关于生死肯定比你思考得多。我们一起过到现在，你我都知道我们之间没有爱情，年轻时仅有的好感和对婚姻的憧憬也被这么多年我们之间的磕磕碰碰消耗完了，甚至透支。我们没有为钱吵过，因为我对这方面没有要求，你需要时你拿去就好。当然，你也用这些钱为我们的孩子挣得了更多的财富。我对此没有意见。但我们两个人的生活目标完全不一致，你要奢华，你要全世界去购物，而我这些都不想要。我们这个行业规定了我们只要一入行就得终身为公司服务，除非意外和病死，我们不能辞职不能跳槽。公司的航线越开越多，每个航空公司机师需求严重缺口，都在超负荷工作，我仅有的假期里就只想在地上好好地生活几天，我需要来自脚踏在大地上的安全感，然后才能再次飞行……"

鹤舞妈妈想到这儿就哭了。这时的哭泣已不是当时的怨恨和委屈，这样的哭泣是一种顿悟——"哦，事情原来是这样啊！"

而她当时的回应是："我承认我们之间已经没有可以谈的话题，我们当初都被所谓的过来人的大话给骗了，说婚姻就是合作起来过更好的生活，跟爱情没有关系。我承认我也发现了不是这么回事，但你得给我时间，让我先接受这个事情。"其实她当时的心里，不光是指接受离婚，还有子宫癌这个事实。

回想明白这个事情之后，鹤舞妈妈关注了几个新的楼盘，她知道当下的购房政策，她想，借买房把离婚办了，双方都无须再多费口舌，他应该也就知道了她的心意，她缓过劲了，可以放手了。于是看房购房，装修搬家，都是她一个人指挥着工人完成，鹤舞爸爸提出过休假帮忙，都被她拒绝了。这时鹤舞也大了，要读幼儿园了，搬了家正好读这个大社区知名的幼儿园。鹤舞妈妈叫人把鹤舞爸爸个人房间的东西原封不动地搬了过来，这些东西虽然不过是鹤舞爸爸可要可不要的，但这些东西在对鹤舞来说就是爸爸在。虽然他仍是住机场附近的职工公寓，偶尔才回到这里来。而关于这两套房，她想她们暂时在这里住着，等儿子学业有成归来，娶妻成子，这两套房到时正派上用场。那时，她想那时鹤舞也读完初中该决定是不是去国外读高中的吧，生活说不定早已是另外一番样貌。

　　姑嫂促膝长谈，聊到问题深处难免不触碰到过往的点点滴滴。碰到了，手就想往回收，那感觉难免还是伤感的。鹤舞妈妈在黑夜并不掩饰她的真实面容，卸妆之后的她，睫毛并没有白天看起来那么黑长，眼线褪去，她的眼睛是忧伤的、迷茫而黯淡的。她倒来两杯温水，一杯给鹤舞姑姑，一杯用来自己服用雌性激素。这个维持她女性娇颜的药物像一日三餐一样对她来说非常重要，她恐惧一顿落下了第二天嘴唇上就长出胡须来。鹤舞姑姑曾劝慰过她，事情没有那么严重，有些人连卵巢一起切除的服个一两年也就停了，但鹤舞妈妈是固执的，一直坚持适量服用。

　　她比生病之前更注重身体保养，从不熬夜，几次看看时间后，早早去睡了。留下鹤舞姑姑一个人在客厅上网。

　　躺到床上后，她习惯性地把手放在小腹上，她一直在用一位保健师教授给她的身体扫描法来放松身心，感受皮肤下的每一处身体器官的健康与存在，她希望她扫描到的地方都能有所回应——几乎是每一次，她依然指望来自原子宫位置倒置三角形一样的形状映在她的掌心。

　　小孩子没有不缠着妈妈的，也没有主动提出要自己单独睡的，这都得是培养的结果。即使孩子能独立睡了，鹤舞妈妈有时候也不都是让鹤舞单独睡，母女俩在主卧的大床上嬉闹后她会默许鹤舞留在她的床上。鹤舞呢，机灵透了，看着看着图画书就装着睡着了。有时跟妈妈搂搂抱抱就打起了小呼噜，然后由妈妈把她的胳膊拿开盖上被子，她一个借势便翻身面向另一边去睡。这一切看似那么自然，彼此都毫无造作。

　　也有时候是妈妈主动去陪孩子，比方约定好的，周日至周四是阿姨讲故事，周五周六是妈妈讲故事，但有时妈妈在阿姨走后会去看看孩子。鹤舞早就睡着了，若是出了汗，妈妈还是很耐心地帮鹤舞擦去，然后尝试着在孩子身边躺下。床头的落地灯开着，她能看清孩子嘟囔的小嘴和做梦了一脸的喜悦或焦急。这时她就会把孩子脸上的头发往后理，轻轻抚摸着孩子额头。这样摸着摸着孩子脸上就安宁了，又像是一只酣睡的小奶猫。鹤舞妈妈这时的心底是感慨的，不知道怎么就走过了人生的过半，再回头看这过半的时间又不过仿佛微风一息。就留在孩子身边吧，她需要孩子的体温来催促她安然入眠。

　　次日早晨，孩子醒来照例到妈咪的卧室找一找妈妈，这形式或者也叫晨起的问候。妈妈在梳妆或是做保健，鹤舞来敲门妈妈总是第一时间过来迎接孩子。

熊威过生日在家里设宴，鹤舞接到邀请卡时，熊威跟她说，要让她的爸爸陪她去。鹤舞也想爸爸陪她去，她心里知道好多同学都羡慕她有一个开飞机的爸爸，特别是小男孩。熊威有时总瞧不起她，嫌她是娇滴滴的小女生跑不快，不跟她玩，鹤舞正想找个机会在熊威面前争个面子，于是就打电话要求爸爸必须陪她赴宴。

周日的下午，鹤舞被阿姨打扮得漂漂亮亮的牵着爸爸妈妈的手去赴宴。两家在阳台能望见，有时熊威在27楼喊，住28楼的鹤舞能听到。熊威是个壮实的小家伙，一刻也停不下来的那种，他常把自家的撑衣杆上系上红衣服像个山寨兵那样摇旗呐喊，喊鹤舞，喊范宁，喊晶晶，喊佳佳，一旦喊起来能听见他喊上一大串半个班同学的名字。鹤舞应不应他完全看心情，心情好了就应一应，不好了，妈妈提醒她她也装作听不见。

爸爸妈妈陪着鹤舞一起去，妈妈到时已声明她这天刚巧有事等会儿要先走，会让鹤舞爸爸留下来陪孩子。是的，人多，万一有个磕磕碰碰的说不清责任，总是要有个家长在才好。

鹤舞送上礼物，瞬间就跟小朋友玩起游戏来。鹤舞妈妈说礼物是飞机模型，是鹤舞爸爸从国外带回来的，鹤舞爸爸恰时附上笑容以示对鹤舞妈妈的话无异议。都是见过世面的人家，熊威妈妈只低眉扫一眼便证实这对夫妻的话不假，于是更热情地招待客人。鹤舞爸爸表现得像大家对他的印象一样什么时候都是沉默的，鹤舞妈妈则依然是热情开朗的形象，跟主人家及来的其他家长有说有笑，矜持与娇媚有度。寒暄一番，鹤舞妈妈把鹤舞的水壶和一个背包递给鹤舞爸爸，再次对过生日的孩子表示祝贺后告别。

熊威妈妈起身送鹤舞妈妈的时候，夸奖她今天真漂亮，气色真好。鹤舞妈妈便娇滴滴地撒娇说："哎呀，哪里漂亮啦，还不是一个样。"

因这栋楼的建设是一梯四户，熊威家又是两套打通用的，从熊威家大门至电梯间的这边过道空间也就成了熊威家独用的空间，靠墙边一溜摆着熊威的电动汽车赛车、电动摩托车赛车和三个滑板及一大一小两辆自行车。

熊威家的房子看上去也有二百多平方米，户型不同，屋里结构跟鹤舞家也不太一样，曲里拐弯，大致能从门的材料上看出卫生间和厨房，但一溜儿实木门的房间就难说清哪间是主卧哪间是儿童房、书房了。进门的入户花园种满了各色植物，水族箱也好看，金龙鱼两条，银龙鱼两条，游来游去的看上去很热闹。旁边的热带鱼箱五彩缤纷，里面的假山又小又精致，像拇指一样大的说不清都叫什么名字的鱼在里面钻来钻去，小孩子见了觉得又好玩又稀奇。

鹤舞到时，已有十个小朋友到了，家长各自为伍围了一桌麻将一桌桥牌，有位妈妈看起来像是负责今晚的钢琴伴奏在熟悉曲谱。鹤舞爸爸这些都不会，在入户花园旁边的茶室里自己琢磨一个棋盘的残局。不难看出，这个茶室就是这家主人的书房了，或说代替了书房，除了古董摆设，几本书籍都是讲商场风云的，就是《水浒》和《三国》也恐怕是被当作商场功用书用了。推开茶室的推拉门就是客厅，客厅的装饰跟他家差不多，也是以屏风一分为二，一边是电视、牛皮沙发，一边是钢琴岛，拉开屏风，客厅的尺寸基本可以用辽阔来形容了。与他家不同的是多了一台自动麻将桌和两幅油画。油画看上去是仿品，不为显富贵，是为做风水的装饰。总之，富裕的人家若是没个特别喜好的交给装饰公司设计装修的，似乎差别不到哪儿去。

到处是小朋友的战场，玩具拉出几个箱子，最后到来的一位小朋友是佳佳，她一来就找鹤舞来了。她的爸爸站着看孩子玩一会儿，也到了茶室来。因为推拉门敞着，门也没敲径直走了进来。

"下一盘？"佳佳爸爸说。

"啊，我不行，这盘局是剩在这儿的。我没下。"鹤舞爸爸回。

佳佳爸爸这时已走进来，虽还在站着已经研究起了棋盘。

两个男人盯着棋盘看，偶尔动一下棋子，但都没再说话。

应该是过去了一段时间，鹤舞跑来问爸爸陪她演个什么节目，说是妮娜姐姐在统计节目。

妮娜是熊威的表姐，住他家楼上，比他们都大，读小学三年级，看来是晚会的总统筹了。

"Sophie 自己演，爸爸负责给你加油。"

"不行不行，其他小朋友都是爸爸妈妈一起演。爸爸，爸爸，好爸爸，你就出一个节目嘛！"鹤舞开始软磨硬泡，有种不成功不罢休的意思。

"你们家佳佳叫你演吗？"鹤舞爸爸问佳佳爸爸。

"让啊，估计她自己已经给我报了。算了算了，你就配合着演一个。小孩子的思维跟大人不一样。"

鹤舞爸爸想，好吧，那就演一个吧。他拉过女儿，一阵耳语。鹤舞咯咯地笑起来，满意地跑走了。

有一个打桥牌的妈妈这时起身帮妮娜统筹节目。

厨房里，从潮锦轩请来的厨师在忙碌，很多是之前加工过的半成品，看上去一烘一蒸就行了。海鲜类全是从便携式冰箱里拿出来现杀现洗现做，很多工具也是酒楼里带来的，厨房里是一片繁忙景象。一个主厨，两个下手，都是专业的，连熊威家的保姆都只在客厅里听孩子使唤。

吃着餐前点看节目。每个孩子都得演，谁不演都会被瞧不起，也都不愿意。一共十三个孩子，每人一个节目就有十三个节目了，另外还有女生小合唱、男生小合唱、双人舞、集体时装秀、亲子秀，得，三十几个节目去了，拿下谁的谁都不愿意。像导演的那位妈妈大手一挥说，好吧，现在就开始演，争取在一个半小时内演完。然后节目就要开始了，麻将台收起，屏风拉开，钢琴岛上射灯打上，一个舞台准备很快完成。

节目小主持自然是总统筹担当，本来鹤舞也想当，妮娜的架势"非我莫属"，小的屈于大的威望，小脾气闹一下很快也就妥协了。

别看年纪小，个个都是身经百战的舞台好手，来不及排练的直接就上场了。观众都是大人，每人发了一对鼓掌气棒，被妮娜交代一定要使劲拍。大人也都听从，没办法，这时候就是国王和王后来也是俘臣。

节目演得不错，每一次演员谢幕台下都跟锅沸腾了差不多。这么下去，很快招来了小区的保安，保安探进头一看里面的阵势，双手作揖，连连妥协和后退。那意思，给他们闹吧，谁家没有这一回。

鹤舞爸爸最终演了什么呢？他找来一张大卡纸画了个飞机头蹲下去围在身子前面演机师。他刚蹲下，台下就有家长看懂了快速递过去一个塑料木马让他骑上，引来一阵欢笑。鹤舞是他旁边的白云，负责飞来飞去。大人们也都看得出来，那些飞的动作都是来自芭蕾舞的功夫，翩翩跹跹，让一个小女孩儿的舞蹈显得非常美丽。一段开场舞过去，白云一边舞蹈一边跟机师对话："爸比机师，你要飞到哪里呀？"

"哦，我要飞到熊威家去参加他的生日 party 呀！"

"哦，熊威小朋友过生日呀！请你带去我对他的祝福吧，祝他生日快乐，越来越帅！"

"好的，我一定会带去漂亮白云的祝福，祝熊威小朋友生日快乐！"这话刚说完，下面鼓掌棒一片沸腾，节目也就结束了。然后父女俩谢幕下台。还有父母参与时装秀的，身上绑什么的都有，样子自然滑稽可笑。这些也都被旁边的一台大录像机给录了下来。

节目开始后，熊威父母一直在人群里，他们并没有从中抽身出来招待大家，他们跟所有来宾一起尽情享受着孩子们的童真世界。直到所有节目演完，他们才起身去安排桌子开餐。三十几个人的用餐只能是自助式的，早在钢琴的位置靠墙一溜儿摆了一排红天鹅绒盖着的桌子，桌子上架着盆架，架子下面的固体蜡已经准备好，就差点上了。这所有的一切用具都是酒楼一起送过来的，连盆子和碗筷都是。

一切准备就绪，主厨道贺后离开，剩下一男一女两个助手留下来做后续的服务。熊威妈妈不无轻松幽默地说了些客气话叫大家先吃，吃饱了再切蛋糕庆祝。于是孩子们乱糟糟地拥挤着排队取自助餐和果汁、饮料，场面一下子不能控制。

难免要磕磕碰碰，家长们也都能理解，多是谦虚和气着哄自家的孩子主动道歉，你谦我让，场面一下子又其乐融融了。

家长们也都自行取食，用过的餐具很快会有两个助手和保姆收走。人虽多，场面倒也是干净。

客厅的阳台望出去是一片郁郁葱葱的山景，180度的视野，能看到西斜的太阳。这天天气也好，正对面山上，前些天暴雨形成的两道小瀑布依稀可见。

到切蛋糕的时候天就入黄昏了，关掉所有灯，蜡烛点上，映在落地玻璃窗上的荧荧灯光很是温情缠绵。小孩子容易被感动，场景的变化使他们一下子从喧闹滑向宁静，个个都知道接下来是什么环节，不由自主地做出了美好憧憬状，等待着接下来的许愿和歌唱环节。这时，轻柔的钢琴声响起，先是弹了一个过门，熊威首先被惊动了，扭过头望出去，妈妈提醒他"许愿，许愿"。现场肯定有一个隐形的导演的，熊威刚许完愿要抬头，生日快乐的曲子已经响起，于是大家一起唱起了生日快乐歌。

"取车？"

"啊，取车。"鹤舞爸爸没料到这么晚了还会碰到熟人。手上捏着钥匙，循着声音转身看到佳佳爸爸就在他后面。

佳佳爸爸说着话已开了车门坐在车里，样子还有些愁思，并没有马上启动车子。

鹤舞爸爸似乎需要自圆其说告诉佳佳爸爸临时有事，要出去一下。他要开车门时稍稍犹豫了一下，可能就在这时刻转念一想，又没吭声了。他开了车门坐进去，也没有马上启动车子。

（原载《十月》2016年第5期）

作者简介：

旧海棠，本名韦灵，1979年生，安徽临泉县人。曾在《收获》《人民文学》《十月》《上海文学》《山花》《江南》《西湖》发表小说多篇。现居深圳。

爱情的头发

周李立

1

下水道堵住了。泡沫都堆在方卓的脚背上。他觉得痒痒的，有种不太干净的感觉。但只一会儿，它们便消失了。浴室紫红色的地砖上，摇荡着一层越来越厚的水。隐约中，他低头看，水也是紫红色。尽管他根本不打算承认，但当时，他还真是忍不住想到些电影里浴室凶杀的画面。于是很快，他关了水，出来。

"许小言，下水道该修了。"方卓一边往身上裹一块蓝色浴巾，一边往卧室走。

这是方卓的专用浴巾，蓝底上，一只巨大的机器猫。

方卓不喜欢机器猫。他也表示过不喜欢。

"这？给我用的?"

那是第一次，他皱了皱眉，惊讶了一下。他似乎还想起来，很多年以前，他的儿子还很小，也用过这样一块蓝色的有卡通图案的毛巾。他忘了是什么图案，可能是一只鸟或者兔子。

他还是把许小言手中的浴巾接过来了，是客随主便、将就的大度样子。他以为许小言不过顺便拿了一条浴巾给他。可不是么，就算他是应约而来，她也不可能连浴巾都为他专门备下了——那非得是两人要做长久打算的意思才对。况且，这花里胡哨的卡通玩意儿，跟她房间里的这些五颜六色的女孩儿气十足的物件，本来就是相称的。它们根本就是近亲，一个祖宗生出来。

二十多岁的小姑娘么，都恨不得把自己也变成卡通玩具。他很理解地想，并生平第一次用机器猫浴巾，揉了揉自己显而易见生出白发的脑袋。

这没什么大不了，男人又不会在不过是临时用一下的浴巾花色上计较。

"给你的呀！专门给你的。"许小言像是在等待着一个表扬。可能是对他的反应有点不甘，以至于她的语调都一路上扬到最后一个字，听起来像是在说法语。那时她还没有开始吃素，而刚刚生出的爱情就像红石榴里汁液充盈的籽，一点一点填满了她。于是她看上去总是很热，脸颊从早到晚地红着，也像石榴。那劲头，真是俗啊，让人欢喜的俗。

"是机器猫，哆啦 A 梦，人称蓝胖子，像你啊，肚子胖，脑袋圆。"许小言真诚地解释，

"乖乖，我胖么？"头发已经擦过，方卓就势让机器猫替自己挡住圆肚子，"你用什么呢？"

"我……是这个！"许小言变魔法一样，不知从哪里变出一块浴巾，粉红色的。她高举伸直的双臂，浴巾便打开了，撑得平平地露出图案。方卓认得，是 hello kitty，戴着红色蝴蝶结，在吃饼干。

那时，许小言不知有意无意，刚好让自己被这吃饼干的 hello kitty 完全挡了起来。方卓因此也第一次发现，她其实这么瘦小。哪怕她圆润的红脸蛋时常让她整个人都显得肥嘟嘟的。

方卓第一次见许小言时，她戴着白口罩，头上顶着小船一样的白色护士帽，只剩下两个眼睛缺乏前后呼应地在笑。后来，她摘下口罩，露出的却是一张饱满的圆脸，有些意外。

方卓听见咯咯的笑声，就像吃饼干的 hello kitty 在笑。而这也让机器猫忍不住凑上前，果断、霸道地抱住了 hello kitty。

2

回到卧室。许小言仍躺在床上，她懒洋洋的声音很轻，可能是回应着下水道的问题，方卓不确定。

她瘦了不少，皮肤却越来越白。红石榴瘪了，露出轮廓分明的经络。她应该还可以被那块粉红色浴巾，完完全全挡住的，只是方卓好像再也没见过她高举浴巾了。

方卓也躺了下来，把刚洗过还潮湿的脑袋，塞到许小言胸前。还好，这里一如既往暖和，有甜味。

许小言愣了一下，可能是刚醒来。她把方卓抱进怀里。他感到这动作有些生硬与迟疑。尽管这动作对两人都不陌生。他埋头，她便去搂他，像母亲

搂孩子。

总是这样，许小言随后会在方卓那些"不知死活还敢往外长"（许小言一开始是这么称呼那些白发的，后来不知为什么她不再这么说）的白发上，聚精会神一阵。

她右手拿一把张小泉牌小剪刀，左手在他的头上努力摸索那些漏网的白发。她这时的样子，方卓当然不会见到，除非他的眼睛长在头顶。但这并不妨碍方卓相信，她清理白发时的样子，那肯定是专注而享受的。

那个戴白色口罩、护士小船帽的许小言，当时也是这样，紧张地举着一根塑料管，眼睛里却是一种莫名其妙、没有出处的笑意，像狙击手等待着扣动扳机的指令，她就等着时机一到，便绝不客气地把塑料管迅速准确地插进方卓嘴里。

完成后，她会如释重负地呼出一口清淡的气，显得心满意足。那塑料管，有牙膏、血液、消毒水、花露水、雕牌洗衣粉、黑妹漱口水……混合起来的复杂味道。它嗞嗞叫着，用力吸走方卓口腔中那些不断积聚起来的唾液，让他觉得自己正在和一个贪婪的女人接吻。后来，方卓与许小言第一次接吻，他发现许小言的吻其实一点儿也不贪婪。她甚至拒绝进入他的口腔，过分的客套，完全忘记当初她如何强硬、毫不客气地用特殊器具强迫他大张开嘴。他嘴里那些亟待整饬的牙齿，就这么暴露出来，像被扒光的女人一丝不挂露出不忍直视的惨白肤色。这被动的暴露让方卓感到羞耻。于是自尊心要求他避免去看右边那个中年女牙医的脸，尽管那张脸事实上也只剩下防护镜后面两只毛玻璃一样的圆眼。而方卓的左手边，军火供应商许小言正在源源不断地给中年女牙医提供凶器——不明功用的金属小器具，凛冽、尖锐，轻轻的碰撞也会发出寒气十足的声响，如同对一场即将来临的血腥风暴的预示。

方卓索性闭上眼，眼前反而出现一些变态而过瘾的画面，两个女人，一老一小，一个男人，被捆绑、被用刑。他在快感与羞耻之间徘徊了一阵。

后来许小言便把塑料管探入了他的嘴，那画面因此又出现过一次。她戴着塑料手套。光滑的塑料手套偶尔会蹭在他的胡须上，像是一个塑料玩偶在自不量力地对他施行挑逗。

再后来，他嘴里的麻药开始发挥作用。他对自己嘴里正在进行的屠戮与修建都失去了感觉，他因此失去的，还有与此相关的那些联想。

3

可能是职业惯性，她热衷于探究他颈部以上所有器官的奥秘。如今她成为一丝不挂被暴露的那一个。哪怕她手上并没有举一根吸唾管，她也要尽力享受那种探入的快感。他猜想，她可能是需要为他的探入，寻得一种补偿。

在他乏善可陈的五官上，她似乎感到失望。但她很快便给自己找到了新的乐趣——他的白发。那些不知死活还敢往外长的白发，她宣布，要消灭它们。

女人是一种缺乏逻辑的生物，她们的生活，必须依靠一个个现实又短浅的目标，才能连续在一起，不然，她们会让自己像断线的珠子，蹦蹦啪啪四处散落，在身边男人的生活里，砸出一些毫无意义的无谓的空洞。许小言的目标，就是一周给方卓清理一次白发。一周一次，并非她刻意安排，而只是客观条件限制。方卓一周见许小言一次，贡献出一些精液与若干根白发。许小言的日子于是被连缀起来了。这似乎是件好事，让她在一段时期内生理周期稳定、面色红润。

"帮我剪白头发吧。"方卓于是提醒她。

"嗯……"许小言调整了一下姿势，以更利于操作。这让她更像是被迫去做什么事情，热情不高。

他埋着头，没动，但感觉得到她在焦躁、胡乱地动。

"你坐起来！"许小言好像怎么也找不到一个不别扭的姿势，终于决定换个思路，让方卓改变姿势。

方卓坐在床边的地毯上，背靠着床，上身赤裸，下身裹着机器猫。

许小言也坐起来，坐在床上。

他觉得她可能还需要醒会儿神。因为她冰凉的手指穿过他的头发，在头皮上落下的，是一串凌乱的指印。

"要开灯么？"他问，并下意识看了看窗外。从天色上，他看不出几点？空白的天空像雨落之前的海面，灰得很沉闷。他时常看见那样的海。北中国的海很少狂躁，而是始终沉稳低调，像人到中年。

她迅速打开了床边的落地灯。粉红色灯罩投出暖光，却并不提升能见度。可能是这华而不实的光线扰乱了她的视线，那灯光又马上被灭掉了。

"原来是怎么做的？"她问，"今天总觉得别扭，白头发，太不好找了。"

"也是这样吧。"他答，一明一灭的灯光，刚刚在他的视线里留下了几个光斑，像飘落的叶子一样，缓慢下落。

他过了会儿想起来，他本来想说的那个下水道的问题。

上周，下水道就已经堵住了，他告诉过她。她为什么没有清理？这不太像她的作风。在医院工作的人都不免洁癖，她也不例外，她不应该容忍连续两周和不通畅的下水道生活在一起的……但现在，他觉得说起这些，好像不太合适。

"是吗?"她明知故问,又乱动了一阵,终于盘腿坐在床上,踏实了。

他听见剪刀开合发出熟悉的声音。这意味着他们之间的暧昧仪式,终于开始进行。但仍然不顺利。她叹气。他问怎么了。

"剪不完,剪了还长。"

"长了再剪。"

"有什么用呢?"她说。

"不是你喜欢么?"他说。

他想,在认识她之前,他倒真不是太在乎那些白头发。他其实都想不起来是什么时候第一次发现自己已经长出白头发了。他四十二岁,应该是中气十足的年龄。然而他也时常想不起来自己的年龄,就好像北京的天色,总是看不出时辰。他把海鲜水产生意做到半个区的高档餐馆和会所的时候,会觉得自己老得应该去退休了,然而没有人告诉他是否能退休,他很多年都只为自己和家人工作。如果他自己不叫停,没有人可以让他停下来。但在许小言的房间里,他又时常觉得自己尚且年幼,尽管许小言比他还小十六岁。不过其实都没什么,三十、四十、五十,他并不觉得其中有意味深长的东西,五十岁的日子不也是这样吗?买入卖出,赚钱养家。

许小言第一次给他剪白头发的时候,他就发现她的兴奋程度几乎仅次于做爱。他顺从了她,反正也不是原则性问题。什么是原则性问题呢?他的生活,买入卖出,赚钱养家,是吗?他曾经觉得是,后来又不敢确定。

他那时问她:"爽吗?"

她手起剪刀落,稳准狠,在卫校里练的:"当然!"

他怀着一种不明确的想法,试探地说:"要是你换个没白头发的人呢?"

她假装把剪刀伸在他脖子上:"什么?换一个人?"她凶狠狠的。只是那剪刀实在太小,让她的凶恶也显得没有支撑、被不攻自破。

他竟然开始为自己的白头发感到自豪。他还想起,在牙医诊疗台上的时刻和那些变态的联想。他相信,这里一定有些共通的东西,比如他的暴露和她的侵犯,他的受虐和她的满足,他们各取所需。

她收回剪刀,像老奶奶讲述过去的事情:"以前有个男的,没有白头发,我就给他清理粉刺,每次他都会尖叫,就像……"她突然不说了。

他大概想到了她忍住没说的后半句话,感觉有些奇怪。

他们再也不谈这个了——关于她如何养成了这种癖好。

4

她后来又多了一些怪癖。比如吃素。吃素似乎不应该算怪癖的，眼下吃素的人那么多，动物保护主义者，减肥者，信教礼佛者……但她的吃素，缺乏这样一个理所当然的理由。

她原来吃肉的，尤其鱼肉，一个人吃掉一盘红烧鱼。

"你是猫变的么？"他说。

有时候是他，带着鱼来。这想起来很方便，他的生意不就是海鲜水产么。但实际上，并不简单，他又不是菜市场里的鱼贩，他和鱼贩之间，隔着三五层市场关系。所以，水产老板乔装打扮后，也亲自去买鱼。

在华联超市，他匆忙掠走一条死不瞑目的鲈鱼。买鱼这样的事情，他从来没想过自己会做。但事情总是这样，有一天你突然就变了。曾经坚固的东西顷刻如冰化水，流向陌生的流域，而且也貌似理所当然。卖鱼的超市，是他陌生的领地。他一度在复杂的货架之间迷失，他那时想起，妻子日复一日穿梭其中，想必该敏捷如逆流的鱼。他这么想着，竟然就看见了收款台，出口，就像溺水的人看见水面上的光。他其实并没有和妻子一起逛过超市。这里处处闪动着妻子一般的中年女人的脸，她们每一个都像国王，一切尽在她们熟练的掌控中。

做鱼的人，其实也是他。简单的清蒸，放葱姜生抽。再复杂些他们都不会。她一样吃完，只剩一堆干净的鱼骨。

她心满意足，要求他，下次买活鱼，因为新鲜。

她难道想自己杀鱼么？他相信她也一定是这么想的。他不会收拾鱼，他在厨房的功夫远不及在床上。她是知道的。

但她突然就不吃肉了，鱼也不吃，打趣说因为自己太善良，不能杀生。

"龙虾海蟹，你做的是杀生的事。"她说，"所以我得少杀生了。"

第一次有人这么说他，原来他半生的生活都建立在对其他生命的掠夺上？一时都不知该怎么回答。

她又说，实在是怕了。说有一天她在路上走，前面有两人在吵架，可能是夫妻，可能不是，但一定是亲密的人。他们吵得太凶了，简直要杀了对方。她躲远了，却始终记得吵架的人身上散发出的仇恨。他们为什么会那么仇恨对方？

方卓问，这跟你吃素有什么关系？

许小言说，谁能想到呢？吵架的人，他们也想不到有一天会恨成这样。

这是报应。我要积德，给我，其实也不只是给我，给我们积德。

她又说，反正我是决不会跟你吵架的。

方卓没有重视这个吃素积德的决定，只当她一时兴起，日后想来，真是掉以轻心。

许小言说，就这么定了。

所以，她开始吃素。

5

不杀生？许小言哪有这么善良？在他看来，她身上甚至有一种血性的残忍。

医院这种地方待久了，是不是都会不拿人当人看？在那里，人只是需要被好好打理的一个什么东西。医生护士们高傲地发出指令。病人们则完全遗忘自己与他们其实身为同类的基本事实，顺从地撩起上衣，脱下裤子，或者像方卓那样被迫张开嘴，脸上盖张塑料布，让口腔从上面的一个洞里露出来。人们躺在味道古怪的各种诊疗台上，像砧板上的肉，急切地像呼唤情人的爱抚一样呼唤着刀俎。这种自轻自贱的感觉，让方卓在牙医诊疗台上的大半时候都不得不闭上眼睛，并怀着对痊愈的希望或者干脆绝望，沉默地忍受陌生人对自己身体的摆弄。而更加不可忍受的事实是——这其实都是他自找的，他心甘情愿，甚至还为此花费不菲。好在这种不可忍受的自作孽、任由摆布的感觉，如今在他们的亲密关系中，被转化为了他隐秘的乐趣。他确信自己是在牙医诊疗台上时，才体会到这种身体被命令被摆弄的微妙感觉的，那的确不算一种太舒服的感觉，似乎有意要跟自己过不去，极尽自虐。

但同时，却又是解脱，一种彻底放弃底线之后的轻松。轻飘飘的，随波逐流，有点像水里的枯叶。

护士们总有种不怒自威的气质，像安静的小猫表情庄严，但随时都会咬你一口。许小言便是这样，如果方卓认为那张年轻的脸意味着胆怯柔弱，那他一定会为此误会而自食苦果。好在事实上，方卓从一开始就认定许小言是个厉害角色。不过，女人们其实都是不好惹的，但许小言的厉害不属于女人的厉害，女人的厉害是以柔克刚的厉害。她们善于迂回委婉地达成目的，妻子已经在多年的婚姻生活里让他对这种曲线救国策略的有效性，了然于胸。比如妻子已百般温柔地让他开始适应每天早上喝下一杯腥味十足的牛奶了。但妻子这样的女人至少能让男人们虽败犹荣，不管事实结果如何，至少表面看来他是不输的。他只是谦让，不跟女人计较而已。他屏住呼吸喝光早餐桌上的牛奶，省却被妻子普及营养学知识的半个小时时间，换来一天的好心情。这其实是划算的。虽然天长日久地一味退让，也会让人丧失信心，以及很多的快乐，想来还是沮丧。

许小言的厉害却是另一种。或许她见惯了血肉模糊的场面，所以显得无所畏惧，恐怖片对她也是寡淡无味的，因为她总是能从那些开膛破肚的镜头里找出些显而易见的破绽："刀扎进这个部位，怎么会一下就死了呢？太假了，最多痛一下，晕过去。"无知者无畏的道理被她颠覆了，她的无畏来自于有知。不知道什么才会对她有所触碰？

方卓只是偶见，许小言如何在一个撕心裂肺号啕大哭的男孩手臂上，风清云淡地扎下一根比男孩手臂还粗的针管，又胸有成竹地轻轻把针头在几乎透明的皮肤之下翘起，他便知道了许小言是个什么样的女人。男孩的哭声随着许小言温柔果断的动作而音量骤增，男孩的母亲几乎都已经落下绝望的泪水，只有许小言，面带不知是否纯属职业性的微笑，宛如收银员专注地摸索出几枚硬币。

她其实做得很好，根本无可指摘。这是她的工作，她的职业，她没有选择。她必须让男孩、方卓，让她服务的每个人都预先经历一番身体的折磨。她还可以光荣地宣称自己与他们其实身处同一阵营，她不过是为了他们的身体最终可以不被折磨。这是不消多说的道理，谁都明白。但方卓却始终忘不了她施加给他或者其他人的那些身体的疼痛与精神的不适。她是天生的铁石心肠还是后天习得，不得而知。她自己呢？不会痛吗？如果自己也痛过，又怎么会对别人的疼痛麻木呢？他想。

把自己的身体彻底交给她吧！这个惯于折磨人的小妖精，这个冷漠的小可爱——这个无端而生的想法，让方卓不寒而栗。他想起小时候，父亲经常打母亲，用一根捞面条的长筷子，打得母亲惨叫，胳膊上一道道血痕。他想去救母亲，但他也害怕挨打。他从来没有救过她。有时候还是深夜，他被母亲的惨叫声惊醒。有一次他终于攒够了勇气，几乎都快冲进父母的房门了，姐姐拦住了他，冲他摇头。后来他当然知道了姐姐为什么拦住他，姐姐什么都知道，知道他们在做那事。那事根本就跟挨打没有区别——这个想法困扰了他很多年，所以他迟迟不结婚，直到三十岁那年遇见妻子。

他的牙齿，那时已经经过历时三个月的数次诊疗，被替换成了一颗再也不会有痛感的种植牙。这颗不知道是什么鬼玩意儿制成的赝品，如今仍然以假乱真地潜伏在他的口腔，并因为牙床对陌生的植入牙齿的抵制，而落下一道不会如原生牙齿一样通过牙床调节来愈合的牙缝。那个牙缝成为新的灾难的酝酿地。牙缝里落下的肉丝和菜叶，侵犯着临近的两颗健康的牙齿。最终他不得不听从许小言的命令，随身携带牙线。这都是后话。

当时，这个对所有东西都没有感觉的麻木的牙齿，他还没有完全适应它。冷热酸甜，到了它的领地，都一样不存在。他感觉不到它，有时候会恐慌，总担心它会掉下来，被他吞进肚子。

他怀着对诊疗台的隐秘怀念，向护士许小言电话询问，如何对待一颗没有感觉的牙齿？

许小言很专业地回答："不要咬硬东西，不要吃太黏牙的东西，你别不信，那会把它给黏下来的，半年复查一次，每天用牙线。"

他似乎得到了明确的答案——软硬不吃？但他仍感到，不应该就是这样而已。

但的确仅此而已。这是中年女牙医和许小言的功劳，让没有感觉的牙齿一样正常工作，没有人会为此大惊小怪，连假肢都可以让人正常行走，何况一颗卑微的牙。

6

从来没有人敢像许小言这样对待他——她拔了他的头发。

痛——方卓叫了起来。

他突然理解了，那个被许小言挤掉脸上粉刺的年轻男人的尖叫，他或许比方卓还要痛，于是年轻男人在她手里频繁地尖叫。年轻人也许在高潮时刻都紧闭双唇。但粉刺打败了他，他终于叫了出来。不情愿地、难堪地、不由自主地叫喊，又是让人神清气爽地、理所当然地、酣畅淋漓地叫喊。

"对不起，我只是，想试试……"这一刻许小言可能才被他意外的叫声从困倦中惊醒。

"你……"方卓欲言又止，其实他也不知道自己要说什么。

"我没有拔掉，白头发根本拔不掉。"许小言道出实情，并摊开没有拿剪刀的那只手，伸给他看，"你看，什么都没有。"

"你今天怎么回事？"方卓说，他觉得自己的声音听起来似乎在生气。他难道不该生气么？她偷袭他，可怕的女人。

"我错了，我放弃，我保证不动你的白头发了。"许小言竟然主动投降，完全在他意料之外。

她沮丧地把小剪刀扔在床头柜上。

他忽然有些后悔，那稍纵即逝的疼痛以及渐渐消退的酥麻，其实并不难以承受。这无伤大雅的戕害或许正是他希望的，他不正是以此，来确认自己仍是一个有感觉的人吗？

7

他们参加过一次户外活动，爬长城，是豆瓣网上民间组织的那种。那阵他们刚开始熟起来。她兴致勃勃地约他，像无家可归的小狗在祈求你带它回家。于是他就出现在了这个平均年龄二十岁的团队里。那些孩子，都像她，看上去总是很热。也许他生活中的冰，从那时起便开始融化了。其实这个时间点还可以再精确一点的，是回程时他们的大巴车出事故的时候。

这次不严重的追尾，也足以让全车的孩子们惊慌了，只有许小言突然亢奋起来。她大声宣布，我是护士。她还像个女红军一样冲向那个受伤最严重的女孩——尽管那也不过是显而易见的皮外伤，但血肉模糊的效果也很吓人。

女孩被冲撞甩向大巴车的一侧，一块剥落的铁皮划破了她七分裤下露出的小腿皮肤。创口很快涌出草莓果酱一般的血，那血又顺着女孩的小腿，流到地上，迅速变成黑色。孩子们看上去都不太好受，他们憋着嘴，无动于衷又满腹心事地站在那里。

鲜血让方卓眩晕，也让他觉得奇怪，晕血的自己怎么会成为每日杀生的海鲜制品企业的商人呢？尽管他其实并不需要经常面对那些相貌奇异的海洋生物。

他没有留意许小言是如何找到车上的应急包、又如何熟练地处理完伤口的。直到许小言跟他说话，他才看见，她手上还沾着那女孩的血。

他相信整个旅程许小言其实就这一刻最激动，眼神放光，多么迷人。

"你不怕？"他问，但马上就意识到这是个蠢问题，她是护士。

"这有什么怕的？"

她突然想起什么，说："实习的时候，我在重症监护病房，那才是，阴阳之间，那里的人都不算人，那才可怕……"

方卓实在不愿意继续这个话题。他想起，牙医诊疗台边的许小言，兴致勃勃地指给他看那颗刚刚被拔下来的牙齿——混在不锈钢盘里的一摊血水和几团血红的棉球堆里——他的牙齿，坏掉的牙齿，丑陋的牙齿。

他感到恶心，还有一种他不好意思承认的兴奋。那都是他的血。

她怎么毫不顾忌？哪怕他残破的牙齿和鲜血的腥气。他一厢情愿地以为，这不只是因为她的职业素养，而是她也能感觉到甚而也迷恋这种兴奋。

而她，竟然还看见了他身上最丑陋的部分——那颗坏牙。

他应该是从那时开始，感受到她的独特的。这世上大多数女人都是柔弱的，像见不得阳光的植物需要遮荫。许小言不怕，越猛烈的阳光越让她欢喜。

"你不弄一下吗？"方卓指着她手上的血迹，打断她，而她一直在兴致盎然地回顾自己在重症监护病房的英勇经历。

她拿出一包湿巾，用手术之前消毒双手的专业动作，清理自己。

此后，每当她的手在方卓的身体上拂过，他都会觉得自己满身血痕，并因此而快感加剧。

8

"这不公平。"许小言说，"拔都拔不掉，明明都全白了。"

许小言遇上了强硬的死敌。

他不确定自己是否需要为此承担责任，因为的确是他的头发给她造成了困扰，但他其实也不希望自己的白发如此坚挺、表现强硬、负隅顽抗。

"你看！"许小言指着枕头。

他不明白她的意思，直到她又打开那粉红色的台灯，他才凑上去看清了水蓝色枕头上的头发，黑头发、长长的，卷曲盘绕着，像钧瓷上的裂纹。

"我的头发，全掉了，躺一下，枕头上就落下一大把，我快成光头了……"许小言听起来像是要哭了，犹犹豫豫地说着，尽管他从来没看见她哭过。

"正常人都掉头发。"他说。

她大声说："没有掉这么多的，你看你，白头发拔都拔不掉。"

他无话可说，因为这是事实。

他一点也不喜欢这样的时刻：一个似乎脆弱起来的许小言，眼巴巴地等待着他做出解释，而他根本不知道自己被赋予了解释的义务，何况，他也无法给出解释。他知道，女人们多数时候早知道答案，她们只是要你把那个答案说出来。

她说："下水道里，都是我的头发，刚清理过，又堵了。还有梳子上、地板上、洗脸池里，到处都是，随便在空中一抓，都能抓一把我掉的头发。"她一边说，一边挥着右手，好像真的在空气中抓那些掉落的头发。

他终于想起了一点什么，说："你该吃肉，补补营养。"

她坚决地说："不。"

"那你还不是得掉头发。"

"我不吃肉。"

"吃一点肉，又会怎么样呢？"他想起上一次的不欢而散，觉得自己不该提这个话题。

"跟吃肉没关系。"好在她没有在意，避开吃肉的问题。

"那为什么掉发？你学过营养学，应该比我懂的。"

"我不知道。肯定不是营养问题，我只是觉得，烦。"她把披在肩头的头发拢作一束。她的头发的确不多，但很柔软。她把一只手摊开给他看："你看，又掉了这么多！"

"好了，宝贝，告诉我，你烦什么？"他搂住她。

"我老也不开心，想见你，但真见到你，其实更不开心，有时候恨不得去死，没意思，你说，我怎么了？"她的脑袋钻进他的脖颈。

"你今天心情不好。"他说。

"坏透了。"她声音很小。

"因为我吗？"他一点儿都不会哄人。

"我不知道，可是，你也没有办法啊。"她说，他觉得她的话听上去，更像是勒索。

他松开了她。

9

这不是第一次。上一次也是这样。她像溺水者伸出绝望的手，不喊不哭，但她在下沉，歇斯底里着要领他遁入深潭。而他根本就没有救她的能力，他连自己都救不了。他倒是曾被她救过——在他窒息之前，她给他戳出了那个透气的孔。

许小言倒掉一盘刚蒸出锅的鱼，"明明知道我吃素"。她连盘子都一块儿扔掉了。"盘子也不能要了。"她很委屈，死命地盯着方卓，像是要他赔盘子。别的话再也没有了。

方卓低估了她吃素的坚决，企图用久违的蒸鱼的香，安慰疲劳的自己和焦虑的她。这不能怨他，他们一起吃饭的时候实在少得可怜。

她正在为护士们必须参加的一个考试焦头烂额。一本像《现代汉语词典》那样厚的复习书里，印满骨骼、神经、肌肉、器官、牙齿和它们各自的名字。她在"心肝脾肺肾"的内脏图那一页停留了一个下午，心不在焉重复念叨着那些名字，声音像上过发条。

也许她那天的举动只是因为这些烦琐生硬的名字，和这个也许会很难通过的考试带来的焦虑，而不是因为他好心好意专门给她蒸的那条鱼。他但愿是这样。

蒸鱼之前，他倒真还想了想她吃素的问题，但他又觉得，她不会格外当真。开什么玩笑，有不吃鱼的猫么？他想。

鱼是无辜的，但她不怜悯。

他真的生气了。他一天都没有吃饭，而她倒掉了一盘鱼。他饥肠辘辘，心情极坏。他还说了一句很奇怪的、像是电视剧里的话："你不要太过分了，莫名其妙！"

像是火车进入隧道，他看见她突然黯淡下去了，把一句话说得断断续续："我怎么过分了？是你过分！你为什么要蒸鱼呢？你老是要诱惑我，一直都是你在诱惑我，让我吃鱼，我不能吃鱼，我吃素，我就是吃素，心甘情愿，我只配吃素，我就是莫名其妙，我再不要被你诱惑了……"

他心软了，他想起来，她也饿着。饥饿中的人倒掉了自己最喜爱的食物——他突然意识到，她其实在自虐、自罚，饥饿、吃素，都只是她残忍对待自己的方式。她那么坚决地自我折磨，他几乎可以预感到，都是因为他。爱情让她饱满，也让她羞耻，她不说，说不出口，而她正好善于让身体承担后果，她现在在对自己下手了。

或者，他不也是这样吗？以身体的受虐来缓解生活中那些说不出的羞耻和憋闷，饮鸩止渴，终于掏空自己，剩下一片空虚。他很清楚这根本不是他想要的，但他还是会这样做，他看不到别的办法。

于是他想道歉，想告诉她，倒掉一盘鱼算什么，你再倒掉十盘鱼都不过分。

但他迟迟也没开口，因为她消失了，他不知道自己应该向谁道歉——她还在这里，一遍遍冲洗着蒸锅，委屈却安静，像任何一个受气的小媳妇。

她已经不是她了。她消失了。果断冷酷折磨他的护士、圆脸红润而无所畏惧的许小言、那个笼罩于烈日光芒下的她，消失了，她再也不属于他了。

现在，剪白发的工作也不再能让她保持专注了。他想，他可能也会是一盘被她热爱、也被她倒掉的鱼。

10

据说恋人们在床上说得最多的一句话，不是一句情话。方卓相信这是真的，因为这句话许小言就对他说过很多次："你压着我的头发了。"——看来头发一直是个大问题。

"所以人们才说结发夫妻么。"有一次，他不知道怎么随口就说出了"结发"。说完便后悔。很多词都是不能说的。

她突然很僵硬，伸手把散落在枕头上的黑色长发拢成一束，拉到自己胸前。多么长而柔顺的一束头发——或许那时她就已经开始为脱发困扰了？

她转过身，背对着他。他看见她后脑上，竟然有一块突出的反骨。"这样你就不会压着我的头发了。"她不谈"结发"，而顾左右言他。正如她这么久都避而不说"脱发"的问题，直到事到如今、万不得已。

而她的反骨，他以前竟然没有发现。

爱情一定与头发有关，尽管头发上根本就没有神经，无法感觉。青丝让你心动，于是你想与她白头偕老。这不就是爱情么？抚摸对方的头发，爱抚身体，是一样的温存。有些女人可以与你亲密，但当你摸她的头发，她会紧张、不适。而男人们普遍都不喜欢被人摸头，除非是自己的母亲。没有感觉的头发，其实感知敏锐、情绪丰富。头发裸露着，单纯而无辜。但头发又任性骄纵，它大胆地泄露着你自己都不知道的那些关于你身体的秘密。而你对它，根本无可奈何。

这是个问题。为什么？他的白发，看似时日不多，却又根深蒂固，而她美丽的、年轻的黑发，只能无奈地脱落。他想，头发只是表象，根源应在身体内部。

想来多么可怕。她的身体，他自以为再熟悉不过的，但事实上他一无所知，那些主导着她支配着她的东西，他从未认识，就像她一遍一遍背诵的那些人体结构图、神经分布图、口腔、内脏、心脏、脑部的复杂图示——人的复杂，远远超出人类自己的想象。于是如今，他才会恍然大悟般发现，爱情已经神不知鬼不觉地改变了她，改变就发生在他眼皮底下。

他相信，她对他也是如此。哪怕她可以熟稔地背诵出人体全部内脏名，她也无法了解他。她锲而不舍于他丛生的白发，是否也是希望从上面读出更多关于他的信息？

11

他曾经无数次从这里离开，那多是一些阴沉的天气，模棱两可的气息，像极了路上行人们的神色，既不会有大雨落下来，也看不出晴朗的可能。这座城市的路人们，都带着一种绝不会泄露心事的表情，或者再彻底些，直接戴上口罩，适应着凶悍的天气。

如果不是这样的天气，他也许会有更多感触的——每次从许小言的床上离开，他都会这么想。

他总以为自己会想很多的东西，但是却从来没有，高兴时、甜蜜时、生气时、烦躁时……他统统都没有办法思考，其实，他也不知道自己该思考什么。但他知道自己早就出了问题，许小言曾经短暂地让他忘记了那些问题。可是，后来，他把许小言也带入了这片混沌得仿佛没有时间的永恒静止地带。

这天他离开时，却意外地在下雨。雨不大，但却很实在，可以在路面砸出水花。

他起初不太相信，这毕竟是一个让他难受的日子，他觉得有些不好的事情即将发生，但又不知道那是什么，他只是心神不宁。

他草草地吻过她，再一次与她不欢而散。他落荒而逃，像很多次那样。

偏偏今天下雨？

直到他走进雨里，雨滴打在身上，他才真的激动起来。

天色仍然灰白，几乎和平时没有差别，但是却真的在下雨。他都不记得北京城上一次下雨是多久以前的事了，或许其实也没有太久。只是他没有注意，只是时间让他有这样的错觉。

雨越来越大，该怎么冒雨回去呢？

他几乎是下意识地又回到了楼里，上楼梯，打开了她的门。

他需要一把伞，或者得告诉她，外面下雨了——这是不一样的一天，一切都会好起来。他隐隐有这样一些意识。

她竟然在拔自己的头发！

他没有看错，她有节奏地、一根一根拔下自己的头发，好像那根本就不是她的头发。

他惊动了她。

她扭头看他。她脸上丝毫没有被发现后的惊慌。她甚至根本都没有停下手的动作，拔一根，用力甩一下手，头发似乎仍缠在她手上，她又甩手，然后又理出一根，拔下来，好像就是做给他看的。

她不说话，也不动，盯着他，好像他们根本就不认识。

他感到头皮一阵发麻，好像是他自己的头发正在被她一根根扯下来，痛得他龇牙咧嘴。

他喃喃着，疯了，疯了，就觉得自己马上就要瘫软在地上了，也许马上就要死了，人是很容易死的。他心里一阵发凉，他的心跳是不是已经停止了？

他八岁的时候，母亲死了，毫无征兆的。母亲给他们姐弟做好饭，就开始补袜子，补着补着，她突然放下袜子，去院子里，仰头就喝下了一瓶农药。姐姐告诉他，父亲外面有人，走了，母亲知道了。

他一直生母亲的气，很多年都不能原谅她。后来，他也结婚了，虽然他一直对婚姻感到恐惧，好在他结婚的对象是温顺的、知书达理的妻子——这样的女人，或许不会像母亲那样决绝？动不动就发疯？

但他错了，温顺的女人会更让你疯。妻子是蒲草韧如丝，那张平静的脸，从来不动怒、不生气、不责备、不出格、不犯错、不高声说话、不哭闹、不叫、不喊、不急、不烦——所以，她总是能达到目的。

母亲死后，姐姐突然就嫁给了一个瘸子——他不明白，他一直相信姐姐会顺理成章嫁给青梅竹马的那个人。女人们为什么总是要让他意外？姐姐要带着他跟瘸子住在一起，瘸子的家是有院子的三层小楼。他逃了出来。

他只能逃，再逃一次。

他三步两步跳下台阶，在最后一大步时跌倒了，跪在水泥地上，膝盖破了，他顾不上，龇着牙，爬起来接着跑。

终于跑到雨里，他大口喘气，吞下一些雨水。他试图让自己平静下来，但他感到很恶心，想呕吐，又吐不出来。

他弯着腰，两手撑着自己大腿，还是吐不出来。

他是在这时发现自己手里还拿着一个东西的。

是的，他本就是回去拿伞的，但他拿的不是伞。

他似乎想起来，在夺门而出时，他的确顺手从门口抓了一个东西，他当时根本顾不上想伞的问题，他只是无意识地拿起一个东西，一心只想着，要离开她，她疯了。女人们都是疯子，可怕的疯子。

他举起双手，把这条蓝色机器猫图案的浴巾撑开，像当初的许小言那样。

他就这样，举着浴巾，让自己不被雨淋着，一路小跑。

他想，自己该上前制止她的。但他做不到。他像泥菩萨自身难保。他心里想着，原谅我吧许小言，一边又加快了步伐。

12

那天，不少因为下雨摘下了口罩的路人，都看见了这个举着蓝色机器猫的卡通浴巾奔跑的中年男人。浴巾飞起来，像超人的披肩一般招展。

没有口罩的时候，人们好像会愿意多说几句话。

"看那个人，两手举了个旗，在那儿跑。"

"哪里是旗？是个浴巾？"

"嘿，是机器猫。这人疯了吧？"

"跑得还挺快么！"

"别笑，他在学习刘翔呢……"

（原载《上海文学》2016 年第 1 期）

作者简介:

　　周李立,1984 年生于四川。毕业于中国人民大学新闻学院。2008 年开始发表小说。出版小说集《欢喜腾》《透视》《八道门》。获第四届汉语文学女评委奖、第六届"茅台杯"《小说选刊》新人奖、首届"中骏杯"《小说选刊》双年奖中篇小说奖、《长江丛刊》年度文学奖等。现居北京。

有 凤 来 仪

杨怡芬

　　我真不明白我为什么那么喜欢她。

　　我们是在市总工会的演讲比赛上认识的，我是工作人员，她是参赛选手。市总工会的演讲比赛历史悠久，说不清是从哪一年开始的，反正，二十多年前，我参加工作的时候，它就有了。我工作第一年，就报名参加了比赛，同办公室的姐姐劝我不要去，因为此前我们局从来没有一个人在这么大的全市比赛中获过奖，没希望的事，去做它干吗？还有，万一讲砸了，会被人家笑话的。我说，没事，不就去演讲一下吗，学校里我们常常演讲的。就这样，我去了，得了一个二等奖，高兴得我们局的工会主席在单位院子里的黑板上写喜报；第二年，我又去了，得了个三等奖。反正，走下坡路了，自己也就见好就收。其实，得奖也就高兴一阵子，最让人高兴的是能交到几个朋友。二十年前的交通没现在方便，那会儿选手报到后同吃同住得上两天，不像现在，上午来，下午就散了，都说不上一句话。也许就因为混吃混喝过，对这每年一度的比赛有感情，偶尔得了个做工作人员的机会，我就欣然来了，做了前台接待，签到、分发议程，还有引导座位，除此外，但凡选手出声相求，只要我能帮，我就一定帮。当然，我知道没一个选手会念我的好，一转背，他们早就把我忘了。

　　她是个例外。

　　那天，她来晚了，头一个选手已经开讲了，她才到。

　　"姐姐，你，你有卫生巾吗？"她凑到我耳朵边说。她用了点香水，那味道，我闻着像兰蔻的"真爱奇迹"，我年轻的时候，也特爱这款。至于卫生巾，这不是问题，我包里总有一包备用的。生气过度、紧张过度、兴奋过度，都有可能引发月事。这女孩子就是这样，紧张过头了。我把卫生巾塞到她手里的时候，她的手冷冰冰的。她一转身，我看到她的裙子上有一团血痕，那裙子是白色的裹裙。我叫住她，跟着她一起去了卫生间，把我身上的套装换给她。腰头松了近两寸，我就用一个小燕尾夹帮她别了一下。她看着镜中的自己，挺满意的。说实话，她自己那套穿的像是来相亲的，换了我的衣服，才更像个胸有成竹的选手。她去比赛了，我呢，费了老大劲洗掉那团血渍，在干手机下面把裙子吹了个半干，幸亏裙子腰围是有弹力的，我吸了口气，穿上了。在盛夏，穿着足足小了二号的衣服，你想想，这个样子能见人吗？我都不敢看镜子中的自己。幸好我随身带了一条真丝披肩，本来是预备万一室内空调太冷时保暖的，现在刚好用来裹身子。等我把自己收拾妥当，对着镜子，我看到了一个像从印度歌舞电影里走出来的女人。这会儿，我才想到，我根本没留下她的电话号码，甚至，我都没让她签到，我现在能做的就是赶紧坐到我的老位置去，等她来找我。

我坐在那里，垂头看书，不打算和进出的人有目光交流，暗暗祈祷千万不要遇到熟人，一个都不要。

但就是有一个人走到我面前，站在那里一动不动，我只好抬起头来，果然看到了一张大笑脸。是我的高中男同学。他斜着眼睛从上到下地瞄我，就好像我什么都没穿。我和这个家伙，有一回差一点就"礼节性"上床。那次同学聚会，我有点醉了，他送我回了旅馆的房间。孤男寡女，不发生点什么，似乎反倒不对头——大概他是这么想的。我止住了他的动作，我说："哎哎哎，别毁了我们的友情好不好。"他也笑了，说："你真不礼貌！"

从那之后，我真的滴酒不沾了。我也有点刻意回避他，同学聚会里如有他，我就告假不去，只听说他仕途得意，一切都很好。我也就听说过，毕竟，在各自的日常中，我们并没有什么交集，但这回，我这么妖娆地坐在会议室门口，偏又被他撞上，我的脸还是腾腾地红了起来，我甚至已经开口解释了一下我身上这套衣服的来源。

"哦！"他恍然大悟，"怪不得！我还以为你变了呢。"

幸亏没有第三个人听到我们之间的对白。

"我们单位也有个选手来参赛，我过来给她鼓鼓劲！"他也开口解释了一下他在场的原因，然后我们客气道别，他进场去听演讲，我依旧在老地方垂头看书。我带了个KINDEL，下载了七八十本书呢，看上一年都没问题。那天我在读的是《红楼梦》，正读到尤三姐用鸳鸯剑抹了她自己，不知怎么，每回读到这里我都想，这才是一个好的收梢啊，难道尤三姐和柳湘莲能过得了平常日子？

那天，我停下来问自己，我怎么会这么想呢？

这些年来，我过的也就是平常到不能再平常的日子。年轻的时候，我也在舞台上光鲜过，虽然是小舞台，但也总是舞台嘛，我当过主持人，朗诵过诗歌、演讲、给话剧念旁白，到最后，是在给一场演讲比赛当签到的工作人员。舞台下，我结婚生养，买菜做饭，工作兢兢业业诚惶诚恐，好歹升了个副科级，就这样，把平常日子都过了四十多年了。四十多年了啊。

我就这样发了一阵呆，又把书页退回去几页，再读读尤三姐的收梢，也许，我刚才问自己的答案就在这几页书里呢。哪有那么容易找到答案的？我把书页一阵乱退，退到了贵妃省亲那一章。《红楼梦》就是那样，平常日脚和聚会盛宴混搭，那些人天天盼聚会似的。那个有千竿翠竹的清幽所在，先被宝玉结结实实为颂圣题的"有凤来仪"，后让元春贵妃给改成了平平实实的"潇湘馆"。也许，人富贵久了，一眼就能看到平实，也不会以平实为耻；我们这些人，都还是初尝"物质"滋味（跟富贵还差十万八千里呢），都是跟宝玉一样，动不动就要端出凤仪来的，怎么敢就老老实实题个"潇湘馆"呢？

我正一边读一边乱想，她来找我了，小脸紧张兴奋之后红润之至，这粉嫩，真叫吹弹得破。我们就又到卫生间把衣服换了回来。如此，我才长松了一口气。

"真的太谢谢你了。"小姑娘说。

我说："这个，有啥好谢的？没事。"我拿出签到表，看她在表格中签了自己的名字，写全了手机号码。董小如。电话号码后四位一溜儿是2。

我们进场去等宣布比赛结果，在二等奖的名单里，头一个就是董小如，她倒只是笑眯眯的，朝我飘了飘眉毛，前几排却有一个男生激动得跳起来。她凑到我耳边说："我男朋友。丑死了！"董小如白裙飘飘地上台领了奖，她男朋友在台下不停拍照，等她下台后，又挽上她，一副恨不得全天下人都知道他是她男朋友的架势。董小如特意找到我跟我告别，她说："您有名片吗？"名片这东西，我的包里也有，就顺手给了她一张。

接到她的电话是在半个月后，她说她在我单位门口，我惊讶了一下，等着她问我房间号码，可是她说："张姐，你下来一下好吗？"到了门口，我才明白为什么她只能叫我下来，原来，她给我带来了一筐西瓜。

"朱家尖的西瓜，自家地里出的。"她和我合力把这筐西瓜扛上了我的车。

她的额头上沁了汗珠，棉布T恤背部也湿了一块。我都不知道她怎么把这筐西瓜拿过来的。我说："到我办公室去坐会儿吧！"

这个办公室我已经待了快十年了。有几盆绿植，无非是文竹、绿萝，还有一盆时不时会开出小花来的多肉。墙上的小画也有几幅，是孩子学油画时候临摹莫奈的。冷气开得足，进门没多久，她的汗就都收了，我给她倒的菊花茶也凉到可以入口了，她坐在沙发上开始放松起来，摊手摊脚，斜靠着沙发，开始夸墙上的画不错，"那池塘里的水就像真的会流动一样，还闪亮，哎呀，还有小草和泥土的倒影！"她说的，也正是我最欣赏的一处。我就开了柜门打算找出莫奈的画册来让她看，但就是找不到，一沓获奖证书倒是翻出来了，她拿在手里看，尖声说："哇！你和我一样，千年老二啊！"我示意她轻声一点。我的正主任就在隔壁办公室。她笑了，低了嗓门说："一等奖都是给'伟光正'的选手的，我们这样和风细雨的，能二等奖，就不错了。"

这些年，我也是这么想的，但想到最后，参加了那么多回演讲比赛，居然一次也没得过一等奖，总是遗憾。当然，这种遗憾，她这样的年纪，是不会有的。

我们说说笑笑，我觉得和她处得很轻松自然。到了我这个年纪，孩子都上大学了，对年轻小姑娘，自觉不自觉就端出妈妈架子来，难得的，董小如让我觉得我就比她只大了那么一点点。送走她后，我特意把她的电话号码存在手机里了。我还静静坐了一会儿，平复一下刚才被她带兴奋了的心情。她让我想到我跟她一般大的时候的一些事情，甚至，我想起了几乎已经被我遗忘的一个年长闺密。当年，我是董小如，她是我。对了，我们也是在演讲比赛中认识的，我们都是选手，吃住在一起，特别投缘，演讲赛后，就跟小姐妹一样走动了，算起来她年长我十岁总有的，那年，我二十出头，她三十出头，孩子上幼儿园了。开头也是我去找她的多，后来，她会叫上我一起玩。我并不觉得她比我大很多，我记得我也跟她讨教过一些羞于问妈妈的问题，她都答得很自然，似乎一切本该如此的样子。这会儿，我想着她，心头居然一软。

有缘的人，总会在预约之外的地方碰到。

每年农历六月十九前后，只要有空，我就会去普陀山进香。那几天，舟山街上满是背着个黄布袋的女人，年纪大的有，年轻的也有，大家看着都觉平常。每年二月十九、六月十九、九月十九前后朝山进香，在舟山，几乎算是一大民俗。据我观察，这民俗波及区域，宁波、上海和福州这一带，都在其中。三个十九的前夕，普陀山上灯火通明，人山人海，渡船快艇整夜不歇，说是海上仙山，实为不虚。年轻的时候，我就喜欢混迹在进香的人群中，三步一拜，从法雨寺旁的香道拜上佛顶山，做梦一般。现在的我，总是在十九前后三天里选个好天，那几天虽也人多，但多得恰如其分，不会拥挤，也不用处处排队。

那一天，我正走在从普济寺到紫竹林露天观音的步行道上，那段防腐木铺就的栈道，缓缓从百步沙上过，道旁青松蔽日，隔着松林就是沙滩，浪头优雅地涌上退下，声响也不大，做步行时的背景音，再好不过了。我缓步走着，后来的行人一个接一个超过我，有一个女孩在快要掠过我的时候停了下来，我闻到了"奇迹"的香味，也听到了她欣喜的叫声："张姐！"

这一邂逅，就有点"在千万人中，遇见了你"的意味了。

我看了看她身后。董小如笑了，说："他呀，太烦了！来进香，我才不要带他呢。"我们俩就搭伴去拜了露天观音，说是搭伴，我们的话也并不多，也没有勾肩搭背，也就是不前不后这样走着，对着这一片莲花洋和对面的珞珈山，默默无语。

一直到黄昏时分，我们才回程，到城内时，已经路灯初上。我说："我们一起去吃个饭吧？"她微笑点头，好像实在应该一起去吃个饭的样子。

我们点上菜，我还叫了瓶红酒，我说："喝不完你就打包走。"她说："哪会喝不完？我们两个，干掉一瓶，不在话下。"我真的有好久没喝酒了，不过，今天这不算应酬，心情放松地自酌，面前还有个赏心悦目的小美女，喝上一两杯，那是不成问题的。一杯酒下肚后，我开始跟她讲我刚毕业那会儿参加市总工会演讲赛的事情，说到我们单位的工会主席往黑板报上用白粉笔字写喜讯，她的眼睛睁得大大的，憋住了才没笑出来。我也说到了那位比我年长十岁的闺密胡姐，甚至说到了她的丰胸细腰，腰身一尺七，胸却是 D 杯，背影看着瘦怯怯的，当面一看，真有点惊心动魄。董小如斜着眼看我，说："这也是我的尺寸，你觉得我惊心动魄不？"我笑了："哎呀，那时我才多大？没见过世面。现在不会了。"接着，我好像又和她讲了讲我那时候追的星，第一是张国荣。电视机和录像机都设好定时开机，早上一睁眼醒来就看张国荣的演唱会，最爱他轻摆臀部，真的，相比他迷离的眼神，我对他的臀部更入迷。这话都说出来了，显然，那天，我的酒喝得太爽快了。董小如报了一个男星的名字，说是她的男神，她说："不过奇怪了，现在的男生都好像没有臀部的，那个瘦啊……"那男星的名字，我听过就忘了。人到一定年纪，真的会和流行绝缘。我有个年长的摄影师朋友，有回在沈家门夜排档遇到周迅，有幸和她说几句话，但是他"不认识周迅"，这事情，我们年轻人一直笑话他，他呢，一直以此为傲，然后，我忽忽长到这个年纪，才发现"不认识"明星是件多么正常的事情啊。

这个感慨，我却懒得和董小如说，说了，那就是倚老卖老，何必呢。于是我就又开始说胡姐，说我们那时候的演讲比赛。

我讲得很投入，直到董小如站起来恭恭敬敬招呼："汪局，你也在啊。"我才看清，我那男同学站在我身边。他笑着拖开椅子，在我们桌边坐下来："小张同学，这也太不够意思了吧？喝酒都不叫我的。"我说："哎呀，本来我就是个没意思的人嘛。"董小如招呼服务员又加了一副杯碟，给他倒上了一杯红酒。我们的红酒,也就够倒这一杯了,菜也吃完了,董小如要加菜,我说:"不用了吧?我们以后再请汪局吃饭吧。"我那男同学也是喝过酒了,脖子都红通通的,坐在那里,看看她,又看看我,问:"你们俩认识?"我说:"嗯,好朋友。"汪同学狠狠拍了我一下背:"那你怎么不早说呢?害我这两年都没好好照顾你的小姐妹!对了,那天演讲,我就是去给小董加油的呀。早知道你们认识,我就要你张罗庆功宴了!"他又转头对董小如说:"我和你张姐,那是穿开裆裤一起长大的交情,你叫她姐,好比我就是你姐夫,以后有什么事,直接和我说!"董小如笑着点头,一边在电话里和她男朋友说饭店的地址,和汪同学一起吃饭的人也来找他了,于是,我们就散了。

我们走到饭店门口,她男朋友已经在那里了,我和他们告别后,一个人步行回家。舟山的气候,入夜后就夜凉如水,我越走越清醒,和胡姐有关的旧日时光也越来越清晰,方才知道,我其实想告诉董小如的是关于胡姐另外一个故事。

话说我和胡姐越来越熟了,熟到我会和她诉说失恋的烦恼,她呢,会和我说调动的苦楚,他们夫妻分居两地,她一个人把自己的工作、住房都弄好了——她是个能干的人,但她老公的调动一直卡在那里,她说:"帮忙的人没真把这事放心上啊。"我也替她着急。但这事情,光着急也没用。她也张罗给我介绍新男友,有一回,连人带饭局都张罗好了,只要我到个场。她说:"你只要穿得漂漂亮亮来就好了。"我就去了。一桌人的饭局,都是胡姐的朋友和同事,我被安排在一个并不年轻的人旁边,看样子已经四十多了,整个人端着,像一定要人知道他多莫测高深的样子,一桌的人都叫他李局。饭吃好后,接着去跳舞,那时候时兴跳交谊舞,李局是分配给我的舞伴,他的话不多,我们就这样一支舞一支舞地跳,彬彬有礼地跳,也不觉得有什么不妥。他跳舞时话也不多,也没问我从哪里来的这样初次见面会问的问题,只是有时候会随着乐曲节奏捏捏我的手。有一支舞跳到中场的时候,我的脚崴了一下,那天我穿着高跟鞋,这一崴,到底痛的,我就退下来,缩到我们在的那个小包厢的角落里,那里灯光打不到,黑咕隆咚的。从我这个角度看过去,胡姐已经接替我在和李局跳了,他们跳得很默契,步态懒洋洋的,松弛得很。过了一会儿,又有一对进包厢来了,他们没看见角落里的我,一半也是太心急了,当着我的面搂在一起,密不透风地亲吻着摸索了一会儿,看得我心惊肉跳。好在,也就那么一会儿。那女的先说话了:"今天看样子是小胡给李局在介绍对象?"男的笑了一声,说:"那女的是小胡的闺密,这下好了,成娥皇女英了。"女的躲进他怀里,说:"别掉书袋,什么什么啊?"那男的却懒得解释,索性就又把女的吻了个密不透风,摸了个无所不至。我在那里走也不是，留也不是，万一他们一回头看见我，那多尴尬啊。他们吻好了，拉好了衣服，又开始刚才的话题，那女的显然已经把这典故想起来了，她说："小胡这招好毒啊，她的小姐妹嫁给李局，以后她还是李家半个女主人，是吧？"男的说："我看小胡倒不是为这个，她是为她老公的调动，要李局实打实地帮忙起来，这样老吊着，总不是个事情。"女的有点生气了，说："我看你也是被小胡魔住了！否则，怎么像她肚里蛔虫似的！"男的说："姑奶奶，我就一个身子，都在你那里呀。"

蜡烛不点不亮。当时的我，如果没有这一对野鸳鸯来点醒，一定还会以为来和我相亲的人根本就没来呢。

这一对踩着舞曲的尾巴又滑进了舞池，我也趁着一曲终了的混乱从安全门那里走了。也是盛夏，站在午夜的定海街头，我浑身哆嗦。那时候手机还是"大哥大"，是奢侈品，我的寝室里没装电话，要联系我，还是得打办公室电话。接下去的足足一个月，听电话前，我都先看一下电话号码。我害怕，如果胡姐打电话找我，我应该怎样说话。但胡姐一直没有打电话来，我也不再去找她，似乎很轻易地，我们的亲密就消散了。

那么，现在的我，能原谅她么？我一边走，一边问自己，直到回家洗了睡下，我还是没有给出答案。

盛夏过了，初秋过了，日子都获得了加速度，一不留神，就不留痕迹地过去了，或者也可以这样安慰自己，因为太平无事，所以日子飞快，这是好事。到冬天的时候，董小如来说准备和男朋友结婚了，日子定在转年五月份。送她什么结婚礼物呢？挑来拣去，我选了一颗淡粉色的日本 Aokya 海水珍珠，十三毫米直径，浑圆无瑕，光泽是从珠体最深处发出来的，又润又亮。董小如很喜欢，喜欢到拿它配了婚纱，婚礼现场，那颗珍珠闪闪发亮，无来由地让我想到鲛人的泪珠。汪同学自然也在，被安排在我身边，不知怎么，一高兴，我就告诉他，新娘脖子上的那颗珍珠是我送的。他盯着新娘看了半天，说："真美啊，除了说真美，还有什么好词吗？"确实，新娘董小如美得让人看着遥不可及。他又低声说："你看看新郎，配不上她啊。"我装没听见，只顾看董小如和那颗珍珠。婚礼快结束的时候，我那汪同学突然和我说："有件事，我想我还是先告诉你吧，我可能轮岗到你单位当局长，百分之九十是定下了。"我怔了半天，才回过神来。

接下来一段日子，我坐在办公室里，总是心神不宁。过了一个月，先是任命文件下来，紧接着，人就来了。同事们有知道他是我同学的，便悄悄恭喜我，说："这下好了，你这个千年老二马上就能扶正了。"同学们就更是闹猛，张罗着要来一个聚会庆祝一下，听说汪同学倒是一推再推，说是一不过是平调，二呢万事还是低调一些的好，但是这场聚会还是被定下来了，汪同学，不，汪局长说："你叫上董小如吧。"我打电话过去的时候，董小如在那头先迟疑了一下，问道："张姐，你是当真去的喽？"我说："那是，我肯定在的。"

　　同学聚会向来是放松的，一帮人又回到"从前"，无论喝酒的还是不喝酒的，座上没一个是安静的——你也没法安静，你一安静，就显得与这饭局格格不入了。我还是开戒喝了点酒，因为后怕还在，毕竟自己把住了。不知怎么，董小如和汪局长一起成了桌上的焦点，她喝了不少酒，我说："哎呀，留点肚子过会儿唱歌喝嘛！"我们有个同学开了个量贩式的卡拉OK，同学聚会的保留节目就是一帮人饭后杀到他那里，占据他那里最大的包房，鬼哭狼嚎一阵散散酒。很多时候，说是散酒，其实是再喝一场酒。这次也是。董小如走路已经有点发飘了，我搀着她走，她说："张姐，要不我回家吧？"我说："你这样子去，你那醋坛老公要骂我的。我们还是先去唱歌的地方散散酒，我一滴酒都不会让你喝的，你放心。"我都这样打了包票了，自然强硬着要说到做到。我知道我同学的包房里是真有给散酒人躺一躺的长沙发，有一层纱幔和唱歌的地方隔开。我也曾躺过一回的。到了之后，我就把她径直送到那个地方，脱了她的鞋子，又让人拿了一床毯子来，让她睡下了。我呢，在她身边坐着，拍着她让她安心睡。她蜷着身子，头抵着我的大腿，这睡姿，像个孩子，有一刻，我简直要掉下泪来。

　　同学们在起哄让汪局唱歌，在我们班，他是被我们叫作情歌王子的，一不小心，这样的卡拉OK就会变成他的独唱音乐会，可是，今天他却和一个女同学在合唱一首《明天我要嫁给你了》这样的老歌，唱得连调子也跑了。过了一会儿，他进来了，打了个手势让我去唱歌。他轻轻地拉了我起来，自己坐到我坐过的位置上，董小如迷糊中呢喃了一声，头又向他的大腿那边移过来一点，汪局长坐稳了，也像我那样轻轻拍着她。我站了一会儿，他看也不看我，只是垂头欣赏酣睡中的董小如。我又站了一会儿，看了看原先的这层纱幔不知道什么时候换成布帘了，可我还是退出来了，自己去点了一首《北国之春》。同学们依旧是闹，歌也唱，酒也喝。我一只耳朵听着布帘子后面的动静。有同学问"汪局人呢？"我回答说："他有点事情，过会儿就回来。"布帘子后面没有什么大动静，只有一次我好像听到董小如呢喃了一声，我竖起耳朵听，可并没有第二声异样的传来。闹到十点半，同学们说主角都逃了，我们也散了吧，我说，你们先走，我等会儿和董小如一道走。

　　等他们散尽，我在布帘子外又逡巡了一阵，才撩开进去。董小如面朝里依旧睡着，汪局见了我，满面春色，朝我得意地眨了下眼睛，一边人就要往布帘外走。我一把拉住他，一边说："小如，睡醒了吗？我们走吧。汪局，你打电话叫你的司机过来吧。"汪局只好站住，在那里给他司机打电话，董小如呢，也不应我的话，只一个人默默起来，原先束着的头发现在披散开来，遮住了脸。她闷声不响地撩开毯子，裙子齐齐整整的，然后坐起，低头穿好鞋，也不让我扶，打头走在前面。我们三人同车，先送了董小如回。车上，董小如从包里取出梳子，把头发梳成一个纹丝不乱的马尾，再拿出香水小样，在耳背后点了一点，车里满满的"真爱奇迹"的味道。汪局打开了一瓶矿泉水给她，她也接了，默默喝着。我给她老公打过电话说过五分钟到的，我们车到她家楼下的时候，他已经在楼道门口等着了。我和董小如一起下了车，跟他说："哎呀小陶，真不好意思，闹到这么晚才送回来。"她老公说："没事，小如跟着张姐玩，每回都蛮开心的。"董小如在楼道的暗影里用平常跟我道别的语调，高高兴兴地喊："张姐，再见啊！"这回的声音，像是高兴过了头，我听得后背一阵发冷。

过了一周，又过了一周，董小如都没有打我电话，倒是她老公小陶给我打了个电话，说："张姐啊，你能劝说小如这周别和你一起去杭州玩吗，要么你们带上我？这个周末正好是她生日呢，她说回来再过。迟了的生日，再过，有什么意思啊？"我愣了愣，猛想起汪局昨天有意无意跟我说要去杭州看烟火大会，我挣扎了一下，马上打起精神说："你还是把小如借给张姐吧！烟火大会的票子，我好不容易弄到两张，难得的呢。你们天天腻一起的，我就借一天还不行么？"放下电话，我一阵恶心。

第二天上班的时候，我把这通电话和我的回答都复述了一遍，汪局听着笑了："这小陶，还会来手反调查啊？那就委屈你这周末待在家里别出门了吧。"我也对着他笑，说："董小如头一次到我办公室来就嘲笑我是千年老二，她这一向没在你面前笑话我吧？"汪局收了笑容，说："她说她再也不想见你了，我劝也劝不好。都怪我。你的事，你放心好了，我都会弄好的，本来，也是应该弄好的，我不过是顺水推舟。"

董小如果真没有再来找我，倒还是小陶有一次打电话来，说："张姐，小如升职宴，她这两天忙，叫我打电话。"我没等他说时间地点，先就说："我不是和小如说了吗？那天我正好老家有客人来，走不开的，以后我单请吧！"

零零星星地，汪局会跟我说些董小如的喜讯，总之，是顺风顺水。我呢，也算是扶了正，要独立主持一个部门，处处觉得累，反倒怀念起做千年老二的时光。真的，以前我心里坦荡，吃得下，睡得着，面色纯净，现在色斑一天天多了起来，照镜子的时候，我都不敢正眼看自己，就是在不得不对镜梳妆的时候，我都眼神闪烁。

镜子是唯一能与自己面对面的地方——你说说看，还有别的地方吗？而我，对镜中的自己也能视而不见，即便是刷睫毛膏这样需要小心观察的事情，我也能顺手做来，不费眼力。垂头在 KINDEL 上读书的时候倒是越来越多，《红楼梦》被我翻来翻去，聚会啊看戏啊，这样的章节，我看得最投入，它们是戏中的戏，虚中的虚，能把我忽忽地吸进去。

（原载《作品》2016 年第 6 期）

作者简介：

楊怡芬，1971 年生，2002 年开始小说创作，已在《人民文学》《花城》《十月》等杂志发表中短篇小说 70 余万字，出版有中短篇小说集《披肩》《追鱼》。

南 山 一 夜

刘玉栋

泉沟村的这个夜晚，让邱东来知道，想尽点儿做父亲的职责并不是件容易的事情。

儿子大壮跟着卢爷爷的孙女小青在沟渠边照螃蟹，一条夜游的蛇从他脚下爬过，他受了惊吓，夜里发起高烧。大壮浑身火烫，嘴唇干红，口里不时地喊一声妈妈。此时不到后半夜两点钟，东来找遍整个房子，没找到一星半点儿退烧的药。东来来到院子里，摆开撒尿的架势，却什么都尿不出来。他不知道这是第几次来到院子里，他昂着头看天，天仍然是那么黑。这是山里的夜，黑得厉害，静得也厉害，静得跟什么都不存在似的。他第一次感到静也是一种负担。他不知道村子里的医生是谁，有两次，他想去敲卢爷爷的门，最终还是犹豫了。这是盛夏季节，他知道只要四点钟一过，天空便透出光亮，他那辆老宝来就停在院门外面，他就可以在微光中穿过一段难走的山路，去市区的大医院。灯光下，大壮粗重的喘息声中，身子不时地痉挛一下。东来的心也在痉挛。凌晨三点钟的时候，他坐不住了。他把大壮扶起来，说："儿子，走，咱们去医院吧。"

整整一天，大壮都玩得挺高兴。上午，东来开车，拉着大壮来到绣川湖旁边的农家乐钓鱼。这家农家乐规模不小，以前跟朋友来过几次，跟老板有些熟。这里最大的特色是可以自己钓鱼，院子里有几块方方正正的小池塘，分别养着鲫鱼、鲤鱼、草鱼等不同的鱼。每种鱼的钓法不同，东来手把手地教大壮，告诉他如何挂鱼饵，如何调节鱼漂和鱼钩之间的距离，如何控制渔竿。大壮是个聪明孩子，很快学会了钓不同鱼的技巧。有鱼上钩的那一刻，大壮举着渔竿叫着跑着，脸也涨得通红。看着大壮手舞足蹈的样子，躲在树下抽烟的东来不禁有些恍惚，眼前的一切似乎不太真实，这个个头儿跟自己差不多高的孩子，真的是自己的儿子吗？随之而来的是一种虚弱，拿烟的手禁不住有些抖动。他使劲寻找那种做父亲的感觉，可心里总也不那么熨帖。

上午的时间，大壮战绩不错，钓了四条鲫鱼、三条鲤鱼和一条草鱼。这里的鱼贵了些，十几块钱一斤，但趣味在里面。过罢秤，东来让饭店的伙计把四条鲫鱼和一条鲤鱼直接送进厨房，剩下的鱼扔进带水的塑料桶里，放入后备厢。

"下午给老卢爷爷送去，这可是你钓的鱼。"东来朝大壮竖起大拇指。

大壮一龇牙，有些得意的样子，额头上的几颗青春痘显得更红了。

老卢爷爷是东来在泉沟村的邻居，七十来岁，傍山种着一片果园，养着几只羊和一群鸡。东来和他处得不错。来村里住时，老人时常过来，两人坐在院子里，喝茶聊天，有时候还要喝两盅。东来给老卢他门上的一把钥匙，他大部分时间住在城里，冬天来得更少，家里有什么需要打理的，他就打个电话让老卢过来。昨天傍晚，老卢看到了他的车，便跟过来，进门看到大壮，惊得张大了嘴。

"大壮，这是卢爷爷，快喊爷爷。"东来回头跟老卢笑笑说，"我儿子大壮，刚考上省实验中学，秋后上高中了。"

"光知道你有个儿子，没想到这么高了。"老卢来到大壮面前，一把抓住他的手。大壮本能地朝后退了一步，脸上露出一丝腼腆和尴尬。

"平时学习忙，这是第一次来泉沟村。"东来在旁边说。

"哎呀，好小子，欢迎欢迎，今天来不及了。明天到我果园里去吃鲜桃，抓只土鸡，给孩子炖鸡吃。"

中午吃鱼，大壮夸农家乐的鱼做得好吃，比姥姥做的好吃多了。东来说好吃就多吃点儿，这鱼新鲜，当然，主要是你自己钓的嘛。大壮不住地点头，说有时间再来。东来说没问题，咱下午去卢爷爷的果园，晚上卢爷爷给你炖鸡吃，他自己养的土鸡，那才叫好吃呢。

忙活一上午，可能是累了，中午休息，大壮一觉睡到三点半。东来忙把凉好的白开水端过来，大壮一饮而尽，这才伸胳膊蹬腿的，这屋那屋里看了个遍。来到简陋的书房，看到墙上挂着几幅东来画的山水和人物，大壮端详了会儿，说："我觉得不错呀，可妈妈说你画得挺失败的。"扭过身来，瞅了眼画案和文房，说："你好歹也是个画家，弄得也太寒酸了吧。"东来咧了咧嘴，心想你懂个屁。大壮接着说："老妈说你的脑子简直就是一块榆木疙瘩，跟不上形势了。"大壮说来无心，可东来却听着有些扎耳朵。

东来发呆的工夫，大壮走到院子里，站在两棵柳树下面说："这地方不错，你听这蝉叫得多响亮，还有石榴树和无花果，好几年了，你怎么才把我带过来玩儿？"

东来愣了愣，说："这三年初中，你学习太忙，又是寄宿住校。"

大壮一撇嘴，想说什么没说出来。他的目光被竖在不远处的碌碡吸引住了，他跑两步，噌一下蹦上去。

东来心想，儿子，是你妈妈不让我把你带过来呀。可是，在儿子面前，他又不能多说赵金娜的不好。这一点，他跟赵金娜有本质的不同。东来也是一肚子的烦恼。

五年前离婚的时候，大壮判给赵金娜抚养，东来心有不甘，却又无可奈何，一个自己的生活都处理不好的男人，怎么有资格再养儿子？还好，赵金娜没把事情做得太绝，父子俩半个月一次的见面吃饭机会倒是没有间断过。不过，伴随着儿子不断增长的身高，却多了一种与日俱增的陌生感。这让东来很不舒服。比如东来给儿子搛菜时，大多数时候，大壮眼皮子都不抬，脸上的不屑和轻视弥漫在青春痘间。在他面前，大壮除了对面前的食物感兴趣外，话都不想多说一句。尽管心有不爽，但东来能够接受，他觉得大壮这是青春期综合征。但想到大壮小的时候，老爸老爸地叫个不停，东来还是心存疑惑，赵金娜会不会跟儿子说过太多不该说的话呢？

大壮中考成绩一出来，似乎一切不愉快的东西都烟消云散。大壮考得着实好，全校前十名，白水城最好的高中把里攥了。为此，赵金娜答应三个人一块儿吃个饭，几年来这可是第一次。说实在的，不足四十岁的赵金娜风韵犹在，酒店富丽堂皇的灯光下，有点儿光彩照人的味道。也许是高兴，那个晚上，赵金娜说话的声音和肢体动作的幅度都有些夸张。她扭动着身姿去洗手间的那一刻，东来盯着她的背影，看着那短裙下面划动着的曲线，心猛地忽悠了一下。但仅仅是一下，他明白，再美妙的曲线都跟他没有任何关系了。不过，东来趁着赵金娜心情好，提了一个要求，就是让大壮到他泉沟村的房子里住几天。东来说："到山里玩两天，接接地气，就算是社会实践吧。好不好，大壮？"大壮撇撇嘴，目光始终没离开手里的苹果手机，脸上却露出一副无所谓的样子。赵金娜眨巴两下眼皮，点了点头说："那也得过一段时间，等大壮跟他姥爷姥姥旅游回来再说吧。"

一直到七月中旬，大壮这才来到泉沟村。泉沟村位于白水城南郊，距离白水城四十多里路。白水城人称为南部山区，此话不假，白水城往南，绵延二百多里路，全是山，这些山称不上雄浑，但可以说俊秀挺拔，尤其是夏天，植被繁茂，溪水潺潺，不远处就是供白水城吃水的绣川湖。如此秀美的景色竟在大部分时间里被近在咫尺的城里人忽视，只有到了周末和节假日，一辆辆私家车才多起来，果园里、沟渠边、半山腰处的一家家农家乐才传出欢声笑语。不过，这些城里人好像不怎么会玩，几个大人凑在一块儿打扑克，孩子们吵吵闹闹地你追我赶，要不就蹲在水边撩水玩。

　　东来提着盛鱼的水桶，带着大壮去老卢的果园。现在正是暑假期间，沟渠边上，大人孩子的还真有不少人，几家农家乐也是灯笼彩旗的飘着挂着。大壮看到远处热闹，想跑过去玩一会儿。东来说咱先去果园，给卢爷爷把鱼放下，摘几个鲜桃，边吃着边过来玩也不晚。他们绕过一片杨树林，又拐过一个很小的山坡，就来到老卢的果园。老卢正抻着脖子等着他们父子，早把桃和梨洗好摆在屋前的桌子上。东来和大壮一进园子，园子里马上热闹起来，到处鸡鸣狗叫的。大壮看到那只上蹿下跳的大黑狗，吓得躲在东来身后。老卢说："没事，小子，我拴着它呢。"老卢把水桶接过来，直接把鱼倒进屋前的一个水缸里。看着活蹦乱跳的鱼，老卢乐得合不拢嘴。

　　东来说："这可是大壮钓的鱼，与我没关系。"

　　老卢朝大壮竖起大拇指，说："厉害！常言说得好，会钓鱼的人，干啥都在行。"

　　大壮笑了笑，眼睛却盯着眼前这两间歪歪扭扭的房子。这两间房子又小又矮，是用石头垒的，屋里黑咕隆咚的，还有一股味儿，大壮伸了伸头，便抽回来。东来和老卢已经坐在桌旁。老卢招呼大壮过去吃桃。大壮接过东来递过来的鲜桃，没坐下，扭身朝果园深处走去。老卢在后面喊："大壮，喜欢啥就摘啥，随便你摘。"

　　大壮什么都不摘。傍晚的果园里，热气渐渐退了下去，阳光变得金黄，落在树叶上，透着光亮，果子好多，有的好几个挤在一块儿，好可爱。大壮口袋里的手机响起来，掏出来一看，是妈妈打来的。

　　"儿子，你在哪里？"

　　"我在果园里，妈妈，这里可好玩了。"

　　"果园里有什么好玩的，又是农药又是虫子的，你可要注意卫生，别用手乱摸东西。多喝水。对了，热不热？注意防暑。"

　　"好了，我知道。妈妈，山里信号不好，我挂了。"

　　大壮不愿意再听妈妈唠叨，本来他想跟妈妈聊聊上午钓鱼的事儿，好家伙，这又是虫子又是农药的，好像山里不是人待的地方。这里的空气多好啊。大壮走着，把吃完的桃核扔出去好远，看到前面是果园的边缘，便钻出来，面前是一片很陡峭的斜坡。抬头朝远处一看，发现自己站的地方竟然是在半山腰上，山脚下，有两家农家乐看得很清晰，再往远处看，是一条公路，汽车像玩具似的跑过来跑过去的。

"大壮，你在哪里？"是爸爸的声音。

大壮应了一声，东来和卢爷爷很快便出现在面前。

"刚才是不是你妈妈打来的电话？"

"还能是谁，"大壮笑笑说，"这里是半山腰呢，你看，农家乐看得那么清楚。"

"你小青姐姐就在那家挂灯笼的农家乐打工呢，"卢爷爷说，"那是我一个本家侄子开的。要不这样，我抓只鸡，咱一会儿去他那里吃，那里料全，做出来好吃。"

"好啊，正好大壮要去河沟边玩呢，还能认识一下你小青姐姐。"东来顿了顿说，"要不鸡就不抓了，那里准有。"

"那里的鸡咋能跟我养的鸡比？"卢爷爷拍拍胸脯，很自豪的样子。

三个人溜溜达达朝山下走。老卢手里提着一只芦花鸡。这只鸡瞪着圆圆的眼睛，还不停地咯咯叫。大壮想到过一会儿它将成为自己的盘中餐，心里有点儿不舒服，说："卢爷爷，这鸡咱不吃了，你送给我，我带回市里养着去。"老卢哈哈一笑，说："鸡咱还是要吃，你想养啊，明天再去果园里抓。"大壮挠挠头说："那就算了。"东来没说话，他看着满脸青春痘的儿子，心里猛地一热。

一进农家乐的院子，老卢的眉毛便扬起来，他朝着浓密的葡萄架那边喊："小青，过来。"那里坐着三个女的，正在择韭菜，年龄最小的那个站了起来，个儿不高，圆脸儿，留齐耳短发，穿一件红汗衫。她攥着一把韭菜走过来。走近了，大壮才发现她的一双眼睛又亮又黑，透着一种少有的纯净。她一直盯着大壮，似乎没看到老卢和东来。

"小青，这是东来叔叔的儿子大壮。刚考上好学校，过来玩呢。"老卢笑着说。

可是，小青没看爷爷，还是直勾勾地盯着大壮。大壮被盯得有些不好意思，汗都快流出来了。他倒是没退缩，只是觉得这双眼睛怪怪的。

"你是东来叔叔的儿子？"突然，小青问大壮，很认真的样子。

大壮一愣，接着咧咧嘴，点点头。

"你咋长得跟你爹一点儿也不一样啊，一个城里人，脸上还生这么多疙瘩。"小青举着手里的韭菜，哈哈笑起来，说："你看东来叔叔，戴一副眼镜，文绉绉的。"

东来和老卢也笑了。只有大壮窘得不行，低着头，脸涨得通红。

"好了，就你会看，快把这鸡送厨房里去，别弄混了。"

小青接过鸡来，一手提着鸡，一手攥着韭菜，朝厨房走去。老卢叹一口气，说："走，先喝茶去。"东来和老卢来到靠河边的一处平台上，找一张桌坐下。东来说："儿子，去玩吧，河里的水还真不少，游泳的钓鱼的都有，随便玩。"

大壮却一点玩的心情都没有了，他坐在离饭桌不远的一块石头上，眼睛看着不远处游泳的人激起的水花。夕阳下，水花闪着金光。大壮捡起一粒石子，朝小河里投去。刚才，他被小青的话刺激了一下，有些小郁闷。

"小青订婚了，"老卢又深深地叹一口气，说，"我和她爹妈，总算了了一桩心事。"

"太好了，小青这孩子是有福气的，我早就说过。"东来有些激动。

"啥福气，她这个样子，人家不嫌弃就不错了。"

"事情没那么严重，小青长得挺漂亮的，多好的孩子。说话直，心地干净，如今这社会，打着灯笼也难找。说句实话，我特别喜欢这孩子，女孩子们我见得多了，没一个比得上小青。"

"对方是山那边的，人倒是老实，就是家境差了些，他父亲一直病恹恹的，把他也耽误了，快三十了，论说，年龄大些也不是坏事，知道疼人。咱孩子的情况，反正也跟人家讲了。"

东来和老卢的对话，大壮都听到耳朵里。他猛地意识到一些什么，他想到那双清澈透明的眼睛。爸爸说得不错，确实不太一样。

这时，小青拎着一壶水走过来。东来说："小青，你有好事也不告诉我，我可是听你爷爷说了。"小青歪歪脑袋，很认真地问："我有好事？啥好事？"东来笑笑说："装糊涂，订婚还不是好事？"小青撇撇嘴说："我当是啥呢，那是没办法的事。俺这么大了，不能跟着爹娘待一辈子吧。"东来心里咯噔一下，忙说："反正不管咋说，你结婚的时候，我一定过来喝喜酒的。"小青淡淡地说："光喝酒不行，还得送我张画呢。"东来笑了，说："没问题，给你画幅大的。"

"俺爷爷可在这里坐着呢，到时候可别不认账，"她看到了坐在石头上的大壮，说，"等我忙活完了，我带你照螃蟹去，那天照了好几个呢，都给爷爷做了下酒菜。"

"小青姐姐抓螃蟹可厉害，这些年我可没少吃她抓的螃蟹。"老卢说。

大壮从石头上站起来，说："没想到你还这么厉害，我都迫不及待了。"

小青撇撇嘴说："天黑透了才行。你还是等着先吃鸡，我爷爷养的鸡可好吃了。在我们饭店里，这么一只鸡得二百多块钱。"

"好了小青，快忙去吧，你三叔看见你聊天要扣你工资了。"老卢挥着手说。

"他敢。"小青两只眼睛朝上翻了翻，嘟着嘴走开了。

这鸡确实好吃，越嚼越香。大壮也不看东来和老卢，闷头啃着鸡肉。东来和老卢喝着鲜啤酒，东扯西拉，有些话是关于小青的。原来小青的脑子有一点儿小问题，是小时候的一次发烧留下的后遗症。大壮抬头找小青，看着小青忙来忙去，很卖力的样子，比别的服务员勤快多了。也许小青才是最正常的呢。大壮突然想。

毕竟是农家乐，晚上吃饭的人少，散得也快，八点多钟，客人走得差不多了。饭店的老板，也就是老卢的本家侄子凑过来，三个人又打开一桶啤酒喝起来。大壮一抬头，看到小青躲在暗处朝他招手。大壮没犹豫，站起身跟着小青走出饭店。

走出去不远，周围便静下来。尽管是七月的天气，山里的夜，还是有些凉。仅穿着T恤短裤的大壮，浑身哆嗦了一下子。小青打开手电筒，她的另一只手里提着一个小塑料水桶，说："你慢着点城里人，脚下的石头可不长眼。"大壮禁不住扑哧笑了。小青说："笑啥？俺说的是真的，石头专门绊那些不长眼的人。"大壮说："你的意思就是说，石头是长眼睛的，对不对？"小青停下脚步，歪着脑袋想了想，说："你这人脑子好用，要不学习好呢。"

沟渠到了，大壮听到了蛙声和虫鸣。他问小青："螃蟹怎么照？"小青说："太简单了，把手电放在水边，咱们坐在一旁等着就行。爬上来一只抓一只。"

大壮在黑暗中瞪着大眼说："你简直就是一个女神。"

大壮话音未落，只听小青叫了一声："蛇！"小青的手电筒照着大壮脚下。大壮看到一条蛇扭曲着身子从他的脚前爬过去。大壮啊地大叫一声，本能地使劲儿蹦了一下。大概过了两秒钟，大壮哇一声哭起来。站在原地，一动都不敢动。小青说："哭啥，不就是一条蛇嘛，这里到处都是蛇，有啥可怕的！"大壮哭的声音更大了，说："快，快离开这里吧，不照螃蟹了。走吧。"小青撇撇嘴说："没见过你这么胆小的，刚过来，真的走？"大壮瞪着眼睛，惊魂未定，使劲儿点点头，说："我……我不敢走。"小青只好架着浑身是汗的大壮走回来。

可能是受了惊吓，也可能是着了凉，夜里，大壮就发起了高烧。

此时，是早上的六点多钟。灰头土脸的邱东来早已疲惫不堪，验血、付费、拿药，上跑下蹿，毕竟是四十七八岁的人了，再加上一宿没有合眼，等到大壮躺在急诊室的床上打上点滴，他整个人像垮了一样，却突然想起还没给赵金娜打电话。他忙掏出手机拨了赵金娜的号码。电话响了好长时间，才传来赵金娜有气无力的声音。东来的脑子里晃悠着赵金娜睡眼惺忪的模样，心想，她的身边会不会还睡着一个人呢？关你屁事，他自骂一句，忙说："大壮病了，我们现在在中心医院。"

"怎么回事！壮壮怎么了？"赵金娜的声音一下子变得又脆又亮。

"能怎么，着凉了呗，发烧，打上吊瓶了，没事。"东来故意用的是轻描淡写的口气。

"你等着……"话好像没说完，啪一声，赵金娜挂了手机。东来似乎看到了她那火急火燎的样子。他们已经好几年没有正面冲突，看来，这一次已经不可避免。东来禁不住打了个寒战。他摸了摸大壮的头，又查看一下输液管，扭身走出急诊室，穿过稍显空旷的大厅，来到外边，点着一支烟。

太阳白花花的，已是小有威力。东来拿烟的手有些轻微的颤抖，他站在医院靠近马路的一棵梧桐树下，目光盯着来往的车辆，空洞而虚弱。他看到一个身材高挑的女孩拐进医院大门，东来的心里不禁咯噔一下。那个女孩扎着马尾巴辫子，脖子长长的，穿着一身浅蓝色的连衣裙，手中提着不锈钢饭盒，正朝这边走来。是这个女孩走路的姿势吸引了他。他觉得有些熟悉。难道他认识她？女孩越走越近，他看清楚了这个女孩的面孔。女孩瞥了他一眼，眼皮急剧眨了几下，洁白的牙齿轻轻地咬着嘴唇，微垂着头，从他身边走过。他发现，这个女孩的脸似乎有些红了。女孩也不过二十岁出头，他确定他不认识她。女孩为什么脸红？肯定是他看她的样子吓着了她。她多想了。可为什么有种似曾相识的感觉呢？她走路的姿态，她的身材，她轻轻咬着的嘴唇……东来突然明白了，这不就是二十年前的赵金娜吗？东来盯着女孩的背影，直到她走进医院大楼的玻璃门。

东来有些虚脱的感觉，思绪有些恍惚。

那是二十年前的一个金秋季节。白水城美术家协会组织各县区有创作潜力的青年画家搞了一次写生培训班。东来是《白水城文艺》的美术编辑，兼着美协的副秘书长。当时，主席对这个年仅二十七岁的青年画家特别器重，有什么活动都拉上他，说小伙子，你年轻，得多干活儿啊。这次写生班，东来是辅导员。而赵金娜是白水城艺术学院刚上大二的学生，她的老师梅教授是写生班聘请的授课老师，有一次去南部山区的红叶谷上野外写生课，梅教授带来了她的两个学生，其中一个就是赵金娜。坐在大巴上，东来并没有注意到赵金娜。来到红叶谷，他这才发现梅教授身边多了一个美女，高挑的身材，宽宽的额头，黑黑的眼睛，长长的脖子，扎着马尾巴辫子，背着一幅画夹，干干净净清清爽爽。东来愣了片刻，朝梅教授走过去，说："梅老师，来这深山老林，你辛苦了。"东来这是没话找话。梅教授不知道，很真诚地说："小邱，你说错了，这里多好啊，风景如画。对了，我还忘了介绍，这是我的学生赵金娜，跟着过来长长见识。金娜，这位是美协的邱秘书长。"赵金娜忙朝东来轻轻一鞠躬，说邱秘书长好。东来发现，赵金娜的脸红了。这是他和赵金娜的第一次见面。他递给赵金娜一张名片。赵金娜说："哇，你还是刊物的美术编辑。能不能送我本刊物看看？"东来说："没问题，把你的通信地址告诉我，回头每期给你寄一册。""真的？太好了。"赵金娜的脸又红了，这次是激动的……

那个时候的赵金娜，又美丽又清纯，怎么也想不到，后来结了婚生了孩子，她跟换了个人似的。真是令人费解，让人无法面对。但无法面对也得面对。东来抽罢一支烟，回到急诊室看了眼大壮，又扭身走出来，正准备出去迎一迎赵金娜，就看到赵金娜风风火火地朝他走过来。东来朝她招招手。赵金娜脸上毫无表情，跟没看到他似的，径直朝急诊室走过去。东来忙跟两步，说在这边、这边。大壮听到妈妈的声音，睁开眼，朝他妈妈笑了笑。这让东来很受用，心想：真是好儿子。赵金娜说："儿子，没事吧？昨天下午妈妈打电话你还好好的呢。"大壮说："没事，水土不服呗。"说完，又朝东来说道，"老爸，妈妈来了，你回你那个叫什么泉沟山庄，把我的东西拿来吧，主要是我的手机和充电器。拜托，我就不回去了。"

东来答应一声，扭身走出急诊室，穿过医院大堂，推开玻璃门，快步朝他的宝来车走去。尽管又困又累，但还是有种如释重负的感觉，他恨不得十步变两步，一头钻进车里去。就在这时，他听到身后赵金娜喊他。他的脑袋嗡一声，心里禁不住骂了一句。他回头，看到赵金娜气呼呼地走过来。果然，迎面而来的，是赵金娜一通劈头盖脸的质问，连珠炮似的，如同一刀刀地劈在他头上，刀刀见血。

"邱东来，你说你能干什么？孩子跟着我，初三学习这么累，一年都没感冒一次，跟了你一晚上，就变成了这个样子。你都快五十岁的人了，能干什么？你说这些年你干成过什么事？"

东来忙钻进车里，发动着汽车的同时，心里产生了一种彻骨的羞愧。车窗外的这个女人除了还剩下一丝姿色，啥都没有了。自己肯定是上辈子欠了她什么。他掉转车头，一踏油门，车子噌一下蹿出去，像一条逃脱的鱼。他瞥一眼后视镜，发现赵金娜依然斗志昂扬地站在那里。路上的车开始多起来，东来扶着方向盘，两只手竟然莫名其妙地哆嗦起来。稳住、稳住，他努力让心平静下来。自己的确是快五十岁的人了。那个女人说得不错，这些年自己到底干了些什么呢？

除了对时光流逝的无奈和失落，他一时还梳理不清。只是有几点是肯定的，他既没有成了啥名，也没有跟其他所谓的画家那样捞了点儿钱。他离了婚，无法照料孩子。老家的父亲已经七十五岁了，除了多年前的那个冬天，他把老人接到白水城来住了个把月，可以说他没尽过半天孝心。如今，他还是《白水城文艺》的美术编辑，把主编熬走了好几茬儿，他岿然不动。这倒也没什么，这个工作他很满意很受用，他自以为是一个超脱的人，可当他面对现实的时候，当他面对那些才华和功力比他差得远的人朝他指手画脚的时候，还是有一种无法言说的尴尬让他如鲠在喉。

他突然想到儿子大壮。尽管在交流上他们不如原先那么自然，但他发现儿子真的是长大了。懂得同情和体谅别人，在儿子这个年龄，在这个把孩子娇生惯养的时代，这太难得。对儿子的发现，是这次在泉沟村共处的一天中最大的收获。想到这里，他紧握方向盘的手突然不再颤抖了。可是他转念一想，儿子的成长跟自己又有多大关系呢？这几年，大壮是跟着他姥姥、姥爷长大的。自己这个父亲当得不仅不合格，还窝窝囊囊。他的手心禁不住又冒出汗来。

邱东来把大壮的东西从泉沟村拿回来，已经快十点钟了。点滴还有一瓶没打，此时，大壮退了烧，身上和脸上变得潮乎乎的，眼珠有了光亮。赵金娜的气似乎也顺了许多，跟大壮有说有笑，只是不愿意多看邱东来一眼。东来问大壮想吃点什么。赵金娜说，你去给他弄点小米粥和鸡蛋吧。东来忙点头，又问，你是不是也没吃早饭？赵金娜没理他。东来挠挠头走出来，心想，这不是明知故问吗？

这个时间，医院食堂肯定关了门。东来记得医院后面的小街上有个菜市场，有不少卖小吃的。东来穿过医院的北门，往西一看，果然有几家卖小吃的。东来非常高兴，他买了两份小米粥和两个茶叶蛋，又来到摊煎饼果子的摊前，给赵金娜要了个煎饼果子。就在等煎饼果子的几分钟时间里，他竟然站在那里打了个盹儿。小贩问他要辣椒吗？他使劲儿摇摇头，才发现自己竟然睡了一觉。阳光挺毒的，汗水正沿着脖子淌下来。

回到急诊室，赵金娜看到他手里提着的食物，脸上竟然有了些许温柔。大壮说："老爸，你回去睡一觉吧，这里有妈妈呢。"

东来晕晕乎乎地走出医院，一扭头，被吓了一跳。赵金娜又跟了出来。不过，这一次，赵金娜的脸色较为中性。她的目光中也有了一丝柔和。她轻轻地说："邱东来，那天我跟你说的话，是认真的。过两年，大壮肯定要出国读书，钱，你可要好好地准备准备了。"

东来不知道跟赵金娜如何告的别，也忘记了自己说了些什么。他实在是太困了。泉沟村他是不能去了，他直接开车回到他的家——那套单位分的，只有五十多平方米，他住了将近二十年的小房子里。他都不知道如何进的家门。他被一股巨大的疲倦挟裹着，一头扎在床上，沉沉地睡去。

不过，在他即将睡着的瞬间，脑际猛地划过老卢的孙女小青的面孔。送给小青的那幅画，已经在他心里形成了。

（原载《人民文学》2016 年第 3 期）

作者简介：

刘玉栋，1971 年生。山东庆云人。著有长篇小说《年日如草》《天黑前回家》；中短篇小说集《我们分到了土地》《公鸡的寓言》；短篇小说集《火色马》。中短篇小说曾被《小说选刊》《小说月报》《新华文摘》等选刊转载，并多次入选多种选本。作品多次入选中国小说排行榜。曾获两届齐鲁文学奖。中国作家协会会员。

手　指

安　庆

一

父亲躺在病床上，扎着液体的手上像落了一只白色的蝴蝶。父亲朝手上看一眼，那只蝴蝶要飞起来了。不，飞起来的蝴蝶在院子里，在他种出的丝瓜秧、南瓜秧上。他想起大鹏和二鹏刚才的交代，叔，我爸的厂里今天有人过来，说是来看我爸，其实是看我爸还在不在。

不用再问，父亲已经明白了。

父亲看了看洁白的墙，软软的被子，白色的窗帘，想起母亲离世前在这里住过。闭上眼，仿佛看见母亲躺在病床上，对他说，你来了。父亲打了个冷噤，再闭上眼，他想起大伯，大伯死前也是在这儿抢救的，好像一个县里的人临终前都要来这里过上一趟。大伯拉回去后，他看见大伯的胡子蓬乱得像一湖野苇，他找来一把小剪刀，一根根剪着大伯的胡子，冰凉的胡子落在大伯的衣领上，有点瘆人。他剪了几下，把胡子抖在一块白布上。大鹏走过来，说，用电动刀吧。父亲摇摇头，不用，到这份儿上，那电动刀不好用，人一死据说连相都照不成的。

其实，他说的未必对，他从来没有用过电动刀。他隔几天刮一次脸，都是找田老孩刮的。田老孩养了几头牛，还包着村里老人的头，路边支一个脸盆，刀布挂在墙头或一棵树上。大伯退休后，每天用剃须刀在家里刮，后来也让田老孩刮脸。田老孩一边刮一边絮叨，对他的迟迟到来有些情绪，说，朱大马，你不是不找我刮脸吗？你的脸比别人主贵不到哪里去，别看你在城里待了几十年，胡子比老塘南街的还硬，我们乡下的水好，你知道吗？大伯只是笑，弄不清水和胡子会有什么关系。

将大伯的胡子铰干净了，父亲又端来温水洗大伯的一张僵脸，说，走吧，胡子刮得可以，不，铰得可以。蒙上脸，又掀开，再看自己的兄弟一眼，泪点儿无声地落下。

太阳在窗帘上映出一种金黄，父亲有了更浓的睡意。父亲动了一下手腕，二鹏跑过来，摁住了他的手，叫一声，叔，别动。二鹏又想起了什么，对大鹏说，哥，一会儿他们来了，我们记住不能叫叔，要叫爸。大鹏说，跟咱叔说说。二鹏看了看父亲稳下来的手，说，叔，等会儿我们叫你爸啊，你不用答应，他们问你什么，你也不用回答，我们会说你这几天都是这个样子。听懂了吗？叔？千万不要说话！

父亲没有回答，他恍惚着，转不过弯儿。我是什么人，我成了一个替身、道具，我不是他们的叔，成了他们的爸！成了死去的老大！这是演戏吗？他们的爸不是我，是朱大马！朱大马不是已经死了吗？死了的人怎么还要输液，还要在这里开一个病房，等什么人过来检查，这算什么事儿？父亲眼前昏花，想起给大伯剪胡子时，一家人的慌乱，他们在房子里搜查，翻箱倒柜。果然搜出来了，在箱子里折叠的衣物间，搜出了一万三千块钱。父亲剪胡子的手停了停，想大伯怎么放了这么多钱，应该还有一个存折，他每月有两千块钱的退休金，还要报销一定的医疗费。父亲听着他们继续翻找，大鹏的媳妇在老柜的夹层里摸到了，叫了一声，那一声尖厉、激动、惊喜，像一把刀划破玻璃。父亲一个激灵，大伯仿佛动了一下。父亲壮着胆，朝大伯的口鼻摸去，的确没有了一丝的热气，刚才应该是自己的幻觉。

大鹏把二鹏拉了出去，大鹏说，他们来了，我在床头看着叔，你照顾好厂里的人，结束得越快越好。父亲迷糊着把头朝被窝里扎了扎，想睡得更深，不看人，不听声音。可二鹏的手机响了，二鹏关了手机说，哥，人来了。

去车站接人的是大鹏的儿子。二鹏说，我下楼接人，你再交代一遍咱叔。大鹏关上门，对父亲再一次交代，叔，叔……父亲没有睁眼，他真的要睡着了。大鹏说，叔，坚持啊，几分钟，他们看几眼就走，千万不要搭腔，不能说话。父亲听见大鹏的嗓子里有东西要喘出来。

脚步声近了，父亲的心咚咚地跳，胆怯起来。门开了，大鹏在和客人握手，说话，喘着气，嗓子像大伯一样嘶哑，这是我爸，人老了，多病，说病就病上了，整天昏昏沉沉，刚睡着。二鹏附和着，一只手给客人递着饮料。父亲不敢睁眼，不敢动身。凭脚步声感觉来的最少是两个人，这两个人就要被骗了。父亲知道自己要忍，要演下去，老实巴交的父亲为自己要做一个骗子感到内疚。他不敢睁眼，不敢看走进病房的人。那两个人在房间里，看着吊瓶，吊瓶上写着大伯的名字：朱大马！两个人走到了床边，听见了他们的呼吸。大鹏喊了声，爸，厂里来人看你了。两只手摁着父亲的手腕，有些狠，说，好像睡着了。一个人从公文包里拿出了相片，朱大马的相片。是吗？另一个人问。那个人拿着相片让另一个人看，说，相片上是分头，长头发！大鹏赶忙说，这几年就很少留长发了，人老了，喜欢利落。父亲闻到了两个人身上的味道，烟味伴着甜腻。父亲的眼眨动了一下。一个人说，脸怎么这样瘦？二鹏说，病，几天没吃东西了，这几年一直瘦下去，高血压、心脏病、血脂、胃病……额头和照片上不一样，另一个人说。父亲听见了，心里说，我和老大的额头是不一样，老大额头宽，饱满。还有身材，老大比我要高出几寸，看一下身材就知道我是一个冒牌。一个人伏下来，喊着，朱师傅，朱师傅，朱大马，朱大马师傅。大鹏在掐他的手腕，呼出的粗气喷到了脖子上，嗓子吱吱响着像低叫的蝉。另一个人在低声叫，朱师傅，朱大马师傅，朱师傅……一个人说，你不是见过朱师傅吗？见过，几年前的事了。那几年朱师傅每年都回厂里一趟，在西州住几天。大鹏和二鹏齐声回答，是，是，是……

两个人还在犹豫，又喊几声，说，那只好摁个手印了。父亲的手就是这时候被大鹏拽起，大鹏楚楚的鼻息喷到父亲的手面上，父亲那根手指被大鹏捏着，指关节被大鹏撅着往下弯曲，身子也在跟着移动。他哼了一声，想睁开眼瞅瞅，看一眼自己的手指将被摁到哪里。他忍住了，脸抽搐了几下，只是感到苍老的手指有一种隐隐的疼痛，指肚晃动着，摁在了印台里，指肚上一阵冰凉、黏腻。一个人说，这里，名字这里，这里，对。父亲的手指，被继续拽着，牵引着，像一只虫子，指头肚狠狠摁在了一张纸上，纸张发出细微的响动，那张纸要摁透了。大鹏的手太狠了，都摁疼了。摁过了，父亲的手下意识地动了动，那根摁疼且发麻的手指蚂蟥样在床单上蠕动，他想看看，试一试自己指头还能不能动。父亲说，他特别想喊出一句：我不是朱大马，我不是朱大马！我不是……可是，父亲真的晕过去了。

二

他们是早上去找父亲的。推开门，看见父亲的手里握着一台小收音机，收音机里正广播一起医疗诈骗案。身体遮住了门口的光线，父亲的眼前一片阴影。大鹏说，叔！你今天不去哪儿吧？父亲关低了收音机，将抽出的天线一节节收回。大鹏又叫了一声叔。父亲握着收音机，一只耳朵还在听着，问，有事啊？

大鹏说，叔，还没坐过小车吧？大鹏看了看二鹏和他们的母亲。父亲又把天线往外抽了抽。父亲说，没有，我坐得最多的是驴车！去县里，我坐公共汽车。说完，收音机的声音又大了。大鹏接过父亲的话头，叔，今天你坐一坐小车吧，二鹏的小车。

父亲一只手握着天线，潮湿的阳光从缝隙里挤过来，天线上几粒豆样的金黄。父亲说，我不坐！我坐小车干啥？父亲探身朝门外看了看，太阳不错，等太阳升高，出去晒太阳，听收音机。那把小凳子还在墙根里放着。

大鹏肥胖的身体朝父亲挪了挪，细小的按钮正摁在父亲干燥的手指下，音量随着父亲的指头变大或者变小，父亲的手指上盘着蚯蚓样的细纹，指甲劈开一些细叉，有风穿过指甲的缝隙。沿着手指，看见父亲的袖头已经发毛，手上的老人斑如晒瘪的黑豆，父亲又粗又短的头发全白了。大鹏想起他的父亲习惯留着的长发，在离开世界前依然留着的分头。大鹏在父亲的脸上继续寻找着和大伯相似以及不同的地方，不同的地方被问起来怎样解释，事情往往会坏在小问题、小细节上。他看到父亲的额头和耳朵没有大伯的宽阔和肥大。他往后退一步，看着父亲的脸廓，大致上两张老脸是相像的。他想象着从厂子里过来的人，千里之外的西州，是怎样的两个人，或者三个人；反正他们的年龄不会太大，和老人应该没有直接的接触，对爸的模样可能模糊。大鹏舒了一口气。那么要解决的就是将叔叔的手洗一洗，指甲剪一剪，再让叔换一身干净的衣服。

大鹏走近父亲，说，叔，你换一件干净的衣服，和我们去一趟城里吧。你看，我们平常很少过来看你，很少，今天接你去城里洗个澡，查一下身体。准备一下吧，叔！二鹏附和。父亲吃了一惊，狐疑地看两个侄儿一眼，指头肚还黏在收音机的键上。收音机里嗞嗞啦啦，似油锅即将烧干的声音。大鹏不耐烦地瞧一眼收音机，和二鹏对了一下眼色，看了眼粘了泥垢的收音机的外壳，说，叔，要不我们把收音机带过去？父亲没有说话。

换身衣服吧，叔。二鹏说。

父亲没有动。父亲还有些狐疑。

大鹏靠近了父亲，声音很低，像哄一个孩子，真的，叔，有一个检查身体的机会，我们和你过去，小车已经开过来了。走吧，叔。

二鹏撩开门帘，看见里间的一台老柜，柜顶上搁了几件凌乱的衣服。父亲佝着腰，不情愿地站起来，收音机还在响，父亲把柜子上的东西扔到了床上，打开柜，摸出一件蓝色的老干部服，套在了身上，整个人看上去干净利落多了。父亲又换上一双绿色的运动鞋，这样一穿，更似大伯的样子，只是身材明显没有大伯高。大伯是个身高马大的人，在西州干了一辈子，回家后用一手修理汽车和压路机的手艺给家里挣了一笔钱，人走了，还继续挣着养老退休金。

父亲迷迷糊糊地坐上了车。在路上，大鹏和二鹏还一直在说父亲和大伯的异同。小车颠着，越过了河堤上一段不平的路，父亲想瞌睡。还没来得及眯上眼，听见大鹏说，叔，坐小车感觉好吧？父亲听清没听清的样子点了个头。大鹏说，一会儿我们先洗个澡，然后拉你去医院。太阳从西边出来了，这两个孩子发了慈悲，又是洗澡又是检查身体的，莫非他爸给他们托了梦？大鹏对二鹏说，得跟咱叔说了吧？二鹏开着车，没说话。开了一段路，问，不会露馅，出事吧？大鹏说，不会，有人这样干过。

三

这一切我不知道，大鹏和二鹏两个堂兄，没有谁对我说过。如果不是父亲过来，我还蒙在鼓里，家里的一切我都蒙在鼓里。

父亲说他实在是憋不住了才来找我。父亲说，你看看还有什么挽回的余地。父亲说他没有干过骗人的事，心里不安。这我知道，父亲的老实在村里是有名的，父亲时常有一种自卑，连上街走路都埋着头，目不斜视。他不善交际，从来不会说恭维的话，没说过谎言。父亲是今天到旗城的。在小区门口，父亲佝着腰，肥大的帆布大衣后襟翘起，前襟挨着了地皮，衣角上结了泥痂。一见面就说，我做错了一件事！我做错了一件事！我看着父亲，头发杂乱，张着干裂的嘴唇，像个无助的孩子。我心里酸酸的，拉着父亲往家里走。

怎么弥补，那就是说出实情。可我知道不能说，那样父亲将在家里混不下去，他最后的晚年将很凄凉，一个格格不入的人会更加孤独。可怎么对父亲说呢？我得安慰父亲，不让他纠结。

父亲说，他们太短了，人一走，就喊来护士，把液体拔了，连剩下的半瓶液都不让我输完。父亲在看他的手，看那根手指。

我扭过脸。

你知道他们给了我多少钱吗？父亲停了停，说，他们起初只给我三百块钱啊。二鹏说再加点吧，大鹏才又加了两百，给了五百。可他们一年骗国家两三万啊！儿子，咱这个国家真是傻啊。

父亲的话让我难受。这些话，那些哲学家、科学家，那些堂而皇之，一次次坐在主席台上，慷慨激昂的人能说出来吗？他们敢说出国家傻吗？父亲是一个农民啊。你看他的手，多么粗糙；你看他的脸，多么沧桑；你看他的嘴，几乎没有牙，一个空洞……可是，他竟然说出了我们的国家傻啊！这么多年我低估了我的父亲，他没有去过旗城之外的城市，竟然说出这么有哲理的话。如果像父亲所说，我们是做了太多的傻事，大伯的事不过是沧海一粟。

父亲说，他们像打发一个叫花子！

我不想让父亲再说下去，不想！我的那个堂兄二鹏还是村里的支部书记。我沉默着，寻找着说什么能安慰父亲，父亲憋了多久，才终于憋不住，专程来旗城找我诉说，他今后还要憋下去。我站起来，拉着父亲那双干燥的手，对父亲说，爸，您静一静，您听我说，不找您找谁呢？因为您和大伯是亲兄弟，和大伯最像，当然要想到您，您是最合适的人选呀，过去的事不要再想了，爸……

我……我……可我没骗过人啊！

我说，你要想想，其实你也是替别人做了一件事，替这个家，替你的侄儿做了一件事……我拉着父亲的手，看着父亲。

父亲弯下腰，双手搔着额头。父亲说，可他们不能这样待我，他们不能这样待我啊！我看着父亲，不是从医院出来就结束了吗？

父亲说，你知道吗？他们出了医院，说要陪厂里人吃饭，给我截了一辆哐当哐当的三轮车，就把我打发回家了，连一顿饭也没管我吃。我说我腰痛，既然来了医院我想看看。他们说今天不行，把我撵出了医院。父亲低着头，我不敢让父亲抬头，我怕看到父亲的那双老眼，我怕那双老眼里有泪。我有些愤怒，想给两个堂兄打电话，骂他们一顿，最后忍住了，事情毕竟已经过去了两个月。我捶着父亲的腰，对父亲说，怨我，我们这两天就给您看腰。父亲说，一码事是一码事，他们不该那样。

父亲在旗城待了三天，我每天陪父亲在外边走走，在附近的公园转转。那天转到卫河公园，我和父亲坐在连椅上，父亲说，我等过那些人。我问父亲啥意思。父亲说，他们应该再杀个回马枪。父亲说那几天他坐在路边，企望着那两个人再回来，来老塘南街一趟。如果父亲见到，就会对人家说，我不是朱大马，我是朱二马，是朱大马的兄弟，你们好好看看，我哪里会是朱大马，再像的人也是有区别的。父亲连续几天就在路边蹲着，在通往大伯家的路口等。父亲先是穿着身上的灰大衣，在村口或去大伯家的路口来回地游动，换着地方蹲着。后来他把衣裳换了回来，觉得应该穿那天在医院里穿的那件上衣，那一双运动鞋，这样如果碰见回来的人，或许可以认出来，他们会呆呆地看着自己，叫自己老朱、朱师傅、朱大马，你不是躺在医院吗？我们就是想再回来看看，想看个究竟，告诉你，我们又回医院里查了，那天在病房就看出有些蹊跷。父亲就会惭愧地抓住人家的手，诚实地向人家摊牌：对，我真的不是朱大马，我是朱大马的兄弟朱二马，那个叫朱大马的哥哥已经死了，哥哥的坟头上已经长满野草了，那些抓地秧、葛巴草、马尾草、车前草、兔尾巴草，还有各种野菜都在坟头上扎根开花了。父亲会袖筒插棒槌——直来直去，说，我啥也不怕，你们能回来说明你们英明，你们心里不糊涂。你们好好看看我怎么会和朱大马长得一样，单说发型，对，你们当时就怀疑了，可你们没有认真，就马马虎虎拽着我的指头往你们拿的那个表上摁。还有我哥身材比我高……

父亲蹲在路口，就这样想着。有时候要躲开大伯的家里人，躲开大鹏和二鹏，万一他们看见自己怎么解释。父亲碰见过一次堂嫂——大鹏的媳妇。嫂子看他在破墙头打呼噜，走了几步又回过头，叫醒他，叔，叔，你在这儿干什么？父亲揉揉惺忪的眼，说，啥，你说啥？堂嫂说，你倚着个破墙头干什么？父亲说，我看这太阳好，晒太阳，睡着了。堂嫂就不再搭理父亲，往家走，走了几步，转过身，说，你饿了吧，饿了我给你做碗饭。父亲赶忙站起来，往家回。

等了几天，父亲失望了。

这一天他走到了大伯的坟头前，一只鸽子从坟头上掠过，咕咕叫着在麦地里盘旋，看见父亲又飞回来。父亲把鸽子当成了大伯的魂灵，声泪俱下，把心头的话对大伯说了，大哥，大哥，我那天替你，在病房里又躺了一回，你知道吗？你儿子让我当你的替身，我当你的替身还不错吧？大哥，厂里的人来看你，你知道吗？……可是，大哥，我不想这样，我们都老实巴交了一辈子，我们都不是那样的人啊！哥，你说我该怎么办……

四

接到父亲的电话，让我回去。我本来想推辞，可我想起父亲走后我连一次家也没有回过，赶忙换了一种回答，好，我尽快回。第二天我回到老塘南街。一见面，父亲就向我说起了低保的事。

父亲已经不止一次向我说起低保的事了。父亲原来是在低保的，前几年，我通过镇里的关系，非正式地给父亲办了低保，父亲开始每月能领到六十块钱，我算了算，能买十几斤鸡蛋。我起先是不在乎的，六十块钱在这个年代，有和没有，没多大的区别，抵不上人家的一盒烟钱。可父亲在乎，低保这件事一直占着他的心思，每一次回家父亲都和我唠叨，说谁谁谁的条件要比咱好得多，谁家还开着小厂，他的父母都在了低保。说我虽然在外混，工资微薄，咱怎么就不够条件呢？父亲这种心理不是和别人比富，是和别人比穷，低保这种事儿就得在穷上较真儿。每一次回家我都会多给父亲些钱，我说，没事，我又来了一笔稿费。父亲说，儿，你别骗我，别骗你自个儿，不是非要争，我少花几十块钱没啥，我是要争个理儿，争口气，想求个公平。

父亲的低保名额被取消是因为二鹏前几年当了支书。二鹏当支书的后半年全县对低保户进行调查，老塘南街去掉了一批人，二鹏主动把父亲的名字报上去，父亲的低保取消了。

二鹏把父亲报上去，是怕自己受到牵扯，把父亲当成了他抵挡别人的砝码。父亲生气，父亲说，我的低保又不是他当支书办的，他凭什么要把我去掉？我劝父亲，别往心里去，不就是几十块钱吗，怎么又不公平了？父亲说，一个月涨到一百了。我想着，一个月一百，如果在低保，不但可以买十几斤鸡蛋，还可以再买几斤肉。父亲说，问题是我咽不下这口气。父亲从抽屉里摸出一张纸，把纸展开，说，你看这些名单，他们都够条件我为什么不够？我看过去，我看到了父亲整理出来的低保名单，上边有几个名字我熟悉，他们都和父亲年龄差不多，不，大部分都比父亲的年龄小。父亲用干燥的手指给我说，你看袁守善，他在县鞋厂里还有退休金；你看林富奇，他两个儿子做生意，哪一个都比你挣钱多。还有，村主任他爹都在了……父亲说不下去不想说了。父亲低下头，竟然用袖头擦起泪。这个老人和低保摽上了。

父亲说到了二鹏，父亲说，他当这个支书还不如别人，他如果公平我服气，我每月不吃几十个鸡蛋也饿不死，可他拿我做挡箭牌，把关系用到别人的身上。父亲一生没有干过轰轰烈烈的事，可他干起事儿来很认真很较劲儿。

这孩子不给我办低保还要我去替他爸。父亲拐来拐去又拐到了那件事上。父亲说，这孩子品格不行，当了支书干骗国家的事，封我的嘴，只给我五百块钱。

晚上躺在床上还在想着去找不找二鹏，父亲的话是有道理的，不错，他有一个在外工作的儿子，可我每月两千块钱要还房贷，供孩子上学，真的很紧张。问题是，那些人和父亲比，不比我们的条件差。我安慰父亲，我说我去找过二鹏，再等等，给他时间，他说得对，咱家出个支书不容易，能干就让他多干几年。不就是一百块钱的低保吗？我每月多给你一百块钱可以吧。

父亲说，不是你多给不多给的理。父亲说，我急了，把低保和你大伯的事儿都给他捅出去，去县里说理。

父亲急的时候手一直抖，收音机也不听了，那根天线长长地竖在沙发上。我知道父亲说说急话而已，他没这个胆量，生活中的父亲其实很懦弱。父亲后来说，我害怕，父亲的声音颤抖。我一惊。父亲说，我怕他们让我再去医院，再要我躺在床上骗人，拽着我摁手印。父亲的手抖起来，他仿佛又躺在了床上，手被拽着，指头被一只手扭曲，指肚沾上了印泥……我搂着父亲，拍着父亲，第一次对父亲这样，像对待一个害怕的孩子。我说，别怕，一切都有天意，该断的事迟早会断。就是那天晚上，父亲忽然说，我真想砍了这根手指。

五

父亲说想出去躲躲，怕他们再找……

我把父亲接到了旗城，既然要躲，就让他离开老塘南街，如果他们要找父亲，至少也得跟我打个招呼，我和父亲就能想办法应付。父亲过来后，我每天陪着父亲在院子里转转，有时和父亲在城里走一走。

那天转到一个湖边，看着湖水，父亲说，一年了。湖的对面，是一家医院，远远看见那栋白色的大楼。父亲举起了手指，那根摁过指印的手指，粗壮，像一个蜗牛。父亲问我，一年了，他们会再来吗？厂里的人。父亲看着我，目光里含着疑惑，再一次向我举起手指。我突然发现父亲的那根食指在逐渐变形，随着父亲胸部的起伏，明显比周围的指头粗大起来，布上了更多的皱纹。我惊讶地盯着，抓住食指，食指上的褶皱像一条条小蛇，伸着蛇芯子，越发地明晰、发亮、粗壮，镀上了一层红光，将其他的指头都比下去；我又看着指肚，指肚肿胀着，像刚从蒸笼里揭出的馒头，逐渐地膨胀，那个鲜红的指印竟然没有消失，长在了指肚上，长成了一个巨大的红斑，指印随指肚的膨胀越发地发胀，加剧地变形，一个动物要从食指里拱出来，指节憋胀得透明，指印愈加艳红……我惊出了一身汗，拉起父亲就走，爸，我们去找医生！父亲不动，父亲的头摇着，蛇头样摆动，说，你听我说。父亲跟我讲起了这根手指，说从医院回家后，他一直在洗，在洗，想把手上的指印彻底洗掉。可是，每次洗了后它还会重新出现，再长出来，尤其深夜醒来，父亲第一眼会看到那根食指，看见食指的膨胀，红红的指印在指肚上伸着舌头。父亲说，他把手藏进被窝里，不看，不敢看，不想看，后来他在食指上缠过绷带，狠狠地咬过食指，满嘴是血……

我紧紧地抓着父亲，把那只手握着，想象着在无数个夜晚父亲看到食指时的恐惧，对一根手指的躲避，一根手指对老人的折磨。我不知道事态会这么严重，我跑向路边的一个小摊，问他的摊上有没有手套？然后，我跑着去了近处的一个小超市，找到了一双薄薄的手套，我急急地跑回来，将手套递给父亲，不，给父亲戴到了手上。我感到闷气，我知道，实际上无济于事，掩耳盗铃。我决定还是要带父亲去医院。父亲仰着头，很倔强，说，不用，其实它不老是这样子，忘了时，还是一个正常的手，如果一想，手就会变，就会这样……

那件事，或者说父亲的自戕发生在几天后。

那些天，父亲一直和我待在旗城，相安无事。只是父亲似乎天天戴着手套，我给父亲又买回来一打，放在父亲的床边。我几次想再看看父亲的手，可是我不敢和父亲提起，更不敢要求去看父亲的那只手。

那天晚上起夜后，我想潜入父亲的房间，寻找那只手，那根食指，探个究竟。我像一个幽灵，在父亲门口徘徊，想着怎样走向父亲的床边。这个念头折磨着我，在我准备行动，刚挨近父亲的房门时，忽然听见了父亲的叫声，可能是我惊动了父亲。父亲先是呻吟，后越来越大，像在和谁打架，呼呼地喘着粗气，粗气闯过门缝扫到了我的身上。我打开门，看见父亲的嘴哑着，像一条跳到岸上的鱼，又嗷嗷地大喊，他扑通坐起来，被子裹着身体，目光迷离，胸部起伏，手拼命摇动，指头缭乱着，墙壁上晃动着手影，无数的手影，凌乱的手影，张牙舞爪的手影。我赶忙去拽父亲的手，慌乱中抓住的竟然是他的那根手指！父亲的叫声更加尖厉，像一只受伤的猫，哇啦一声，满脸惊慌，身子拼命地往后扯，蜷在床上，被子挤成了一团；我看见那个食指在灯光里变形、肿胀，像一个火球，在夜色里奔跑、滚动，指头肚曝出一片红光……父亲扯出了那根手指，藏在另一个手心里，目光迷离，在房间里寻找，疯狂地叫喊，我的手，我的手，我的手……大鹏，二鹏，我，我不去，我不去……

我搂着父亲，紧紧搂着，哄孩子一样拍着他的肩膀，叫着，爸，你醒醒，你醒醒……父亲的肩膀还在抖，气喘得更急，几次把我挣开。我将脸贴在父亲的脸上，我们的泪水黏在一起，汇在一起。我一遍遍地哄着父亲，拍着他紧握在一起的双手，父亲的身体还在颤抖。突然，我听见，嘎嘣，山崩地裂的一声……我看见，父亲的那根指头耷拉下去，耷拉下去，有气无力，失去了筋骨，膨胀的指肚瘪了……我拼命拉住父亲，夺他的手、他的手指，撕裂地喊，爸——

就在那个深夜，我颤抖着给二鹏和大鹏打了电话……

（《福建文学》2016 年第 2 期）

作者简介：

安庆，本名司玉亮。中国作协会员，河南文学院签约作家，鲁迅文学院第二十二届高研班学员。小说多次被各类选刊转载，入选小说排行榜和多种选本，获第三届"河南省文学奖"、冰心儿童图书奖等。

枪支也有愿望

黄　梵

　　陆家读《福尔摩斯探案记》时，感到了一丝痛苦，突然意识到自己与书中的罪犯没有两样，都属于福尔摩斯千方百计追踪的人。是啊，他跟着一个叫七毛的混混，四处打架逞英雄，被打倒的人哇哇乱叫时，他们这群动手的混混就乐不可支。他们动手似乎没有什么原则，谁妨碍他们，他们就打谁，甚至看谁不顺眼，他们也打。有一天，他从同学姐姐手中借来柯南·道尔的著作，读着读着，蓦地觉得打架无聊透顶。他觉得打架时的愤怒、憎恨，都是七毛煽动起来的。每次他出门打架时，内心并没有愤怒和憎恨，甚至不知道七毛那天晚上将要打谁？这个"谁"跟他无关的程度，不亚于斐济与他的无关，他凭什么要去打这个"谁"呢？他是这群混混中少有爱动脑筋的人，他真为这个问题苦恼过。似乎真正吸引他打架的，只是打架双方对峙时的那点刺激，和拳头落下去的那点快感，但随着他们这帮的势力越来越大，一边倒的胜利，开始令刺激和快感大打折扣，甚至被打者的痛苦号叫，已经渐渐叫他内心变得纠结。

　　《福尔摩斯探案记》来得正是时候。不仅给他这个"罪犯"带来反省，也给他带来一门学问——弹道学。书中的痕迹学和弹道学，可不像他的愤怒和憎恨那样空洞无物。书还没读完，他已经迷上了这门陌生的学问。他甚至找父亲谈过一次，听说父亲早年研究过现代物理学，觉得父亲脑子里应该有他要的答案。父子俩深谈一夜，谈话结束，他反倒更迷惑了。原来弹道学不属于现代物理学，恰恰属于被现代物理学排斥的古典力学。父亲只好给他画一条抛物线说，子弹会沿着这条线飞行，弹道学就是研究这条线的。他当然听不懂！一、他不理解子弹打出去怎么会是曲线？二、就算子弹飞出去是一条抛物线，怎么值得学者花一辈子研究它？既然事有蹊跷，他就不能放过，他喜欢挑战，这也是他当初参与打架的原因。寻遍镇图书馆，他没找到一本正经谈弹道学的书，个别能扯上边的都是旁敲侧击，一笔带过。一天，他翻到一本杂志，里面多处出现了"弹道学"一词，文章介绍美国空军投弹前，要用弹道学计算落点和入地深度。这篇文章让他大开眼界，证实了弹道学果真如他所想，神秘莫测，父亲太小看它了。他孤身一人待在图书馆里，觉得"弹道学"帮他打开了一个更迷人的世界，比打架迷人百倍千倍的世界……

他把那本杂志借回家，不肯释手。到了该出去打架的傍晚，他依旧手捧杂志，呆定定地坐在家里。窗外响起了他熟悉的暗号声——三声猫叫。他起身走到窗前，望见那帮来邀他打架的混混，正在楼下手舞足蹈，招呼他赶快下楼。他丝毫没有动心，用手势告诉他们，他吃坏了肚子，不停拉稀，没法出门。他们不把他的手势当回事，也许根本就不相信，继续掏出中华牌香烟诱惑他。他不知从哪儿得来了定力，坚定地摇头表示不打算出门。他们不敢相信他怎么变得这么不可理喻，纷纷把大拇指朝下，骂他是孬种。换了从前，他一定会被激将起来，不会甘心待在家里证明自己是孬种。但那天，他就像一个还不起债的负债人，任凭债主骂他，他都甘心接受，但依旧我行我素。楼下的混混们最终觉得没劲，只好悻悻离去，陆家自然错过了那晚的打架"盛况"。

这拨儿人中那位目光如炬的老大，一个比他高三届的同校生，那晚作战勇武，用砖头狠拍外校一刺儿头的脑袋，刺儿头当场倒地昏迷不醒，吓得这拨儿人纷纷逃散。刺儿头差点死掉，有很长时间完全靠插鼻管呼吸。这拨儿人再也高兴不起来了，老大被抓，判劳教五年，其他每个在场的混混不管动手与否，人人有份，或判劳教或被学校开除……

得知消息的那天，陆家夜不能寐。他费了很大劲才想通，上帝为什么用弹道学来拯救他。要不是弹道学，他肯定也落得同样的下场。为了表达感激，他把《福尔魔斯探案记》供在床头，对着书好一阵跪拜。弹道学原先是学问，现在是菩萨。这菩萨不仅把他从混混堆里捞出，还让他怀揣着理想进了大学。填写高考志愿时，父母担心他光填有弹道学专业的大学，毕竟全国有此专业的大学仅有两所，但他像害了相思病，无法容忍自己去别的大学。也许是势所必然，他总算如愿以偿，考进了弹道学最权威的那所大学。读到大四写毕业论文时，他的才华被弹道学权威发现，于是，好运继续眷顾着他——他被作为尖子生留校任教。

教学之余，他喜欢研究点什么，当然无意研究弹道学之外的任何东西。有段时间，他对用纸靶测量枪弹的飞行姿态着了迷。他并不在乎枪弹怎么飞，只对纸靶与枪弹的撞击感兴趣。为了不干扰枪弹的飞行姿态，沿途应该少放置纸靶，但为了测量枪弹的飞行姿态，沿途又必须多放置纸靶。他觉得此两难境地里隐藏着哲学，究竟隐藏着什么样的哲学呢？他一时也想不明白。

一次，他带一位研究生做 AK47 冲锋枪射击实验，半天射击下来，密闭的靶道里全是硫黄味，甚至他的头发、贴身的内衣也散着这种气味。到了下午四时，他们打了数百发子弹，收集了大量有待分析的纸靶。研究生开始焦急不安，低声下气求陆家，说要去火车站接外地来的女友，他不得不提前离开。陆家瞥了瞥腕上的手表，无奈地答应道："那你去吧，我再打一会儿。"

当靶道里只剩他孤身一人，除了枪械声，外面的世界仿佛已经不存在，靶道墙壁的隔音效果出人意料的好。他重新装上十九发满装的弹匣，把 AK47 设置为连发。一扣扳机，突然听到了一句大得吓人的话："噢，我憋死了，终于可以说话了！"

他吓得差一点退进墙角。是谁扯着嗓子喊啊？声音分明就在近前。长长的靶道一目了然，并没有其他人，声音更不可能来自靶道外面。尚未冷却的枪管，冒着袅袅热气，令他蓦地想到声音会不会来自枪管？他取出弹匣，瞧见里面还剩七发子弹。稍稍一想，内心一惊：刚才一梭子打出了十二发子弹，那句大得吓人的话正好有十二个音。他重新装上弹匣，打算把余下七发全射出去。当他忐忑不安地扣动扳机，一句短促的话立刻从枪管冲了出来：

"别怕，请跟我说话！"果真是一发子弹蹦出一个字音。

他惊喜万分，马上从弹药箱里取出一个满弹匣装上，合上枪栓。开枪前，他紧张地清了清嗓子，对枪说："为什么你会说话？其他枪不会呢？"为了听清枪说的话，他扣扳机时，几乎闭上了双眼。

"它们都会说话，但你们听不懂，只有我会说人话！"

他马上再装上一个弹匣："谁教你的？"

"跟你老师们学的，他们可懒了，干活儿拖拖拉拉，永远在闲聊。"

他跑去抱来一摞弹匣，放到架枪的金属台上："你真聪明，光听闲聊就能学会人话。他们一般闲聊些什么？"

"都说你傻，光知道干活儿，不懂交际，将来会吃大亏的……"

陆家真不敢相信它说的话，只恨自己不能更快地装上弹匣："那么，他们怎么看我的学术呢？"

"都承认你顶呱呱，但认为光这样没啥用，真正有用的是人脉。"

陆家显然听不进这些话，如果老师们当他面说，他会很不在意。可是不知为什么，当知道老师们背后也这般议论他，他竟变得沮丧起来。他和老师们究竟谁已经变得不可救药了？本来他心中是有答案的，但此刻他倒有点恍惚、茫然。他把手指再次放到扳机上，他万分需要听到枪的想法："那你怎么看？"

"你和你的老师各对了一半……"

这句话令陆家诧异地松开了手指，转动眼珠冥想半天，愣是没有想通："为什么我只对了一半?"

"你越勤奋，做枪下鬼的人也越多，不是吗……"

枪的这个想法惊了他一跳。枪管喷出的那股硫黄味，似乎令他有所醒悟。莫非枪里有个比他更健全的大脑? 他迫不及待地拆下枪栓，朝枪里仔细打量，除了枪管膛壁的螺旋膛线，和黏在膛壁上的火药残渣，视线并没有寻到什么异物。他转身又去搬来一箱弹匣。开枪前，他静静聆听了一会儿靶道里的沉寂，不再觉得孤单。他就像遇到了一个智者，迫切需要得到枪的点拨。

"那他们对的是哪一半?"

"他们懒散、拖沓，造假数据，无意中也是对间接杀人的消极怠工，部分维护了人道……"

陆家显然有点着急："那我对的那一半是什么?"

"你有求真的精神，这会让人类造出更好的武器，也会让人类有更高的道德和觉悟，尽量不去动用武器……"

它是哲学家无疑，陆家想。看来有脑子的哲学家不一定非长着脑子，长着脑子的哲学家不一定真有脑子。陆家巴望和它多聊聊，完全忘了吃晚饭的事。有趣的是，枪先生倒没有忘记，开始提醒他："你该吃晚饭了，别太勤奋。别忘了，你懒点也是对和平的贡献……"陆家脸上虽然露着疲倦，但他还是不肯收手："你们有没有吃饭睡觉这一说?"

枪管吞云吐雾地说："我现在就在吃饭啊，你一开枪就等于给我喂饭，所以，你不能让我吃得太饱，会撑死我的……睡觉嘛，我们当然也需要，没事干的时候就睡觉。"

陆家听完，顿时红了脸，内心不再像过去那样亮堂了。他一边说对不起，一边卸下了弹匣："那你先休息，我们明天再聊吧!"

翌日清晨，陆家罕见地起了个大早，罕见地去校园广场溜达了一圈，呼吸新鲜空气。昨晚，他几乎睁着眼睛，看着窗前的月光，难以入眠。还没有老师和他探讨过同样的问题，从前他们只知道嘣嘣开枪或轰轰开炮，以此赚取科研经费。他赶在中老年妇女涌向广场做操之前，离开了广场。

他隆隆打开靶道铁门时，心情竟有些激动。他估计枪睡了一夜，应该起床了吧? 这个二十多岁的年轻教师，就像侍候自己年迈的父亲一样，找出一块干净的白棉布，开始擦拭冲锋枪，他比从前擦拭得更仔细、更彻底。是啊，它一个冬天都没洗澡了，他想。瞄准镜上确实沾满了尘垢，他边擦边嘀咕道:

"这是你的眼睛，怪我疏忽，灰尘都进去了，实在对不起……"全部擦拭完，他又给枪栓抹上油，然后含笑对枪说："先生，已经给你洗完澡、搽完油，等一会儿就请你吃早饭……"

研究生来的时候，眼睛挂着淡淡的黑眼圈，额头上还有一道细细的指甲挠痕。陆家心领神会，没有多问。看见冲锋枪已大变样，变得干净、乌黑发亮，研究生几乎惊叫了起来："哇噻，我都认不出这还是昨天那支枪！"

两人一起布好纸靶阵，拔出冷塞管，就准备开枪。陆家意味深长地问研究生："你吃过早饭了吗？"对方摇摇头："没有。"陆家看着枪，若有所思地说："还有一个也没吃早饭。""老师你也没吃吗？那我去给你买点东西来吃。"他一把拽住研究生："不用了，就要饱了……"

当子弹像一阵风暴扑向纸靶，他听到了枪的说话声："哎呀，这个澡洗得真舒服啊，前段时间我浑身痒死了，谢谢你……"

"不用谢！早就该洗了，怪我太粗心！"

研究生的思绪还没完全从女友那里收回来，陡然听到陆家说话，惊得学生浑身一震，然后懵懵懂懂地掉脸望着陆家："老师，你在跟我说话吗？""哦，"陆家光朝他笑了笑，马上转移了话题，"刚才打枪的时候，你听到了什么？"研究生望着长长的幽深的靶道，木愣愣地说："枪声，我只听到了枪声。"

陆家无奈地耸耸肩，心想：我大概是唯一能听懂枪声的人，如同它是唯一能听懂人话的枪。为什么会是这样？陆家看出研究生的心思其实不在靶道，他的心就像风筝，被宿舍里的女友远远牵着，恐怕盼着飞快把实验做完，心甘情愿地回去受苦，侍候女友。

研究生装卸纸靶、弹匣的动作，确实比往日快了许多。嘣嘣嘣的枪声，自然比不上女友凑在他耳边的柔情蜜语，他巴不得能从枯燥的枪声里逃走。而他的老师与他完全两样，射击时，老师的身子甚至越过了安全线，竖着耳朵，聆听着枪声，仿佛那里面有老师喜欢的巴赫音乐。他当然不知道，刚才打出去的几梭子弹，是怎样震撼了老师。

"你知不知道，我们这些枪的愿望是什么？"

为了不吓着研究生，陆家没有直接回答枪的询问，只是无声地摇了摇头。

"和你们一样，也想活得长寿、健康，能顺畅地说话。可是，我们让人类付出的代价太大了，死了太多的人。"枪声戛然而止。陆家有点着急，没等学生动手，自己亲自上前装上弹匣。扣扳机前，他忍不住对着枪嘟哝了一声："你快说！"学生又是一惊，扭回头："要我说什么？老师！"陆家把视线转向学生，微微一笑，打趣道："枪声不就是枪说的话吗？我开个玩笑，叫它快点说。"学生松了一口气："老师真幽默。对呀，今天我们应该快点打。"快点打的念头，立刻令学生亢奋起来。

子弹在纸靶上打出一串花纹似的弹洞："……我们让太多的人没了长寿、健康、说话的机会，所以，有些枪很自责，处于两难境地。没有战争吧，我们吃不饱，甚至会饿死，有战争吧，又会死太多的人，我们也会因为吃得太饱撑死……"

陆家看出学生继续待在靶道纯粹是受苦，苦苦挂念着女友，他索性宣布给学生放半天假。学生高兴得千恩万谢，撒腿就往门外跑，一溜烟就不见了踪影。支走学生，陆家开始能无所顾忌地与枪聊天了。他的思绪还沉浸在枪先前说的话里："你们也会有痛苦?"

"是啊，有些枪的痛苦很深。有的想找两全的出路，既不杀人又不挨饿。比如，去科研单位，去射击场等。一旦发生战争，它们中的少数还会选择自杀，战场上一些炸膛、打废的枪，都是这些自杀的兄弟。当然更多的兄弟一辈子待在武器库里，没吃过一顿饭，它们都会慢慢饿死，身体会在十年或二十年中慢慢衰竭。不管怎么说，所有兄弟都羡慕我能进科研单位，不必挨饿，又不必杀人……当然，更多的枪只顾自己填饱肚子，并不在乎杀不杀人这种事……"

枪的话令陆家有了些许安慰："你现在没有了痛苦，对吧?!"

"刚来的时候的确没有，觉得自己很幸运，因为这是我们枪能找到的最好的出路。但时间一长，我比进来前更痛苦!"

"为什么?"陆家诧异地瞪大双眼，为了听得更清楚，他把身子尽量倾向枪管。

"我发现，你们给我喂饭，是为了研究如何提高杀伤力，就是说，我过得越好，你们越能造出高效的杀人枪支，比如，精度更高，射速和弹速更快……"

陆家投向枪管的目光，第一次变得不自然起来。他慢慢地低下头，道歉似的嘀咕道："我懂，我懂你的意思……"是啊，这是他从未遭遇过的道德难题，居然出现在他无限热爱的事业中。这个难题就像来历不明的雾霾，早已出入他的身体，直到今天他才陡然发现。即使当年引领他走上这条道路的《福尔摩斯探案记》，也像一口老旧的枯井，再也没法让他汲取清水，把他的灵魂洗干净。

那天，他和枪聊得很深，全是他学过的逻辑和技术没法触及的伦理问题，一直聊到月光降临，他才想起自己还没吃晚饭。时间过得真快啊，他的双脚几乎已经被成堆的弹壳掩埋。离开靶道前，他再次给枪"洗了澡"。上完油，他抚摩着枪管说："你晚上睡个好觉吧，今天你够累的，我们明天见!"

他锁上靶道的铁门，仰着脖子，在寂寂的月光下待了一小会儿，仿佛那眼珠一样瞧着他的月斑里，有他苦苦寻觅的一切……

学生揉着一双布满血丝的眼睛，大清早就赶到了靶道。为了报答老师昨日放假的恩典，他打算赶在老师上班前，做完实验前的一切准备工作。布完靶阵，朝枪管插上冷塞管，对完基准，陆家也一脚迈进了靶道。看见学生破天荒的举动，陆家甚为惊讶，笑着打趣道："你女友来了，对我们工作也有帮忙啊，你变勤快了！"

师生俩一边说说笑笑，一边给枪装上弹匣，打开扳机保险前，只剩最后一道程序——再次瞄对基准，然后拔出冷塞管。就在这时，陆家的手机响了起来："喂，喂，喂……"钢筋水泥的墙壁对手机信号屏蔽得厉害，陆家不得不操起手机奔向靶道外面，穿过铁门时，他回头甩给学生一句话："等一会儿再开枪！"

"喂，是谁啊？"陆家一到户外，信号骤然变得清晰，"……你是杨儿吗？杨儿，是你吗？"

"你打错了吧？你到底找谁呀？"

"杨儿，杨顺天，你是杨儿吗？"

"老奶奶，你打错了！我不是杨顺天。"

手机另一头的老奶奶似乎不打算放弃："那你是谁呀？是不是杨顺天的朋友？"

陆家急得来回踱步："老奶奶，我叫陆家，不是杨顺天的朋友！"

"啊？不是啊？……"

"不是的，你打错了……"

他断然的语气，似乎令另一头的老奶奶变得有点心酸，骤然陷入了沉默。陆家一时不忍心挂掉电话，又不知该说些什么。就在他和那股心酸僵持不下的当口，门里蓦地传来了一声低沉冗长的闷响："噗——"这声音顿时令他大惊失色，他大叫一声："不好！"立刻掐了电话，一个箭步冲进靶道。他冲进了一团充满硫黄味的烟雾里，这味道强烈刺鼻，令他差点把早饭全呕出来。透过烟雾，他看见学生战战兢兢缩在墙角，不停地自责："真糟糕，我忘了拔冷塞管！真糟糕，我忘了拔冷塞管……"

那么硬的枪管，竟隆起了一个大包，活像枪管得了大脖子病，挂着肿大的甲状腺。陆家顾不得气味熏人，惊得张大了嘴巴。他站在枪边发了好一会儿呆，才想起问学生："不是叫你等一会儿再开枪吗？"

不知所措的学生，涨红着脸，结结巴巴地说："我以为……你是怕我……

心不静就开枪……可，可我觉得自己的心很静，所以就……"

"静到都忘了拔冷塞管？"陆家面露愠色，忍不住揶揄了一句。

膨胀的枪管没有爆炸，真是不幸中的万幸！不然它爆炸的威力，不会比一枚手榴弹小，如果那样，学生肯定已经倒在血泊中。待烟雾慢慢散去，陆家开始仔细勘察现场。他发现冷塞管和枪管之间有个小孔，枪管中的大部分气体是从小孔泄出的。无疑是这个小孔救了学生的命。当他看见扳机处于连发位置，又陷入了沉思，甚至百思不解。小孔也许能排出单发子弹的爆炸气体，但如果连续发射，小孔显然来不及排出那么多的气体，必然会发生爆炸。事实是枪管并没有爆炸。为什么？当他拉开枪栓，似乎找到了答案，原来第二发子弹卡壳了，枪栓才是学生的救命恩人。可是他转念一想，又觉得不可思议。这支枪来到靶道已经有三年，从未卡过壳，唯一一次卡壳竟救下一条人命。陆家觉得脑袋乱哄哄，感觉有数不清的想法正在他脑子里打架。当他小心卸下枪里的所有子弹，他那慢腾腾转动的脑子，才开始有了新的答案。

昨晚和枪谈心谈到最后，枪冷不丁说了一个想法："我想自杀，这是最两全其美的解决办法，因为我已经不贪恋长寿。只是我在等机会，我希望我的自杀能对人有点用……"

"等什么机会？"陆家迫不及待地问道。

"我也不知道，但我相信会等到的……"

"你自己都不知道，怎么会知道机会什么时候到呢？"

"说起来是有点玄，但到时我确实就知道。"

陆家叹了一口气："你毕竟是一支枪，思维还是偏感性，如果整支枪就是你脑子的构造，显然不如人脑精细，所以，我还是劝你听听我的劝告，放弃自杀的念头吧，我已经把你当作好兄弟，好歹我们一起相守，共同度过余生吧……"

陆家的话令枪伤感了一会儿，不过他的语气很快就变得坚定起来："正因为我们是好兄弟，所以，有一天我会选择自杀。"

"为什么？"

陆家连续打了两梭子弹，但枪说出来的都是同样的话："就因为我们是好兄弟，所以，有一天我会选择自杀。"

陆家用手摸摸枪管，发觉已经烫得能灼伤皮肤，于是，他给枪"洗澡"前，说了昨晚最后的话："你发烧了，难怪尽说胡话。我还是给你洗个澡，解解乏吧，今晚你早点睡！"……

陆家一拍脑袋，大叫一声，恍然大悟。是啊，我怎么忘了昨晚它说的话呢？原来这就是它说的机会，它用自杀拯救了学生的性命啊！一直蜷缩在墙角的学生，连忙上前来搀扶陆家，以为老师又犯了偏头痛的毛病。陆家顺手一把拽住他说："来，你要好好感谢这支枪，是它救了你的命，要是炸了膛，你恐怕就见不到女友了……"

于是，师生二人念念有词，真心实意朝枪一再鞠躬，接下来，按照处理事故的惯常程序，保留现场，分别给系主任和院长打去电话。学校立刻派人来勘察现场，事过不久，分别对陆家和学生进行了处分，处分分别记入了个人档案。陆家并不把处分放在心上，他最在乎这支报废的枪能不能留在他手上。经过一番苦苦交涉，国资科总算把这支枪从花名册上除了名，将废枪交给陆家处置。

重新领到废枪的那天，陆家用锹在靶道边的山丘，刨出一个深坑，把刚刚"洗过澡"的废枪，用三层油纸包裹，葬进了坑底。不久，他花钱找石匠打制了一块花岗岩石碑，庄重地立于土坑之上。石碑上的宋体刻字勾填着耀眼的红漆，上面写道：

这里葬着一位有良知的枪。

（原载《上海文学》2016 第 10 期）

作者简介：

黄梵，1963 年生，湖北黄冈人。毕业于南京理工大学飞行力学专业，现任南京理工大学艺文部副教授。著有《南京哀歌》《第十一诫》《等待青春消失》《女校先生》《浮色》等。长篇小说处女作《第十一诫》在新浪读书原创连载时，点击率超过 300 万，被网络推重为"文革"以后最值得青年关注的两部小说之一。获第二届汉语诗歌双年奖等。受到首届珠江国际诗会、第二和第四届青海湖国际诗歌节、第三十五届多伦多国际文学节等邀请；2011 年受邀访台两个月，成为"两岸作家交流计划"驻留作家；2014 年受歌德学院邀请访德，成为"中德作家交流"驻留作家；2015 年受邀访美，成为美国弗蒙特中心驻留作家。台湾叶红女性诗奖终审评委，柔刚诗歌奖评委会评委兼召集人，诗歌民刊《南京评论》创办人（已出七期），《西部》杂志文学委员会委员，台湾《两岸诗》杂志大陆总编。部分作品被译成英语、德语、意大利语、希腊语、韩语、法语、日语等文字。

转　　湖

龙仁青

1

如果不是单位派人送来的那张体检卡，这会儿他们已经在转青海湖的路上了。根据之前的计划，这一天，他们已经走到了那个叫关宝东的地方。

关宝东，是一座山峰的名字，地处从青藏公路拐入环湖西路的路边上，紧靠着青海湖畔——一座山峰逶迤绵延到这里，忽然停了下来，形成了一个高高的断山头，看上去很险峻。关宝东在藏语里的意思，是怙主的鼻梁，的确，这险峻的断山头，很像是一个倒下的巨人高昂着自己的头，使得他的鼻梁突兀在这天地之间。大自然的奇巧，总是超乎人们的想象——在这高耸的鼻梁下，居然还有一个洞穴，就像是巨人的大嘴一般。当地传说，这个洞穴是直通拉萨的——曾经有一个朝圣者，让一只山羊驮上了草料，把它赶进洞穴里，自己便踏上了前往拉萨的朝圣之路。等他一路艰辛，来到拉萨，满怀着喜悦之情匍匐到布达拉宫前的时候，他惊奇地发现，他的山羊，已经通过洞穴，抵达了拉萨。那山羊看到主人到来，一路咩叫着跑了过来，而它身上的草料，已经所剩无几。如今，在这个洞穴前面挂满了五彩的经幡，洞门一侧有一座用就地取材的青石板堆砌成的供台，供奉着几盏酥油灯，几碗净水，虔诚的朝圣者甚至把一些贴身佩戴的饰品——珊瑚、玛瑙、塑料珠子、玻璃项链、铝制或者铜制的仿金银手镯、耳坠等，也供奉在了这里。

转湖的朝圣者把山上的洞穴视为神迹。朝圣者到了这里，就会往洞穴里钻。洞穴里狭窄崎岖，一片黑暗，人们纷纷拿出手电筒或者手机来，打开上面的手电筒功能，一团一两米远的亮光便出现在每个人面前，大家就着这点光，小心地往里走去，这才发现，走进大概十多米就无法再往前走了。人多的时候，先前钻进去的要出来，后面又有人不断往里钻，于是就堵在里面，两边的人都不能动了，甚至想转身都有些困难。这时候，那个总是站在供台一侧的红衣僧人便走进来，指挥着人们走出来或走进去，他脸上的神情严肃、认真，就像是一个正在疏通道路的城市交通警察。

多杰和措果是一对夫妻，工作、生活在城里。妻子措果几年前就退休了，丈夫多杰，也因为健康原因，在自己刚满 60 岁的时候办了退休手续。多杰属羊，依照藏族习俗，羊年恰好是转湖之年——沿着高原上那些圣洁的湖泊右绕而行，就会得到这自然圣湖的加持和护佑，所获得的殊胜和功德，是平常年份的 12 倍。多杰在一家广告公司从事摄影工作，平日里经常出差拍片子，在家的时间反而很少，退休了，闲了下来，跑惯了的多杰有些不习惯，妻子措果却有些暗自高兴。

就在多杰退休不久的一天，吃了早饭，两个人东拉西扯地聊着天。措果从他们的双人床下翻出了几本影集，那里都是多杰这几年外出时所拍的照片，其中一个影集，整整一大本都是青海湖的照片。

"天哪，这些都是 12 年前的照片啊，时间过得可真快！"二人翻看着照片，多杰便想起了拍这些照片的时候，"那一年是羊年，我 48 岁，照老家的算法，是 49 岁！"多杰说。

"对啊对啊，你跟拍老家牧区的阿克巴顿一家转湖，可怜的阿克巴顿，快要转完的时候不行了……"措果也想起了那一年的事。

于是，两个人回忆起了一些往事，互相补充着，完善着，其间，他们为一些已经离去的人惋惜着，怀念着，也为一些依然健在的人祝福着，"祈愿三宝保佑众生，保佑我们吧！"措果不断地说着。

"转眼间，又是一个洛扩（藏历纪年法，每 12 年为一个洛扩），今年又是羊年啊！"多杰感慨着。

"是啊，你的本命年啊！"措果忽然想起什么，兴奋地说，"你现在退休了，羊年是要转湖的，咱们去转湖吧！"

"去转湖？"多杰似乎没想过这件事。

2

多杰和措果开始为转湖的事情忙碌着，他们买了露营的帐篷、冲锋衣、旅游鞋、太阳镜以及一些户外用品，至于转湖必备的经幡、风马旗、宝瓶之类，他们打算从转湖开始的地方买，买那种已经得到寺院加持过了的。他们把转湖的出发地，定在了青海湖南岸的甲乙寺，这是青海唯一一座由一位女活佛执掌的寺院，高处有一座立佛，金碧辉煌，远远地就能看见。他们打算从西宁乘坐长途客车在寺院附近下车，在寺院里向着那座立佛发愿，祈祷，然后就让自己的转湖之路从这里延伸出去，再在这里圆满结束。

措果从多杰12年前拍摄的照片中选出了一些，用这些照片罗列出了一个转湖线路图。他们打算每天步行30至35公里，用大概两周的时间完成转湖。措果每天翻看着那些照片，转湖路上的每一站都已经烂熟于心，她还到西宁的宏觉寺，请那里的驻寺喇嘛为他们卜算了一个适于出行的吉日。做这些的时候，措果的心里充满了暖意，她祈愿她属羊的丈夫在这羊年的殊胜之年，通过转湖，得到平安，获得吉祥。她满怀期冀地等待着他们出发的那一天，不断跟丈夫多杰说："咱们这是去度蜜月呢！"说这话的时候，她脸上还会涌出一片少女一样的绯红。

这一天，措果又在翻看那些照片，翻到了关宝东的那一张，多杰便开始给她讲那个朝圣者与山羊的故事，措果被这个简单的故事打动了——尽管她之前也不止一次地听过这个故事——"可怜的羊儿，多可爱啊！"她不断说着，眼睛里布满了泪花。

这时候，她的电话响了，是单位——严格说，是原单位——打来的。一个她并没有听出是谁的女孩儿亲切地叫她会计阿姨，说要给她送一张体检卡来。

3

一张免费的体检卡就这样忽然出现在了他们正在准备去转湖的时候。措果拿着那张小小的、印制有些粗糙的小卡片，看着丈夫，脸上是一副被惊扰到了的样子——好似正在专心致志地做一件事情的时候，另一件小事忽然不合时宜地插了进来。她把小卡片递给丈夫多杰，多杰接过卡片，细细看了看上面的说明，想起措果最近一段时间每天到了下午就会非常疲累，脸色也很苍白，之前也劝她到医院查查，便对措果说："也好，本来就想让你到医院查查的，刚好咱们要去转湖，在走远路前检查一下身体也是好事。"

"可是，眼看着就到了出发的日子了！"

"没关系的，就是检查一下，不会耽误事情的。再说，免费检查身体，如果不去，有些可惜。"多杰说这话的时候，心里做好了一定要让措果做完这次检查的决定。

"……"

"如果要去，明天就去！"

第二天是个周末，多杰和措果便去了体检卡上指定的医院。整整一个上午，他们在呛人的来苏水的味道里，不断地从一个科室，走到另一个科室，尿检、血检、拍片，等这些结束的时候，措果已经累得有些走不动了。

大夫留下了他们的联系电话，说结果出来后，会电话通知他们。

"还是别去转湖了，看你才一个上午，就成这样了！"

"你说什么呢你？"措果瞪了多杰一眼，又推了他一把。

多杰呵呵笑着，说："走，吃午饭去！今天要大吃大喝哦！"

自从多杰退休，措果忽然发现，比起年轻的时候，他们变得宽容、大度，懂得体贴对方。而年轻的时候，他们经常为一些鸡毛蒜皮的事情吵架，有时候甚至几天里相互不搭理，在一个屋檐下，形同陌路。想起这些，措果心里就会有些后悔，后悔自己年轻的时候脾气不好，没有好好去在乎这个人，她心里也明白，多杰也一定和她有着同样的想法。

4

星期一，也就是两天后，离他们要去转湖的日子也只有两天了，措果已经把她的冲锋衣穿在了身上，那天去早市的时候，甚至戴上了那只防紫外线的墨镜，说是要试试合适不合适。从她的神情，多杰看到了那种期盼已久的事情即将到来时的喜悦与欢快——就像是儿时期盼藏历新年的到来，还没等到除夕之夜，就把阿爸阿妈为自己准备的羊羔皮袍子穿在身上一样。多杰看着老婆出门的背影，无言地笑了。

措果刚出门，多杰接到了医院的电话。话筒里一个男医生大致描述了一下体检结果，便说："情况不是太好，复查一下吧！"那声音有些职业的冷酷和轻描淡写。

医生的话让多杰感到了莫名的惊恐，放下电话，他的额头上渗出了一层冷汗。

他在心里跟自己说，不会有什么事的，措果不会有什么事的，稳住啊，别让措果看出来。

措果从早市回来，摘下眼镜，脱了冲锋衣，换了拖鞋，把装满了各种蔬菜的手拉车放在厨房里，便开始说早市上的见闻。

"不知道是谁家的，一只小山羊拴在一辆卖锅盔大饼的车上，好可怜的样子。"

措果坐在沙发上，多杰泡了一杯茶放在她面前的茶几上。措果抓起茶杯喝了一口，又说："我在那儿等了好长时间，一直没见主人过来，我还想着，干脆把小山羊买下来，在转湖的时候把它带上。"

多杰在一侧的沙发上坐下来，说："带上干吗，就让它先走，等咱们转完湖了，它可能就在甲乙寺等咱们呢！"

措果听出来多杰在开玩笑，立刻回应道："好啊，好啊！"说着站起身来说，"走，咱们现在就去把那只小山羊买回来！"说着，又把刚刚脱下来的冲锋衣穿在身上，说，"要是咱们转完湖，再去朝觐拉萨就好了，到那时候，咱们把小山羊放在关宝东，等咱们到了拉萨的时候，它也从那个洞里到了拉萨！"

多杰听着措果的话，自己也站起来，穿好了外套，说："走，咱俩还真得要出去一趟！"

"去哪儿？"

"医院里。"

"怎么，检查结果出来了？"

"那天咱俩去做体检，尽想着去转湖的事儿，把几项该检查的内容没检查。医院刚刚来电话，要补上！"

措果愣怔了片刻，忽然明白过来："又要检查啊，可咱们去转湖的时间到了啊！"

"耽误不了的，这不是还有两天吗？"

"我不去了！"

"不去不行！"

5

措果住院了。

措果从来没想到自己会住院。"我不住院啊！不用住院啊！后天就要去转湖的啊！"她冲着多杰喊叫着。

"大夫说是要调理一下，听大夫的才对！"

"可是，耽误了转湖啊！"

"转湖的事就往后拖几天吧，等你出院了，你再到宏觉寺让那里的喇嘛重新给咱们算个日子。"

"这已经是年底了，再过几个月就藏历年了，羊年过去了，都猴年了啊！"

"是啊，不是还有几个月吗？不着急。"

在多杰和大夫的劝说下，措果的情绪这才慢慢稳定下来，办理了住院手续。

她换上病号服，躺在病床上，脸上依然是一片乌云，多杰准备出去给她买饭吃，她冲着多杰的背影喊道："不许告诉女儿！"

多杰转过身来，看看措果，点了点头。

从医院出来，多杰便给远在北京上学的女儿打了电话。

"你阿妈病了！"多杰在电话里说。

"怎么回事儿啊，我明天就请假回去！"女儿的声音里立时有了哭腔。

"我也是这个意思。"多杰说，"不过，不要说是我给你打电话了。"

"那怎么说？"

"你一会儿给你阿妈打电话，就说是学校安排到青海实习，你马上回来。"

女儿忽然出现在病房里，这让措果很意外也很不悦，她狠狠地朝着紧跟着女儿进来的丈夫多杰瞪了一眼，气呼呼地转过身去。

"女儿可不是我叫来的哦！"多杰看着措果不断起伏的胸口，向女儿使使眼色，有些心虚地说。

女儿坐在措果的病床前，说："阿妈，我是来实习的，到了才知道你住院了！"

"你和你阿爸唱双簧呢！"措果转过身来，又瞪了女儿一眼。

6

一晃几天过去了，措果还是惦记着转湖的事。她让多杰把她用照片罗列的那个线路图拿到了医院，每天都在翻看。

"要是咱们已经在转湖的路上，今天就到了关宝东了。"这天早上，多杰和女儿都在病房里，她翻到那张关宝东的照片，停下手来，看着多杰说。

"嗯，咱们的小山羊，都到了下一站等咱们了。"多杰说。

"是啊，别让小山羊等急了啊！"措果说，"大夫说没说我什么时候可以出院？"

"没说，我估计快了。"其实，多杰刚刚得到了大夫准备手术的通知。

"我是不是病得很严重？你们瞒着我？"

"哪里有的事儿！你就是好多年没好好看过病，需要调理一下！"

"阿妈，你别胡思乱想，没有的事！"女儿说。

"可是，怎么就不让出院呢，眼看着羊年要过去了！"措果无奈地说了这么一句，审视地看看丈夫，又看看女儿。丈夫和女儿的表情都很平静。说这话的时候，她心里悠然飘过一丝悲凉的感觉。她知道，要是她真的病得很严重，丈夫和女儿肯定也会这么说，也会让她看不出来。

"你别着急，好好治疗，等出院了咱们就去！"丈夫的话打断了她的思绪。

"羊年转湖，又是你的本命年，这样的机遇12年才有一次，可不能错过啊！"措果说着，忽然想到了什么，不由从病床上欠起身来，"我有主意了！"她说。

多杰和女儿都看着她。

"你去转湖！"措果大声说。

多杰看看她，又侧身和女儿对望了一下："你说什么？"

"你一个人去转湖！"

"你不去了吗？"

"我怕我住院耽误了你，你先去，我要是早点儿出院，就打电话给你，你等着我就行了！"

"这又何必呢，咱俩一起走就是了！"

"你就听我的吧，你去转湖，不要耽误了今年的好年份！"

"可是，我一个人去，多没意思啊！"

"你就当是和我在一起！"

"……"

"反正现在女儿也在，打水送饭也不需要你。"措果说，"你到了一个地方就把照片发给我，就等于和我一起转湖！"

女儿听明白了阿妈的意思，便对多杰说："阿爸，阿妈说得也是！"

"可是，大夫说……"

"没事的阿爸，有我呢！"女儿说。

7

措果执意要让他先行去青海湖转湖，并为自己有了这样的想法而高兴。多杰看到她这么多天来第一次这么高兴，也不想扫了她的兴，于是便答应了妻子，走出病房。

"我去收拾一下照相机，明早就出发！"多杰说。

"这就对了嘛！"妻子高兴地说，"快去吧！"

回家路上，他特地绕道去了一趟早市。他想买点新鲜羊肉，给妻子炖点羊肉汤，再悄悄通过女儿，把羊肉汤送到病房去——与措果结婚这么多年，厨房里的事，他几乎从来没有管过，唯独是煮手抓羊肉炖羊肉汤的事，他可以凭借着儿时在草原牧区的生活经验，在措果面前露一手。措果也认可这一点，但她从来不说多杰的手艺好，而是说他手气不错，"每次的调料下得刚刚好，盐的咸淡也刚刚好！"

在早市里，多杰刚刚买了羊肉，果然看到了那只拴在卖锅盔的车上的小羊羔，他便问卖锅盔的商贩："这小羊羔是要卖的吗？"

"哪里哦，这是我家儿子的宠物哦！要是把它卖了，我家儿子要敲碎我的脑壳的了！"商贩用四川话说。

多杰心里掠过一丝诧异，他诧异于城里人把什么都当宠物养。他向商贩做了个抱歉的手势，掏出手机，把小羊羔拍了下来。

多杰到了家，把羊肉炖在锅里，便拿出自己的照相机仔细擦拭了一遍，把一些拍摄要用的器材——三脚架啦、充电器啦、储存卡之类也收拾好了放在摄影包里，但心里却一直踏实不下来——他心里在不断地问自己，难道真的一个人去转湖吗？

离开医院的时候，措果说，按照他们当初的计划，让他先坐长途客车到甲乙寺，"到了寺院，别忘了拍一张立佛的照片发给我！"措果说。

这会儿，多杰呆坐在沙发上。他拿着手机，想给女儿打个电话，又怕妻子知道了，说他优柔寡断，像个女人——这是他们年轻的时候，她经常指责他的一句话。不好打电话，他打开了好几天没有打开的手机微信，翻看着微信里的朋友圈。忽然，他看到一位搞摄影的朋友在朋友圈里发了他在转湖路上到了甲乙寺的照片——那尊立佛高高地站在朝霞之中，初升的太阳在立佛的边缘勾勒出了柔顺的金光。

朋友为照片配了文字：转湖路上，拜谒立佛，祈祷众生离苦得乐，祈愿家人幸福安康！

多杰看着照片，看着照片下方的文字，心里也如朋友一般祈祷一番，并特别祈祷自己的妻子能够早日康复，他忽然有了一个主意——他立刻把朋友的那张照片复制下来，并给朋友留了言：照片借用一下啦！

正在这时，他接到女儿的电话，女儿在电话里说："刚接到大夫通知，阿妈手术的时间提前了，安排在了后天！"

"我这就去医院！"多杰也顾不得把照相机和那一堆摄影器材收拾好，到厨房一看锅里的羊肉，才发现自己错过了下调料的最佳时间，好在羊肉汤也算刚刚炖好了，便急忙装在保温杯里，直接往外走去。

走在去医院的路上，多杰把手机里的小羊羔的照片发给了妻子，立刻收到妻子发来惊讶的表情，和一串文字："你把小羊羔买下来了吗？难道你真的要带小羊羔一起去转湖吗？那些神话虽然美，但不要当真啊！别把人家小羊羔给害了！"

多杰看着文字，给妻子发去一个大笑的表情，妻子即刻给他发来了一串用铁锤敲打脑袋的表情。

多杰便回复妻子道："我连你都没带，还哪有心思带小羊羔啊！"

刚发出去，就收到妻子的回信："我随后就去找你！"

到了医院，多杰把羊肉汤交给女儿，自己不敢到妻子的病房里去，就坐在病房门口的长椅上。

到了晚上，干脆和衣在长椅上睡下了。

8

第二天，初升的太阳照在医院病房的窗棂上，一缕阳光从厚重的窗帘缝隙里见缝插针似的蹿入了病房。

措果刚刚醒来，她的手机就清脆地响了，那是收到了一条微信的声音。

措果打开手机，屏幕上出现了甲乙寺立佛的图像。

"哇，你阿爸已经到甲乙寺啦！"措果兴奋地对女儿说着，把手机给了女儿。

女儿接过手机，看着屏幕上的照片，心里闪过一丝哀伤，但她没有表现出来。

"不许打扰你阿爸转湖，让他好好把湖转完！"措果对女儿说。

"要是他惦记你，中途回来了呢？"女儿把手机还给措果。

"那我就把他赶出去，不让他到我跟前来！"措果说着，再次看着屏幕上的立佛，用额头轻轻碰触了一下，说，"我就自己出院转湖去！"

女儿看着自己的阿妈，一时无语。

多杰听到自己的手机在响，他想一定是妻子给他发来了回复，急忙从躺椅上坐起来，打开手机。手机屏幕上却是女儿的一条微信，女儿让他暂时不要到病房来，说阿妈会把他赶出去。

多杰能够猜测到妻子的心情，但又在担心着她的病情，便给女儿回复微信说，他就在长椅上待着，一旦有什么事情，他就及时赶到。

9

又是一个清晨，阳光明丽。

多杰在住院部走廊里的长椅上又度过了一夜，当他醒来的时候，一缕阳光打在他脸上，他眯缝着眼睛，正在恍惚之中，他的手机的微信提示音响了。

是措果发来的："咱们到哪儿啦？"

多杰先是愣怔了一下，但他马上就明白了过来。他想到今天是给妻子做手术的日子，心里便不由有些紧张。这时，措果又发了一串问号给他，却只字未提手术的事，好像今天的手术与她无关一样。多杰深谙妻子的性格，也不想在她面前表现得没有风度，急忙从手机翻找那位搞摄影朋友的微信，想发一张朋友转湖的照片先搪塞一下妻子。因为紧张，却怎么也没找到，只好找出一张早先存在手机里的，在青海湖畔的祭海台上煨桑的照片，发给了措果。

照片发过去了，却迟迟没有收到妻子的回复，多杰正在纳闷儿，措果给多杰发来了微信："没进步，照片的角度和构图跟 12 年前一模一样！"

多杰忽然不知道怎么回复。

他恍然明白，这原本就是他 12 年前拍的一张照片，他也知道，这张照片就在妻子用他的照片拼接出来的那个线路图中。

多杰从长椅上站起来，他的额角不由流出了汗水。

10

手术安排在早晨 6 点。

一大早，多杰就守候在措果的病房门口。不一会儿，被安置在手术车上的措果被几个护士推了出来，措果躺在手术车上，显得很平静，她看见了站在门口的多杰，朝着多杰轻轻点点头，眼睛里透着询问的神色。

多杰也朝着渐渐远去的措果点点头，他明白妻子眼神里的意思。他拿出手机，给妻子发了一条微信。

妻子的手机响了，她的手机这会儿在女儿手里，女儿打开手机，看着手术车已经推进了手术室，便转过身向多杰走来，她看着自己的阿爸，泪水溢满了眼眶。她把手机轻轻放在了阿爸的手里。

手机屏幕上，依然是耸立在甲乙寺高处的那尊立佛，这是他们转湖要出发的地方，最终也是转湖结束后回到原点的地方。

（原载《红豆》2016 第 6 期）

作者简介：

龙仁青，男，1967 年生于青海湖畔铁卜加草原。出版、发表有多部原创、翻译作品。中国作协会员、青海省作协副主席。